TOM SHARPE

Schwanenschmaus in Porterhaus
Klex in der Landschaft

Schwanenschmaus in Porterhouse

Es war ein großartiges Gelage – niemand konnte sich an Vergleichbares erinnern. Und das, obwohl das Porterhouse College in Cambridge seit jeher weniger für akademische Qualitäten als für seine exzellente Küche bekannt war. Aber wenn es nach dem neuen Rektor Sir Godber geht, wird die Zukunft anders aussehen: Porterhouse soll wieder ein Hort der Bildung werden, in der Küche ist Sparkurs angesagt – und es werden erstmals Studentinnen am College aufgenommen. All die daraus resultierenden Turbulenzen können Sir Godbers Position nicht gefährden. Erst die geplante Entlassung des Oberpförtners Skullion wird zum Problem. An Skullion ist nämlich noch keiner vorbeigekommen …

Klex in der Landschaft

Sir Giles, ein Politiker mit dem nötigen Schuß Opportunismus und großer Empfänglichkeit für kleine Geldgeschenke, plant eine Autobahn mitten durch die schönste englische Landschaft. Zu diesem Zweck hat er drei Verbündete auf seine Seite gebracht: Mr. Hospins, seines Zeichens korrupter Beamter, Lord Leakham, ein erklärter Gegner der Natur, und Mr. Dundrigde, Bürokrat mit einer Schwäche für alle nur denkbaren Laster. Eigentlich hat Sir Giles an fast alles gedacht – nur nicht an den Widerstand seiner Gemahlin. Denn Lady Maud nimmt, unterstützt von ihrem Gärtner Klex, den Kampf gegen den dubiosen Interessenverband ihres Gatten auf …

Autor

Tom Sharpe, Jahrgang 1928, zählt seit seinem sensationellen Romandebüt »Puppenmord« zu den erfolgreichsten Autoren Englands. Seine Romane, von Kritik und Publikum begeistert aufgenommen, sind mittlerweile Klassiker und werden in viele Sprachen übersetzt. In England geboren, studierte Tom Sharpe in Cambridge und arbeitete als Buchhalter, Sozialarbeiter und Fotograf in Südafrika. Heute lebt er abwechselnd in Cambridge und Spanien.

Außerdem von Tom Sharpe bei Goldmann lieferbar:

Bloody Mary, Roman (44673) · Ein dicker Hund. Roman (44094) · Familienbande. Roman (43799) · Klex in der Landschaft. Roman (43798) · Mohrenwäsche. Roman (44913) · Puppenmord. Roman (44914) · Der Renner. Roman (43747) Schwanenschmaus in Porterhouse. Roman (43765) · Tohuwabohu. Roman (44915) · Trabbel für Henry. Roman (44916) · Der Einfaltspinsel. Roman (gebundene Ausgabe, 30683)

Tom Sharpe

Schwanenschmaus in Porterhouse

Klex in der Landschaft

Zwei Romane in einem Band

Aus dem Englischen
von Hans M. Herzog

GOLDMANN

Die Originalausgabe von »Schwanenschmaus in Porterhouse«
erschien 1974 unter dem Titel »Porterhouse Blue«
bei Secker, London

Die Originalausgabe von »Klex in der Landschaft«
erschien 1975 unter dem Titel »Blott on the Landscape«
bei Secker, London

Umwelthinweis:
Alle bedruckten Materialien dieses Taschenbuches
sind chlorfrei und umweltschonend.

Einmalige Sonderausgabe Juli 2006

Umschlaggestaltung: Design Team München
Umschlagillustration: die Kleinert/Christian Sanladerer
Druck und Einband: GGP Media GmbH, Pößneck
Printed in Germany
ISBN-10: 3-442-13426-9
ISBN-13: 978-3-442-13426-7

www.goldmann-verlag.de

Schwanenschmaus in Porterhouse

Für Ivan und Pam Hattingh

- 1 -

Es war ein großartiges Gelage. Niemand, nicht einmal der Prälektor, der so alt war, daß ihm noch das Festmahl des Jahrganges 09 im Gedächtnis haftete, konnte sich an Vergleichbares erinnern – und dabei ist Porterhouse für sein Essen berühmt. Man reichte Kaviar und Soupe à l'Oignon, Turbot au Champagne, mit Pfeifenente gefüllten Schwan und schließlich, in Gedenken an den Gründer, Beefsteak von einem im großen Kamin des College-Speisesaals gebratenen ganzen Ochsen. Zu jedem Gang gab es eine andere Weinsorte, und zu jedem Gedeck gehörten fünf Gläser. Es gab Pouilly Fumé zum Fisch, Champagner zum Geflügel und den edelsten Burgunder aus dem collegeeigenen Weinkeller zum Beef. Zwei Stunden lang wurden die silbernen Platten aufgetragen, angekündigt durch das Schwirren der Flügeltüren in den Zwischenwänden, wenn die Kellner hin und her huschten, von ihrem Gefühl für den besonderen Anlaß und der Last der Speisen gebeugt. Zwei Stunden lang waren die Mitglieder von Porterhouse College von der Welt abgeschnitten, versunken in ein uraltes Ritual, das die Jahrhunderte überdauert hatte. Unter dem Geklapper der Messer und Gabeln, dem Klirren der Gläser, dem Rascheln der Servietten und den schlurfenden Schritten der College-Bediensteten verblaßte die Gegenwart. Draußen fegte der Winterwind durch die Straßen von Cambridge. Drinnen herrschte eitel Wärme und Geborgenheit. Auf den Tischen warfen Hunderte in silbernen Leuchtern steckende Kerzen die länglichen Schatten gebückter Kellner auf die Porträts ehemaliger Rektoren, welche die Wände schmückten. Ob ernst oder leutselig, Gelehrte oder Politiker, den Porträtierten war eines gemeinsam: Sie sahen allesamt rosig und feist aus. Der Ruf der Küche von Porterhouse war uralt. Nur der neue Rektor unterschied sich von seinen Vorgängern. Sir Godber Evans saß am High Table, dem erhöhten Ehrentisch für die Fellows des Colleges, und das mäkelige Zögern, mit dem er an seinem Schwan knabberte, wich deutlich vom unverhohlenen Genuß der anderen Fellows ab. Ein starres mürrisches Lächeln brachte etwas verbissene Bewegung in Sir Godbers blasses Gesicht, als erhole sich sein Geist bei einem abwegigen und rein intellektuellen Scherz von den gegenwärtigen fleischlichen Beschwerden.

»Ein Abend, den man nicht so leicht vergißt, Rektor«, sagte der Obertutor salbungsvoll.

»Allerdings, Obertutor, allerdings«, murmelte der Rektor, dessen im stillen gehüteter Scherz durch diese unerwartete Prophezeiung nur noch gewann.

»Der Schwan ist ausgezeichnet«, befand der Dekan. »Ein angenehmer Vogel, der durch die Pfeifenente erst den richtigen Pfiff bekommt.«

»Wirklich sehr freundlich von Ihrer Majestät, uns Ihre Genehmigung zum Verzehr von Schwänen zu erteilen«, sagte der Schatzmeister. »Das ist ein nur höchst selten gewährtes Privileg, müssen Sie wissen.«

»Höchst selten«, bestätigte der Kaplan.

»Allerdings, Kaplan, allerdings«, murmelte der Rektor und legte Messer und Gabel über Kreuz. »Ich werde wohl das Beefsteak abwarten.« Er lehnte sich zurück und musterte die Gesichter der Fellows mit frischem Widerwillen. Sie waren, dachte er zum wiederholten Mal, ein atavistischer Haufen, und ganz besonders jetzt, wo sie die Servietten in ihre Krägen gestopft hatten – ein uralter Brauch dieses Colleges –, da ihre Stirnen von Schweiß glänzten und ihre Münder ununterbrochen gefüllt waren. Wie wenig hatte sich doch verändert, seit er selbst in Porterhouse studiert hatte. Sogar die College-Bediensteten waren dieselben – wenigstens hatte es den Anschein. Der gleiche schlurfende Gang, die wegen Drüsenfehlfunktionen offenstehenden Münder und zitternden Unterlippen, die gleiche Unterwürfigkeit, die sein Gefühl für soziale Gerechtigkeit so oft beleidigt hatte, als er jung war. Und es immer noch beleidigte. Vierzig Jahre lang war Sir Godber unter dem Banner sozialer Gerechtigkeit marschiert – oder wenigstens flaniert –, und wenn er etwas erreicht hatte (einige Zyniker bezweifelten selbst dies), so ließ es sich auf das feine Gespür zurückführen, das er angesichts der zwischen den College-Bediensteten und den jungen Herren von Porterhouse gähnenden Kluft entwickelt hatte. Seine anschließende Karriere in der Politik zeichnete sich durch die größten Ambitionen und, wie einige sagten, geringsten Erfolge seit Asquith aus; so hatte er eine Reihe von Gesetzen durchs Parlament laviert, die – mit dem Ziel, die Unterprivilegierten irgendwie zu unterstützen – »Aufbauzuschüsse« genannte Subventionen für die Mittelklasse eingeführt hatten. Seine Kampagne »Ein Badezimmer in jedem Heim« hatte ihm den Spitznamen »Soapy« und die Ritterwürde eingebracht, wohingegen seine Leistungen als Minister für Forschung und Entwicklung lediglich mit vorzeitiger Pensionierung und dem Rektorat von Porterhouse College belohnt worden waren. Das Ironische an seiner Ernennung war unter anderem, daß er sie eben der Einrichtung verdankte, die er am meisten verachtete; nämlich dem königlichen Patronat; vielleicht hatte die Kenntnis dieser Tatsache ihm zu dem Entschluß verholfen, seine Karriere als Initiator sozialer Veränderungen zu beenden, indem er den sozialen Charakter und die Traditionen seines alten Colleges von Grund auf umkrempelte. Dies und das Wissen, daß seine Berufung auf die massive Ablehnung fast aller Fellows gestoßen war. Nur der Kaplan hatte ihn freundlich aufgenommen, was aller Wahrscheinlichkeit auch daran lag, daß er taub war und Sir Godbers vollen Namen nicht verstanden hatte. Nein, sogar in seiner eigenen Einschätzung war er nur mangels anderer geeigneter Kandidaten Rektor geworden, und weil die Fellows sich nicht untereinander geeinigt und einen neuen Rektor gewählt hatten. Auch hatte der verblichene Rektor versäumt, auf dem Totenbett seinen Nachfolger zu benennen – ein Privileg, das ihm nach alter Porterhouse-Tradition zustand; da diese beiden Auswege wegfielen, hatte sich der Premierminister, dessen Regierung in den letzten Zuckungen lag, von einem Klotz am Bein befreit und Sir Godber ernannt.

Wenn auch nicht in akademischen, so doch in parlamentarischen Kreisen war diese Ernennung erleichtert begrüßt worden. »Endlich etwas, in das Sie sich so richtig verbeißen können«, hatte ein Kabinettskollege zu dem neuen Rektor gesagt, was sich weniger auf die ausgezeichnete Küche als auf den tiefverwurzelten Konservatismus des Colleges bezog. In dieser Hinsicht war Porterhouse einzigartig. Was das Festhalten an alten Traditionen betrifft, kann kein anderes College in Cambridge Porterhouse das Wasser reichen, und bis auf den heutigen Tag zeichnen sich die Mitglieder von Porterhouse durch den Schnitt ihrer Mäntel und Haare und durch ihr standhaftes Festhalten an Talaren aus. »Bauernburschen beim Stadtausflug« und »Der Landmann drückt die Schulbank« hatten die anderen Colleges in der guten alten Zeit gelästert, ein Spott, der auch heute noch nicht gänzlich unbegründet ist. Den typischen Porterhouse-Studenten zeichnet, außer auf akademischem Gebiet, solides Selbstvertrauen aus, und kaum ein Jahr vergeht, in dem Porterhouse nicht das traditionelle Wettrudern gewinnt. Und doch ist dieses College keineswegs reich. Im Gegensatz zu fast allen anderen Colleges kann Porterhouse auf nur wenige Vermögenswerte zurückgreifen. Mit nichts als ein paar Reihen baufälliger Häuser, einigen Farmen in Radnorshire sowie einer Handvoll Aktien heruntergewirtschafteter Betriebe ist Porterhouse arm zu nennen. Seine jährlichen Einkünfte belaufen sich auf weniger als 50 000 Pfund, und dieser Mittellosigkeit verdankt es seinen dauerhaften Ruf als das gesellschaftlich exklusivste College von Cambridge. Während Porterhouse arm ist, sind seine Studenten reich. Im Gegensatz zu anderen Colleges, die Erstsemester mit herausragenden wissenschaftlichen Leistungen bevorzugen, schlägt Porterhouse den demokratischeren Weg ein, ignoriert ein die Ungleichheit zementierendes intellektuelles Niveau und konzentriert sich statt dessen auf offenkundig vorhandene Reichtümer. *Dives in Omnia* lautet der Wahlspruch dieses Colleges, den die Fellows wörtlich nehmen, wenn es gilt, die Kandidaten unter die Lupe zu nehmen. Als Gegenleistung bietet das College gesellschaftliches Prestige und eine beneidenswerte Verpflegung. Zwar existieren ein paar Stipendien und Fördermittel, die man an Leute verteilen muß, deren Talente nicht gleichbedeutend mit Vermögen sind, doch wer sich hält, den zieren bald die Kennzeichen eines echten Porterhouse-Mannes.

Den Rektor ließ die Erinnerung an seine eigene Zeit als Student auch heute noch erschaudern. Der Stipendiat Sir Godber, damals schlicht G. Evans, war von einem Gymnasium in Brierley nach Porterhouse gekommen. Diese Erfahrung hatte ihn gründlich geprägt. Von seiner Ankunft her blieb ihm das Gefühl, gesellschaftlich minderwertig zu sein, das, mehr als jedes Talent, der Motor seines Ehrgeizes geworden war und ihn durch Mißerfolge gepeitscht hatte, die einen begabteren Mann entmutigt hätten. Nach Porterhouse, rief er sich bei solchen Gelegenheiten ins Gedächtnis, braucht ein Mensch nichts mehr zu fürchten. Jedenfalls hatte ihm das College eine dicke Haut in gesellschaftlichen Dingen verpaßt. Porterhouse verdankte er seine Unverfrorenheit, die er einige Jahre später als Parlamentarischer Privatsekretär des Verkehrsministers brauchte, um Mary Lacey einen Heiratsantrag zu machen, der einzigen Tochter des Earl of Sonderstead, eines liberalen Peers, die Unverfrorenheit, seinen Antrag Jahr für Jahr zu wiederholen und ihre alljährliche Weigerung so barsch entgegenzunehmen, daß sie sich schließlich von der Intensität seiner Gefühle überzeugen ließ. Ja, wenn er seine lange Karriere betrachtete, führte Sir Godber viel auf Porterhouse zurück, an erster Stelle seine Entschlossenheit, ein für allemal den Charakter des Colleges zu ändern, das ihn zu dem gemacht hatte, was er war. Wenn er durch den Saal auf die vom Kerzenlicht erleuchteten Gesichter schaute und sich die lauten Erklärungen anhörte, die man für Gespräche hielt, fand er sich in seinem Entschluß bestärkt. Beefsteak und Burgunder kamen und gingen, gefolgt von in Weinbrand getränktem Biskuitkuchen und Stiltonkäse, und am Schluß machte die Portweinkaraffe die Runde. Sir Godber sah zu und blieb abstinent. Erst als das Zeremoniell, seine Serviette in eine Silberschüssel zu tauchen und sich damit über die Stirn zu wischen, beendet war, schritt er zur Tat. Nachdem er mit dem Griff seines Messers ruheheischend auf den Tisch gepocht hatte, erhob sich der neue Rektor von Porterhouse.

Von der Musikantenempore aus sah Skullion dem Festmahl zu. In der Dunkelheit hinter ihm drängten sich die niederen College-Bediensteten und starrten mit offenen Mündern auf die Szenerie unter ihnen, ihre feuchten, blassen Gesichter vom Abglanz der Festivität beschienen. Unterdrücktes Seufzen wurde laut, wenn man ein neues Gericht auftischte. Ihre Augen leuchteten kurz auf und wurden wieder glasig. Nur Skullion, der Oberpförtner, musterte die Szenerie mit kritisch-korrekter Miene. In seinem Blick fand sich kein Neid, nur Zustimmung angesichts der gelungenen Arrangements und gelegentlich ein stummer Tadel, wenn ein Kellner etwas Sauce verschüttete oder eins der Gläser übersah, das darauf wartete, gefüllt zu werden. Alles war, wie es sein sollte, wie es gewesen war, seit Skullion das College vor vielen Jahren zum ersten Mal als Unterpförtner betreten hatte. Seitdem hatte es fünfundvierzig Festessen gegeben, und bei jedem hatte Skullion von der Musikantenempore zugesehen, so wie seine Vorfahren seit Gründung des Colleges. »Skullion, wie? Interessanter Name, Skullion«, hatte der alte Lord Wurford gesagt, als er 1928 am Pförtnerhaus angehalten und den neuen Pförtner bemerkt hatte. »Ein sehr interessanter Name, Skullion. Ein Name ohne Heckmeck und Firlefanz. Seit der Zeit des Gründers gab es in Porterhouse Skullions. Das können Sie mir abnehmen, die gab's. Steht in den ältesten Verzeichnissen. Ein Viertelpenny für den Skullion. Seien Sie stolz darauf.« Und Skullion war stolz darauf gewesen, als sei er von dem alten Rektor aufs neue getauft worden. Doch das waren noch Zeiten, und das waren noch Männer gewesen! Der alte Lord Wurford, ein Rektor ohne Heckmeck und Firlefanz. Ihm hätte solch ein Festmahl gefallen. Der hätte nicht dagesessen, mit seiner Gabel herumgestochert und am Wein genippt. Er hätte ihn sich wie immer übers Hemd gekippt, den Schwan gefuttert, als wäre er ein Hähnchen, und die Knochen über die Schulter geschmissen. Aber er war auch ein Gentleman und Ruderer gewesen und hatte an den alten Bootsclub-Traditionen festgehalten.

»Einen Knochen für den Achter vor uns«, hatten sie immer gerufen.

»Welcher Achter? Vor uns ist kein Achter.«

»Einen Knochen für die Fische vor uns.« Und schon flogen die Knochen über ihre Schultern, und wenn es ein guter Abend war, hing noch Fleisch dran, und wir waren verdammt froh, daß wir es bekamen. Außerdem hatten sie recht. Vor ihnen gab es damals wirklich keinen Achter, sondern nur die Fische. Im Dunkeln der Musikantenempore lächelte Skullion über seine Jugenderinnerungen. Jetzt war alles anders. Die jungen Herren hatten sich verändert. Seit dem Krieg war der Schwung raus. Heute bekamen sie Stipendien und arbeiteten. Wer hatte damals schon von einem arbeitenden Porterhouse-Mann gehört? Sie waren viel zu sehr mit Trinken und Pferdewetten beschäftigt gewesen. Wie viele dieser Figuren nahmen heutzutage noch ein Taxi zur Rennbahn Newmarket und kamen, ohne mit der Wimper zu zucken, um fünfhundert Pfund ärmer zurück? So war es dem Sehr Ehrenwerten Mr. Newland Anno 33 ergangen. Hatte im Aufgang Q gewohnt und war in Boulogne von den Deutschen getötet worden. Skullion fielen noch Dutzende seines Kalibers ein. Das waren noch Gentlemen gewesen. Gentlemen ohne Heckmeck und Firlefanz.

Sobald die Hauptgänge abgetragen waren und der Stilton seinen Platz einnahm, stieg der Koch die Treppe von der Küche herauf und setzte sich neben Skullion.

»Ah, Koch, ein erlesenes Festessen. Kann mich an kein besseres erinnern«, teilte Skullion ihm mit.

»Wirklich nett, daß Sie das sagen, Mr. Skullion«, sagte der Koch.

»Besser als die es verdienen.«

»Irgendwer muß die alten Traditionen hochhalten, Mr. Skullion.«

»Richtig, Koch, sehr richtig.« Skullion nickte. Schweigend beobachteten sie, wie die Kellner das Geschirr abräumten und der Portwein seine zeremonielle Runde machte.

»Und was halten Sie von dem neuen Rektor, Mr. Skullion?« erkundigte sich der Koch.

Skullion blickte ins bemalte Dachgebälk hoch und schüttelte betrübt den Kopf. »Ein trauriger Tag für das College, Koch, ein trauriger Tag«, seufzte er.

»Kein sehr beliebter Gentleman?« versuchte es der Koch.

»Kein Gentleman«, erklärte Skullion.

»Aha«, sagte der Koch. Damit war das Urteil über den neuen Rektor gefällt. In der Küche würde er fürderhin das Opfer gesellschaftlicher Schmach sein. »Kein Gentleman, wie? Dabei hat man ihn doch in den Ritterstand erhoben.«

Skullion sah ihn mißbilligend an. »Gentlemen sind nicht vom Ritterstand abhängig, Smutje. Gentlemen sind Gentlemen«, sagte er, und der angemessen gerügte Küchenchef nickte. Mit Mr. Skullion stritt man sich nicht, nicht über Fragen gesellschaftlicher Etikette und nicht in Porterhouse. Nicht wenn man wußte, was gut für einen war. Im College war Mr. Skullion eine Institution.

Schweigend betrauerten sie das Ableben des alten Rektors und den Niedergang des Collegelebens, das die Einsetzung eines neuen Rektors, der kein Gentleman war, mit sich bringen würde.

»Dennoch«, befand Skullion schließlich, »war es ein erlesenes Festmahl. Kann mich an kein besseres erinnern.« Das sagte er aus Respekt für die Vergangenheit, halb widerwillig. Gerade wollte er nach unten gehen, als der Rektor ruhegebietend auf den High Table klopfte und sich erhob. Von der Musikantenempore glotzten Skullion und der Chefkoch entsetzt auf dieses Schauspiel. Eine Rede beim Festmahl? Nein. Niemals. Das verbot das Gewicht fünfhundertzweiunddreißig vorangegangener Festessen.

Sir Godber starrte auf die ihm so ungläubig zugewandten Köpfe hinab. Er war zufrieden. Das verblüffte Schweigen, die ungläubigen Blicke und die Spannung, genau das hatte er gewollt. Und nicht ein Kichern. Sir Godber lächelte.

»Fellows von Porterhouse, Mitglieder dieses Colleges«, hob er mit der routinierten Weltgewandtheit eines Politikers an, »als Ihr neuer Rektor ist es nach meinem Empfinden die geeignete Gelegenheit, Ihnen einige neue Gedanken zur Rolle von Institutionen wie dieser in unserer modernen Welt zu unterbreiten.« Kalkuliert, jede Beleidigung raffiniert kalkuliert. Porterhouse eine Institution, neu, modern, Rolle. Diese Begriffe, diese Klischees besudelten die

Atmosphäre. Sir Godber lächelte. Sein Gespür für Beleidigungen traf ins Schwarze. »Nach einem solchen Mahl«, (auf der Empore zuckte der Koch zusammen), »ist es sicherlich nicht unangebracht, sich über die Zukunft und die Veränderungen Gedanken zu machen, die zweifellos unumgänglich sind, wenn wir in der Welt von heute bestehen wollen ...«

Leichtfüßig rollten die Platitüden dahin, bedeutungslos, aber wirkungsvoll. Niemand im Saal achtete auf die Worte. Sir Godber hätte die Wiederkunft Christi verkünden können, ohne auf Einwände zu stoßen. Es reichte, daß er anwesend war, sich über die Tradition hinwegsetzte und wissentlich das ihm anvertraute Amt in den Schmutz zog. So etwas war in Porterhouse noch nie dagewesen. Das stellte nicht nur ein Sakrileg dar, sondern Blasphemie reinsten Wassers. Ganz Porterhouse saß schweigend da, von dem sich bietenden Schauspiel wie vom Donner gerührt.

»Und so lassen Sie mich mit folgendem Versprechen schließen«, kam Sir Godber zu einem entsetzlichen Ende. »Porterhouse wird expandieren. Porterhouse wird wieder zu dem werden, was es einmal war: ein Hort der Bildung. Porterhouse wird sich wandeln.« Er schloß mit einem letzten Lächeln, um dann, ehe die Spannung nachließ, auf dem Absatz kehrtzumachen und in den Gemeinschaftsraum zu enteilen. Mit abruptem Ausatmen wurde hinter ihm das Festmahl beendet. Jemand lachte nervös, das für das Porterhouse-Lachen typische kurze Bellen, und dann wurden die Bänke weggeschoben, und die Esser strömten aus dem Speisesaal in die kalte Nachtluft, ihren Stimmen hinterher, die schon vor ihnen im Hof eingetroffen waren. Es hatte angefangen zu schneien. Auf dem Rasen beschleunigte Sir Godber seine Schritte. Er hatte das Bellen und das Bänkeschieben vernommen, und da er sich so verausgabt hatte, fühlte er sich nun geschwächt. Er hatte das College absichtlich herausgefordert, hatte gesagt, was er sagen wollte, und sich Gehör verschafft. Im Moment konnte er nichts weiter unternehmen. Er war das Risiko eingegangen, von trampelnden Füßen und Zischen unterbrochen zu werden; soweit war es nicht gekommen, doch jetzt, wo um ihn her Schneeflocken auf den Rasen fielen, bekam er es plötzlich mit der Angst zu tun. Rasch lief er weiter, und mit einem Seufzer der Erleichterung schloß er die Tür des Rektorenhauses hinter sich.

Als der Saal sich leerte und sogar die Fellows durch die Tür des Gemeinschaftsraumes spaziert waren, erhob sich der Kaplan, um das Tischgebet zu sprechen. Taub für die Welt und Sir Godbers Blasphemie sprach er sein Dankgebet. Nur Skullion, der allein auf der Musikantenempore stand, hörte ihn, mit vor Wut verfinstertem Gesicht.

- 2 -

Im Gemeinschaftsraum verdauten die Fellows mürrisch das Festmahl. Sie saßen in ihren Sesseln mit den hohen Rückenlehnen, jeder ein Tischchen neben sich, auf dem Kaffeetassen und Weinbrandgläser standen, und starrten mißmutig in das Feuer. Windstöße trieben Rauchschwaden aus dem Kamin, die sich mit dem bläulichen Qualm ihrer Zigarren mischten. Über ihren Köpfen scheuchten groteske Tiere aus Gips sichtlich beschwipste Nymphen durch eine seltsam symmetrische Landschaft, in der sich Blumen mit den Collegewappen – einem sprungbereiten Bullen – abwechselten, während die feisten Porträtköpfe von Thomas Wilkins, Rektor 1618–39, und Dr. Cox, 1702–40, finster von den holzgetäfelten Wänden blickten. Der von einer Arabeske aus bemerkenswerten Weintrauben und üppigen Bananen umrahmte Kamin ließ die ganze Szenerie noch eine Spur pompöser erscheinen. Aber wenn die Fellows schon ihren Mageninhalt nur mühsam verdauten, so war der Inhalt von Sir Godbers Rede für sie völlig unverdaulich.

»Ungeheuerlich«, sagte der Dekan, den Protest mit einem dezenten Rülpsen verbindend. »Man hätte meinen können, er hielte eine Wahlrede.«

»Zweifellos ein nichts Gutes verheißender Einstand«, erklärte der Obertutor. »Man hätte erwarten können, daß größere Rücksicht auf die Traditionen genommen würde. Man kann es drehen und wenden wie man will, wir sind und bleiben nun einmal ein altehrwürdiges College.«

»Selbst wenn schon alles gedreht ist, obwohl ich Ihren Optimismus da nicht teile«, sagte der Dekan, »so ist doch ganz sicher noch nicht alles gewendet. Wegen seiner Vernarrtheit in moderne Auffassungen könnte der Rektor auf den Gedanken kommen, wir fühlten uns durch seine Anwesenheit geschmeichelt. Dieser Illusion fallen solche Abfallprodukte der Parteipolitik zu leicht anheim. Ich für mein Teil bin nicht beeindruckt.«

»Ich muß zugeben, daß mir seine Nominierung äußerst seltsam vorkommt«, sagte der Prälektor. »Man fragt sich, was der Premierminister sich dabei gedacht hat.«

»Die Regierung hat nicht gerade eine überwältigende Mehrheit«, erklärte der Obertutor. »Ich denke mir, daß er sich eine Last vom Hals geschafft hat. Nach der erbärmlichen Rede von heute abend zu urteilen, müssen sich bei Sir Godbers Auslassungen im Unterhaus auf den Hinterbänken eine Menge Nackenhaare gesträubt haben. Außerdem kann man seine Bilanz nicht gerade beneidenswert nennen.«

»Kommt mir trotzdem spanisch vor«, meldete sich der Prälektor wieder zu Wort, »daß man ausgerechnet uns zu seinem Altersruhesitz gewählt hat.«

»Vielleicht bellt er nur, beißt aber nicht«, sagte der Schatzmeister hoffnungsvoll.

»Beißen? Schon wieder was zu beißen?« rief der Kaplan. »Aber ich habe doch erst eben zu Abend gegessen. Ich kriege keinen Bissen mehr runter, danke nein.«

»Auch in diesem Fall gilt wohl: In der Not frißt der Teufel Fliegen«, sagte der Dekan.

Der Kaplan war entsetzt. »Fliegen fressen?« rief er. »Nur über meine Leiche! Was soll aus diesem Haus bloß noch werden?« Er schüttelte sich und schlief umgehend wieder ein.

»Was soll nur aus unserem Kaplan werden, wenn wir schon dabei sind«, sagte der Prälektor traurig. »Mit ihm geht's täglich weiter bergab.«

»Anno Domini«, sagte der Dekan. »Anno Domini, so leid es mir tut.«

»Unter diesen Umständen«, entgegnete der Obertutor, an dem noch die Überbleibsel einer klassischen Erziehung hafteten, »kein sehr glücklich gewählter Ausdruck, Dekan.«

Der Dekan sah ihn wütend an. Er konnte den Obertutor nicht leiden und fand seine Anspielungen furchtbar anstrengend.

»Im Jahre unseres Herrn«, erklärte der Obertutor. »Ich kann mich des Eindrucks nicht erwehren, daß unser Herr und Rektor sich in der Rolle des Schöpfers sieht. Wir werden alle Hände voll zu tun haben, zu verhindern, daß er sich überanstrengt. Ich räume ein, daß wir unsere Fehler begangen haben, aber keine, die ich von Sir Godber Evans korrigiert haben möchte.«

»Ich bin sicher, daß sich der Rektor gern von uns beraten läßt«, sagte der Prälektor. »Auch früher hatten wir schon einige halsstarrige Rektoren. Canon Darmtract hatte ein paar unkluge Änderungswünsche für den Gottesdienst, wenn ich mich recht entsinne.«

»Er wollte das Tagesschlußgebet für alle zur Pflicht machen«, sagte der Dekan.

»Ein schrecklicher Gedanke«, pflichtete der Obertutor bei. »Das hätte den Verdauungsvorgang gestört.«

»Dies wurde ihm«, fuhr der Dekan fort, »nach einem besonders guten Abendessen unterbreitet. Es hatte Krabben in pikanter Pilzsauce gegeben, gefolgt von Hasenpfeffer. Ich glaube, die Zigarre hat ihn überzeugt. Und die Zabaglione.«

»Zabaglione?« rief der Kaplan. »Ist zwar schon ein bißchen spät, aber wenn ich's recht bedenke.«

»Wir sprachen über Canon Darmtract«, erklärte der Schatzmeister.

Der Kaplan schüttelte den Kopf. »Konnte den Mann nicht ausstehen«, sagte er. »Ernährte sich von pochiertem Kabeljau.«

»Er hatte ein Magengeschwür.«

»Überrascht mich nicht«, sagte der Kaplan. »Bei so einem Namen hätte er wirklich besser aufpassen müssen.«

»Um auf den jetzigen Rektor zurückzukommen«, sagte der Obertutor, »ich bin nicht gewillt, die Hände in den Schoß zu legen und ihn unsere Zulassungsbedingungen ändern zu lassen.«

»Wir können es uns meines Wissens gar nicht leisten«, pflichtete ihm der Schatzmeister bei. »Schließlich sind wir kein reiches College.«

»Darauf muß man ihn hinweisen«, sagte der Dekan. »Wir verlassen uns darauf, Schatzmeister, daß Sie es ihm verständlich machen.« Der Schatzmeister nickte pflichtschuldig. Seine Konstitution war nicht die stärkste, und der Dekan schüchterte ihn ein.

»Ich werde mein Bestes geben«, versprach er.

»Und was den Collegerat angeht, so ist meines Erachtens die beste Politik eine der ... äh ... liebenswürdigen Trägheit«, empfahl der Prälektor. »Sie war schon immer unsere Stärke.«

»Es geht doch nichts über die Hinhaltetaktik«, pflichtete der Dekan bei. »Der Liberale muß mir erst noch begegnen, der sich nicht von ausgedehnten Debatten über Quisquilien zermürben läßt.«

»Dabei denken Sie doch nicht etwa an die Darm-Behandlung, wenn ich das so formulieren darf?« wollte der Obertutor wissen.

Der Dekan lächelte und drückte seine Zigarre aus. »Um jemanden reinzulegen, braucht man ihm nicht unbedingt Honig um den Bart zu ...«

»Pst«, sagte der Prälektor, doch der Kaplan schlummerte weiter. Er träumte von den Verkäuferinnen bei Woolworth.

Sie ließen ihn sitzen und gingen hinaus auf den Hof, wegen der Kälte in ihre Talare eingewickelt. Sie sahen aus wie ein Haufen schwarzer Puddings, als sie sich so auf den Weg in ihre Wohnungen machten. Nur der Schatzmeister wohnte mit seiner Frau extern. Porterhouse war wirklich ein sehr altmodisches College.

Im Pförtnerhaus saß Skullion vor dem Gaskaminfeuer und wienerte seine Schuhe. Neben ihm auf dem Tisch standen eine Dose mit schwarzer Schuhcreme, und alle paar Minuten stippte er die Ecke seines gelben Staubtuches hinein und schmierte die Wichse mit kleinen kreisförmigen Bewegungen auf die Schuhkappe. Immer neue Kreise beschrieben seine im Tuch steckenden Finger, während die Schuhkappe kurzzeitig stumpf wurde, ehe sie einen neuen, tieferen Glanz annahm. Hin und wieder spuckte Skullion auf die Kappe, um sie danach noch zarter zu reiben. Dann nahm er ein sauberes Staubtuch und polierte die Kappe so lange, bis sie wie schwarzer Japanlack glänzte. Schließlich hielt er den Schuh weit von sich ans Licht, so daß er tief unten in der leuchtenden Schuhcreme ein dunkel verzerrtes Spiegelbild seiner selbst sah. Dann erst legte er den Schuh beiseite und nahm sich den anderen vor.

Das hatte er vor vielen Jahren bei der Marineinfanterie gelernt, und die Prozedur wirkte noch genauso beruhigend auf ihn wie damals. Auf geheimnisvolle Weise schien sie den Gedanken an die Zukunft mit ihren Gefahren zu verscheuchen, als habe der nächste Morgen immer einen Hauptfeldwebel und eine Inspektion parat, als ließen sich die Veränderungen mit einem Paar glänzender Stiefel aufhalten. Die ganze Zeit über qualmte die Pfeife in seinem Mundwinkel; die Kamineinfassung wurde im Luftzug dunkler oder glühte, und draußen fiel Schnee. Und die ganze Zeit über verarbeitete Skullions Gehirn, von der Prozedur und den Werkzeugen der Gewohnheit geschützt, die Tragweite der Rede des Rektors. Veränderung? Veränderungen gab es immer, und wozu sollten sie gut sein? Skullion fiel nichts ein, was an Veränderungen gut war. Seine Erinnerung durchforschte die vergangenen Jahrzehnte auf der Suche nach Gewißheit, die sie nur in der Selbstsicherheit von Männern fand. Von Männern, die nicht mehr unter den Lebenden weilten oder, falls nicht verstorben, entrückt und vergessen waren, ignoriert von einer pulsierenden, Neuheiten nachjagenden Welt. Doch er hatte ihre Selbstsicherheit als Jugendlicher erlebt und war davon so beeindruckt worden, daß er sich diese Eigenschaften noch heute wie ein bekanntes Gesicht aus der Vergangenheit ins Gedächtnis rufen konnte, um die übermächtigen Ungewißheiten der Gegenwart in ihre Schranken zu weisen. Qualität hatte er sie genannt, die Selbstsicherheit dieser alten Männer, Qualität. Er konnte sie nicht definieren oder auf Einzelheiten festlegen. Sie hatten sie eben besessen, punktum, und einige mochten zwar Trottel oder Schufte gewesen sein, doch ihre Stimmen hatten so harsch geklungen, als könnte ihnen nichts und niemand etwas anhaben. Das Wort Zweifel für sich behalten, statt ihre Unsicherheit so lange herauszuposaunen, bis man schließlich nicht mehr wußte, ob man Hühnchen oder Hähnchen war. Solcher Männer und ihre Selbstsicherheit eingedenk, spuckte Skullion auf seinen Schuh und polierte sein Spiegelbild. Über ihm surrte und knarrte die Turmuhr, ehe sie zwölf schlug. Skullion zog seine Schuhe an und ging ins Freie. Immer noch fiel Schnee, Hof und Collegedächer waren weiß. Er stellte sich an die Nebenpforte und schaute hinaus. Ein Auto spritzte vorbei, dessen Scheinwerfer noch bis zur King's Parade orangefarben durch den Schnee leuchteten. Skullion ging wieder ins Haus und schloß die Tür. Die Welt dort draußen ging ihn nichts an. Sie war von einer Trostlosigkeit, über die er gar nicht Bescheid wissen wollte.

Er ging zurück ins Pförtnerhäuschen, setzte sich wieder und nahm seine Pfeife zur Hand. Die ihn umgebenden Utensilien seines Amtes, die alte hölzerne Uhr, die Schranke, die vielen Fächer, das Schlüsselbrett und die Tafel mit der Kreideaufschrift »Nachricht für Dr. Messner«, hatten ihn durch all die Dienstjahre begleitet und erinnerten ihn beruhigend daran, daß er noch gebraucht wurde. Fünfundvierzig Jahre lang hatte Skullion im Pförtnerhäuschen gesessen und das Kommen und Gehen in Porterhouse überwacht, bis es schien, als sei er ebenso mit dem College verwachsen wie die gemeißelten Wappentiere am Turm über ihm. Daß er sein Leben mit der Erfüllung leichter Pflichten zubrachte, während draußen die Welt in einem Strudel von Veränderungen vorbeiwirbelte, hatte Skullions Treue zu den unveränderlichen Traditionen von Porterhouse geschaffen. Als er hier angekommen war, hatte noch ein Empire existiert, das größte Reich, was die Welt je erlebt hatte; eine Marine, die größte Marine der Welt, mit fünfzehn Schlachtschiffen, siebzig Kreuzern und zweihundert Zerstörern, und Skullion war Wachtposten auf der *Nelson* gewesen, mit ihren drei Geschütztürmen und gekapptem Hinterteil, damit sie den Bestimmungen irgendeines verdammten Vertrags entsprach. Inzwischen war nichts mehr davon übrig. Nur Porterhouse hatte sich nicht verändert. Porterhouse und Skullion, Überbleibsel einer alten Tradition. Das intellektuelle Leben im College war Skullion nicht nur unbekannt, sondern auch gleichgültig. Es war ihm ebenso unverständlich wie einem ungebildeten Bauern das Gefasel bei einer lateinischen Messe. Sie konnten sagen oder denken, was sie wollten. Die Männer verehrte er, jedenfalls einige – mittlerweile waren es immer weniger –, ihre Angewohnheiten und kleinen Marotten, die für ihn zu der alten Selbstsicherheit gehörten. Das »Guten Morgen, Skullion« des Dekans, Dr. Huntleys seidene Hemden, des Kaplans abendlicher Bummel durch den Garten. Mr. Lyons' freitäglicher Musikabend oder das wöchentliche Paket aus dem Institut für Dr. Baxter. Die Kapelle, der Speisesaal, das Festmahl und die Sitzung des Collegerates, wie innere Jahreszeiten waren all diese Ereignisse in Skullions Lebenskalender verzeichnet, und ständig hielt er Ausschau nach der Selbstsicherheit, die früher den echten Gentleman ausgemacht hatte.

Wie er so vor dem fauchenden Gasfeuer saß, durchforschte er sein Gedächtnis nach dem Geheimnis jener alten Männer. Nicht, daß sie klug gewesen wären. Einige schon, doch die Hälfte war dumm gewesen, dümmer als die jungen Männer, die man heutzutage antraf. Geld? Manche hatten jede Menge davon gehabt, andere nicht. Es war nicht der springende Punkt gewesen, wenigstens nicht in seinen Augen. Vielleicht in ihren. Sie waren halt ein ganz anderer Menschenschlag gewesen, die Hälfte regelrecht hilflos. Konnten oder wollten sie nicht ihre Betten machen? Und arrogant erst! »Skullion dies und Skullion jenes.« O ja, das war ihm damals zuwider gewesen, aber er hatte es trotzdem getan, und es hatte ihm nachher nichts ausgemacht, weil … weil sie eben Gentlemen gewesen waren. Liebevoll spuckte er ins Feuer und dachte an seinen Streit mit einem jungen Schnösel in einer Kneipe, der gehört hatte, wie er von der guten alten Zeit schwärmte.

»Welche Gentlemen?« hatte der Bursche gefragt. »Ein Haufen reicher Scheißkerle mit nichts zwischen den Ohren, die dich bloß ausgebeutet haben.«

Und Skullion hatte sein Bier abgestellt und gesagt: »Ein Gentleman stand für etwas. Es kam nicht darauf an, was er war, sondern daß er wußte, was er sein sollte. Und das ist mehr, als du je wissen wirst.« Nicht was sie waren, sondern was sie sein sollten, wie eine alte Gefechtsstandarte, der man folgte, weil sie das Beste symbolisierte. Ein zerrissener Stoffetzen, der für etwas stand, der einem Selbstvertrauen gab und etwas, wofür man kämpfen konnte.

Er stand auf und überquerte den Hof, ging durch die Hecke und den Garten bis zum hinteren Tor. Der ganze Garten lag unter einer Schneedecke begraben. Skullions Schritte auf dem Kiesweg blieben lautlos. In ein paar Zimmern brannte noch Licht. Die Fenster des Dekans waren hell erleuchtet.

»Grübelt über die Rede nach«, dachte Skullion mit einem mißbilligenden Blick zum Rektorhaus, wo alles dunkel war. Am hinteren Tor angekommen, sah er zu den Reihen der Eisenspitzen auf Mauer und Tor hoch. Wie oft hatte er früher dort im Schatten der Buchen gestanden und junge Herren nur beim Überklettern dieser Spitzen beobachtet, um dann vorzutreten und ihre Namen zu notieren. Er konnte sich immer noch an zahlreiche Namen erinnern und sah die erstaunten Gesichter vor sich, wie sie sich ihm zuwandten, wenn er ins Licht trat.

»Guten Morgen, Mr. Hornby. Der Dekan bekommt am Morgen die Meldung.«

»Zum Henker mit Ihnen, Skullion. Warum legen Sie sich nicht irgendwann mal schlafen?«

»Collegevorschriften, Sir.«

Und dann waren sie fröhlich fluchend auf ihre Zimmer gegangen. Heute kletterte niemand mehr herüber. Statt dessen hämmerten sie einen zu jeder Tages- und Nachtzeit wach. Skullion hatte keine Ahnung, weshalb er sich immer noch die Mühe machte, die hintere Mauer zu kontrollieren. Aus Gewohnheit, alter Gewohnheit. Gerade wollte er sich wieder umdrehen und zurück ins Bett stapfen, als ein schlurfendes Geräusch ihn abrupt anhalten ließ. Von der Straße aus versuchte jemand herüberzuklettern.

Zipser ging durch die Free School Lane an den schwarzen Mauern des Corpus College vorbei. Der Vortrag über »Geburtenkontrolle auf dem indischen Subkontinent« hatte länger gedauert als erwartet, was teils auf den Enthusiasmus der Referentin und teils auf die Komplexität des Problems zurückzuführen war. Zipser wußte nicht, was schlimmer gewesen war, der eigentliche Vortrag, bei dem es um Abtreibung gegangen war, oder ihr begeistertes Eintreten für die Vasektomie, das die Veranstaltung so in die Länge gezogen hatte. Die Rednerin, eine im Familienplanungsinstitut der Vereinten Nationen in Madras beschäftigte Ärztin, die Kindersterblichkeit für einen wahren Segen zu halten schien und von der die Spirale als nutzlos, die Pille zu teuer sowie die Sterilisation der Frau als zu kompliziert verworfen worden war, hatte die Vasektomie so verlockend beschrieben, daß Zipser sich dabei ertappte, wie er in einem fort die Beine übereinanderschlug und wünschte, er wäre nicht gekommen. Sogar jetzt noch, als er durch die schneebedeckten Straßen zurück nach Porterhouse ging, schwante ihm Schlimmes, und er verspürte eine Neigung zum Watschelgang. Doch auch wenn es ganz so aussah, als müsse die Welt verhungern, er hatte Porterhouse einfach für den Abend den Rücken kehren müssen. Als einziger Doktorand im College kam er sich ein wenig isoliert vor. Die Studenten unter ihm befleißigten sich einer wilden Promiskuität, um die er sie beneidete, ohne daß er sich traute, ihnen nachzueifern, während die Fellows ihre Impotenz durch Völlerei kompensierten. Außerdem war er kein echter Porterhouse-Mann, wie der Dekan bei seiner Aufnahme bemerkt hatte. »Sie werden im College wohnen müssen, um den Geist dieses Orts anzunehmen«, hatte er verkündet, und während Doktoranden in anderen Colleges auf billigen und gemütlichen Buden hausten, mußte Zipser plötzlich nicht nur eine ausgesprochen teure Zimmerflucht im Bull Tower bewohnen, sondern sah sich auch noch gezwungen, die Vorschriften für gewöhnliche Studenten zu befolgen. Beispielsweise mußte er um Mitternacht zu Hause sein, wollte er sich nicht Skullions Zorn zuziehen oder am nächsten Morgen die taktlosen Fragen des Dekans über sich ergehen lassen. Das ganze System war anachronistisch, und Zipser wünschte, ein anderes College hätte ihn genommen. Besonders unangenehm fand er Skullions Verhalten. Der Pförtner schien ihn für einen Eindringling zu halten und deckte ihn mit einem Schwall von Beleidigungen ein, wie man sie sich normalerweise für Lieferanten aufhob. Zipsers Versuche, ihn mit der Erklärung zu beschwichtigen, seine Heimatstadt Durham sei eine Universitätsstadt und 1380 habe es in Oxford ein Durham College gegeben, scheiterten auf der ganzen Linie. Wenn überhaupt, hatte die Erwähnung von Oxford Skullions Abneigung nur noch verstärkt.

»Unser College ist für Gentlemen«, hatte er verkündet, und damit war Zipser, der nicht einmal den Anspruch erhob, auch nur ein putativer Gentleman zu sein, gebrandmarkt. Skullion hatte ihn auf dem Kieker.

Als er die Market Hill Street überquerte, warf er einen Blick auf die Uhr an der Guildhall. Es war fünf nach halb eins. Folglich war das Haupttor geschlossen und Skullion im Bett. Zipser verlangsamte seine Schritte. Jede Eile war zwecklos. Genausogut könnte er jetzt die ganze Nacht über draußen bleiben. Jedenfalls würde er Skullion nicht herausklopfen und sich deshalb beschimpfen lassen. Es wäre nicht das erstemal, daß er die ganze Nacht durch Cambridge wanderte. Natürlich durfte er auch Mrs. Biggs, die Aufwartefrau, nicht vergessen. Sie weckte ihn jeden Morgen und mußte es melden, wenn sein Bett unberührt geblieben war, aber Mrs. Biggs zeigte sich entgegenkommend. »Mit einem Pfund im Portemonnaie kann man sich schon mal 'n Floh ins Ohr setzen lassen«, hatte sie nach seiner ersten Nachtwanderung erklärt, und Zipser hatte frohgemut gezahlt. Mrs. Biggs war in Ordnung. Er mochte sie. Trotz ihrer Leibesfülle hatte sie etwas beinahe Menschliches.

Zipser zitterte, teils wegen der Kälte und teils, weil er an Mrs. Biggs denken mußte. Mittlerweile fiel der Schnee immer dichter, und es war klar, daß er bei diesem Wetter nicht die ganze Nacht draußen bleiben konnte. Genausowenig wie er Skullion aufwecken würde. Also mußte er über die Mauer klettern. Zwar ein würdeloses Unterfangen für einen Doktoranden, doch er hatte keine andere Wahl. Er überquerte die Trinity Street und ging am Caius College vorbei. Unten angekommen, wandte er sich nach rechts, bis er das Hintertor zum Weg erreichte. Die Eisenspitzen auf der Mauer über ihm sahen bedrohlicher aus denn je, doch draußen bleiben konnte er nicht. Bei dem Versuch würde er wahrscheinlich erfrieren. Vor Trinity Hall fand er ein Fahrrad, das er den Weg entlangschleppte und gegen die Mauer lehnte. Dann kletterte er hoch, bis er die Spitzen umklammern konnte. Er hielt einen Moment inne, ehe er mit einem letzten Ruck ein Knie auf die Mauer und einen Fuß unter die Spitzen brachte. Vorsichtig zog er sich hoch, schwang das andere Bein hinüber, fand Halt und sprang. Nach der weichen Landung in einem Blumenbeet rappelte er sich auf. Er wollte sich gerade den Weg unter den Buchen entlang entfernen, da bewegte sich etwas im Dunkeln, und eine Hand legte sich auf seine Schulter. Zipser reagierte rein instinktiv. Er schlug wie wild um sich und auf den Angreifer ein, und im nächsten Moment flog ein Bowlerhut durch die Luft, während Zipser unter Mißachtung der College-Vorschrift, daß nur Fellows den Rasen betreten dürfen, quer übers Gras auf den Neuen Hof zurannte. Auf dem Kiesweg hinter ihm lag schwer atmend Skullion, dessen dunkle Gestalt Zipser am Boden sah, als er durch das Tor in den Hof einbog und einen Blick über die Schulter warf. Dann war er im Aufgang O und stieg die Stufen zu seinem Zimmer hoch. Er schloß die Tür auf und stand schwer japsend im Finstern. Es mußte Skullion sein, das hatte ihm der Bowler verraten. Er hatte einen College-Pförtner tätlich angegriffen, ins Gesicht geschlagen und zu Boden geworfen. Er trat ans Fenster und spähte hinaus; erst jetzt ging ihm auf, daß er sich wie ein Trottel benommen hatte. Seine Fußabdrücke würden ihn verraten, Skullion brauchte ihnen nur bis zum Bull Tower folgen. Doch vom Pförtner war nichts zu sehen. Vielleicht lag er immer noch bewußtlos da draußen. Vieleicht hatte er ihn k. o. geschlagen. Zipser erschauerte angesichts dieses neuerlichen Hinweises auf seine irrationale Natur und deren furchtbare Auswirkungen auf die Menschheit. Sex und Gewalt, hatte die Referentin gesagt, seien die beiden für die leblose Zukunft der Welt verantwortlichen Faktoren, und nun verstand Zipser, was sie damit meinte.

Jedenfalls konnte er Skullion nicht da draußen erfrieren lassen, er mußte ihm helfen, auch wenn es bedeutete, daß man ihn wegen »Angriffes auf einen College-Pförtner« relegieren würde, bevor seine Doktorarbeit über den Pumpernickel als Faktor in der Politik Westfalens im sechzehnten Jahrhundert abgeschlossen war. Er ging zur Tür und langsam die Treppe hinunter.

Skullion erhob sich, hob seine Melone auf, wischte den Schnee ab und setzte sie auf. Weste und Jacke waren stellenweise voller Schnee, den er mit den Händen abklopfte. Sein rechtes Auge schwoll an. Der junge Scheißkerl hatte ihm ein mächtiges Veilchen verpaßt. »Werde langsam zu alt für diesen Beruf«, murmelte er; in seinem Kopf kämpften Wut und Respekt um die Vorherrschaft. »Aber den erwische ich noch.« Er folgte den Fußspuren über den Rasen und den Weg bis zum Tor in den Neuen Hof. Das Auge war mittlerweile so zugeschwollen, daß er mit ihm kaum etwas sehen konnte, aber Skullion dachte jetzt nicht an sein Auge. Er dachte auch nicht daran, den Missetäter zu fassen. Seine Gedanken schweiften zurück zu seiner Jugendzeit. »Was recht ist, muß recht bleiben. Wenn du sie nicht fangen kannst, kannst du sie auch nicht melden«, hatte ihm der alte Fuller, der Oberpförtner von Porterhouse, gesagt, als er neu im College war, und das stimmte auch heute noch. Am Tor bog er nach links und ging durch den Säulengang zum Pförtnerhaus und in sein Schlafzimmer. »Ein mächtiges Veilchen«, sagte er, als er im Spiegel hinter der Tür sein Auge betrachtete. Es könnte ein kleines Beefsteak vertragen. Am Morgen würde er sich aus der Küche eins holen. Er zog seine Jacke aus und knöpfte gerade die Weste auf, als die Haustür geöffnet wurde. Skullion knöpfte die Weste wieder zu, zog die Jacke an und ging ins Büro.

In der Tür zum Aufgang O beobachtete Zipser, wie Skullion den Hof in Richtung Säulengang überquerte. Na, wenigstens lag er nicht mehr im Schnee. Trotzdem konnte er, Zipser, jetzt nicht in sein Zimmer gehen, ohne etwas zu unternehmen. Er mußte nachsehen, ob mit Skullion alles in Ordnung war. Er ging durch den Hof und betrat das Pförtnerhaus. Es war leer, doch als er sich gerade umdrehen und in sein Zimmer gehen wollte, öffnete sich hinten im Raum eine Tür und Skullion tauchte auf. Sein rechtes Auge war blau angelaufen und geschwollen, und sein altes, geädertes Gesicht wirkte deformiert und schief.

»Na?« fragte Skullion aus dem Mundwinkel. Das eine Auge schaute wütend auf Zipser.

»Ich wollte mich bloß entschuldigen«, sagte Zipser verlegen.

»Entschuldigen?« Skullion schien nicht zu verstehen.

»Daß ich Sie geschlagen habe.«

»Wie kommen Sie darauf, daß Sie mich geschlagen haben?« Das unsymmetrische Gesicht funkelte ihn wütend an.

Zipser kratzte sich an der Stirn. »Tja, wie auch immer, es tut mir leid. Ich dachte, ich sollte mal nachsehen, ob Sie in Ordnung sind.«

»Sie dachten, ich würde Sie melden, stimmt's?« fragte Skullion verächtlich. »Das werde ich nicht tun. Sie sind noch mal davongekommen.«

Zipser schüttelte den Kopf. »Darum ging's mir nicht. Ich dachte, Sie könnten sich vielleicht... nun ja... verletzt haben.«

Skullion lächelte grimmig.

»Verletzt? Ich und verletzt? Was bedeutet schon 'ne kleine Schramme?« Er wandte sich ab, ging zurück in sein Schlafzimmer und schloß die Tür. Zipser ging in den Hof hinaus. Das verstand er nicht. Da schlug man einen alten Mann nieder, und dem war es egal. Das war unlogisch. Es war alles verflucht irrational. Er ging auf sein Zimmer und legte sich schlafen.

- 3 -

Der Rektor schlief schlecht. Die somatischen Effekte des Festmahls im Verein mit den psychischen Konsequenzen seiner Rede wirkten sich auf seinen Schlaf negativ aus. Während seine Frau in ihrem Einzelbett schlummerte, lag Sir Godber wach und durchlebte mit der Besessenheit eines an Schlaflosigkeit Leidenden die Ereignisse des Abends noch einmal. War es klug gewesen, dem College so auf den Schlips zu treten? Diese Entscheidung war genau kalkuliert, und sie schien durch seine politische Bedeutung vertretbar zu sein. Was auch immer die Fellows über ihn sagen mochten, sein Ruf als gemäßigter und letztlich konservativer Reformer würde ihn von dem Verdacht freisprechen, daß er der Veränderung um ihrer selbst willen das Wort redete. Als Minister, der den Slogan »Veränderung ohne Umwälzung« zu einem zentralen Bestandteil der letzten Steuerreformen gemacht hatte, war Sir Godber stolz auf seinen konservativen Liberalismus oder, wie er es einmal in einem aufschlußreichen Augenblick formuliert hatte, seine autoritäre Permissivität. Die Kampfansage an Porterhouse war gewollt und genau überlegt. Das College war grotesk altmodisch, einfach unzeitgemäß, und für einen Mann, der sein ganzes Leben danach gestrebt hatte, zeitgemäß zu sein, gab es keinen größeren Fehler. Als bedingungsloser Verfechter der Gesamtschulerziehung um jeden Preis und Vorsitzender der Evans-Kommission zur Oberstufenreform, die die polytechnische Erziehung bis zur sechsten Klasse für geistig Behinderte durchgesetzt hatte, war Sir Godber stolz darauf, genau zu wissen, was für das Land am besten war. In dieser Auffassung wurde er von seiner Frau, Lady Mary, unterstützt, deren mittlerweile eisern liberale Familie immer noch an den eher konservativen Traditionen der Whigs festhielt, was sich in dem Wahlspruch *Laisser Mieux* niederschlug. Sir Godber hatte das Motto übernommen und sich, in Verbindung mit Voltaires berühmter Maxime, zum Feind des Guten gemacht, wo immer es ihm begegnete. »Sei gut, süße Maid, und laß den schlau sein, der will«, war für Sir Godbers kämpferische Phantasie reizlos. Was süße Maiden brauchten, war eine erstklassige Erziehung, und was schlafende Hunde brauchten, war ein ordentlicher Tritt in den Allerwertesten. Genau den wollte er Porterhouse verabreichen.

Während er in der Stille der Nacht wachlag und den Glocken der Collegeuhren und Kirchen lauschte, wie sie die Stunden schlugen – ein seines Erachtens mittelalterliches und überflüssiges Warngeräusch –, entwarf Sir Godber seine Kampagne. Als erstes würde er eine gründliche Bestandsaufnahme der Collegeressourcen anordnen und die nötigen Einsparungen vornehmen, um die ihm vorschwebenden Änderungen finanzieren zu können. Bereits diese Einsparungen würden in Porterhouse Veränderungen bewirken. Das Küchenpersonal konnte ruhig ein bißchen ausgedünnt werden, und da ein großer Teil des Porterhouse-Flairs von der Küche und den Spendengeldern abhing, mit denen sie von ehemaligen Porterhouse-Studenten so reichlich eingedeckt wurden, würde eine vorsichtige Politik der Mittelkürzung in diesem Bereich den Collegecharakter bereits erheblich verändern. Zudem ließen sich solche Einsparungen mit dem geplanten Bauprogramm und den steigenden Studentenzahlen rechtfertigen. Dank seiner Erfahrungen, die er auf Hunderten von Sitzungsstunden in Ausschüssen gewonnen hatte, ahnte der Rektor voraus, welche Argumente die Fellows gegen ihn ins Feld führen würden. Einige würden sich gegen jede Veränderung in der Küche sträuben. Andere würden die Notwendigkeit steigender Studentenzahlen bestreiten. Sir Godber schmunzelte im Dunkeln glücklich vor sich hin. Auf eben solchen Differenzen beruhte sein Erfolg. Im Streit würde der eigentliche Anlaß vergessen werden, dann würde er als Schiedsrichter zwischen zerstrittenen Fraktionen auftauchen, und seine ursprüngliche Rolle als Auslöser der Divergenzen wäre vergessen. Doch als erstes brauchte er einen Verbündeten. Auf der Suche nach einer Schwachstelle ging er die Fellows durch.

Der Dekan würde sich jeder Erhöhung der Studentenzahlen mit dem Scheinargument widersetzen, daß sie die christliche Gemeinschaft, die Porterhouse seiner Meinung nach war, zerstören und, was schon eher zutraf, die Aufrechterhaltung der Diszizplin erschweren würde. Sir Godber legte den Dekan auf einer Seite ab. Von ihm war keine Hilfe zu erwarten, außer indirekt, dank seines eisernen Konservativismus, der einigen anderen Fellows auf die Nerven ging. Der Obertutor? Dieser Fall war schon schwieriger einzuschätzen. Als ehemaliger Ruderer stand er möglicherweise höheren Aufnahmequoten aufgeschlossen gegenüber, weil das College dann aus einem größeren Potential von Ruderern schöpfen könnte, was die Chancen von Porterhouse bei den inneruniversitären Ruderregatten verbessern würde. Aus Angst, die Ernährung der Rennruderer könnte leiden, würde er andererseits jede Veränderung in der Küche ablehnen. Der Rektor befand, daß hier ein Kompromiß angebracht war. Er würde die angemessene Versorgung des Bootsclubs mit Steaks garantieren, ganz gleich, welche Sparmaßnahmen sonst in der Küche durchgeführt wurden. Ja, der Obertutor würde sich breitschlagen lassen, einer Expansion zuzustimmen. Sir Godber rechnete ihn gegen den Dekan auf und nahm sich dann den Schatzmeister vor. Der war der Schlüssel, dachte er. Konnte der Schatzmeister zur Mitarbeit an der Sache der Veränderung gewonnen werden, so war dies von unschätzbarem Wert. Träte er aufgrund des finanziellen Vorteils wegen der Einnahme von mehr Studiengebühren für höhere Studentenzahlen sowie für Sparmaßnahmen in der Küche ein, wäre das von ungeheurem Gewicht. Sir Godber dachte über den Charakter des Schatzmeisters nach, und dank der Selbsterkenntnis, die der Eckpfeiler seines Erfolges gewesen war, erkannte er Opportunismus, wenn er ihn sah. Der Schatzmeister, soviel war sonnenklar, war ein ehrgeiziger Mann und wahrscheinlich unzufrieden mit dem bescheidenen Lebensstil an einem College. Der Sitz in einem königlichen Ausschuß – Sir Godber war erst vor kurzem aus dem Kabinett ausgeschieden und wußte von mehreren vakanten Posten – würde ihm Gelegenheit geben, seine nichtexistierende Persönlichkeit in den Dienst der Öffentlichkeit zu stellen, und das würde ihm die Anerkennung verschaffen, die ihn für seine fehlenden Leistungen entschädigte. Sir Godber zweifelte nicht daran, daß er seine Berufung arrangieren könnte. Für einen Mann vom Kaliber des Schatzmeisters war in königlichen Ausschüssen immer Platz. Er würde seine Aufmerksamkeit auf den Schatzmeister konzentrieren. Zufrieden mit seinen Plänen, drehte der Rektor sich auf die andere Seite und schlief ein.

Um sieben wurde er von seiner Frau geweckt, deren beharrliche Ansicht, daß »früh schlafen gehen und früh aufstehn schafft Reichtum, Weisheit, Wohlergehn«, ihn schon immer irritiert hatte. Während sie mit dem mangelnden Gespür für die Gefühle anderer

Leute, das ihre Philantropie auszeichnete, durch das Schlafzimmer hastete, musterte Sir Godber wieder einmal die Besonderheiten seiner Frau, die seinen politischen Ehrgeiz so angestachelt hatten. Lady Mary war keine attraktive Frau. Ihr eckiger Körper ließ ihre geistigen Qualitäten um so stärker hervortreten.

»Zeit zum Aufstehen«, sagte sie, als sie merkte, daß Sir Godber ein Auge geöffnet hatte.

»Nicht an uns ist es zu fragen, sterben soll'n wir ohne Klagen«, dachte der Rektor, setzte sich auf und fischte nach seinen Hausschuhen.

»Wie war das Festmahl?« fragte sie und zog die Gurte ihres Stützkorsetts mit solcher Vehemenz fest, daß Sir Godber unwillkürlich an ein Pferderennen denken mußte.

»Annehmbar, würde ich meinen«, sagte er gähnend. »Es gab mit irgend 'ner Ente gefüllten Schwan. Äußerst schwer verdaulich. Hat mich die halbe Nacht wach gehalten.«

»Du solltest dich mehr vorsehen mit dem, was du ißt.« Lady Mary setzte sich und schlug ein Bein über das andere, um sich die Strümpfe anzuziehen. »Schließlich willst du ja keinen Schlaganfall bekommen.«

»Der heißt Porterhouse Blue.«

»Wer?«

»Der Schlaganfall«, sagte Sir Godber.

»Ich dachte immer, das wäre etwas, was man vom Rudern bekommt«, sagte Lady Mary. »Oder vielleicht eine Käsesorte, so eine Art Stilton – blau geädert ...«

Sir Godber wandte den Blick von ihren Beinen. »Ist es aber nicht«, beeilte er sich zu sagen, »sondern ein durch Völlerei verursachter Schlaganfall. Eine alte Collegetradition, die ich auszurotten gedenke.«

»Das wird auch langsam Zeit«, bekräftigte Lady Mary. »Meiner Meinung nach ist es eine unglaubliche Schande, daß heutzutage dieses viele gute Essen vergeudet wird, nur um die Gefräßigkeit irgendwelcher alter Knacker zu befriedigen. Wenn ich an all die ...«

Sir Godber ging ins Bad, schloß die Tür hinter sich und drehte den Wasserhahn im Handwaschbecken auf. Durch die Tür und das Geräusch des laufenden Wassers hindurch hörte er seine Frau gedämpft über die hungernden Kinder in Indien lamentieren. Er betrachtete sich im Spiegel und seufzte. Genau wie der verflixte Hahnenschrei, dachte er. Fängt den Tag mit Gejammere an. Würde keiner verhungern, in einem Orkan ertrinken oder wegen Typhus tot umfallen, wäre sie nicht glücklich.

Er rasierte sich, zog sich an und ging zum Frühstück nach unten. Lady Mary las den *Guardian* mit einer Begeisterung, die auf eine Naturkatastrophe beträchtlichen Ausmaßes schließen ließ. Sir Godber unterließ es zu fragen, um was es sich handelte, und begnügte sich damit, die eine oder andere Rechnung zu lesen.

»Meine Liebe«, sagte er, als er fertig war, »ich führe heute morgen ein Gespräch mit dem Schatzmeister und habe vor, ihn Mittwoch zum Essen einzuladen.«

Lady Mary schaute auf. »Mittwoch paßt mir nicht, da habe ich eine Sitzung. Donnerstag wäre besser«, sagte sie. »Soll ich noch jemanden einladen? Er ist doch ein ziemlich gewöhnliches Männchen, nicht wahr?«

»Er hat seine guten Seiten«, sagte der Rektor. »Mal sehen, ob ihm der Donnerstag paßt.« Er zog sich mit der *Times* in sein Arbeitszimmer zurück. Es gab Tage, an denen der moralische Rigorismus seiner Frau wie ein Sargtuch über seiner Existenz zu hängen schien. Er fragte sich, worum es bei der Sitzung am Mittwoch gehen mochte. Bestimmt um mißhandelte Kleinkinder. Den Rektor schauderte es.

Im Büro des Schatzmeisters klingelte das Telefon.

»Ah, Herr Rektor. Selbstverständlich. Nein, überhaupt nicht. In fünf Minuten also.« Mit einem Lächeln stiller Zufriedenheit legte er den Hörer auf. Das Feilschen stand kurz bevor, und der Rektor hatte nur ihn eingeladen. Vom Büro des Schatzmeisters konnte man den Garten überblicken: Niemand hatte den Weg unter den Buchen zum Rektorhaus betreten. Während er sein Büro verließ und den Rasen überquerte, ging der Schatzmeister noch einmal die

Taktik durch, für die er sich in der Nacht entschieden hatte. Er war versucht gewesen, sich an die Spitze der Fellows und ihrer Opposition gegen jede Veränderung zu setzen. Schließlich war es im Klima der siebziger Jahre von Vorteil, wenn man die Prinzipien eines rigiden Konservativismus einhielt, und falls der Rektor sich zur Ruhe setzte oder vorher starb, könnten die Fellows aus Dankbarkeit durchaus ihn auf diesen Posten wählen. Doch davon war der Schatzmeister eigentlich nicht überzeugt. Ihm fehlte die raubtierhafte Jovialität, auf die Porterhouse bei seinen Rektoren Wert legte. Nehmen wir beispielsweise den alten Lord Wurford, Skullions Prüfstein, oder Canon Darmtract, dessen Vorlieben für Limburger Käse und Rugby auf unheilträchtige Art miteinander verschmolzen waren. Nein, der Schatzmeister konnte sich nicht vorstellen, zu ihnen gezählt zu werden. Da war es schon klüger, in die Fußstapfen seines Rektors zu treten. Er klopfte an die Tür des Rektorhauses und wurde von einem französischen Au-pair-Mädchen eingelassen.

»Ah, Schatzmeister, wie gut, daß Sie gekommen sind«, sagte der Rektor und erhob sich von seinem Stuhl hinter dem großen eichenen Schreibtisch, der vor dem Kamin stand. »Einen kleinen Madeira? Oder möchten Sie lieber etwas Moderneres?« Der Rektor kicherte. »Einen Campari zum Beispiel. Etwas, das die Kälte fernhält.« Leise gluckerten im Hintergrund die Heizkörper. Der Schatzmeister dachte über die Frage nach.

»Ich glaube, etwas Moderneres wäre angebracht, Herr Rektor«, sagte er schließlich.

»Ganz Ihrer Meinung, Schatzmeister, absolut Ihrer Meinung«, sagte der Rektor und goß die Drinks ein. »Nun denn«, fuhr er fort, als der Schatzmeister in einem Sessel Platz genommen hatte, »kommen wir aufs Geschäftliche.«

»Aufs Geschäftliche«, wiederholte der Schatzmeister und hob sein Glas im irrigen Glauben, ein Trinkspruch sei ausgebracht worden.

Der Rektor beäugte ihn neugierig. »Ja. Also«, sagte er, »ich habe Sie heute morgen zu einem Gespräch über die Collegefinanzen hergebeten. Wenn ich den Prälektor richtig verstanden habe, teilen wir beide uns die Verantwortung in diesem Bereich. Oder täusche ich mich?«

»Völlig richtig, Herr Rektor«, sagte der Schatzmeister.

»Aber natürlich liegt die Zuständigkeit grundsätzlich bei Ihnen als dem Schatzmeister. Das ist mir ganz recht so«, fuhr der Rektor fort. »Ich habe nämlich keinerlei Interesse, mich in Ihre Befugnisse bei diesen Dingen einzumischen, seien Sie dessen versichert.« Er lächelte dem Schatzmeister freundlich zu. »Ich habe Sie heute morgen hergebeten, um Ihnen zu versichern, daß die gestern abend von mir erwähnten Änderungen ganz allgemeiner Natur sein werden. Ich plane keine Veränderungen in der Collegeverwaltung.«

»Verstehe«, sagte der Schatzmeister und nickte zustimmend. »Bin ganz Ihrer Meinung.«

»Wirklich schön, daß Sie das so sehen, Schatzmeister«, sagte der Rektor. »Ich hatte den Eindruck, daß mein kleiner Einfall bei den weniger... äh... modernen rangälteren Fellows nicht auf ungeteilte Gegenliebe stieß.«

»Wir sind ein sehr traditionelles College, Herr Rektor«, sagte der Schatzmeister.

»Ja, schon, aber ich vermute, daß einige von uns etwas weniger traditionell als andere sind, wie, Schatzmeister?«

»Das kann man wohl mit Fug und Recht behaupten, Herr Rektor«, pflichtete der Schatzmeister bei.

Wie zwei ältliche Hunde umkreisten sie einander argwöhnisch auf der Suche nach dem Erkennungsgeruch und beschnüffelten jedes Zögern, damit ihnen auch ja keine Spur irgendeiner Komplizenschaft entging. Veränderungen waren unvermeidlich. Allerdings, allerdings. Die alte Ordnung. Stimmt genau. Stimmt genau. Wir, die wir über Autorität verfügen. Durchaus, durchaus. Auf dem Kaminsims tickte die Alabasteruhr weiter. Eine Stunde verstrich mit solchen einleitenden Plänkeleien, und bei einem zweiten, größeren Campari ließ Sir Godber seine Position als Rektor ein wenig in den Hintergrund treten.

»Es ist die blanke Tiernatur vieler unserer Studenten, die mir mißfällt«, gestand er dem Schatzmeister.

»Wir wirken anziehender auf die weniger Sensiblen, das muß ich zugeben.« Der Schatzmeister paffte zufrieden seine Zigarre.

»Unsere wissenschaftlichen Leistungen sind kläglich. Wann hatten wir zum letzten Mal ein summa cum laude?«

»1956«, sagte der Schatzmeister.

Der Rektor verdrehte die Augen.

»In Geographie.« Der Schatzmeister konnte nicht umhin, Salz in die Wunde zu reiben.

»In Geographie. Das hätte man sich denken können.« Sir Godber stand auf und blickte durch die Terrassenfenster auf den verschneiten Garten. »Es wird Zeit, das alles zu ändern. Wir müssen zu dem Wunsch unseres Gründers zurückkehren, uns ›eifrig mit dem Lernen zu beschäftigen‹. Wir müssen Kandidaten mit guten Zeugnissen aufnehmen statt dieser Horde von Analphabeten, um die wir uns offenbar zur Zeit kümmern.«

»Dem steht so manches Hindernis im Wege«, seufzte der Schatzmeister.

»Ganz recht. Da wäre zunächst der Obertutor. Er ist für die Zulassung verantwortlich.«

»Ich dachte eher an unsere, wie soll ich das nennen, Abhängigkeit von den Begabungsspenden«, unterbrach der Schatzmeister.

»Den Begabungsspenden? Von denen habe ich noch nie gehört.«

»Das haben die wenigsten, Herr Rektor, abgesehen natürlich von den Eltern unserer Studenten mit nicht besonders herausragenden Leistungen.«

Sir Godber runzelte die Stirn und starrte den Schatzmeister an. »Wollen Sie damit andeuten, daß wir Kandidaten ohne die nötigen Qualifikationen aufnehmen, wenn ihre Eltern in eine Stiftung einzahlen?«

»So ist es leider. Offen gesagt könnte das College ohne diese Beträge seine Arbeit kaum fortsetzen«, informierte ihn der Schatzmeister.

»Aber das ist ja ungeheuerlich. Also, das ist doch gleichbedeutend mit dem Verkauf von akademischen Graden.«

»Nicht gleichbedeutend, Herr Rektor. Identisch.«

»Aber was ist mit den Examen, die mit einem Prädikat verbunden sind?«

Der Schatzmeister schüttelte den Kopf. »Äh, nach solchen Gipfeln streben wir leider nicht. Bei uns geht es eher um Zwischenprüfungen und gewöhnliche akademische Grade. Nichts weiter als normale, altmodische Bachelors of Arts. Wir reichen die Namen ein, und sie werden problemlos akzeptiert.«

Sir Godber nahm verblüfft Platz.

»Du lieber Himmel, und Sie wollen mir einreden, das College könnte ohne diese... ähem... Spenden... verflucht, ohne diese Bestechungsgelder nicht überleben?«

»Kurz und trocken, Herr Rektor«, sagte der Schatzmeister, »Porterhouse ist pleite.«

»Aber warum? Was machen andere Colleges?«

»Ach«, sagte der Schatzmeister, »das ist etwas ganz anderes. Die meisten sind stinkreich. Durch clevere Investitionen über lange Jahre hinweg. Trinity beispielsweise ist meines Wissens nach der Königin und der anglikanischen Kirche der drittgrößte Grundbesitzer des Landes. King's College hatte Lord Keynes als Schatzmeister. Bei uns war das leider Lord Fitzherbert. Während Keynes ein Vermögen verdient hat, verlor Fitzherbert eins. Sie haben doch von dem Mann gehört, der die Bank in Monte Carlo in den Bankrott getrieben hat?«

Der Rektor nickte traurig.

»Lord Fitzherbert«, sagte der Schatzmeister.

»Aber er muß doch ein Vermögen gemacht haben«, sagte der Rektor.

Der Schatzmeister schüttelte den Kopf. »Nicht die Bank *von* Monte Carlo hat er in den Bankrott getrieben, Rektor, sondern die Bank *in* Monte Carlo, unsere Bank, die Anglian Lowland Bank. Die Kugel rollte, und zwei Millionen waren futsch. Hat sich von dem Schlag nie mehr erholt.«

»Überrascht mich nicht«, sagte der Rektor. »Ich frage mich bloß, ob er sich nicht an Ort und Stelle das Gehirn weggepustet hat.«

»Ich meine die Bank, Herr Rektor, nicht Lord Fitzherberts. Er kam zurück und wurde schließlich sogar zum Rektor gewählt«, sagte der Schatzmeister.

»Zum Rektor gewählt? Kommt mir seltsam vor, einen Mann zu wählen, der den Laden in die Pleite getrieben hat. Ich hätte gedacht, man würde ihn lynchen.«

»Ehrlich gesagt war das College noch eine ganze Weile auf ihn angewiesen. Soviel ich weiß, haben uns die Gelder aus seinem Nachlaß geholfen, schwere Zeiten zu überstehen.« Der Schatzmeister seufzte. »Sie müssen daher verstehen, verehrter Rektor, daß ich Sie zwar prinzipiell unterstütze, doch leider zwingt uns die ... äh ... prekäre finanzielle Lage gewisse Beschränkungen auf, was die Durchführung der von Ihnen vorschwebenden Veränderungen anbelangt. Wir müssen uns mächtig nach der Decke strecken.« Der Schatzmeister trank seinen Campari aus und stand auf. Der Rektor blieb sitzen und starrte auf den Garten. Es hatte wieder angefangen zu schneien, doch er merkte es nicht. Er war mit anderen Dingen beschäftigt. Wie er so auf seine lange Laufbahn zurückblickte, fiel ihm plötzlich ein, daß er diese Situation schon einmal erlebt hatte. Die Argumente des Schatzmeisters waren die des Finanzministeriums und der Bank von England gewesen. Sir Godbers Ideale waren schon immer an den Klippen finanzieller Zwänge zerschellt. Diesmal würde es anders sein. Unter die Frustrationen eines ganzen Lebens würde ein Schlußstrich gezogen werden. Sir Godber hatte nichts zu verlieren, Porterhouse würde sich ändern oder kaputtgehen. Von dem Vorbild Lord Fitzherberts beflügelt, erhob sich Sir Godber und drehte sich zum Schatzmeister um. Doch der war nicht mehr da. Er hatte sich auf Zehenspitzen aus dem Zimmer geschlichen, und man konnte sehen, wie er vorsichtig durch den Garten davonwatschelte.

- 4 -

Zipser verschlief. Die geistigen wie körperlichen Strapazen hatten ihn ausgelaugt. Als er endlich aufwachte, war Mrs. Biggs schon in seinem Nebenzimmer zugange, wo sie Möbel rückte und Staub wischte. Zipser hörte ihr vom Bett aus zu. Wie in »Das Haus am Eaton Place«, dachte er. Mrs. Biggs, die Aufwartefrau. Skullion, der Oberpförtner. Der Dekan. Der Obertutor. Relikte eines antiken kindischen Spiels. Ganz Porterhouse hatte so etwas an sich. Ihr da oben – wir hier unten.

Während er dalag und der tierhaften Tapsigkeit von Mrs. Biggs' Bewegungen lauschte, dachte Zipser über den merkwürdigen Lauf der Dinge nach, der ihn in die Rolle eines Herrn befördert hatte, während Mrs. Biggs eine aggressive Unterwürfigkeit an den Tag legte, die zu ihrer Persönlichkeit und eindrucksvollen Körperfülle so gar nicht passen wollte. In seinen Augen war es eine seltsame Beziehung, die ihre unheimliche Anziehungskraft auf ihn nur noch komplizierter machte. Es war wohl so, daß Mrs. Biggs, im Gegensatz zur Künstlichkeit von allem anderen in Cambridge, mit ihrer Körperfülle eine natürliche Wärme ausstrahlte, die ihren Reiz ausmachte. Bestimmt gab es keine andere Erklärung. Betrachtete man sie Stück für Stück – und Zipser wußte nicht, wie er sie sonst betrachten sollte –, war die Aufwartefrau außergewöhnlich unattraktiv. Nicht allein die Größe ihrer Gliedmaßen war erstaunlich, sondern auch die rohe Kraft dieser Person. Mrs. Biggs' Gang war eine Manifestation bedrohlicher Mütterlichkeit, während sich ihr Gesicht eine Jugendlichkeit bewahrt hatte, die so gar nicht zu ihrer Leibesfülle passen wollte. Nur ihre Stimme verriet, wie gewöhnlich sie war, ihre Stimme und ihre Gespräche, in denen sie hauchdünn am Obszönen vorbeischrammte und Unterwürfigkeit mit Vertraulichkeit so mischte, daß er nie wußte, wie reagieren. Er stieg aus dem Bett und zog sich an. Es war ein Treppenwitz der Weltgeschichte, dachte er, daß Mrs. Biggs' offenkundige Reize in einem College, das auf sein Festhalten an alten Werten so stolz war, unbeachtet blieben. In der Altsteinzeit wäre sie eine Prinzessin gewesen, und er fragte sich gerade, wann genau in der Geschichte die Mrs. Biggses aufgehört hatten, das Schönheitsideal schlechthin zu sein, als sie an die Tür klopfte.

»Mr. Zipser, ha'm Sie was an?« rief sie.

»Moment, ich komme«, rief Zipser zurück.

»Würde mich überhaupt nicht wundern«, murmelte Mrs. Biggs vernehmlich.

Zipser öffnete die Tür.

»Ich habe nicht den ganzen Tag Zeit«, sagte Mrs. Biggs und schob sich provozierend an ihm vorbei.

»Tut mir wirklich leid, daß ich Sie aufgehalten habe«, sagte Zipser spöttisch.

»Mich ausgehalten? Hör sich das einer an. Und wie kommen Sie auf den Gedanken, mich würde es stören, wenn mich jemand aushält?«

Zipser errötete. »Sie haben mich absichtlich mißverstanden«, sagte er verbittert.

»Sehr schmeichelhaft, hoho«, sagte Mrs. Biggs und musterte ihn mit schelmischem Tadel. »Wir sind heute morgen wohl mit dem linken Fuß zuerst aufgestanden, was?«

Zipser registrierte den Plural mit wohligem Schaudern und schlug die Augen nieder. Er fand Mrs. Biggs' schweinemäßig enge Stiefel hinreißend.

»Mr. Skullion hat heute morgen ein blaues Auge«, fuhr die Aufwartefrau fort. »Muß sich 'nen schweren Schwinger gefangen haben. Wurde auch langsam Zeit. Sag' ich zu ihm: ›Ihnen hat wohl jemand eine verpaßt.‹ Wissen Sie, was er darauf sagt?« Zipser schüttelte den Kopf. »Darauf sagt er: ›Ich wäre Ihnen sehr verbunden, wenn Sie Ihre Kommentare für sich behielten, Mrs. Biggs.‹ Das hat er gesagt. Blöder alter Trottel. Weiß nicht, in welchem Jahrhundert er lebt.« Zipser folgte ihr ins Nebenzimmer. Er setzte den Kessel für das Kaffeewasser auf, während Mrs. Biggs eifrig hin und her lief und irgendwelche Gegenstände hochhob und wieder absetzte, als wäre sie beschäftigt, was aber lediglich der Untermalung ihrer Stimmung diente. Die ganze Zeit über ratterte sie ihr tägliches Quantum belangloser Informationen herunter, während Zipser wie ein Toreador durch das Zimmer irrte, der versucht, einem geschwätzigen Stier auszuweichen. Jedesmal, wenn sie ihn streifte, verspürte er eine animalische Anziehungskraft, die alle Erwägungen des Geschmacks und jenes Gefühl für Ästhetik außer Kraft setzte, das während seines Studiums hätte heranreifen sollen. Schließlich stand er in einer Ecke, konnte kaum an sich halten und wandte den Blick nicht von ihrer durchs Zimmer polternden Gestalt. Ihre Worte verloren jeden Sinn, wurden ein wohltuender Geräuschteppich, eine wellenförmige Begleitung zum Wogen ihrer Schenkel und den mächtigen Brechern ihrer Hinterbacken, die sich glänzend und mit Grübchen unter dem Rock abzeichneten. »Sag' ich zu ihm: ›Sie wissen ja, was Sie mit Ihrem ...‹« Mrs. Biggs' Stimme gab Zipsers schreckliche Gedanken wider. Als sie sich bückte, um den Staubsauger einzustöpseln, hüpften ihre Brüste in der Bluse, sie wogten mit einer Kraft, die Zipser nahezu unwiderstehlich fand. Er spürte, daß er wie ein von der widernatürlichen Zuneigung zu einem gewaltigen Gegner getriebener Boxer aus seiner Ecke kam. In seinem Mund drängten sich Worte. Unerwünschte Worte. Unaussprechliche Worte.

»Ich will dich«, sagte er. Die endgültige Blamage ersparte ihm der plötzlich losröhrende Staubsauger.

»Was sagten Sie eben?« überschrie Mrs. Biggs das Getöse. Das Ansaugrohr preßte sie gegen ein Sesselkissen.

Zipser lief puterrot an. »Nichts«, brüllte er und ließ sich wieder in seine Ecke sinken.

»Sack ist voll«, sagte Mrs. Biggs und schaltete das Gerät ab.

In der nun folgenden Stille lehnte Zipser sich gegen die Wand, entsetzt von seinem grauenhaften Bekenntnis. Gerade wollte er zur Tür sprinten, als Mrs. Biggs sich bückte und die Klammern am hinteren Teil des Staubsaugers öffnete. Zipser starrte in ihre Kniekehlen. Diese Stiefel, diese Hautfalten, die Wölbung ihrer Schenkel, der Rand ihrer Strümpfe, der Halbmond ...

»Sack ist voll«, wiederholte Mrs. Biggs. »Die Saugwirkung ist gleich null, wenn der Sack voll ist.«

Sie richtete sich auf, in den Händen den grauen, aufgeblähten Sack... Zipser schloß die Augen. Mrs. Biggs leerte den Sack in den Papierkorb. Eine graue Staubwolke verteilte sich im Zimmer.

»Fühlen Sie sich auch wohl, Jungchen?« fragte sie und musterte ihn mütterlich besorgt. Zipser öffnete die Augen und starrte ihr ins Gesicht.

»Mir geht's prima«, rang er sich ab, während er versuchte, den Blick von ihren Lippen zu wenden. Mrs. Biggs' dick aufgetragener Lippenstift glänzte. »Ich habe nicht besonders gut geschlafen, das ist alles.«

»Zuviel Arbeit und nicht genug Vergnügen ist noch keinem Jungen gut bekommen«, verkündete Mrs. Biggs, den Staubsack schlaff in der Hand haltend. Auf Zipser übte das Ding eine erotische Anziehungskraft aus, die er nicht zu analysieren wagte. »Jetzt setzen Sie sich erst mal hin, ich mache Ihn' 'n Kaffee, und schon geht's Ihn' besser.« Mrs. Biggs' Hand packte seinen Arm und führte Zipser zu einem Stuhl, auf den er sich fallen ließ. Dann starrte er den Staubsauger an, während Mrs. Biggs sich wieder einmal bückte – und nun, da Zipser saß und ihr näher war, noch mehr enthüllte –, den Sack in das Gerät einführte und es einschaltete. Es folgte ein furchtbares Dröhnen, dann wurde der Sack mit einer Macht ins Innere der Maschine gesogen, die haargenau Zipsers Gefühlen entsprach. Mrs. Biggs richtete sich auf und ging zum Kaffeemachen in die Dienerkammer, während Zipser matt auf dem Stuhl herumrutschte. Was mit ihm geschah, war ihm unbegreiflich. Alles war so entsetzlich. Er mußte verschwinden. Er konnte unmöglich ruhig sitzen bleiben, wenn sie im selben Zimmer war, sonst würde er etwas Furchtbares tun. Er hatte sich nicht mehr in der Gewalt, er würde Dinge sagen... Gerade wollte er aufstehen und sich davonstehlen, als Mrs. Biggs mit zwei Tassen Kaffee zurückkam.

»Sie sehen wirklich seltsam aus«, sagte sie und drückte ihm eine Tasse in die Hand. »Sie sollten zu einem Arzt gehen. Vielleicht haben Sie sich irgendwas eingefangen.«

»Gewiß«, sagte Zipser gehorsam. Mrs. Biggs setzte sich ihm gegenüber und trank ein paar Schlückchen Kaffee. Zipser versuchte, nicht immer auf ihre Beine zu sehen und ertappte sich dabei, wie er auf ihre Brüste starrte.

»Sind Sie oft in solchen Schwulitäten?« erkundigte sich Mrs. Biggs.

»Schwulitäten?« sagte Zipser, von dieser Anschuldigung aus seinen Träumen gerissen. »Gewiß nicht.«

»Habe ja bloß gefragt«, sagte Mrs. Biggs. Mit eindeutig anzüglichem Schlürfen trank sie einen Mundvoll Kaffee. »Ich hatte mal 'n jungen Mann«, fuhr sie fort, »genau so einer wie Sie. Geriet ab und an in Schwulitäten. Warf sich hin und her und wand sich ganz furchtbar. Brauchte immer 'ne Menge Zeit, um ihn am Boden festzuhalten, ehrlich.«

Zipser starrte sie verzückt an. Die Vorstellung, von Mrs. Biggs festgehalten zu werden, während er sich am Boden wand, überstieg seine Kräfte. Mit einem Ruck, wobei er seinen Kaffee verschüttete, sprang Zipser vom Stuhl und raste aus dem Zimmer. Er rannte nach unten und hinaus in die Sicherheit. »Ich muß etwas unternehmen. Ich hab' mich nicht mehr unter Kontrolle. Zuerst Skullion, und jetzt Mrs. Biggs.« In aller Eile verließ er Porterhouse und ging durch das Clare College zur Universitätsbibliothek.

Allein ins Zipsers Zimmer schaltete Mrs. Biggs den Staubsauger an und schob ihn am Griff durch das ganze Zimmer. Bei der Arbeit sang sie laut »Love me tender, love me true« vor sich hin. Ihre heisere, falsche Stimme übertönte der Lärm des Electrolux.

Der Dekan verbrachte den Morgen mit Briefeschreiben an Mitglieder der Porterhouse-Gesellschaft. Als Sekretär der Gesellschaft besuchte er die jährlichen Diners in London und Edinburgh und korrespondierte regelmäßig mit Mitgliedern, von denen viele in Australien oder Neuseeland lebten; für sie stellten die Briefe des Dekans eine Verbindung mit ihrer Zeit in Porterhouse dar, von der sie gesellschaftlich immer noch zehrten. Für den Dekan stellte allein schon die weite Entfernung seiner Briefpartner und besonders ihr Hang, anzunehmen, daß sich seit ihrer Studienzeit nichts verändert habe, eine dauerhafte Beruhigung dar. Sie halfen ihm, einen allgewaltigen Konservativismus aufrechtzuerhalten, der wenig Bezug zur Realität hatte. Nach der Rede des neuen Rektors war es nicht leicht, diesen Anspruch beizubehalten, und so kroch der Füller in der gefleckten Hand des Dekans so langsam über das Papier wie eine des Schreibens kundige, aber altersschwache Schildkröte. Hin und wieder hob er den Kopf und suchte nach Anregungen in den scharfgeschnittenen Gesichtern der jungen Männer, deren Fotografien seinen Schreibtisch überhäuften und mit sepiabrauner Arroganz von den Wänden seines Zimmers herabstarrten. Der Dekan erinnerte sich an ihre Sportbegeisterung und jugendliche Taktlosigkeit, an die Verkäuferinnen, die sie kompromittiert, und die Schneider, die sie geprellt hatten, und an die Prüfungen, in denen sie durchgefallen waren; von seinem Fenster konnte er auf den Brunnen schauen, in den sie so viele Homosexuelle getaucht hatten. Es war alles von einer so gesunden und natürlichen Gewalttätigkeit gewesen, so ganz anders als der schlaffe Ästhetizismus von heute. Sie hatten nicht zum Wohle der Kulis in Indien gefastet oder protestiert, weil in Brasilien ein Anarchist im Gefängnis saß, oder das Hotel Garden House gestürmt, weil ihnen die griechische Regierung mißfiel. In gehobener Stimmung hatten sie gehandelt. Normal. Der Dekan lehnte sich in seinem Stuhl zurück und dachte an den prachtvollen Krawall am Guy-Fawkes-Abend des Jahres 1948. Ihm fiel die Bombe ein, die im Haus des Universitätssenats die Fensterscheiben zerschmettert hatte, die Rauchbombe in der Toilette auf dem Marktplatz, die beinahe den Tod eines alten Mannes mit zu hohem Blutdruck verursacht hatte. Die mit Glassplittern von eingeschlagenen Laternen übersäten Straßen. Der Bus, den sie in die andere Richtung geschoben hatten. Die durch die Luft fliegenden Polizistenhelme. Das Auto, das sie auf der King's Parade umgekippt hatten. In dem hatte eine schwangere Frau gesessen, fiel dem Dekan ein, und hinterher hatten alle zusammengelegt, um ihr den Schaden zu ersetzen. Kerle mit Herzen aus Gold. Die gab es heutzutage überhaupt nicht mehr. Von der Erinnerung beflügelt, huschte sein Füller über die Seite. Um den Charakter von Porterhouse zu ändern, brauchte es mehr als Sir Godber Evans. Dafür würde er sorgen. Gerade hatte er einen Brief beendet und adressierte den Umschlag, als es klopfte.

»Herein«, rief der Dekan. Die Tür öffnete sich, und Skullion trat ein, in der Hand seinen Bowlerhut.

»Guten Morgen, Sir«, sagte Skullion.

»Guten Morgen, Skullion«, sagte der Dekan. Diese zwanzig Jahre alte Zeremonie, der tägliche Bericht des Pförtners, begann immer mit dem Austausch höflicher Belanglosigkeiten. »Starker Schneefall heute nacht.«

»Sehr stark, Sir. Mindestens acht Zentimeter.«

Der Dekan leckte die Lasche des Briefumschlags an und klebte ihn zu. »Schlimmes Auge haben Sie da, Skullion.«

»Bin auf dem Weg ausgerutscht, Sir. Vereist«, sagte Skullion. »Mächtig glatt.«

»Glatt? Ist wohl entwischt, wie?« fragte der Dekan.

»Jawohl, Sir.«

»Schön für ihn«, sagte der Dekan. »Gut zu wissen, daß es immer noch ein paar Studenten mit Mumm in den Knochen gibt. Keine weiteren Meldungen?«

»Nein, Sir. Keine Meldungen. Nur was über Smutje, Sir.«

»Smutje? Was ist mit ihm?«

»Also, es geht nicht bloß um ihn. Es ist wegen uns allen. Sind sehr beunruhigt über die Rede des Rektors«, sagte Skullion, vorsichtig auf dem Drahtseil zwischen ungebührlicher Bemerkung und berechtigtem Protest balancierend. Manche Dinge konnte man dem Dekan sagen, andere hingegen nicht. Von der Entrüstung des Kochs zu berichten, schien ihm ein ungefährlicher Weg zu sein, seine eigenen Gefühle vorzutragen.

Der Dekan drehte seinen Sessel in die andere Richtung und schaute aus dem Fenster, weil er sich aus der Verlegenheit winden wollte. Einerseits war er auf Skullions Informationen angewiesen, andererseits bestand immer die Gefahr, Aufsässigkeit stillschweigend zu dulden oder wenigstens eine Vertraulichkeit zu fördern, die der Disziplin abträglich war. Doch Skullion war nicht der Mann, der solch eine Situation ausnutzte. Der Dekan traute ihm.

»Sie können dem Koch mitteilen, daß sich nichts ändert«, sagte er schließlich. »Der Rektor hat nur mal vorgefühlt. Er wird's noch lernen.«

»Jawohl, Sir«, sagte Skullion zweifelnd. »Eine sehr beunruhigende Rede, Sir.«

»Danke, Skullion«, sagte der Dekan abschließend.

»Danke, Sir«, sagte Skullion und ging.

Der Dekan drehte seinen Stuhl zum Schreibtisch und nahm wieder den Füller zur Hand. Skullions ablehnende Haltung hatte in ihm eine neue Entschlossenheit wachgerufen, Sir Godbers Plänen Paroli zu bieten. Da waren beispielsweise die vielen Ehemaligen. Ihre Meinung und ihr Einfluß könnten entscheidend sein, wenn man sie richtig organisierte. Es könnte nichts schaden, dieser Meinung jetzt Gestalt zu verleihen.

Skullion ging wieder ins Pförtnerhaus und sortierte die zweite Post. Das Gespräch mit dem Dekan hatte seine Zuversicht nur teilweise wiederhergestellt. Der Dekan wurde alt. Im Collegerat hatte seine Stimme nicht mehr das gleiche Gewicht wie früher. Heute hörte man auf den Schatzmeister und was *den* anging, hatte Skullion so seine Zweifel. Er bekam den *New Statesman* und den *Spectator* und las die *Times*, nicht den *Telegraph* wie die anderen Honoratioren. »Weder Fisch noch Fleisch noch Geflügel oder ein ordentlicher Bückling«, faßte Skullion mit seinem bekannten politischen Scharfsinn zusammen. Geriet der erst mal dem Rektor in die Finger, konnte man nicht vorhersagen, in welche Richtung er sein Fähnchen wehen lassen würde. Skullion dachte, es könnte langsam an der Zeit sein, General Sir Cathcart D'Eath in Coft einen Besuch abzustatten. Normalerweise kreuzte er jeden ersten Dienstag im Monat zu einem rituellen Besuch mit Neuigkeiten aus dem College dort auf, außerdem zu einem Plausch mit einem vertrauenswürdigen Stallburschen in Sir Cathcarts Rennstall, dessen Informationen bisher sehr geholfen hatten, Skullions dürftiges Einkommen aufzupolieren. Sir Cathcart war einer von Skullions Schützlingen gewesen, und die Schuld war nie richtig beglichen worden. »Ich nehme mir den Nachmittag frei«, sagte er zu Walter, dem Unterpförtner, als er die Post sortiert und Walter Dr. Baxters allwöchentliches Exemplar von *The Boy* wieder in den neutralen Umschlag zurückgesteckt hatte.

»Was ist los? Gehen Sie angeln?« fragte Walter.

»Was ich tue, geht dich gar nichts an«, wies Skullion ihn zurecht. Er zündete seine Pfeife an, ging ins Nebenzimmer, um sich seinen Mantel zu holen, und kurz darauf radelte er mit der pflichtgemäßen Vorsicht und Aufmerksamkeit über die Magdalene Bridge in Richtung Coft.

Zipser saß im dritten Stock des Nordflügels der Universitätsbibliothek und versuchte, sich mit dem Einfluß des Pumpernickels auf die Politik von Osnabrück im sechzehnten Jahrhundert zu beschäftigen, doch ohne Erfolg. Daß es früher *bonum paniculum* geheißen hatte, war ihm mittlerweile egal, und sein Interesse an den politischen Verhältnissen in Westfalen hatte stark abgenommen. Das drängende Problem waren seine Gefühle für Mrs. Biggs.

Zwischen den Regalen verbrachte er eine Stunde mit dem fieberhaften Durchblättern von Lehrbüchern der klinischen Psychologie auf der Suche nach einer medizinischen Erklärung für die Symptome irrationaler Gewalt und nicht zu unterdrückender Sexualität, wie sie neuerdings in seinem Verhalten aufgetreten waren. Seiner Lektüre nach zu urteilen, litt er anscheinend an einer ganzen Reihe unterschiedlicher Krankheiten. Einerseits ließ seine Attacke auf Skullion auf Paranoia schließen, »gewalttätiges Verhalten als Resultat von Verfolgungswahn«, während seine erotische Affinität zu Mrs. Biggs sogar noch beunruhigender war und offenbar auf Schizophrenie mit sadomasochistischen Tendenzen hindeutete. Paranoide Schizophrenie, die Kombination beider Krankheiten, war offenbar die schlimmste Form von Geisteskrankheit und absolut unheilbar. Zipser starrte aus dem Fenster auf die Bäume im Garten hinter dem Fußweg und sann über lebenslangen Wahnsinn nach. Er konnte sich nicht denken, was diesen Ausbruch verursacht haben könnte. Wie aus den Lehrbüchern hervorging, spielte die

Vererbung dabei eine große Rolle, doch abgesehen von einem Onkel mit einer Vorliebe für Betonzwerge in seinem Vorgarten, der laut Zipsers Mutter nicht ganz richtig im Kopf war, fiel ihm kein Familienmitglied ein, das tatsächlich und nachweislich verrückt gewesen wäre.

Die Erklärung mußte woanders liegen. Seine Gefühle für die Aufwartefrau stellten eine Abweichung von jeder bekannten Norm dar. Das gleiche traf übrigens auch auf Mrs. Biggs zu. Sie hatte Wülste, wo eigentlich Grübchen hätten sein sollen, und hüpfte umher, wenn sie eigentlich ruhig sein sollte. Sie war zotig, vulgär, streitsüchtig und, woran Zipser überhaupt nicht zweifelte, ganz und gar unhygienisch. Daß er sich unwiderstehlich zu ihr hingezogen fühlte, war das Schlimmste, was ihm passieren konnte. Schwul zu sein, war völlig in Ordnung, ja geradezu modern. Ständige und hartnäckige sexuelle Begierde nach französischen Au-pair-Mädchen, schwedischen Sprachschülerinnen, Mädchen aus dem Boots-College, ja sogar Erstsemestern im Girton-College zu verspüren, war die Normalität schlechthin, aber Mrs. Biggs gehörte in die Kategorie Tabuthemen. Und zu wissen, daß er ihr seine wahren Gefühle offenbart hätte, wäre dies nicht durch einen zufällig eingreifenden Staubsauger verhindert worden, versetzte ihn in Panik. Er stand von seinem Tisch auf, ging nach draußen und zurück in die Stadt.

Als er an der Kirche St. Mary's the Great angekommen war, schlug die Uhr gerade zwölf. Zipser blieb stehen und las die an dem Gitter vor der Kirche angebrachten Plakate, auf denen Predigten angekündigt wurden.

CHRISTUS UND DER SCHWULE CHRIST
Rev. F. Leany

HAT SALT KEINEN PEP MEHR?
Die anglikanische Haltung zur Abrüstung
Rev. B. Tomkin

Hiob, eine Botschaft an die dritte Welt
Reverend Sutty, Bischof von Bombay

Jesus scherzt
von Fred Henry, mit Genehmigung der
Privatfernsehstation ITA sowie der Intendanz
des Palace Theatres, Scunthorpe

Bomben weg
Eine christliche Stellungnahme zu Flugzeugentführungen
von Fliegerhauptmann Jack Piggett, BOAC

Zipser starrte auf die Themen der Universitätspredigten und verspürte plötzlich ein Verlustgefühl. Was war bloß mit der alten Kirche, der Kirche seiner Kindheit geschehen, mit dem freundlichen Vikar und der praktizierten Nächstenliebe? Nicht, daß Zipser je in die Kirche gegangen wäre, aber er hatte sie im Fernsehen gesehen, und daß es sie in den einschlägigen christlich-traditionellen Fernsehserien immer noch gab, hatte ihn beruhigt. Doch nun, wo er wirklich Hilfe brauchte, gab es nur diese dürftige Parodie einer Tageszeitung mit ihrem Mischmasch von Politik und Sensationsmache. Kein Wort über das Böse und wie man damit fertig wurde. Zipser fühlte sich im Stich gelassen. Auf der Suche nach Hilfe traf er in Porterhouse ein. Er würde den Obertutor um Rat fragen. Vor dem Mittagessen war gerade noch Zeit. Zipser ging die Treppe zur Wohnung des Tutors hoch und klopfte an die Tür.

»Das Problem mit dem Festmahl ist«, sagte der Dekan und kaute auf einem Stück kalten Rindfleisches herum, »daß es einfach kein Ende nimmt. Heute kaltes Rindfleisch, morgen kaltes Rindfleisch, Donnerstag kaltes Rindfleisch. Wahrscheinlich wird man uns Freitag und Samstag Rindfleischeintopf vorsetzen und am Sonntag zur Abwechslung Rindfleischauflauf mit Soße. Nächste Woche dürfte sich die Lage langsam wieder normalisieren.«

»Gar nicht so einfach, einen ganzen Ochsen auf einmal zu verspeisen«, sagte der Schatzmeister. »Vermutlich hatten unsere Vorgänger einen, sagen wir, üppigeren Appetit.«

»Es war, und das habe ich schon immer gesagt, ein Fehler, ihn zum Premierminister zu machen«, sagte der Kaplan.

Der Obertutor nahm seinen Platz am Tisch ein. Er wirkte ernster als sonst.

»Apropos üppigerer Appetit«, sagte er grimmig. »Was einige unserer jüngeren Mitglieder angeht, habe ich schwerste Bedenken. Gerade war ein junger Mann bei mir, der behauptete, er unterliege einem gewissen Zwang, mit seiner Aufwartefrau zu schlafen.« Er nahm sich etwas Meerrettich.

Der Schatzmeister kicherte. »Wer ist es?« fragte er.

»Zipser«, antwortete der Obertutor.

»Welche Aufwartefrau?«

»Danach habe ich mich nicht erkundigt«, sagte der Obertutor. »Die Frage schien mir unerheblich.«

Der Schatzmeister überdachte das Problem.

»Wohnt er nicht im Turm?« fragte er den Dekan.

»Wer?«

»Zipser.«

»Ja. Ich glaube«, sagte der Dekan.

»Dann muß es sich um Mrs. Biggs handeln.«

Der Obertutor, der gerade überlegt hatte, was er mit einem langen Knorpelstück anfangen sollte, verschluckte es.

»Du meine Güte, Mrs. Biggs. Ich muß schon sagen, da habe ich dem jungen Zipser unrecht getan«, gestand er beunruhigt.

»Einem Menschen mit einem derart abartigen Geschmack kann man unmöglich Unrecht tun«, stellte der Dekan kategorisch fest.

»Mrs. Biggs gehört wohl kaum in die Abteilung ›verbotene Früchte‹«, kicherte der Schatzmeister.

»Schönen Dank«, sagte der Kaplan, »ich hätte gern einen Apfel.«

»Mrs. Biggs«, murmelte der Tutor. »Kein Wunder, daß der arme Kerl glaubt, er hätte nicht alle Tassen im Schrank.«

»Aber nicht doch«, sagte der Kaplan. »Soweit ich sehe, sind noch alle vorhanden.«

»Welchen Rat haben Sie ihm gegeben?« wollte der Schatzmeister wissen.

Der Obertutor sah ihn ungläubig an. »Rat? In solchen Dingen Rat zu erteilen, gehört wohl kaum zu meinen Aufgaben. Ich bin der Obertutor, kein Eheberater. Ich habe ihm also geraten, mit dem Kaplan zu sprechen.«

»Es ist eine edle Berufung«, sagte der Dekan und nahm sich eine Birne. Mit einem Seufzer aß der Obertutor sein kaltes Rindfleisch auf.

»Das zeigt mal wieder, was passiert, wenn man Doktoranden die Collegetüren öffnet. In der guten alten Zeit wäre so etwas unerhört gewesen«, sagte der Dekan.

»Vielleicht, ist aber doch wohl vorgekommen«, sagte der Schatzmeister.

»Mit Aufwartefrauen?« fragte der Dekan wütend. »Mit *Aufwartefrauen?* Verlieren Sie bitte nicht Ihren Sinn für Proportionen.«

»Nein danke, Dekan. Ich habe wirklich genug«, antwortete der Kaplan.

Gerade wollte der Dekan etwas über alte Narren sagen, als sich der Obertutor zu Wort meldete. »Im Falle von Mrs. Biggs spielen die Proportionen nun einmal die Hauptrolle.«

»Die hatten wir gestern abend«, sagte der Kaplan.

»Du lieber Himmel«, zischte der Obertutor. »Wie zum Teufel soll man ein ernsthaftes Gespräch führen, wenn er in der Nähe ist.«

»Mein Lieber«, seufzte der Prälektor, »genau diese Frage beschäftigt mich seit Jahren.«

Schweigend beendeten sie das Essen, jeder hing seinen Gedanken nach. Erst als sie sich zum Kaffee im Gemeinschaftsraum eingefunden und den Kaplan überredet hatten, in sein Zimmer zu gehen und Zipser schriftlich zum Tee einzuladen, lebte das Gespräch wieder auf.

»Ich glaube, wir sollten diese Angelegenheit in einen größeren

Zusammenhang stellen«, sagte der Dekan. »Die gestrige Rede des Rektors hat nur allzu deutlich gezeigt, daß ihm eine Ausweitung der Permissivität vorschwebt, für die jener letzte Vorfall symptomatisch ist. Soviel ich weiß, Schatzmeister, hatten Sie heute morgen ein Tête-à-tête mit Sir Godber.«

Der Schatzmeister warf ihm einen unfreundlichen Blick zu. »Der Rektor bat mich telefonisch um eine Unterredung über die Collegefinanzen. Sie könnten mir ruhig dankbar sein, daß ich mir alle erdenkliche Mühe gegeben habe, ihm die in seiner Rede angedeuteten Veränderungen auszureden.«

»Sie haben ihm erklärt, unsere Mittel lassen nicht zu, daß wir den liberalen Extravaganzen von King's oder Trinity frönen?« fragte der Obertutor. Der Schatzmeister nickte.

»Und war der Rektor zufrieden?« wollte der Dekan wissen.

»Mit ›niedergeschmettert‹ wäre seine Reaktion, glaube ich, angemessen umschrieben«, antwortete der Schatzmeister.

»Dann sind wohl alle einverstanden, daß wir sämtliche Vorschläge, die er morgen dem College unterbreitet, grundsätzlich bekämpfen«, stellte der Dekan fest.

»Meines Erachtens wäre es ratsam, seine Vorschläge anzuhören, ehe wir uns endgültig für ein Vorgehen entscheiden«, sagte der Prälektor.

Der Obertutor nickte. »Wir dürfen keineswegs unflexibel wirken. Oft wirkt der Anschein von Aufgeschlossenheit meiner Erfahrung nach besänftigend auf die radikale Linke. Diese Leute haben dann offensichtlich das Gefühl, sie müßten sich erkenntlich zeigen. Ich habe mich schon so oft gefragt, warum, aber es hat dazu beigetragen, das Land jahrelang auf dem rechten Kurs zu halten.«

»Leider haben wir es diesmal mit einem Politiker zu tun«, wandte der Dekan ein. »Ich habe das sichere Gefühl, daß der Rektor in solchen Dingen gewiefter ist, als wir ihm zutrauen. Meiner Meinung nach wäre eine geschlossene Front die beste Taktik.«

Nachdem sie ihren Kaffee ausgetrunken hatten, ging jeder seinen Geschäften nach. Der Obertutor begab sich zum Bootshaus, um die erste Mannschaft zu trainieren, der Dekan legte sich bis zur Teestunde aufs Ohr, und der Schatzmeister kritzelte den ganzen Nachmittag in seinem Büro vor sich hin und fragte sich, ob es klug war, Sir Godber von den Begabungsspenden zu erzählen. Die heftige Reaktion des Rektors hatte den Schatzmeister überrascht, und er überlegte, ob er zu weit gegangen war. Vielleicht hatte er Sir Godber und das Ungestüm, mit dem er gewisse Ideale verfocht, falsch eingeschätzt.

- 5 -

Skullion radelte auf der Barton Road in Richtung Coft. Sein fest auf dem Kopf sitzender Bowlerhut, die Fahrradklammern und sein gegen die Kälte zugeknöpfter schwarzer Mantel verliehen ihm in der verschneiten Landschaft etwas kompromißlos Episkopales. Er radelte langsam, aber beharrlich, mit Gedanken so finster wie seine Kleidung und so bitterkalt wie der Wind, der ungehindert vom Ural herüberwehte. Neben ihm sahen die wenigen Bungalows, an denen er vorbeikam, unwirklich aus, vergänglich und entwurzelt, verglichen mit der schwarzen Gestalt auf dem Fahrrad, in deren Kopf Jahrhunderte der Knechtschaft eine grimmige Selbstgerechtigkeit hervorgerufen hatten, die so leicht nichts erschüttern konnte. Unabhängigkeit nannte er ihn, diesen Haß auf jede Art von Veränderung. In Skullions Augen gab es keine Veränderung zum Besseren. Die fiel nämlich unter die Rubrik Verbesserung. Er war durchaus willens, Verbesserungen durchgehen zu lassen, vorausgesetzt, es gab nicht den leisesten Hinweis darauf, daß die Vergangenheit verbessert werden sollte. So etwas kam überhaupt nicht in Frage, und falls er insgeheim erkannte, wie unlogisch seine Argumentation war, so gestand er es sich doch nicht offen ein. Hierbei handelte es sich um eines der Geheimnisse des Lebens, das von ihm ebenso fraglos akzeptiert wurde, wie die großen metallenen Spinnweben, die man auf den Feldern neben der Straße aufgespannt hatte, damit sie die Radiosignale von seit langem erloschenen Sternen empfingen. Die Welt in Skullions Vorstellung war ebenso weit entfernt wie diese

Sterne, doch ihm genügte, daß er wie die Radioteleskope Echos von ihr empfangen konnte: in Gestalt von Männern wie dem Ehrenwerten General Sir Cathcart D'Eath, Kommandierendem Ritter des Ordens von St. Michael und St. George, Träger des großen Verdienstkreuzes.

Der Einfluß des Generals reichte bis in die höchsten Kreise, selbst Mitglieder der königlichen Familie besuchten Schloß Coft. Skullion hatte einmal eine Königinmutter majestätisch durch den Garten bummeln sehen und aus den Ställen königliches Gelächter vernommen. Der General konnte ein gutes Wort für ihn und, was noch wichtiger war, ein schlechtes für den Rektor einlegen; als Student war der damals schlicht Ehrenwerte Cathcart D'Eath einer von Skullions Schützlingen gewesen.

Skullion vergaß seine Schützlinge nie, und es bestand kaum ein Zweifel, daß keiner von ihnen, auch wenn sie es gern gewollt hätten, ihn je vergaß. Sie verdankten ihm zuviel. Es war Skullion gewesen, der die Abwicklung übernommen und als Mittelsmann fungiert hatte. Auf der einen Seite hatten faule, aber einflußreiche Anfangssemester wie der junge Adlige Cathcart gestanden, auf der anderen mittellose fortgeschrittene Studenten, die sich mühsam als studentische Hilfskräfte durchschlugen und für das Bakschisch dankbar waren, das Skullion ihnen zusteckte. Der allwöchentliche Essay wurde regelmäßig abgegeben und war für so bemerkenswert uninformierte junge Studenten erstaunlich originell. Zwei Pfund die Woche für einen Essay hatten einige wichtige Forschungen während des Promotionsstudiums finanziert. Viele Doktorwürden wären ohne diese zwei Pfund nie erlangt worden. Und dann waren da noch die Abschlußprüfungen durch einen Ersatzmann, bei denen Skullions Schützlinge sich in einer Kneipe auf der King Street räkelten, während im Prüfungssaal ihre Stellvertreter die Antworten auf die gestellten Fragen mit einwandfreier Mittelmäßigkeit zu Papier brachten. Skullion war vorsichtig gewesen, sehr vorsichtig. Nicht mehr als einen oder zwei pro Jahr und nur in Massenfächern, damit keinem unter den Hunderten von Prüflingen ein unbekanntes Gesicht auffiel. Und es hatte funktioniert.

»Das wird schon niemand merken«, hatte er den Ersatzprüflingen beruhigend versichert, ehe er ihnen fünfhundert – einmal sogar tausend – Pfund zusteckte. Und es hatte niemand gemerkt. Jedenfalls hatte der Ehrenwerte Cathcart D'Eath, dessen Unkenntnis über Disrealis Einfluß auf die konservative Partei unvermindert anhielt, auch wenn er augenscheinlich vier Seiten über das Thema geschrieben hatte, mit einer zwei Komma zwei in Geschichte abgeschlossen. Doch was er auf der einen Seite gewonnen hatte, machte er auf der anderen wieder wett, und das Pferdestudium, das er während dieser drei Jahre auf der Rennbahn von Newmarket abgeschlossen hatte, sollte sich später auszahlen. Sein absolut wahnwitziger Einsatz der Kavallerie im burmesischen Dschungel hatte die Japaner zermürbt und bei der Nennung seines Namens den Gedanken an ein Kamikaze-Element in der britischen Armee aufkommen lassen, von dessen Existenz sie nichts geahnt hatten. Sir Cathcart überstand diesen Feldzug mit zwölf Männern und einem derart lädierten Ruf, daß man ihn zum General beförderte, um die Vernichtung der gesamten Armee sowie den Verlust Indiens zu verhindern. Die frühzeitige Pensionierung und seine Kriegserfahrung, als er versucht hatte, Pferde dazu zu bewegen, das Unmögliche möglich zu machen, hatten Sir Cathcart ermutigt, zu seiner ersten Liebe zurückzukehren, und er hatte mit dem Zureiten von Pferden begonnen. Sein Rennstall in Coft war weltberühmt. Scheinbar mit Zauberhand, die jedoch weitgehend Skullions Gespür fürs Auswechseln zu verdanken war, konnte Sir Cathcart einen kurzatmigen Klepper in einen zweijährigen Sieger verwandeln und war dementsprechend wohlhabend geworden. Das auf einem großzügigen Grundstück gelegene Schloß Coft wurde vor neugierigen Blicken und Kameras durch eine hohe Mauer geschützt und besaß auch einen Ziergarten, wo in einem abgelegenen Winkel die Nebenprodukte aus dem Rennstall des Generals diskret und anonym zu »Cathcarts Katzenfutter in Dosen« verarbeitet wurden. Am Tor stieg Skullion ab und klopfte an die Tür des Pförtnerhäuschens. Ein japanischer Gärtner öffnete das Tor, ein Kriegsgefangener, dem Sir Cathcart die Weltnachrichten sorgfältig vorenthielt, welche dieser sich wegen der

Sprachbarriere nicht selbst aneignen konnte. Skullion radelte die Auffahrt zum Haus hoch.

Trotz seines Namens hatte Schloß Coft ganz und gar nichts Altertümliches. Der eindeutig aus der Regierungszeit Eduards VII. kurz nach der Jahrhundertwende stammende Backsteinbau zeugte von einer stolzen Gleichgültigkeit gegenüber Stilfragen und einem ausgeprägten Sinn für Komfort. Auf dem Kies vor der Haustür glänzte schwarz der Rolls-Royce des Generals, amtliches Kennzeichen RIP 1. Skullion stieg ab und schob sein Fahrrad um die Ecke zum Dienstboteneingang.

»Möchte den General sprechen«, gab er dem Koch zu verstehen. Gleich darauf wurde er in den Salon geführt, wo sich Sir Cathcart vor einem großen Kohlenfeuer in einem Sessel räkelte.

»Nicht Ihr regulärer Nachmittag, Skullion«, stellte er fest, als Skullion mit dem Bowler in der Hand eintrat.

»Nein, Sir. Außer der Reihe«, sagte Skullion. Der General wies ihm einen Küchenstuhl an, den der Koch bei diesen Gelegenheiten hereinbrachte.

»Rauchen Sie nur«, ermunterte ihn Sir Cathcart. Skullion holte seine Pfeife hervor und stopfte sie mit schwarzem Tabak aus einer Dose. Sir Cathcart beobachtete ihn mit grimmiger Zuneigung.

»Sie schmauchen da wirklich einen üblen Knaster, Skullion«, sagte er, als blauer Rauch in Richtung Kamin zog. »Um so was zu ertragen, brauchen Sie eine Konstitution wie ein Elefant.«

Skullion zog zufrieden an seiner Pfeife. In solchen Augenblicken ungezwungener Unterwürfigkeit war er am glücklichsten. Wenn er pfeiferauchend auf dem harten Küchenstuhl in Sir Cathcart D'Eaths Schloß saß, fühlte er sich akzeptiert. Er sonnte sich in der leutseligen Überheblichkeit des Generals.

»Da haben Sie ja ein hübsches blaues Auge«, sagte Sir Cathcart. »Sieht aus, als wären Sie im Krieg gewesen.«

»Jawohl, Sir«, sagte Skullion. Er war mit dem blauen Auge ganz zufrieden.

»Also, raus damit, Mann, was führt Sie hierher?« wollte Sir Cathcart wissen.

»Es ist wegen des neuen Rektors. Er hat gestern abend auf dem Festmahl eine Rede gehalten«, teilte ihm Skullion mit.

»Eine Rede? Auf dem Festmahl?« Sir Cathcart richtete sich in seinem Sessel auf.

»Jawohl, Sir. Ich wußte, es würde Ihnen nicht gefallen.«

»Eine Schande ist das. Was hat er gesagt?«

»Er sagt, er will das College verändern.«

Sir Cathcart traten die Augen aus den Höhlen. »Das College verändern? Was zum Teufel meint er damit? Der verfluchte Laden ist schon bis zur Unkenntlichkeit verändert. Kann den Schuppen nicht betreten, ohne irgendeinen langhaarigen Flegel zu sehen, der mehr Ähnlichkeit mit einem Mädchen als mit einem Mann hat. Wimmelt dort nur so von Tunten. Das College verändern? Wenn überhaupt verändern, dann zurück zu den guten alten Werten und Traditionen: Den Burschen die Haare abschneiden und sie in den Brunnen tauchen, genau das ist nötig. Wenn ich dran denke, was Porterhouse mal war, und dann sehe, was draus geworden ist, kommt mir die Galle hoch! Überall das gleiche im ganzen verdammten Land. Neger lassen sie rein, aber anständige Weiße nicht. Verweichlichung, das ist es. Weiche Birne, schlaffer Körper.« Erschöpft von seiner Verurteilung der Neuzeit, sank Sir Cathcart in seinen Sessel zurück. Innerlich mußte Skullion lächeln. Genau so eine Tirade hatte er hören wollen. Sir Cathcart sprach mit einer Autorität, die Skullion zwar nie selbst aufbringen konnte, die aber seiner eigenen Unerbittlichkeit neue Flügel verlieh.

»Sagt, er will aus Porterhouse ein offenes College machen«, erklärte Skullion, um frische Kohlen auf die Wut des Generals zu schütten.

»Offenes College?« Sir Cathcart biß an. »Offen? Was zum Teufel meint er denn damit? Ist schon offen genug. Schließlich treibt sich bereits der halbe Abschaum der Menschheit dort rum.«

»Ich glaube, er meint mehr Stipendiaten«, sagte Skullion.

Sir Cathcart schäumte noch ein Ideechen mehr. »Stipendiaten? Das ist es doch, was unsere Welt zugrunde richtet, Gelehrsamkeit! Laufen zu viele verdammte Intellektuelle herum, die glauben, sie hätten die Weisheit mit Löffeln gefressen. Akademische Bildung, lachhaft! Mit Denken kann man keinen Krieg gewinnen. Mit Denken leitet man keine Fabrik. So was erfordert Mumm, Schweiß und knüppelharte Arbeit. Wenn's nach mir ginge, würde ich jeden einzelnen verdammten Wissenschaftler aus dem College schmeißen und ein paar Sportler aussuchen, die den Laden auf Vordermann bringen. Man könnte auf die Idee kommen, die Uni wäre eine Art Schule. Zu meiner Zeit sind wir nicht auf die Uni gegangen, um was zu lernen, sondern um den ganzen verfluchten albernen Mist zu vergessen, mit dem sie uns auf der Schule vollgestopft hatten. Bei Gott, Skullion, eins sag' ich Ihnen: Ein Mann kann zwischen den Schenkeln einer Frau mehr lernen, als er je wissen muß. Dieses Stipendienunwesen ist eine Verschwendung von Zeit und öffentlichen Geldern. Mehr noch, es ist ungerecht.«

Von seinem Ausbruch erschöpft, starrte Sir Cathcart wütend ins Feuer.

»Was hat Fairbrother gesagt?« fragte er schließlich.

»Der Dekan, Sir? Dem gefällt es genausowenig wie Ihnen, Sir«, antwortete Skullion, »aber er ist nicht mehr so jung wie früher, Sir.«

»Das will ich gern glauben«, pflichtete Sir Cathcart bei.

»Darum wollte ich Sie informieren, Sir«, fuhr Skullion fort. »Ich dachte, Sie wüßten, was zu tun ist.«

Sir Cathcart erstarrte. »Tun? Wüßte nicht, was ich tun könnte. Natürlich schreibe ich dem Rektor, doch heutzutage habe ich keinen Einfluß mehr auf das College.«

»Aber außerhalb, Sir«, versicherte ihm Skullion.

»Nun, schon möglich«, pflichtete Sir Cathcart bei. »Also gut, mal sehen, was sich machen läßt. Halten Sie mich auf dem laufenden, Skullion.«

»Jawohl, Sir. Danke sehr, Sir.«

»Der Koch soll Ihnen noch einen Schluck Tee geben, bevor Sie gehen«, sagte Sir Cathcart, und Skullion trug seinen Stuhl in die Küche zurück. Zwanzig Minuten später radelte er, geistig erfrischt, die Auffahrt hinunter. Sir Cathcart würde dafür sorgen, daß es zu keinen neuen Veränderungen kam. Sein Einfluß reichte hoch hinauf. Nur über eins grübelte Skullion auf dem Nachhauseweg nach: Sir Cathcart hatte etwas gesagt von zwischen den Schenkeln einer guten Frau mehr lernen als... dabei hatte Sir Cathcart nie geheiratet. Skullion fragte sich, wie ein lediger Mann zwischen die Schenkel einer guten Frau geraten konnte.

Sein Gespräch mit dem Obertutor war für Zipser so peinlich gewesen, daß er mit den Nerven völlig am Ende war. Sein Versuch, die Beschaffenheit seines Zwanges zu schildern, war nicht ganz reibungslos vonstatten gegangen. Der Obertutor hatte ständig mit dem kleinen Finger in seinem Ohr gebohrt und während Zipsers Auslassungen die Fingerspitze gemustert, wenn er sie wieder herausgezogen hatte, als mache er eine wächserne Ablagerung für die obszönen Informationen verantwortlich, die sein Gehirn erreichten. Als er schließlich einsah, daß seine Ohren ihn nicht trogen und Zipser tatsächlich bekannte, er fühle sich zu seiner Aufwartefrau hingezogen, hatte er gemurmelt, der Kaplan erwarte Zipser am Nachmittag zum Tee, und falls ihm das nicht weiterhelfe, wisse unter Umständen ein guter Psychiater Rat. Zipser war mit hängendem Kopf gegangen und hatte am frühen Nachmittag vergeblich versucht, sich in seinem Zimmer auf seine Doktorarbeit zu konzentrieren. Hartnäckig drängte sich das Bild von Mrs. Biggs davor, eine Kreuzung zwischen einem Cherub in den Wechseljahren und eines gestiefelten Sukkubus. Zur Ablenkung nahm Zipser sich ein Buch mit hungernden Kindern in Nagaland vor, doch trotz dieser geistigen Kasteiung hielt Mrs. Biggs die Stellung. Er versuchte es mit Hermitschs *Fallout und die Bewohner der Andamanen* und sogar mit *Sterilisation, Vasektomie und Abtreibung* von Allard, doch neben dem dominierenden Trugbild seiner Aufwartefrau versagten all diese heiligen Schriften. Es schien, als hätte sein soziales Gewissen, seine Besorgnis wegen der Misere der gesamten Menschheit, unter der chronischen Trivialität und dem Egoismus von Mrs. Biggs auf unsäglich private Art gelitten. Zipser, dessen Leben im Zeichen wahrhaft selbstloser Nächstenliebe gestanden hatte – an freien Tagen hatte er für RUSS, den Verein zur Rettung unserer schwarzen

Schwestern und Brüder, gearbeitet –, und an dessen Engagement für die dritte Welt nichts auszusetzen gewesen war, fand sich plötzlich in der Rolle des Opfers einer sexuellen Veranlagung wieder, die seinen Universalismus der Lächerlichkeit preisgab. Aus lauter Verzweiflung nahm er sich *Syphilis, Geißel des Kolonialismus* vor, und starrte entsetzt auf die Abbildungen. Bisher hatte dieses Verfahren wie ein Talisman sexuelle Begierden im Keim erstickt und gleichzeitig seine Sehnsucht nach der Existenz einer natürlichen Gerechtigkeit befriedigt. Doch die Vorstellung, daß die Konquistadoren nach der Vergewaltigung südamerikanischer Indianerinnen an dieser Krankheit gestorben waren, hatte nun, da Zipser selbst den zwanghaften Drang verspürte, Mrs. Biggs zu vergewaltigen, ihre alte Anziehungskraft verloren.

Als es für ihn Zeit wurde, sich in der Wohnung des Kaplans zum Tee einzufinden, war Zipser mit seiner Weisheit am Ende. Das gleiche galt anscheinend für den Kaplan.

»Ah, mein Junge«, dröhnte der Kaplan, als Zipser über die Nippes stieg, die das Wohnzimmer des Kaplans verstopften. »Nett, daß Sie gekommen sind. Machen Sie sich's doch gemütlich.« Zipser quetschte sich an einem Grammophon mit Trichter aus Pappe vorbei, umging einen Tisch mit Messingplatte und durchbrochenen Beinen, lavierte sich unter den Wedeln einer Rizinuspflanze durch und nahm schließlich auf einem Stuhl am Kamin Platz. Während der Kaplan zwischen Badezimmer und Teetisch hin und her eilte, murmelte er vernehmlich eine Liturgie von Dingen vor sich hin, die er holen wollte. »Teekanne heiß. Löffel. Milchkännchen. Sie nehmen doch Milch?« »Ja, bitte sehr«, antwortete Zipser. »Gut. Sehr gut. Viele nehmen doch Zitrone, nicht wahr? Solche Dinge vergißt man so leicht. Teewärmer. Zuckerdose.« Zipser sah sich im Zimmer nach Hinweisen auf die Interessen des Kaplans um, doch wie die Addition beliebiger Ziffern zu einem Code vereitelte das Chaos aus widersprüchlichen Objekten jede Interpretation. Abgesehen von ihrer Altersschwäche hatten die Möbel so wenig gemeinsam, daß sie auf einen gänzlich katholischen Geschmack hinzudeuten schienen.

»Hefefladen«, sagte der Kaplan, als er gerade aus dem Bad kam. »Genau das richtige. Die muß man rösten.« Er spießte einen Fladen auf eine Grillgabel und drückte sie Zipser in die Hand. Zipser hielt den Fladen zögernd an den Kamin und spürte wieder einmal die Loslösung von der Realität, die weitgehend das Leben in Cambridge bestimmte. Es war, als versuche jeder im College, sich selbst zu parodieren, als könne die Parodie eine Parodie der eigenen Realität werden. Hinter ihm stolperte der Kaplan über einen Schemel und stellte einen Honigtopf geräuschvoll auf die Messingtischplatte. Zipser griff sich den auf einer Seite angebrannten und auf der anderen Seite eiskalten Hefefladen und legte ihn auf einen Teller. Er röstete den nächsten, während der Kaplan versuchte, den bereits halb getoasteten mit Butter zu bestreichen. Als er fertig war, glühte Zipsers Gesicht vom Feuer, und seine Hände waren klebrig von einer Mischung aus geschmolzener Butter und Honig. Der Kaplan lehnte sich in seinen Sessel zurück und stopfte seine Pfeife aus einer mit dem Wappen von Porterhouse geschmückten Tabaksdose.

»Bedienen Sie sich, mein lieber Junge«, sagte der Kaplan und schob die Dose in Zipsers Richtung.

»Ich bin Nichtraucher.«

Traurig schüttelte der Kaplan den Kopf. »Jeder sollte Pfeife rauchen«, sagte er. »Beruhigt die Nerven. Rückt alles in die richtige Perspektive. Ohne wäre ich aufgeschmissen.« Er lehnte sich heftig paffend zurück. Zipser starrte ihn durch eine Rauchwand an.

»Wo waren wir stehengeblieben?« fragte der Kaplan. Zipser dachte krampfhaft nach. »Ach ja, Ihr Problemchen«, sagte der Kaplan endlich. »Ich wußte, da war doch was.«

Zipser starrte wütend ins Feuer.

»Der Obertutor erwähnte irgend etwas. Viel habe ich nicht mitbekommen, aber so ist das meistens. Ich bin fast taub, verstehen Sie.«

Zipser nickte verständnisvoll.

»Typisches Altersgebrechen. Das und der Rheumatismus. Kommt von der Feuchtigkeit, müssen Sie wissen. Zieht vom Fluß herauf. Sehr ungesund, so nahe am Sumpfgelände zu wohnen.«

Seine Pfeife kokelte sanft vor sich hin. In der relativen Ruhe dachte Zipser darüber nach, was er sagen sollte. Das Alter und die unübersehbaren körperlichen Beschwerden des Kaplans ließen es schwer vorstellbar erscheinen, daß er das Problem namens Mrs. Biggs auch nur ansatzweise verstehen würde.

»Hier liegt bestimmt ein Mißverständnis vor«, setzte er zögernd an und verstummte. Dem Gesichtsausdruck des Kaplans entnahm er, daß dieser überhaupt nichts verstand.

»Sie müssen lauter sprechen«, brüllte der Kaplan. »Ich bin ziemlich schwerhörig.«

»Das merke ich«, sagte Zipser.

Der Kaplan strahlte ihn an. »Nur immer frisch von der Leber weg. Nichts, was Sie sagen, kann mich erschüttern.«

»Das überrascht mich nicht«, sagte Zipser.

Das Lächeln des Kaplans blieb eisern wohlwollend. »Ich weiß, was wir machen«, sagte er, sprang auf und machte sich hinter seinem Sessel zu schaffen. »Das benutze ich manchmal für die Beichte.« Er tauchte mit einem Megaphon auf, das er Zipser reichte. »Drücken Sie auf den Knopf, wenn Sie sprechen wollen.«

Zipser hielt das Ding vor seinen Mund und starrte über den Rand des Gerätes hinweg den Kaplan an. »Ich kann mir wirklich nicht denken, daß es funktioniert«, meinte er schließlich. Seine Worte hallten durch das Zimmer und ließen die Teekanne auf dem Messingtisch erzittern.

»Natürlich tut es das«, schrie der Kaplan. »Ich verstehe Sie ausgezeichnet.«

»Das meinte ich nicht«, wandte Zipser verzweifelt ein. Die Wedel der Rizinuspflanze bebten schwerfällig. »Ich meinte, es wird nicht dabei helfen, über ...« Er verschluckte sein Dilemma mit Mrs. Biggs.

Der Kaplan lächelte salbungsvoll und zog kräftig an seiner Pfeife. »Viele junge Männer, die mit mir sprechen wollen«, sagte er, unsichtbar in einer Rauchwolke, »leiden an Schuldgefühlen wegen Masturbation.«

Zipser spähte verzweifelt in die Rauchwand. »Masturbation? Wer hat denn was von Masturbation gesagt?« gröhlte er in das Megaphon. Jemand hatte, zweifellos. Schrecklich verstärkt quollen seine Worte aus dem Zimmer über den Hof. Unten am Brunnen drehten sich einige Studenten um und sahen zu den Fenstern der Kaplanswohnung hoch. Schwerhörig von seiner eigenen Lautstärke, hockte Zipser schwitzend vor Verlegenheit da.

»Wenn ich den Obertutor recht verstanden habe, wollten Sie mich wegen eines sexuellen Problems sprechen«, brüllte der Kaplan.

Zipser ließ das Megaphon sinken. Das Ding hatte offenbar seine Nachteile.

»Ich versichere Ihnen, daß ich nicht masturbiere«, sagte er.

Der Kaplan sah ihn verständnislos an. »Den Knopf drücken, wenn Sie sprechen wollen«, erklärte er. Zipser nickte stumm. Zu wissen, daß er der ganzen Welt seine Gefühle für Mrs. Biggs verkünden mußte, wenn er überhaupt mit dem Kaplan kommunizieren wollte, brachte ihn in arge Verlegenheit, was sich durch die gebrüllten Antworten des Kaplans keineswegs besserte.

»Oft hilft es, wenn man die Dinge offen ausspricht«, versicherte der Kaplan. Zipser hatte da so seine Zweifel. Geständnisse der Sorte, wie er sie zu machen hatte, mittels eines Megaphons hinauszuposaunen, würde bestimmt überhaupt nicht helfen. Genausogut könnte er gleich losziehen, die Angelegenheit hinter sich bringen und dieser furchtbaren Frau einen Antrag machen. Er saß mit gesenktem Kopf da, während der Kaplan weiter brüllte.

»Vergessen Sie nicht, alles, was Sie mir sagen, wird absolut vertraulich behandelt«, schrie er. »Sie brauchen keine Angst zu haben, daß es weitergetragen wird.«

»Davon bin ich überzeugt«, murmelte Zipser. Draußen im Hof hatte sich eine interessiert lauschende Gruppe Studenten um den Brunnen geschart.

Eine halbe Stunde später verließ Zipser völlig demoralisiert das Zimmer. Zu seinem Glück hatte er sein wahres Anliegen für sich behalten, und das liebenswürdige Sondieren des Kaplans, seine zaghaften Fragen hatten ihm keine Antworten entlockt. Schweigend hatte Zipser einen sexuellen Katechismus über sich ergehen lassen und lediglich den Kopf geschüttelt, wenn der Kaplan besonders obszöne Themenbereiche anschnitt. Zum Schluß hatte er sich eine Eloge auf die Vorzüge von Au-pair-Mädchen angehört. Augenscheinlich fielen Ausländerinnen nach Ansicht des Kaplans nicht unter die sexuellen Vorschriften der Kirche.

»Viel geringere Gefahr, daß es zu einem dauerhaften unheilvollen Verhältnis kommt«, hatte er gebrüllt, »und außerdem denke ich oft, daß sie aus diesem Grund hierherkommen. Nur ein flücht'ger Augenblick, das Mädchen aus der Fremde … Sie wissen schon.« Er machte eine Pause und schmunzelte Zipser anzüglich an. »Irgendwann müssen wir uns alle die Hörner abstoßen, und das geht am besten im Ausland. Ich denke oft, das muß Rupert Brooke mit seinem Vers über die Ecke in einem fremden Feld gemeint haben. Allerdings, wenn ich's recht bedenke, kann man kaum behaupten, er sei kerngesund gewesen, doch was soll's. So lautet mein Rat an Sie, lieber Junge. Suchen Sie sich ein nettes schwedisches Mädel, die sollen sehr gut sein, hört man, und lassen Sie die Sau raus. So sagt man wohl heutzutage. Jawohl, Schwedinnen oder Französinnen, ganz nach Ihrem Geschmack. Spanierinnen sind ein wenig schwierig, heißt es, und neigen außerdem zu übertriebener Behaarung. Doch wer hintenrum verkehrt, kann nicht wählerisch sein, sagte der alte Sir Winston auf der Schwulenhochzeit. Ha, ha.«

Zipser wankte aus dem Zimmer. Nun wußte er, was offensives Christentum bedeutete. Er ging die dunkle Treppe hinunter und wollte eben den Hof betreten, als er die Studentengruppe am Brunnen bemerkte. Zipser drehte sich um, floh die Stufen hinauf und schloß sich im Klosett auf dem obersten Treppenabsatz ein. Eine Stunde später, als im Speisesaal das Abendessen eingenommen wurde, hockte er immer noch dort.

- 6 -

Sir Godber speiste zu Hause. Er erholte sich immer noch von seinen Magenbeschwerden nach dem Festmahl, außerdem hatten die Enthüllungen des Schatzmeisters seine Abneigung verstärkt, sich in die Gesellschaft der Fellows zu begeben, bevor seine Pläne deutlicher formuliert waren. Den Nachmittag über hatte er diverse Projekte zur Geldbeschaffung erwogen und verschiedene finanzkräftige Freunde aus der Londoner Geschäftswelt um Rat und eigene Vorschläge gebeten, aber ohne Erfolg. Blomberg's Bank war zwar willens gewesen, mehrere Forschungsstipendien in Buchführung zu stiften, doch selbst Sir Godber bezweifelte, ob sich dank solcher materiellen Freigiebigkeit das intellektuelle Klima von Porterhouse ändern ließe. Er hatte sogar mit dem Gedanken gespielt, gegen eine großzügige Spende der American Phosgene Corporation collegeeigene Einrichtungen zur Erforschung von Nervengas zur Verfügung zu stellen, Einrichtungen, die dieser Firma von sämtlichen amerikanischen Universitäten verweigert worden waren, vermutete aber, daß die daraus resultierende Publicity samt Studentenprotesten seinen bereits lädierten Ruf als Liberaler vollends ruinieren würden. Publicity ging ihm viel im Kopf herum. Um siebzehn Uhr fragte die BBC telefonisch an, ob er in einer Gesprächsrunde führender Bildungsexperten Fragen über finanzielle Prioritäten im Bildungswesen beantworten würde. Sir Godber war sehr versucht anzunehmen, lehnte aber mit der Begründung ab, er habe noch nicht allzu viele Erfahrungen sammeln können. Widerstrebend legte er den Hörer auf und fragte sich, wie seine Bekanntmachung, daß Porterhouse College akademische Grade an reiche junge Faulenzer zu verkaufen pflege, wohl auf mehrere Millionen Zuschauer gewirkt hätte. Es war ein angenehmer Gedanke, der im Kopf des Rektors eine sogar noch befriedigendere Vorstellung heranreifen ließ. Er griff wieder zum Telefon und rief den Schatzmeister an.

»Könnten wir für morgen nachmittag eine Sitzung des Collegerates einberufen? Sagen wir um halb drei?«

»Eine ziemlich kurzfristige Anberaumung, Herr Rektor«, antwortete der Schatzmeister.

»Gut. Es bleibt also bei halb drei«, sagte Sir Godber mit unerschütterlicher Freundlichkeit und legte den Hörer auf. Er lehnte sich zurück und stellte eine Liste mit Neuerungen zusammen. Kandidaten sollten nur aufgrund ihrer Leistungen ausgewählt werden. Der Küchenetat sollte um drei Viertel gekürzt und die Mittel für Stipendien verwendet werden. Studentinnen sollten zugelassen werden. Abschaffung der Torschließungszeiten. Collegeeigene Sportanlagen für Kinder aus der Stadt öffnen. Sir Godbers Phantasie arbeitete mit Hochdruck an der Zusammenstellung von Vorschlägen, ohne die finanziellen Konsequenzen zu bedenken. Irgendwo würden sie das Geld eben auftreiben müssen, wo, war ihm ziemlich egal. Hauptsache war, daß er die Fellows in der Hand hatte. Vielleicht würden sie protestieren, doch bremsen konnten sie ihn nicht. Sie selbst hatten ihm die Waffe in die Hand gedrückt. Bei dem Gedanken an ihre Gesichter, wenn er ihnen morgen die Alternativen unterbreiten würde, lächelte er stillvergnügt vor sich hin. Um halb sieben begab er sich in den Salon, wo Lady Mary, die eine Kommission über Jugendkriminalität geleitet hatte, Briefe schrieb.

»Kümmere mich gleich um dich«, antwortete sie, als Sir Godber fragte, ob sie ein Glas Sherry wolle. Er sah sie zweifelnd an. Manchmal fragte er sich, ob seine Frau sich wirklich jemals um ihn gekümmert hatte. Ihr Verstand folgte einem gänzlich eigenwilligen Kurs und beschäftigte sich pausenlos mit den eher bedrückenden Aspekten im Leben anderer Menschen. Sir Godber goß sich einen großen Whisky ein.

»Tja, ich glaube, ich habe sie fest in der Hand«, verkündete er, als sie endlich aufhörte, ihre Schreibmaschine zu bearbeiten.

Lady Marys schmale Zunge befeuchtete die Gummierung eines Briefumschlages. »Die unspezifische Harnröhrenentzündung nimmt epidemische Ausmaße unter Schulabgängern an«, sagte sie. Diesen Einwurf ignorierte Sir Godber. Er konnte ums Verrecken nicht einsehen, was das mit dem College zu tun haben sollte. Stur verfolgte er sein Thema weiter. »Ich werde ihnen schon zeigen, daß ich nicht gewillt bin, den Statisten abzugeben.«

»Untersuchungen haben gezeigt, daß eines von fünf Kindern an...«

»Ich habe meine politische Karriere nicht beendet, um mich als Hilfsmittel bei kriminellen Machenschaften mißbrauchen zu lassen«, behauptete Sir Godber.

»Das ist nicht das Problem«, erklärte Lady Mary.

»Was?« fragte Sir Godber, der sich plötzlich für ihren Standpunkt interessierte.

»Ein Mittel gegen die Krankheit. Ganz einfach. Was wir in den Griff bekommen müssen, ist die moralische Kriminalität...«

Sir Godber trank seinen Whisky und versuchte wegzuhören. Manchmal fragte er sich, ob er ohne die Hilfe seiner Frau jemals als Politiker reüssiert hätte. Wenn sie sich nicht ständig mit unappetitlichen Statistiken und öden sozialen Problemen befaßt hätte, wären nächtliche Unterhaussitzungen womöglich weniger verlockend und Ausschüsse weniger nützlich gewesen. Hätte er so viele leidenschaftliche Reden gehalten und mit gleicher Überzeugungskraft gesprochen, wenn Lady Mary sich zu Hause auch nur eins seiner Worte angehört hätte? Er bezweifelte es. Sie aßen zu Abend, und Sir Godber vertrieb sich die Zeit mit dem Zählen, wie oft sie »Wir müssen« und »Unsere Pflicht« sagte. Die »Wir müssen« gewannen vierundfünfzig zu achtundvierzig. Nicht schlecht für den Anfang.

Nachdem er gehört hatte, daß der Kaplan in den Speisesaal gegangen war, schlüpfte Zipser aus dem Waschraum und ging in sein Zimmer. Von dem Studentengrüppchen, das sich vorhin auf dem Hof angesammelt hatte, war nichts mehr zu sehen, und er hoffte, niemand würde herausfinden, wer mit dem Kaplan gesprochen hatte, wenn man das so nennen konnte. Sein Hang, ähnlich wie die Frau des Rektors persönlich völlig unbeteiligt über Weltprobleme nachzudenken, war ihm abhanden gekommen. Während dieser Stunde auf der Toilette hatte er den Rat des Kaplans beherzigt und versucht, das Phantasiebild eines schwedischen Mädchens zwischen sich und Mrs. Biggs zu schieben. Immer, wenn Mrs. Biggs sich wieder dazwischendrängte, hatte er sich auf die schmalen Pobacken und Brüste einer schwedischen Schauspielerin konzentriert, die er einmal im *Playboy* gesehen hatte, und das hatte bis zu einem gewissen Grad funktioniert. Allerdings nicht ganz. Die Schwedin neigte dazu, auseinanderzugehen und abnorme Proportionen anzunehmen, bis schließlich eine lächelnde Mrs. Biggs an ihre Stelle trat; doch die kleinen Atempausen waren immerhin etwas und ließen vermuten, daß eine real existierende Schwedin sogar noch wirkungsvoller sein könnte. Er würde dem Rat des Kaplans folgen, sich ein Au-pair-Mädchen oder eine Sprachstudentin suchen und… und… tja… und. Zipsers Unerfahrenheit in sexuellen Dingen verhinderte, daß er sich genau ausmalte, was dann passieren würde. Nun ja, er würde mit ihr kopulieren. Nachdem er zu diesem gepflegten, wenn auch etwas abstrakten Ergebnis gekommen war, fühlte er sich besser. Das war einer Vergewaltigung von Mrs. Biggs, scheinbar die einzige Alternative, auf jeden Fall vorzuziehen. Wie üblich hegte Zipser nicht den geringsten Zweifel, was von Vergewaltigung zu halten war: ein brutaler, gewalttätiger Akt aggressiver Männlichkeit, ein Freisetzen wilder Instinkte, hitzig und bestialisch. Er würde Mrs. Biggs zu Boden schleudern und sich dann mit…

Unter Aufbietung sämtlicher Willenskräfte riß er seine Phantasie von dieser Szene los und gab sich aseptischer Gedankenspiele über die Kopulation mit einer Schwedin hin.

Sofort meldeten sich etliche Probleme. Zuallererst kannte er keine Schwedinnen, und zweitens hatte er noch nie mit jemandem kopuliert. Er kannte jede Menge engagierte junge Frauen, die seine Besorgnis um das Schicksal der Menschheit teilten und bereit waren, bis zum frühen Morgen über Geburtenregelung zu reden, doch sie waren allesamt Engländerinnen, und ihre Konzentration auf die Probleme der Menschheit schloß offenbar jedes Interesse an ihm aus. Ohnehin hatte Zipser aus ästhetischen Gründen Skrupel, sie zu bitten, als Ersatz für Mrs. Biggs zu fungieren, und er bezweifelte, daß sie diese Rolle überzeugend ausführen könnten. Da kam nur eine Schwedin in Frage. Mit der ihm eigenen Abstraktionsfähigkeit berechnete Zipser, daß er in der Kellerbar wahrscheinlich eine willige Schwedin auftreiben könnte. Das notierte er sich und hielt als Alternative die Diskothek »Ali Baba« fest. Damit war das erste Problem abgehakt. Wahrscheinlich würde er sie mit Wein abfüllen, portugiesischer Weißwein genügte, und sie mit auf sein Zimmer nehmen. Alles ganz einfach. Mit ihrer Hilfe würde das sexuelle Schreckgespenst Mrs. Biggs seine Macht über ihn verlieren. Nachdem er den Wecker auf sieben Uhr gestellt hatte, damit er früh aufstehen und das Haus verlassen konnte, ehe die Aufwartefrau eintraf, ging er früh zu Bett; doch vor dem Einschlafen fiel ihm ein, daß er einen wichtigen Punkt vergessen hatte. Er brauchte ein paar Präservative. Am Morgen würde er zum Friseur gehen und welche kaufen.

Skullion saß pfeiferauchend vor dem Gaskamin im Pförtnerhäuschen. Durch seinen Besuch auf Schloß Coft war ihm leichter ums Herz geworden. Der General mit seinen Verbindungen würde schon dafür sorgen, daß der Rektor nichts veränderte. Auf den General war Verlaß. Einer von der alten Brigade, und dazu noch reich. Gehörte zu denen, die einem nach Semesterschluß immer ein dickes Trinkgeld gegeben hatten. Skullion hatte früher ein paar tüchtige Trinkgelder bekommen, und er hatte sie samt der Aktien, die Lord Wurford ihm in seinem Testament vermacht hatte, auf der Bank deponiert und nie angerührt. Er lebte von seinem Gehalt und von dem, was er an seinem freien Abend als Kämmerer im Fox Club verdiente. Dort hatte es früher auch ein paar große Einnahmen gegeben; nach einem Tag auf der Rennbahn hatte ihm der Maharadscha von Indpore einmal fünfzig Pfund zugesteckt, als sich ein Tip von Sir Cathcarts Stallburschen ausgezahlt hatte. Skullion hielt den Maharadscha für einen echten Gentleman, ein Kompliment, das er nur wenigen Indern machte, doch andererseits war ein Maharadscha auch kein richtiger Inder, oder? Maharadschas trugen den Titel »Fürst des Empire«, und für Skullion unterschieden sich zum Britischen Empire gehörende Kaffern ganz erheblich von den nicht zugehörigen, und Kaffern im Fox Club waren überhaupt keine Kaffern, sonst wären sie keine Clubmitglieder. Das komplizierte gesellschaftliche Klassifizierungssystem in Skullions Kopf wies jedem seinen Platz an. Er konnte einen Mann an der Stimme oder sogar am Blick aufs I-Tüpfelchen genau auf der gesellschaftlichen Stufenleiter plazieren. Manche meinten, man könne sich bei einem Mann nach dem Schnitt seines Mantels richten, doch Skullion wußte es besser. Äußerlichkeiten waren unwichtig, auf etwas viel Undefinierbareres kam es an, auf eine innere Qualität, die Skullion nicht beschreiben konnte, aber sofort erkannte. Und auf die er entsprechend reagierte. Es hatte etwas mit Selbstbewußtsein zu tun, mit einer unerschütterlichen Selbstsicherheit. Zwischen dieser undefinierbaren Überlegenheit und der offenkundigen Minderwertigkeit des, sagen wir, Küchenpersonals, gab es jede Menge Zwischenstufen, aber Skullion kannte sie alle und brachte sie in die korrekte Reihenfolge. Da gab es den Neureichen, aufdringlich und von sich eingenommen, aber leicht auf sein Normalmaß zurechtzustutzen. Da gab es zwei Generationen altes Geld mit ein bißchen Grundbesitz. Normalerweise ein wenig aufgeblasen. Da gab es reichen und armen Landadel. Skullion registrierte den Unterschied zwar, ignorierte ihn aber meistens. Einige der besten Familien waren verarmt, und solange das Selbstbewußtsein stimmte, spielte Geld keine Rolle, wenigstens nicht in Skullions Augen. Selbstbewußtsein ohne Geld war sogar besser, es ließ auf echte Qualitäten schließen und wurde dementsprechend verehrt. Dann gab es noch verschiedene Grade von Unsicherheit, Nuancen von Selbstzweifel, die fast jedem entgingen, nicht jedoch Skullion. Aufflackernde Reste von Ehrerbietung, die sofort unterdrückt wurden – doch zu spät, um von Skullion nicht bemerkt zu werden. Arzt- und Rechtsanwaltssöhne, höhere Berufsstände, wurden respektvoll behandelt. Hatten jedenfalls Privatschulen besucht und wurden von Eton und Winchester abwärts eingestuft. Unterhalb des Privatschulniveaus verlor Skullion jegliches Interesse und gewährte nur dann geringen Respekt, wenn dabei Geld für ihn heraussprang. Doch am oberen Ende der Skala, jenseits all dieser Unterscheidungen, exisitierte ein

Selbstbewußtsein, so unbeschreiblich, daß es beinahe ins Gegenteil umschlug. Echte Qualität nannte Skullion das, oder auch die alte Aristokratie, um sie von reinem Titularadel abzugrenzen. Dies waren seine Kalenderheiligen, der Prüfstein, an dem alle anderen Männer letztlich gemessen wurden. Nicht einmal Sir Cathcart gehörte dazu. Skullion mußte sogar zugeben, daß er im Grunde genommen in die vierte Kategorie fiel, wenn auch fast ganz oben, was eine hohe Auszeichnung war, wenn man bedachte, wie viele Kategorien Skullion kannte. Nein, der wahren Qualität fehlte Sir Cathcarts Grobheit. Diese Heiligen legten oft eine Bescheidenheit an den Tag, die weniger aufmerksame Pförtner als Skullion mit Schüchternheit und Gehemmtheit verwechselten, die jedoch, wie er wußte, ein Zeichen guter Kinderstube waren, und die man nicht ausnutzen durfte. Sie verlangte seiner Dienstbarkeit alles ab, diese ungespielte Höflichkeit, und gab ihm das sichere Gefühl, daß er gebraucht wurde. Für diese Hilflosen hätte Skullion Berge versetzen können, und das hatte er auch oft getan, Gepäck- und Möbelberge, die er Treppen hoch und um Ecken geschleppt, erst hier und dann dort abgesetzt hatte, während der huldvoll unentschlossene Eigentümer sich das bißchen Kopf zerbrach, das er hatte, um herauszufinden, wo sich das Mobiliar am besten machen würde. Von solchen Expeditionen kehrte Skullion mit einer kurzzeitigen Vornehmheit zurück, als stünde er in besonderer Gunst, und später sonnte er sich bei der Erinnerung an solche geleisteten Dienste in dem Gefühl, daß ihm die Gnade widerfahren war, einem schon fast religiösen Ereignis beizuwohnen. In Skullions gesellschaftlicher Hagiographie ragten als Verkörperung der von ihm angebeteten Verweichlichung zwei Namen heraus, Lord Pimpole und Sir Launcelot Gutterby, und wenn er seinen Gedanken nachhing, wiederholte Skullion ihre Namen im stillen wie ein monotones Gebet. Gerade führte er diese Anrufung durch und war soeben bei seinem zwanzigsten »Pimpole und Gutterby« angelangt, als sich die Tür des Pförtnerhauses öffnete und Arthur eintrat, der am High Table bediente.

»'n Abend, Arthur«, sagte Skullion herablassend.

»'n Abend«, sagte Arthur.

»Unterwegs nach Hause?« erkundigte sich Skullion.

»Habe was für Sie«, sagte Arthur und beugte sich vertraulich über den Tresen.

Skullion schaute auf. Da Arthur am High Table bediente, war er einer seiner Hauptinformanten über das College. Skullion erhob sich und ging zum Tresen hinüber. »Aha«, sagte er.

»Heute abend sind sie vor Aufregung ganz aus dem Häuschen«, sagte Arthur. »Völlig durcheinander.«

»Nur weiter«, ermutigte ihn Skullion.

»Schatzmeister kommt puterrot und durcheinander zum Essen, der Dekan hat die hektischen Flecken auf den Wangen, wie immer, wenn er aufgeregt ist, und der Tutor ißt seine Suppe nicht. Sieht ihm gar nicht ähnlich, die Suppe nicht anzurühren«, sagte Arthur. Skullion knirschte zustimmend. »Daher weiß ich, es ist was im Busch.« Arthur hielt effektheischend inne. »Und wissen Sie, was?«

Skullion schüttelte den Kopf. »Nein. Was denn?« fragte er.

Arthur lächelte. »Rektor hat für morgen den Collegerat einberufen. Der Schatzmeister hat gesagt, der Termin paßt nicht, aber der Rektor sagte, er soll ihn trotzdem einberufen, und das schmeckt ihnen nicht. Es schmeckt ihnen überhaupt nicht. Hat ihnen das Abendessen verleidet, daß der neue Rektor so anmaßend ist und ihnen Vorschriften macht, wo sie gerade dachten, sie hätten ihn da, wo sie ihn haben wollten. Schatzmeister hat erzählt, er habe dem Rektor erklärt, ihnen fehlt das Geld für all die Veränderungen, die ihm vorschweben, und der Rektor schien es geschluckt zu haben, aber dann ruft er den Schatzmeister an und sagt, er soll eine Sitzung anberaumen.«

»Kann nicht so plötzlich den Collegerat einberufen. Der Rat kommt jeden ersten Donnerstag im Monat zusammen.«

»Das haben der Dekan und der Tutor auch gesagt. Doch der Rektor wollte nichts davon wissen. Muß unbedingt morgen sein. Schatzmeister rief ihn an und richtete aus, Dekan und Tutor würden nicht teilnehmen, und der Rektor antwortete, er hätte nichts dagegen, doch die Sitzung fände statt, ob sie dabei wären oder nicht.« Arthur konnte über die Dickköpfigkeit des Rektors nur den Kopf schütteln. »Ist nicht recht, den Leuten dauernd vorzuschreiben, was sie tun sollen.«

Skullion schaute ihn finster an. »War der Rektor beim Abendessen?«

»Nein«, antwortete Arthur, »hat keinen Fuß vor die Tür gesetzt. Hat dem Schatzmeister seine Anweisungen nur telefonisch übermittelt.« Er warf einen vielsagenden Blick auf die Telefonschalttafel in der Ecke. Skullion nickte nachdenklich.

»Also zieht er die Veränderungen durch«, sagte er schließlich. »Und sie dachten, sie hätten ihn da, wo sie ihn haben wollten.«

»Das haben sie gesagt«, versicherte ihm Arthur. »Schatzmeister sagte, der Rektor würde nichts unternehmen, und plötzlich beraumt er die Sitzung an.«

»Was sagt der Dekan zu all dem?« fragte Skullion.

»Hat gesagt, sie müssen alle zusammenhalten. Allerdings hatte er heute abend nicht viel zu sagen. Sah aus, als wäre er zu mitgenommen. Das hatte er schon vorher gesagt.«

»Nehme nicht an, daß der Tutor seiner Meinung ist«, unterstellte Skullion.

»Inzwischen schon. Vorher nicht, doch als man ihm auftrug, an der Sitzung teilzunehmen, das hat ihn schwer getroffen. Hat ihm überhaupt nicht gefallen, dem Tutor.«

Skullion nickte. »Na, da ist ja wirklich ein Ding«, sagte er. »Sieht ihm gar nicht ähnlich, für den Dekan Partei zu ergreifen. Schatzmeister einverstanden?«

»Schatzmeister sagt ja, aber bei ihm weiß man nie genau, stimmt's?« sagte Arthur. »Ein aalglatter Bursche eben. Eben noch hüh, im nächsten Moment hott. Auf den ist kein Verlaß.«

»Hat kein Rückgrat, dieser Schatzmeister«, sagte Skullion und griff damit auf das Vokabular des alten Lord Wurford zurück.

»Ach so, daran liegt's?« sagte Arthur. Er griff nach seinem Mantel. »Muß mich auf den Weg machen.«

Skullion begleitete ihn zur Tür. »Danke, Arthur«, sagte er. »Sehr brauchbare Informationen.«

»Freut mich, wenn ich Ihnen zu Diensten sein konnte«, sagte Arthur, »außerdem will ich Veränderungen im College genausowenig wie Sie. Bin zu alt für Veränderungen. Seit fünfundzwanzig Jahren bediene ich am High Table, und vorher war ich fünfzehn Jahre...«

Skullion schloß die Tür hinter Arthurs Erinnerungen und ging zurück zum Kamin. Der Rektor machte also mit seinen Plänen ernst. Nun, daß er den Collegerat für morgen einberufen hatte, war nicht schlimm. Dadurch waren der Dekan und der Obertutor zum erstenmal seit Jahren einer Meinung. Das allein war schon viel wert. Sie konnten sich seit Jahren nicht riechen, seit der Dekan über den Text »Die ersten werden die letzten sein«, gepredigt hatte, als der Tutor gerade das Training des Porterhouse-Bootes übernommen hatte. Bei dem Gedanken lächelte Skullion still in sich hinein. Der Tutor war mit wehendem Gewand wie der Zorn Gottes aus der Kapelle gestürmt und hatte die acht so hart rangenommen, daß sie zur Zeit der Mairennen übertrainiert waren. Porterhouse war dreimal geschlagen worden und hatte den Titel verloren. Diese Predigt hatte er dem Dekan nie verziehen. Danach war er mit ihm grundsätzlich unterschiedlicher Meinung gewesen, und jetzt hatte der Rektor beide gegen sich aufgebracht. Tja, kein Unglück so groß, es hat ein Glück im Schoß. Außerdem stand immer noch Sir Cathcart auf Abruf bereit und würde sich einmischen, falls der Rektor es übertrieb. Skullion ging nach draußen, schloß das Tor und legte sich dann schlafen. Draußen schneite es wieder. Feuchte Flocken fielen gegen die Scheiben und liefen geschmolzen in Rinnsalen die Scheiben hinunter. »Pimpole und Gutterby«, murmelte Skullion zum letztenmal, dann schlief er ein.

Zipser hatte einen unruhigen Schlaf und war schon wach, als um sieben der Wecker klingelte. Er stand auf, machte sich, bevor er ging, noch rasch einen Kaffee und schnitt sich gerade in der Dienerkammer eine Scheibe Brot ab, als Mrs. Biggs auftauchte.

»Zur Abwechslung sind Sie ja mal richtig früh auf«, sagte sie und schob sich vorsichtig durch die Tür der winzigen Dienerkammer.

»Was wollen Sie denn schon hier?« fragte Zipser böse. »Sie sollten nicht vor acht kommen.«

Mrs. Biggs, mit einem roten Gummimantel ausstaffiert, lächelte bedrohlich. »Ich kann kommen, wann ich will«, betonte sie ganz unnötigerweise. Das brauchte sie Zipser nicht zu sagen. Er wand sich am Spülbecken und starrte hilflos in ihr hektargroßes Lächeln. Einer überdimensionalen Stripperin gleich knöpfte Mrs. Biggs mit einer Hand langsam ihren Regenmantel auf, wobei Zipsers Augen ihr bis zum letzten Knopf folgten. Als sie den Mantel von den Schultern streifte, hüpften ihre Brüste in der Bluse. Zipsers Augen verschlangen sie sabbernd.

»Hier, helfen Sie mir mal mit dem Ärmel«, sagte Mrs. Biggs, wuchtete sich herum und drehte ihm den Rücken zu. Zipser zögerte kurz, ehe er, von einem schrecklichen und unkontrollierbaren Drang getrieben, einen Satz nach vorne machte.

»Also«, sagte Mrs. Biggs, leicht erstaunt über die ungestüme Form seiner Hilfe, und die ungewöhnlichen Wieherlaute, die er von sich gab, »mit den Ärmeln hab' ich gesagt. Was denken Sie sich eigentlich, was treiben Sie da?« Der in den Falten ihres Regenmantels zappelnde Zipser war nicht in der Lage zu denken, schon gar nicht das, was er da trieb. Überwältigende Begierde brachte sein Gehirn zum Glühen. Als er in das rote Inferno von Mrs. Biggs' Regenmantel eintauchte, kauerte sich die Aufwartefrau zuerst zusammen und richtete sich dann wieder auf. Zipser krachte gegen das Spülbecken, und Mrs. Biggs stürzte in den Flur. Zwischen ihnen ließ sich langsam, wie die Plastiknachgeburt einer schrecklichen Entbindung, der umkämpfte Regenmantel nieder.

»Ach, du liebe Güte«, sagte Mrs. Biggs, während sie ihre Fassung wiedergewann, »seien Sie bloß vorsichtig. Sonst könnte noch einer auf falsche Gedanken kommen.«

Der in einer Decke des Dienerzimmers japsend zusammengesunkene Zipser hoffte inständig, daß Mrs. Biggs nicht auf den richtigen Gedanken kam.

»Verzeihung«, nuschelte er, »ich muß ausgerutscht sein. Keine Ahnung, was in mich gefahren ist.«

»Ein Wunder, daß Sie nicht in mich gefahren sind«, sagte Mrs. Biggs mit heiserer Stimme. »Sich so auf einen zu werfen.« Sie rutschte rüber und hob den Regenmantel auf, den sie auf dem Weg ins Nebenzimmer wie das Cape eines Stierkämpfers hinter sich her zog. Mit frisch erwachtem Verlangen starrte Zipser auf ihre Stiefel und eilte nach unten. Es war zwingend notwendig geworden, daß ein Mädchen seines Alters seinen Körper der Aufwartefrau entriß. Er mußte etwas unternehmen, um der von Mrs. Biggs' umfänglichen Reizen ausgehenden Verlockungen zu entkommen, sonst würde er sich vor dem Dekan wiederfinden. Zipser konnte sich nichts Schlimmeres vorstellen, als wegen »versuchter Vergewaltigung einer Aufwartefrau« des Colleges verwiesen zu werden. Oder höchstens eins: die tatsächliche Durchführung dieser Vergewaltigung. Das würde vor Gericht enden. Eher würde er sich umbringen, als diese Erniedrigung zu ertragen.

»Guten Morgen, Sir«, rief Skullion, als Zipser am Pförtnerhaus vorbeikam.

»Guten Morgen«, sagte Zipser und ging durch das Tor. Die Friseurläden öffneten erst in über einer Stunde. Um sich die Zeit zu vertreiben, ging er zum Fluß hinunter und beneidete die an den Ufern schlafenden Enten um ihr unkompliziertes Leben.

Mrs. Biggs schlug mit geübter Hand das Laken unter die Matratze auf Zipsers Bett und schüttelte sein Kissen mit geradezu sanft gebremster Kraft auf. Sie war recht zufrieden mit sich. Schon mehrere Jahre waren seit Mr. Biggs' Ableben, den die verschiedenen Gelüste seiner Gattin früh ins Grab gebracht hatten, ins Land gegangen, und sogar noch mehr, seit ihr jemand das Kompliment gemacht hatte, sie attraktiv zu finden. Zipsers unbeholfene Annäherungsversuche waren ihr keineswegs entgangen. Daß er ihr von einem Zimmer ins andere folgte, während sie arbeitete, und den Blick kaum von ihr wandte, war zu offensichtlich, um nicht aufzufallen. »Der arme Junge vermißt seine Mutti«, hatte sie zuerst gedacht und Zipsers Eigenbrötelei als Zeichen seines Heimwehs gesehen. Doch sein jüngstes Verhalten ließ auf weniger entlegene Gründe für sein

Interesse an ihr schließen. Die Phantasie der Aufwartefrau ignorierte das Wetter und kroch schwerfällig zu Liebesdingen weiter. »Sei nicht albern«, sagte sie sich. »Was soll er an dir schon finden?« Doch der Gedanke blieb, und so paßte sich Mrs. Biggs' Anstandsgefühl langsam an die unpassende Lage an. Sie hatte begonnen, sich entsprechend zu kleiden, mehr auf ihr Äußeres zu achten und sogar, während sie von einem Zimmer zum anderen und von einem Bett zum anderen ging, sich ein wenig ihren Tagträumen hinzugeben. Der Vorfall in der Dienerkammer hatte ihre angenehmsten Vermutungen bestätigt. »Was sagt man dazu«, sinnierte sie, »und dann noch so ein netter Bursche. Wer hätte das gedacht?« Sie sah in den Spiegel und ordnete mit Wurstfingern ihr Haar.

Um Viertel nach neun nahm Zipser im Friseurstuhl Platz.

»Bitte nur stutzen«, sagte er dem Friseur.

Der Mann musterte skeptisch Zipsers Kopf.

»Im Nacken und an den Seiten hübsch kurz wäre Ihnen wohl nicht recht, wie?« erkundigte er sich traurig.

»Nur stutzen, danke«, teilte Zipser ihm mit.

Der Friseur stopfte den Umhang in den Kragen. »Verstehe nicht, wieso sich einige von euch jungen Burschen überhaupt die Haare schneiden lassen«, sagte er. »Ihr wollt uns anscheinend unbedingt arbeitslos machen.«

»Sie haben bestimmt jede Menge zu tun«, sagte Zipser.

Die Schere des Friseurs klapperte eifrig an seinen Ohren herum. Zipser starrte sein Ebenbild im Spiegel an und wunderte sich wieder einmal über den Unterschied zwischen seinem unschuldigen Aussehen und der in ihm brodelnden schrecklichen Leidenschaft. Seine Augen wanderten seitwärts zu den Flaschenreihen: Eau de Portugal, Dr. Linthrop's Schuppenmixtur, Vitalis, ein Töpfchen mit Pomade. Wer um alles in der Welt benutzte Pomade? Hinter ihm plapperte der Friseur über Fußball, doch Zipser hörte nicht zu. Er beäugte den Glasschrank zu seiner Linken, in dessen einer Ecke eine Schachtel an den Grund seiner Anwesenheit erinnerte. Er konnte den Kopf nicht bewegen und war sich daher nicht sicher, was die Schachtel enthielt, doch sie sah nach der richtigen Sorte aus. Als der Mann endlich vortrat, um nach der Haarschneidemaschine zu greifen, drehte Zipser den Kopf zur Seite und erkannte, daß er mit völlig deplaziertem Interesse eine Schachtel Rasierklingen angestiert hatte. Er drehte den Kopf noch weiter herum und suchte die Regale ab. Rasiercremes, Rasiergeräte, Rasierwässer, Kämme, alles war im Überfluß vorhanden, aber nicht ein einziger Karton mit Präservativen.

Zipser blieb wie in Trance sitzen, während die Haarschneidemaschine in seinem Nacken surrte. Irgendwo mußten sie die vermaledeiten Dinger doch aufbewahren. Jeder Friseur hatte so was. Sein Gesicht im Spiegel nahm einen neuen unsicheren Ausdruck an. Als der Friseur endlich fertig war, seinen Nacken puderte und mit einem Handspiegel hinter ihm herumhantierte, war Zipser nicht in der Stimmung, das Ergebnis kritisch zu würdigen. Er stand auf und winkte die Bürste mit einer ungeduldigen Handbewegung fort.

»Das macht dann dreißig Pence, Sir«, sagte der Friseur und schrieb eine Quittung aus. »Darf es sonst noch was sein?« Das war der Augenblick, auf den er gewartet hatte, die unverblümte Aufforderung. Das »sonst noch was« des Friseurs deckte nur allzu wörtlich eine ganze Palette von Sünden ab. Im Falle Zipsers war dieser Ausdruck hoffnungslos unzulänglich, um nicht zu sagen irreführend.

»Ich hätte gern fünf Päckchen Fromms«, bellte Zipser mit erstickter Stimme.

»Damit kann ich Ihnen leider nicht dienen«, sagte der Friseur. »Vermieter ist katholisch. Wir dürfen keine führen, das steht so im Mietvertrag.«

Zipser zahlte und trat auf die Straße, sich selbst verfluchend, daß er nicht im Schaufenster nachgesehen hatte, ob dort welche auslagen. Er ging in den Rose Crescent und stierte in die Drogerie, doch der Laden war voller Frauen. Er versuchte es noch in drei anderen Geschäften, doch die waren entweder voller Hausfrauen oder das Personal bestand aus jungen Verkäuferinnen. Schließlich betrat er einen Friseurladen in der Sidney Street, dessen Auslagen tolerant genug aussahen.

Zwei Stühle waren besetzt, so daß Zipser unschlüssig am Eingang stehenblieb und darauf wartete, daß der Friseur sich um ihn kümmerte. Während er dastand, öffnete sich die Tür hinter ihm, und ein neuer Kunde kam herein. Zipser trat zur Seite und sah plötzlich Mr. Turton, seinem Doktorvater, ins Gesicht.

»Ah, Zipser, Sie wollen sich wohl die Haare schneiden lassen?« Zipser kam diese Frage übertrieben neugierig vor. Es drängte ihn, diesem ekelhaften Menschen zu sagen, er solle sich gefälligst um seine eigenen Angelegenheiten kümmern. Statt dessen nickte er stumm und setzte sich.

»Der nächste«, sagte der Friseur.

Zipser täuschte Höflichkeit vor. »Möchten Sie nicht...?« fragte er Mr. Turton.

»Bei Ihnen besteht ein dringenderes Bedürfnis als bei mir, mein Lieber«, sagte der Doktorvater, setzte sich hin und griff nach einem *Titbits*-Heft. Zum zweitenmal an diesem Morgen fand Zipser sich in einem Friseurstuhl wieder.

»Wie soll's denn sein?« wollte der Friseur wissen.

»Nur stutzen«, sagte Zipser.

Der Friseur breitete den Umhang über Zipsers Knie und stopfte ihn in seinen Kragen.

»Nichts für ungut, Sir«, sagte er, »aber ich würde sagen, daß Ihre Haare heute schon einmal geschnitten wurden.«

Zipser starrte in den Spiegel und sah, wie Mr. Turton aufschaute und sein eigenes Gesicht krebsrot anlief.

»Durchaus nicht«, murmelte er. »Wie kommen Sie bloß auf die Idee?« Es war keine kluge Bemerkung, und Zipser bereute sie, noch ehe er sie fertig genuschelt hatte.

»Tja«, antwortete der Friseur auf diese Infragestellung seiner Beobachtungsgabe, »zunächst einmal haben Sie immer noch Puder am Nacken.«

Zipser erwiderte kurz, er habe ein Bad genommen und danach Talkumpuder benutzt.

»Na klar«, meinte der Friseur sarkastisch, »und die kleinen abgeschnittenen Haarenden haben Sie bestimmt...«

»Hören Sie«, sagte Zipser wohl wissend, daß Mr. Turton sich noch nicht wieder um sein *Titbits* kümmerte, sondern interessiert zuhörte, »wenn Sie meine Haare nicht schneiden wollen ...« Das Surren der Haarschneidemaschine unterbrach sein Protestieren. Wütend starrte Zipser sein Ebenbild im Spiegel an und fragte sich, weshalb er immer wieder in solch peinliche Situationen geriet. Mr. Turton beäugte seinen Hinterkopf mit frischem Interesse.

»Wirklich«, sagte der Friseur und legte die Haarschneidemaschine beiseite, »manche Leute lassen sich richtig gern die Haare schneiden.« Er blinzelte Mr. Turton zu, was Zipser im Spiegel sah. Die Schere klapperte um seine Ohren herum, und Zipser schloß die Augen, um dem Tadel zu entgehen, der ihm aus dem Spiegelbild entgegenblickte. Anscheinend entwickelte sich alles, was er zur Zeit tat, zu einer Katastrophe. Warum in Gottes Namen mußte er sich in eine massige Aufwartefrau verlieben? Warum konnte er nicht einfach seine Arbeit fortsetzen, in der Bibliothek sitzen und lesen, an seiner Dissertation schreiben und an den Treffen des Cambridger Verbandes zur Förderung der Vereinten Nationen teilnehmen?

»Hatte mal 'nen Kunden«, fuhr der Friseur erbarmungslos fort, »der ließ sich dreimal wöchentlich die Haare schneiden, montags, mittwochs und freitags. Konnte man die Uhr nach stellen. Ich fragte ihn mal, und zwar als das schon ein paar Jahre so ging, da sagte ich zu ihm: ›Sagen Sie, Mr. Hattersley, warum lassen Sie sich so oft die Haare schneiden?‹ Wissen Sie, was der geantwortet hat? Es sei der einzige Ort, wo er nachdenken könne. Im Friseurstuhl kämen ihm die besten Ideen. Verrückt, wenn man's recht bedenkt. Da stehe ich den ganzen Tag hier, rasiere und schneide munter drauflos, und direkt vor mir, man könnte sagen: unter meinen Händen, läuft ohne mein Wissen dieses ganze Denken ab. Verstehen Sie, ich muß im Laufe der Zeit die Haare auf über hunderttausend Köpfen geschnitten haben. Seit fünfundzwanzig Jahren schneide ich jetzt Haare, und das sind eine Menge Kunden. Ist doch wohl klar, daß da einige ziemlich verkorkste Gedanken bei waren. Mörder und Sexbesessene, würde ich meinen, also ehrlich, bei den vielen Leuten? Ist doch wohl klar.«

Zipser sank in sich zusammen. Mr. Turtons Interesse an *Titbits* war inzwischen völlig dahin.

»Interessante Theorie«, sagte er aufmunternd. »Statistisch gesehen haben Sie wohl recht. So habe ich das bisher noch nie betrachtet.«

Zipser sagte, es gebe schon ein paar seltsame Vögel auf der Welt. Ihm schien es der in dieser Situation angemessene platte Kommentar zu sein. Als der Friseur fertig war, hatte Zipser jeden Gedanken daran aufgegeben, nach Präservativen zu fragen. Er zahlte die dreißig Pence und wankte aus dem Laden. Mr. Turton nahm lächelnd auf dem Stuhl Platz.

Es war kurz vor Mittag.

- 7 -

»Auf Formalitäten können wir wohl verzichten«, sagte der Rektor, beugte sich vor und schaute an dem langen Mahagonitisch in die Runde. Zu seiner Linken fummelte der Schatzmeister an seinem Füller herum, während zu seiner Rechten der Kaplan, den man diesen Platz wegen seiner Taubheit zugewiesen hatte, zustimmend nickte. Die Gesichter der Ratsmitglieder am ganzen langen Tisch spiegelten ihr Mißfallen über diese abrupt einberufene Sitzung wider.

»Mir scheint es eher so zu sein«, sagte der Dekan, »daß wir schon auf die uns gewohnten Formalitäten verzichtet haben. Ich kann nichts Positives dabei finden, wenn wir uns der wenigen entledigen, die noch übrig sind.«

Der Rektor musterte ihn aufmerksam. »Haben Sie noch ein Weilchen Geduld mit mir, Herr Dekan«, sagte er und war sich bewußt, daß er aus seinem sorgsam einstudierten verbindlichen Auftreten in den Jargon akademischer Gehässigkeit verfiel. Er riß sich am Riemen. »Ich habe diese Sitzung einberufen«, fuhr er finster lächelnd fort, »um die Veränderungen im College detailliert zu besprechen, die ich in meiner Rede am Dienstag abend angedeutet habe. Ich werde Sie nicht lange aufhalten. Sobald ich fertig bin, können Sie gehen und über meine Vorschläge nachdenken.« Bei dieser unverschämten Bemerkung erhob sich in ein entrüstetes Murmeln um den Tisch. Besonders empört war der Dekan.

»Was die Aufgabe des Collegerates betrifft, scheint der Rektor einem Irrtum zu unterliegen«, sagte er. »Darf ich ihn daran erinnern, daß er es hier mit dem Collegevorstand zu tun hat. Wir wurden heute nachmittag kurzfristig hierher bestellt und sind, obwohl es uns sehr ungelegen kam, erschienen ...« Der Rektor gähnte. »Gewiß, gewiß«, murmelte er. Das Gesicht des Dekans lief blutrot an. Solche Respektlosigkeit hatte er, ein Meister des unhöflichen Seitenhiebes, sich noch nie gefallen lassen müssen.

»Ich bin der Meinung«, kam ihm der Obertutor zu Hilfe, »daß der Rat entscheiden soll, ob die Empfehlungen des Rektors es wert sind, heute nachmittag diskutiert zu werden.« Er schenkte dem Rektor ein salbungsvolles Lächeln.

»Ganz wie Sie wünschen«, sagte Sir Godber. Er schaute auf seine Uhr. »Ich werde bis drei Uhr hier sein. Wenn Sie danach noch etwas zu besprechen haben, werden Sie ohne mich auskommen müssen.« Er machte eine Pause. »Wir können morgen oder übermorgen wieder zusammenkommen. Ich stehe nachmittags zur Verfügung.«

Zufrieden betrachtete er die geröteten Gesichter der Fellows. Genau diese Atmosphäre hatte er sich zur Verkündung seiner Pläne gewünscht. Ihre erwartungsgemäß heftige Reaktion würde sie gleichzeitig besänftigen. Wenn es dann so schien, als sei alles ausgestanden, würde er alle ihre Proteste mit einer Drohung obsolet machen. Eine reizende Vorstellung, die durch sein Wissen, daß sie seine Motive falsch auslegen würden, nur noch gewann. Das würden sie, keine Frage. Beschränkte Männer, Kleingeister, für die Porterhouse die Welt und Cambridge das Universum war. Sir Godber verachtete sie, und das merkte man.

»Wenn Sie alle einverstanden sind«, fuhr er fort, ohne das Gestotter des Dekans zu beachten, der sich dazu aufgerafft hatte, aus Protest gegen die Unhöflichkeit des Rektors die Sitzung zu verlassen,

»lassen Sie mich die mir vorschwebenden Veränderungen kurz skizzieren. Zunächst einmal hat, wie Sie alle sehr wohl wissen, der Ruf von Porterhouse seit... ich glaube, der Verfall fing 1933 an... seit damals schwer gelitten. Wie man mir sagte, war das ein schwacher Jahrgang neuer Fellows. Korrigieren Sie mich, wenn das nicht zutrifft.«

Jetzt war der Obertutor an der Reihe zu versteinern. 1933 war er gewählt worden.

»Es scheint, als habe unser Niedergang – in wissenschaftlicher Hinsicht – zu dieser Zeit eingesetzt. Mir kam es schon immer so vor, als sei die Qualität unserer Studenten recht dürftig. Ich habe vor, all das zu ändern. Von nun an, dem Jahr des Heils, werden wir Kandidaten nur noch aufgrund ihrer wissenschaftlichen Qualifikation aufnehmen.« Er schwieg, um seine Worte wirken zu lassen. Als der Schatzmeister nicht mehr auf seinem Stuhl hin und her rutschte, fuhr er fort: »Das ist mein erster Punkt. Als zweites kündige ich an, daß dieses College mit Beginn des neuen akademischen Jahres zu einer koedukativen Einrichtung wird. Jawohl, Gentlemen, ab dem kommenden Jahr werden Frauen in Porterhouse wohnen.« Ein kollektiver Schreckenslaut, fast ein schockiertes Rülpsen, entrang sich den Fellows. Der Dekan begrub sein Gesicht in beiden Händen, und der Obertutor umklammerte zur Beruhigung mit beiden Händen die Tischkante. Nur der Kaplan meldete sich zu Wort.

»Das habe ich gehört«, brüllte er mit wie nach einer göttlichen Offenbarung strahlendem Gesicht, »ich hab's gehört. Tolle Neuigkeit. Kam auch keinen Augenblick zu früh.« Dann hüllte er sich wieder in Schweigen. Der Rektor strahlte. »Ich nehme Ihre Zustimmung dankbar entgegen, Herr Kaplan«, sagte er. »Es tut gut zu wissen, daß ich von so unerwarteter Seite Unterstützung finde. Drittens...«

»Ich melde Protest an«, rief der Obertutor, der sich halb erhoben hatte. Sir Godber schnitt ihm das Wort ab.

»Später«, fuhr er ihn an, woraufhin sich der Obertutor wieder auf seinen Stuhl fallen ließ. »Drittens, der Brauch, das Essen im Speisesaal einzunehmen, wird aufgegeben. Im Speisesaal wird durch eine externe Firma eine Kantine auf Selbstbedienungsbasis eingerichtet. Der High Table wird abgeschafft. Sämtliche Elemente der akademischen Zweiklassengesellschaft werden verschwinden. Bitte, Dekan …?«

Doch der Dekan war sprachlos. Mit infolge eines Blutstaus aschfahlem Gesicht hatte er zu protestieren begonnen. Der Obertutor eilte an seine Seite, während der Kaplan, der immer erfaßte, welche Möglichkeiten ein angeschlagenes Publikum bot, dem bewußtlosen Dekan tröstende Worte ins Ohr gröhlte. Nur der Rektor blieb unbeeindruckt.

»Hoffentlich nicht schon wieder ein Porterhouse Blue«, sagte er vernehmlich zum Schatzmeister und schaute mit berechnender Gleichgültigkeit auf seine Uhr. Dieses offensichtliche Desinteresse an seinem Ableben wirkte auf den Dekan stimulierend. Sein Gesicht entfärbte sich, die Atmung rasselte weniger stark. Er öffnete die Augen und warf dem Rektor am anderen Ende des Tisches einen haßerfüllten Blick zu.

»Wie ich soeben sagte«, nahm Sir Godber den Faden wieder auf, »die von mir vorgeschlagenen Maßnahmen werden Porterhouse auf einen Schlag umgestalten.« Er machte eine Pause und lächelte darüber, wie treffend diese Formulierung war. Die Fellows glotzten angesichts dieser neuen Taktlosigkeit. Sogar der wohlwollende Kaplan, taub für die Bösartigkeit dieser Welt, war von der Kaltblütigkeit des Rektors entsetzt.

»Porterhouse wird sich den ihm gebührenden Platz unter den fortschrittlichsten Colleges zurückerobern«, fuhr der Rektor nun in deutlich politischer Sprechweise fort. »Schluß damit, daß wir, durch obsolete, antiquierte Traditionen und Klassenvorurteile, durch die Beschränkungen der Vergangenheit und den Zynismus der Gegenwart gehemmt, des Weges stolpern! Vom Glauben an die Zukunft beflügelt, werden wir uns des in uns gesetzten großen Vertrauens würdig erweisen.« Er setzte sich, durch seinen kurzen Ausbruch von Eloquenz beflügelt. Es war klar, daß außer ihm keiner der Anwesenden seine Begeisterung für die Zukunft teilte. Als schließlich jemand das Wort ergriff, war es der Schatzmeister.

»Bei dieser, ähem, Umgestaltung scheint es das eine oder andere Problem zu geben«, gab er zu bedenken. »Keine unüberwindlichen, woher denn, aber sie sollten dennoch nicht unerwähnt bleiben, bevor wir alle zu enthusiastisch werden.«

Der Rektor tauchte wieder aus seinen Träumen auf. »Als da wären?« fragte er kurz angebunden.

Der Schatzmeister schürzte die Lippen. »Ganz abgesehen von den vorhersehbaren Schwierigkeiten bei dem Versuch, diese, ähem, Gesetzgebung vom Rat genehmigt zu bekommen – wobei ich, Sie verstehen, den Begriff mit Bedacht verwende – bleibt die Frage der Finanzierung zu bedenken. Wir sind kein wohlhabendes College ...« Er zögerte. Der Rektor hatte eine Augenbraue hochgezogen.

»Dieses Argument ist mir durchaus nicht neu«, sagte er weltmännisch. »Während einer langen Karriere in Regierungsämtern kam es mir zu oft zu Ohren, als daß ich restlos überzeugt wäre, der Einwand der Mittellosigkeit sei so ernst zu nehmen, wie es sich anhört. Es sind nämlich ausgerechnet die Reichen, die ihn am häufigsten vorbringen.«

Der Schatzmeister fühlte sich bemüßigt zu unterbrechen. »Ich versichere Ihnen ...«, setzte er an, doch der Rektor war schneller.

»Ich kann mich nur auf den Psalmisten berufen und sagen: Laß dein Brot über das Wasser fahren.«

»Was nicht wörtlich zu nehmen ist«, fauchte der Obertutor.

»Das können Sie nehmen, wie Sie wollen«, fauchte Sir Godber zurück. Die Ratsmitglieder starrten ihn unverhohlen aggressiv an.

»Zufällig haben wir aber überhaupt kein Brot«, sagte der Schatzmeister in dem Versuch, die Wogen zu glätten.

Der Obertutor ignorierte seine Bemühungen. »Darf ich Sie daran erinnern«, fuhr er den Rektor an, »daß dieser Rat dem College vorsteht und ...«

»Daran hat mich der Dekan vorhin bereits erinnert«, unterbrach ihn der Rektor.

»Ich wollte nur darauf hinaus, daß grundsätzliche, die Collegeleitung betreffende Beschlüsse vom gesamten Rat getroffen werden«, fuhr der Obertutor fort. »Ich würde gern klarstellen, daß ich für mein Teil den uns vom Rektor vorgeschlagenen Änderungen nicht zustimmen werde. Ich darf wohl auch für den Dekan sprechen«, es folgte ein kurzer Blick auf den sprachlosen Dekan, »wenn ich sage, daß wir beide jede Veränderung der College-Politik bedingungslos zurückweisen.« Er lehnte sich zurück. Von den anderen Fellows war zustimmendes Gemurmel zu hören. Der Rektor beugte sich vor und schaute in die Runde.

»Soll das heißen, daß der Obertutor die generelle Haltung der Anwesenden ausgedrückt hat?« fragte er. Kopfnicken am ganzen Tisch. Der Rektor schien geknickt.

»In diesem Fall, Gentlemen, bleibt mir wenig zu sagen«, verkündete er traurig. »Angesichts Ihres Widerstands gegen die von mir vorgeschlagenen Veränderungen der College-Politik bleibt mir nichts anderes übrig, als von meinem Posten als Rektor von Porterhouse zurückzutreten.« Die Fellows stießen einen kollektiven Laut des Entsetzens aus, als der Rektor aufstand und seine Unterlagen einsammelte. »Meinen Rücktritt werde ich in einem Brief an den Premierminister bekanntgeben, in einem offenen Brief, Gentlemen, in dem ich die Gründe meines Rücktritts aufführen werde, nämlich, daß ich unmöglich als Rektor eines Colleges amtieren kann, das seine Finanzen aufbessert, indem es als Gegenleistung für große Spenden an den Stiftungsfonds Kandidaten ohne die nötigen Qualifikationen aufnimmt und akademische Grade verkauft.« Der Rektor hielt inne und betrachtete die von seiner Ankündigung erstarrten Fellows. »Als mich der Premierminister berief, wußte ich weder, daß ich damit eine Stellung als Rektor eines akademischen Auktionshauses annahm noch daß ich eine Karriere beendete, die sich, wie ich stolz anmerken kann, durch strikte Einhaltung der Integritätsregeln im öffentlichen Leben auszeichnete, um mich zum Mitwisser eines Finanzskandals von nationalen Ausmaßen zu machen. Die Zahlen und Fakten, Gentlemen, liegen mir vor; ich werde sie meinem Brief an den Premierminister beifügen, der sie zweifellos an den Generalstaatsanwalt weiterleiten wird. Guten Tag, meine Herren.«

Der Rektor machte auf dem Absatz kehrt und stolzierte aus dem Raum. Zurück blieben die Fellows von Porterhouse, starr wie Mumien um den Tisch versammelt, und jeder für sich damit beschäftigt, seinen Anteil an einem Skandal abzuschätzen, der sie alle erledigen würde. Man brauchte nicht viel Phantasie, um sich den öffentlichen Schrei der Entrüstung auszumalen, der auf Sir Godbers Rücktritt und die Bekanntgabe seines offenen Briefes folgen würde, die Welle der Empörung, die durch das ganze Land fegen würde, die Verwünschungen, die von den anderen Colleges in Cambridge auf ihre Köpfe hageln würden, und die Verdammung durch die anderen, neueren Universitäten. Die Fellows von Porterhouse hatten nicht viel Phantasie, doch das alles konnten sie sich ausmalen, und noch mehr: die Forderung, sich öffentlich zu verantworten, möglicherweise Strafverfolgung, vielleicht sogar Ermittlungen über Quellen und Umfang des Collegevermögens. Was würden Trinity und King's dazu sagen? Die Fellows von Porterhouse kannten den Haß, mit dem sie rechnen konnten, wenn sie Anlaß zu öffentlichen Ermittlungen gaben, die den enormen Reichtum der anderen Colleges bedrohen könnten, bedrohen würden, und sie schreckten vor dieser Aussicht zurück. Schließlich durchbrach der Dekan mit einem erstickten Schrei als erster das Schweigen.

»Man muß ihn aufhalten«, gurgelte er.

Der Obertutor nickte verständnisvoll. »Wir haben kaum eine andere Wahl.«

»Aber wie?« fragte der Schatzmeister in dem verzweifelten Versuch, das Wissen zu verdrängen, daß er den Rektor unbeabsichtigt mit Informationen versorgt hatte, die dieser jetzt zu enthüllen drohte. Sollten die anderen Fellows je dahinterkommen, wer Sir Godber mit diesem Erpressungsmaterial versorgt hatte, würden sie ihm, dem Schatzmeister, das Leben zur Hölle machen.

»Der Rektor muß um jeden Preis zum Bleiben überredet werden«, stellte der Obertutor fest. »Wir können uns den Skandal ganz einfach nicht leisten, den die Veröffentlichung seines Rücktrittsgesuches verursachen würde.«

Der Prälektor sah ihn strafend an. »Wir?« fragte er. »Ich bitte doch sehr darum, nicht mit den für diese beschämende Enthüllung Verantwortlichen in einen Topf geworfen zu werden.«

»Was wollen Sie damit unterstellen?« fragte der Obertutor.

»Man sollte meinen, das läge auf der Hand«, sagte der Prälektor. »Die meisten von uns hatten weder mit der Verwaltung der Collegefinanzen noch mit dem Zulassungsverfahren etwas zu tun. Man kann uns nicht für Dinge verantwortlich machen, die …«

»Wir sind alle für die College-Politik verantwortlich«, schrie der Obertutor.

»Sie sind für die Zulassung verantwortlich«, schrie der Prälektor zurück. »Sie sind für die Auswahl der Kandidaten verantwortlich. Sie sind …«

»Gentlemen«, warf der Schatzmeister ein, »wir wollen uns doch nicht über individuelle Verantwortlichkeiten zanken. Als Ratsmitglieder sind wir alle für die Collegeleitung verantwortlich.«

»Einige von uns sind verantwortlicher als die anderen«, betonte der Prälektor.

»Und wir alle werden die Schuld für die Fehler der Vergangenheit auf uns nehmen«, fuhr der Schatzmeister fort.

»Fehler? Wer hat hier was von Fehlern gesagt?« wollte der kurzatmige Dekan wissen.

»Ich denke, daß in Anbetracht der Ausführungen des Rektors …«, setzte der Obertutor an.

»Der Teufel soll den Rektor holen«, fauchte der Dekan und rappelte sich auf. »Scheiß auf den Mann. Reden wir nicht mehr über unsere Fehler. Ich sagte, man muß ihn aufhalten, aber doch nicht, daß wir vor dem Schwein kapitulieren sollen.« Er watschelte zum Kopfende des Tisches, korpulent, kriegerisch und dickköpfig wie eine dunkelrote Kröte. Angesichts der wiederbelebten Verbissenheit seines Kollegen zögerte der Obertutor. »Aber …«, begann er.

Der Dekan erhob ruhegebietend die Hand.

»Man muß ihn aufhalten«, sagte er. »Vorläufig müssen wir seine Vorschläge vielleicht annehmen, aber nur vorläufig. Vorübergehend müssen wir uns einer Verzögerungstaktik bedienen, aber nur vorübergehend.«

»Und dann?« fragte der Obertutor.

»Wir müssen Zeit gewinnen«, fuhr der Dekan fort. »Zeit, damit Sir Godber beeinflußt werden kann, und Zeit, damit seine eigene Karriere mit der gleichen Gründlichkeit überprüft werden kann, die er auf die Gebräuche und Traditionen des Colleges verwandt hat. Niemand, der so lange wie Sir Godber Evans im öffentlichen Leben gestanden hat, ist fehlerfrei. Unsere Aufgabe lautet, das Ausmaß seiner Schwächen aufzudecken.«

»Wollen Sie damit sagen, wir sollten ...«, begann der Prälektor.

»Ich will damit sagen, daß der Rektor verwundbar ist«, fuhr der Dekan fort, »daß er korrupt ist und von den maßgeblichen Stellen beeinflußt werden kann. Die Taktik, die er heute angewandt hat, diese Erpressung, ist symptomatisch für die Unredlichkeit, die ich meine. Und wir haben schließlich einflußreiche Freunde.«

Der Obertutor runzelte die Stirn und nickte. »Richtig. Sehr richtig, Dekan.«

»Jawohl, Porterhouse kann mit Fug und Recht behaupten, bedeutende Männer hervorgebracht zu haben. Der Rektor mag unseren Protest zwar auf die leichte Schulter nehmen, doch wir haben mächtige Verbündete«, sagte der Dekan.

»Und in der Zwischenzeit müssen wir klein beigeben und den Rektor bitten, er möge seinen Rücktritt angesichts der Tatsache, daß wir die vorgeschlagenen Veränderungen akzeptieren, noch einmal überdenken?« fragte der Obertutor.

»So ist es.« Der Dekan sah sich nach Anzeichen von Unschlüssigkeit bei den Fellows um. »Hat jemand Zweifel, die Weisheit des von mir vorgeschlagenen Kurses betreffend?« fragte er.

»Anscheinend bleibt uns kaum etwas anderes übrig«, sagte der Schatzmeister.

»Uns bleibt absolut nichts anderes übrig«, bestätigte der Dekan.

»Und wenn der Rektor sich weigert, seinen Rücktritt zurückzunehmen?« fragte der Prälektor.

»Dafür gibt es nicht den geringsten Grund«, sagte der Dekan. »Ich schlage vor, daß wir jetzt geschlossen zum Haus des Rektors gehen und ihn bitten, es sich noch einmal zu überlegen.«

»Geschlossen? Ist das wirklich klug? Würde es nicht... ziemlich... nun ja... unterwürfig aussehen?« meinte der Obertutor skeptisch.

»Es ist wohl kaum der richtige Zeitpunkt, sich über den äußeren Schein den Kopf zu zerbrechen«, befand der Dekan. »Mich interessieren nur Resultate. Klein beigeben, das haben Sie gesagt. Na schön, wenn Sir Godber will, daß wir klein beigeben, damit er seine Drohung zurückzieht, das kann er haben. Ich werde dafür sorgen, daß er später klein beigibt. Außerdem soll er nicht glauben, wir wären auch nur im mindesten gespalten.« Er starrte den Schatzmeister durchdringend an. »In Krisenzeiten ist es lebensnotwendig, als geschlossene Einheit aufzutreten. Sind Sie nicht auch dieser Meinung, Schatzmeister?«

»Aber ja. Unbedingt, Herr Dekan«, versicherte der Schatzmeister.

»Sehr schön, dann wollen wir mal«, sagte der Dekan und verließ den Sitzungsraum als erster. Die Fellows marschierten hinter ihm in die Kälte hinaus.

Als Skullion ihre Schritte auf dem Fußboden über seinem Kopf hörte, kletterte er von dem Stuhl, auf dem er gestanden hatte. Es war heiß in dem Kesselraum, heiß und staubig, eine trockene Hitze, die in seiner Nase geprickelt und es ihm schwergemacht hatte, nicht zu niesen, während er auf dem Stuhl gestanden, sein Ohr gegen ein Rohr gepreßt und den wutentbrannten Stimmen aus dem Ratszimmer gelauscht hatte. Er klopfte den Staub von seinem Ärmel, breitete eine alte Zeitung über die Sitzfläche des Stuhls und nahm Platz. Ausgerechnet jetzt beim Verlassen des Kesselraums gesehen zu werden, war nicht empfehlenswert, außerdem wollte er nachdenken.

Die Zentralheizungsrohre waren nicht die allerbesten Leiter von Gesprächen, sondern neigten dazu, an wichtigen Stellen eigenmächtig dazwischenzugurgeln; doch Skullion hatte genug gehört, um verunsichert zu sein. Die Rücktrittsdrohung des Rektors hatte er begeistert aufgenommen, das später folgende dicke Ende ähnlich entsetzt wie die Fellows registriert. Seine Gedanken rasten zu seinen Schützlingen und der Gefahr, die die von Sir Godber angedrohte öffentliche Bloßstellung für sie bedeuten würde. Sir Cathcart mußte sofort von dieser neuen Gefahr erfahren – doch andererseits hatte der Dekan einen eigenen Lösungsvorschlag unterbreitet, und Skullion wurde bei dem Gedanken an den alten Mann richtig warm ums Herz. »Ist immer noch Schwung in dem alten Herrn«, hatte er gedacht und bei der Vorstellung kichern müssen, daß Sir Godber seinen Rücktritt widerrief, nur um hinterher zu erfahren, daß man ihn überlistet hatte. Mächtige Verbündete, hatte der Dekan gesagt, und Skullion fragte sich, ob der alte Mann überhaupt wußte, wie mächtig einige dieser Verbündeten waren oder wie bedrohlich die Enthüllung des Rektors für sie werden könnte. Kabinettsminister gehörten zu Skullions Schützlingen, Kabinettsminister, leitende Beamte, Direktoren der Bank von England, wirklich bedeutende Persönlichkeiten. Langsam dämmerte Skullion, daß der Rektor sich in einer stärkeren Position befand, als er ahnte. Eine Überprüfung der Studienlaufbahn so vieler Männer des öffentlichen Lebens hätte entsetzliche Konsequenzen, und die mächtigen Verbündeten, die dem Dekan offenbar vorschwebten, würden den vom Rektor geplanten Veränderungen in Porterhouse wohl kaum mehr als symbolischen Widerstand leisten, wenn die Alternative ein landesweiter Skandal war, in dem sie die Hauptrollen spielten. Der Dekan war also doch auf dem Holzweg, und Skullions verfrühter Optimismus machte einer tiefen Traurigkeit Platz. Wenn es so weiterging, würde es noch vor Ende des Jahres Frauen in Porterhouse geben, eine Aussicht, die ihn in Rage brachte. »Nur über meine Leiche«, murmelte er finster und grübelte über Mittel und Wege nach, wie sich Sir Godbers Pläne vereiteln ließen.

- 8 -

Zipser war betrunken. Acht große Bitterbier, jedes in einer anderen Kneipe getrunken, hatten seine Lebensgeister geweckt. Die Fesseln seiner sexuellen Zwangsvorstellung waren einer fröhlichen, großzügigen und aufgeschlossenen Gemütsruhe gewichen. Gut, seit dem Haarschneiden war er so gut wie kahl und würde sein Leben lang an einer Abneigung gegen Friseure leiden, doch seine Augen glänzten, seine Wangen sahen frischer und rosiger aus, und er war in der richtigen Stimmung, um durch ein Spalier von hundert Hausfrauen in den besten Jahren Spießruten zu laufen oder auf der Suche nach der unbefleckten Empfängnisverhütung das Mißfallen von ebensoviel Drogisten zu erregen. Jedenfalls hatte ihn ein Gedankenblitz der Notwendigkeit enthoben, seine Bedürfnisse publik zu machen. Als er nämlich nach seinem zweiten Haarschnitt durch die Sydney Street schlenderte, war ihm plötzlich eingefallen, wie er einmal auf einer Kneipentoilette in Bermondsey einen Kondomautomaten gesehen hatte; nun war Bermondsey zwar etwas zu weit entfernt, um es aus Gründen diskreter Anonymität aufzusuchen, doch ihm kam der Gedanke, daß die Kneipen in Cambridge sicherlich ähnlich fortschrittliche Installationen für Liebespaare, die es eilig haben, bereithielten. Er betrat die erstbeste Kneipe und bestellte einen Halben. Zehn Minuten später verließ er diese Kneipe mit leeren Händen und suchte die nächste auf, wo er ebenso enttäuscht wurde. Als er sechs Kneipen besucht und sechs große Gläser Bitter getrunken hatte, war er nicht mehr in der Verfassung, die Zapfer auf ihren mangelnden Service hinzuweisen. In der siebten Kneipe wurde er fündig. Während er wartete, bis zwei ältere Herrschaften ihre Pißorgie beendeten, klimperte Zipser mit seinem Kleingeld und warf zwei Münzen in den Automaten. Gerade wollte er am Griff ziehen, als ein Student hereinkam. Zipser ging nach draußen und trank seinen siebten Halben aus, ohne seinen Adlerblick von der Tür zum Herrenklo zu wenden. Zwei Minuten später zog er wieder am Griff – ohne Erfolg. Er zog und zog, doch der Automat funktionierte nicht automatisch. Zipser spähte in den Geldrückgabeschlitz und entdeckte, daß dieser leer war. Schließlich warf er noch zwei Münzen ein und zog wieder am Griff. Diesmal fiel sein Geld in den Schlitz, und Zipser nahm es heraus und betrachtete es. Das verfluchte Gerät war leer. Zipser ging zurück in die Bar und bestellte den achten Halben.

»Der Automat in der Toilette«, sagte er in verschwörerischem Ton zum Barkeeper.

»Was ist damit?« fragte der Barkeeper.

»Er ist leer«, sagte Zipser.

»Stimmt«, sagte der Barkeeper. »Der ist dauernd leer.«

»Tja, es steckt aber Geld von mir drin.«

»Was du nicht sagst.«

»Doch, ich sag's.«

»Ein Gin Tonic«, sagte ein Mann mit Schnurrbart neben Zipser.

»Ist unterwegs«, sagte der Barkeeper. Zipser schlürfte sein Bier, während der Barkeeper Gin und Tonic in ein Glas schüttete. Als der schnurrbärtige Mann sich endlich samt seinem Drink an einen Fenstertisch verzogen hatte, kam Zipser wieder auf das Thema »defekte Automaten« zurück. Allmählich wurde er ungehalten.

»Was werden Sie wegen meines Geldes unternehmen?« fragte er.

Der Baarkeeper musterte ihn argwöhnisch.

»Woher soll ich wissen, daß du welches reingesteckt hast?« fragte er. »Woher soll ich wissen, daß du hier keinen Schwindel abziehst?«

Zipser dachte über diese Frage nach.

»Wüßte nicht, wie ich das anstellen sollte«, sagte er schließlich. »Ich hab's doch nicht mehr.«

»Sehr witzig«, fand der Barkeeper. »Wenn du dich wegen dem Automaten beschweren willst, dann gefälligst beim Aufsteller.« Er langte unter den Tresen, holte eine Karte hervor und reichte sie Zipser. »Geh hin und erzähl ihnen deine Probleme. Die bestücken die Automaten, nicht ich. Alles klar?« Zipser nickte, und der Mann ging ans andere Ende der Theke, um einen Gast zu bedienen. Zipser steckte die Karte ein und machte sich auf den Weg. Die Lieferfirma fand er in der Mill Road. Hinter dem Ladentisch stand ein junger Mann mit Bart. Zipser trat ein und legte die Karte vor ihn hin.

»Ich komme vom ›Einhorn‹«, sagte er. »Der Automat ist leer.«

»Schon wieder?« sagte der Mann. »Keine Ahnung, was dort los ist, die gehen weg wie warme Semmeln.«

»Ich möchte...«, begann Zipser mit belegter Stimme, doch der junge Mann war schon in einem Hinterzimmer verschwunden. Zipser fühlte sich inzwischen regelrecht angeheitert. Er versuchte dahinterzukommen, aus welchem kühlen Grund er mit einem bärtigen jungen Mann in einem Büro in der Mill Road über den Engroseinkauf von Präservativen plauderte.

»Das hätten wir. Zwei Gros. Hier unterschreiben«, sagte der Angestellte, als er von hinten mit zwei Kartons wiederkam, die er auf den Ladentisch knallte. Zipser glotzte die Kartons an und setzte gerade zu einer Erklärung an, daß er ja nur sein Geld zurückhaben wolle, als eine Frau eintrat. Da wurde ihm schlagartig übel. Er schnappte sich den Kugelschreiber, unterschrieb den Zettel und stolperte aus dem Laden, die beiden Kartons unterm Arm.

Als er wieder am »Einhorn« angelangt war, hatte die Kneipe zu. Zipser klopfte ein paarmal vergeblich an die Tür, dann gab er es auf und ging nach Porterhouse zurück.

In Schlangenlinien passierte er das Pförtnerhäuschen und steuerte über den Hof auf seinen Aufgang zu. Vor ihm trat eine Reihe schwarzgekleideter Gestalten aus der Tür des Ratsitzungszimmers und bewegte sich gemessenen Schrittes in seine Richtung. An der Spitze dieser Prozession watschelte der Dekan. Hicksend versuchte Zipser, den Blick auf sie zu richten. Es war sehr schwierig. Fast genauso schwierig wie der Versuch zu verhindern, daß die Welt sich drehte. Während die Marschkolonne immer näher kam, hickste Zipser noch einmal und übergab sich dann in den Schnee.

»Entschuldigung«, sagte er. »Hätte ich nicht machen sollen. Hab' zuviel getrunken.«

Die Kolonne hielt an, und Zipser starrte in das Gesicht des Dekans. Es hatte die beunruhigende Tendenz, scharf und dann wieder unscharf zu werden.

»Wissen… wissen… Sie eigentlich, wie rot Ihr Gesicht ist?« fragte Zipser und pendelte mit dem Kopf unruhig in Richtung Dekan. »Dürften eigentlich kein rotes Gesicht haben, stimmt's?«

»Aus dem Weg«, fuhr ihn der Dekan an.

»Schicher«, sagte Zipser und setzte sich in den Schnee. Der Dekan ragte bedrohlich vor ihm auf.

»Sie, Sir, sind betrunken. Ekelhaft betrunken«, sagte er.

»Genau«, sagte Zipser. »Hundert Punkte für Ihren Schaf… Scharf… arfblick. Gleich beim ersten Mal den Nagel auf'n Kopp gehauen.«

»Wie heißen Sie?«

»Schipscher, Schir, Schipscher.«

»Sie haben eine Woche lang Ausgangssperre, Zipser.«

»Joho«, bestätigte Zipser fröhlich. »Eine Woche Ausgangssperre. Schicher, Schir.« Immer noch die Kartons umklammernd, rappelte er sich auf. Die Kolonne der Universitätshonoratioren überquerte den Hof. Zipser wankte in sein Zimmer und kippte auf dem Fußboden um.

Aus seinem Arbeitszimmerfenster beobachtete Sir Godber die Abordnung der Fellows. »Canossa«, dachte er, während die Prozession durch den Schnee zur Haustür trottete und klingelte. Einen Moment lang spielte er mit dem Gedanken, sie warten zu lassen, doch die bessere Einsicht siegte. Papst Gregors Triumph hatte schließlich auch nicht lange Bestand gehabt. Er ging in den Flur und ließ sie ein.

»Na, meine Herren«, sagte er, als sie in sein Arbeitszimmer marschiert waren, »was kann ich denn nun für Sie tun?«

Der Dekan trat schlurfend vor. »Wir haben unsere Entscheidung noch einmal überdacht, Herr Rektor.«

Die Mitglieder des Collegerates nickten gehorsam. Sir Godber warf einen Blick auf ihre Gesichter und war zufrieden. »Sie möchten, daß ich Rektor bleibe?«

»Jawohl, Herr Rektor«, sagte der Dekan.

»Und ist das der ausdrückliche Wunsch des gesamten Rates?«

»So ist es.«

»Sie akzeptieren uneingeschränkt die von mir vorgeschlagenen Änderungen im College?« fragte der Rektor.

Der Dekan rang sich ein Lächeln ab. »Natürlich haben wir Bedenken«, gab er zu. »Von uns zu erwarten, daß wir unsere… ähem… Prinzipien aufgeben, ohne an dem im stillen vorhandenen Vorhaben festzuhalten, wäre wohl etwas zuviel verlangt. Doch im Interesse des ganzen Colleges räumen wir ein, daß ein Kompromiß eventuell erforderlich sein mag.«

»Meine Bedingungen sind unumstößlich«, sagte der Rektor. »Sie müssen voll und ganz akzeptiert werden. Ich bin nicht bereit, sie abzumildern, das sollte ich wohl klarstellen.«

»Durchaus, Herr Rektor. Durchaus.« Der Dekan lächelte schwach.

»In dem Fall«, sagte Sir Godber, »werde ich mir die Sache bis zur nächsten Sitzung des Collegerates überlegen. Das gibt uns allen Gelegenheit, in Ruhe über die Angelegenheit nachzudenken. Sagen wir nächsten Mittwoch um die gleiche Zeit?«

»Wie Sie wünschen, Herr Rektor«, sagte der Dekan. »Ganz wie Sie wünschen.«

Sie marschierten wieder zur Tür, und nachdem er sie hinausbegleitet hatte, stand Sir Godber am Fenster und betrachtete mit einem ganz neuen Gefühl von Befriedigung, wie die dunkle Prozession in den Winterabend verschwand. »Die Eisenfaust im eisernen Handschuh«, murmelte er in dem Bewußtsein vor sich hin, zum ersten Mal in seiner langen Laufbahn politischer Manöver und Kompromisse einen klaren Sieg über eine offensichtlich unnachgiebige Opposition errungen zu haben. An der Unterwerfung der Fellows gab es gar keinen Zweifel. Sie waren zu ihm gekrochen gekommen, und Sir Godber schwelgte in dieser Erinnerung, ehe er über die Hintergründe ihrer Kapitulation nachdachte. Niemand – wer wußte das besser als Sir Godber – kam ohne Grund derart angekrochen. Wer so ehrerbietig war wie die Fellows, führte irgendwas im Schilde. Die bloße Vermutung, seine Drohung habe gewirkt, erklärte nicht alles. Er hatte sie vielleicht gezwungen, bei Fuß zu gehen, doch es wäre nicht nötig gewesen, daß ausgerechnet der Dekan so unterwürfig mit dem Schwanz wedelte. Sir Godber setzte sich an den Kamin und dachte über den Charakter des Dekans nach, bemüht, ein Motiv zu finden. Je mehr er nachdachte, desto weniger Grund sah er, sich voreilig auf die Schulter zu klopfen. Sir Godber unterschätzte den Dekan nicht. Der Mann war ein ignoranter, selbstgerechter Eiferer mit der ganzen Ausdauer eines Selbstgerechten und der ganzen Gerissenheit des Ignoranten. »Er schindet Zeit«, schloß er messerscharf, »aber Zeit wofür?« Es war eine unangenehme Vorstellung. Nicht zum ersten Mal seit seiner Ankunft in Porterhouse hatte Sir Godber das leise, aber unbehagliche Gefühl, daß seine oberflächlichen Vermutungen über die menschliche Natur – die Grundlagen seiner liberalen Ideale – irgendwie durch eine verschlagene Scholastik bedroht wurden, deren Ursprünge gar nicht so rational und viel diffuser waren, als ihm lieb sein konnte. Er erhob sich und starrte in die Nacht hinaus, auf die Umrisse der mittelalterlichen Collegegebäude, die sich gegen den orangefarbenen Himmel abhoben. Es hatte wieder zu schneien begonnen, und Wind war aufgekommen, der die Schneeflocken mit unberechenbaren Böen mal hierhin, mal dorthin trieb. Er zog die Vorhänge zu, um sich den Anblick fehlender Symmetrie in der Natur zu ersparen, und ließ sich mit Bentham, seinem Lieblingsautor, im Sessel nieder.

Am High Table speisten die Fellows in trübsinnigem Schweigen. Sogar dem pochierten Lachs des Küchenchefs gelang es nicht, ihre Stimmung zu heben, die unter der Verstocktheit des Rektors und der Erinnerung an ihre Kapitulation litt. Allein der Dekan blieb unverzagt. Er schaufelte sich das Essen in den Rachen, als wolle er seine Entschlossenheit schüren, und dazu häuften seine Lippen Flüche auf Sir Godbers Haupt, seine Stirn glänzte ölig, und in seinen Augen funkelte die Gerissenheit, die Sir Godber bemerkt hatte.

Als sie anschließend im Gemeinschaftsraum ihren Kaffee zu sich nahmen, sprach der Obertutor das Thema ihres nächsten Schrittes an. »Es sieht so aus, als bliebe uns bis Mittwoch Zeit, die Pläne des Rektors zu vereiteln«, stellte er fest und nippte bedächtig an seinem Brandy. »Eine relativ kurze Zeitspanne, wenn Sie mir diese Bemerkung gestatten.«

»Kurz, aber ausreichend«, sagte der Dekan knapp.

»Ich muß schon sagen, daß mich Ihre Zuversicht ein wenig überrascht, Herr Dekan«, sagte der Schatzmeister nervös.

Der Dekan musterte ihn erstaunlich grimmig. »Wohl kaum mehr, als mich Ihre fehlende Diskretion überrascht hat, Schatzmeister«, fauchte er. »Ich kann mir kaum vorstellen, daß die Situation diese unglückliche Wendung genommen hätte, wenn Sie nicht die finanzielle Lage des Colleges an die große Glocke gehängt hätten.«

Der Schatzmeister errötete. »Ich wollte den Rektor lediglich darauf hinweisen, daß die von ihm vorgeschlagenen Veränderungen unsere Mittel überstrapazieren würden«, verteidigte er sich. »Wenn ich mich recht erinnere, haben Sie als erster vorgeschlagen, man müsse ihn auf die Finanzlage aufmerksam machen.«

»Natürlich habe ich das vorgeschlagen. Allerdings schlug ich nicht vor, ihn in unsere Aufnahmepraxis einzuweihen«, gab der Dekan zurück.

»Gentlemen«, sagte der Obertutor, »die Panne ist nun mal passiert. Nachträgliche Diskussionen bringen uns auch nicht weiter. Wir sehen uns mit einem dringlichen Problem konfrontiert. Alte Fehler zu kritisieren, liegt nicht in unserem Interesse. Was das betrifft, sind wir alle schuldig. Wäre die Wahl Dr. Siblingtons zum Rektor nicht durch unsere Uneinigkeit verhindert worden, hätten wir die Ernennung Sir Godbers vermeiden können.«

Der Dekan trank seinen Kaffee aus. »Da ist etwas Wahres dran«, gab er zu, »und daraus läßt sich eine Lehre ziehen. Wir müssen vereint gegen den Rektor vorgehen. In der Zwischenzeit habe ich schon etwas unternommen und mich für heute abend mit Sir Cathcart D'Eath verabredet. Sein Wagen müßte bereits auf mich warten.« Er stand auf und raffte seinen Talar zusammen.

»Darf man den Zweck dieses Treffens erfahren?« fragte der

Prälektor. Der Dekan sah auf den Schatzmeister hinab. »Bei der Vorstellung, daß unsere Pläne wahrscheinlich Sir Godber zu Ohren kommen, wäre mir gar nicht wohl«, sagte er bedächtig.

»Ich versichere Ihnen ...«, setzte der Schatzmeister an.

»Ich habe um dieses Gespräch gebeten, weil Sir Cathcart, wie Sie alle wissen, Präsident der Ehemaligenvereinigung ist. Ich finde, er sollte erfahren, welche Veränderungen der Rektor vorschlägt. Ferner sollte er meiner Meinung nach erfahren, welches Verhalten der Rektor in dieser Sache an den Tag gelegt hat. Ich stelle mir vor, daß es am kommenden Dienstag über die Lage zu einer außerordentlichen Sitzung der Porterhouse-Gesellschaft kommen wird, und bin zuversichtlich, daß man dort dann eine Resolution verabschieden wird, in der Sir Godber wegen seiner autoritären Haltung im Umgang mit dem College gerügt und sein sofortiger Rücktritt verlangt wird.«

»Aber, Dekan, das ist doch zweifellos höchst unklug«, wandte der Obertutor besorgt ein. »Wird ein solcher Antrag verabschiedet, tritt der Rektor mit Sicherheit zurück und veröffentlicht seinen verflixten Brief. Ich begreife wirklich nicht, was das nützen soll.«

Der Schatzmeister setzte seine Kaffeetasse ungewohnt heftig ab. »Um Gottes willen, Herr Dekan«, sagte er, »überlegen Sie gut, was Sie tun.«

Der Dekan lächelte grimmig. »Wenn Sir Godber uns drohen kann, können wir ihm auch drohen.«

»Doch der Skandal, bedenken Sie den Skandal. Der wird uns alle treffen«, murmelte der Schatzmeister verzweifelt.

»Er wird auch Sir Godber treffen. Genau das ist der Zweck der Übung. Indem wir seinen Rücktritt fordern, übernehmen wir die Initiative. Die Wirkung seines Briefes an den Premier wird dadurch abgeschwächt, daß sowohl die Collegeverwaltung als auch die Porterhouse-Gesellschaft seinen Rücktritt wegen Unfähigkeit fordern, und sein Brief an die Presse mit diesen sogenannten Enthüllungen wird wie die Retourkutsche eines gekränkten und verbitterten Mannes aussehen. Außerdem glaube ich ohnehin, daß Sie Sir Godbers politischen Mut überschätzen. Ich bezweifle, daß er angesichts des Ultimatums, welches wir bei der Ratssitzung am Mittwoch stellen werden, eine weitere Konfrontation riskiert.«

»Aber wenn die Forderung nach seinem Rücktritt bereits veröffentlicht wurde ...«

»Das wird sie nicht. Der Antrag wird, hoffentlich einstimmig, verabschiedet worden sein, aber seine Veröffentlichung hängt von Sir Godbers Haltung ab. Besteht er auf den Änderungen, wird veröffentlicht.«

»Und wenn er unerwartet zurücktritt?«

»Veröffentlichen wir erst recht«, sagte der Dekan. »Wir werden die Sachlage so lange verwirren, bis keiner mehr weiß, ob wir ihn zum Rücktritt zwangen oder nicht. O ja, wir werden Öl ins Feuer gießen, Gentlemen, keine Angst. Wenn schon nach dunklen Punkten gesucht werden muß, dann aber gründlich.« Der Dekan wandte sich um und ging hinaus, und sein dunkler Talar bauschte sich hinter ihm. Die im Gemeinschaftsraum zurückbleibenden Fellows sahen sich trübsinnig an. Verglichen mit dem Aufruhr, den der Dekan anscheinend unbedingt entfesseln wollte, wirkten die vom Rektor geplanten Änderungen geradezu unbedeutend.

Schließlich brach der Kaplan das Schweigen. »Ich muß schon sagen«, brüllte er, »der Koch hat sich heute abend selbst übertroffen. Das Soufflé war delikat.«

Vor dem Haupttor wartete bereits großspurig Sir Cathcarts Rolls-Royce, als der in einen schwarzen Mantel gehüllte Dekan mit seinem schwärzesten Hut auf dem Kopf am Pförtnerhaus vorbeieilte.

Skullion öffnete ihm die Wagentür.

»Guten Abend, Skullion.«

»Auch Ihnen einen guten Abend, Sir«, murmelte Skullion bescheiden.

Der Dekan kletterte in den Wagen, der durch den matschigen Schnee losfuhr. Vom Rücksitz aus starrte er durchs Heckfenster auf die wirbelnden Schneeflocken und die Fußgänger, die sich mit gesenkten Köpfen gegen den peitschenden Wind stemmten. Behaglich und zufrieden, war er unbelastet von dem mulmigen Gefühl, das den Rektor zu seinem Bentham getrieben hatte. Diese Art von

Wetter mochte er, bitterkaltes Wetter, bei dem der Fluß anstieg und der schneidende Wind die Luft aus seiner Jugendzeit, jene Hierarchie von Arm und Reich, Gut und Schlecht, Komfort und Elend wiedererstehen ließ, die er unbedingt erhalten wollte, während Sir Godber sie mit seinem Streben nach seelenloser Uniformität vernichten würde. »Die alte Ordnung verändert sich«, murmelte er vor sich hin, »aber verdammt langsam, wenn es nach mir geht.«

Skullion ging zurück ins Pförtnerhäuschen.

»Ich gehe zu Abend essen«, sagte er dem Unterpförtner und trottete über den Hof und dann die steinerne Treppe hinunter zur Küche, wo der Koch in seinem Archivraum für zwei gedeckt hatte. Es war heiß, und bevor er Platz nahm, zog Skullion seinen Mantel aus.

»Schneit wieder, wie ich höre«, sagte der Koch und setzte sich.

Skullion wartete, bis ein mit offenem Mund gaffender junger Kellner serviert hatte, ehe er sprach. »Dekan trifft sich mit dem General«, sagte er schließlich.

»Ach ja?« sagte der Koch und nahm sich von den Resten des pochierten Lachses.

»Heute nachmittag war Ratssitzung«, fuhr Skullion fort.

»Ich hörte davon.«

Skullion schüttelte wieder den Kopf.

»Das wird Ihnen nicht gefallen«, sagte er. »Was der Rektor plant, wird Ihnen gar nicht passen, so wahr ich Skullion heiße.«

»Das habe ich auch gar nicht angenommen, Mr. Skullion.«

»Schlimmer als ich erwartet hatte, Koch, viel schlimmer.« Bevor er fortfuhr, nahm Skullion einen großen Schluck 1964er Ockfener Herrenberg. »Selbstbedienung im Speisesaal«, verkündete er traurig.

Der Koch legte Messer und Gabel hin. »Niemals«, knurrte er.

»Es stimmt aber. Selbstbedienung im Speisesaal.«

»Nur über meine Leiche«, sagte der Koch. »Über meine verfluchte Leiche.«

»Frauen sollen auch ins College.«

»Was? Im College wohnen?«

»So ist es. Im College wohnen.«

»Das ist widernatürlich, Mr. Skullion. Widernatürlich.«

»Das brauchen Sie mir nicht zu erzählen, Koch. Mir nicht. Widernatürlich und unmoralisch. Es ist nicht richtig, Koch, es ist schlichtweg pervers.«

»Und Selbstbedienung im Speisesaal«, murmelte der Koch. »Was soll aus dieser Welt bloß werden? Wissen Sie, Mr. Skullion, wenn ich an die vielen Jahre denke, die ich schon Koch in diesem College bin, und an die vielen Abendessen, die ich schon für die gekocht habe, dann frage ich mich manchmal: wozu das alles? Sie haben kein Recht, so etwas zu tun.«

»Sie tun es ja gar nicht«, stellte Skullion klar. »*Er* sagt, es muß sich ändern.«

»Warum hindern sie ihn nicht daran? Schließlich sind sie der Rat. Ohne ihre Zustimmung darf er es nicht tun.«

»Sie können ihn nicht daran hindern. Hat mit dem Rücktritt gedroht, wenn sie nicht zustimmen.«

»Warum lassen sie ihn nicht ziehen? Ein Segen, wenn wir den los wären.«

»Hat gedroht, den Zeitungen zu schreiben, daß wir Titel verkauft haben.«

Der Koch sah ihn besorgt an. »Sie wollen doch nicht etwa sagen, daß er über Ihre …«

»Ich habe keine Ahnung, was er weiß und was nicht«, sagte Skullion. »Ich glaube nicht, daß er darüber Bescheid weiß. Er spricht wohl von denen, die reingelassen werden, weil sie Geld haben. Das meinte er, glaube ich.«

»Aber wir haben ein Recht darauf, reinzulassen, wen wir wollen«, protestierte der Koch. »Das College gehört uns und sonst keinem.«

»Das sieht er aber anders«, sagte Skullion. »Er hat ihnen mit einem Riesenskandal gedroht, falls sie nicht spuren, und sie haben klein beigegeben.«

»Was hat der Dekan gesagt? Irgendwas muß er doch gesagt haben?«

»Sie müßten Zeit gewinnen, indem sie sich zum Schein einverstanden erklären. Er trifft sich gerade mit dem General. Den beiden wird schon was einfallen.« Skullion trank seinen Wein und lächelte vor sich hin. »Der hat ja keine Ahnung, worauf er sich einläßt«, verkündete er fröhlicher. »Denkt nämlich, er hätte es mit diesen Würstchen im Parlament zu tun. Maulhelden, was anderes sind diese Abgeordneten nicht. Die glauben, wenn sie irgendwas herbeireden, ist es am nächsten Tag schon Wirklichkeit. Die haben von nichts 'ne Ahnung, und sie haben nichts zu verlieren, doch der Dekan ist aus einem ganz anderen Holz geschnitzt. Er und der General, die beiden werden ihn kleinkriegen. Sie werden schon sehen.« Er grinste wissend und blinzelte mit seinem nicht blauen Auge. Der Koch nagte trübsinnig an einer Weintraube.

»Wüßte nicht, wie«, sagte er.

»Nach dunklen Stellen suchen«, sagte Skullion. »Sie wollen in seiner Vergangenheit nach dunklen Punkten suchen, hat der Dekan gesagt.«

»Punkten? Was für Punkten?«

»Frauen«, sagte Skullion.

»Aha«, sagte der Koch. »Frauen mit schlechtem Ruf.«

»Ganz genau, Koch, nach denen und nach Geld.«

Der Koch schob seine Mütze auf den Hinterkopf. »Er war nicht gerade das, was man einen reichen Studenten nennen könnte, oder?«

»Nein«, sagte Skullion, »war er nicht.«

»Aber jetzt ist er reich.«

»Angeheiratet«, informierte ihn Skullion. »Die Mitgift, daher hat er es. Lady Marys Geld. So eine Sorte Mann ist dieser Sir Godber.«

»Klapperdürres Weib. Nicht mein Bier«, sagte der Koch. »Ich persönlich mag lieber ein bißchen mehr Fleisch auf den Knochen. Würde mich nicht wundern, wenn er irgendwo eine Geliebte hätte.«

Skullion schüttelte skeptisch den Kopf. »Der nicht. Hat nicht genug Mumm.«

»Dann glauben Sie nicht, daß Sie was finden?«

»Nicht so was. Druck müssen sie ausüben. Das College hat einflußreiche Freunde, sagte der Dekan, von denen werden sie Gebrauch machen.«

»Von irgendwas sollten sie wirklich Gebrauch machen. Ich bleibe nicht hier, um eine Cafeteria zu führen und Frauen durch meinen Speisesaal laufen zu sehen«, sagte der Koch.

Skullion stand auf und zog seinen Mantel an. »Der Dekan wird dafür sorgen«, sagte er und stieg wieder die Treppe hinauf. Auf die Stufen hatte der Wind Schnee geweht, und Skullion schlug seinen Mantelkragen hoch. »Hat kein Recht, alles umzukrempeln«, grummelte er vor sich hin und trat in die Nacht hinaus.

Auf Schloß Coft saßen der Dekan und Sir Cathcart in der Bibliothek, neben sich eine halbleere Weinbrandkaraffe und die Köpfe voll bitterer Erinnerungen an vergangene Größe.

»Englands Ruin, diese verfluchten Sozialisten«, knurrte Sir Cathcart. »Haben das Land in einen Wohltätigkeitsverein verwandelt. Glauben offenbar, man könne eine Nation mit guten Vorsätzen regieren. Verfluchter Quatsch. Disziplin, die braucht das Land. Eine ordentliche Dosis Arbeitslosigkeit, damit die Arbeiterklasse wieder zur Besinnung kommt.«

»Scheint heutzutage nicht zu funktionieren«, sagte der Dekan und seufzte. »Früher schien eine Flaute noch eine heilsame Wirkung zu haben.«

»Es liegt am Stempelgeld. Arbeitet er nicht, kann ein Mann mehr verdienen, als wenn er einen Beruf hat. Völlig daneben. Eine richtige kleine Hungersnot würde gleich wieder alles ins rechte Lot bringen.«

»Das Gegenargument lautet wohl, daß die Frauen und Kinder darunter leiden«, sagte der Dekan.

»Wüßte nicht, was daran so schlimm sein sollte«, fuhr der General unbeirrt fort. »Gibt nichts Besseres als eine hungrige Frau, um einen Mann auf Trab zu bringen. Erinnert mich an ein Gemälde, das ich mal gesehen habe. Menge Kerls sitzen um einen Tisch und warten aufs Essen. Da kommt die Dame des Hauses rein und hebt den Deckel vom Topf. Drin liegt ein Sporn; klar? Vernünftige Frau. Klasse Gemälde. Noch Weinbrand?«

»Das ist sehr freundlich von Ihnen«, sagte der Dekan und hielt ihm sein Glas hin.

»Problem mit diesem Godber Evans ist, daß er aus keiner guten Familie kommt«, fuhr Sir Cathcart fort, nachdem er die Gläser wieder gefüllt hatte. »Versteht die Menschen nicht. Hat keine Generationen aus dem Landadel im Hintergrund. Keine Führungsqualitäten. Muß mit Tieren aufgewachsen sein, um die Menschen zu verstehen, die Arbeiter. Muß sie richtig abrichten. Tritt in den Arsch, wenn sie was Falsches machen, und den Kopf tätscheln, wenn sie es begriffen haben. Keinen Zweck, ihnen einen Haufen Flausen in den Kopf zu setzen, mit denen sie nichts anfangen können. Völliger Stuß, die Hälfte dieses Bildungskrams.«

»Da bin ich ganz Ihrer Meinung«, sagte der Dekan. »Den Leuten eine ihrer gesellschaftlichen Stellung nicht gemäße Bildung zukommen zu lassen, war einer der großen Fehler dieses Jahrhunderts. Was dieses Land braucht, ist eine gebildete Elite, also genau das, was es in den letzten dreihundert Jahren gehabt hat.«

»Drei Mahlzeiten am Tag und ein Dach über dem Kopf, dann hat der Durchschnittsmensch keinen Grund zu meckern. Zähe Burschen. Das gegenwärtige System ist zur Erzeugung von Arbeitsscheuen wie geschaffen. Konsumgesellschaft, und ob. Kann nicht konsumieren, was man nicht produziert. Verdammter Blödsinn.«

Der Kopf des Dekans wippte auf seiner Brust. Das Kaminfeuer, der Brandy und die auf Schloß Coft allgegenwärtige Zentralheizung forderten im Verein mit der Intensität von Sir Cathcarts Empfindungen ihren Tribut an der Konzentration des Dekans. Er war sich dunkel der grollenden Flüche des Generals bewußt, die sich anhörten wie die über die Schlickbänke in einer Flußmündung abziehende Flut – dort, wo die Flotte einmal geankert hatte. Jetzt war alles leer, die Schiffe verschwunden, abgewrackt, verschrottet, nur ein Strandläufer mit Sir Godbers Gesicht steckte den Schnabel in den Schlamm. Der Dekan war eingeschlummert.

- 9 -

Zipser regte sich auf dem Fußboden seines Zimmers. Sein auf dem Teppich liegendes Gesicht tat weh, und seine Schläfen pochten. Außerdem war er steifgefroren. Er rollte sich auf die Seite und starrte auf das Fenster und das vom fallenden Schnee gedämpfte orangefarbene Leuchten des Himmels über Cambridge. Langsam rappelte er sich auf. Geschwächt und von Übelkeit geplagt schleppte er sich zur Tür, knipste das Licht an und starrte blinzelnd die beiden großen Kartons auf dem Boden an. Dann setzte er sich schnell auf den Stuhl und dachte krampfhaft darüber nach, was mit ihm geschehen und wie er in den Besitz von zwei Gros garantiert elektronisch geprüften Präservativen in Automatenpackungen zu je drei Stück gekommen war. Langsam fielen ihm die Einzelheiten wieder ein, und damit kehrte auch die Erinnerung an seinen Disput mit dem Dekan zurück. »Einwöchiges Ausgehverbot«, murmelte er, und ihm wurde das ganze Ausmaß seiner mißlichen Lage klar. Jetzt konnte er die garstigen Dinger nicht ins »Einhorn« bringen, dabei hatte er doch beim Großhändler eine Quittung unterschrieben. Man würde Erkundigungen anstellen. Der Barkeeper im Einhorn würde ihn identifizieren, und der ekelhafte Angestellte beim Großhändler ebenfalls. Man würde die Polizei verständigen, nach ihm fahnden. Man würde ihn festnehmen. Anklage wegen illegalen Besitzes von vierundzwanzig Dutzend... Zipser verbarg seinen Kopf in den Armen und dachte krampfhaft nach. Er mußte die Dinger unbedingt loswerden. Er sah auf seine Uhr. Elf Uhr. Er mußte sich beeilen. Sie verbrennen? Nach einem Blick auf die Gasheizung verwarf er diese Idee. Kam nicht in Frage. Sie im Klo runterspülen? Schon besser. Er stürzte sich auf die Kartons und riß sie auf. Zuerst die äußere Verpackung, dann die innere, dann das eigentliche Päckchen und schließlich die Einzelfolie. Es war eine mühselige Arbeit, und er würde es nie schaffen. Er mußte es schaffen.

Neben ihm auf dem Teppich wuchsen langsam ein Stapel leerer Päckchen, der dazugehörige Folienberg und eine groteske Ansammlung von Latexringen, die aussahen wie platte, durchsichtige Pilzköpfe. Seine mit Gleitfilm überzogenen Hände klebten, was das Aufreißen der Folien zusätzlich erschwerte. Endlich, nach einer Stunde, hatte er den einen Karton geleert. Es war zwölf Uhr. Er raffte die Präservative zusammen und nahm eine Handvoll mit hinaus aufs Klo. Dort warf er sie in die Schüssel und zog an der Kette. Ein Wasserwirbel, ein Strudel, Blasen – waren sie weg? Als sich das Wasser beruhigt hatte, starrte er auf zwei Dutzend widerspenstig in der Kloschüssel schwimmende Ringe. »Um Himmels willen«, sagte Zipser verzweifelt und wartete, bis der Spülkasten wieder vollgelaufen war. Als kein Wasser mehr lief, wartete er noch eine Minute, ehe er wieder an der Kette zog. Zwei Dutzend Präservative schauten lächelnd zu ihm hoch. Ein paar hatten sich teilweise aufgedröselt und mit Luft gefüllt. Zipser starrte die Dinger entgeistert an. Irgendwie mußte er sie verschwinden lassen. Er griff sich die Klobürste und drückte sie damit nach unten. Ein oder zwei flutschten ins Abflußknie, doch die meisten entzogen sich seiner Bemühungen. Drei besaßen sogar die Frechheit, an der Bürste klebenzubleiben. Zipser klaubte sie angeekelt ab und warf sie wieder ins Wasser. Inzwischen hatte sich der Spülkasten sanft gurgelnd und mit einem abschließenden Rauschen erneut gefüllt. Zipser dachte angestrengt nach. Die verdammten Gummis zu kaufen, war das reinste Hindernisrennen gewesen, doch sie wieder loszuwerden, erwies sich als Alptraum.

Er setzte sich auf die Klobrille und grübelte über die Widerspenstigkeit der Materie nach. Eine Dose WC-Reiniger erregte seine Aufmerksamkeit. Er nahm sie in die Hand und überlegte, ob das Zeug wohl Gummi auflösen könnte. Dann erhob er sich vom Klosettsitz und kippte den Doseninhalt über die im Wasser schwimmenden Ringe. Welche Hoffnungen auf chemische Wunderdinge der Reiniger auch wecken mochte, sie erfüllten sich nicht. Die Präservative blieben unberührt. Zipser schnappte sich wieder die Bürste und stocherte damit in der Klosettschüssel herum. Schwaden von Desinfektionspulver kitzelten ihm in der Nase. Laut niesend riß er an der Kette. Zum dritten Mal leerte sich der Spülkasten, und während Zipser das ablaufende Wasser beobachtete und die sechs verbliebenen Präservative zählte, die sich von Wasserschwall und Chemie nicht beeindrucken ließen, klopfte es an die Tür.

»Was zum Teufel geht hier vor?« fragte eine Stimme. Sie gehörte Foxton, der das angrenzende Zimmer bewohnte.

Zipser sah gehetzt zur Tür. »Ich hab' Durchfall«, sagte er mit dünner Stimme.

»Mußt du denn dauernd an der beschissenen Kette ziehen?« fragte Foxton. »Macht einen verfluchten Lärm, und ich würde ganz gern schlafen.« Er ging zurück in sein Zimmer, und Zipser wandte sich wieder der Kloschüssel zu, um mit der Bürste nach den sechs Präservativen zu angeln.

Zwanzig Minuten später suchte er immer noch nach Mitteln und Wegen, das belastende Material loszuwerden. Er hatte sechs Toiletten in benachbarten Aufgängen einen Besuch abgestattet und ließ die Dinger inzwischen verschwinden, indem er sie mit Leitungswasser füllte und die Öffnung verknotete. Diese Methode erwies sich als langsam, beschwerlich und vor allem geräuschvoll, und nachdem er es im Aufgang J mit sechs gleichzeitig versucht hatte, brauchte er eine Weile, um die Rohrverstopfung zu beheben. Anschließend ging er auf sein Zimmer, wo er sich, vor Angst und Kälte zitternd, hinsetzte. Es war ein Uhr nachts, und bis jetzt war er erst achtunddreißig Stück losgeworden. Bei diesem Tempo würde er noch überall auf dem Campus die Klospülungen betätigen, wenn morgens Mrs. Biggs eintraf. Er glotzte den Folienstapel und die Packungen an. Die mußte er auch noch loswerden. Sie hinter die Gasflamme im Kamin legen und verbrennen, dachte er gerade und fuhrwerkte im Kamin herum, um Platz zu schaffen, als ihn das Heulen des Windes im Schornstein auf eine bessere Idee brachte. Er trat ans Fenster und sah in die Nacht hinaus. Draußen im Dunkeln hüpften und wirbelten die Schneeflocken herum, während der Wind gegen die Scheibe peitschte. Zipser öffnete das Fenster und streckte den Kopf hinaus, benetzte dann einen Finger und hielt ihn in den Wind. »Kommt aus Osten«, murmelte er und schloß zufrieden lächelnd das Fenster. Gleich darauf kniete er vor dem Gaskamin, schraubte den Schlauch zur Gasleitung ab, und fünf Minuten später stieß er das erste von 250 gasgefüllten Präservativen schwungvoll gegen die verrußten Wände des mittelalterlichen Kamins und verschwand im Nachthimmel. Zipser eilte ans Fenster, um noch einen Blick auf das muntere Ding zu werfen, wie es fortwirbelte und seine Botschaft der Enthaltsamkeit hinaus in die Welt trug, doch es war zu dunkel, um irgend etwas zu erkennen. Er ging ins Zimmer zurück, holte eine Taschenlampe und leuchtete in den Schornstein hinauf, der abgesehen von der einen oder anderen verirrten Schneeflocke leer war. Vergnügt begab Zipser sich wieder zur Leitung zurück und füllte fünf weitere Gummis mit Gas. Wieder verlief das Experiment absolut erfolgreich: Sie schwebten den Schornstein hinauf und immer höher. Zipser füllte noch zwanzig und ließ sie ebenso erfolgreich den Schornstein hinaufsteigen. Als er gerade den hundertsten aufblies, ging das Gas zu Ende, und das Gummi erschlaffte mit einem schrecklichen Pfeifen. Zipser kramte in seinen Taschen, bis er schließlich einen Schilling fand. Den steckte er in den Zähler, und schon nahm das Präservativ eine neue, zufriedenstellende Gestalt an. Er knotete es zu und schob es in den Kamin. Je länger es dauerte, desto versierter wurde Zipser. Zur Leitung, Gas auf, Gas zu, Knoten rein und ab damit in den Schornstein. Die Kartons neben ihm auf dem Boden füllten sich mit leeren Folien, und Zipser überlegte gerade, ob es Kinder gab, die gebrauchte Präservativ-Verpackungen sammelten wie andere die Deckel von Milchflaschen, als er merkte, daß im Schornstein irgend etwas schieflief. Das aufgequollene und abgeschnürte Ende des letzten Präservativs schwebte im Kamin. Zipser gab ihm einen aufmunternden Stups, doch das arme Ding blähte sich nur bedrohlich. Zipser zog es raus und starrte in den Kamin. Sehr weit starrte er nicht: Im Schornstein quetschten sich ungeduldige Kondome. Er zog ein zweites, rußbeschmiertes heraus und legte es auf den Boden. Das dritte, das er herauszog, schmiß er hinter sich, dann ein viertes und fünftes, beide dick mit Ruß beschmiert. Danach gab er auf. Die übrigen hingen so hoch, daß er sie nicht mehr erreichte. Er kletterte aus dem Kamin, nahm auf dem Fußboden Platz und überlegte, was zu tun war. Jedenfalls hatte er sich des Gros entledigt, auch wenn einige noch im Schornstein festhingen. Dort waren sie gut versteckt – oder würden gut versteckt sein, sobald er die Gasheizung wieder angeschlossen hatte. Wie er sie loswerden könnte, würde er sich am Morgen überlegen; jetzt war er zu müde, um sich etwas einfallen zu lassen. Als er sich umdrehte und nach den fünf Stück greifen wollte, die er bereits aus dem Kamin gezerrt hatte, waren diese verschwunden. »Ich hatte sie doch auf den Teppich gelegt, da bin ich ganz sicher«, murmelte er vergnügt vor sich hin. Gerade wollte er unter dem Bücherregal suchen, als er aus dem Augenwinkel sah, daß sich etwas an der Decke bewegte. Zipser schaute hoch. In einer Ecke nahe der Tür hatten sich fünf rußgeschwärzte Präservative versammelt. Wo sie an die Decke gestoßen waren, fanden sich leichte Rußspuren.

Müde erhob sich Zipser, kletterte auf einen Stuhl und streckte die Hand aus. Er schaffte es, eines davon zu erreichen, doch wegen des Gleitfilms konnte er es unmöglich packen. Als Zipser zugriff, flutschte ihm das Präservativ mit einem affektierten Quietschen aus den Fingern und schwebte, eine Rußspur hinterlassend, quer durchs Zimmer. Zipser versuchte sich noch einmal an einem andern Exemplar, mit dem gleichen Erfolg. Er stellte den Stuhl woandershin und streckte die Hand aus. Das Präservativ zockelte bedächtig in die Fensterecke. Zipser folgte ihm wieder mit dem Stuhl, doch der Präser rollte fort. Zipser stieg herunter und starrte mit irrem Blick an seine Zimmerdecke. Sie war mit zarten schwarzen Spuren bedeckt, als hätte eine riesige Schnecke zunächst einen Kohlenwagen abgeladen und danach mal eben vorbeigeschaut. Langsam bröckelte Zipsers bis dahin geübte Selbstbeherrschung. Er griff sich ein Buch und warf es nach einem besonders unsympathisch aussehenden Präservativ, doch abgesehen davon, daß er es quer durch den Raum zu den übrigen Grüppchen in der Ecke trieb, erwies sich dies als sinnlose Geste. Zipser schob seinen Schreibtisch zur Tür. Dann schnappte er sich den Stuhl, plazierte ihn auf dem Tisch, kletterte unsicher hinauf und packte ein Präservativ am verknoteten Zipfel. Er kletterte wieder hinunter und schob es in den Kamin.

Fünf Minuten später waren alle fünf wieder da, wo sie hingehörten, und nachdem er das Kamingitter wieder an seinen Platz gedrückt hatte, konnte man auch das letzte Kondom nicht mehr sehen, obwohl es noch unter dem Sturz hervorlugte. Zipser ließ sich auf sein Sofa fallen und starrte die Decke an. Nun mußte er nur noch den Ruß vom Putz entfernen. Aus dem Dienerzimmer holte er einen Staubwedel, und die nächste halbe Stunde schob er seinen Schreibtisch durch das Zimmer, um von dort aus die Decke abzuwischen. Rußspuren waren zwar immer noch vorhanden, fielen aber nicht mehr so auf. Er schob den Schreibtisch wieder an seinen Platz und sah sich im Zimmer um. Von einem deutlichen Gasgeruch und einigen hartnäckigeren Flecken an der Decke abgesehen, bestand zwischen ihm und den vierundzwanzig Dutzend Präservativen, die er sich auf betrügerische Weise bei dem Großhändler beschafft hatte, keine Verbindung mehr. Zipser öffnete das Fenster, um zu lüften, ging dann ins Schlafzimmer und legte sich ins Bett. Im Osten wurde es hell, doch Zipser fehlte der Blick für die Schönheiten der Natur. Er fiel in einen unruhigen Schlaf, in dem ihn die Vorstellung quälte, daß sich der Verkehrsstau in seinem Schornstein am kommenden Tag auflösen und seine Bestandteile mit schockierender Überschwenglichkeit auf das nichts Böses ahnende College verteilen würde. Die Sorge erübrigte sich: In ganz Porterhouse wimmelte es bereits von den Gummis. Dafür hatte der Schneefall gesorgt. Sobald die mit Gleitfilm beschichteten Kondome aus dem Schornstein auftauchten, hatte der schmelzende Schnee ihren Weiterflug im Handumdrehen beendet. Die Gefahren überfrierender Nässe hatte Zipser nicht vorhergesehen.

Um zwei Uhr nachts traf der Dekan in Sir Cathcarts Rolls-Royce in Porterhouse ein. Er war seelisch erquickt, wenn auch von dem ereignisreichen Tag und Sir Cathcarts Weinbrand physisch erschöpft. Er klopfte ans Haupttor, und Skullion, der gehorsam auf ihn gewartet hatte, ließ ihn durch die Nebentür ein. »Kann ich Ihnen behilflich sein, Sir?« fragte Skullion, als der Dekan auf das Gelände torkelte.

»Ganz sicher nicht«, antwortete der Dekan mit schwerer Zunge und machte sich über den Hof auf den Weg. Wie ein treuer Hund folgte ihm Skullion in gebührender Entfernung und achtete darauf, daß der Dekan gut durch den Portikus gelangte, ehe er selbst sich wieder ins Pförtnerhäuschen und zu Bett begab. Skullion hatte schon die Tür geschlossen und sein Schlafzimmer aufgesucht, als auf dem Neuen Hof der erstickte Schrei des Dekans ertönte. Skullion hörte nichts. Er nahm Kragen und Krawatte ab und schlüpfte zwischen die Laken. »Betrunken wie ein Lord«, dachte er liebevoll und schloß die Augen.

Der Dekan lag fluchend im Schnee. Er versuchte, sich vorzustellen, worauf er ausgerutscht war. Ganz bestimmt war es kein Schnee gewesen. Schnee ließ sich nicht so zusammendrücken, Schnee explodierte nicht und stank auch in der heutigen Zeit der Luftverschmutzung nicht so nach Gas. Der Dekan stützte sich vorsichtig auf seine geprellte Hüfte und spähte ins Dunkel. Aus allen Richtungen hörte er ein merkwürdig knisterndes Geräusch, vermischt mit einer Art Knirschen und gelegentlichem Quietschen. Offenbar wimmelte es im Hof nur so von Unmengen prall gefüllter, halb durchsichtiger, im Licht der Sterne glänzender Gebilde. Der Dekan grapschte vorsichtig nach dem nächstgelegenen, das sich gemächlich trollte. Er rappelte sich auf und trat nach einem anderen, woraufhin eine Welle knirschender, quietschender und schiebender Gebilde über den Hof rollte. »Dieser verflixte Schnaps«, murmelte der Dekan. Er watete durch die Masse hindurch zu seinem Aufgang und stolperte die Treppe hoch. Ihm war speiübel. »Muß meine Leber sein«, dachte er, ließ sich in einen Sessel fallen und faßte den Vorsatz, in Zukunft keinen Brandy mehr anzurühren. Ein Weilchen später ging er zum Fenster und schaute hinaus. Von oben sah der Hof leer aus, weiß vom Schnee, aber sonst normal. Der Dekan schloß das Fenster und drehte sich um. »Ich hätte schwören können, daß der Hof...« Er grübelte darüber nach, womit der Hof wohl vollgestopft sein könnte, doch ihm wollte einfach nichts Passendes einfallen. Luftballons kamen der Sache vielleicht am nächsten, andererseits fehlte Ballons dieses ekelhaft-milchig Ektoplasmatische.

Er ging ins Schlafzimmer, kleidete sich aus, zog seinen Schlafanzug an und legte sich ins Bett, konnte aber nicht einschlafen. Er hatte zu lange bei Sir Cathcart gedöst, außerdem ließ ihm sein letztes Erlebnis keine Ruhe. Nach einer Stunde stand der Dekan wieder auf, zog seinen Morgenmantel über und ging die Treppe hinunter. Unten starrte er auf den Hof. Da war es wieder, dieses unanständige Quietschen, doch um etwas Genaueres sehen zu können, war es zu dunkel. Der Dekan trat auf den Hof hinaus und stieß gegen eines der Objekte. »Und es gibt sie *doch*«, murmelte er und bückte sich, um was immer es war aufzuheben. Das Ding fühlte sich irgendwie schmierig an und tanzte weg, sobald der Dekan es in den Fingern hatte. Er versuchte es – vergeblich – mit einem anderen, erst beim dritten Anlauf bekam er eins zu fassen. Der Dekan hielt das Etwas am unteren Zipfel fest, nahm es mit in den beleuchteten Eingang und betrachtete es empört und mit wachsendem Ekel. Er hielt die Spitze des Objektes nach unten, doch es richtete sich wieder auf und reckte die Spitze nach oben. So hielt er es auch, als er den Hof durchquerte und durch den Portikus zum Alten Hof und dem Portierhäuschen schritt.

Auf den schläfrig aus seiner Kammer auftauchenden Skullion wirkte der Anblick des Dekans im Morgenrock mit dem verknoteten Ende eines aufgeblasenen Präservativs in der Hand wie ein Alptraum, der ihn vollends seiner ohnehin begrenzten Ausdrucksmöglichkeiten beraubte. Während er dastand und den Dekan aus aufgerissenen Augen anstarrte, wackelte das Präservativ am Rand seines Gesichtsfeldes obszön hin und her.

»Das hier fand ich soeben im Neuen Hof, Skullion«, sagte der Dekan, dem schlagartig klar wurde, daß sein Auftritt durchaus mißverständlich war.

»Oh, aha«, kommentierte Skullion im Tonfall eines Menschen, der im stillen so seine Zweifel hegte. Der Dekan beeilte sich, das Kondom loszulassen.

»Wie ich gerade sagte...«, begann er, verstummte aber, als das Ding langsam nach oben stieg. Skullion und der Dekan beobachteten es wie hypnotisiert. Das Präservativ kam an der Decke an und blieb dort kleben. Skullion senkte den Blick und fixierte den Dekan.

»Es scheint noch mehr von der Sorte zu geben«, fuhr der Dekan fort.

»Oh, aha«, sagte Skullion.

»Und zwar im Neuen Hof«, ergänzte der Dekan. »Noch viel mehr.«

»Im Neuen Hof?« fragte Skullion langsam.

»Ja«, sagte der Dekan. Skullions unverhohlene Skepsis brachte ihn allmählich ins Schwitzen. Letzteres galt auch für das Präservativ. Der Luftzug von der Türe hatte es in die Nähe der Deckenglühbirne getrieben, und als der Dekan gerade den Mund aufmachte, um zu sagen, daß es im Neuen Hof von den Dingern nur so wimmelte, stieß das über ihnen schwebende Exemplar gegen die Birne und explodierte. Genauer gesagt ereigneten sich drei Explosionen: Zuerst explodierte das Präservativ, dann die Glühbirne, und drittens – was besonders erschreckend war – fing das Gas Feuer. Für einen Augenblick von der Stichflamme geblendet und des Lichts der Birne beraubt, standen der Dekan und Skullion im Dunkeln, während es Glassplitter und Gummifetzen auf sie herabregnete.

»Es gibt da draußen noch mehr von der Sorte«, sagte der Dekan endlich und ging voraus in die Nachtluft. Skullion griff nach seiner Melone und setzte sie auf. Dann holte er seine Taschenlampe hinter der Theke hervor und folgte dem Dekan. Hinter dem Portikus leuchtete Skullion mit der Taschenlampe in den Neuen Hof.

Zusammengekauert wie eine Horde beinloser Tiere, glitzerten über zweihundert Präservative im Licht der Lampe. Eine leicht frühmorgendliche Brise war aufgekommen und mit ihr stiegen ein paar prall mit Gas gefüllte Kondome auf, was so aussah, als wollten sie ihre weniger aktiven Nachbarn besteigen, während die ganze Masse wogte und waberte. Das eine oder andere stieß bereits gegen die Fenster im ersten Stock.

»Mein Gott«, sagte Skullion despektierlich.

»Ich will, daß sie verschwunden sind, bevor es hell wird, Skullion«, sagte der Dekan. »Niemand darf davon erfahren. Der Ruf des Colleges, Sie verstehen.«

»Jawohl, Sir«, sagte Skullion. »Ich werde sie entfernen. Überlassen Sie das mir.«

»Gut, Skullion«, sagte der Dekan und verschwand nach einem letzten angewiderten Blick auf die obszöne Herde im Aufgang zu seiner Wohnung.

Mrs. Biggs nahm ein Bad. Sie hatte Badesalz in das Wasser gestreut, und der rosa Schaum paßte zur Farbe ihrer rüschenbesetzten Badekappe. Ein Badeabend war für Mrs. Biggs etwas ganz Besonderes. In der Abgeschiedenheit ihres Badezimmers fühlte sie sich von allen Zwängen der Vernunft befreit. Wenn sie auf der rosa Badematte stand und sich im beschlagenen Spiegel betrachtete, gelang es ihr fast, sich vorzustellen, sie sei wieder jung. Jung, frei und ungebunden; und Zipser gefiel ihr. Das stand für sie fest, genauso wie feststand, daß sie Zipser gefiel. Sie trocknete sich sorgsam ab, zog ihr Nachthemd an und begab sich in ihr Schlafzimmer. Nach dem Zubettgehen stellte sie den Wecker auf drei Uhr morgens. Mrs. Biggs wollte früh aufstehen. Sie hatte viel vor.

Im Morgengrauen verließ sie das Haus und strampelte durch Cambridge. Sie schloß ihr Fahrrad in der Nähe der Rundkirche ab und ging durch die Trinity Street zum Seiteneingang von Porterhouse, den sie mit einem Schlüssel öffnete, den sie noch von früher besaß, als sie dem Kaplan das Bett gemacht hatte. Sie lief durch den Kantinengang, kam beim Portikus heraus und wollte gerade den Neuen Hof betreten, als ein seltsames Geräusch sie abrupt innehalten ließ. Sie spähte durch das Tor. In der Dämmerung machte Skullion Jagd auf Ballons. Oder so etwas Ähnliches. Jagd machen war nicht richtig: es sah eher wie Tanzen aus. Er sprang, hüpfte und tollte umher. Seine Arme streckte er sehnsüchtig nach dem aus, was beschwingt außerhalb seiner Reichweite schwebte, als wolle es den Pförtner foppen. Kreuz und quer tobte die absonderliche Hatz durch den uralten Innenhof, und als es gerade schien, als würde das Ding über die Mauer in den Garten entkommen, gab es einen lauten Knall, und was auch immer es gewesen war, hing schlaff und zerfleddert, wie eine spät erblühte Knospe, in den Zweigen einer Kletterrose. Skullion blieb keuchend stehen und starrte zu seinem Beutestück hoch; dann machte er kehrt, anscheinend von dem Schicksal seines Opfers beflügelt, und rannte auf den Portikus zu. Während Skullion vorbeiraste, zog Mrs. Biggs sich in die Dunkelheit des Kantinengangs zurück, und erst als sie sah, daß er auf das Pförtnerhäuschen zusteuerte, verließ sie ihr Versteck und tänzelte durch die Präservative auf den Bull Tower zu. Zu ihren Füßen quietschten und knirschten Kondome. Mit frischer, von dem Anblick so vieler Verhüterli verursachter sexueller Erregung stieg Mrs. Biggs die Treppe zu Zipsers Zimmer hoch. Sie konnte sich nicht erinnern, wann sie zuletzt so viele gesehen hatte. Sogar die amerikanischen Flieger, mit denen sie früher intim gewesen war, hatten mit ihren Gummis nicht so um sich geworfen, obwohl sie wahrhaftig großzügig gewesen waren, wenn sie sich recht erinnerte. Mrs. Biggs schloß Zipsers Zimmer auf und verrammelte die äußeren Doppeltüren. Um keinen Preis wollte sie gestört werden. Sie ging zu Zipsers Schlafzimmer und trat ein. Dann knipste sie die Nachttischlampe an.

Zipser erwachte aus seinem unruhigen Schlaf und blinzelte. Er setzte sich auf und glotzte Mrs. Biggs an, die in ihrem knallroten Mantel vor ihm stand. Offenbar war es Morgen. Es kam ihm nicht wie Morgen vor, doch schließlich war Mrs. Biggs da, und deshalb mußte es Morgen sein. Mrs. Biggs kam nicht mitten in der Nacht. Zipser hievte sich aus dem Bett. »'tschuldigung«, murmelte er und griff nach seinem Morgenmantel. »Habe wohl verschlafen.« Zipsers Blick fiel auf den Wecker. Die Zeiger standen offenbar auf halb vier. War wohl stehengeblieben.

»Pst!« befahl Mrs. Biggs mit unheilverkündendem Lächeln. »Es ist erst halb vier.«

Zipser sah noch einmal auf die Uhr. Es war tatsächlich halb vier. Er versuchte, die Uhrzeit mit Mrs. Biggs' Auftauchen in Einklang zu bringen, doch es gelang ihm nicht. Etwas an dieser Situation war völlig daneben.

»Darling«, sagte Mrs. Biggs, die offensichtlich spürte, daß er nicht aus noch ein wußte. Zipser glotzte mit offenem Mund zu ihr hoch. Mrs. Biggs zog soeben ihren Mantel aus. »Mach keinen Krach«, setzte sie hinzu, immer noch mit diesem unglaublichen Lächeln auf den Lippen.

»Was zum Teufel geht hier vor?« erkundigte sich Zipser.

Mrs. Biggs ging ins Nebenzimmer. »Bin gleich wieder da«, rief sie mit leiser, heiserer Stimme.

Zipser erhob sich zittrig. »Was machen Sie da?« rief er.

Aus dem Nebenzimmer drang das Rascheln von Kleidern. Selbst Zipsers verwirrtem Geist war klar, daß Mrs. Biggs sich auszog. Er ging zur Tür und starrte ins Dunkel.

»Um Himmels willen«, sagte er, »das dürfen Sie nicht tun.«

Mrs. Biggs tauchte aus dem Dunkeln auf. Sie hatte ihre Bluse ausgezogen. Zipser starrte den riesigen Büstenhalter an.

»Schnucki«, sagte sie. »Leg dich wieder ins Bett. Du sollst dich nicht da hinstellen und mich beobachten. Es ist mir peinlich.« Sie gab ihm einen Stoß, der ihn aufs Bett beförderte. Dann schloß sie die Tür. Zipser saß zitternd auf seinem Bett. Ihn erschreckte, daß Mrs. Biggs plötzlich um drei Uhr morgens aus dem Schattenreich seiner geheimsten Phantasien trat und Gestalt annahm. Er überlegte fieberhaft. Schreien oder um Hilfe rufen konnte er nicht. Niemand würde ihm glauben, daß er sie nicht ermutigt hätte... Man würde ihn des Colleges verweisen. Seine Karriere wäre beendet. Er würde in Ungnade fallen. Sie würden die Pariser im Schornstein finden. O Gott. Zipser brach in Tränen aus.

Im anderen Zimmer entledigte sich Mrs. Biggs ihres BHs und Slips. Es war furchtbar kalt. Sie wollte gerade das Fenster schließen, als sie durch ein leises Knallen von unten erschreckt wurde. Mrs. Biggs schaute hinaus. Skullion lief mit einem Stock bewaffnet durch den Hof und schien die Präservative aufzuspießen. »Der ist erst mal beschäftigt«, dachte Mrs. Biggs vergnügt und schloß das Fenster. Dann ging sie zum Kamin und zündete die Gasflamme an.

»Ist angenehmer, wenn man sich nachher im Warmen anzieht«, dachte sie und betrat das Schlafzimmer. Zipser hatte sich wieder ins Bett gelegt und die Lampe ausgeknipst.

»Möchte mich nicht in Verlegenheit bringen«, dachte Mrs. Biggs liebevoll und stieg ins Bett. Zipser rutschte zwar zur Seite, doch mit seiner Zurückhaltung war er bei Mrs. Biggs an die Falsche geraten. Sie nahm ihn in die Arme und preßte ihn an ihre mächtigen Brüste. Im Dunkeln quiekte Zipser entsetzt, als Mrs. Biggs' Mund den seinen fand. Zipser hatte das Gefühl, von einem großen weißen Wal umklammert zu werden. Verzweifelt rang er nach Luft und kam für einen Moment an die Oberfläche, ehe er wieder unter ihr versank.

Skullion, der, mit einem Besenstiel bewaffnet, an dem er mit Klebeband eine Nadel befestigt hatte, aus dem Pförtnerhäuschen zurückgekommen war, warf sich auf die Präsermassen und stach mit einer Wut um sich, die sich nur teilweise damit erklären ließ, daß er die Nacht durcharbeiten mußte. Am meisten ärgerte ihn, wie unverschämt die Dinger waren. Mit Präservativen hatte Skullion normalerweise wenig im Sinn. Unnatürlich nannte er sie, und für ihn gehörten sie wie Schuhe mit Gummizug an der Seite und fertig gebundene Fliegen auf die unterste gesellschaftliche Stufe. Keine passende Kleidung für einen Gentleman. Doch mehr noch als ihre niedere Herkunft erzürnte ihn, daß eine so große Anzahl derart aufgeblähter Kondome die Würde von Porterhouse beleidigte. Die Mahnung des Dekans, von dieser Plage dürfe nichts nach außen dringen, war für Skullion überflüssig. So etwas brauchte man ihm nicht zu sagen. »Wir wären das Gespött der ganzen Universität«, dachte er und spießte ein besonderes Prachtexemplar auf. Als der Tag über Cambridge anbrach, hatte Skullion den Neuen Hof gesäubert. Der eine oder andere war in den Garten entkommen, und er begab sich durch den Bogengang dorthin und spießte die letzten auf. Hinter ihm war der Hof mit zerfetzten, auf dem Schnee so gut wie unsichtbaren Latex übersät. »Die sammle ich erst auf, wenn's ein wenig heller ist«, murmelte er. »Jetzt sehe ich sie gar nicht.« Gerade hatte er ein kleines, aber wendiges Exemplar im Rosengarten zur Strecke gebracht, da bewirkte ein von der Spitze des Tower kommendes dumpfes Grollen, daß er sich umdrehte und hochblickte. In dem alten Schornstein ging irgend etwas vor. Die Schornsteinklappe wackelte. Es schien, als schwelle die vor dem Morgenhimmel schemenhaft sich abzeichnende Backsteinkonstruktion an. An Stelle des Grollens trat ein ungeheures Krachen, als aus dem Schornstein ein Feuerball austrat und sich ausdehnte, ehe er über das College niederging. Der Schornstein darunter krachte seitwärts weg und fiel auf das Dach des Turmes aus dem vierzehnten Jahrhundert, der, begleitet von einem langsam lauter werdenden Grollen des Mauerwerks, seine gesamte Fassade verlor. Nun konnte man in die Zimmer sehen, deren Böden sich schrecklich neigten und dann wegsackten. Skullion starrte wie gebannt auf das Spektakel. Im ersten Stock rutschte ein Bett seitlich weg und fiel auf das untenliegende Mauerwerk. Schreibtische und Stühle folgten seinem Beispiel. Rufe und Schreie wurden laut. Aus Hauseingängen strömten Menschen, und rund um den Hof wurden Fenster aufgerissen. Skullion ignorierte die Hilferufe. Er war gerade damit beschäftigt, die letzten Präservative zu jagen, als der Rektor in seinen Morgenmantel gehüllt aus dem Rektorhaus auftauchte und zur Unglücksstätte eilte. Auf dem Weg durch den Garten ertappte er Skullion dabei, wie er ein auf dem Fischteich treibendes Präservativ aufzuspießen versuchte.

»Öffnen Sie das Haupttor«, rief ihm der Rektor zu.

»Noch nicht«, lautete Skullions knappe Antwort.

»Was soll das heißen, noch nicht?« verlangte der Rektor zu wissen. »Rettungswagen und Feuerwehr müssen durch.«

»Kommen keine Fremden ins College, bevor ich diese Dinger entfernt habe. Das wäre nicht richtig«, sagte Skullion.

Wutenbrannt starrte der Rektor das schwimmende Präservativ an. Skullions Weigerung brachte ihn zur Weißglut. »Es gibt Verletzte«, schrie er.

»Und wenn schon«, sagte Skullion. »Man muß aber auch an den Ruf des Colleges denken.« Damit beugte er sich über den Teich und brachte die schwimmende Blase zum Platzen. Sir Godber drehte sich um und lief zum Unfallort. Skullion folgte ihm langsam. »Hat kein Gespür für Tradition«, stellte er bekümmert fest und schüttelte den Kopf.

- 10 -

»Diese Brieschen sind köstlich«, sagte der Dekan beim Abendessen. »Die gerichtsmedizinische Anhörung hat mich rechtschaffen hungrig gemacht.«

»Sehr taktvoll abgewickelt«, sagte der Obertutor. »Ich muß zugeben, daß ich mit einem weniger großzügigen Entscheid gerechnet hatte. Mit dem Selbstmord schaden sie keinem.«

»Selbstmord?« rief der Kaplan. »Hat da jemand Selbstmord gesagt?« Er sah sich erwartungsvoll um. »Endlich ein Thema, das wir gründlich erörtern sollten.«

»Das hat der amtliche Leichenbeschauer schon ausführlich getan, Kaplan«, brüllte ihm der Schatzmeister ins Ohr.

»Was wirklich nett von ihm war«, sagte der Kaplan.

»Das erwähnte der Obertutor gerade«, erklärte der Schatzmeister.

»Hat er? Wie interessant«, sagte der Kaplan, »und es war auch an der Zeit. Hatten schon seit etlichen Jahren keinen ordentlichen Selbstmord mehr im College. Wirklich bedauerlich.«

»Mir leuchtet nicht ein, was am Nachlassen dieser Unsitte so bedauerlich sein soll, Kaplan«, sagte der Schatzmeister.

»Ich glaube, ich nehme mir noch einen Nachschlag von den Brieschen«, sagte der Dekan.

Der Kaplan lehnte sich zurück und betrachte die anderen über den Rand seiner Brille hinweg. »Früher verging kaum eine Woche, ohne daß sich irgendein armer Bursche auf ewig verabschiedete. Als ich frischgebackener Kaplan war, verbrachte ich die Hälfte meiner Zeit mit dem Besuch von gerichtsmedizinischen Anhörungen. Wenn ich's recht bedenke, gab es eine Zeit, wo man uns als ›Das Schlachthaus‹ kannte.«

»Seitdem hat sich die Lage zum Besseren gewendet«, sagte der Schatzmeister.

»Unsinn«, widersprach der Kaplan. »Die sinkende Selbstmordrate ist das deutlichste Anzeichen des moralischen Verfalls. Anscheinend werden die Studenten nicht mehr in dem Maße von Gewissensqualen gepeinigt wie zu der Zeit, als ich noch jung war.«

»Sie glauben doch nicht, daß das etwas mit der Einführung von Erdgas zu tun hat?« wollte der Obertutor wissen.

»Erdgas? Mitnichten«, sagte der Dekan. »Ich teile die Meinung des Kaplans. Die Jugend von heute läßt am liebsten Gras über ihre Gewissensbisse wachsen.«

»Gras«, rief der Kaplan. »Hat da jemand was von Gras gesagt?«

»Ich sagte lediglich ...«, setzte der Dekan an.

»Wenigstens hat niemand den Verdacht geäußert, der junge Zipser hätte unter Drogeneinfluß gestanden«, unterbrach der Schatzmeister. »Die Polizei hat schließlich eine sehr gründliche Untersuchung vorgenommen und nichts gefunden.«

Der Dekan runzelte die Stirn. »Nichts gefunden?« sagte er. »Wenn mich nicht alles täuscht, haben sie einen ganzen Sack voller ... ähem ... Präservative mitgenommen.«

»Ich sprach von Drogen, Herr Dekan. Es ging um die Frage des Motivs, verstehen Sie. Anscheinend nahm die Polizei an, Zipser sei einem irrationalen Impuls erlegen.«

»Soviel ich weiß, ist er Mrs. Biggs erlegen«, sagte der Obertutor. »Mrs. Biggs könnte man wohl als einen irrationalen, jedenfalls einen sehr geschmacklosen Impuls bezeichnen. Ich muß zugeben, daß ich eine solche Begeisterung für gasgefüllte Präservative ziemlich unbegreiflich finde.«

»Laut Polizei waren es zweihundertfünfzig Stück«, berichtete der Schatzmeister.

»Über Geschmack läßt sich nicht streiten«, sagte der Dekan, »ich für meinen Teil vermute allerdings eher, daß ... politische Motive hinter der ganzen bedauerlichen Angelegenheit stecken. Dieser Zipser war nämlich ganz klar ein Anarchist. In seiner Wohnung fand man jede Menge linksradikale Literatur.«

»Soweit ich weiß, hat er über Pumpernickel gearbeitet«, sagte der Schatzmeister. »Über dessen Stellenwert im Deutschland des sechzehnten Jahrhunderts.«

»Außerdem gehört er einer Reihe subversiver Gruppierungen an«, fuhr der Dekan fort.

»Ich würde den Verband zur Förderung der Vereinten Nationen nicht gerade subversiv nennen«, wandte der Schatzmeister ein.

»Aber ich«, sagte der Dekan. »Alle politischen Vereinigungen sind subversiv. Geht gar nicht anders. Ist doch logisch. Würden nicht existieren, wenn sie nicht irgendwas unterwandern wollten.«

»Jedenfalls hat er sich auf recht ungewöhnliche Weise mit seiner Umwelt auseinandergesetzt«, stellte der Schatzmeister fest. »Doch die Anwesenheit von Mrs. Biggs läßt sich damit immer noch nicht erklären.«

»Ich bin geneigt, dem Dekan beizupflichten«, sagte der Obertutor. »Wer mit Mrs. Biggs ins Bett geht, muß entweder verrückt sein, oder sein Gespür für gesellschaftliche Umgangsformen ist völlig außer Kraft; und wenn man zweihundertfünfzig tödliche Präservative auf seine nichtsahnende Mitmenschen losläßt, deutet dies auf einen Fanatismus hin ...«

»Andererseits«, wandte der Schatzmeister ein, »hat er sich wegen seiner diese gute Frau betreffenden ... äh ... Zwangsvorstellungen an Sie gewandt. Sie erwähnten es seinerzeit.«

»Tja, das kann schon sein«, räumte der Obertutor ein, »obwohl ich hinter das Wörtchen ›gut‹ in Verbindung mit Mrs. Biggs ein Fragezeichen setzen möchte. Jedenfalls habe ich ihn an den Kaplan verwiesen.«

Sie sahen den Kaplan fragend an. »Mrs. Biggs eine gute Frau?« schrie dieser. »Das kann man wohl sagen. Prachtweib.«

»Wir haben uns gefragt, ob Zipser Ihnen vielleicht irgendwelche Hinweise auf seine Motive gab«, erläuterte der Schatzmeister.

»Motive?« sagte der Kaplan. »Liegen klar auf der Hand. Gute alte Wollust.«

»Was den explosiven Charakter seines Ablebens wohl kaum erklärt«, stellte der Obertutor fest.

»Man kann keinen neuen Wein in alte Schläuche füllen«, sagte der Kaplan.

Der Dekan schüttelte den Kopf. »Ganz gleich, was seine Motive waren«, stellte er fest, »Zipser hat uns in eine heikle Lage gebracht. Man kann sich schwerlich gegen Änderungen wehren, wenn Collegemitglieder sich derart daneben benehmen. Die Sitzung der Porterhouse-Gesellschaft wurde bereits abgesagt.«

Die Fellows sahen ihn verdutzt an.

»Aber soviel ich weiß, war der General mit der Sitzung einverstanden«, sagte der Obertutor. »Er wird doch jetzt keinen Rückzieher machen?«

»Cathcart hat sich als Rohr im Wind erwiesen«, erklärte der Dekan betrübt. »Heute morgen teilte er mir telefonisch mit, seiner Meinung nach sollten wir warten, bis sich die Rauchschwaden verzogen haben. Keine sehr glückliche Formulierung, aber er hat nicht unrecht. Im Moment kann sich das College wohl kaum noch einen Skandal leisten.«

»Dieser verfluchte Zipser«, sagte der Obertutor. Schweigend beendeten die Fellows ihr Abendessen.

Im Rektorhaus betrauerten Sir Godber und Lady Mary Zipsers Ableben bei einem frugalarem Rührei. Wie gewöhnlich erfüllte solch tragisches Geschehen Lady Mary mit frischer Lebenskraft, und die sonderbaren Umstände von Zipsers Tod hatten ihrem psychologischem Interesse neuen Auftrieb gegeben.

»Der arme Junge muß einen Fetisch gehabt haben«, sagte sie und das leidenschaftslose Interesse, mit dem sie eine Banane schälte, erinnerte Sir Godber an seine Flitterwochen. »Genau wie im Fall des Jungen, den man auf dieser Zugtoilette in einem Plastiksack fand.«

»Ein seltsamer Aufenthalt«, sagte Sir Godber und nahm sich ein paar Dosenhimbeeren.

»Natürlich haben wir es hier mit einem viel klareren Fall von Mutterkomplex zu tun«, fuhr Lady Mary fort. »Bei dem Plastiksack handelte es sich eindeutig um einen Plazentaersatz.«

Sir Godber schob seinen Teller von sich. »Wahrscheinlich willst du mir jetzt erzählen, Präservative mit Gas zu füllen, deute zweifelsfrei darauf hin, daß der arme Kerl unter Penisneid litt.«

»Jungen leiden nicht unter Penisneid, Godber«, korrigierte Lady Mary ihn streng. »Den haben nur Mädchen.«

»Tatsächlich? Na, vielleicht litt die Aufwartefrau darunter. Andererseits gibt es keinen Hinweis darauf, daß Zipser die Kondome in den Schornstein gestopft hat. Wir wissen zwar, daß er sie beschafft hat, aber ebensogut hätte Mrs. Biggs sie mit Gas füllen und in den Schornstein stecken können.«

»Das ist auch so eine Sache«, sagte Lady Mary. »Die Bemerkungen des Dekans über Mrs. Biggs waren absolut geschmacklos! Zipsers Affäre mit seiner Aufwartefrau schien ihm zu beweisen, daß der Junge geisteskrank war. Ein himmelschreienderes Beispiel für Klassendünkel läßt sich nur schwer vorstellen, aber schließlich war ich schon immer der Meinung, daß der Dekan ein einmalig gewöhnliches Männlein ist.«

Sir Godber blickte seine Frau mit unverhohlener Bewunderung an. Ihre fehlende Logik verblüffte ihn immer wieder. Lady Marys Egalitarismus entsprang einem Gefühl angeborener Überlegenheit, an dem sogar ihre Ehe mit Sir Godber nicht gerüttelt hatte. Manchmal fragte er sich, ob sie ihn damals nicht nur aus politischen Gründen und zum Beweis ihrer Liberalität geheiratet hatte. Er schob seinen häuslichen Tagtraum beiseite und dachte über die Konsequenzen von Zipsers Tod nach. »Jetzt wird es noch schwieriger werden, den Dekan in den Griff zu kriegen«, sagte er nachdenklich. »Er behauptet bereits, die sexuelle Freizügigkeit sei für diese Angelegenheit verantwortlich.«

Lady Mary schnaubte verächtlich. »Völliger Unfug«, fauchte sie wie bestellt. »Gäbe es Frauen im College, wäre so etwas nicht passiert.«

»Dem Dekan zufolge hat uns aber eben Mrs. Biggs' Anwesenheit in Zipsers Wohnung das Unglück beschert«, bemerkte Sir Godber.

»Der Dekan«, sagte Lady Mary mit Nachdruck, »ist ein altes Chauvi-Schwein. Ein vernünftiges Koedukationsprogramm würde die bekanntlich zu Fetischismus führende sexuelle Verdrängung verhindern. Bei der nächsten Ratssitzung mußt du darauf hinweisen.«

»Meine Liebe«, sagte Sir Godber matt, »du verstehst offenbar nicht, in welch schwieriger Lage ich mich befinde. Jetzt kann ich wohl kaum als Rektor zurücktreten, sonst sähe es aus, als würde ich eine gewisse Mitverantwortung an diesem Vorfall eingestehen. So wie die Dinge liegen, werde ich genug damit zu tun haben, Geld für den Restaurierungsfonds zu beschaffen. Die Turmreparatur wird über eine Viertelmillion kosten.«

Lady Mary musterte ihn streng. »Godber«, sagte sie, »du darfst jetzt nicht schwach werden. Du mußt deinen Grundsätzen kompromißlos treu bleiben. Auf keinen Fall darfst du die Waffen strecken.«

»Waffen, meine Liebe?«

»Waffen, Godber, Waffen.«

Sir Godber runzelte skeptisch die Stirn. Die Waffen, die er einmal besessen hatte – wobei er im Hinblick auf Lady Marys Pazifismus zweifelte, ob diese Wortwahl moralisch angemessen war –, schienen ihm durch Zipsers tragischen Akt entwunden worden zu sein.

»Ich wüßte wirklich nicht, was ich tun kann«, sagte er schließlich.

»Na, zuallererst kannst du für den freien Verkauf von Präservativen im College sorgen.«

»Was kann ich?« schrie Sir Godber.

»Du hast mich sehr wohl verstanden«, schnauzte seine Frau ihn an. »Im King's College hängt ein Automat auf der Toilette, in einigen anderen Colleges ebenfalls. Es scheint mir eine ganz normale Vorsichtsmaßnahme zu sein.«

Der Rektor schüttelte sich. »Im King's hängt einer rum, wie? Na, die haben's aber auch wirklich nötig. Der Laden ist eine Brutstätte der Homosexualität.«

»Godber«, sagte Lady Mary warnend. Sir Godber schwieg. Er kannte Lady Marys Meinung über Homosexuelle. Sie schätzte diesen Personenkreis genausosehr wie Füchse, und ihre Meinung von Fuchsjagd war, gelinde gesagt, extrem negativ.

»Damit wollte ich nur andeuten, daß King's diese Dinger aus gutem Grund hat«, sagte er.

»Ich kann mir kaum vorstellen…«, begann Lady Mary, als das französische Au-pair-Mädchen den Kaffee brachte.

»Wie ich schon sagte…«

»Pas devant les doméstiques«, unterbrach ihn seine Frau.

»Ganz recht«, sagte Sir Godber rasch. »Ich meinte bloß, dort hat man diese Dinger pour encourager les autres.«

Nachdem das Mädchen gegangen war, goß Lady Mary den Kaffee ein.

»Welche anderen?« fragte sie.

»Anderen?« wiederholte Sir Godber, der inzwischen den Faden verloren hatte.

»Du sagtest, King's College habe einen Kondomautomaten aufgestellt, um die anderen zu ermutigen.«

»Genau. Ich kenne deine Einstellung zur Homosexualität, meine Liebe, aber man kann es auch übertreiben«, erklärte er.

»Godber, du willst dich rausreden«, sagte Lady Mary bestimmt. »Ich bestehe darauf, daß du einmal im Leben das tust, was du angeblich tun willst. Als ich dich geheiratet habe, hast du vor phantastischen Idealen nur so gestrotzt. Wenn ich dich jetzt ansehe, frage ich mich manchmal, was aus dem Mann geworden ist, den ich damals geheiratet habe.«

»Meine Liebe, du scheinst zu vergessen, daß ich ein Leben lang in der Politik tätig war«, wandte Sir Godber ein. »Man lernt, Kompromisse einzugehen. Es ist zwar deprimierend, aber so ist es nun einmal. Meinetwegen kannst du es den Tod des Idealismus nennen, aber wenigstens rettet es einem Haufen Leuten das Leben.« Er ging mit seiner Kaffeetasse in sein Arbeitszimmer, wo er sich über seine Feigheit wunderte.

Er konnte sich noch an eine Zeit erinnern, als er den Enthusiasmus seiner Frau für soziale Gerechtigkeit geteilt hatte, doch die Zeit hatte… oder anders gesagt: Da Lady Mary während all der Jahre aktiv geblieben war, hatte nicht die Zeit, sondern etwas anderes seinen Eifer getrübt – falls man Eifer trüben konnte. Sir Godber dachte darüber nach und war erstaunt, daß die Frage ihn so beschäftigte. Wenn nicht die Zeit, was dann? Die Sperrigkeit der menschlichen Natur. Die schiere Trägheit der Engländer, für die die Vergangenheit immer heilig und unantastbar war, und die auf ihre Sturheit auch noch stolz waren. »Wir haben den Krieg nicht gewonnen«, dachte Sir Godber, »sondern uns nur geweigert, ihn zu verlieren.« Zu neuer Kampfeslust wachgerüttelt, griff er sich den Schürhaken, stocherte wütend im Kaminfeuer herum und sah zu, wie die Funken nach oben ins Dunkel stoben. Verdammt wollte er sein, wenn er sich vom Dekan auf der Nase herumtanzen ließ. Er hate nicht ein Leben lang in hohen Ämtern zugebracht, um sich von einem alternden Akademiker mit einer Vorliebe für Portwein das Leben vermiesen zu lassen. Er stand auf, goß sich einen Whisky ein und schritt im Zimmer auf und ab. Lady Mary hatte recht. Ein Frommsautomat wäre ein Schritt in die richtige Richtung. Morgen früh würde er mit dem Schatzmeister reden. Er warf einen Blick aus dem Fenster und sah, daß in den Zimmern des Schatzmeisters noch Licht brannte. Es war noch nicht spät. Er würde ihm jetzt einen zwanglosen Besuch abstatten. Er trank aus, ging in den Flur und zog seinen Mantel an.

Der Schatzmeister wohnte extern. Infolge der Kochkunst seiner Frau aß er so oft wie möglich im College, und heute war er rein zufällig nach dem Abendessen in seinen Räumen geblieben. Er mußte über Verschiedenes nachdenken. Beispielsweise über den Pessimismus des Dekans und daß der es nicht geschafft hatte, Sir Cathcarts Unterstützung zu bekommen. Vielleicht, dachte er, empfahl es sich doch, seine eher dürftige Loyalität auf Sir Godber zu übertragen. Der Rektor hatte sich bereits als zielstrebiger Mann erwiesen – der Schatzmeister hatte sein an den Collegerat gerichtetes Ultimatum nicht vergessen –, und würde ihn, wenn er es richtig anfing, bestimmt für geleistete Dienste belohnen. Schließlich hatte er, der Schatzmeister, ihm die Informationen geliefert, mit denen er den Rat eingeschüchtert hatte. Es lohnte sich, darüber nachzudenken.

Er stand auf und zog seinen Mantel an, als Schritte auf der Treppe einen späten Besucher ankündigten. Der Schatzmeister setzte sich an den Schreibtisch und tat, als würde er arbeiten. Es klopfte.

»Herein«, sagte der Schatzmeister. Sir Godber spähte um den Türpfosten.

»Ah, Schatzmeister«, sagte er. »Hoffentlich störe ich nicht. Ich ging gerade über den Hof, als ich bei Ihnen noch Licht sah, und da dachte ich, ich schaue mal vorbei.«

Der Schatzmeister erhob sich, um ihn mit herzlicher Unterwürfigkeit zu begrüßen. »Wie schön, daß Sie gekommen sind, Herr Rektor«, sagte er und beeilte sich, Sir Godber den Mantel abzunehmen. »Ich wollte Sie gerade mit ein paar Zeilen um eine Unterredung bitten.«

»Wenn das so ist, freue ich mich um so mehr, daß ich Ihnen diese Mühe erspart habe«, sagte Sir Godber.

»Nehmen Sie doch bitte Platz.« Sir Godber setzte sich freundlich lächelnd in einen Sessel beim Kamin. Daß ihn der Schatzmeister so warm in seinen ärmlich ausgestatteten Zimmern willkommen hieß, war ganz nach Sir Godbers Geschmack. Wohlwollend betrachtete er den abgetretenen Teppich und die zweitklassigen, augenscheinlich irgendeinem Almanach entstammenden Drucke an den Wänden und spürte die kaputte Sprungfeder unter sich im Sessel. Sir Godber registrierte, wie aufdringlich all dies war. Seine Zeit als Politiker verdankte er einem Riecher für untergeordnete Existenzen, und Sir Godber war nicht der Mann, der solchen Leuten Gefälligkeiten verweigerte.

»Wie wär's mit einem Schlückchen?« fragte der Schatzmeister und trieb sich unsicher in der Nähe einer wenig bemerkenswerten Karaffe mit Portwein herum. Sir Godber zögerte kurz. Port nach Whisky? Aus politischen Erwägungen verwarf er den Einspruch seiner Leber.

»Nur ein Gläschen, danke«, sagte er, kramte seine Pfeife hervor und füllte sie aus einem abgenutzten Tabaksbeutel. Sir Godber war kein gewohnheitsmäßiger Pfeifenraucher; er fand, daß es auf der Zunge brannte, hatte aber gelernt, wie wichtig es war, sich volkstümlich zu geben.

»Schlimme Sache, das mit dem armen Zipser«, sagte der Schatzmeister und reichte ihm den Portwein. »Die Turmreparatur wird eine kostspielige Angelegenheit.«

Sir Godber steckte seine Pfeife an. »Darüber wollte ich unter anderem mit Ihnen reden, Schatzmeister. Ich denke, wir müssen wohl einen Restaurierungsfonds einrichten.«

»Das ist richtig, Herr Rektor«, bestätigte der Schatzmeister bedrückt.

Sir Godber nippte an seinem Port. »Normalerweise«, sagte er, »und wenn das College nur eine weniger... äh, sagen wir... weniger antiquierte Haltung einnähme, würde ich meinen Einfluß in der Geschäftswelt spielen lassen und eine beträchtliche Summe locker machen; doch wie es jetzt aussieht, befinde ich mich in einer problematischen Lage.« Er verstummte vielsagend und vermittelte dem Schatzmeister das Gefühl, dem Rektor ständen unbegrenzte finanzielle Ressourcen zur Verfügung. »Nein, wir werden einfach auf unsere eigenen Mittel zurückgreifen müssen.«

»Die sind sehr begrenzt«, gab der Schatzmeister zu bedenken.

»Damit müssen wir eben zurechtkommen, so gut es geht«, fuhr Sir Godber fort, »bis das College sich endlich ein moderneres Image zulegt. Natürlich tue ich, was ich kann, doch leider wird es ein hartes Stück Arbeit werden. Wenn doch nur der Rat einsähe, wie wichtig Veränderungen sind.« Er lächelte den Schatzmeister an. »Sie sind vermutlich mit dem Dekan einer Meinung?«

Auf diesen Augenblick hatte der Schatzmeister gewartet. »Der Dekan hat seine eigenen Ansichten, Rektor, die ich nicht teile.«

Sir Godbers Augenbrauenstellung deutete reservierte Aufmunterung an.

»Ich hatte schon immer das Gefühl, daß wir den Anschluß an die Moderne verpaßt haben«, fuhr der Schatzmeister fort, begierig, die volle Unterstützung dieser Augenbrauen zu bekommen, »doch als Schatzmeister bin ich mit Verwaltungsaufgaben betraut, die sehr wenig Raum für politische Entscheidungen lassen. Wie Sie wissen, übt der Dekan einen beträchtlichen Einfluß aus, und außerdem ist da natürlich auch noch Sir Cathcart.«

»Meines Wissens plant Sir Cathcart eine Sitzung der Porterhouse-Gesellschaft«, sagte Sir Godber.

»Die hat er nach der Zipser-Affäre abgesagt«, teilte ihm der Schatzmeister mit.

»Wie interessant. Dann steht der Dekan also allein da, stimmt's?«

Der Schatzmeister nickte. »Ich glaube, auch ein paar andere Ratsmitglieder werden sich's noch einmal überlegen. Die jüngeren Fellows sind Veränderungen nicht abgeneigt, aber sehr einflußreich sind sie nicht. Das sind die wenigsten von ihnen, doch schließlich waren wir auch nie besonders berühmt für unsere Forschungsstipendien. Um solche Wissenschaftler anzuziehen, fehlt uns sowohl das Geld als auch das Renommee. Ich schlug vor... doch der Dekan...« Er fuchtelte hilflos mit den Händen.

Sir Godber kippte seinen Port hinunter. Trotz dieses Getränks war er froh, daß er gekommen war. Der ermutigende Gesinnungswandel des Schatzmeisters stimmte ihn zufrieden. Es war Zeit für ein offenes Wort. Er klopfte seine Pfeife aus und beugte sich vor.

»Unter uns gesagt: Ich glaube, wir können den Dekan austricksen«, sagte er und pochte dem Schatzmeister als Zeichen kumpelhafter Vertraulichkeit mit dem Zeigefinger aufs Knie. »Verlassen Sie sich drauf. Wir kriegen ihn dahin, wo wir ihn haben wollen.«

Erstaunt und fasziniert starrte der Schatzmeister Sir Godber an. Die Primitivität dieses Mannes, sein Wechsel von gespielter Weltläufigkeit zur durchtriebenen Komplizenschaft, überraschte ihn, und Sir Godber registrierte befriedigt die Verblüffung des anderen. All die Jahre, in denen er Arbeiter, die er verachtete, »Genosse« genannt hatte, waren nicht umsonst gewesen. Kein Zweifel, seine verbissene Jovialität hatte etwas Bedrohliches. »Wenn wir erst mal mit ihm fertig sind, kann er seinen Arsch nicht mehr vom Ellbogen unterscheiden«, fuhr er fort. Der Schatzmeister nickte ergeben. Sir Godber schob seinen Stuhl vor und skizzierte seine Pläne.

Skullion stand im Hof und wunderte sich, daß im Zimmer des Schatzmeisters noch Licht brannte.

»Der bleibt aber lange«, dachte er. »Ist normalerweise um neun zu Hause, jawoll.« Er ging zum hinteren Tor und verschloß es, wobei er erwartungsvoll auf die spitzenbewehrte Mauer schaute. Dann drehte er sich um und machte sich durch den Garten auf den Weg in den Neuen Hof. Er ging langsam und leicht humpelnd. Von der anstrengenden Kondomjagd war er wie gerädert und hatte Schmerzen, außerdem hatte er sich vom Schock der Explosion im Turm immer noch nicht erholt. »Werde alt«, murmelte er und blieb stehen, um seine Pfeife anzuzünden. Während er im Schatten einer großen Ulme stand, ging das Licht im Zimmer des Schatzmeisters aus. Skullion zog nachdenklich an seiner Pfeife und stopfte den Tabak mit dem Daumen fest. Gerade wollte er den Schutz der Ulme verlassen, als ihn das Knirschen von Kieselsteinen auf dem Weg zögern ließ. Zwei Gestalten kamen aus dem Neuen Hof in ein Gespräch vertieft auf ihn zu. Skullion erkannte die Stimme des Rektors. Als die beiden Gestalten auf seiner Höhe waren, zog er sich wieder in den Schatten zurück.

»Bestimmt wird der Dekan Einspruch erheben«, sagte Sir Godber gerade, »doch angesichts eines *Fait accompli* wird er nichts unternehmen können. Ich glaube, wir können davon ausgehen, daß die einflußreichen Tage des Dekans gezählt sind.«

»Das wird auch Zeit«, sagte der Schatzmeister. Die beiden Gestalten bogen um die Ecke des Rektorhauses. Skullion tauchte aus der Dunkelheit auf und schaute ihnen vom Weg aus nach, während es in seinem Kopf arbeitete. Der Schatzmeister war also zu Sir Godber übergewechselt. Das überraschte Skullion nicht. Einmal gehörte der Mann sowieso nur zur zweiten Garnitur, und dann war er für die Löhne der College-Bediensteten verantwortlich. In Skullions Augen war er eher ein Aufseher als ein echter Fellow, ein Zahlmeister, und noch dazu ein knauseriger, den er für seinen Hungerlohn verantwortlich machte. Und jetzt hatte sich der Schatzmeister auf Sir Godbers Seite geschlagen. Skullion machte auf dem Absatz kehrt und betrat mit seinem neuen Kummer und einigermaßen verwirrt den Neuen Hof. Das müßte der Dekan erfahren, doch Skullion würde sich hüten, es ihm zu erzählen. Der Dekan hatte etwas gegen das Horchen. Er war ein Gentleman von altem Schrot und Korn. Skullion fragte sich, was ein Fett Ackomplie sein mochte. Er mußte sich etwas einfallen lassen, wie er am Morgen den Dekan warnen könnte. Er ging durch den Portikus zum Pförtnerhäuschen und machte sich einen Kakao. »So, so, die Tage des Dekans sind also gezählt, wie?« dachte er verbittert. »Das werden wir ja sehen.« Für solche Veränderungen war mehr vonnöten als Sir Godber Evans und sein mieser Schatzmeister. Schließlich gab es immer noch Sir Cathcart. Der würde schon dafür sorgen, daß sie sich blutige Köpfe holten. Sein Vertrauen in Sir Cathcart war immens. Um Mitternacht stand er auf und ging nach draußen, um das Haupttor zu schließen. Tagsüber hatte es getaut, und der Schnee war geschmolzen, doch am Abend hatte der Wind gedreht, und nun fror es wieder. Skullion stand kurz in der Einfahrt und starrte auf die Straße hinaus. Auf dem Bürgersteig gegenüber rutschte ein Mann aus und schlug lang hin. Skullion beobachtete den Sturz ohne jedes Interesse. Was außerhalb von Porterhouse geschah, ging ihn nichts an. Mit dem jähen Wunsch, der Rektor möge ausrutschen und sich den Hals brechen, ging Skullion zurück ins College und schloß die Tür. Vom Turm über ihm schlug es zwölf.

- 11 -

Auf dem Treidelpfad neben dem Fluß stand der Dekan, den Mantel umgeworfen, und stemmte sich gegen den Wind. Hinter ihm zitterten und bebten die Weiden, und es raschelte in den Hecken. Vorn ruderte der Achter durch unruhiges Wasser, jeder mit seinem Klüngel von Trainern und Fans, die auf Fahrrädern durch die Pfützen preschten und Anweisungen oder Anfeuerungen brüllten. Bei jedem Schlag ruckten die Steuermänner nach hinten und die Boote nach vorn, jedes verfolgte den vor ihm liegenden Achter und war von dem hinter ihm liegenden Achter auf der Flucht. Gelegentlich signalisierte lautes Jubelgeschrei, daß ein Boot den vor ihm liegenden Achter angestoßen hatte; dann legten beide am Flußufer an, und die Sieger brachen einen Weidenzweig ab und steckten ihn an den Bug. Wo ein solches Anpuffen erfolgreich war, klafften Lücken in der Prozession, leere Wasserflächen, bis der nächste Achter um die Kurve bog und verzweifelt versuchte, das wenigstens zwei Längen vor ihm liegende Boot zu erreichen und anzustoßen. Jesus College, Porterhouse, Lady Margaret, Pembroke, Trinity, St. Catherine's, Christ's, Churchill, Magdalene, Caius, Clare, Peterhouse. Historische Namen, heilige Namen wie die vielen Gebete an einem Rosenkranz aus Ruderbooten, die zweimal jährlich aufgesagt werden mußten, bei der Frühjahrsregatta und nach Ostern. Für den Dekan war dieses Ritual eine heilige Feier, an der man teilnahm, ganz gleich wie kalt oder naß es draußen war, in Gedanken an die gesunde Sportbegeisterung der Vergangenheit und die Überzeugungen seiner Jugend... Für ihn waren die Regatten eine Zeit der Erneuerung. Wie er so auf dem Treidelpfad stand, verspürte er wieder die Unschuld, die blinde Unschuld von damals, als er noch gerudert hatte, und wie gesund früher alles gewesen war. Jawohl, gesund, damit meinte er nicht nur körperliche oder geistige Gesundheit, sondern die Dinge im allgemeinen, daß das Leben als solches akzeptiert worden war, ganz ohne hinterhältige, subversive Fragen oder gefährliche Spekulationen, wie sie inzwischen Mode waren. Eine unschuldige Zeit war das gewesen, ein goldenes Zeitalter der Gewißheit vor dem Großen Krieg, als es noch Honig zum Tee gab und auch einen Diener, der ihn brachte. In Gedanken an diese Zeit trotzte der Dekan dem Wind und der Kälte und hielt auf dem Treidelpfad aus, während die Fahrräder seine Schuhe mit Schlamm bespritzten und die Achter an ihm vorbeiruderten. Als alles vorüber war, drehte er sich um und trottete zum »Hecht und Aal« zurück, wo sein Wagen stand. Hinter ihm und vor ihm, den ganzen Pfad entlang, schlugen alte Männer wie er die Kragen ihrer Mäntel hoch und machten sich auf den Heimweg, die Köpfe unter dem Wind gebeugt, aber mit einemmal munterer ausschreitend. An der Eisenbahnbrücke angekommen, bemerkte der Dekan eine bekannte Gestalt vor sich. »Tag, Skullion. Heute sind wir wieder geschlagen worden«, sagte er. Skullion nickte. »Hätte nie gedacht, daß Jesus College uns erreichen würde«, sagte der Dekan, »aber morgen müßten wir eigentlich Trinity anstoßen. Heute hat uns das unruhige Wasser aufgehalten.«

Sie gingen schweigend weiter; während der Dekan sich andere Regatten und berühmte Mannschaften ins Gedächtnis rief, überlegte Skullion krampfhaft, wie er den Verrat des Schatzmeisters ansprechen könnte, ohne die Grenzen dessen zu überschreiten, was sich in den Augen des Dekans für College-Bedienstete geziemte. Dabei war es schon gar nicht so einfach, neben dem Dekan zu gehen. Es war nicht sein Platz, und bald gab Skullion den ungleichen Kampf mit seinem Gewissen auf und ließ sich nach und nach ein paar Schritte hinter den alten Mann zurückfallen. Am »Hecht und Aal« angekommen, schloß der immer noch in Gedanken versunkene Dekan seinen Wagen auf und stieg ein. Skullion nahm sein Fahrrad und schob es über die Fußgängerbrücke. Der Dekan blieb in seinem Auto sitzen und wartete, bis der Verkehr nachließ. Skullion hatte er vergessen. Sogar die Regatta und die Jugendzeit, an die sie ihn erinnerte, hatte er vergessen. Er dachte über Sir Godber, dessen oberflächlichen Fortschrittsglauben und über die Bedrohung nach, die er für Porterhouse darstellte. Die Füße des Dekans waren kalt, und seine Gelenke schmerzten. Er war ein alter Mann und verbittert über seinen Machtverlust. Als alle anderen Autos verschwunden waren, ließ er den Motor an und fuhr durch die aus der Pye-Fernsehgerätefabrik strömenden Arbeitermassen nach Hause. Vor ihm bogen Autos aus den Fabriktoren, Radfahrer beachteten ihn nicht, und Mädchen rannten quer über die Straße, um ihren Bus zu erwischen. Der Dekan starrte sie böse an. Früher hätte er sie hupend von der Straße gescheucht; jetzt mußte er dasitzen und warten. Er ertappte sich dabei, wie er ein Werbeplakat anstarrte. Dort stand: »Schalten Sie Carrington auf ihrem PYE-Fernseher ein«, und von dem Bildschirm eines Fernsehgeräts lächelte ein Gesicht auf ihn herab. Ein bekanntes Gesicht, ein Gesicht, das er kannte. »Carrington über Denkmalschutz. Es geht um unser nationales Kulturerbe.« Der Dekan starrte das Gesicht an, und plötzlich schöpfte er neue Hoffnung. Hinter ihm hupte jemand ungeduldig, und der Dekan legte einen Gang ein und fuhr los. In gleichmäßigem Tempo fuhr er nach Hause, ohne den Verkehr oder die Gegenwart wahrzunehmen.

Er stellte den Wagen in der Garage hinter dem Phipps Building ab und ging in sein Zimmer, wo er an seinem Schreibtisch in dem Immatrikulationsverzeichnis von Porterhouse den Namen Cornelius Carrington suchte. Da stand er: 1935–38. Der Dekan schloß das Buch und lehnte sich zufrieden zurück. Ein übler Kunde, dieser Cornelius Carrington, aber nichtsdestotrotz effektiv. Sie nannten ihn den Jeremia der BBC, und sein romantischer Konservativismus kam zweifellos an. Nichts politisch Kontroverses, einfach nur eine gutherzige nostalgische Sehnsucht nach allem Guten, was britisch war, und ungemein beliebt bei der ganzen Familie. Der Dekan sah nicht viel fern, doch Cornelius Carringtons Sendungen waren ihm bekannt. »Juwelen des Empires«, hieß eine dieser Serien, in der der allgegenwärtige Carrington sich über die architektonischen Schätze von Poona und Lucknow verbreitete. Eine andere Sendung war der Notwendigkeit gewidmet, die Rumration in der Königlichen Marine beizubehalten; wo immer alte Privilegien bedroht waren: Carrington machte sich zu ihrem Fürsprecher. Er konnte, da war sich der Dekan absolut sicher, die Vorzüge jedes beliebigen Objektes hochjubeln, und an der Wirksamkeit seiner Auftritte bestand kein Zweifel. Gewann man Cornelius Carringtons Interesse, konnte man sich seines Publikums sicher sein. Außerdem war dieses Scheusal ein Porterhouse-Mann. Bei der Vorstellung, daß Carrington die Bedrohung publik machte, die von Sir Godbers Neuerungen für das College ausging, lächelte der Dekan still vor sich hin. Eine hübsche Vorstellung. Er würde mit Sir Cathcart darüber plaudern. Ob man so etwas unternahm, hing vom Ergebnis der Collegeratssitzung am Morgen ab.

Als die Sitzung eröffnet wurde, lauschte Skullion an seinem Wasserrohr im Kesselraum. Trotz der üblichen Unterbrechungen durch das Zentralheizungssystem verstand er viel von dem, was gesprochen wurde. Ein Großteil der Diskussion drehte sich darum, welche

Reparaturkosten durch den Schaden am Turm fällig würden, den Zipsers Versuch einer Massenentsorgung von Kondomen verursacht hatte. Sir Godber hatte, wie es schien, eine sehr feste Meinung zu diesem Thema.

»Es ist höchste Zeit«, sagte er, »daß das College die Notwendigkeit einsieht, sich nach den Prinzipien zu richten, die offenbar für die Mitglieder dieses Rates in der Vergangenheit maßgeblich waren. Die von mir auf unserer Sitzung vorgeschlagenen Änderungen wurden mit der Begründung abgelehnt, daß es sich bei Porterhouse um ein autonomes und unabhängiges College handele, um eine sich selbst verwaltende Körperschaft, deren Interessen sich nach innen richteten, ohne daß ein Bezug zur übrigen Welt existiere. Wie Sie wissen, erscheint mir diese Ansicht unzutreffend, doch da sie offenbar von der Mehrheit dieses Rates geteilt wird, bin ich bereit, sie zu akzeptieren.« Der Rektor machte eine Pause und sah die Fellows der Reihe nach beifallheischend an. Im Kesselraum versuchte Skullion ohne großen Erfolg, hinter die Bedeutung dieser Worte zu kommen. Die Hoffnung, Sir Godber habe seine Meinung geändert, erschien ihm unbegründet.

»Sollen wir dem entnehmen, daß Sie einräumen, für die von Ihnen auf der letzten Sitzung vorgeschlagenen Veränderungen besteht keine Notwendigkeit?« fragte der Dekan.

»Wenn ich etwas einräume, Herr Dekan«, fuhr der Rektor fort, »dann, daß das College für seine inneren Angelegenheiten selbst verantwortlich ist. Ich bin gewillt, die Ansicht des Rates zu akzeptieren, daß wir nicht um öffentliche Unterstützung oder Hilfe bitten sollten.«

»Das möchte ich aber auch stark hoffen«, sagte der Obertutor heftig.

»Mehr räume ich keineswegs ein, und da dem so ist, muß das College die Verantwortung für die letzten tragischen Ereignisse selber tragen. Speziell die Reparaturkosten für den Turm müssen aus unseren eigenen Rücklagen bestritten werden.«

Die Erklärung des Rektors wurde mit einem erstaunten Murmeln aufgenommen.

»Unmöglich«, sagte der Dekan aufgebracht, »kommt nicht in Frage. Früher haben wir auf einen Restaurierungsfonds zurückgreifen können. Es ist nicht ersichtlich, weshalb wir in diesem Fall keine solchen Fonds einrichten sollten.«

Im Kesselraum konnte Skullion dem Streitgespräch nur schwer folgen. Die Taktik des Rektors war ihm unverständlich.

»Ich muß schon sagen, Herr Dekan, daß ich Ihre Einstellung nicht recht begreife«, fuhr der Rektor fort. »Einerseits widersetzen Sie sich allen Veränderungen, die Porterhouse dem heutigen Bildungsstand anpassen würden...«, hier erhob der Dekan wütend Einspruch, »... andererseits jedoch sind Sie anscheinend nur zu schnell bereit, an die öffentliche Hand zu appellieren, um den für den Wiederaufbau des Turmes nötigen Sparmaßnahmen aus dem Weg zu gehen...« An dieser Stelle meldete sich die Zentralheizung zu Wort, und es dauerte eine Weile, ehe Skullion den Gesprächsfaden wieder aufnehmen konnte. In der Zwischenzeit waren sie bei den einzelnen Sparmaßnahmen angelangt, die Sir Godber vorschwebten. Daß dazu genau die Änderungen der Collegepolitik gehörten, die er bei der letzten Sitzung vorgeschlagen hatte, war nicht weiter überraschend, doch diesmal führte der Rektor weniger politische als finanzielle Gründe an.

Zwischem dem Gluckern im Wasserrohr verstand Skullion die Worte »Selbstbedienung im Speisesaal... Koedukation... und der Verkauf von Collegegrundstücken«. Gerade wollte er von seinem Hochsitz herabsteigen, als die Rhyder Street erwähnt wurde. In der Rhyder Street wohnte Skullion. Die Rhyder Street war ein collegeeigenes Grundstück. Skullions Interesse an dem, was über seinem Kopf stattfand, gewann eine neue, privatere Dimension.

»Der Schatzmeister und ich haben ausgerechnet, daß die Reparaturkosten durch die von mir skizzierten Einsparungen gedeckt werden können«, hörte Skullion. »Speziell der Verkauf der Rhyder Street wird bei den heutigen überhöhten Preisen so etwa um die 150 000 Pfund einbringen. Es ist zwar eine Slumgegend, das weiß ich, aber...« Skullion ließ das Rohr los und setzte sich auf den Stuhl. Eine Slumgegend hatte er sie genannt. Die Rhyder Street, in deren Nummer 41 er, Skullion, wohnte. Eine Slumgegend. Der Koch wohnte auch dort. In der Straße standen lauter Häuser von College-Bediensteten. Die durften sie nicht verkaufen, dazu hatten sie kein Recht. Eine neue Wut bemächtigte sich Skullions, eine Verbitterung über Sir Godber, aus der nicht mehr nur seine Sorge um die Traditionen des Colleges sprach, dem er so lange gedient hatte, sondern auch das Gefühl, persönlich verraten worden zu sein. In der Rhyder Street hatte er seinen Lebensabend verbringen wollen. Unter anderem wegen dieser Bedingung hatte er damals seine Stelle angetreten. Für eine geringe Miete hatte ihm das College ein Haus zur Verfügung gestellt. Skullion hatte nicht fünfundvierzig Jahre lang für einen Hungerlohn gearbeitet, um sich jetzt aus einem Haus werfen zu lassen, das von Sir Godber über seinen Kopf hinweg verkauft wurde. Ohne auf weitere Informationen zu warten, stand er auf und schlurfte auf der Suche nach dem Koch aus dem Kesselraum in den Alten Hof. In dem Sitzungsraum über seinem Kopf ging die Debatte mit ganz neuer Heftigkeit weiter: Sir Godber hatte den Vorschlag gemacht, einen Kondomautomaten aufzustellen.

Der Dekan verließ ungestüm die Sitzung, weil er wußte, daß er ausmanövriert war. Dadurch, daß der Rektor sich auf altehrwürdige Grundsätze berufen hatte, hatten sich die Fronten verkehrt, und der Dekan wußte genau, daß seine Argumente gegen die vom Rektor vorgeschlagenen Einsparungen nicht besonders überzeugend gewesen waren. »Als Krönung des Ganzen«, murmelte er, als er aus dem Zimmer stürzte, »ein verdammter Kondomautomat.« Daß der Schatzmeister so plötzlich die Fronten gewechselt hatte, hatte ihn auch in Wut versetzt. Mit seiner Hilfe konnte Sir Godber die Collegefinanzen manipulieren, wie er wollte, und als er die Treppen zu seinem Zimmer hinaufstieg, verwünschte der Dekan den Schatzmeister heftig. Jetzt blieb nur noch Sir Cathcart, und der hatte sich bereits als Feigling erwiesen, als es galt, eine Sitzung der Porterhouse-Gesellschaft einzuberufen. Nein, es gab noch andere, auf die man sich verlassen konnte, wenn es darum ging, Druck auszuüben.

»Heute nachmittag werde ich mit Sir Cathcart sprechen«, beschloß er und goß sich ein Glas Sherry ein.

Sir Godber verließ die Sitzung in Begleitung des Schatzmeisters und sehr zufrieden mit seiner eigenen Arbeit an diesem Vormittag. »Warum essen Sie nicht mit uns zu Mittag?« fragte er großzügig. »Mein Frau wollte Sie schon immer mal kennenlernen.«

»Sehr freundlich von Ihnen.« Der Schatzmeister war froh, dem feindseligen Empfang zu entgehen, der ihn aller Wahrscheinlichkeit nach am High Table erwartete. Sie schlenderten an einer Gruppe Fellows vorbei, die sich in der Nähe des Eingangs zum Gemeinschaftsraum berieten. Im Portikus sahen sie Skullion mißmutig dreinschauend im Schatten herumlungern.

»Ich finde, Skullion legt ein etwas zu verschlossenes Verhalten an den Tag, das muß ich schon sagen«, bemerkte Sir Godber, als sie außer Hörweite waren. »Schon als Student fand ich den Umgang mit ihm unangenehm, und mit dem Alter hat sich sein Benehmen keineswegs gebessert.«

Der Schatzmeister konnte Sir Godber verstehen. »Kein besonders liebenswürdiger Geselle, aber sehr gewissenhaft, und der Dekan hält große Stücke auf ihn.«

»Daß die beiden gut miteinander auskommen, kann ich mir vorstellen«, sagte Sir Godber. »Auch wenn ›Porterhouse‹ Pförtnerhaus bedeutet, heißt das noch lange nicht, daß der Oberpförtner Chef dieses Colleges ist. In der Nacht, als sich dieser … äh … Unfall ereignete, war Skullion regelrecht unverfroren. Ich befahl ihm, das Haupttor für die Sanitäter zu öffnen, und er hat sich geweigert. Kann gut sein, daß ich Sie eines Tages bitten werde, ihm zu kündigen.«

Bei dieser Vorstellung wurde der Schatzmeister blaß. »Davon wäre meines Erachtens unbedingt abzuraten, Herr Rektor«, sagte er. »Es würde den Dekan sehr verletzen.«

»Nun«, sagte Sir Godber. »Noch so eine Unverschämtheit von ihm, und er fliegt, da kenne ich nichts.« Während er im stillen dachte, es sei an der Zeit, daß solche Fossile den Laufpaß bekämen, ging der Rektor voran ins Haus.

Lady Mary wartete im Salon. »Ich habe den Schatzmeister zum Essen eingeladen, meine Liebe«, sagte Sir Godber, dessen Stimme in Gegenwart seiner Frau eine Spur weniger herrisch klang.

»Sie müsen leider mit dem vorliebnehmen, was es bei uns gerade gibt«, informierte Lady Mary den Schatzmeister. »Aber wie ich von meinem Gatten weiß, lassen Sie sich's ja am High Table an nichts fehlen.«

Der Schatzmeister setzte zur Entschuldigung ein affektiertes Lächeln auf. Lady Mary ignorierte dieses Zeichen von Unterwürfigkeit. »Ich finde es wirklich bedauerlich, daß man soviel Geld hinauswirft, nur um das schlechte Befinden einer Handvoll ältlicher Collegemitglieder zu unterstützen.«

»Meine Liebe«, unterbrach Sir Godber, »du wirst erfreut sein zu hören, daß der Rat unsere Vorschläge akzeptiert hat.«

»Das wurde aber auch Zeit«, sagte Lady Mary und musterte den Schatzmeister voller Abneigung. »Zu den erstaunlichen Eigenschaften der Bildungsinstitutionen dieses Landes gehört ihre Fähigkeit, sich Veränderungen zu widersetzen. Wenn ich überlege, wie lange wir schon auf die Abschaffung des Privatschulwesens drängen, komme ich aus dem Staunen nicht heraus. Die Stellung der Privatschulen scheint sich immer mehr zu festigen.«

Für den Schatzmeister, selbst das Produkt einer kleinen, in den South Downs gelegenen Privatschule, grenzten Lady Marys Worte an Blasphemie. »Sie sind doch nicht etwa der Ansicht, die Privatschulen sollten abgeschafft werden?« sagte er. An dem Tisch, wo Sir Godber Sherry einschenkte, klirrten Gläser. Lady Mary nahm eine neue arrogante Pose ein.

»Muß ich Ihrer Bemerkung entnehmen, daß Sie die Privatschulerziehung befürworten?« fragte sie.

Der Schatzmeister suchte nach einer beschwichtigenden Antwort. »Nun ja, sie hat sicherlich auch ihre positiven Seiten«, murmelte er schließlich.

»Welche?« fragte Lady Mary.

Doch bevor dem Schatzmeister einfiel, wie er das Privatschulsystem verteidigen könnte, ohne seine Gastgeberin zu kränken, kam ihm Sir Godber mit einem Glas Sherry zu Hilfe. »Sehr aufmerksam, Herr Rektor«, sagte er dankbar und nahm einen Schluck. »Und ein wirklich ausgezeichneter Sherry, wenn ich das so sagen darf.«

»Wir trinken keinen Sherry aus Südafrika«, warf Lady Mary ein. »Ich hoffe, das College hat keinen gelagert.«

»Ich glaube, wir haben etwas für die Studenten da«, sagte der Schatzmeister, »aber ich weiß genau, daß die ranghöheren Mitglieder das Zeug nicht anrühren.«

»Und sie tun gut daran«, sagte Sir Godber.

»Ich dachte nicht an Geschmacksfragen«, fuhr Lady Mary fort, »sondern eher an die moralischen Bedenken gegen den Kauf südafrikanischer Produkte. Ich habe es mir zum Prinzip gemacht, südafrikanische Waren zu boykottieren.«

Für den Schatzmeister, der seit langem die vom Dekan und Obertutor am High Table geäußerten politischen Anschauungen gewohnt war, hörten sich Lady Marys Ansichten extrem radikal an; daß sie außerdem in einem Tonfall vorgetragen wurden, als halte sie eine Ansprache vor einer Versammlung lediger Mütter, machte ihn nervös. Er stolperte durch die heikle Problematik der Armut in der Welt, über die Bevölkerungsexplosion, Abtreibung, das Erdbeben in Nicaragua, die Gespräche zur Begrenzung strategischer Waffen sowie die Strafrechtsreform, bis ein Gong sie zum Essen rief. Über dem Sardinensalat, der im Speisesaal als Hors-d'œuvre durchgegangen wäre, gewann seine Verlegenheit eine persönliche Note.

»Sie sind nicht zufällig mit den Shropshire Shrimptons verwandt?« wollte Lady Mary wissen.

Der Schatzmeister schüttelte bedauernd den Kopf.

»Meine Familie stammt aus Southend«, sagte er.

»Wie überaus ungewöhnlich«, sagte Lady Mary. »Ich frage nur, weil wir die Shrimptons vor dem Krieg oft in Bognorth besucht haben. Sue Shrimpton war mit mir oben in Somerville, und wir gehörten beide der Needham-Kommission an.«

Stumm würdigte der Schatzmeister Lady Marys gesellschaftliche Stellung. Später würde er die nun erlittene Demütigung gut verwerten können. Noch jahrelang hörte er sich auf Sherry-Partys protzen: »Wie Lady Mary neulich zu mir sagte …« oder: »Lady Mary und ich …«, um damit klarzustellen, wie hoch er über unbedeutenden Männern und ihren Frauen stand. In solchen Kleinigkeiten fand der Schatzmeister Befriedigung. Auch Sir Godber aß seine Sardinen schweigend. Er war dem Schatzmeister dankbar, daß er eine Zielscheibe für die Monologe moralischer Rechtschaffenheit seiner Frau abgab. Nicht auszudenken, was geschähe, wenn die Ungerechtigkeiten je verschwänden, an denen Lady Mary ihren moralischen Tick abreagierte. »Arme Leute wird es immer geben, Gott sei Dank«, dachte er und nahm sich ein Stück Cheddar-Käse.

An diesem Nachmittag war es an Skullion, das College auf dem Treidelpfad zu vertreten. Der Dekan war zu einer Unterredung mit Sir Cathcart nach Coft gefahren, und so stand Skullion allein im schneidenden Wind und sah zu, wie Porterhouse auch am zweiten Tag geschlagen wurde. Das schreckliche Gefühl, ihm werde Unrecht zugefügt, das er im Kesselraum empfunden hatte, als er vom geplanten Verkauf der Rhyder Street hörte, war noch nicht gewichen. Durch die Neuigkeit, die ihm Arthur nach dem Essen vom High Table mitgebracht hatte, war es nur noch vertieft worden.

»Jetzt hat er aber was Schönes angerichtet, unser Rektor«, erzählte Arthur noch ganz außer Atem. »Diesmal hat er Ihnen aber was besonders Übles untergejubelt.«

»Wundert mich gar nicht«, sagte Skullion erbittert und dachte an die Rhyder Street.

»Schließlich würden Sie bei sich zu Hause keinen haben wollen, oder? Doch keinen von diesen Dingern.«

»Was für Dinger?« fragte Skullion, der sich nur zu deutlich der Tatsache bewußt war, daß er sehr wahrscheinlich kein Zuhause haben würde, um irgend etwas unterzubringen, falls sich Sir Godber durchsetzen sollte.

»Tja, weiß nicht recht, wie sie heißen«, sagte Arthur. »Nicht genau. Man steckt Geld rein, und dann …«

»Und was dann?« fragte Skullion gereizt.

»Und dann kriegt man diese Dinger raus. Drei Stück, glaub' ich.

Nicht daß ich je in die Verlegenheit gekommen wäre, sie zu benutzen.«

»Welche Dinger?«

»Pariser«, sagte Arthur. Dabei vergewisserte er sich, ob auch niemand zuhörte.

»Pariser?« wiederholte Skullion. »Was für Pariser?«

»Die Pariser, mit denen sich der junge Herr Zipser in die Luft gejagt hat«, erläuterte Arthur.

Skullion betrachtete ihn angewidert. »Sie wollen mir doch nicht etwa erzählen, daß sie einen von diesen versauten Apparaten ins College holen wollen?«

Arthur nickte. »Auf dem Herrenklo. Da kommt er hin.«

»Nur über meine Leiche«, erklärte Skullion. »Mit einem dieser Geräte auf der Toilette will ich nicht länger Oberpförtner sein. Das hier ist schließlich keine verdammte Drogerie.«

»Einige andere Colleges haben schon welche«, informierte ihn Arthur.

»Von mir aus können einige andere Colleges welche haben. Bedeutet noch lange nicht, daß wir welche brauchen. Ist nicht in Ordnung. Fördern die Unmoral, diese Gummis. Man sollte meinen, das hätten sie aus dem Unfall mit diesem Zipser gelernt. Haben ihm keine Ruhe gelassen, diese Überzieher.«

Arthur schüttelte besorgt den Kopf. »Is nich in Ordnung«, sagte er, »is nich in Ordnung, Mr. Skullion. Weiß wirklich nicht, was aus dem College noch werden soll. Obertutor ist besonders aufgebracht. Er sagt, das Rudern leidet darunter.«

Wie er so auf dem Treidelpfad stand, war Skullion mit dem Obertutor einer Meinung. »Dieses ganze Gewese um Sex«, murmelte er. »Das tut keinem gut. Es ist nicht in Ordnung.«

Als der Porterhouse-Achter vorbeiruderte, spendete Skullion matt Beifall und stolpert dann hinter ihm her. Um ihn her wühlten Fahrräder die schlammigen Pfützen auf, doch wie der Dekan tags zuvor war Skullion verbittert und in Gedanken versunken.

Im Unterschied zum Dekan war er nicht nur wütend, sondern hatte auch das Gefühl, verraten worden zu sein. Das College, dem er diente und dem auch seine Vorfahren gedient hatten, hatte ihn im Stich gelassen. Sie hatten kein Recht, Sir Godber die Rhyder Street verkaufen zu lassen. Sie hätten ihn daran hindern müssen. Dazu waren sie ihm gegenüber verpflichtet, so wie es seine Pflicht gegenüber dem College gewesen war, für einen erbärmlichen Hungerlohn fünfundvierzig Jahre lang den ganzen Tag und die halbe Nacht als Hüter über die Privilegien und Affären der privilegierten jungen Herren im Pförtnerhäuschen zu sitzen. Wie vielen betrunkenen jungen Gentlemen hatte Skullion auf ihre Zimmer geholfen? Wie viele Geheimnisse hatte er für sich behalten, wie viele Beleidigungen ertragen? Er konnte sich nicht an alle erinnern, doch in seinem Hinterkopf waren Soll- und Habenseite ausgeglichen, und er war überzeugt gewesen, daß sich das College jetzt und auf seine alten Tage immer um ihn kümmern würde. Er, der Pförtner von Porterhouse, war stolz auf seinen Status als Dienstkraft gewesen, aber was, wenn der Ruf des Colleges lädiert war? Was würde dann geschehen? Ein entwurzelter alter Mann, allein mit seinen Erinnerungen. Das konnten sie mit ihm nicht machen. Sie mußten ihm Gerechtigkeit widerfahren lassen. Das war ihre Pflicht.

- 12 -

In der Bibliothek von Schloß Coft trug der Dekan das gleiche Anliegen Sir Cathcart vor.

»Es ist unsere Pflicht, dafür zu sorgen, daß diese abscheulichen Neuerungen nicht durchgeführt werden«, sagte er. »Der Mann hat sich anscheinend fest vorgenommen, den ganzen Collegecharakter umzukrempeln. Jahrelang, was sage ich: jahrhundertelang waren wir für unsere Küche berühmt, und jetzt schlägt er eine Selbstbedienungskantine und einen Präservativautomaten vor.«

»Einen was?« Sir Cathcart schnappte nach Luft.

»Einen Präservativautomaten.«

»Großer Gott, der Mann ist wahnsinnig!« schrie Sir Cathcart. »So ein verdammtes Ding kommt nicht ins College. Zu meiner Studentenzeit wurde man relegiert, wenn sie einen dabei erwischten, wie man 'ne Puppe genagelt hat!«

»So ist es«, sagte der Dekan, der den dumpfen Verdacht hegte, daß der General, seiner Wortwahl nach zu urteilen, früher ein wahrer Dampfhammer gewesen sein mußte. »Ihnen scheint nicht bewußt zu sein, Cathcart«, fuhr er fort, bevor der General noch weitere mechanische Einzelheiten aus seiner Erinnerung kramen konnte, »daß der Rektor etwas Fundamentales unterminiert. Dabei denke ich nicht nur an das College; die Sache gewinnt ganz andere Dimensionen. Verstehen Sie, worauf ich hinauswill?«

Sir Cathcart schüttelte den Kopf. »Nein, überhaupt nicht«, antwortete er schlicht.

»Dieses Land«, sagte der Dekan mit frischem Elan, »wurde die letzten dreihundert Jahre von einer Oligarchie geführt.«

Er hielt inne, um abzuwarten, ob der General das Wort verstand.

»Ganz genau, alter Junge«, sagte Sir Cathcart. »So war es immer, so wird es immer bleiben. Leugnen zwecklos. Ist gut so.«

»Eine Elite aus Gentlemen, Cathcart«, fuhr der Dekan fort. »Daß Sie mich nicht falsch verstehen, dies soll keineswegs heißen, sie seien von Anfang an Gentlemen gewesen. Die Hälfte waren keine, sie stammten aus allen möglichen sozialen Schichten. Nehmen Sie beispielsweise Peel, Sohn eines Hilfsarbeiters, wurde aber zum Gentleman und ein verdammt guter Premierminister. Warum?«

»Mir nicht bekannt«, sagte Sir Cathcart.

»Weil er eine außerordentliche Erziehung genoß.«

»Aha. War wohl auf Porterhouse, wie?«

»Nein«, sagte der Dekan. »Er hat in Oxford studiert.«

»Gütiger Gott. Und trotzdem ein Gentleman? Erstaunlich.«

«Damit versuche ich anzudeuten, Cathcart«, sagte der Dekan ernst, »daß die beiden Universitäten das Treibhaus einer intellektuellen Aristokratie mit Neigungen und Idealen wurden, welche ganz und gar nichts mit ihrer Herkunft zu tun hatten. Wie viele unserer Premierminister der letzten hundertsiebzig Jahre haben Oxford oder Cambridge besucht?«

»Du liebe Güte, was fragen Sie mich das?«, sagte Sir Cathcart. »Keine Ahnung.«

»Die meisten«, sagte der Dekan.

»Und das gehört sich auch so«, stellte Sir Cathcart fest. »Wir können schließlich nicht Hinz und Kunz die Regierungsgeschäfte führen lassen.«

»Genau darauf wollte ich hinaus«, sagte der Dekan. »Die alten Universitäten haben die Aufgabe, Hinz und Kunz in Gentlemen zu verwandeln. Die letzten fünfhundert Jahre sind wir darin sehr erfolgreich gewesen.«

»Wie man's nimmt«, sagte Sir Cathcart skeptisch. »Ich kannte da früher ein paar ausgemachte Lumpen.«

»Das glaube ich gern«, sagte der Dekan.

»Die haben wir immer in den Brunnen getaucht. Hat ihnen ungemein gutgetan«, erinnerte sich Sir Cathcart vergnügt.

»Sir Godbers Vorschläge«, fuhr der Dekan fort, »bedeuten das Ende von all dem. Der Mann beabsichtigt, Porterhouse im Namen der sogenannten sozialen Gerechtigkeit in ein Durchschnittscollege wie Selwyn oder Fitzwilliam zu verwandeln.«

Sir Cathcart schnaubte verächtlich. »Das schafft Godber Evans nicht«, sagte er. »Selwyn! Steckte zu meiner Zeit voll von religiösen Spinnern, und Fitzwilliam war überhaupt kein College. Eine Art Absteige für Leute aus der Stadt.«

»Und was wird Ihrer Meinung nach aus Porterhouse, mit einer Selbstbedienungskantine statt eines Speisesaals und einem Kondomautomaten in jeder Toilette? Keine anständige Familie wird auch nur einen Penny in den Stiftungsfonds zahlen wollen.«

»Nun machen Sie mal 'nen Punkt, so schlimm wird's schon nicht kommen«, sagte Sir Cathcart. »Schließlich haben wir in der Vergangenheit schon ganz andere Krisen bewältigt. Da war die Sache mit dem Schatzmeister... wie hieß er doch gleich.«

»Fitzherbert.«

»Genug, um ein anderes College zugrunde zu richten, jawohl.«

»Genug, um uns zugrunde zu richten«, sagte der Dekan. »Er ist schuld, daß wir jetzt auf reiche Eltern angewiesen sind.«

»Aber wir haben es verkraftet«, beteuerte Sir Cathcart, »und diesen Quatsch werden wir auch verkraften. Nichts als neumodisches Zeug, diese sogenannte Gleichheit. Schall und Rauch. Trinken Sie einen.« Er stand auf und ging zu den Waverly-Romanen hinüber. »Scotch?« Verdutzt betrachtete der Dekan die Bücher.

»Scott?« fragte er. Er hätte nie geglaubt, daß sich Sir Cathcart auch nur im entferntesten für Literatur interessierte, außerdem kam dieser plötzliche Themenwechsel sehr überraschend.

»Wenn Ihnen Sherry lieber ist?« sagte Sir Cathcart und wies auf eine hübsch gebundene Ausgabe von *Lavengro*. Gereizt schüttelte der Dekan den Kopf. Sir Cathcarts Karikatur einer Bibliothek hatte etwas ausgesprochen Vulgäres.

»*Runter mit dir* vielleicht?« Der Dekan schüttelte den Kopf. »Gar nichts, danke«, sagte er. Sir Cathcart genehmigte sich ein Gläschen aus *Rob Roy* und nahm wieder Platz.

»Proust«, sagte er und hob sein Glas. Der Dekan starrte ihn böse an. Langsam ging ihm Sir Cathcarts Albernheit auf die Nerven. Schließlich war er nicht nach Schloß Coft gekommen, um sich mit dem flüssigen Inhalt der Bibliothek abfüllen zu lassen.

»Cathcart«, sagte er in entschiedenem Ton, »wir müssen etwas unternehmen, um diesen Blödsinn aufzuhalten.«

Der General nickte. »Unbedingt. Stimme Ihnen zu.«

»Um Sir Godber aufzuhalten, ist wohl mehr als nur Zustimmung erforderlich«, fuhr der Dekan fort. »Handeln ist das Gebot der Stunde, öffentlicher Druck, etwas in der Art.«

»Schwierig, die Sympathien der Öffentlichkeit zu bekommen, wenn Studenten rumlaufen und Gebäude in die Luft jagen. Ein wirklich unglaubliches Vorgehen. Füllt der diese Kondome mit Gas. Sollte wohl ein Streich sein. Ging aber daneben.«

»Völlig daneben«, bestätigte der Dekan, der sich nicht vom Thema ablenken lassen wollte.

»Allerdings«, sagte Sir Cathcart, »kann ich mich auch an ein paar sehr sonderbare Streiche erinnern. Als ich zur Armee kam, war gerade besonders beliebt, einen Pariser mit Wasser zu füllen und einem Kameraden ins Bett zu legen, wenn er nicht da war. Obere

Koje, Sie verstehen schon. Der kommt zurück. Legt sich ins Bett. Streckt seinen Zeh in das Ding. Bursche in der unteren Etage wird pudelnaß.«

»Sehr amüsant«, knurrte der Dekan.

»Es kommt noch besser«, versprach der General. »Kerl unten glaubt, Kerl oben hat ins Bett gemacht. Steht auf und vermöbelt ihn. Verflucht lustig, wenn zwei Kerle sich dermaßen vertrimmen.« Er trank seinen Whisky aus und erhob sich, um nachzufüllen. »Sie wollen Ihre Meinung auch bestimmt nicht ändern?« fragte er.

Der Dekan musterte nachdenklich die Bücherregale. Mittlerweile konnte er eine Stärkung vertragen.

»Einen Pink Gin«, sagte er schließlich mit einem tückischen Glitzern in den Augen.

»Zola«, sagte der General prompt und griff nach einer Ausgabe von *Nana*. Der Dekan versuchte, sich zu sammeln. So langsam untergruben die Späße des Generals seine Konzentration. Schweigend schlürfte er seinen Gin, während der General sich einen Stumpen anzündete.

»Das Problem mit euch Akademikern ist«, sagte schließlich Sir Cathcart, der offenbar die Verwirrung des Dekans spürte, »daß ihr alles viel zu ernst nehmt.«

»Es handelt sich um eine ernste Angelegenheit«, sagte der Dekan.

»Habe nie was anderes behauptet«, erklärte Sir Cathcart. »Ich sagte bloß, daß Sie es ernst nehmen. Schwerer Fehler. Kennen Sie den Witz, den Göring im Nürnberger Gefängnis seinem Psychiater erzählt hat?«

Der Dekan schüttelte den Kopf.

»Über unterschiedliche Nationalitäten. Sehr aufschlußreich«, fuhr Sir Cathcart fort. »Nimmt man einen Deutschen, was hat man dann?«

»Na was denn?«

»Einen guten Arbeiter. Nimmt man zwei Deutsche, hat man einen Bund. Nimmt man drei Deutsche, hat man einen Krieg.«

Der Dekan lächelte folgsam. »Sehr amüsant«, sagte er, »aber ich begreife wirklich nicht, was das mit dem College zu tun hat.«

»Bin noch nicht fertig. Nimmt man einen Italiener, hat man einen Tenor. Zwei Italiener sind ein Rückzug, drei Italiener bedingungslose Kapitulation. Nimmt man einen Engländer, hat man einen Idioten; zwei Engländer sind ein Club und drei Engländer ein Weltreich.«

»Sehr witzig«, sagte der Dekan, »aber auch ein wenig überholt, meinen Sie nicht? Uns scheint das Weltreich irgendwie abhanden gekommen zu sein.«

»Haben vergessen Idioten zu sein«, sagte Sir Cathcart. »Schwerer Fehler. Als Spinner kamen wir gut zurecht. Seitdem ging's verdammt bergab. Die Sir Godbers dieser Welt haben alles über den Haufen geworfen. Sehen aus, als müsse man sie ernst nehmen, sind aber Trottel. War früher anders. Sahen aus wie Trottel, man mußte uns aber ernst nehmen. Hat die Ausländer verwirrt. Damals kam Ribbentrop nach London. Den König mit Heil Hitler begrüßt. Ging nach Deutschland zurück in der Überzeugung, wir wären dekadent. Zum Dank bekam er im Jahre 40 'ne Abreibung. Wurde für seinen Schnitzer gehängt. Hätte ein bißchen genauer hinsehen sollen. Andererseits hätte ihm das auch nicht geholfen. Ging nach dem äußeren Schein.« Sir Cathcart kicherte vor sich hin und musterte den Dekan.

»Damit könnten Sie recht haben«, gab der Dekan widerwillig zu. »Der Rektor jedenfalls ist ein Trottel.«

»Das sind schlaue Burschen oft«, sagte Sir Cathcart. »Haben eindimensionalen Verstand. Müssen sie wohl, um so gut zurechtzukommen. Andererseits ein großes Manko. Im Leben, meine ich. Sind so begeistert von dem, was sich in ihren eigenen kleinen Köpfen abspielt, daß sie nicht fertig werden mit dem, was draußen vorgeht. Haben keine Ahnung vom Leben, keine Ahnung von Menschen. Haben für so was keinen Riecher.«

Der Dekan nippte an seinem Gin und versuchte, Sir Cathcarts Gedankengang zu folgen. Langsam hüllte ihn eine wohlige Entspanntheit ein, und er hatte das unbestimmte Gefühl, daß sich irgendwo in dem Gebrabbel und in den abgehackten Äußerungen des Generals ein roter Faden verbarg, der langsam auf eine Idee zusteuerte. Etwas im Verhalten des Generals deutete darauf hin, als er sich einen dritten Whisky und dem Dekan einen zweiten Gin mit Bitterlikör einschenkte. Ein gewisses schlaues Funkeln in den blutunterlaufenen Augen, ein Zittern seines geäderten Riechkolbens und der Borsten seines gelblichbraunen Schnauzers erinnerten den Dekan an ein altes Tier: blessiert, aber unbesiegt. Allmählich dämmerte dem Dekan, daß er Sir Cathcart D'Eath unterschätzt hatte. Er nahm eine der Zigarren des Generals und paffte sie langsam.

»Wie gesagt«, fuhr Sir Cathcart fort und versank noch etwas tiefer in seinem Sessel, »wir haben die natürlichen Vorteile der Idiotie vergessen. Bringt den anderen aus dem Konzept, verstehen Sie. Kann einen einfach nicht ernst nehmen. Wenn er dann leichtsinnig wird, kriegt er einen Tritt in die Weichteile. Funktioniert immer. Haut ihn glatt um. Genau das sollten Sie mit diesem Godber tun.«

»So weit zu gehen, hatte ich mir wirklich nicht vorgestellt«, sagte der Dekan skeptisch.

»Man sollte meinen, er hat keine«, sagte der General. »Frau macht jedenfalls nicht viel her. Knochige Sorte Frau. Schlechter Teint. Knaben mag er keine, oder?«

Der Dekan schüttelte sich. »Wenigstens ist uns das erspart geblieben.«

»Schade«, sagte Sir Cathcart. »Nützlicher Köder, Knaben.«

»Köder?« fragte der Dekan.

»Köder für die Falle.«

»Falle?«

»Falle braucht man. Schwachen Punkt. Muß er haben. Was?« sagte der General. »Blöken der Schafe erregt den Appetit des Tigers. *Staaks und Genossen*. Tolles Buch.« Er stand auf, ging zum Fenster und starrte in die Dunkelheit hinaus, während der Dekan, der versucht hatte, seinen Gedankengängen zu folgen, überlegte, ob er Sir Cathcart erzählen sollte, daß *Lavengro* nichts mit Spanien zu tun hatte. Lieber nicht. Sir Cathcarts Gewohnheiten waren zu eingefahren.

»Ich vergaß, es schon früher zu erwähnen«, sagte er schließlich, »aber der Rektor hat auch vor, die Rhyder Street zu verkaufen.«

Sir Cathcart, der sich in sein Spiegelbild im Fenster vertieft hatte, drehte sich um und starrte finster auf ihn herab. »Rhyder Street?«

»Er hat vor, mit dem Geld den Turm wiederaufzubauen«, erläuterte der Dekan. »Es ist altes Collegeeigentum und ziemlich heruntergekommen. Die College-Bediensteten wohnen dort.«

Der General setzte sich und zwirbelte seinen Schnurrbart. »Wohnt Skullion auch da?« wollte er wissen.

Der Dekan nickte. »Skullion, der Koch, der Unterpförtner, der Gärtner, solche Leute.«

»Können wir nicht zulassen. Irgendwo muß man sie einstallen«, sagte der General. Er genehmigte sich noch einen vierten Whisky. »Kann sie nicht einfach auf die Straße setzen. Alte Faktoten. Sähe nicht gut aus.« Seine Augen, die noch kurz zuvor düster dreingeschaut hatten, glänzten plötzlich. »Aber auch keine schlechte Idee.«

»Ich muß schon sagen, Cathcart«, meldete sich der Dekan, »ich wünschte, Sie wären nicht so sprunghaft. Was soll das heißen? ›Sähe nicht gut aus‹ und ›Aber auch keine schlechte Idee‹. Die beiden Aussagen widersprechen sich.«

»Sieht schlecht aus für Sir Godber«, sagte der General. »Schlechte Publicity für einen Sozialisten. Schlagzeilen. Sehe sie schon vor mir. Würde es nicht wagen. Haben ihn.«

Langsam und unscharf, im Schrappnellbeschuß der Worte Sir Cathcarts, begriff der Dekan, worauf dieser hinauswollte.

»Ah«, sagte er.

Der General blinzelte mit einem nicht mehr taufrischen Auge. »Ist doch was, wie?« fragte er.

Der Dekan beugte sich ungeduldig vor. »Haben Sie schon mal von einem Burschen namens Carrington gehört. Cornelius Carrington? Denkmalpfleger. Bekannter Fernsehmann.«

Er merkte zwar, daß ihn der General mit seinem Stakkato mittlerweile infiziert hatte, doch in der momentanen Aufregung ging dieser Gedanke wieder verloren. Sir Cathcarts Augen strahlten nun hell, und seine Nüstern waren gebläht wie die eines bronzenen Schlachtrosses.

»Unser Mann. Ehemaliger Porterhouse-Student. Genau sein Fall. Was Besseres gibt's nicht. Unangenehmer Bursche.«

»Eben«, sagte der Dekan. »Können Sie das arrangieren?«

»Werde ihn einladen. Wird begeistert annehmen. Snob. Man setzt ihn auf die Spur an, und schon legt er los.«

Mit zufriedenem Lächeln trank der Dekan seinen Gin aus.

»Das ist genau die richtige Situation für ihn«, sagte er, »und auch wenn mir der Gedanke an noch mehr Rummel zuwider ist – dieser elende Zipser hat uns in dieser Hinsicht, wie Sie wissen, ja genug Ärger gemacht –, könnte ich mir durchaus vorstellen, daß Freund Carrington Sir Godber Grund zur Sorge liefern wird. Glauben Sie ganz bestimmt, daß er kommt?«

»Wird die Gelegenheit beim Schopf packen. Dafür sorge ich schon. Sind im selben Club. Keine Ahnung, warum. Gehört eigentlich rausgeschmissen«, sagte der General. »Werde das morgen klarmachen.«

Als der Dekan an diesem Abend Schloß Coft verließ, war er ein glücklicherer Mann. Als er rechtzeitig zum Abendessen aus seinem Auto gewankt war und an dem Pförtnerhäuschen vorbeikam, sah er, wie Skullion dasaß und ins Gasfeuer starrte. »Muß ihn fragen, wie wir abgeschnitten haben«, murmelte der Dekan und betrat das Haus.

»Ah, Skullion«, sagte er, als der Pförtner aufstand, »ich konnte heute nachmittag nicht zur Regatta kommen. Wie ist es gelaufen?«

»Wurden geschlagen, Sir«, antwortete Skullion deprimiert.

Der Dekan schüttelte betrübt den Kopf.

»Wirklich schade«, sagte er. »Ich hatte eigentlich gehofft, wir wären heute besser. Immerhin gibt es ja noch eine Chance im Mai.«

»Ja, Sir«, sagte Skullion, aber, so schien es dem Dekan, ohne den gewohnten Enthusiasmus.

»Der arme Kerl wird alt«, dachte der Dekan, als er an den roten

Warnlampen vorbeistolperte, die die von Zipsers Fanal übriggebliebenen Trümmer sicherten.

- 13 -

Cornelius Carrington fuhr mit dem Zug nach Cambridge. Es stand im Einklang mit der für seine Sendungen charakteristischen gehobenen Nostalgie, daß er im Bahnhof Liverpool Street in den »Fenman« stieg und auf der ganzen Fahrt im Speisewagen über die so plötzlich erfolgte Einladung Sir Cathcarts nachsann, während er seine Mitreisenden beobachtete und den Nachmittagstee der British Rail genoß. Als der Zug an den Wohnsiedlungen und Fabriken von Hackney vorbei nach Ponders End ratterte, zog sich Carrington aus der rauhen Realität in eine selbstgeschaffene Phantasiewelt zurück und dachte darüber nach, ob er noch einen zweiten getoasteten Teekuchen zu sich nehmen sollte. Seine Welt war verschwommen und unscharf aufgrund seiner eigenen Unsicherheit, die er mit dem Herbeten öffentlicher Wahrheiten kaschierte, was ihn wie ein nachsichtiger Jeremia wirken ließ. Es war eine beruhigende und vertraute Erscheinung, die im Laufe des Jahres sporadisch, aber rechtzeitig immer wieder auftauchte, um die Gegenwart zu geißeln, was um so wilkommener war, als er die jüngere Vergangenheit billigte. Waren Spannbeton und Wohnhochhäuser Cornelius Carrington ein Greuel, das er aus sozialen, moralischen und ästhetischen Gründen verdammte, so bestätigte seine Verherrlichung von Rauhputz, Pseudo-Tudor und Mosaikpflaster die Überlegenheit der Vororte und versicherte seinen Zuschauern, daß die Welt im rechten Lot war, obwohl in Wirklichkeit nichts in Ordnung war. Nicht, daß seine Kreuzzüge sich auf die Architektur beschränkten. Mit einer moralischen Inbrunst, die eindeutig religiöse Züge trug, ohne irgendwie konfessionell gebunden zu sein, ergriff er für aussichtlose Anliegen Partei und verschaffte seinen Zuschauern das ungemein befriedigende Gefühl, indirekt philanthropische Unternehmungen mitzuerleben. Dank Carringtons Eingreifen war mehr als ein Spiritussäufer zum Alkoholiker aufgestiegen, und etliche Heroin-Abhängige hatten sich unerwartet nützlich gemacht, indem sie in Gegenwart von Carrington, dem Kamerateam und mehreren Millionen Zuschauern an Entzugssymptomen litten. Zu welchem Thema auch immer, Cornelius Carrington schaffte es, moralische Empörung mit Unterhaltung zu verknüpfen und einer Situation die beunruhigendsten Aspekte abzugewinnen, ohne bei seinem Publikum ein mehr als kurzfristiges Gefühl von Hoffnungslosigkeit zu erzeugen, das ihn ja selbst überflüssig gemacht hätte. Von dem Mann ging etwas ungemein Beschwichtigendes aus, er verkörperte alles, was am britischen Way of Life gefestigt, sicher und human war. Auch wenn Polizisten erschossen wurden (und glaubte man ihm, so wurden sie tagtäglich im ganzen Land reihenweise massakriert), so blieben die Rechtstraditionen doch unbeeinträchtigt und gegen die anschwellende Flut von Gewalt immun. Einem allwissenden Teddybär gleich, wirkte Cornelius Carrington letztlich einlullend.

Während er im Speisewagen sitzend die vorbeihuschende Landschaft von Broxbourne goutierte, schweiften Carringtons Gedanken von Teekuchen zu den angeblichen Gründen für seine Reise. Sir Cathcarts Einladung war zu unerwartet und unvermittelt erfolgt, um ihn davon zu überzeugen, daß sie ganz ohne Hintergedanken erfolgt sei. Carrington hatte sich des Generals Schilderung der letzten Ereignisse in Porterhouse interessiert angehört. Seine Verbindungen zu seinem alten College waren gelinde gesagt lose, und wie Sir Godber hatte er einige unangenehme Erinnerungen an den Ort und an seine Studentenzeit. Andererseits erkannte er, daß sich die Veränderungen, die Sir Cathcart in anderen Colleges bedauerte und in Porterhouse befürchtete, für eine Serie über Cambridge verwenden ließen. Carrington über Cambridge. Der Titel war hervorragend, und die Vorstellung, daß »ein ehemaliges Erstsemester« seine ganz persönlichen Ansichten über die Universität vorbrachte, fand er ansprechend. Die Einladung des Generals hatte er ausgeschlagen und war unangemeldet gekommen, zur Erkundung des Terrains sozusagen. Natürlich würde er Porterhouse einen Besuch abstatten, doch er würde im Hotel Belvedere absteigen, das war komfortabler. Komfortabler und durch Verpflichtungen weniger eingeschränkt. Niemand sollte sagen können, Cornelius Carrington habe die Hand gebissen, die ihn fütterte.

Als der Zug in Cambridge eintraf, hatte er die Dramaturgie der Sendung bereits im Kopf. Der Bahnhof wäre ein guter Anfang, der noch dazu die sittliche Komponente unterstrich: Er war im Jahre 1845 auf Drängen der Universitätsleitung so weit von der Innenstadt entfernt gebaut worden, weil man seinen verderblichen Einfluß fürchtete. Weise Voraussicht oder die Weigerung, Veränderungen zu akzeptieren? Der Zuschauer durfte seine eigenen Schlüsse ziehen. Carrington war unparteiisch. Es folgten Aufnahmen von Torbögen. Morsche Statuen. Schilder. Wappentiere. Kapellen und vergoldete Türme. Talare. Studenten. Die Seufzerbrücke. Das alles wartete nur darauf, von Carrington aufs sympathischste erkundet zu werden.

Er fuhr mit einem Taxi zum Hotel Belvedere. Es war anders, als er es in Erinnerung hatte. Das alte Hotel, auf seine ruhig-opulente Art bezaubernd, war einem riesigen modernen Ungeheuer gewichen, einem der geschmacklosesten Monumente kommerzieller Gier, die er je gesehen hatte. Cornelius Carringtons Empörung war entfacht. Nun würde er die Fernsehserie drehen, soviel stand fest. Er verwarf die anonymen Annehmlichkeiten des Belvedere, bestellte sein Zimmer ab und nahm ein Taxi zum »Blauen Eber« in der Trinity Street. Auch hier hatte sich einiges verändert, doch wenigstens äußerlich sah das Hotel wie das aus, was es einmal gewesen war – ein Wirtshaus aus dem achtzehnten Jahrhundert –, und Carrington war zufrieden. Auf das Äußere kommt es schließlich an, dachte er, als er auf sein Zimmer ging.

Zu jedem früheren Zeitpunkt in seinem Leben wäre Skullion der gleichen Meinung gewesen, aber nun, da sein Haus in der Rhyder Street verkauft werden sollte und der Ruf des Colleges von der Liebäugelei des Rektors mit der kommerziellen Seite der Geburtenkontrolle bedroht war, hatte Skullion mit dem Äußeren weniger am Hut. Mißmutig trieb er sich im Pförtnerhäuschen herum: mit einer ganz neuen Schweigsamkeit, die sich deutlich von der schroffen Ehrerbietung unterschied, die er den Besuchern früher erwiesen hatte. Er erschien nicht mehr an der Tür, um die Fellows mit einem knappen »Guten Morgen, Sir« zu begrüßen, und wer heute ein Paket abholen wollte, wurde meist mit griesgrämiger Gleichgültigkeit und einem mürrischen Benehmen abgefertigt, die jeden Versuch, ein Gespräch anzuknüpfen, im Keim erstickten. Sogar Walter, der Unterpförtner, fand Skullion schwierig. Der Umgang mit ihm war nie einfach gewesen, doch jetzt machten Skullions Schweigen und seine häufigen Wutausbrüche Walter das Leben schwer. Stundenlang saß Skullion da, starrte das Gasfeuer im Kamin an, grübelte über seine Sorgen nach und überlegte, was zu tun war. »Dazu haben sie kein Recht«, konnte er dann laut und so heftig sagen, daß Walter zusammenfuhr.

»Kein Recht wozu?« hatte er zunächst gefragt.

»Geht dich nichts an«, fauchte Skullion zurück, und so gab Walter alle Versuche auf, darüber zu reden, was den Oberpförtner so aufgebracht hatte. Wenn Skullion jeden Morgen seine Meldung erstattete, fiel selbst dem Dekan auf – der sonst nicht allzu sensibel war, wenn es um anderer Leute Gefühle ging –, daß er sich verändert hatte. Der Pförtner erinnerte ihn so sehr an einen begossenen Pudel, daß der Dekan sich fragte, ob es nicht Zeit sei, ihn einzuschläfern, bis er sich klarmachte, daß ihn die Redensart irregeführt hatte und Skullion ein Mensch war. Mit seinem Hut in der Hand schlich Skullion ins Zimmer, murmelte »Gibt nichts zu melden, Sir« und schlich wieder hinaus. Und dem Dekan blieb das Gefühl, wortlos gerügt worden zu sein. Nach so vielen Jahren der Anerkennung war dies ein unangenehmes Gefühl, und es bedrückte den Dekan. Wenn man Skullion schon nicht einschläfern konnte, war es vielleicht an der Zeit, ihn in den Ruhestand zu versetzen, ehe sein neues schlechtes Benehmen seinen durch respektvolles Auftreten erworbenen makellosen Ruf ruinierte. Außerdem hatte der Dekan mit Sir Godbers Plänen schon genug Ärger am Hut und wollte sich nicht auch noch mit Skullions Privatproblemen herumschlagen.

Erwies Skullion dem Dekan nur geringen Respekt, so grenzte sein Verhalten gegenüber den anderen Fellows an Rebellion. Besonders der Schatzmeister hatte unter ihm – oder zumindest seiner Zunge – zu leiden, wenn er das Pech hatte, aus irgendeinem unvermeidlichen Grund im Pförtnerhaus vorbeizuschauen.

»Was wollen Sie?« fragte Skullion in einem Tonfall, der vermuten ließ, ihm wäre es am liebsten, der Schatzmeister würde um ein blaues Auge bitten. Anscheinend war dies das einzige, was Skullion ihm zu geben gewillt war. Seine Post bekam er jedenfalls nicht. Die kam regelmäßig mit zwei Tagen Verspätung, und Skullions Unvermögen, in der Telefonschaltzentrale die Gespräche des Schatzmeisters an die richtige Nummer weiterzuleiten, verschlimmerte dessen Gefühl, isoliert zu sein. Inzwischen freute sich anscheinend nur noch der Rektor, ihn zu sehen, und so beriet sich der Schatzmeister oft mit Sir Godber im Rektorhaus, obwohl er wußte, daß er selbst dort nicht uneingeschränkt willkommen war, wenn er Lady Marys Verhalten richtig deutete. Zwischen der Scylla Skullion und der Charybdis Lady Mary, von den Gefahren der offenen See in Gestalt der Fellows am High Table ganz zu schweigen, führte der Schatzmeister ein tristes Leben, das Sir Godbers Weigerung, die Beschränkungen seiner Pläne aufgrund der finanziellen Zwangslage des Colleges zu akzeptieren, nicht eben erleichterte. Während einer ihrer vielen Debatten über Geld erwähnte der Schatzmeister Skullions ungewohnte Schroffheit.

»Skullion kostet uns ungefähr tausend Pfund im Jahr«, sagte er. »Mehr, wenn man die Einbußen durch das Haus in der Rhyder Street dazunimmt. Zusammengenommen verursachen die College-Bediensteten jährliche Ausgaben von 15000 Pfund.«

»Skullion ist das jedenfalls nicht wert«, befand der Rektor, »außerdem finde ich sein Benehmen entschieden unverschämt.«

»Er ist wirklich sehr unfreundlich geworden«, stimmte der Schatzmeister zu.

»Nicht nur das, sondern mir mißfällt auch die besitzergreifende Haltung, die er einnimmt«, ergänzte der Rektor. »Man könnte meinen, der Laden hier gehöre ihm. Er muß verschwinden.«

Diesmal widersprach der Schatzmeister ausnahmsweise nicht. In seinen Augen würde Porterhouse ein angenehmerer Ort sein, sobald Skullion nicht mehr seinen verderblichen Einfluß im Pförtnerhäuschen ausübte.

»In ein paar Jahren hat er das Rentenalter erreicht«, sagte er. »Meinen Sie nicht, wir sollten so lange warten…«

Doch Sir Godber wollte davon nichts wissen. »Ich glaube nicht, daß wir warten können«, sagte er. »Hier ist einfach jemand überflüssig. Es besteht genausowenig Bedarf an zwei Pförtnern, wie es nötig ist, ein Dutzend debiler Küchenhilfen zu beschäftigen, wenn ein tüchtiger Mann die Arbeit allein erledigen könnte.«

»Aber Skullion wird auch nicht jünger. Er ist ein alter Mann«, gab der Schatzmeister zu bedenken, vor dem sich die entsetzliche Aussicht auftürmte, Skullion klarzumachen, seine Dienste würden nicht länger benötigt.

»Genau meine Rede. Den jungen Unterpförtner könnten wir wohl kaum rausschmeißen, bloß um Skullion einen Gefallen zu tun, der, wie Sie selbst sagen, in ein paar Jahren ohnehin in Rente geht. Wir können uns keine Sentimentalität leisten, Schatzmeister. Sie müssen mit Skullion reden. Schlagen Sie ihm vor, er möge sich nach einer anderen Beschäftigung umschauen. Es muß für ihn doch was geben, das er tun kann.«

Was das betraf, hatte der Schatzmeister nicht den leisesten Zweifel, und er wollte gerade vorschlagen, Skullions Entlassung zu verschieben, bis sie wüßten, was der Verkauf der Rhyder Street an zusätzlichen Mitteln einbrachte, als Lady Mary ihm einen Knüppel zwischen die Beine warf.

»Mir ist ehrlich unbegreiflich, warum nicht eine Frau den Beruf eines Pförtners ausüben könnte«, sagte sie. »Das würde mal einen Bruch mit der Tradition bedeuten, und außerdem macht eine Empfangsskretärin ohnehin nichts anderes.«

Sir Godber und der Schatzmeister starrten sie an.

»Godber, glotz nicht so«, sagte Lady Mary.

»Meine Liebe…«, hob Sir Godber an, doch Lady Mary war nicht zum Streiten aufgelegt.

»Eine Pförtnerin«, erklärte sie kategorisch, »wird mehr als alles andere beweisen, daß im College das zwanzigste Jahrhundert Einzug gehalten hat.«

»Es gibt aber in ganz Cambridge kein College mit einer Pförtnerin«, sagte der Schatzmeister.

»Dann wird's ja langsam Zeit«, herrschte Lady Mary ihn an. Besorgt verließ der Schatzmeister das Haus des Rektors. Lady Marys Eingreifen hatte seine Hoffnungen zunichte gemacht, das Problem Skullion so lange zu vertagen, bis der Pförtner sich entweder bei den anderen Fellows unbeliebt gemacht hatte oder zur Besinnung gekommen war. Die Vorstellung, dem Oberpförtner nahelegen zu müssen, er solle gefälligst sein Bündel schnüren, lag dem Schatzmeister schwer im Magen. Einen kurzen Moment lang spielte er sogar mit dem Gedanken, den Dekan um Rat zu fragen, doch aus dieser Ecke konnte er wohl kaum Hilfe erwarten. Als er für den Rektor Partei ergriff, hatte er die Brücken hinter sich verbrannt. Jetzt konnte er schlecht schon wieder die Seiten wechseln. Er betrat sein Büro und setzte sich an den Schreibtisch. Sollte er Skullion einen Brief schreiben oder mit ihm reden? Er war geneigt, den unpersönlichen Brief zu wählen, doch sein Anstand siegte über seine natürliche Ängstlichkeit. Er nahm den Hörer ab und wählte die Nummer des Pförtnerhäuschens.

»Am besten bringe ich es ganz schnell hinter mich«, sagte er und wartete geduldig, bis Skullion abnahm.

Die Aufforderung, im Büro des Schatzmeisters zu erscheinen, erreichte Skullion in einem seiner seltenen melancholischen und selbstkritischen Momente. Seine Melancholie war nichts Außergewöhnliches, aber diesmal dachte Skullion dabei weniger an sich als an das College. Seit er seine Stellung im Pförtnerhäuschen angetreten hatte, verlor Porterhouse an Ansehen, und in seinem stummen Gedankenaustausch mit dem Gasfeuer war Skullion zu dem Schluß gekommen, daß er sich gegenüber dem Dekan und den Fellows ein wenig ungerecht verhielt. Was Sir Godber tat, konnten sie schließlich nicht ändern. An allem war der Rektor schuld. Man konnte niemand anders verantwortlich machen. Während dieses kurzen Anfalls von Reue war er ans Telefon gegangen.

»Möchte wissen, was er will«, murmelte er, als er den Hof überquerte und an die Tür des Schatzmeisters klopfte.

»Ah, Skullion«, sagte der Schatzmeister mit nervöser Leutseligkeit, »schön, daß Sie kommen konnten.«

Skullion stand vor dem Schreibtisch und wartete. »Sie wollten mich sprechen«, stellte er fest.

»Ja, ja. Nehmen Sie Platz.« Skullion entschied sich für einen hölzernen Stuhl und nahm Platz.

Der Schatzmeister schob ein paar Papiere hin und her, dann schaute er starr auf den Türknauf, den er etwas links vom Pförtner erkennen konnte.

»Ich weiß nicht recht, wie ich es formulieren soll«, begann er mit einem Zartgefühl, das Skullion kaltließ.

»Was?« sagte der Pförtner.

»Nun, um die Angelegenheit in einen größeren Zusammenhang zu rücken, Skullion: Die Collegefinanzen sind nicht ganz so, wie sie sein sollten«, sagte der Schatzmeister.

»Ist mir bekannt.«

»Ja. Also, seit Jahren denken wir schon darüber nach, ob grundlegende Sparmaßnahmen angebracht sind.«

»Hoffentlich nicht in der Küche.«

»Nein. Nicht in der Küche.«

Skullion dachte über die Frage nach. »Wäre nicht gut, sich an der Küche zu vergreifen«, sagte er. »Hatte schon immer eine gute Küche, das College.«

»Ich rede nicht von der Küche«, sagte der Schatzmeister, der sich immer noch mit dem Türknauf zu unterhalten schien.

»Vielleicht reden Sie nicht drüber, aber das hat der Rektor vor«, sagte Skullion. »Er will eine Kantine mit Selbstbedienung haben. Hat er dem Collegerat erklärt.«

Zum erstenmal sah der Schatzmeister Skullion an. »Ich weiß wirklich nicht, woher Sie Ihre Informationen beziehen ...«, begann er.

»Das ist unwichtig«, sagte Skullion. »Es stimmt.«

»Nun… vielleicht. An dem, was Sie sagen, ist möglicherweise etwas dran, aber das heißt nicht…«

»Genau«, unterbrach ihn Skullion. »Und das ist nicht richtig. Man sollte nicht zulassen, daß er es tut.«

»Um ganz ehrlich zu sein, Skullion«, sagte der Schatzmeister, »es wird wahrscheinlich einige Änderungen bei der Bewirtschaftung geben.«

Skullion machte ein finsteres Gesicht. »Hab' ich Ihnen doch gesagt.«

»Aber ich habe Sie wirklich nicht hierhergebeten, um über…«

»Früher bekam man immer Geld zusammen, wenn man sich an die Porterhouse-Gesellschaft wandte. Haben Sie noch nicht probiert, oder?«

Der Schatzmeister schüttelte den Kopf.

»Noch jede Menge reiche Gentlemen drin«, versicherte Skullion. »Die hätten was gegen Veränderungen in der Küche. Wenn sie wüßten, daß er eine Snackbar plant, würden sie was beisteuern. Fragen Sie die, bevor Sie was unternehmen.«

Der Schatzmeister überlegte, wie er die Sprache wieder auf das ursprüngliche Thema bringen könnte. »Es geht nicht nur um die Küche, wissen Sie. Wir müssen auch noch andere Einsparungen vornehmen.«

»Beispielsweise die Rhyder Street verkaufen, schätze ich«, sagte Skullion.

»Tja, das wäre eine, und…«

»Zu Zeiten Lord Wurfords wäre das nicht passiert. Das hätte er nicht geduldet.«

»Uns fehlt einfach das Geld, um irgend etwas anderes zu machen«, behauptete der Schatzmeister lahm.

»Immer liegt's am Geld«, sagte Skullion. »An allem ist das Geld schuld.« Er stand auf und ging zur Tür. »Bedeutet nicht, daß Sie das Recht haben, mein Zuhause zu verkaufen. Hätte es früher nicht gegeben.« Er ging hinaus und schloß die Tür hinter sich. Der Schatzmeister saß an seinem Schreibtisch und sah ihm nach. Er seufzte.

»Dann muß ich ihm eben einen Brief schreiben«, dachte er unglücklich und fragte sich, warum Skullion wohl so einschüchternd wirkte. Zehn Minuten später saß er immer noch so da, als es an der Tür klopfte und der Oberpförtner wieder auftauchte.

»Was gibt's noch, Skullion?« fragte der Schatzmeister.

Skullion nahm wieder auf dem Holzstuhl Platz. »Ich habe über das nachgedacht, was Sie gesagt haben.«

»Tatsächlich?« sagte der Schatzmeister und überlegte krampfhaft, was er gesagt hatte. Wenn er sich recht erinnerte, hatte Skullion die Unterhaltung allein bestritten.

»Ich bin bereit, dem College zu helfen«, sagte Skullion.

»Das ist wirklich nett von Ihnen, Skullion«, sagte der Schatzmeister, »aber …«

»Viel ist es nicht, aber mehr kann ich nicht tun«, fuhr Skullion fort. »Sie müssen bis morgen warten, bis ich auf der Bank war.«

Der Schatzmeister sah ihn verblüfft an. »Auf der Bank? Sie meinen doch nicht etwa …«

»Na ja, eigentlich gehört es ja dem College. Lord Wurford hat es mir in seinem Testament vermacht. Es sind nur tausend Pfund, aber wenn es …«

»Mein lieber Skullion, das ist wirklich … Nun, das ist äußerst großzügig von Ihnen, aber ich … wir können unmöglich ein Geschenk von Ihnen annehmen«, stotterte der Schatzmeister.

»Warum nicht?« wollte Skullion wissen.

»Weil … weil es nicht in Frage kommt. Sie werden das Geld selbst brauchen. Wenn Sie sich zur Ruhe setzen …«

»Ich setze mich nicht zur Ruhe«, sagte Skullion bestimmt.

Der Schatzmeister erhob sich. Die Lage geriet langsam außer Kontrolle. Er mußte jetzt hart durchgreifen.

»Über Ihren Ruhestand wollte ich mit Ihnen reden«, sagte er streng entschlossen. »Man hat entschieden, daß Sie sich in Ihrem eigenen Interesse nach einer anderen Beschäftigung umsehen.« Er schwieg und starrte aus dem Fenster. Hinter ihm war Skullion auf dem Stuhl in sich zusammengesunken.

»Rausgeschmissen«, zischte er und stieß dabei die Luft aus, ein Geräusch, als hauche er seine Ungläubigkeit aus.

Der Schatzmeister drehte sich begütigend um.

»Nicht rausgeschmissen, Skullion«, entgegnete er aufmunternd. »Nicht rausgeschmissen, bloß... nun... es wäre in Ihrem eigenen Interesse, in unser aller Interesse besser, wenn Sie sich nach einer anderen Stelle umsähen.«

Skullion starrte den Schatzmeister derart eindringlich an, daß dieser es mit der Angst zu tun bekam. »Das dürfen Sie nicht«, sagte er und stand auf. »Dazu haben Sie kein Recht, überhaupt kein Recht.«

»Skullion«, begann der Schatzmeister warnend.

»Sie haben mich rausgeschmissen«, brüllte Skullion, und sein Gesicht, das kurz erblaßt war, lief furchtbar rot an. »Nach all den Jahren, die ich dem College gedient habe, schmeißen Sie mich raus.«

Dem Schatzmeister kam es vor, als sei Skullion zu einer erschreckenden Größe angeschwollen, die sein ganzes Büro füllte und bedrohte. »Hören Sie, Skullion«, begann er, doch der Pförtner starrte ihn nur kurz an; dann machte er auf dem Absatz kehrt und eilte türenschlagend aus dem Büro. Matt und erschöpft ließ sich der Schatzmeister in seinen Sessel sinken.

Für den blind über den Hof stolpernden Skullion waren die Worte des Schatzmeisters unglaublich. Vierzig Jahre – nein, fünfundvierzig Jahre hatte er dem College gedient. Er mußte sich an der Kante der Kantinentheke festhalten. Das Gefühl, gebraucht zu werden, für das College eine ebensolche Stütze zu sein wie der steinerne Sturz, an den er sich klammerte, für die Mauer über ihm – all dies hatte ihn verlassen oder verließ ihn, als Wellen der Erkenntnis über ihm zusammenschlugen und seine feste Überzeugung aushöhlten, er sei der Pförtner von Porterhouse und werde es immer bleiben. Schwer atmend schleppte Skullion sich die Stufen in den Alten Hof hinunter und ging steif auf das Pförtnerhäuschen und das tröstende Gasfeuer zu. Dort schob er sich an Walter vorbei und ließ sich in seinen Sessel fallen, wo er zusammengesackt hockte, immer noch unfähig, das ganze Ausmaß der Worte des Schatzmeisters zu begreifen. Seit Gründung des Colleges hatte es Skullions in Porterhouse gegeben. Darauf hatte er Lord Wurfords Wort, und mit einer derartigen beruflichen Kontinuität im Rücken schien es ihm nun, als stünde er am Rande der Welt, vor ihm nichts als ein Abgrund. Skullion schreckte vor dem Vergessen zurück. Es war einfach unbegreiflich. In seinem Zustand benommener Ungläubigkeit hörte er Walter wie in weiter Entfernung durch das Haus gehen.

»Gutterby und Pimpole«, flüsterte Skullion; in seinem Elend erfolgte diese Anrufung seiner Kalenderheiligen ganz mechanisch.

»Ja, Mr. Skullion?« sagte Walter. »Sagen Sie etwas?« Doch Skullion sagte nichts, und gleich darauf ging Walter nach draußen und ließ den undeutlich vor sich hin murmelnden Oberpförtner allein zurück.

»Übergeschnappt, der alte Sack«, dachte er ohne Bedauern. Doch Skullion war nur insofern nicht bei Sinnen, als ihn die Wut übermannt hatte. Kaum dämmerte ihm das ganze Ausmaß seines Verlustes, durchbrach der Zorn, der sich, seit Sir Godber Rektor geworden war, in ihm aufgestaut hatte, den Staudamm seiner Ehrerbietung und rauschte wie eine Flutwelle durch die ausgetrockneten Wasserläufe seiner Gefühle. Jahrelang, vierzig Jahre lang, hatte er ihre Arroganz und unverschämten Anmaßungen ertragen und ihnen im Gegenzug einen durch nichts gerechtfertigten Respekt erwiesen; nun endlich, von all seinen Verpflichtungen befreit, verstärkte die Wut, die er nach all den Erniedrigungen unterdrückt hatte, die Wucht seines Zorns. Es schien fast so, als begrüßte Skullion das Ende seiner Ansprüche, als habe er insgeheim die Erinnerung an seine Leiden für genau einen solchen Fall gehortet, damit seine Freiheit – wenn und falls sie bevorstände – vollständig und endgültig sein würde. Nicht, daß es wirklich soweit kommen konnte. Die Gewohnheiten eines ganzen Lebens blieben unverändert. Als ein Student sein Paket abholen wollte, erhob Skullion sich gehorsam und brachte es zur Theke, aber ohne den Groll, das Markenzeichen seiner Dienstbarkeit. Seine ganze Wut war nach innen gerichtet. Nach außen wirkte Skullion gefügig und alt, wie er mit seiner Melone auf dem Kopf durch das Büro schlurfte und vor sich hin murmelte, doch innerlich hatte sich alles verändert. Die einzelnen Teile in seinem Hirn, mit der Treue zum College einerseits und seinem Eigeninteresse andererseits zwei unterschiedlichen Gehirnlappen gleich, waren getrennt, so daß Skullions Zorn über sein Schicksal Tür und Tor geöffnet waren.

Als Walter um sechs Uhr abends zurückkam, zog Skullion sich seinen Mantel an.

»Ich gehe aus«, sagte er und ließ Walter, der an diesem Abend dienstfrei hatte, verdattert zurück. Skullion ging durch das Tor und bog an der Trinity Street in Richtung Rundkirche ab. An der Ecke zögerte er und warf einen Blick auf den »Rinderbaron«, doch für seine jetzige Stimmung war das nicht die richtige Kneipe. Er wollte etwas, das weniger von Veränderungen verdorben war. Dann ging er durch die Sydney Street auf die King Street zu. Der »Themseruderer« war besser. Dort war er schon eine ganze Weile nicht eingekehrt. Er trat ein, bestellte sich ein Guinness, setzte sich an einen Ecktisch und zündete seine Pfeife an.

- 14 -

Cornelius Carrington verbrachte den Tag mit Proben. Mit all seiner kultivierten Exzentrität wandelte er durch die Colleges und wählte die architektonischen Hintergründe aus, vor denen er sich am eindrucksvollsten ausnahm. Die Kapelle des King's College hatte es ihm angetan, aber das hielt nicht lange vor. Sie war zu bekannt, wie er fand, abgenutzt, und, was noch gravierender war, sie stellte seine Person in den Schatten. Im Bewußtsein seiner eigenen Grenzen suchte er die weniger überwältigende Atmosphäre des Corpus Christi College auf, wo er sich in den Alten Hof stellte und dessen mittelalterlichen Charme bewunderte. Dann schlenderte er durch die Colleges St. Catharine's und Queen's, überquerte die Holzbrücke und erschrak angesichts des Sakrilegs aus Beton, mit dem man den

Fluß überspannt hatte. Im Pembroke College bejammerte er die Bibliothek von Waterhouse zunächst ob ihrer viktorianischen Vulgarität, ehe er seine Meinung änderte und entschied, sie sei ein wahres Schmuckstück, ein klassisches Bauwerk ihrer Periode. Schließlich war lasierter Backstein immer noch besser als Beton, dachte er, als er durch die Little St. Mary's Lane zum Graduate Centre schritt.

Seinen Morgenkaffee trank er im »Kupferkessel«, zu Mittag speiste er im »Whim«, und die ganze Zeit über kreisten seine Gedanken um das Problem, das ihn seit seiner Ankunft beschäftigte: Der Sendung, wie er sie sich vorstellte, fehlte die menschliche Komponente. Es genügte nicht, für eine Million Zuschauer eine Führung durch die Colleges von Cambridge zu veranstalten. Irgendwo mußte es eine Moral geben, eine menschliche Tragödie, die ans Herz ging und Carringtons Sendung aus der Ebene ästhetischer Nostalgie auf dramatische Höhen transportierte. Irgendwo, irgendwie würde er sie finden. Für die verborgenen Nöte seiner Mitmenschen besaß er einen Riecher.

Nachmittags besuchte er auf seiner Wallfahrt Trinity's und John's College, wo er über das riesige neue Gebäude wetterte. Dann trippelte er durch Magdalene, und als er sich schließlich in Porterhouse einfand, war es halb vier geworden. Wenn irgendwo in Cambridge, so stand hier die Zeit still. Keine Spur von Beton. Die geschwärzten Backstein- und Kalktuffmauern sahen noch aus wie zu seiner Studienzeit. Der kopfsteingepflasterte Hof der gotischen Kapelle, der Rasen und der große Speisesaal, durch dessen Buntglasfenster die strahlende Wintersonne schien: Alles war so, wie er es im Gedächtnis hatte. Und mit der Erinnerung kam das beklemmende Gefühl seiner Minderwertigkeit, das er in jenen Tagen empfunden hatte und das er, trotz seines Ansehens, nie ganz losgeworden war. Diesem wieder aufkeimenden Minderwertigkeitskomplex wehrend, stieg er die abgetretenen Stufen zu dem Portikus hinauf, wo er kurz stehenblieb, um die dort in den Glaskästen angeschlagenen Bekanntmachungen durchzulesen. Auch hier hatte sich nichts verändert. Der Ruderclub, Rugby, Squash, Spiellisten. Schaudernd wandte Carrington sich von diesem Hinweis darauf ab, daß Porterhouse ein Rudercollege war, blieb im Torbogen stehen und starrte verdutzt auf den Neuen Hof. Hier hatte sich einiges verändert. Plastikplanen verhüllten die Vorderseite des Turms, und auf dem Pflaster türmten sich Trümmer. Angesichts des Ausmaßes der Zerstörung sperrte Carrington den Mund auf; er wollte gerade hinuntergehen und sich die Sache genauer anschauen, als eine kleine Gestalt in einem schwarzen Mantel hinter ihm die Stufen hochhastete. Er drehte sich um und sah sich dem Dekan gegenüber.

»Guten Tag«, sagte Carrington und fiel dabei unversehens in einen Respekt zurück, den er überwunden geglaubt hatte. Der Dekan blieb stehen und sah ihn an.

»Guten Tag«, sagte er, das Glitzern des Wiedererkennens in seinem Blick unterdrückend. Carringtons Gesicht kannte er von den Reklametafeln, doch der Dekan tat lieber so, als habe er ein untrügliches Gedächtnis für ehemalige Porterhouse-Studenten. »Sie haben wir seit einer ganzen Weile nicht mehr hier gehabt, nicht wahr?«

Die Vermutung, sein Publikum, wie zahlreich es anderswo auch sein mochte, umfasse nicht die Honoratioren seines alten Colleges, ließ Carrington leicht zusammensacken.

»Soviel ich weiß, waren Sie seit… uh… ähem«, der Dekan täuschte einen Kampf mit seinem Gedächtnis vor, »neunzehnhundert… öh… achtunddreißig nicht mehr hier, stimmt's?«

Carrington stimmte dem bescheiden zu, woraufhin der Dekan, dessen Status als Hüter unvergleichlicher Überlegenheit nunmehr gesichert war, den Weg in seine Räume voranging. »Sie leisten mir doch beim Tee Gesellschaft?« fragte er, und Carrington, der bereits so unterwürfig geworden war, daß es ihn innerlich in Rage brachte, bedankte sich für die Einladung.

»Wie ich von denen höre«, sagte der Dekan, als sie die schmale Treppe hinaufstiegen, »die sich in diesen Dingen auskennen, haben Sie sich in der Unterhaltungsindustrie einen Namen gemacht.«

Carrington ertappte sich dabei, wie er dies höflich säuselnd abstritt.

»Na, na, Sie sind zu bescheiden«, sagte der Dekan, Salz in die Wunden streuend. »Auf Ihre Meinung gibt man viel, wissen Sie.«

Carrington äußerte Zweifel.

»Sie müssen eines der wenigen bemerkenswerten Mitglieder sein, die dieses College in letzter Zeit hervorgebracht hat«, fuhr der Dekan fort und ging voran durch den Gang, von dessen Wänden die Gesichter alter Porterhouse-Männer herabstarrten, deren Blicke bei Carrington wenig Zweifel daran ließen, daß, was auch immer sie von ihm halten mochten, »bemerkenswert« ganz sicher das falsche Wort war.

»Nehmen Sie doch Platz, während ich den Kessel aufsetze«, sagte der Dekan. Carrington, für einen Augenblick allein, versuchte krampfhaft, die Dämme seiner Selbstachtung neu zu errichten. Dabei war ihm das Zimmer keine Hilfe. Überall fanden sich Erinnerungsstücke an frühere vorzügliche Leistungen, an denen er nicht beteiligt war. Als Student hatte Carrington in nichts geglänzt, und sogar das Wissen, daß es diesen Altersgenossen seiner Jugend, die, einzeln oder als Mannschaften, rosig aus ihren Rahmen starrten, nicht gelungen war, aus ihren früheren brillanten Ansätzen etwas zu machen, brachte ihm keinerlei Trost. Bestimmt waren sie bedeutende Männer, wenn auch nicht sehr bekannt, und Carrington war sich trotz seiner gespielten Arroganz der Vergänglichkeit seines Ruhmes bewußt. Er war kein bedeutender Mann und würde nie einer werden, kein Mann von Format, wie es das achtzehnte Jahrhundert und bestimmt auch der Dekan formuliert hätten, und Carrington war Engländer genug, um sich über sein Versagen zu ärgern. Wahrscheinlich war es dieses Gefühl, als guter Kerl, als solider, verläßlicher Bursche versagt zu haben, das seiner routinierten Sehnsucht nach den zwanziger und dreißiger Jahren den Beigeschmack unverfälschter Emotionalität verlieh, als sehne er sich nach einer Zeit, die ebenso medioker war wie er selbst. Von seinem Selbstmitleid wurde er durch den Dekan erlöst, der mit einem Tablett aus seiner winzigen Küche kam.

»Harrison«, sagte der Dekan zu dem Foto, das Carrington so selbstkritisch gemustert hatte.

»Ah«, kommentierte dieser unverbindlich.

»Genialer Gedrängehalbspieler. Hat den Versuch in Twickenham erzielt, im Jahr... wann war das noch?«

»Keine Ahnung«, antwortete Carrington.

»Sechsunddreißig? Etwa zu Ihrer Zeit. Überrascht mich, daß Sie sich nicht daran erinnern.«

»Ich war nie ein großer Rugbyspieler.«

Der Dekan musterte ihn streng. »Nein, wenn ich's recht bedenke, waren Sie alles andere als das. Interessierten Sie sich eher für den Rudersport?«

»Nein«, sagte Carrington in dem unangenehmen Gefühl, daß der Dekan ohnehin Bescheid wußte.

»Irgend etwas müssen Sie in Ihrer Studienzeit doch getan haben. Heutzutage tun ja viele junge Burschen so gut wie gar nichts mehr. Manchmal frage ich mich, weshalb sie überhaupt auf die Universität gehen. Sex, nehme ich an, aber warum sie ihren schmutzigen Gelüsten nicht woanders frönen können, ist mir schleierhaft.« Er schlurfte in die Küche und kam mit einem Teller Hartkeksen zurück.

»Ich habe mir gerade den Schaden am Turm angesehen«, begann Carrington, als der Dekan Tee eingeschenkt hatte.

»Sie wollen wohl aus unserem Unglück Kapital schlagen«, sagte der Dekan. »Ihr Journalisten seid gleichsam die Geier der gegenwärtigen Gesellschaft.« Er lehnte sich schmunzelnd zurück, stolz auf seine so ansprechend stabgereimte Unverschämtheit.

»Ich betrachte mich eigentlich nicht als Journalist«, wandte Carrington ein.

»Ach nein? Wirklich sehr interessant«, sagte der Dekan.

»Ich halte mich eher für einen Kommentator.«

Der Dekan lächelte. »Natürlich. Wie dumm von mir. Einer der Herrscher des Äthers. Ein Meinungsmacher. Wirklich sehr interessant.« Er pausierte, um Carrington seine Gleichgültigkeit auskosten zu lassen. »Ist es Ihnen nicht oft peinlich, daß Sie solch einen immensen Einfluß ausüben? Mir würde es so ergehen. Aber schließlich hört niemand auf das, was ich zu sagen habe. Man könnte wohl sagen, mir fehlt das Volkstümliche. Nehmen Sie doch noch etwas Tee.«

Zornig musterte Carrington den alten Mann. Er hatte genug von der Gastfreundlichkeit des Dekans, den höflichen Beleidigungen und der raffinierten Herabsetzung von allem, was er erreicht hatte. Porterhouse hatte sich nicht verändert, nicht einen Deut. Der Ort, dieser Mann waren Anachronismen, die seine nostalgische Toleranzkapazität überstiegen.

»Was mich wirklich überrascht hat«, sagte er endlich, »ist die Feststellung, daß Porterhouse in einer Universität, die stolz auf ihre wissenschaftlichen Leistungen und Forschungen ist, immer noch so viel Wert auf Sport legt. Ich habe gerade einen Blick auf das Schwarze Brett geworfen. Da stand nichts von Stipendien oder wissenschaftlichen Arbeiten. Nur die alten Rugbylisten ...«

»Und was haben Sie bekommen? Eine Doppeleins, oder?« erkundigte sich der Dekan freundlich.

»Eine zwei zwei«, antwortete Carrington.

»Und sehen Sie, wie weit Sie gekommen sind«, sagte der Dekan. »Das spricht doch für sich. Sagen wir einfach, wir sind der amerikanischen Krankheit noch nicht erlegen.«

»Der amerikanischen Krankheit?«

»Doktoritis. Die Annahme, der Wert eines Mannes lasse sich allein an seinem Fleiß messen. Jemand verbringt drei Jahre mit der minuziösen Dokumentation von Dokumenten, wenn Sie wissen, was ich meine, jedenfalls untersucht er Fragestellungen, die der Aufmerksamkeit urteilsfähigerer Wissenschaftler entgangen sind, und taucht aus diesem Mysterium mit einem Doktortitel auf, bei dem es sich angeblich um den Beweis seiner Intelligenz handelt. Etwas Dümmeres fällt mir beim besten Willen nicht ein. Aber was soll's, das ist heute eben modern. Ich nehme an, das kommt von der wörtlichen Auslegung des lächerlichen Sprichwortes, daß Genie aus zehn Prozent Inspiration und 90 Prozent Transpiration besteht. Diese Burschen glauben anscheinend, man muß ein Genie sein, wenn man drei Jahre lang einen Heißhunger auf unverdauliche und belanglose Details an den Tag legt. Meiner Meinung nach ist Genie per definitionem die Fähigkeit, den Prozeß des Transpirierens zu überspringen, aber wie ich schon sagte, auf mich hört ja keiner. Soll heißen: Es muß Millionen Menschen geben, die diese wie immer geartete Plackerei auf sich nehmen, ohne auch nur einen Funken Intelligenz aufzuweisen, von Genie ganz zu schweigen. Auf der anderen Seite hatten wir einen tumben Burschen wie Einstein, der nicht einmal zählen konnte… es deprimiert mich, wirklich, aber es ist eben Mode.«

Der Dekan fuchtelte mit den Händen, als wolle er den blöden Zeitgeist vertreiben; Carrington wagte es, Einspruch zu erheben.

»Aber wissenschaftliche Forschung lohnt sich doch sicherlich…«, gab er zu bedenken.

»Lohnen?« sagte der Dekan. »Aber gewiß. Ganz sicher bringt sie einigen Colleges eine Menge Geld ein. Da sind wir bei der grotesken Annahme angelangt, daß man nur genug Kieselsteine kaufen muß, und schon wird sich einer davon in einen Diamanten verwandeln. Ist natürlich völliger Blödsinn. Was zählt, ist die Qualität, nicht die Quantität; aber ich erwarte ja gar nicht, daß Sie mit meinen altmodischen Ansichten konform gehen. Wenn man es recht bedenkt, gründet sich Ihre Berühmtheit schließlich auch auf Quantität, nicht wahr?«

»Auf Quantität?«

»Einschaltquoten«, sagte der Dekan. »Ein treffender, wenn auch ekelhafter Ausdruck.«

Als Cornelius Carrington die Wohnung des Dekans verließ, war die Erosion seiner Selbstachtung beinahe vollendet und sein von ihm selbst gehätscheltes Image als Sprecher einer gesunden öffentlichen Besorgnis weitgehend dahin. In den Augen des Dekans war er eindeutig ein Parvenü, ein Kastenteufelchen, wie er lächelnd andeutete, und Carrington ertappte sich dabei, wie er die Meinung des Dekans teilte. Als er Porterhouse verließ, beneidete er den Mann um seine Selbstsicherheit und verwünschte sich selbst, daß er nicht zurechtkam. Was Beton und Fertighäuser für ihn waren, war eindeutig er für den Dekan: die Verkörperung des seichten, häßlichen Kommerzdenkens. Wie hatte es der Dekan formuliert?

Daß er alles Unbedeutende abscheulich fand, und zweifellos konnte er von allem Unbedeutenden die Fernsehkommentatoren am wenigsten ausstehen. Carrington ging duch die Senate House Lane und dachte darüber nach, woher der Dekan seine Selbstsicherheit bezog. Zu Lebzeiten dieses Mannes waren der Rauhputz und der Pseudo-Tudorstil aufgekommen, die Carrington so ansprechend fand. Er gehörte in eine frühe Tradition: Engländer von altem Schrot und Korn, Landjunker und Gutsherren, die nicht für fünf Pfennige interessierte, was die Welt von ihnen hielt, und die der Welt eins auf die Nase gaben, wenn sie ihnen in die Quere kam. In dieser selbstquälerischen Stimmung, von unerschütterlichem Respekt vor solchen Männern gepeinigt, fand Carrington sich in der King Street wieder. Er konnte sich gar nicht erinnern, wie er dorthin gekommen war, und erkannte sie zunächst gar nicht wieder. Die King Street hatte sich stärker verändert als jede andere Ecke Cambridges. Die Häuser und Geschäfte, die sich früher entlang der Straße aneinandergequetscht hatten, waren verschwunden. Ein mehrstöckiges Parkhaus aus Beton, etliche häßliche Passagen aus Backstein. Und wo waren die vielen Kneipen geblieben? Als er durch die Straße ging, vergaß Carrington sein eigenes Elend. Gerechter Zorn ergriff ihn. Die alte King Street war heruntergekommen und ungepflegt, aber unterhaltsam gewesen. Jetzt war sie trostlos, unpersönlich und trist. Ein paar Schritte weiter stieß er auf einige Relikte. Ein Antiquitätengeschäft mit allerlei Vasen und schlechten Gemälden im Fenster; ein mit Kaffeemaschinen und den von den Studenten offensichtlich immer noch geschätzten speziellen Krügen vollgestopftes Café. Doch im großen und ganzen hatten die Sanierer verflucht gründliche Arbeit geleistet. Schließlich kam er zum »Themseruderer« und ging, froh, daß der noch stand, hinein.

»Ein großes Bitter, bitte«, sagte er mit seinem gewohnten Gespür für solche Dinge. En Gin Tonic in einer Kneipe in der King Street wäre undenkbar gewesen. Mit seinem Bier setzte er sich an einen Tisch in Fensternähe.

»Scheint sich viel verändert zu haben, seit ich das letzte Mal hier war«, sagte er nach einem kräftigen Schluck aus seinem Glas. Normalerweise nahm er keine kräftigen Schlucke. Genaugenommen trank er überhaupt kein Bier, doch Bier in kräftigen Schlucken war, wie er noch wußte, in der King Street üblich.

»Reißen die ganze Straße ab«, sagte der Barmann lakonisch.

»Ist bestimmt schlecht fürs Geschäft«, gab Carrington zu bedenken.

»Ja und nein«, meinte der Barmann.

Carrington brach den Versuch ab, ein Gespräch anzuknüpfen, und wandte seine Aufmerksamkeit den beredteren Dekorationen des Kneipenraumes zu.

Kurz darauf betrat ein Mann mit Bowlerhut die Kneipe und bestellte ein Guinness. Carrington musterte seinen Rücken, der ihm irgendwie bekannt vorkam. Der dunkle Mantel, die gründlich gewienerten Schuhe, der massige Nacken und vor allem der korrekte Sitz des Bowlerhutes, all dies waren Merkmale eines Collegepförtners. Doch es war die Pfeife, die vorstehende gedrungene Pfeife, die sein Gedächtnis auf Trab brachte und ihm verriet, daß es sich bei dem Mann um Skullion handelte. Der Pförtner zahlte das Guinness, setzte sich an den Tisch in der Ecke und zündete seine Pfeife an. Eine blaue Rauchwolke erreichte Carrington. Er schnupperte, und mit diesem Schnuppern kamen die Jahre zurück, und er befand sich wieder im Pförtnerhäuschen von Porterhouse. Skullion. Er hatte diesen Mann und sein steifes, hölzernes, beinahe militärisches Aussehen vergessen. Skullion, wie er einem Wappentier gleich am Collegetor stand oder, von Carringtons Zimmer über dem Speisesaal aus gesehen, als dunkle behelmte Gestalt am frühen Morgen über den Hof marschierte, wobei sein Schatten über die Zackenlinie der Zinnen ragte, die die Morgensonne auf den Rasen warf. Morgenstund hat Pfeif' im Mund, hatte Carrington einmal über ihn gesagt, doch heute hatte der Pförtner nichts morgendlich Frisches an sich. Er saß mit leerem Blick über seinem Guinness und zog an der Pfeife. Carrington musterte die groben Züge, und ihm fiel auf, welche grimmige Kraft das Gesicht unter der Krempe des Bowlerhutes ausstrahlte. Hatte der Dekan ihn an einen Landjunker erinnert, so ließ

Skullion den Gedanken an einen viel älteren Typen aufkommen. Der Mann hatte etwas Chaucerhaftes an sich, dachte Carrington, der sich bei dieser Einschätzung auf bruchstückhafte Erinnerungen an den *Prolog* stützte. Jedenfalls mittelalterlich. Doch am auffallendsten war, wie imposant der Mann war. Imposant war das richtige Wort für dieses Gesicht, das durchdringend in die Bar starrte. Carrington trank sein Bier aus und bestellte noch eins. In der Wartezeit ging er zu dem Tisch hinüber, an dem Skullion saß.

»Sie sind doch Skullion, stimmt's?« fragte er. Skullion schaute skeptisch auf. »Was gibt es?« wollte er wissen und benutzte das unpersönliche Fürwort, um eine gewisse Distanz aufrechtzuerhalten.

»Sie kamen mir gleich bekannt vor«, fuhr Carrington fort. »Wahrscheinlich erinnern Sie sich nicht mehr an mich. Carrington. Ich habe in den dreißiger Jahren in Porterhouse studiert.«

»Doch, ich erinnere mich. Sie hatten Ihre Zimmer über dem Speisesaal.«

»Ich hole Ihnen noch was zu trinken. Guinness, stimmt's?« Bevor Skullion etwas sagen konnte, hatte Carrington an der Theke ein Guinness bestellt. Skullion musterte ihn mürrisch. Er konnte sich noch gut an Carrington erinnern. Bertie hatten sie ihn genannt, Flirty Bertie. Kein Gentleman. Hatte irgendwas mit dem Theater zu tun gehabt. Skullion hatte ihn nicht gemocht.

Carrington brachte die Gläser zum Tisch und setzte sich. »Inzwischen sind Sie wohl im Ruhestand«, erkundigte er sich dann.

»Ruhestand kann man das nicht nennen«, sagte Skullion verbittert.

»Wollen Sie damit sagen, daß sie nach all den Jahren immer noch Oberpförtner sind? Du liebe Güte, da waren Sie aber lange am Ball.« Er sprach mit dem geheuchelten Interesse eines Reporters; tatsächlich hatte Skullion irgend etwas an sich, was Carrington das Gefühl gab, hier könnte er einer Story auf der Spur sein. Dafür hatte er einen Riecher.

»Fünfundvierzig Jahre«, sagte Skullion und trank sein Starkbier.

»Fünfundvierzig Jahre«, wiederholte Carrington. »Beachtlich.«

Skullion knurrte und zog eine Augenbraue hoch. Für ihn war das nicht beachtlich.

»Und jetzt haben Sie sich zur Ruhe gesetzt?« Carrington ließ nicht locker. Skullion schmauchte wortlos seine Pfeife. Carrington nahm noch einen kräftigen Schluck Bier und wechselte das Thema.

»Bestimmt gibt es die King-Street-Schluckmeile nicht mehr«, sagte er. »Nachdem so viele alte Kneipen abgerissen wurden.«

Skullion nickte. »Vierzehn Stück waren es, in jeder ein großes Bier, und das binnen einer halben Stunde. Da mußte man ganz schön ran.« Damit fiel er wieder in Schweigen. Carrington hatte die richtige Stimmung erwischt. Die guten alten Sitten waren dahin, und mit ihnen der Oberpförtner. Das erklärte die finstere Miene des alten Mannes, doch es steckte noch mehr dahinter.

Carrington probierte es anders. »Jedenfalls scheint sich das College nicht groß verändert zu haben.«

Skullions Miene verfinsterte sich noch mehr. »Mehr verändert, als Sie wissen«, knurrte er. »Wird sich noch bis zur Unkenntlichkeit verändern.« Zunächst schien es, als wolle er auf den Fußboden spucken, doch dann wandte er sich wieder seiner Pfeife zu und schnupperte am Pfeifenkopf.

»Sie meinen damit den neuen Rektor?« erkundigte sich Carrington.

»Ihn und den Rest der Bande. Frauen im College. Kantine mit Selbstbedienung. Und wo bleiben wir, die wir dem College unser ganzes Leben lang gedient haben? Wie Hunde auf die Straße geschickt.« Skullion trank sein Bier und knallte das Glas auf den Tisch. Carrington schwieg. Vor lauter Interesse machte er sich fast unsichtbar, wie ein Raubtier, das seine Beute entdeckt hat. Skullion zündete seine Pfeife an und schmauchte vor sich hin.

»Fünfundvierzig Jahre lang bin ich jetzt Pförtner gewesen«, sagte er dann. »Ein ganzes Leben lang, meinen Sie nicht auch?« Carrington nickte feierlich. »Ich saß im Häuschen und sah der Welt zu. Als ich ein kleiner Junge war, warteten wir immer an der katholischen Kirche, bis die Droschken der jungen Herren vom Bahnhof kamen. ›Wir tragen Ihnen die Koffer, Sir‹, haben wir gerufen, und dann sind wir bis zum College neben den Pferden hergelaufen und haben für Sixpence die Koffer auf ihre Zimmer getragen. So haben wir uns damals ein paar Kröten verdient. Sind eine Meile gelaufen und haben die Koffer ins College geschleppt. Für Sixpence.« Bei dem Gedanken lächelte Skullion, und Carrington schien es einen Moment lang so, als sei seine Intensität verlorengegangen. Doch da war noch mehr als nur Erinnerung: ein Gefühl, ungerecht behandelt worden zu sein, das Carrington spürte und das in gewisser Weise seinen eigenen Empfindungen entsprach. Aber was empfand er überhaupt? Das ließ sich nur schwer definieren; er konnte nicht genau sagen, was ihn an der dezenten Geringschätzung des Dekans so abgestoßen hatte, abgesehen von der widerwärtigen Arroganz, mit der dieser ihn von oben herab gemustert hatte, als sei er eine sich auf einem Objektträger windende Mikrobe. Carrington gestand sich zwar ein, daß es ihm an geistiger Tauglichkeit fehlte, doch sein Zorn blieb. In seinen Augen war Skullion ein Verbündeter.

»Und jetzt hat man Sie rausgeworfen?« fragte er.

»Wer sagt das?« fragte Skullion aggressiv. Carrington suchte nach Ausflüchten. »Ich dachte, Sie hätten irgendwas davon gesagt, daß Sie entlassen werden sollten«, murmelte er.

»Dazu haben sie kein Recht«, sagte Skullion. Es klang fast wie ein Selbstgespräch. »Früher hätten sie so was nie getan.«

»Ich glaube mich erinnern zu können, daß das College zu meiner Zeit unter den Bediensteten in recht gutem Ruf stand.«

Skullion betrachtete ihn mit neuem Respekt. »Jawohl, Sir«, sagte er. »Porterhouse war bekannt für seine Fairneß.«

»Das vermutete ich eben.« Carrington sprach in der vornehmen Art, die Skullion offensichtlich von ihm erwartete.

»Nicht im Traum hätte der alte Lord Wurford sich erlaubt, dem Oberpförtner den Laufpaß zu geben«, fuhr Skullion fort. »Hat mir bei seinem Tod tausend Pfund hinterlassen. Hab' ich dem Schatzmeister angeboten, jawohl, um dem College zu helfen. Hat er abgelehnt. Ist das noch zu fassen? Hat mein Angebot abgelehnt.«

»Sie haben ihm tausend Pfund angeboten, um dem College zu helfen?« wiederholte Carrington.

Skullion nickte. »Genauso war's. ›O nein‹, hat er gesagt, ›würde mir nicht im Traum einfallen‹, und im nächsten Satz kündigte er mir. Ist doch nicht zu fassen, oder?«

Ob etwas faßbar war, kümmerte Carrington wenig. Hauptsache, die Story war gut.

»Die Rhyder Street verkaufen sie auch«, fuhr Skullion fort.

»Die Rhyder Street?«

»Wo die College-Bediensteten wohnen. Setzen uns alle auf die Straße.«

»Die setzen Sie auf die Straße? Das dürfen sie nicht.«

»Sie machen's aber«, sagte Skullion. »Den Koch, den Chefgärtner, Arthur – uns alle.«

Carrington trank sein Bier aus und bestellte noch zwei. Hier war der menschliche Faktor, nach dem er gesucht hatte und gleichzeitig die Gewißheit, daß sein Besuch nicht vergebens gewesen war. Er hatte seine Story.

- 15 -

Der Dekan lächelte. Er hatte den Tee mit Carrington genossen. Heutzutage bekam er viel zu selten Gelegenheit, sein Talent für Gehässigkeiten zu nutzen. »Wenn sich ein Mann richtig bewähren will, wirkt nichts so gut wie eine ordentliche Verunglimpfung«, dachte er, und dabei fiel ihm seine Zeit als Trainer der Rudermannschaft von Porterhouse wieder ein und die Beschimpfungen, mit denen er den Achter zum Sieg getrieben hatte. Und Carrington hatte die höhnischen Bemerkungen wortlos über sich ergehen lassen. Sie nagten weiter an ihm und würden ihm den nötigen Schwung geben. Er würde die Sendung über Porterhouse machen. Daß er nach Cambridge gekommen war, bewies sein Interesse am College, auch wenn er Sir Cathcarts Einladung ausgeschlagen hatte. Und diese Ablehnung hatte auch Vorteile. Nun konnte keiner behaupten, jemand habe ihm einen Tip gegeben. Was den Inhalt der Sendung anging, befürchtete der Dekan keinerlei Probleme; Carrington war schließlich der Hohepriester der Nostalgie. Der Köder waren Sir Godbers Pläne. Die Tradition in den Schmutz gezogen, das Alte und das Bewährte in Gefahr, der Fluch des Modernismus. Innerlich hörte der Dekan schon die Klischees, wie sie von Carringtons Zunge rollten, und die nach der guten alten Zeit lechzenden Millionen aufzurütteln. Und was war mit Sir Godber persönlich? Carrington würde die Ambitionen des Mannes zu Kleinholz verarbeiten. Mit der Miene eines Mannes, der zwar nicht mit der ganzen Welt vollauf zufrieden war, aber doch mit dem kleinen Eckchen in ihr, über das er wachte, genehmigte sich der Dekan einen Sherry. Gutgelaunt begab er sich zum Essen. Es gab Caneton à l'orange, und der Dekan mochte Ente. Als er den Gemeinschaftsraum betrat, stellte er erstaunt fest, daß der Rektor bereits dort war und mit dem Obertutor sprach. Der Dekan hatte vergessen, daß Sir Godber gelegentlich im Speisesaal aß. »Guten Abend, Herr Rektor«, sagte er.

»Guten Abend, Herr Dekan«, erwiderte Sir Godber. »Ich habe mich gerade mit dem Obertutor über den Restaurierungsfonds unterhalten. Offenbar liegt ein Angebot der Firma Mercantile Properties für die Rhyder Street vor. Es beläuft sich auf hundertfünfzigtausend. Ich muß gestehen, daß ich zur Zusage tendiere. Wie lautet Ihre Meinung?«

Der Dekan raffte mit finsterer Miene seinen Talar zusammen. Seine Einwände gegen den Verkauf der Rhyder Street entsprangen taktischen Erwägungen. Prinzipiell widersetzte er sich Sir Godbers Vorschlägen, doch jetzt war es zweckmäßig, daß der Rektor sich einem Vorgehen verschrieb, dessen Unbarmherzigkeit Carrington herausstreichen konnte.

»Meinung? Meinung?« sagte er schließlich. »Zu diesem Thema habe ich keine Meinung. Ich halte den Verkauf der Rhyder Street für einen Vertrauensbruch gegenüber den College-Bediensteten. Das ist keine Meinung, sondern eine Tatsache.«

»Nun ja«, sagte Sir Godber, »dann bleiben wir eben verschiedener Meinung, nicht wahr?«

Der Obertutor versuchte zu vermitteln. »Es ist eine schwierige

Entscheidung, soviel steht fest«, sagte er. »Einerseits darf man die Bediensteten nicht vergessen, andererseits liegt auf der Hand, daß der Restaurierungsfonds das Geld braucht. Eine undankbare Entscheidung.«

»Aber eine, die offensichtlich ohne mich gefällt werden soll«, sagte der Dekan. Sie marschierten in den Speisesaal, und da die Schwerhörigkeit des Kaplans sich seit der Explosion im Turm keineswegs gebessert hatte, sprach der Dekan das Tischgebet. Eine Zeitlang aßen sie schweigend; Sir Godber mampfte seine Ente und beglückwünschte sich zur Meinungsänderung des Obertutors, die möglicherweise auf das schlechte Abschneiden des Colleges bei den Regatten und die eine oder andere ungeschickte Bemerkung des Dekans zurückzuführen war. Erpicht darauf, diese Spaltung auszunutzen, machte Sir Godber Anstalten, sich den Obertutor warmzuhalten. Er reichte das Salz weiter, ohne darum gebeten worden zu sein, erzählte zwei amüsante Anekdoten über die Sekretärin des Premierministers und ließ schließlich, als der Obertutor behauptete, solche Zustände seien dem Eintritt in die EWG zuzuschreiben, die ausführliche Schilderung eines Gespräches vom Stapel, das er einmal mit de Gaulle geführt hatte. Währenddessen trug der Dekan demonstrative Gleichgültigkeit zur Schau; er wandte den Blick nicht von den Tischen, an denen sich die Studenten laut unterhielten, und im stillen freute er sich über die Zündschnur, die an der Zeitbombe namens Cornelius Carrington angesteckt war. Gegen Ende der Mahlzeit sprach der Rektor, nachdem er das Thema »de Gaulles Schrullen« erschöpft hatte, in seinem Monolog nähergelegene Fragen an.

»Meine Frau legt großen Wert darauf, daß Sie bald einmal mit uns zu Abend essen«, fabulierte er. »Ihr liegt sehr daran, einmal Ihre Auffassung zum Thema Tutorinnen für unsere neuen Studentinnen zu erfahren.«

»Tutorinnen?« wiederholte der Obertutor. »Tutorinnen?«

»Als koedukatives College werden wir natürlich nicht mehr ohne weibliche Fellows auskommen«, erklärte der Rektor.

»Entzückend«, warf der Dekan gehässig ein.

»Das kommt ziemlich unerwartet, Herr Rektor«, sagte der Obertutor.

Sir Godber nahm sich etwas Stilton. »Einige Themen, Herr Obertutor, sind nun einmal im wesentlichen geschlechtsspezifisch, wenn Sie verstehen, was ich meine. Sie möchten doch wohl kaum von einer jungen Frau wegen einer Abtreibung um Rat gefragt werden.«

Der Obertutor trennte sich überstürzt von einer Mango. »Ganz gewiß nicht«, stotterte er.

»Diese Möglichkeit dürfen wir nämlich nicht außer acht lassen«, fuhr Sir Godber fort. »So etwas kommt vor, und daher empfiehlt es sich, eine Tutorin zur Hand zu haben.«

Am Tischende lächelte der Dekan vergnügt. »Und womöglich einen im Haus wohnenden Chirurgen?« schlug er vor.

Der Rektor errötete. »Sie finden dieses Thema amüsant, Dekan?« erkundigte er sich.

»Weniger das Thema, Herr Rektor, als die Verrenkungen des liberalen Gewissens«, antwortete der Dekan und lehnte sich amüsiert zurück. »Einerseits haben wir das heftige Bedürfnis, die Gleichheit der Geschlechter zu fördern. Mit der Begründung, ihre Nichtzulassung sei diskriminierend, nehmen wir Frauen in ein bisher rein männliches College auf. Als nächstes halten wir es für nötig, in der Studententoilette einen Kondomautomaten aufzustellen und ein Abtreibungsberatungszentrum – wohl in der Kammer der Klofrau. Herrliche Aussichten für Eltern, zu wissen, daß für das Wohlergehen ihrer Töchter so gut gesorgt wird. Zweifellos wird es bald eine Collegekinderkrippe und eine hauseigene Klinik geben.«

»Sex ist kein Verbrechen, Dekan.«

»In meinen Augen fällt vorehelicher Verkehr in die Kategorie Einbruchsdiebstahl«, sagte der Dekan. Er schob seinen Stuhl zurück, und alle standen auf, als er das Dankgebet sprach.

Als der Rektor durch den Garten zurückging, verspürte er wieder dieses Unbehagen, das ihn nach einem Essen im Speisesaal immer beschlich. Daß der Dekan solch ein Selbstvertrauen ausstrahlte, machte ihn mißtrauisch. Sir Godber konnte es nicht genau lokalisieren, aber das Gefühl war da. Es lag nicht einfach nur am Auftreten des Dekans. Es hing mit dem Speisesaal zusammen. Dort herrschte eine unbestimmt barbarische Atmosphäre wie in einem durch fünfhundertjährige Benutzung geweihten Schrein zur Verehrung des Appetits. Wie viele Kadaver waren in seinen Mauern verschlungen worden? Und welchen seltsamen Sitten hatten diese längst begrabenen Generationen gehuldigt? Vorrenaissancemänner, vorwissenschaftliche Männer und Männer aus dem Mittelalter hatten dort gesessen, gegrölt und gegrübelt... Beim Gedanken an den Aberglauben, dem sie angehangen hatten, bekam Sir Godber eine Gänsehaut, als könne er den Zeitfaden durchtrennen, der ihn mit ihrer Tierhaftigkeit verband. Er wollte sich unbedingt von ihnen lösen. Er war ein rationaler Mensch. Plötzlich erschreckte ihn der in diesem Ausdruck enthaltene Widerspruch. Ein rationaler Mensch, frei von den absurden Fesseln dieser durch ihre Unwissenheit gehemmten Männer, deren Spekulationen über das Wesen von Engeln und Teufeln, über Alchemie und Aristoteles heute geradezu wahnsinnig anmuteten. Sir Godber blieb im Garten stehen, von der Vorstellung übermannt, daß er das Produkt einer derart seltsamen Spezies war. Ihm waren sie so fern wie prähistorische Tiere, und doch bewohnte er von ihnen errichtete Gebäude. Er aß in demselben Speisesaal, in dem sie gegessen hatten, und selbst jetzt stand er auf dem Boden, über den sie gegangen waren. Beunruhigt von dieser neuen Sicht seines Stammbaumes, sah sich Sir Godber in der ihn umgebenden Dunkelheit um, ehe er zum Rektorhaus eilte. Erst als er die Tür geschlossen hatte und unter dem elektrischen Licht im Flur stand, fühlte er sich wieder sicher. Er ging in den Salon, wo sich Lady Mary im Fernsehen eine Reportage über Senilitätsprobleme ansah. Sir Godber ließ sich durch mehrere geriatrische Abteilungen führen, ehe ihm peinlich bewußt wurde, daß seine simple Gleichsetzung von Fortschritt und Besserung nicht auf das Altern des menschlichen Körpers zutraf. Mit der Überlegung, er würde lieber in die Vergangenheit zurückkehren, wenn ihm die Zukunft das bereithielt, begab er sich zu Bett.

Skullion kehrte zur Polizeistunde aus dem »Themseruderer« nach Hause zurück. Er hatte nichts zu Abend gegessen, und acht große Guinness hatten an seiner Auffassung, daß er schändlich behandelt worden war, nichts geändert. Er stolperte ins Pförtnerhäuschen, Walters Protest ignorierend – seine Frau habe ihn um sieben zum Abendessen erwartet, jetzt sei es elf, und was solle er ihr sagen –, und weiter ins Hinterzimmer, wo er sich aufs Bett legte. Es war schon lange her, daß er acht halbe Liter von irgendwas zu sich genommen hatte, und es lag eher daran als an seinem tiefverwurzelten Pflichtbewußtsein, daß er um zwölf Uhr nachts aufstand, um das Haupttor zu schließen. In der Zeit zwischen seinen Exkursionen auf die Toilette lag Skullion im Dunkeln, das Zimmer drehte sich um ihn, und er versuchte aus dem schlau zu werden, was ihm der Fernsehfritze erzählt hatte. Am Morgen den General aufsuchen. Mit Carrington in der Glotze auftreten. Sendung über Cambridge. Endlich schlief er ein und verschlief zum ersten Mal in fünfundvierzig Jahren. Darauf kam es jetzt auch nicht mehr an. Seine Zeit als Oberpförtner von Porterhouse war abgelaufen.

Als Walter eintraf, hatte Skullion einen Entschluß gefaßt. Er nahm seinen Mantel vom Haken und zog ihn an. »Ich gehe aus«, sagte er dem verblüfften Unterpförtner, während dessen Assistentenzeit Skullion noch nie morgens ausgegangen war, und holte sein Fahrrad. Es hatte zu tauen angefangen, und als Skullion diesmal nach Coft strampelte, waren die umliegenden Felder gescheckt. Den Kopf gegen den Wind gesenkt, konzentrierte Skullion sich auf das, was er sagen wollte, und bekam nicht mit, daß der Wagen des Dekans an ihm vorbeirauschte. Als er am Schloß Coft angekommen war, hatte ihn die Verbitterung, die seit seiner Unterredung mit dem Schatzmeister in ihm schwelte, gleichgültig gegenüber Umgangsformen gemacht. Er stellte sein Rad neben dem Haupteingang ab und betätigte kräftig den Klopfer. Sir Cathcart öffnete selbst und war zu verdutzt, den ihn finster anstarrenden Skullion auf der Schwelle stehen zu sehen, um diesen daran zu erinnern, daß von ihm erwartet wurde, den Kücheneingang zu benutzen. Statt dessen folgte er unwillkürlich dem Pförtner in den Salon, wo der Dekan sich bereits in einem Sessel vor dem Kamin häuslich niedergelassen und das Neueste von Cornelius Carrington erzählt hatte. Skullion stand im Türrahmen und starrte den Dekan wütend an, während Sir Cathcart überlegte, ob er nach dem Koch klingeln sollte, damit dieser einen Küchenstuhl brächte.

»Skullion, was in aller Welt tun Sie hier?« fragte der Dekan. Heute wirkte der Pförtner gar nicht niedergeschlagen.

»Wollte dem General mitteilen, daß ich rausgeschmissen worden bin«, sagte Skullion grimmig.

»Rausgeschmissen? Was soll das heißen, rausgeschmissen?« Der Dekan erhob sich und stand mit dem Rücken zum Kaminfeuer da. Es war eine gute traditionelle Haltung, wenn man mit aufsässigen Bediensteten zu tun hatte.

»Was ich gesagt habe«, erklärte Skullion. »Ich bin rausgeschmissen worden.«

»Unmöglich«, sagte der Dekan. »Man kann Sie nicht rausgeschmissen haben. Niemand hat mich davon informiert. Weswegen?«

»Wegen gar nichts«, sagte Skullion.

»Das muß ein Irrtum sein«, erklärte der General. »Da haben Sie etwas in den falschen Hals...«

»Schatzmeister hat mich kommen lassen. Sagte, ich müsse gehen«, beharrte Skullion.

»Der Schatzmeister? Der hat keinerlei Befugnis zu so einer Entscheidung«, sagte der Dekan.

»Er hat's aber gemacht. Gestern nachmittag«, fuhr Skullion fort. »Sagte, ich solle mir eine andere Stellung suchen. Das College könnte sich nicht mehr leisten, mich weiterzubeschäftigen. Hab' ihm auch Geld angeboten, wollte helfen. Hat es nicht genommen, hat mich einfach rausgeschmissen.«

»Das ist ein Skandal. Wir können nicht zulassen, daß mit College-Bediensteten so selbstherrlich umgesprungen wird«, erklärte der Dekan. »Sobald ich zurück bin, werde ich den Schatzmeister zur Rede stellen.«

Skullion schüttelte verdrossen den Kopf. »Wird nichts nützen. Der Rektor hat ihn dazu angestiftet.«

Der Dekan und Sir Cathcart schauten sich an. In ihrem Blick lag ein Anflug von Triumph, der sich immer mehr verfestigte, als Skullion fortfuhr: »Aus meinem eigenen Haus gejagt. Rausgeworfen, nach all den Jahren, die ich dem College gegeben habe. Das ist nicht in Ordnung. Das lasse ich mir nicht bieten, auf keinen Fall. Ich werde mich beschweren.«

»Sehr richtig«, sagte der General. »Unglaublich skandalöses Verhalten des Rektors.«

»Ich will sofort meine Stellung wiederhaben, sonst passiert was«, murmelte Skullion.

Der Dekan drehte sich um und wärmte sich die Hände am Kaminfeuer. »Ich werde ein gutes Wort für Sie einlegen, Skullion. Was das betrifft, brauchen Sie keine Angst zu haben.«

»Der Dekan wird ganz gewiß sein möglichstes für Sie tun, Skullion«, sagte Sir Cathcart und öffnete ihm die Tür. Doch Skullion wankte und wich nicht.

»Mit Worten allein ist es nicht getan«, sagte er trotzig. Der Dekan drehte sich abrupt zu ihm um. Er war nicht gewohnt, daß Personal in diesem Ton mit ihm sprach.

»Sie haben doch gehört, was ich gesagt habe, Skullion«, erklärte er gebieterisch. »Wir werden für Sie tun, was wir können. Mehr kann ich nicht versprechen.«

Skullion ging immer noch nicht.

»Sie müssen mehr tun«, murmelte er.

»Ich muß doch sehr bitten, Skullion«, sagte der Dekan. Doch Skullion ließ sich nicht einschüchtern.

»Pförtner zu sein ist mein gutes Recht«, erklärte er. »Ich habe nichts verbrochen. Fünfundvierzig Jahre …«

»Ja, wir alle wissen das, Skullion«, unterbrach ihn der Dekan.

»Es handelt sich ganz gewiß nur um ein Mißverständnis«, schaltete sich Sir Cathcart ein. »Der Dekan und ich werden versuchen, die Sache wieder ins Lot zu bringen. Wenn nötig, werde ich persönlich mit dem Rektor sprechen. In einem College wie Porterhouse darf so etwas nicht vorkommen.«

Skullion schaute ihn dankbar an. Der General würde dafür sorgen, daß ihm Gerechtigkeit widerfuhr. Er drehte sich um und ging zur Tür hinaus. Der General folgte ihm in die Halle. »Bitten Sie den Koch, Ihnen etwas Tee zu geben, bevor Sie gehen«, sagte er zum Abschluß, ein Rückfall in die gewohnte Prozedur, doch Skullion war schon fort.

Sir Cathcart ging zurück in den Salon. »Wie stehen die Chancen jetzt für Sir Godber?« fragte er.

Vergnügt rieb sich der Dekan die Hände. »Ich glaube, jetzt haben wir ihn«, sagte er. »Der Rektor wird den Tag verfluchen, an dem er Skullion gefeuert hat. Das ist das Schöne an diesen verfluchten Sozialisten: Unter ihrem Gerechtigkeitsfimmel leidet als erstes immer die Arbeiterklasse.«

»Jedenfalls hat er den alten Skullion mächtig gegen sich aufgebracht«, stellte Sir Cathcart fest. »Tja, dann setzen wir uns wohl am besten mit dem Schatzmeister in Verbindung und sehen, was wir tun können.«

»Tun? Mein lieber Cathcart, wir tun absolut gar nichts. Wenn Sir Godber dumm genug ist, den Schatzmeister anzuweisen, er solle Skullion entlassen, werde ich ihm jedenfalls nicht aus der Bredouille helfen.«

Sir Cathcart war unbehaglich zumute, als er der kleiner werdenden Gestalt des Pförtners nachsah. Durch die Fensterscheiben betrachtet, gewann Skullion ein ganz neues strukturloses Aussehen: geschrumpft, doch zugleich irritierend. Der General fragte sich kurz, wieviel der Dekan über Skullions Rolle bei der Manipulation von Examensprüfungen wußte – eine Frage, die wohl besser unausgesprochen blieb. Bestimmt würde sich die Aufregung bald legen.

»Schließlich waren ja Sie es, Cathcart«, sagte der Dekan, »der gesagt hat, das Blöken der Schafe errege den Appetit des Tigers. Carrington wird begeistert davon sein. Er wohnt im ›Blauen Eber‹. Ich werde wohl mal dort vorbeischauen und mit ihm plaudern; ihn zum Essen im Speisesaal einladen.«

General Sir Cathcart D'Eath seufzte. Zu den wenigen guten Aspekten dieser Angelegenheit gehörte, daß er sein Haus nicht mit Cornelius Carrington teilen mußte.

- 16 -

Cornelius Carrington verbrachte den Vormittag auf seinem Zimmer damit, seine Gedanken zu ordnen. Zu seinen Eigenheiten als Sprecher seiner Generation gehörte, daß er selten wußte, was er von einem bestimmten Thema halten sollte. Andererseits besaß er einen unfehlbaren Instinkt, wenn es darum ging, wovon er nichts hielt. So war es beispielsweise undenkbar, die Todesstrafe, die Regierungspolitik oder die Apartheid gutzuheißen. Diese Dinge waren ausnahmslos jenseits der Grenzen des Erlaubten und mit Hitler, Stalin oder Mackie Messer gleichzusetzen. Die größten Schwierigkeiten bereiteten ihm Zweifelsfragen. Gesamtschulen waren abscheulich, aber das gleiche traf auf die früher übliche Aufnahmeprüfung für weiterführende Schulen zu. Gymnasien waren großartig, aber ihre Produkte konnte er nicht ausstehen. Arbeitslose waren faul, sofern sie nicht gefeuert worden waren. Bergleute waren solange prima Kerle, bis sie streikten, und der Norden Englands war das Herz Großbritanniens, das man um jeden Preis mied. Und schließlich waren da noch Irland und die Provinz Nordirland. Beim Versuch, zu diesem Thema Stellung zu beziehen, spielte Cornelius Carringtons Kopf nicht mehr mit. Und da seine Existenz von seiner Fähigkeit abhing, rigide Meinungen zu praktisch jedem Thema unter der Sonne zu vertreten, ohne dabei mehr als die Hälfte seiner Zuschauer zu vergrätzen, verbrachte er sein Leben in einem Zustand unentschlossenen Engagements.

Selbst jetzt, wo er sich mit dem einfachen Fall von Skullions Rausschmiß konfrontiert sah, mußte er entscheiden, auf welcher Seite die Engel waren. Skullion war irrelevant, ein Mittel zum Zweck und überaus telegen, doch ansonsten unwichtig. Man würde ihn vor die Kamera stellen, ihn ermutigen, ein paar unartikulierte, aber bewegende Sätze zu sprechen, und dann mit seiner Gage nach Hause schicken, dem sicheren Vergessen entgegen. Die Kernfrage irritierte Carrington. Wen sollte man für die dem alten Faktotum widerfahrene Ungerechtigkeit verantwortlich machen, welchen

Aspekt des Lebens in Cambridge anprangern? Den alten oder den neuen? Etwa Sir Godber, der sich offenbar alle Mühe gab, Porterhouse mit seiner Atmosphäre mittelalterlicher Klösterlichkeit in ein anspruchsvolles College mit modernen Einrichtungen zu verwandeln? Oder den Dekan und die Fellows, deren sportlichen Snobismus Carrington persönlich so unerträglich fand? Oberflächlich betrachtet war Sir Godber der Schurke, doch andererseits sprach viel dafür, den Dekan runterzuputzen, ohne dessen Widerspenstigkeit die für den Rausschmiß des Oberpförtners verantwortlichen Sparmaßnahmen nicht erforderlich gewesen wären. Er mußte sich mit Sir Godber unterhalten, was ohnehin unerläßlich war, um die Dreherlaubnis für die Sendung zu erhalten. Carrington nahm den Hörer ab und wählte das Rektorhaus an.

»Ah, Sir Godber«, sagte er, als der Rektor abnahm, »mein Name ist Carrington, Cornelius Carrington.« Er verstummte und hörte sich an, wie der Tonfall des Rektors den Übergang von gleichgültig zu interessiert vollzog. Sir Godber war offensichtlich ein Mann, der seine Medien kannte, wodurch er in Carringtons Achtung stieg.

»Natürlich. Kommen Sie doch zum Mittagessen. Ganz wie Sie wollen, hier oder im Speisesaal«, sprudelte es aus Sir Godber heraus. Carrington sagte, es sei ihm ein Vergnügen. Er verließ den »Blauen Eber« und ging zu Fuß in Richtung Porterhouse.

Sir Godber saß aufgekratzt in seinem Arbeitszimmer. Eine Sendung über Porterhouse von Cornelius Carrington – welch unerwartetes Glück, die Chance für ihn, sich wieder einmal in der Öffentlichkeit bemerkbar zu machen, und eine günstige Gelegenheit, seine Bildungsphilosophie unter die Leute zu bringen. Wenn er es sich recht überlegte, würde er auf dem Bildschirm eine gute Figur abgeben. Dagegen bezweifelte er, ob der Dekan genausogut rüberkäme, immer vorausgesetzt, der alte Trottel wäre bereit, bei einem so neumodischen Kram mitzumachen. Er war immer noch vollauf mit Brainstorming für eine Liste der von ihm geplanten Änderungen im College beschäftigt, als es klingelte und das Aupair-Mädchen Cornelius Carrington meldete. Der Rektor stand auf, um ihn zu begrüßen.

»Ich freue mich über Ihren Besuch«, sagte er herzlich und wies Carrington den Weg ins Arbeitszimmer. »Ich hatte ja keine Ahnung, daß Sie ehemaliger Porterhouse-Student sind, und wenn ich ganz ehrlich sein soll, ich kann es auch jetzt kaum glauben. Das ist keineswegs abwertend gemeint, glauben Sie mir. Ich bin ein großer Bewunderer von Ihnen. Ihre Sendung über Epilepsie in Flintshire fand ich hervorragend. Es ist nur so, daß ich dieses College eher mit einer wenigen verantwortungsbewußten Einstellung zu modernen Problemen in Zusammenhang bringe.« Als der Rektor merkte, daß er vielleicht ein wenig zu exaltiert klang, bot er Carrington einen Drink an. Der sah sich anerkennend in dem Zimmer um. Hier erinnerten ihn keine Fotos an die Bedeutungslosigkeit seiner Jugendzeit, und nach den höflichen Grobheiten des Dekans konnte er Sir Godbers Verehrung zur Abwechslung gut vertragen.

»Eine ausgezeichnete Idee von Ihnen, diese Sendung über das College«, fuhr Sir Godber fort, als sie Platz genommen hatten. »Genau das braucht das College: eine kritische Durchleuchtung der alten Traditionen mit dem Hinweis auf notwendige Veränderungen. Ich könnte mir vorstellen, daß Ihnen etwas in der Art vorschwebt?« Sir Godber schaute ihn erwartungsvoll an.

»Ganz recht«, antwortete Carrington. Sir Godbers Allgemeinplätze ließen alle Möglichkeiten offen. »Allerdings glaube ich kaum, daß der Dekan damit einverstanden sein wird.«

Sir Godber sah ihn durchdringend an. Er hatte da eine Spur von Gehässigkeit herausgehört, was er sehr ermutigend fand. »Ein origineller Mensch, dieser Dekan«, sagte er, »wenn auch ein klein wenig engstirnig.«

»Ein echter Exzentriker«, stimmte ihm Carrington trocken zu. Aus seinem Benehmen ging klar hervor, daß er dem Dekan keineswegs treu ergeben war. Beruhigt ließ der Rektor eine Analyse der Funktion des Collegesystems in der Welt von heute vom Stapel, während Carrington mit seinem Glas spielte und Betrachtungen über die unerschütterliche Einfalt von Politikern anstellte. Sir Godbers Glaube an die Zukunft war fast so unerträglich wie die Herablassung des Dekans, und Carringtons launische Sympathie neigte sich wieder der Vergangenheit zu. Gerade hatte Sir Godber die Vorzüge der Koedukation ausgemalt – ein Thema, das Carrington persönlich zuwider war –, als Lady Mary eintraf.

»Meine Liebe«, sagte Sir Godber, »ich möchte dir Cornelius Carrington vorstellen.«

Carrington ertappte sich dabei, wie er in die arktischen Tiefen von Lady Marys Augen starrte.

»Guten Tag«, sagte Lady Mary ein wenig gezwungen, da ihr Carringtons offenbar ambivalente sexuelle Vorlieben nicht entgingen.

»Er trägt sich mit dem Gedanken, eine Sendung über das College zu machen«, sagte Sir Godber und goß den allertrockensten Sherry ein.

»Eine wirklich phantastische Idee«, bellte Lady Mary. »Ihre Sendung über Spina bifida, die angeborene Spaltbildung der Wirbelsäule, fand ich höchst anregend. Es wird wirklich Zeit, daß wir diesen Leuten im Gesundheitsministerium einmal zeigen, was ein Rückgrat ist.«

Carrington fröstelte ob Lady Marys militanter Begeisterung. Sie weckte in ihm eine Sehnsucht nach der Kindertagesstätte, die geheime Kehrseite seiner eher räuberischen Natur. Eine Kindertagesstätte mit Lady Mary als Kindermädchen. Sogar ihr schmallippiger Mund erregte ihn, mitsamt der gelben Zähne.

»Beim zahnärztlichen Dienst sieht es selbstredend genauso aus«, stieß Lady Mary telepathisch hervor. »Dem sollten wir etwas Biß beibringen.« Sie lächelte, und Carrington konnte einen Blick auf ihre trockene Zunge werfen.

»Ich kann mir vorstellen, daß dies für Sie einmal etwas ganz anderes als London ist«, sagte er.

»Ein Unterschied wie Tag und Nacht«, sagte Lady Mary, die immer noch unter der Wärme seiner asexuellen Aufmerksamkeit aufblühte. »Da sind wir kaum fünfzig Meilen von London entfernt, und es kommt einem vor wie tausend.« Sie riß sich zusammen. Schließlich war er immer noch ein Mann.

»Wie soll Ihre Sendung über das College eigentlich aussehen?« fragte sie. Auf dem Sofa verschmolz Sir Godber mit der Überdecke.

»Das ist lediglich eine Frage der Präsentation«, behauptete Carrington vage. »Natürlich maß man beide Seiten zu Wort kommen lassen ...«

»Was Sie ganz sicher hervorragend beherrschen«, sagte Lady Mary.

»... und es den Zuschauern überlassen, sich selbst ein Bild zu machen«, fuhr Carrington fort.

»Es wird bestimmt nicht leicht sein, den Dekan und die Fellows zur Mitarbeit zu überreden. Sie glauben ja nicht, was das für eine reaktionäre Clique ist«, sagte Lady Mary. Carrington lächelte.

»Meine Liebe«, meldete sich Sir Godber zu Wort, »Carrington ist selbst ein Porterhouse-Mann.«

»Tatsächlich«, sagte Lady Mary. »In dem Fall muß ich Ihnen gratulieren. Das haben Sie gut überstanden.« Beim Essen erzählte Lady Mary begeistert von ihrer Arbeit mit den Samaritern, während sie einen Sardinensalat vertilgten und Carrington langsam dahinwelkte. Als er schließlich das Rektorhaus verließ, den Segen der beiden für die Sendung im Gepäck, hatte Carrington das Gefühl, er könne die Sehnsucht des Rektors nach einer pflegeleichten, rationalen und vollautomatisierten Zukunft ohne Krankheiten, Hunger, Kriegselend und nicht zueinanderpassenden Ehepartnern verstehen. In dieser Welt wäre kein Platz für Lady Marys furchtbare Philanthropie.

Er schlenderte über den Campus, sah sich die Goldfische im Teich an, tätschelte die Büsten in der Bibliothek und posierte in der Kapelle vor den Retabeln. Schließlich arbeitete er sich zum Pförtnerhäuschen vor, um sich zu vergewissern, daß Skullion immer noch bereit war, seinen Kummer vor drei Millionen Zuschauern hinauszuposaunen. Er traf den Portier weniger pessimistisch an als erhofft.

»Ich hab's ihnen gesagt«, verkündete Skullion, »ich hab's ihnen gesagt, sie müssen was unternehmen.«

»Wem gesagt?« erkundigte sich Carrington, grammatisch von seiner Umwelt beeinflußt.

»Sir Cathcart und dem Dekan.«

Carrington atmete erleichtert auf. »Sie werden bestimmt dafür sorgen, daß man Ihnen Ihre Stelle wiedergibt«, sagte er, »aber falls es nicht klappt, finden Sie mich immer im ›Wilden Eber‹.«

Er verließ das Büro und begab sich ins Hotel. Es bestand wirklich kein Anlaß zur Beunruhigung. Wenn der Dekan Sir Godber bat, doch ein Einsehen zu haben, würde das dem Pförtner wohl kaum helfen, doch für alle Fälle teilte Carrington der Zeitung *Cambridge Evening News* telefonisch mit, der Oberpförtner von Porterhouse sei entlassen worden, weil er sich der Aufstellung eines Kondomautomaten in der Studententoilette widersetzt habe. »Das können Sie sich vom Schatzmeister des College bestätigen lassen«, teilte er dem Redakteur mit und legte den Hörer auf.

Ein zweiter Anruf bei dem Radikalen Studentenverband mit dem Inhalt, eine Dienstkraft werde bestraft, weil sie sich der Gewerkschaft angeschlossen habe, sowie ein dritter beim Schatzmeister persönlich, bei dem er sich auf Pidgin-Englisch beschwerte, der UNESCO-Bewässerungsexperte für Zaire erwarte, dank seiner diplomatischen Immunität nicht mehr vom Wächter am Tor des Porterhouse-Colleges unter obszönen Beschimpfungen rausgeworfen zu werden, sorgten endlich dafür, daß Skullions Entlassung nicht nur allgemein bekannt, sondern auch zum Gegenstand linksradikaler Proteste und unwiderruflich wurde. Lächelnd und in dem Gefühl vollster Zufriedenheit legte sich Carrington auf sein Bett. Daß man ihn in den Brunnen des Neuen Hofes getaucht hatte, war zwar schon lange her, aber vergessen hatte er es nie.

Im Büro des Schatzmeisters klingelte zweimal das Telefon. Der Schatzmeister nahm ab, verweigerte jeden Kommentar, verlangte zu wissen, woher der Redakteur seine Informationen habe, bestritt, daß auf der Studententoilette ein Kondomautomat angebracht worden sei, bestätigte, daß eben dies geschehen werde, verweigerte jeden Kommentar, bestritt, irgend etwas von sexuellen Orgien zu wissen, bestätigte, daß Zipsers Tod durch die Explosion gasgefüllter Präservative verursacht worden sei, fragte, was dies mit der Entlassung des Oberpförtners zu tun habe, gab zu, daß dieser gefeuert worden sei, und legte den Hörer auf. Als er sich gerade erholte, rief der

Radikale Studentenverband an. Diesmal kam der Schatzmeister gleich zur Sache. Nachdem er sich Luft gemacht und den Radikalen Studenten ordentlich die Meinung gesagt hatte, knallte er den Hörer auf den Apparat, der gleich darauf erneut klingelte. Das nun folgende Gespräch mit dem Abgeordneten aus Zaire, gespickt mit Hinweisen auf den Außenminister und das Amt für die Beziehungen zwischen den Rassen und durchsetzt von Entschuldigungen seitens des Schatzmeisters sowie der Beteuerung, der betreffende Pförtner sei entlassen worden, vervollständigte seine Demoralisierung. Er legte den Hörer auf, nahm ihn wieder ab und bestellte Skullion zu sich. Während er noch auf ihn wartete, trat der Dekan ein.

»Ah, Schatzmeister«, sagte er, »wollte nur kurz mit Ihnen sprechen. Was höre ich da, von wegen Skullion sei rausgeschmissen worden?« Der Schatzmeister sah ihn böse an. Für diesen Nachmittag hatte er von Skullion die Nase voll.

»Da sind Sie falsch informiert worden, würde ich meinen«, sagte er betont zurückhaltend. »Skullion wurde keineswegs rausgeschmissen. Ich schlug ihm lediglich vor, er möge sich nach einer anderen Beschäftigung umsehen. Er wird alt und geht ohnehin bald in Rente. Sollte er bis dahin eine andere Stellung finden, wäre es ratsam für ihn, diese anzutreten.« Er hielt kurz inne, damit der Dekan diese Version verdauen konnte; dann fuhr er fort: »Das war allerdings der Stand von gestern. Was heute geschehen ist, läßt diese Angelegenheit in einem ganz anderen Licht erscheinen. Ich habe Skullion hierherbestellt und beabsichtige, ihn rauszuschmeißen.«

»Das wollen Sie?« fragte der Dekan, der den Schatzmeister noch nie so unverblümt erlebt hatte.

»Gerade hat sich bei mir ein Diplomat aus Zaire beschwert, Skullion habe ihn aus dem College geworfen und ihn dabei, wenn ich recht verstanden habe, unter anderem einen Nigger genannt.«

»Durchaus angemessen und korrekt«, befand der Dekan, der gerade überlegt hatte, wo Zaire lag. »Das College ist Privatbesitz, und Skullion hatte zweifellos seine Gründe, den Kerl rauszuschmeißen. Hat bestimmt die öffentliche Ordnung gestört.«

»Er nannte ihn einen Nigger«, sagte der Schatzmeister.

»Wenn der Mann ein Nigger ist, wüßte ich nicht, warum Skullion ihn nicht so nennen sollte.«

»Das Amt für Beziehungen zwischen den Rassen beurteilt die Angelegenheit womöglich nicht ganz so milde.«

»Amt für Beziehungen zwischen den Rassen? Was zum Teufel hat das damit zu tun?« fragte der Dekan.

»Der Bursche sagte, er wolle sich dort beschweren. Außerdem erwähnte er den Außenminister.«

Der Dekan warf das Handtuch. »Du liebe Güte«, murmelte er, »das College darf auf keinen Fall in einen diplomatischen Zwischenfall verwickelt werden.«

»Genauso ist es«, stimmte der Schatzmeister bei. »Skullion muß eben gehen.«

»Sie werden wohl recht haben«, sagte der Dekan und verabschiedete sich. Im Hof begegnete er dem im Regen wartenden Pförtner.

»Eine üble Geschichte, Skullion«, sagte er traurig. »Eine ganz üble Geschichte. Ich kann nun leider nichts mehr für Sie tun. Eine üble Geschichte.« Immer noch kopfschüttelnd ging er über den Rasen zu seinem Aufgang. In der Abenddämmerung blieb Skullion mit dem Gefühl zurück, diesmal endgültig verraten worden zu sein. Es hatte keinen Zweck mehr, mit dem Schatzmeister zu reden. Er machte auf dem Absatz kehrt und schleppte sich ins Pförtnerhäuschen zurück, wo er begann, seine Siebensachen zu packen.

Der Schatzmeister saß in seinem Büro und wartete. Er rief im Pförtnerhäuschen an, doch niemand ging ans Telefon. Endlich tippte er Skullion einen Brief, den er auf dem Nachhauseweg einwarf.

Als Skullion mit seinen wenigen Habseligkeiten in einem abgenutzten Koffer das Pförtnerhäuschen verließ, regnete es immer noch. Der Regen tropfte ihm von der Melone aufs Gesicht, so daß selbst ihm die Feststellung schwerfiel, ob tatsächlich Tränen seine Nase hinunterliefen. Wenn, dann galten sie nicht ihm, sondern der

Vergangenheit, deren Repräsentant er nicht länger war. Dann und wann blieb er stehen, um nachzuschauen, ob sich im Regen auch keine Aufkleber vom Koffer gelöst hatten. Der Koffer hatte Lord Wurford gehört, und die Aufkleber aus Kairo, Kanpur und Hongkong glichen Reliquien einer imperialen Pilgerreise. Er überquerte den Marktplatz, dessen Buden nachts leerstanden. Er ging duch Petry Curie, über Bradwell's Court und durch Christ's Piece, und seine Schuhe gluckste im Morast des Fahrradweges. Wie der Wind, der ihm eben noch ins Gesicht blies, dann nach links oder rechts auswich, um ihn auf einmal vorwärtszutreiben, schienen Skullions Gefühle keine feste Richtung zu haben. Berechnend war er nicht; seine jahrelange dienende Tätigkeit hatte ihm jeden Eigennutz ausgetrieben. Er war eine Dienstkraft, die keinem mehr diente. Kein Rektor, kein Dekan, nicht einmal ein Student war übriggeblieben, an den er sich unwirsch und grob hängen konnte, um das Ausmaß seiner Abhängigkeit zu verschleiern; vor allem beschützte ihn kein College mehr vor den Wirrungen des Lebens. Nicht das College als Gebäude war wichtig, sondern die Idee, und die war mit seiner Entlassung und dem Verrat untergegangen, den sie verkörperte.

Skullion überquerte die eiserne Fußgängerbrücke und kam zur Rhyder Street, eine zwischen den großen viktorianischen Villen von Chesterton versteckten Gasse mit Reihenhäusern, so daß sich Skullion auch hier nicht weit von den Bootshäusern und den Häusern von Professoren entfernt vorkam. Er betrat sein Häuschen, zog den Mantel aus und stellte den Koffer auf den Küchentisch. Dann setzte er sich und zog sich die Schuhe aus. Er machte sich eine Kanne Tee, setzte sich an den Küchentisch und überlegte, was er tun sollte. Am Morgen würde er sich beim Leiter seiner Bank nach dem Vermächtnis Lord Wurfords erkundigen. Skullion holte sich eine Dose Schuhcreme und einen Lappen und fing an, die Kappen seiner Schuhe zu wienern. Und langsam, während beide Kappen unter seinen sanft kreisenden Fingern immer mehr an Glanz gewannen, ließ Skullions Hoffnungslosigkeit nach, die sich seiner bemächtigt hatte, als der Dekan ihn im Neuen Hof hatte stehenlassen. Zum Schluß gab er den Schuhen mit einem sauberen Staubtuch den letzten Schliff, hielt sie ans Licht und entdeckte, daß sich im Glanz der Schuhe etwas widerspiegelte, was er als sein eigenes Gesicht erkannte. Er stand auf, legte Lappen und Schuhcreme weg und aß zu Abend. Er war wieder er selbst, der Pförtner von Porterhouse, und diese Wiederbelebung seiner Identität brachte auch neue Hartnäckigkeit mit sich. Er hatte Rechte. Sie konnten ihm nicht Haus und Stellung nehmen. Sie würden irgendwie gestoppt werden. Während er im Haus herumlief, wurden *sie* zur fixen Idee. Sie waren schon immer dagewesen, geschützt durch Achtung und umgeben von einer Aura der Autorität und des Vertrauens, so daß er sich vor *ihnen* sicher gefühlt hatte, doch das war nun anders. Die alte Loyalität war dahin, und Skullion verspürte *ihnen* gegenüber keinerlei Verpflichtungen mehr. Wenn er auf all die Jahre nach dem Krieg zurückschaute, fiel ihm auf, daß die Achtung ständig abgenommen hatte. Seitdem hatte es keine echten Gentlemen mehr gegeben, jedenfalls keine, für die er viel übriggehabt hätte, sondern jedes neue Jahr hatte ihn hinsichtlich der Gegenwart ein wenig mehr ernüchtert und seine Achtung vor der Vergangenheit ein wenig mehr bestärkt. Es war, als entwickele sich der Krieg zum Dreh- und Angelpunkt seiner Ehrerbietung. Lord Wurford, Dr. Robson, Professor Dunstable und Dr. Montgomery hatten im Gegensatz zu ihren Nachfolgern an Glanz gewonnen. Und Skullion selbst war mit ihnen erhöht worden, weil er sie gekannt und ihnen gedient hatte.

Um zehn Uhr ging er ins Bett und lag schlaflos im Dunkeln. Um Mitternacht stand er auf, schlurfte mechanisch nach unten und öffnete die Haustür. Es hatte aufgehört zu regnen, und Skullion schloß die Tür wieder, nachdem er die Straße hoch- und runtergeschaut hatte. Dann zündete er, von dieser Gedenkminute beruhigt, das Gasfeuer im Wohnzimmer an und machte sich eine Kanne Tee. Wenigstens hatte er noch sein Erbe. Am Morgen würde er zur Bank gehen.

Der Bankdirektor empfing Skullion um zehn Uhr früh. »Aktien?« sagte er. »Wir haben eine Anlageabteilung und können Sie natürlich beraten.« Er warf einen Blick auf Skullions Sparbuch. »Ja, fünftausend Pfund reichen durchaus, aber halten Sie es nicht für klüger, das Geld in etwas weniger Spekulativem anzulegen?«

Skullion verschob den auf seinem Knie liegenden Hut und fragte sich, wieso ihm nie jemand zuhörte. »Ich will keine Aktien kaufen. Ich will ein Haus kaufen«, erklärte er.

Der Direktor musterte ihn anerkennend. »Eine viel bessere Idee. Gerade in dieser inflationären Zeit das Geld in Immobilien anzulegen. Haben Sie schon ein Haus im Auge?«

»Es steht an der Rhyder Street«, sagte Skullion.

»Rhyder Street?« Der Bankdirektor zog die Augenbrauen hoch und verzog den Mund. »Das ist etwas anderes. Die wird als Ganzes verkauft. In der Rhyder Street können Sie keine einzelnen Häuser kaufen, und ich kann mir ehrlich gesagt auch nicht vorstellen, daß Ihre Fünftausend es mit einigen anderen Geboten aufnehmen können.« Er erlaubte sich ein Kichern. »Es ist sogar fraglich, ob Sie mit fünftausend Pfund irgendwas in Cambridge bekommen. Sie müßten schon eine Hypothek aufnehmen, was in Ihrem Alter gar nicht so einfach ist.«

Skullion reichte ihm den Umschlag mit seinen Aktien. »Das weiß ich«, sagte er. »Deshalb möchte ich diese Aktien verkaufen. Es sind zehntausend Stück. Sie müßten tausend Pfund wert sein.«

Der Direktor nahm den Umschlag. »Dann wollen wir mal hoffen, daß sie noch ein wenig mehr wert sind als das«, sagte er. »Also ...« Seine herablassend fröhliche Stimme verstummte in einem Gestammel. »*Großer* Gott!« sagte er und starrte auf das vor ihm liegende Aktienbündel. Skullion rutschte schuldbewußt auf seinem Stuhl hin und her, als übernehme er persönlich die Verantwortung dafür, daß diese Papiere – aus welchen unerfindlichen Gründen auch immer – den Direktor derart in Verwirrung stürzten. »Vereinigte Kaufhäuser. Das ist ja ganz unglaublich. Wie viele sagten Sie doch gleich?« Der Bankdirektor war schnatternd aufgesprungen.

»Zehntausend«, antwortete Skullion.

»Zehntausend?« Der Direktor setzte sich. Er nahm den Telefonhörer ab und rief die Investmentabteilung an. »Vereinigte Kaufhäuser. Wie hoch ist der Tageskurs?« Es folgte eine Pause, während der der Direktor Skullion mit neuem ungläubigen Respekt ansah. »Fünfundzwanzigeinhalb?« Er legte den Hörer auf und starrte Skullion an.

»Mr. Skullion«, sagte er schließlich, »es kommt vielleicht ein wenig überraschend für Sie. Ich weiß nicht recht, wie ich es am besten sagen soll, aber Sie sind eine Viertelmillion Pfund wert.«

Skullion hörte zwar die Worte, doch sie blieben ohne sichtbare Auswirkung auf ihn. Er saß regungslos auf seinem Stuhl und glotzte den Bankdirektor starr an. Offenbar war der von Skullions unerwarteter Aufwertung am meisten beeindruckt. Sein Lachen klang fahrig und hysterisch.

»Jetzt steht wohl außer Frage, daß Sie ein Gebot für die Rhyder Street machen können«, sagte er endlich, doch Skullion hörte gar nicht hin. Er war ein reicher Mann. Das hätte er sich nie träumen lassen.

»Es sind bestimmt Dividenden ausgeschüttet worden«, sagte der Direktor.

Skullion nickte. »An die Bausparkasse.« Er stand auf, schob den Stuhl zurück und sah die Aktien an, die sein Vermögen ausmachten. »Die legen Sie am besten wieder in den Safe«, sagte er.

»Aber...«, setzte der Direktor an. »Mr. Skullion, nehmen Sie doch wieder Platz und lassen Sie uns die Sache besprechen. Rhyder Street? Rhyder Street können wir jetzt vergessen. Wir können diese Aktien verkaufen und... oder wenigstens zum Teil, und dann kaufen Sie sich ein ordentliches Anwesen und fangen ein ganz neues Leben an.«

Skullion dachte über den Vorschlag nach. »Ich will kein neues Leben«, sagte er grimmig. »Ich will mein altes wiederhaben.«

Er verließ den hinter seinem Schreibtisch stehenden Bankdirektor und trat auf die Sydney Street hinaus. Der Direktor setzte sich, in seinem Kopf lösten sich klischeehafte Bilder vom Reichtum anderer ab: Kreuzfahrten, Autos und herrliche Vorortbungalows, Gedanken, die er früher als anrüchig verworfen hatte. Skullion, der draußen auf dem Bürgersteig stand, bedeuteten solche Dinge überhaupt nichts. Er war reich, doch das änderte nichts an seinem Groll, sondern intensivierte ihn nur. Irgendwie war er betrogen worden. Betrogen von seiner eigenen Unwissenheit und seiner Loyalität gegenüber Porterhouse. Dem Rektor, dem Dekan, sogar General Sir Cathcart D'Eath galt seine neue Verbitterung. Sie hatten ihn hintergangen. Jetzt war er frei, keine Furcht vor Entlassung oder Arbeitslosigkeit konnte seinen Haß dämpfen. Er ging durch die Green Street zum Hotel »Blauer Eber«.

- 17 -

Die nächsten beiden Tage hatte Cornelius Carrington alle Hände voll zu tun. Seine gepflegte Gestalt trottete mit Kameraleuten und Assistenten im Gefolge über Rasenflächen und Treppen. Winkel von Porterhouse, die jahrhundertelang vergessen waren, wurden plötzlich von blendend hellen Lampen erleuchtet, während Carrington seine Kommentare mit architektonischem Beiwerk garnierte. Alle kooperierten. Selbst der Dekan war – in der Überzeugung, dadurch glühende Kohlen auf des Rektors Haupt zu häufen – zu einem Gespräch über die Notwendigkeit eines gesunden Konservativismus im heutigen intellektuellen Klima bereit. Der Dekan stand unter einem Porträt von Bischof Firebrace – Rektor 1545–52, und, wie Carrington in seinem Kommentar anmerkte, an der Niederschlagung von Kerrs Rebellion beteiligt –, ließ eine wütende Tirade gegen die permissive Jugend vom Stapel und pries die Enthaltsamkeit früherer Studentengenerationen. Im Gegenzug gestand der Kaplan, daß, was nach Meinung vieler ein Nonnenkloster gewesen war, ehe es 1541 niederbrannte, im fünfzehnten Jahrhundert als Bordell fungiert hatte. Die Kamera verweilte lange auf den im Garten immer noch sichtbaren Grundmauern des »Nonnenklosters«, während Carrington seiner Verwunderung Ausdruck verlieh, daß ein College wie Porterhouse vor so vielen Jahrhunderten eine derartige sexuelle Freizügigkeit hatte durchgehen lassen. Der

Obertutor wurde gefilmt, wie er auf dem Treidelpfad radelnd den Achter trainierte; anschließend befragte man ihn im Speisesaal über die Ernährungsbedürfnisse von Sportlern. Carrington entlockte ihm, daß das alljährliche Festmahl über zweitausend Pfund kostete, und stellte dann die Zusatzfrage, ob das College für Brot für die Welt gespendet habe. An dieser Stelle empfahl ihm der Obertutor ohne Rücksicht auf sein Publikum, er solle sich um seine eigenen Angelegenheiten kümmern und stapfte aus dem Speisesaal, das abgerissene Kabel seines Kehlkopfmikrofons hinter sich her ziehend. Sir Godber kam glimpflicher davon. Er durfte über den Neuen Hof und durch den Portikus schlendern und darlegen, daß Porterhouse unbedingt eine progressive und humanitäre Funktion übernehmen müsse. Als er stehengeblieben war, um mit seinen weitsichtigen Augen die zehn Meter zur Außenmauer der Bibliothek zu überbrücken, sprach der Rektor von der für ein Studium essentiellen emotional-intellektuellen Symbiose, er senkte den Kopf und informierte einen Krokus über die kathartische Wirkung einer geschlechtlichen Vereinigung, er schaute zum Schornstein aus dem fünfzehnten Jahrhundert, ihre energische Besorgnis und berechtigte Ablehnung antiquierter Traditionen, die... Dann begeisterte er sich beredt für sinnvolle Beziehungen und empfahl, Prüfungen abzuschaffen. Vor allen Dingen lobte er die Jugend. Die Älteren – womit er offenbar alle über fünfunddreißig meinte – dürften der Jugend nicht im Weg stehen, deren Körper und Geist offen sei... Sogar Sir Godber stockte an dieser Stelle, so daß Carrington ihn wieder zum Thema »soziales Engagement« lotsen mußte, das er als eigentlichen Gewinn einer akademischen Bildung ansah. Der Rektor bestätigte, daß ein Gefühl für soziale Gerechtigkeit in der Tat das Kennzeichen eines gebildeten Geistes sei. Carrington hielt die Kameras an, und Sir Godber begab sich in der Gewißheit ins Rektorhaus, gegen Ende den richtigen Ton getroffen zu haben. Dieser Meinung war auch Carrington. Während seine Kameraleute Großaufnahmen der Wappentiere an der Vorderseite des Haupttores schossen, gefolgt von einem Schwenk über die mit Spitzen gespickte hintere Mauer, fuhr Carrington in die Rhyder Street und bearbeitete eine Stunde lang Skullion. »Ich möchte doch nur, daß Sie mit ins College kommen und über Ihr Leben als Oberpförtner berichten«, teilte er ihm mit. Skullion schüttelte den Kopf. Carrington versuchte es noch einmal. »Wir machen ein paar Aufnahmen von Ihnen vor dem Haupttor, und dann stehen Sie einfach auf der Straße, und ich stelle Ihnen ein paar Fragen. Sie brauchen das College nicht zu betreten.« Skullion weigerte sich hartnäckig.

»Entweder nehmen Sie mich in London auf oder gar nicht«, beharrte er.

»In London?«

»War seit dreizehn Jahren nicht mehr in London«, sagte Skullion.

»Wenn Sie wollen, können wir Sie für einen Tag nach London holen, aber es wäre viel besser, wenn wir das Interview hier filmen würden. Es ginge hier bei Ihnen zu Hause.« Carrington schaute sich anerkennend in der schmuddeligen Küche um. Sie war genauso mitleiderregend, wie er es gerne hätte.

»Sähe nicht gut aus«, sagte Skullion. Im stillen verfluchte Carrington den alten Trottel.

»Ich lasse mich auch nicht auf Film aufnehmen«, fuhr Skullion fort.

»Nicht auf Film aufnehmen?«

»Ich will live gesendet werden«, sagte Skullion.

»Live?«

»In einem Studio. Wie bei *Journalisten fragen – Politiker antworten*. Wollte schon immer wissen, was in so einem Studio vorgeht«, erklärte Skullion. »Es ist doch natürlicher, oder?«

»Nein«, sagte Carrington, »es ist völlig unnatürlich. Heiß ist es, und es gibt diese riesigen Kameras …«

»Genauso will ich's haben«, sagte Skullion, »was anderes kommt nicht in Frage. Live.«

»Also schön«, seufzte Carrington schließlich, »wenn Sie darauf bestehen. Natürlich müssen wir zuerst Probeaufnahmen machen. Ich werde Ihnen Fragen stellen, und Sie antworten. Wir gehen es rasch durch, damit uns keine Fehler unterlaufen.« Verärgert verließ er das Haus; Skullions Hartnäckigkeit empfand er zwar als störend, aber er wußte, daß der Sendung ohne ihn der dramatische Effekt fehlen würde. Wenn Skullion unbedingt nach London kommen wollte und sich, abergläubisch wie er war, weigerte, »auf Film aufgenommen« zu werden, mußte man ihn eben versöhnlich stimmen. In der Zwischenzeit könnten die Kameraleute Rhyder Street und das Haus des Oberpförtners wenigstens von außen filmen. Er fuhr zurück nach Porterhouse und sammelte sein Filmteam auf. Es blieb nur noch ein Interview übrig, das mit General Sir Cathcart D'Eath im Schloß Coft.

Eine Woche später fuhren Carrington und Skullion gemeinsam nach London. Carrington hatte die Woche im Schneideraum verbracht und den erläuternden Kommentar aufgenommen, war aber die ganze Zeit über den quälenden Verdacht nicht losgeworden, daß irgend etwas nicht stimmte; das bezog sich nicht auf die Endfassung seiner Sendung, sondern auf Skullion. Dessen Verdrossenheit, die Carrington überhaupt erst auf ihn aufmerksam gemacht hatte, war wie weggeblasen. An ihre Stelle waren Ruhe und das Bewußtsein der eigenen Stärke getreten. Es schien, als habe Skullion seit seiner Entlassung an Statur gewonnen und verfolge nun einzig und allein seine eigenen Interessen. Das würde Skullions Eindruck auf sein Millionenpublikum nur noch vertiefen. Mittlerweile beglückwünschte Carrington sich sogar dafür, daß der Pförtner darauf bestanden hatte, live im Studio zu erscheinen. Sein zerfurchtes Gesicht mit der von Äderchen durchzogenen Nase und den buschigen Augenbrauen würde sich von der Künstlichkeit des Studios abheben und seinem Auftritt eine Direktheit verleihen, die den in Cambridge aufgenommenen Interviews abging. Vor allem würden Skullions unartikulierte Antworten die Herzen seiner Zuschauer aufrütteln. Um sich seine bedauernswerte Geschichte anzuhören, würden sich im ganzen Land Männer und Frauen in dem Bewußtsein, daß sie Zeugen eines authentischen menschlichen Dramas wurden, in ihren Fernsehsesseln vorbeugen. Nach den radikalen Platitüden Sir Godbers und dem reaktionären Ungestüm des Dekans würde Skullions offenkundige Ehrlichkeit die einfachen Tugenden unterstreichen, an die sie und Cornelius Carrington so fest glaubten. Und abschließend käme dann das Meisterstück. Von der zu Schloß Coft führenden Schotterauffahrt aus würde General Sir Cathcart D'Eath Skullion ein Zuhause anbieten, gefolgt von einem Kameraschwenk zu einem Bungalow, in dem der Oberpförtner seine Tage in Frieden beschließen konnte. Auf diese Szene war Carrington stolz. Schloß Coft war die überhöhte, aufs Land versetzte provinzielle Vorstadt, der General selbst die Verkörperung eines modernen englischen Gentleman. Um dieses Resultat zu erzielen, waren zahlreiche Schnitte erforderlich gewesen, doch Carringtons Raffinesse hatte sich gegen Sir Cathcarts wüste Beschimpfungen durchgesetzt. Carrington mußte zugeben, daß der Sealyhamterrier seinen Teil dazu beigetragen hatte, eine Spur Menschlichkeit in Sir Cathcarts Aussagen zu bringen. Carrington hatte den Hund auf dem Rasen spielen sehen und den General gefragt, ob er Hunde mochte.

»Konnte sie schon immer gut leiden«, hatte Sir Carrington geantwortet. »Treuer Freund, gehorsam, begleitet einen überallhin. Laß ich nichts drauf kommen.«

»Würden Sie einen streunenden Hund bei sich aufnehmen?«

»Sicher«, sagte Sir Cathcart. »Gern. Könnte ihn nicht verhungern lassen. Habe hier jede Menge Platz. Könnte hier ein- und ausgehen. Bekäme ordentliche Behausung.«

Da es sich in der endgültigen Version anhörte, als beziehe sich Sir Cathcarts Gastfreundschaft auf Skullion, sah Carrington allen Grund, auf seine geniale Leistung stolz zu sein. Dabei hatte er nichts weiter getan als »Würden Sie einen streunenden Hund bei sich aufnehmen?« durch »Wenn Skullion ein neues Zuhause brauchte, würden Sie ihm eines anbieten?« zu ersetzen. Kaum anzunehmen, daß der General diese Einladung zurücknehmen würde. Die Auswirkungen eines solchen Schrittes auf sein Image als öffentlicher Wohltäter waren unabsehbar.

Auf ihrer Fahrt nach London unterwies Carrington Skullion in seiner neuen Aufgabe. »Vergessen Sie nicht, direkt in die Kamera zu sehen. Geben Sie einfache Antworten auf meine Fragen.« Skullion nickte stumm.

»Ich frage: ›Wann wurden Sie Pförtner?‹ und Sie sagen: ›1928.‹ Sie brauchen das nicht weiter auszuführen. Haben Sie verstanden?«

»Ja«, sagte Skullion.

»Dann frage ich: ›Sie sind seit 1945 Oberpförtner von Porterhouse?‹ und Sie sagen: ›Ja.‹«

»Ja«, sagte Skullion.

»Dann fahre ich mit der Frage fort: ›Sie sind also seit fünfundvierzig Jahren College-Bediensteter?‹ und Sie sagen: ›Ja.‹ Ist das klar?«

»Ja«, sagte Skullion.

»Dann frage ich: ›Und jetzt hat man Sie rausgeschmissen?‹ und Sie sagen: ›Ja.‹ Darauf frage ich: ›Haben Sie eine Ahnung, warum Sie rausgeschmissen wurden?› Was antworten Sie darauf?«

»Nein«, sagte Skullion. Carrington war's zufrieden. Der General hätte genausogut Skullion meinen können, als er sagte, Hunde seien gehorsam. Carringtons Anspannung löste sich. Alles würde gutgehen.

Sie fuhren quer durch London ins Studio, wo ein Assistent Skullion in den Aufenthaltsraum im Keller führte, während Carrington in einem Fahrstuhl verschwand. Skullion sah sich mißtrauisch um. Hier sah es aus wie in einem ziemlich großen Luftschutzraum. »Setzen Sie sich doch, Mr. Skullion«, sagte der junge Mann. Skullion setzte sich auf das Plastiksofa und nahm den Bowlerhut ab, während der junge Mann etwas aufschloß, das wie ein Einbauschrank aussah, dem er eine große Kiste entnahm.

Skullion schaute die Kiste finster an. »Was ist das?« fragte er.

»Eine Art tragbare Bar. Es empfiehlt sich, einen Schluck zu trinken, bevor man ins Studio geht.«

»Aha«, sagte Skullion und sah zu, wie der junge Mann die Kiste aufschloß. In ihrem Innern glitzerte eine beachtliche Flaschenreihe.

»Was darf's denn sein? Whisky, Gin?«

»Gar nichts«, sagte Skullion.

»Also wirklich«, flötete der junge Mann. »Das ist ja höchst ungewöhnlich. Die meisten brauchen einen Drink, vor allem, wenn sie live auf Sendung gehen.«

»Genehmigen Sie sich ruhig einen«, sagte Skullion. »Stört es Sie, wenn ich rauche?« Er nahm seine Pfeife heraus und stopfte sie langsam. Der junge Mann sah die tragbare Bar unschlüssig an.

»Möchten Sie ganz sicher keinen Drink?« fragte er. »Es nützt wirklich was.«

Skullion schüttelte den Kopf. »Werde mir nachher einen hinter die Binde kippen«, sagte er und zündete die Pfeife an. Der junge Mann verschloß die Bar und stellte sie in den Schrank zurück.

»Machen Sie das zum ersten Mal?« Er war offensichtlich bestrebt, Skullion die Befangenheit zu nehmen.

Skullion nickte und schwieg.

Als Cornelius Carrington ihn holen kam, schwieg er immer noch. Der ganze Raum war voll von beißendem Rauch aus Skullions Pfeife, und der junge Mann saß erheblich verunsichert im äußersten Winkel des Plastiksofas.

»Er will nichts trinken«, flüsterte er. »Reden will er auch nicht. Er sitzt nur da und pafft seine dreckige Pfeife.« Carrington betrachtete Skullion besorgt. Die Vorstellung, daß Skullion mitten im Interview den Mund hielt, schien nun gar nicht mehr so abseitig zu sein.

»Geht's Ihnen gut?« erkundigte er sich.

Skullion sah Carrington griesgrämig an. »Hab' mich noch nie besser gefühlt«, sagte er. »Kann aber nicht behaupten, daß mir die Gesellschaft paßt.« Er musterte den jungen Mann finster.

Carrington geleitete ihn auf den Flur. »Schwuchtel« sagte Skullion im Fahrstuhl nach oben. Carrington fuhr zusammen. Das Benehmen des Oberpförtners hatte etwas Beunruhigendes. Ihm fehlte die Beflissenheit, die anscheinend von den meisten Menschen Besitz ergriff, wenn sie interviewt werden sollten, eine nervöse Herzlichkeit, die sie gefügig machte und Carrington ein Gefühl von Macht gab, das er außerhalb der künstlichen Umgebung des Studios nicht befriedigen konnte. Wenn einer plötzlich den Mund halten würde, dann wahrscheinlich eher Cornelius Carrington als

Skullion, gestand er sich selbst ein. Er führte den Pförtner in das taghell erleuchtete Studio und bugsierte ihn in einen Sessel, bevor er noch einmal hinauseilte und sich rasch zwei Schluck Whisky genehmigte. Als er wiederkam, befahl Skullion gerade einer jungen Maskenbildnerin, sie solle gefälligst ihre Pfoten wegnehmen.

Carrington nahm Platz und lächelte Skullion an. »Sie dürfen auf keinen Fall gegen das Mikrofon treten«, sagte er. Skullion sagte, er würde sich Mühe geben. Man schob Kameras hin und her. Junge Männer kamen und gingen. Hinter einem großen getönten Fenster im Nebenzimmer bezogen Techniker am Steuerpult Stellung. »Carrington über Cambridge« ging über den Sender. Es war 21 Uhr 25, Hauptsendezeit.

In Porterhouse war das Abendessen beendet. Es war zur Abwechslung einmal eine entspannte Angelegenheit gewesen, ohne den sonst bei Zusammenkünften der Fellows üblichen verbalen Schlagabtausch. Statt dessen herrschte eine seltsame Freundlichkeit. Selbst der Rektor dinierte im Speisesaal, und dem zu seiner Rechten sitzenden Dekan gelang es, nicht ausfallend zu werden. Es war, als sei ein Waffenstillstand vereinbart worden.

»Ich habe mir große Mühe gegeben, die einflußreicheren Mitglieder der Porterhouse-Gesellschaft über die Sendung zu informieren«, teilte er dem Rektor mit.

»Ausgezeichnet«, sagte Sir Godber. »Wir sind Ihnen ganz gewiß sehr zu Dank verpflichtet, Herr Dekan.« Der Dekan verkniff sich ein Kichern. »Man tut, was man kann«, sagte er. »Wenn es dem Wohle des Colleges dient. Infolge der Anstrengungen des jungen Carrington bekommen wir womöglich die eine oder andere beträchtliche Spende für den Restaurierungsfonds.«

»Ich halte ihn für einen sehr verständnisvollen Mann«, sagte Sir Godber. »Ungewöhnlich scharfsinnig für…« Fast hätte er »für einen alten Porterhouse-Mann« gesagt, besann sich jedoch eines Besseren.

»Flirty Bertie haben sie ihn genannt, als er Student war«, rief der Kaplan.

»Nun ja, seit dieser Zeit hat er sich offenbar sehr verändert«, sagte Sir Godber.

»Sie haben ihn in den Brunnen getaucht«, fuhr der Kaplan fort. Es blieb die einzige unheilvolle Bemerkung während des Essens.

Anschließend saßen sie bei Kaffee und Zigarren im Gemeinschaftsraum beisammen und warfen gelegentlich einen Blick auf das große Farbfernsehgerät, das man zur Feier des Tages aufgestellt hatte. Um neun sahen sie sich die Nachrichten an, und Arthur, der Kellner, bekam den Auftrag, noch etwas Cognac zu holen. Sir Cathcart traf auf Einladung des Dekans ein, und als die Sendung begann, waren alle Beteiligten im Gemeinschaftsraum versammelt. Alle außer Skullion, der im Studio saß; die Andeutung eines Lächelns ließ seine herben Gesichtszüge unmerklich weicher werden.

Cornelius Carringtons Stimme drang durch die letzten Takte des Eton Boating Song, der den Anfangsaufnahmen von den »Backs«, wie der grüne Uferstreifen am Fluß Cam hieß, sowie von der Kapelle des King's College unterlegt war. »Für viele ist Cambridge eines der bedeutendsten Bildungszentren, eine Wiege von Wissenschaft und Kultur. Hier genossen die großen englischen Dichter ihre Bildung. Milton wirkte im Christ's College.« Auf dem Schirm erschien Miltons Zimmer. »Wordsworth und Tennyson, Byron und Coleridge waren allesamt Cambridge-Studenten.« Die Kamera sprang rasch von einem Fenster im St. John's zu Trinity und Jesus College, ehe sie auf der sitzenden Gestalt Tennysons in der Kapelle von Trinity zur Ruhe kam. »Hier entdeckte Newton«, Newtons Statue leuchtete auf dem Bildschirm auf, »als erster die Gesetze der Schwerkraft, hier spaltete Rutherford, der Vater der Atombombe, als erster das Atom.« Eine Ecke des Cavendish-Laboratoriums tauchte auf, dezent so fotografiert, daß jeder Anschein von Modernität vermieden wurde.

»Ich muß schon sagen, Freund Carrington tendiert dazu, die Jahrhunderte im Eiltempo zu bewältigen«, sagte der Dekan.

»Was hat der Eton Boating Song mit dem King's College zu tun?« fragte Sir Cathcart.

Carrington fuhr fort, Cambridge sei das Venedig der Fens, der Niederungen East Anglias. Aufnahmen der Seufzerbrücke, Stakkähne, Grantchester. Studenten strömten aus den Hörsälen in die Mill Street. Carringtons sanfte Stimme verkündete den Ruhm Cambridges.

»Doch heute abend werden wir einen Blick auf ein College werfen, das selbst in der unberührten Welt von Cambridge einzigartig dasteht.«

Der Rektor beugte sich vor und starrte auf das Collegewappen über dem Haupttor. Neben ihm rutschten die Fellows auf ihren Stühlen hin und her. Das Eindringen in ihre Privatsphäre hatte begonnen; und es sollte weitergehen. Carrington bat sein Publikum, sich sein ehemaliges College, diesen Anachronismus, genauer anzusehen. Der salbungsvolle Tonfall war aus seiner Stimme gewichen. Ein neuer, irritierend schriller Ton hatte sich eingeschlichen und bereitete die Zuschauer darauf vor, daß die nun folgenden Bilder sie durchaus schockieren und überraschen könnten. Damit wurde angedeutet, daß Porterhouse mehr sei als nur ein College und die dortige Krise die Entscheidung symbolisierte, vor die sich das ganze Land gestellt sah. Im Gemeinschaftsraum starrten die Fellows verdutzt auf den Bildschirm. Bei diesem neuen Tonfall fröstelte sogar Sir Godber. Er hatte kaum damit gerechnet, das Wort »Malaise« im Zusammenhang mit dem Zustand des Colleges zu hören, und als die Kamera – nachdem sie durch den Alten Hof und den Portikus geschwebt war – die Plastikabdeckung des Turmes heranholte, stöhnte man im Gemeinschaftsraum wie aus einem Munde entsetzt auf.

»Was trieb einen brillanten jungen Wissenschaftler dazu, seinem Leben und dem einer älteren Frau auf so kuriose Weise ein Ende zu setzen?« fragte Carrington. Dann machte er sich daran, die näheren Umstände von Zipsers Tod auf eine Art zu beleuchten, die seiner Vorwarnung, die Zuschauer müßten damit rechnen, schockiert und überrascht zu werden, alle Ehre machte.

»Großer Gott«, rief Sir Cathcart, »was hat dieses Ekel bloß vor?« Der Dekan schloß die Augen, und Sir Godber nahm einen großen Schluck Cognac.

»Ich fragte den Herrn Dekan um seine Meinung«, fuhr Carrington fort, und der Dekan öffnete die Augen, um einen Blick auf sein eigenes Gesicht zu werfen, das nun auf dem Schirm erschien.

»Meiner Ansicht nach kommen die jungen Männer heutzutage mit dem Kopf voll von anarchistischem Unfug hierher. Offenbar sind sie überzeugt, die Welt unter Gewaltanwendung verändern zu können«, hörte der Dekan sich selbst der Welt sagen.

»So war das nicht gemeint«, rief der Dekan. »Von Zipser war nie die Rede!«

Carrington widersprach. »War es für Sie der selbstzerstörerische Nihilismus eines überarbeiteten jungen Mannes?« fragte er.

»Porterhouse war schon immer ein sportorientiertes College. Früher haben wir versucht, ein Gleichgewicht zwischen Wissenschaft und Sport zu schaffen«, erwiderte der Dekan.

»Die Frage hat er mir nie gestellt«, brüllte der echte Dekan. »Er reißt meine Worte aus dem Zusammenhang.«

»Das war in Ihren Augen kein Akt sexueller Verirrung?« unterbrach Carrington.

»Im Collegeleben spielt Promiskuität keine Rolle«, bestätigte der Dekan.

»Sie haben aber Ihre Meinung deutlich geändert, Dekan«, rief der Kaplan. »Das höre ich aus Ihrem Mund zum erstenmal.«

»Das habe ich nie gesagt«, brüllte der Dekan. »Ich sagte ...«

»Pst«, sagte Sir Godber, »ich möchte gern hören, was Sie gesagt haben.«

Der Dekan lief puterrot an, während Carrington fortfuhr. »Ich unterhielt mich mit dem Kaplan von Porterhouse im Garten der Fellows«, teilte er der Öffentlichkeit mit. An die Stelle des Dekans und des Bischofs Firebrace waren Steingärten, Ulmen und zwei winzige Gestalten getreten, die über den Rasen schlenderten.

»Ich hätte nie gedacht, daß der Garten so groß ist«, sagte der Kaplan nach einem Blick auf seine weit entfernte Gestalt.

»Das liegt an der Verzerrung durch das Weitwinkelobjektiv ...«, setzte Sir Cathcart zu einer Erklärung an.

»Verzerrung?« knurrte der Dekan. »Verzerrt ist gar kein Ausdruck, die ganze verfluchte Sendung stellt eine einzige Verzerrung dar.«

Die Kamera holte den Kaplan näher heran.

»Das College hatte früher mal ein Bordell, müssen Sie wissen. Die Leute tun gerne so, als sei es ein Nonnenkloster gewesen, doch in Wirklichkeit war's ein Puff. Im fünfzehnten Jahrhundert war so was ganz normal«, hallte die Stimme des Kaplans über den Rasen. »Brannte 1541 ab. Wirklich sehr schade. Soll nicht heißen, daß es keine Nonnen waren. In solchen Dingen waren die Katholiken immer sehr tolerant.«

»Soviel zur ökumenischen Bewegung«, murmelte der Obertutor.

»Sie sind also nicht der Meinung des Dekans, daß...«, begann Carrington.

»Der Meinung des Dekan? Auf gar keinen Fall«, rief der Kaplan. »Bin ich noch nie gewesen. Komischer Vogel, dieser Dekan. Die vielen Fotos von jungen Männern in seinem Zimmer! Außerdem wird er langsam alt. Wie wir alle, wie wir alle.« Langsam entfernte sich die Kamera und ließ den Kaplan als einsame Gestalt in der Landschaft zurück, deren Stimme leiser wurde, bis sie wie das entfernte Krächzen von Saatkrähen klang.

Der Kaplan wandte sich an den Obertutor. »Das war wirklich nett, sich so auf dem Bildschirm zu sehen. Ungemein aufschlußreich.« Aus der Ecke des Dekans ertönte ein ersticktes Grunzen. Auch der Obertutor schluckte und starrte auf den Fluß bei Fen Ditton. Ein Achter bog um die Flußbiegung namens Grassy Corner, hinter ihm her strampelte ein Berufsjugendlicher mit Sportjacke und Mütze. Als der Achter näher gekommen war und wieder verschwunden war, füllte das verschwitzte Gesicht des Obertutors das Bild. Er hielt an und stieg vom Rad. Carringtons Stimme durchbrach sein Japsen.

»Sie sind nun seit zwanzig Jahren Trainer, und in diesem Zeitraum müssen Sie einige grundlegende Veränderungen in Porterhouse miterlebt haben. Was halten Sie von der Sorte junger Männer, die heutzutage Cambridge besucht?«

»Ich habe in meinem Leben schon so manches hasenfüßige

Schwein gesehen«, brüllte der Obertutor, »aber etwas Derartiges ist mir noch nicht untergekommen. So eine erbärmliche Memmenhaftigkeit habe ich noch nie erlebt.«

»Würden Sie das aufs Rauchen von Gras zurückführen?« erkundigte sich Carrington.

»Natürlich«, antwortete der Obertutor, um gleich darauf vom Bildschirm zu verschwinden.

Im Gemeinschaftsraum war der Obertutor sprachlos vor Wut. »Solche Fragen hat er mir überhaupt nicht gestellt. Er war nicht mal da«, keuchte er schließlich. »Mir hat er erzählt, er würde mich einfach nur am Fluß filmen.«

»Das nennt sich dichterische Freiheit«, sagte der Kaplan und schwieg dann wieder, als Carrington und der Obertutor im Speisesaal zwischen den Tischen umherschlendernd auftauchten. Die Kamera richtete sich auf mehrere Porträts übergewichtiger Rektoren, ehe sie auf dem Obertutor verweilte.

»Schon seit langer Zeit erfreut sich Porterhouse des Rufes, daß man hier versteht zu leben«, sagte Carrington. »Würden Sie sagen, die mit der Bereitstellung von Kaviar oder getrüffelter Entenpastete verbundenen Ausgaben seien zur Erzielung wissenschaftlicher Leistungen wirklich notwendig?«

»Meiner Meinung nach läßt sich unser Erfolg weitgehend auf die in Porterhouse angebotene ausgewogene Ernährung zurückführen«, sagte der Obertutor. »Sie können von den Leuten keine guten Leistungen erwarten, wenn sie nicht angemessen ernährt werden.«

»Soviel ich weiß, geben Sie für das alljährliche Festmahl aber recht beträchtliche Summen aus. Würden Sie sagen, daß die Schätzung von 2000 Pfund für eine einzige Mahlzeit zutrifft?« erkundigte sich Carrington.

»Wir verfügen über eine gut ausgestattete Küche«, gab der Obertutor zu.

»Ich nehme an, das College spendet viel Geld an Brot für die Welt«, sagte Carrington.

»Das geht Sie verdammt noch mal gar nichts an«, rief der Obertutor. Die Kamera folgte ihm beim Verlassen des Speisesaals.

Während die niederschmetternden Enthüllungen fortgesetzt wurden, saßen die Fellows verdattert im Gemeinschaftsraum. Carrington verbreitete sich über die dürftigen Leistungen des Colleges auf wissenschaftlichem Gebiet und interviewte dann mehrere Studenten, die mit dem Rücken zur Kamera saßen, um ihre Anonymität zu wahren, und behaupteten, sie hätten eine Relegation zu befürchten, falls die leitenden Mitglieder ihre Identität erführen. Sie beschuldigten die Collegeleitung, borniert und politisch unglaublich reaktionär zu sein und... So ging es immer weiter. Sir Godber brach seine Lanze für soziales Engagement als Gütezeichen eines gebildeten Geistes, und plötzlich veränderte sich die Szenerie. Verschwunden waren die Bilder aus Cambridge, und die Fellows starrten mit aschfahlen Gesichtern auf Skullion, wie er breit auf seinem Stuhl im Studio saß. Die Kamera schwenkte auf Carrington. »In den soeben von uns gesendeten Interviews hörten wir vieles, was die von Institutionen wie Porterhouse gespielte Rolle rechtfertigt, aber auch anderes, das, wie manche sagen würden, diese in Frage stellt. Wir hörten, wie alte Traditionen verteidigt wurden. Wir hörten, wie Privilegien von der progressiven Jugend angegriffen wurden, und wir hörten sehr viel über soziales Engagement; doch jetzt haben wir einen Mann im Studio, der besser als jeder andere über Porterhouse Bescheid weiß, dessen Wissen vier Jahrzehnte umspannt. Sie, Mr. Skullion, waren also über vierzig Jahre lang der Pförtner von Porterhouse?«

Skullion nickte. »Ja«, sagte er.

»Sie traten Ihre Stellung 1928 an?«

»Ja.«

»Und 1945 ernannte man Sie zum Oberpförtner?«

»So ist es.«

»Dann waren Sie lange genug im College, um Zeuge einiger bemerkenswerter Veränderungen zu werden?« Skullion nickte folgsam. »Und jetzt sind Sie, wie ich höre, gefeuert worden«, sagte Carrington. »Können Sie sich denken, warum?«

Skullion machte eine Pause, während die Kamera zu einer Großaufnahme heranfuhr.

»Ich wurde entlassen, weil ich mich dagegen gewehrt habe, daß für die jungen Herren im College ein Kondomautomat aufgestellt wird«, verkündete Skullion drei Millionen Zuschauern. Es entstand eine Pause, während der die Kamera auf Carrington zurückschwenkte, der gebührend schockiert und überrascht aussah.

»Ein Kondomautomat?« wiederholte er. Skullion nickte.

»Ein Kondomautomat. Ich finde, es gehört sich nicht, daß die rangältesten Mitglieder eines College wie Porterhouse junge Männer auch noch ermuntern, so etwas zu tun.«

»O mein Gott«, sagte der Rektor. Der neben ihm sitzende Obertutor glotzte mit weit aufgerissenen Augen auf den Schirm, während der Dekan offenbar gerade an einem schrecklichen Krampf litt. Sämtliche Fellows starrten auf Skullion, als sähen sie ihn zum ersten Mal, als sei die ihnen bekannte Karikatur mittels des sie trennenden Gerätes unvermittelt lebendig geworden. Skullions Präsenz erfüllte den Raum. Selbst Sir Cathcart bemerkte die Veränderung und setzte sich stocksteif in seinem Sessel auf; neben ihm wimmerte der Schatzmeister. Nur den Kaplan ließ das alles kalt. »Skullion formuliert erstaunlich flüssig«, stellte er fest, »und vieles hat durchaus Hand und Fuß.«

Carrington schien an Statur verloren zu haben. »Sie billigen diesen Plan der Collegeleitung nicht?« fragte er matt.

»Natürlich nicht«, antwortete Skullion. »Man sollte jungen Menschen nicht beibringen, sie seien berechtigt zu machen, was sie wollen. So läuft es im Leben nicht. Ich wollte kein Pförtner werden. Ich mußte mir meine Brötchen verdienen. Nur weil einer in Cambridge war und einen Abschluß hat, muß ihn das Leben noch lange nicht anders behandeln. Seine Brötchen muß er trotzdem verdienen, stimmt's?«

»Wie wahr«, sagte Carrington und überlegte krampfhaft, wie er das Gespräch wieder auf den Ausgangspunkt zurückbringen konnte. »Und Sie glauben ...«

»Ich glaube, sie haben Angst bekommen«, sagte er. »Sie fürchten sich. Toleranz nennen sie's, dabei ist es ganz was anderes. Nämlich Feigheit.«

»Feigheit?« Carrington wurde immer perplexer.

»Ist doch überall das gleiche. Die geben ihnen Diplome, auch wenn sie keinen Finger gerührt haben. Lassen sie rumlaufen wie ungewaschene Vogelscheuchen. Schmeißen sie nicht mehr raus, wenn sie Rauschgift nehmen. Lassen sie nachts nach Hause kommen, wann sie wollen, und Frauen mit aufs Zimmer nehmen. Als ich Pförtner wurde, haben sie einen Studenten nur kurz gemustert und ihn gleich rausgeschmissen, und das war richtig so, aber heute, heute stellen sie einen Pariserautomaten aufs Klo, damit sie sich wohl fühlen. Und was ist mit den Homos?« Carrington erbleichte.

»Darüber müßten Sie eigentlich Bescheid wissen«, erklärte Skullion. »Sind damals in den Brunnen getaucht worden oder etwa nicht? Kann mich noch an den Abend erinnern, als man Sie getaucht hat. Und das war auch richtig so. Ist nichts als Feigheit. Hören Sie mir doch auf mit Toleranz.« Carrington schielte hektisch zum Aufnahmeleiter hinter der getönten Glasscheibe, doch sie blieben auf Sendung.

»Und was ist mit mir?« fragte Skullion in die vor ihm stehende Kamera. »Vierzig Jahre lang für einen Hungerlohn geschuftet, und dann feuern Sie mich wegen nichts. Ist das gerecht? Toleranz wollen Sie? Na, warum ist man nicht so tolerant und läßt mich arbeiten? Jeder Mensch hat ein Recht auf Arbeit, oder etwa nicht? Ich hab' ihnen Geld angeboten, damit sie mich behalten. Fragen Sie doch den Schatzmeister, ob ich ihnen nicht meine Ersparnisse angeboten habe, um dem College zu helfen.«

Carrington ergriff den Strohhalm. »Sie haben dem Schatzmeister Ihre gesamten Ersparnisse angeboten, um dem College zu helfen?« fragte er mit der ganzen Begeisterung, die ihm die Enthüllungen über sein Geschlechtsleben noch belassen hatten.

»Er sagte, sie könnten es sich nicht leisten, mich als Pförtner zu behalten«, erklärte Skullion. »Er sagte, sie müßten die Rhyder Street verkaufen, um die Reparaturen am Turm zu bezahlen.«

»Und Sie wohnen in der Rhyder Street?«

»Da wohnen alle College-Bediensteten. Sie haben kein Recht, uns aus unseren eigenen Häusern zu werfen.«

Im Gemeinschaftsraum sahen Rektor und Fellows von Porterhouse mit an, wie der Ruf des Colleges unter Skullions Anklagen zerbröselte. Das war nicht mehr »Carrington über Cambridge«. Jetzt hatte Skullion übernommen, und seine Nostalgie war echter und überzeugender. Einen bleichen und mitgenommenen Carrington neben sich, zog Skullion alle Register. Er sprach mit einer typischen englischen, maulfaulen Eloquenz von den alten Tugenden, von Mut und Loyalität. Er rühmte längst verstorbene Gentlemen und zog über noch lebende Männer her. Er betonte, wie wertvoll Traditionen für das Collegeleben seien, verglichen mit den schäbigen Neuerungen von heute. Er brachte seine Bewunderung für Gelehrsamkeit alter Schule zum Ausdruck und lehnte wissenschaftliche Forschung ab. Er pries die Weisheit und wehrte sich dagegen, diese mit Wissen zu verwechseln. Vor allem aber erhob er auf das Recht zu dienen Anspruch, verbunden mit dem Recht auf faire Behandlung. In Skullions Forderung schwang kein ungeduldiges Jammern mit. Eine mythische Vergangenheit ließ er hochleben, und das fand in einer Million Haushalte ein breites Echo.

Gegen Ende der Sendung war die Telefonzentrale der BBC durch die Anrufe von Menschen aus dem ganzen Land zusammengebrochen, die Skullions Kreuzzug gegen die Moderne unterstützten.

- 18 -

Noch lange, nachdem Skullions schreckliches Abbild verschwunden war und der Schatzmeister das Gerät ausgeschaltet hatte, saßen die Fellows vor dem leeren Bildschirm im Gemeinschaftsraum. Schließlich brach der Kaplan das Schweigen.

»Sehr interessanter Standpunkt, der von Skullion«, sagte er, »obwohl ich zugeben muß, daß ich wegen der Wirkung auf den Restaurierungsfonds so meine Zweifel hege. Was halten Sie von der Sendung, Rektor?«

Sir Godber unterdrückte einen Schwall von Flüchen. »Ich kann mir nicht denken«, sagte er in dem verzweifelten Versuch, Ruhe zu bewahren, »daß viele den Worten eines Collegeportiers Beachtung schenken werden. Die Öffentlichkeit hat glücklicherweise kein sehr gutes Gedächtnis.«

»Verfluchter Schurke«, knurrte Sir Cathcart. »Gehört ausgepeitscht.«

»Was? Skullion?« fragte der Obertutor.

»Dieses Schwein Carrington«, rief der General.

»Überhaupt war es Ihre Idee«, sagte der Dekan.

»Meine Idee?« brüllte Sir Cathcart. »Sie haben ihm diesen Floh ins Ohr gesetzt.«

Der Kaplan griff ein. »Ich bin schon immer der Ansicht gewesen, daß es ein Fehler war, ihn in den Brunnen zu tauchen.«

»Morgen früh werde ich meinen Anwalt konsultieren«, erklärte der Dekan. »Ich glaube, wir haben genug Gründe für eine Anzeige. Schließlich gibt es ja so etwas wie Verleumdung.«

»Ich muß gestehen, daß ich keinerlei Anlaß zu juristischen Schritten sehe«, sagte der Kaplan. Bei dem Gedanken an solche Schritte wurde Sir Godber ganz anders.

»Er hat sich Fragen auf bereits von mir gegebene Antworten aus den Fingern gesogen«, sagte der Obertutor.

»Das ist schon möglich«, räumte der Kaplan ein, »aber es zu beweisen, dürfte Ihnen schwerfallen. Würde man jedenfalls mich fragen, dann müßte ich antworten, daß er unsere Ansichten dem Geiste, wenn auch nicht dem Buchstaben nach korrekt wiedergegeben hat. Schließlich finden Sie ja wirklich, daß die jetzige Studentengeneration … wie hieß es doch gleich? … ein Haufen hasenfüßiger Schweine ist. Daß Sie dies jetzt in aller Öffentlichkeit verkündet haben, mag zwar bedauerlich sein, aber wenigstens ist es ehrlich.«

Sie wetterten immer noch, als der Rektor eine Stunde später endlich den Gemeinschaftsraum verließ und sich durch den Garten in sein Haus begab, erschöpft von der Sendung und dem bösen Blut, das sie unter den Fellows erzeugt hatte. Über den Rasen stolpernd, war er sich immer noch nicht sicher, welche Folgen die Sendung haben würde. Er versuchte sich mit dem Gedanken zu beruhigen, daß die öffentliche Meinung im großen und ganzen fortschrittlich sei, und daß ihn sein Ruf als Reformpolitiker sicher durch den zu erwartenden Schrei der Entrüstung lotsen würde. Was hatte ihn eigentlich an seinem eigenen Fernsehauftritt so entsetzt? Zum ersten Mal im Leben hatte er sich so gesehen, wie andere ihn sahen: als alten Mann, der mit absolut nicht überzeugend wirkender Überzeugung Klischees herunterbetete. Er betrat das Haus und schloß die Tür.

Im Schlafzimmer im Obergeschoß entledigte Lady Mary sich träge ihres Korsetts. Sie hatte sich die Sendung allein angesehen und sie auf merkwürdige Weise anregend gefunden. Zum einen hatte sie ihre Meinung vom College bestätigt, zum anderen hatte sie der warme Hermaphrodismus Cornelius Carringtons aufs neue erregt. Das Alter und der Rubikon Klimakterium hatten Lady Marys Appetit auf solche Männer verstärkt, zudem fand sie seine verletzliche Mittelmäßigkeit anrührend. Wie immer bei Lady Mary wurde auch diese Zuneigung durch die Entfernung verklärt, und einen kurzen hemmungslosen Augenblick lang sah sie sich als intime Gönnerin dieses Idols der Medien. Sir Godber, das mußte sie zugeben, war verbraucht, Carrington dagegen immer noch einflußreich. Sie dämpfte diesen Impuls mit Gold Cream, doch es war noch genug Lebhaftigkeit vorhanden, um Sir Godber zu überraschen, als der ins Bett kam.

»Das ging doch alles in allem ziemlich gut, findest du nicht?« fragte sie, als der Rektor müde seine Schnürsenkel löste. Sir Godber sah niedergeschlagen auf.

»Natürlich, am Schluß kam dann diese gräßliche Kreatur«, gab Lady Mary zu. »Mir ist unbegreiflich, was der da zu suchen hatte.«

»Mir nicht«, sagte Sir Godber.

»Ansonsten hat mir die Sendung gefallen. Der Dekan gab eine sehr dümmliche Figur ab.«

»Wir haben alle eine unglaublich schlechte Figur abgegeben«, entgegnete Sir Godber.

»Gewarnt hat er dich ja«, erinnerte ihn Lady Mary. »Er sagte, er müsse beide Seiten des Problems zeigen.«

»Daß er es von unten zeigen müsse, hat er nicht gesagt«, fauchte

Sir Godber. »Er hat uns alle wie Vollidioten aussehen lassen, und was Skullion angeht, so könnte man meinen, wir hätten dem verdammten Kerl Unrecht getan.«

»Gehst du da nicht ein bißchen zu weit?« fragte Lady Mary. »Schließlich sah doch jeder, daß er ein entsetzlicher Hornochse ist.«

Sir Godber ging ins Bad und putzte sich die Zähne, während Lady Mary es sich mit der neuesten Verbrechensstatistik gemütlich machte.

Skullion saß im »Shepherd's Bush«, rauchte sein Pfeifchen und trank Whisky, während Carrington den Produzenten der Sendung anbrüllte.

»Sie hatten kein Recht, ihn weiterreden zu lassen«, schrie er. »Sie hätten ihm den Saft abdrehen müssen.«

»Es ist Ihre Sendung, mein Lieber«, sagte der Produzent. Das Telefon klingelte. »Außerdem weiß ich gar nicht, warum Sie sich so aufregen. Die Zuschauer fanden ihn ganz toll. Das Telefon klingelt ununterbrochen.« Er hörte einen Moment zu und wandte sich dann an Carrington. »Elsie ist dran. Sie will wissen, ob er für ein Interview zur Verfügung steht.«

»Elsie?«

»Elsie Controp. Vom *Observer*«, sagte der Produzent.

»Nein, tut er nicht«, schrie Carrington.

»Ja, er ist hier«, sagte der Produzent in die Muschel. »Wenn Sie vorbeikommen, erwischen Sie ihn vielleicht noch.« Er legte den Hörer auf.

»Ist Ihnen eigentlich klar, daß er uns wahrscheinlich verklagen wird?« fragte Carrington. Das Telefon klingelte. »Ja?« sagte der Abteilungsleiter. Er drehte sich zu Carrington um. »Sie wollen ihn am Montag für die Talk-Show haben. Geht das in Ordnung?«

»Um Gottes willen«, rief Carrington.

»Er sagt, das wäre prima«, sagte der Produzent.

Skullion saß mit Elsie Controp im Aufenthaltsraum. Es war schon elf Uhr durch, doch Skullion fühlte sich nicht müde. Sein Auftritt hatte ihn belebt, und der Whisky hatte ein übriges getan. »Soll das heißen, die Collegeleitung akzeptiert Kandidaten, die weder Aufnahmeprüfungen abgelegt noch Abitur haben?« wollte Miss Controp wissen. Skullion nahm noch einen Schluck Whisky und nickte.

»Und ihre Eltern spenden in einen Fonds?« Wieder nickte Skullion. Miss Controps Bleistift huschte über ihren Notizblock.

»Und das ist in Porterhouse ein gängiges Verfahren?« fragte sie. Skullion bestätigte dies.

»Und andere Colleges nehmen Kandidaten nach der gleichen Methode auf?«

»Wenn man reich genug ist, kommt man normalerweise in jedes College rein«, teilte Skullion ihr mit. »Das soll nicht heißen, daß sie alle wie in Porterhouse für einen Fonds spenden, aber rein kommen sie auch.«

»Aber wie machen sie ihr Examen, wenn sie keine Prüfungen bestehen?«

Skullion lächelte. »Oh, sie fallen durch die Abschlußprüfung. Dann bekommen sie ein ›Bestanden‹. Das College schlägt sie trotzdem für einen Titel vor, und den bekommen sie dann. Es ist Betrug.«

»Das können Sie aber laut sagen«, pflichtete ihm Miss Controp aus vollem Herzen bei. Skullion verbrachte die Nacht in einem Hotel in Bayswater. Samstag besuchte er den Zoo, und am Sonntag blieb er im Bett und las die *News of the World*; anschließend ging er nach Greenwich und sah sich das alte Segelschiff *Cutty Sark* an.

Als Sir Godber am Sonntag zum Frühstück kam, fand er Lady Mary in den *Observer* vertieft. Ihrem Gesichtsausdruck entnahm er, daß sich in irgendeinem Winkel der Welt ein Unglück ereignet hatte.

»Wo ist es denn diesmal?« fragte er müde. Lady Mary antwortete nicht. »Das muß ja wirklich eine entsetzliche Katastrophe sein«, dachte Sir Godber und nahm sich einen Toast. Er kaute geräuschvoll vor sich hin und schaute aus dem Fenster. Der Samstag war ein unangenehmer Tag gewesen. Etliche Ehemalige hatten ihm telefonisch mitgeteilt, wie sehr sie ihm den Rausschmiß von Skullion verübelten, und daß sie hofften, der Rektor werde sich in Zukunft jede Veränderung im College gut überlegen. Verschiedene führende Londoner Zeitungen hatten ihn nach seiner Meinung gefragt. Die BBC war mit der Bitte an ihn herangetreten, er möge doch in der Talk-Show *Talk-In* auftreten. Er war sogar vom Verband der Verhütungsmittelhersteller angerufen und zu seinem Standpunkt beglückwünscht worden. Alles in allem war der Rektor nicht in Stimmung, um Lady Marys Mitleid mit irgendwelchen elenden, erkrankten, verarmten oder katastrophengeschädigten Völkern am anderen Ende des Erdballs zu ertragen. Er hätte selbst etwas Mitgefühl vertragen können.

Er schaute von seinem Toast auf und bemerkte, daß seine Frau ihn ungewöhnlich streng ansah.

»Godber«, sagte sie, »es ist schlichtweg schrecklich.«

»Das habe ich mir fast gedacht«, sagte der Rektor.

»Du mußt sofort etwas unternehmen.«

Sir Godber legte die Toastscheibe wieder hin. »Meine Liebe«, sagte er, »meine Kapazität, etwas gegen das unmenschliche Vorgehen von Mensch gegen Mensch, Natur gegen Mensch oder Mensch gegen Natur zu unternehmen, ist äußerst begrenzt. Soviel habe ich inzwischen gelernt. Was auch immer dir heute morgen ob der mißlichen Lage der Menschheit solch heftige Besorgnis und Seelenpein bereitet, ich kann rein gar nichts dagegen tun. Mir fällt es schon schwer genug, im College ...«

»Ich spreche vom College«, unterbrach ihn Lady Mary. Sie warf ihm die Zeitung über den Tisch zu, und Sir Godber starrte auf die Schlagzeilen: COLLEGE IN CAMBRIDGE VERKAUFT AKADEMISCHE TITEL. PFÖRTNER ENTHÜLLT KORRUPTION, von Elsie Controp. Unter den Schlagzeilen fand sich ein Foto von Skullion, und mehrere Spalten waren einer Analyse finanzieller Verhältnisse von Porterhouse gewidmet.

Der Rektor atmete tief durch und las:

»In Porterhouse College, einem der gesellschaftlich exklusiveren Colleges von Cambridge, war es laut Mr. James Skullion, dem Collegepförtner, üblich, akademische Titel an unqualifizierte Söhne wohlhabender Eltern zu verkaufen.«

»Na?« sagte Lady Mary, bevor Sir Godber weiterlesen konnte.

»Na was?« sagte der Rektor.

»Du mußt etwas dagegen unternehmen. Es ist unerhört.«

Der Rektor schaute seine Frau böse an. »Wenn du mir Zeit lassen würdest, den Artikel zu lesen, fiele mir vielleicht etwas ein. Bisher hatte ich weder Zeit, seine Bedeutung noch das bißchen Frühstück zu verdauen, das...«

»Du mußt in einer Presseverlautbarung diese Behauptungen dementieren«, verlangte Lady Mary.

»Ganz recht«, sagte Sir Godber. »Da sie aber nach dem, was ich bisher lesen konnte, offenbar völlig zutreffend sind, würde das niemandem – am allerwenigsten mir – irgend etwas nützen. Skullion bekäme vor Gericht vielleicht sogar ein Schmerzensgeld zugesprochen, weil man ihn einen Lügner genannt hat.«

»Willst du damit etwa andeuten, daß du den Verkauf von Titeln geduldet hast?«

»Geduldet?« schrie der Rektor. »Geduldet? Was zum Teufel willst du damit...«

»Godber«, warnte ihn Lady Mary. Der Rektor verfiel in gekränktes Schweigen und versuchte, den Artikel zu Ende zu lesen, während Lady Mary einen Sermon über die Ungeheuerlichkeit von Bestechung und Korruption, Privatschulen und die kommerzielle Ethik oder deren Fehler in der Mittelklasse vom Stapel ließ. Als er zu Ende gefrühstückt hatte, fühlte sich der Rektor wie ein mißhandeltes Kleinkind.

»Ich gehe ein wenig spazieren«, sagte er und stand vom Tisch auf. Draußen schien die Sonne, und im Garten zeigten sich die ersten Osterglocken. Das gleiche galt für die Protestdemonstration. Vor dem Haupttor saßen mehrere Jugendliche auf dem Bürgersteig und hielten Transparente mit der Aufschrift SKULLION WIEDEREINSTELLEN in die Höhe. Gesenkten Hauptes ging der Rektor an ihnen vorbei in Richtung Fluß und fragte sich, warum seine wohlmeinenden Versuche, radikale Veränderungen zu bewirken, immer den Widerstand derjenigen provozierten, in deren Interesse er handelte. Aus welchem Grund besaß ausgerechnet Skullion, dessen Vorstellungen im höchsten Maße vorsintflutlich waren und der diese langhaarigen Jugendlichen vom Haupttor verjagt hätte, jetzt ihre Sympathie? Den politischen Einstellungen in England haftete etwas Perverses an, das sich jeder Logik entzog. Wenn er auf sein Leben zurückschaute, fühlte Sir Godber sich ungerecht behandelt. »Die Rechte kriegt die Macht, der Linken gibt man die Schuld«, dachte er. »Das übersteigt langsam meine Geduld.« Während er auf dem Fußweg quer über Sheep's Green auf Lammas Land zusteuerte, träumte er von einer Zukunft, in der alle Menschen glücklich und alle Probleme gelöst sein würden. Lammas Land. Das Land des Tages, der nie kommen würde.

Der Dekan las den *Observer* nicht. Daß dessen Berichterstattung auf die Fehlfunktionen des politischen wie des physischen Körpers besonders viel Wert legte, war ganz und gar nicht nach seinem Geschmack. Genauer gesagt, war keine der Sonntagszeitungen nach seinem Geschmack. Ihm war ein offener und ehrlicher Agnostizismus lieber, weswegen er auch den Morgengottesdienst in der Collegekapelle besuchte, wo man sich darauf verlassen konnte, daß die lautstark vorgetragene Predigt des Kaplans die Defizite seiner Gemeinde wettmachte, denn der betonte Dinge, die für die seelischen Bedürfnisse der wenigen Anwesenden völlig irrelevant waren, und gerade das fand der Dekan ungemein beruhigend. Daher stellte er ein wenig überrascht fest, daß der Kaplan einen Text aus Jeremia 17, Vers 11 gewählt hatte: »Denn gleichwie ein Vogel, der sich über Eier setzt, und brütet sie nicht aus, also ist der, so unrecht Gut sammelt; denn er muß davon, wenn er's am wenigsten achtet, und muß doch zuletzt Spott dazu haben.« Zum Glück für den Dekan machte er sich so viele Gedanken über die fortdauernde Existenz dieser als Eltern doch offenkundig ungeeigneten Vögel, daß er von den Ausführungen des Kaplans nicht viel mitbekam. Als er gegen Ende der Predigt aus seiner Träumerei erwachte, mußte er mitanhören, wie der Kaplan merkwürdig unverblümt die Praxis des Colleges kritisierte, Studenten aufzunehmen, deren einziges Verdienst darin bestand, Söhne betuchter Eltern zu sein. »Vergessen wir nicht die Worte des Herrn: ›Es ist leichter, daß ein Kamel durch ein Nadelöhr gehe, denn daß ein Reicher ins Reich Gottes komme‹«, rief der Kaplan. »Wir haben zu viele Kamele in Porterhouse.« Er stieg von der Kanzel herunter, und der Gottesdienst endete mit dem Lied »Löwen, laßt euch wiederfinden«. Der Dekan und der Obertutor gingen gemeinsam.

»Ein höchst sonderbarer Gottesdienst«, sagte der Dekan. »Offenbar setzen dem Kaplan die verschiedensten Tierarten mächtig zu.«

»Ich glaube, Skullion fehlt ihm«, sagte der Obertutor.

Nachdenklich schritten sie durch den Kreuzgang. »Nach dieser furchtbaren Sendung würde ich kaum soweit gehen zu behaupten, daß er mir fehlt«, sagte der Dekan, »obwohl ich einräume, daß er ein großer Verlust für das College ist.«

»In mehr als einer Hinsicht«, ergänzte der Obertutor. »Ich aß gestern im Emmanuel College zu Abend.« Er schüttelte sich bei dem Gedanken daran.

»Sehr empfehlenswert«, sagte der Dekan. »Ich versuche, Emmanuel tunlichst zu meiden. Ich aß dort einmal ein paar Koteletts, die mir schlecht bekommen sind.«

»Das Essen ist mir kaum aufgefallen«, sagte der Obertutor. »Ich fand die Unterhaltung nicht angenehm.«

»Carrington, nehme ich an?«

»Das Thema wurde kurz angeschnitten«, sagte der Obertutor. »Ich gab mir alle Mühe, es herunterzuspielen. Nein, ich dachte eigentlich eher an etwas, das mir der alte Saxton erzählt hat. Anscheinend kursiert das nicht einmal unbegründete Gerücht, Skullions Behauptung, er habe seine gesamten Ersparnisse dem College angeboten, sei nicht unfundiert.«

Auf der Suche nach Gewißheit quälte sich der Dekan durch diesen Sumpf doppelter Negationen. »Aha«, meinte er schließlich, nicht ganz sicher, wie weit er sich festlegen sollte.

»Wenn ich Saxton richtig verstanden habe, weiß er aus erster Hand, daß Skullions Vermögen viel größer ist, als man hätte annehmen können.«

»Ich habe ja schon immer gesagt, daß Skullion unbezahlbar ist«, sagte der Dekan.

»Es war von ungefähr einer Viertelmillion Pfund die Rede«, sagte der Obertutor.

»Kann man unmöglich annehm ... Wieviel?« fragte der Dekan.

»Eine Viertelmillion Pfund.«

»Großer Gott!«

»Die ihm Lord Wurford hinterlassen hat«, erläuterte der Obertutor.

»Und der verfluchte Schatzmeister hat abgelehnt«, stammelte der Dekan.

»Dadurch bekommt die Sache freilich ein ganz anderes Gesicht, nicht wahr?«

Jedenfalls bekam das Gesicht des Dekans, der im Säulengang stand und nach Atem rang, eine ganz andere Färbung.

»Mein Gott, eine Viertelmillion Pfund. Und der Rektor hat ihm den Stiefel gegeben«, keuchte er. Der Obertutor stützte ihn.

»Kommen Sie doch auf ein Gläschen mit zu mir«, schlug er vor. Sie kamen am Haupttor vorbei, wo ein Jugendlicher ein Transparent hochhielt.

»Skullion wiedereinstellen«, las der Dekan vor. »Diesmal glaube ich, daß die Demonstranten recht haben.«

»Es besteht die Gefahr, daß irgendein anderes College ihn uns wegschnappt«, gab der Obertutor zu bedenken.

»Glauben Sie wirklich?« fragte der Dekan nervös. »Der gute alte Bursche war ... ist solch ein treuer College-Bediensteter.« Sogar in den Ohren des Dekans klang das Wort »Bediensteter« jetzt falsch.

In der Wohnung des Obertutors hingen die Nippes eines begeisterten Ruders wie antike Waffen an den Wänden, ein wahres Trophäenarsenal. Versonnen nippte der Dekan an seinem Sherry.

»Für mich ist einzig und allein Carrington verantwortlich«, sagte er. »Die Sendung war eine Farce. Cathcart hätte ihn nie einladen dürfen.«

»Ich wußte gar nicht, daß er es getan hat«, sagte der Obertutor. Der Dekan wechselte das Thema.

»Ich muß gestehen, daß ich mit Skullion in vielen Dingen einer Meinung bin. Die meisten seiner Anschuldigungen bezogen sich auf den Rektor. Und Sir Godber ist für die ganze schändliche Angelegenheit verantwortlich. Seine Ernennung war ein schwerer Fehler. Er hat dem Renommee des Colleges irreparablen Schaden zugefügt.«

Der Obertutor starrte aus dem Fenster auf den Schaden, der dem Turm zugefügt worden war. Seine Animosität gegen den Dekan – ein Ersatz für die aufgelösten Bindungen seiner Jugend – schwand immer mehr. Ganz gleich, welche Fehler der Dekan haben mochte – und der Obertutor hatte sie im Laufe der Jahre minuziös aufgelistet –, niemand konnte ihm vorwerfen, ein Intellektueller zu sein. Gemeinsam, wenn auch nicht unisono, hatten sie Porterhouse aus dem Fahrwasser der akademischen Verlockungen gelenkt, in das die anderen Colleges in Cambridge geraten waren, und die Integrität der Unwissenheit gepflegt, die den Porterhouse-Männern das nötige Selbstbewußtsein gab, um mit der Komplexität des Lebens fertig zu werden, und das Männern mit einem verfeinerten Sensorium offensichtlich fehlte. Anders als der Dekan, dessen mangelnde Intelligenz natürlich und ungezwungen war, hatte der Obertutor einmal einen Verstand besessen, und nur durch strikteste Selbstdisziplin war es ihm gelungen, im Interesse des Collegegeistes seine Gelehrsamkeit zu unterdrücken. Er hatte eine intellektuelle Entscheidung getroffen, die auf seiner Überzeugung beruhte, daß ein wenig Wissen gefährlich sei, eine Menge jedoch tödlich. Der Schaden, den Zipsers Forschungen am Turm angerichtet hatte, bestätigte ihn in diesem Glauben.

»Ist Ihnen schon einmal der Gedanke gekommen«, sagte der Obertutor und beendete seine Betrachtungen über die Gefahren des Intellektualismus, »daß es möglich sein könnte, aus der Affäre um Carringtons Sendung und den Rausschmiß Skullions einen Nutzen zu ziehen?«

Der Dekan gestand, er habe gehofft, die Sache würde den Rektor schwächen. »Doch dafür ist es jetzt zu spät«, sagte er. »Wir wurden der Lächerlichkeit preisgegeben, wir alle. Es mag ja Collegepolitik sein, Narren mit Freuden zu ertragen, doch leider versteht die Öffentlichkeit unter Hochschulbildung etwas anderes.«

Der Obertutor schüttelte den Kopf. »Meiner Meinung nach übertreiben Sie den Pessimismus«, sagte er. »Ich interpretiere die Lage ganz anders. In gewisser Hinsicht sind wir im Vorteil. Zunächst einmal haben wir Skullion.« Der Dekan wollte schon protestieren, doch der Obertutor hob die Hand. »Hören Sie mich zu Ende an, Dekan, hören Sie mir zu. Ganz gleich, wie lächerlich Freund Carrington uns gemacht haben mag, Skullion hinterließ einen ungemein positiven Eindruck.«

»Auf unsere Kosten«, gab der Dekan zu bedenken.

»Zweifellos, aber Tatsache bleibt, daß die Öffentlichkeit ihm ihre Sympathie schenkt. Nehmen wir einmal an, daß wir – und mit wir meine ich den Collegerat, alle außer dem Rektor – gemeinsam die Wiedereinstellung Skullions fordern. Natürlich würde Sir Godber sich weigern, und es würde bekannt, daß er sich einem solchen Vorschlag widersetzt. Dann sähe man in uns die Fürsprecher des kleinen Mannes, und der Rektor befände sich in einer überaus verzwickten Lage. Wenn wir außerdem vernünftige Argumente für unsere Zulassungsbedingungen anführen ...«

»Völlig unmöglich«, unterbrach der Dekan. »Keiner wird uns ...«

»Ich bin noch nicht fertig«, sagte der Obertutor. »Für die Zulassung von Kandidaten ohne angemessene Qualifikationen lassen sich schlagende Argumente anführen. Wir stellen ein natürliches Ventil für unbegabte Jugendliche dar. Diese notwendige Funktion erfüllt kein anderes College. Nur die Klugen kommen nach King's oder Trinity. New Hall hat zwar auch, gelinde gesagt, merkwürdige Aufnahmebedingungen, aber das ist ein Frauencollege.«

Der Dekan rümpfte geringschätzig die Nase.

»Ganz recht«, sagte der Obertutor. »Worauf ich hinauswill: Ein geschickt formulierter Appell zugunsten der inzwischen Minderbemittelten könnte große öffentliche Unterstützung finden. Dazu unsere Forderung nach Wiedereinstellung Skullions, und schon könnten wir eine scheinbare Niederlage in einen Sieg verwandeln.« Der Obertutor holte die Karaffe und schenkte Sherry nach, während der Dekan über seine Worte nachdachte.

»Da könnte etwas dran sein«, gestand er. »Ich fand es schon immer hochgradig ungerecht, daß nur die intelligente Minderheit von einer Hochschuldbildung profitieren sollte.«

»Meine Rede«, sagte der Obertutor. »Wir sind nicht länger ein College der Privilegierten, sondern werden zum College der intellektuell zu kurz Gekommenen. Es ist lediglich eine Frage der Präferenzen. Mehr noch, da wir nicht auf öffentlich geförderte Studenten angewiesen sind, sparen wir selbstredend Steuergelder. Es bleibt die Frage, wie man diese neue Image der Öffentlichkeit verkauft. Ich muß zugeben, daß mir diese Frage schwer zu schaffen macht.«

»Als erstes müssen wir eine Dringlichkeitssitzung des Collegerates anberaumen und größtmögliche Einmütigkeit bezüglich der Wiedereinstellung Skullions erreichen«, stellte der Dekan fest.

Der Obertutor griff zum Telefon.

- 19 -

Der Collegerat trat am Montag morgen um zehn zusammen. Mehrere Fellows waren verhindert, hatten sich jedoch bereiterklärt, ihre Stimme dem Dekan zu übertragen. Sogar der Rektor, der über die Tagesordnung nur teilweise informiert war, war mit der Sitzung einverstanden. »Wir müssen diese Sache ein für allemal vom Tisch schaffen«, sagte er dem Schatzmeister auf dem Weg in den Sitzungsraum. »Nach den Behauptungen im gestrigen *Observer* ist es unbedingt erforderlich geworden, einen klaren Schnitt mit der Vergangenheit zu machen.«

»Jedenfalls waren sie sehr peinlich für uns«, sagte der Schatzmeister.

»Aber noch viel peinlicher für diese alten Knochen«, ergänzte Sir Godber.

Der Schatzmeister seufzte. Es würde bestimmt eine hitzige Sitzung geben.

In der Tat: Der Obertutor blies zum Angriff.

»Ich schlage vor, daß wir in einem Beschluß die Entlassung Skullions zurücknehmen«, teilte er dem Rat mit, nachdem die Präliminarien beendet waren.

»Kommt nicht in Frage«, knurrte der Rektor. »Skullion hat es so gewollt, er hat die öffentliche Aufmerksamkeit auf gewisse Details der Collegepolitik gelenkt und – da werden Sie mir sicherlich alle zustimmen – den Ruf von Porterhouse geschädigt.«

»Dem kann ich nicht zustimmen«, sagte der Dekan.

»Keinesfalls«, sagte der Obertutor.

»Aber jetzt weiß doch alle Welt, daß wir akademische Titel verkaufen«, erklärte Sir Godber.

»Vielleicht der Teil der Welt, der den *Observer* liest«, sagte der Obertutor, »doch Behauptungen sind noch keine Tatsachen.«

»In diesem Fall sind es zufällig Tatsachen«, sagte der Rektor. »Reine Tatsachen. Skullion hat nichts als die Wahrheit erzählt.«

»Wenn das so ist, verstehe ich nicht, weshalb Sie sich gegen seine Wiedereinstellung wehren«, sagte der Obertutor.

Sie stritten noch weitere zwanzig Minuten, doch der Rektor blieb hart.

»Ich schlage vor, daß wir über den Antrag abstimmen«, sagte schließlich der Dekan. Sir Godber sah sich wütend um.

»Vor der Abstimmung«, sagte er, »sollten Sie noch etwas wissen: Während der letzten Tage habe ich mich mit den Collegesatzungen beschäftigt, und es sieht ganz so aus, als sei ich, der Rektor – falls ich dies will – berechtigt, in Zulassungsfragen zu entscheiden. Da Sie sich weigern, einer Änderung der Collegepolitik hinsichtlich der Zulassung von Kandidaten zuzustimmen, bin ich entschlossen, den Obertutor von seiner Zuständigkeit auf diesem Gebiet zu entheben. Von jetzt an werde ich persönlich sämtliche Studienanfänger auswählen. Außerdem habe ich die Befugnis, College-Bedienstete auszuwählen und diejenigen zu entlassen, die ich für ungeeignet halte. Genau dies werde ich tun. Ganz gleich, wie Sie im Rat stimmen, ich als Rektor werde Skullion nicht wiedereinstellen.«

Auf die Bekanntgabe des Rektors folgte ein kurzes Schweigen. Dann ergriff der Obertutor das Wort.

»Das ist unerhört«, schrie er. »Die Satzungen sind veraltet. Die Stellung des Rektors ist eine rein formale.«

»Ich bewundere Ihre Konsequenz«, fuhr ihn der Rektor an. »Als Wahrer altmodischer Traditionen sollten Sie mir als erster dazu gratulieren, daß ich Befugnisse wiederaufleben lasse, die ein Erbe der Vergangenheit sind.«

»Ich bin nicht gewillt, untätig mit anzuhören, wie Collegetraditionen verhöhnt werden«, rief der Dekan.

»Sie werden nicht verhöhnt, Herr Dekan«, widersprach Sir Godber, »sie werden angewandt. Was das ›untätig‹ angeht, wenn Sie damit meinen, daß Sie nicht mehr länger Fellow sein wollen, so akzeptiere ich Ihr Rücktrittsgesuch gern.«

»Ich habe nichts davon gesagt«, stammelte der Dekan.

»Nicht?« unterbrach ihn der Rektor. »Ich dachte, das hätten Sie gesagt. Soll ich darunter verstehen, daß Sie Ihren Rücktritt ...«

»Den hat er nie verkündet.« Jetzt hatte sich der Obertutor erhoben. »Ich finde Ihr Benehmen absolut unpassend. Wir, Sir, sind nicht irgendwelche Schuljungen, denen Sie diktieren können, was ...«

»Wenn Sie sich wie Schuljungen betragen, dürfen Sie sich nicht wundern, wie solche behandelt zu werden. Außerdem stammt der Vergleich von Ihnen, nicht von mir. Wenn Sie jetzt so gut wären, wieder Platz zu nehmen, könnten wir die Sitzung fortsetzen.« Der Rektor musterte die Fellows mit eisigem Blick, und der Obertutor setzte sich.

»Ich werde diese Gelegenheit benutzen, meine Herren«, sagte Sir Godber nach langer Pause, »um Ihnen meine Ansichten über die Funktion des Colleges in der Welt von heute mitzuteilen. Ich muß gestehen, daß ich Ihre augenscheinliche Unkenntnis über die in letzter Zeit stattgefundenen Veränderungen mit Erstaunen registriere. Ihre Haltung läßt darauf schließen, daß Sie das College als Teil Ihrer Privatsphäre betrachten und sich selbst als deren Verwalter. Ich möchte Sie von diesem Irrglauben befreien. Sie sind Teil des öffentlichen Sektors und haben somit Pflichten, Aufgaben und Funktionen der Öffentlichkeit gegenüber zu erfüllen. Daß Sie diese ignorieren und die Collegegeschäfte lieber so führen, als handle es sich um Ihre Privatangelegenheiten, beweist mir, daß Sie Ihre Befugnisse überschreiten. Entweder wir leben in einer freien, offenen und egalitären Gesellschaft oder nicht. Ich werde als Rektor dieses Colleges dafür sorgen, daß wir denen Bildung zuteil werden lassen, die sie aufgrund ihrer Fähigkeiten verdienen, ohne Ansehen von Klasse, Geschlecht, finanziellen Verhältnissen oder Rasse. Die Zeit des Ämterkaufs ist passé.« Sir Godbers Stimme überschlug sich vor lauter drohendem Idealismus. Seit dem Protektorat der Cromwells im siebzehnten Jahrhundert hatte man im Sitzungsraum des Rates von Porterhouse kein solches Ungestüm mehr vernommen, und die Fellows saßen da und starrten den Rektor an wie ein seltsames Tier in Menschengestalt. Als er endlich fertig war, hatten sie keinerlei Zweifel mehr über seine Absichten. Porterhouse würde nie wieder wie früher sein. Zu der langen Liste von Veränderungen, die er bei vorangegangenen Sitzungen vorgeschlagen hatte, war nun noch die Einrichtung eines Studentenrates gekommen, der in Personalentscheidungen und Fragen der Collegepolitik mitentscheiden sollte. Der Rektor verließ das Sitzungszimmer erschöpft, aber zufrieden darüber, daß er seine Ansicht durchgesetzt hatte. Angesichts der von ihnen selbst heraufbeschworenen Krise blieben die Fellows entgeistert zurück. Es dauerte lange, bis jemand sprach.

»Ich begreife es nicht«, sagte der Dekan mit kläglicher Stimme, »ich begreife einfach nicht, was diese Leute wollen.« Es war klar, daß Sir Godbers Eloquenz ihn in der Phantasie des Dekans von einem Individuum zu einer sozialen Klasse aufgewertet oder vielleicht auch erniedrigt hatte.

»Ihren Willen durchsetzen«, antwortete der Obertutor verbittert.

»Das himmlische Königreich«, rief der Kaplan.

Der Schatzmeister blieb stumm. Seine gespaltene Loyalität hatte ihn sprachlos gemacht.

Das Abendessen war eine traurige Angelegenheit. Das Semester war zu Ende, und das Schweigen der am High Table speisenden Fellows wurde durch die fehlenden Gespräche von den Tischen unter ihnen nur noch hervorgehoben. Um alles noch schlimmer zu machen, war die Suppe kalt, und es gab Cottage Pie. Doch was sie so schwermütig stimmte, war das Wissen um ihre Entbehrlichkeit. Fünfhundert Jahre lang hatten sie und ihre Vorgänger wenigstens einen Teil der den Staat regierenden Elite gedrillt. Diese jungen Männer hatten sich durch die Maschen ihrer nachsichtigen Intoleranz gezwängt, um Richter und Anwälte, Politiker, Militärs und Geschäftsleute zu werden, durchdrungen von einer allen gemeinsamen Selbstzufriedenheit und einem jeglichen Veränderungswillen hemmenden intellektuellen Skeptizismus. Sie waren die Verwalter politischer Trägheit, und sie wurden nicht mehr gebraucht. Endlich hatten sie die Waffen gestreckt – und zwar vor dem untauglichsten aller Politiker.

»Ein Studentenrat soll das College leiten. Es ist ungeheuerlich«, sagte der Obertutor, doch Protestieren war zwecklos. Trotz seiner kultivierten geistigen Mittelmäßigkeit hatte der Obertutor Veränderungen schon seit langem kommen sehen. Er machte die Naturwissenschaften dafür verantwortlich, daß sie dem Trugbild »Wahrheit« zu neuer Blüte verholfen hatten, und andere so dubiose Fächer wie Anthropologie und Ökonomie, deren Anhänger unbrauchbare Statistiken an die Stelle ihrer minderwertigen Erkenntnisse setzten. Schließlich war da noch die Soziologie mit ihrer grotesken Maxime, die da lautete: »Das eigentliche Studienobjekt der Menschheit ist der Mensch«, das sie bezeichnenderweise von einem Mann bezogen hatten, den der Obertutor nicht einmal für fähig erachtet hätte, das Boot des Rugbyteams zu steuern. Und jetzt, da Sir Godber triumphierte – und zumindest insgeheim gab der Obertutor zu, daß der Rektor gewonnen hatte –, würde Porterhouse nicht einmal dem äußeren Anschein nach dem College ähneln, das er geliebt hatte. Ekliger Unisex würde an die Stelle der kräftigen und fröhlichen Flegel treten, die mitgeholfen hatten, die geistlose Unschuld und das Sportlertum zu bewahren, durch die allein er sich gegen die Schrecken des Denkens geschützt hatte.

»Wir müssen doch irgend etwas unternehmen können«, sagte der Dekan.

»Außer Mord fällt mir nichts ein«, erwiderte der Obertutor.

»Ist er laut Satzung wirklich berechtigt, die Zulassung zu übernehmen?«

Der Obertutor nickte. »So will es die Tradition«, antwortete er düster.

»Jetzt bleibt ihnen nur noch eins«, sagte Sir Godber beim Kaffee zu Lady Mary.

»Und das wäre, mein Lieber?«

»Kapitulieren«, sagte der Rektor. Lady Mary schaute auf. »Du klingst ja so martialisch, Godber«, sagte sie. Es hörte sich an wie ein Appell an Sir Godbers Pazifismus vergangener Zeiten. Der Rektor verweigerte sich dem Ruf.

»Im Rat klang ich noch viel kriegerischer«, sagte er.

»Das glaube ich unbesehen, mein Lieber«, parierte Lady Mary.

»Ich dachte, es wäre in deinem Sinne«, sagte Sir Godber. »Ginge es nach ihnen, würde das College schließlich weiterhin Titel verkaufen und keine Frau zulassen.«

»Glaube nur nicht, daß ich dich kritisiere«, sagte Lady Mary. »Es ist nur so, daß Macht einen Menschen verändert.«

»Das haben auch schon andere gesagt«, entgegnete Sir Godber müde. Die unersättliche Unzufriedenheit seiner Frau setzte ihn matt. Wenn er in ihr strenges Gesicht sah, fragte er sich manchmal, was sie an ihm fand. Es mußte etwas ziemlich Entsetzliches sein. Sie waren seit achtundzwanzig Jahren verheiratet.

»Ich lasse dich jetzt mit deinem kleinen Triumph allein«, sagte Lady Mary, stand auf und stellte ihre Tasse auf das Tablett. »Ich bin zum Abendessen nicht zu Hause. Heute abend arbeite ich als Samariterin.« Sie ging aus dem Zimmer, und Sir Godber stocherte lustlos im Kaminfeuer herum. Er war deprimiert. An dem, was seine Frau gesagt hatte, war wie üblich etwas Wahres gewesen. Macht veränderte einen, sogar die Macht, eine Gruppe ältlicher Fellows in einem viertklassigen College zu beherrschen. Und es war wirklich nur ein kleiner Triumph gewesen. Sir Godbers Humanität behielt die Oberhand. Es war nicht ihr Fehler, daß sie sich gegen die von ihm gewünschten Änderungen sträubten. Sie waren Gewohnheitstiere, die gemütlichen und wohligen Gewohnheiten frönten. Außerdem Junggesellen – dabei dachte er an den Dekan und den Obertutor –, ohne eine leere Ehe, die sie zu Leistungen auf anderem Gebiet anspornte. Auf ihre Art waren sie herzensgut. Selbst ihre privaten Animositäten und kleinen Eifersüchteleien rührten daher, daß sie sich zu oft sahen. Er überprüfte seine eigenen Motive und stellte fest, daß sie auf Unzulänglichkeitsgefühlen und privatem Groll beruhten. Er wollte sich noch einmal mit dem Obertutor unterhalten und versuchen, ihren Zwist auf eine rationalere Ebene zu stellen. Er stand auf, trug die Kaffeetassen in die Küche und spülte. Das Au-pair-Mädchen hatte heute seinen freien Tag. Dann zog er seinen Mantel an und ging hinaus in den Frühlingssonnenschein.

Skullion lag im Bett und starrte die hellblaue Decke seines Hotelzimmers an. Ihm war unbehaglich zumute. Zunächst einmal war es nicht sein Bett, und die Matratze war zu nachgiebig, wenn er sich bewegte. Sie war ihm nicht hart genug. Das ganze Zimmer war irgendwie unpersönlich, dadurch fühlte er sich unsicher und fehl am Platz. Es ließ sich nicht näher definieren, doch es erinnerte ihn an eine Hure, bei der er mal in Pompey gewesen war. Zu eifrig darauf bedacht, ihn zufriedenzustellen, so daß aus einer ursprünglich unpersönlichen und rauhen geschäftlichen Transaktion eine Konfrontation mit seinen Gefühlen geworden war. Mit diesem Zimmer war es das gleiche. Der Teppich war zu dick, das Bett zu weich. Im Waschbecken war zuviel heißes Wasser. Eigentlich gab es nichts zu meckern, und da er nichts Spezielles bekämpfen mußte, richtete Skullion seinen Groll gegen sich selbst. Er war hier fehl am Platz.

Auch seine Besichtigungstour hatte ihm nicht behagt. Er war weder an der *Cutty Sark* noch an der *Gypsy Moth* interessiert. Sie waren ebenfalls fehl am Platz, standen auf dem Trockenen, damit Kinder auf ihnen herumtollen und Matrose spielen konnten. Skullion hatte keine solchen romantischen Illusionen. Keinen Moment lang konnte er so tun, als sei er etwas anderes als ein arbeitsloser College-Bediensteter. Das Wissen, daß er ein reicher Mann war, machte den Verlust nur noch schlimmer. Es schien seine Entlassung zu rechtfertigen, da er nun sein Recht verwirkt hatte, sich ungerecht behandelt zu fühlen. Sogar seinen Auftritt in Carringtons Sendung bereute Skullion. Sie sagten, wie gut er gewesen sei, aber wer waren sie schon? Für diesen Haufen Großmäuler und Wortverdreher, die kichernd und quiekend umherschwirrten wie blauärschige Fliegen, hatte er keine Zeit. Sie konnten ihre verfluchten Komplimente für sich behalten. Skullion brauchte sie nicht.

Er stand auf, ging ins Bad und rasierte sich. Sie hatten ihm sogar einen neuen Rasierapparat und Rasierschaum in einer Spraydose gekauft, und die Leichtigkeit, mit der er sich rasierte, beraubte ihn seines gewohnten Rituals. Er legte Kragen und Schlips um und zog seine Weste über. Er hatte die Nase voll. Seinen Spruch hatte er aufgesagt, und er war in einem Fernsehstudio gewesen. Das reichte, beschloß er. Er würde nach Cambridge zurückfahren. Sie sollten gefälligst ohne ihn ihre Talk-Show abziehen. Er sammelte seine Sachen ein, ging zur Rezeption und bezahlte seine Rechnung. Zwei Stunden später saß Skullion pfeifeschmauchend im Zug und betrachtete die flachen Felder von Essex. Die Monotonie der Landschaft gefiel ihm und erinnerte ihn an die Fens um Cambridge. Wenn er wollte, konnte er sich dort ein Stück Land kaufen und wie sein Stiefvater Gemüse anbauen. Skullion dachte über diese Idee nach, verwarf sie jedoch. Er wollte kein neues Leben. Er wollte sein altes zurückhaben.

Als der Zug im Bahnhof von Cambridge hielt, hatte Skullion einen Entschluß gefaßt. Er würde noch einen letzten Versuch machen, diesmal nicht beim Dekan oder Sir Cathcart, sondern er würde mit dem Rektor persönlich reden. Er verließ den Bahnhof, ging durch die Bahnhofstraße und fragte sich, weshalb er nicht früher daraufgekommen war. Er hatte seinen Stolz, natürlich, und er hatte auf den Dekan gebaut, aber der Dekan hatte ihn schmählich enttäuscht. Außerdem war ihm Sir Godber zuwider, und er erwies ihm nur den mechanischen Respekt, der dem Rektor eben zustand. An der Ecke Lensfield Road blieb er unter dem Turm der katholischen Kirche stehen. Er konnte jetzt rechts abbiegen und über Parker's Piece zur Rhyder Street gehen oder links nach Porterhouse. Es war erst zwölf Uhr, und er hatte noch nichts im Magen. Am besten ging er in die Stadt, aß in einem Pub eine Kleinigkeit und legte sich seinen Plan zurecht. Skullion trottete über die Regent Street, betrat den »Brunnen« und bestellte sich ein großes Guinness und ein paar Sandwiches. Er saß am Tisch neben der Tür, trank sein Bier und versuchte sich vorzustellen, was der Rektor sagen würde. Bestimmt würde er ihn abweisen. Skullion dachte über diese Aussicht nach und entschied, es sei ein Versuch wert, auch wenn er dabei seine Selbstachtung aufs Spiel setzte. Aber tat er das wirklich? Schließlich wollte er nur sein Recht, außerdem besaß er eine Viertelmillion Pfund. Er war auf die Stellung nicht angewiesen. Niemand konnte von ihm behaupten, er sei kriecherisch. Er wollte sie einfach nur zurückhaben, wollte seinen guten Namen zurückhaben und weiter das machen, was er schon fünfundvierzig Jahre tat, er wollte der Pförtner von Porterhouse sein. Von der Überzeugungskraft seines eigenen Arguments beseelt, trank Skullion sein Bier aus und ging. Er schlängelte sich durch die Kauflustigen in Richtung Market Hill, immer noch über die Weisheit seines Vorhabens nachgrübelnd. Vielleicht sollte er ein, zwei Tage warten. Vielleicht hatten sie es sich schon anders überlegt, und zu Hause wartete ein Brief auf ihn, in dem man ihm seine alte Stellung wieder anbot. Skullion verwarf diesen Gedanken. Die ganze Zeit über war da eine unterschwellige Angst, daß er durch diesen Bittgang seine Selbstachtung gefährde. Er brachte die Angst zum Schweigen, doch sie ließ sich nicht mehr abschütteln und blieb so hartnäckig wie die natürliche Neigung seiner Schritte, in Richtung Porterhouse zu gehen. Zweimal beschloß er, nach Hause zu gehen, zweimal überlegte er es sich anders und verschob die Entscheidung, indem er durch die Sydney Street in Richtung Rundkirche ging, anstatt durch die Trinity Street. Er versuchte, seinen Entschluß zu festigen, indem er an Lord Wurfords Hinterlassenschaft dachte, doch der Gedanke an das viele Geld kam ihm genauso unwirklich vor wie die Ereignisse der beiden letzten Tage. Geld war kein Trost. Es konnte sein gemütliches Pförtnerhäuschen mit seinen Postfächern, der Telefonzentrale und dem Gefühl, gebraucht zu werden, nicht ersetzen. Er empfand die Summe fast als Affront, da ihre Zufälligkeit seinem jahrzehntelangen Dienst allen Sinn raubte. Er hätte kein Pförtner bleiben müssen. Er hätte – im vernünftigen Rahmen – alles sein können, was er wollte. Diese Erkenntnis ließ ihn noch zielstrebiger werden. Er würde mit dem Rektor reden. An der Rundkirche zögerte er. Er würde nicht durch das Haupttor gehen, sondern am Rektorhaus klopfen. Er drehte sich um und ging den Weg zurück, den er gekommen war.

Seinen spontanen Entschluß, zu einer Übereinkunft mit dem Obertutor zu gelangen, ließ der Rektor fallen, kaum daß er den Garten durchquert hatte. Jedweder Vorschlag würde, wie ihm klar wurde, falsch interpretiert und als Beleg für eine Schwäche seinerseits ausgelegt werden. Er hatte seiner Autorität Geltung verschafft. Sie jetzt zu untergraben war nicht ratsam. Doch da er schon einmal unterwegs war, fühlte er sich verpflichtet weiterzugehen. Er ging in die Stadt und kramte eine Stunde lang bei Heffer's herum, ehe er Butlers *Die Kunst des Möglichen* kaufte. Dieser Maxime konnte er nicht viel abgewinnen. Sie roch zwar nach Zynismus, aber Sir Godber war noch Politiker genug, um die Ironie des Autors würdigen zu können. Er spazierte weiter und überlegte, welchen Titel er seiner eigenen Autobiographie geben würde. *Das Prinzip Hoffnung* war wohl am besten geeignet, diese Kombination seines visionären Weitblicks mit einem Häppchen Gelehrsamkeit. Als er zufällig sein Spiegelbild in einem Schaufenster entdeckte, registrierte er erstaunt, daß er so alt war, wie er aussah. Seltsam, seine Ideale hatten sich nicht mit seinem Äußeren geändert. Die Methoden, wie er sie zu erreichen suchte, mochten mit zunehmender Erfahrung dezenter werden, doch die Ideale blieben die gleichen. Darum war es so wichtig, dafür zu sorgen, daß die Studenten von Porterhouse sich ihr eigenes Urteil bilden lernten, und noch wichtiger, daß sie überhaupt Urteile bilden konnten. Sie sollten gegen die überkommenen Dogmen derer aufbegehren, die älter und, wie Sir Godber fand, noch schlimmer waren als sie. Er trank im »Kupferkessel« einen Tee, dann begab er sich zurück nach Porterhouse, setzte sich ins Arbeitszimmer und las sein neues Buch. Draußen wurde der Himmel dunkler und mit ihm das College. In den Semesterferien war es leer, und keine Zimmerbeleuchtung erhellte den Hof. Um fünf stand der Rektor auf und zog die Vorhänge zu; gerade wollte er sich wieder setzen, als ihn ein Klopfen an der Haustür innehalten und in den Flur gehen ließ. Er öffnete die Tür und spähte hinaus in die Dunkelheit. Eine düstere, bekannte Gestalt stand auf der Schwelle.

»Skullion?« sagte Sir Godber, als wollte er die Existenz dieser Gestalt in Frage stellen. »Was machen Sie denn hier?«

Diese Frage vertiefte Skullions Unglück noch. »Würde gern mit Ihnen reden«, sagte er.

Sir Godber zögerte. Er wollte nicht mit Skullion reden. »Worüber?« fragte er. Jetzt war es an Skullion zu zögern. »Ich möchte mich entschuldigen«, sagte er endlich.

»Entschuldigen? Wofür?« Skullion schüttelte den Kopf. Er wußte nicht weswegen. »Na und, Mann? Wofür?«

»Ich möchte bloß…«

»Um Himmels willen«, sagte Sir Godber, entsetzt über Skullions ungeschickt formulierte Verzweiflung. »Kommen Sie rein.« Er drehte sich um und ging voran ins Arbeitszimmer, während Skullion brav hinter ihm hertrottete.

»Also, worum geht's?« fragte er, als sie in dem Zimmer angekommen waren.

»Es geht um meine Entlassung, Sir«, antwortete Skullion.

»Ihre Entlassung?« Sir Godber seufzte. Er war ein mitfühlender Mensch und mußte sich innerlich mit Ärger wappnen. »Darüber sollten Sie mit dem Schatzmeister sprechen. Ich habe mit solchen Dingen nichts zu tun.«

»Mit dem Schatzmeister habe ich schon gesprochen«, sagte Skullion.

»Ich wüßte nicht, was ich tun könnte«, erklärte der Rektor. »Außerdem bin ich wirklich nicht der Meinung, daß Sie nach dem, was Sie neulich abends gesagt haben, viel Verständnis erwarten können.«

Skullion musterte ihn verdrießlich. »Ich habe nichts Unrechtes gesagt«, murmelte er. »Nur, was ich denke.«

»Es wäre vielleicht angebracht gewesen, wenn Sie erst gedacht hätten, und dann...« Sir Godber gab auf. Die Situation war sehr unangenehm. Er wußte Besseres mit seiner Zeit anzufangen, als sich mit Collegepförtnern herumzustreiten. »Mehr gibt es dazu ohnehin nicht zu sagen.«

Skullion trat verärgert von einem Fuß auf den anderen. »Seit fünfundvierzig Jahren bin ich hier Pförtner«, sagte er.

Sir Godber wischte die Jahre mit einer Handbewegung beiseite. »Ich weiß, ich weiß«, sagte er. »Das ist mir bekannt.«

»Ich gab dem College mein Leben.«

»Aber gewiß doch.«

Skullion betrachtete den Rektor mit finsterer Miene. »Ich bitte nur darum, die Stelle behalten zu dürfen.«

Der Rektor drehte ihm den Rücken zu und trat mit dem Fuß nach dem Feuerholz im Kamin. Die unterwürfige Bitte dieses Mannes machte ihn wütend. Soweit er sich zurückerinnern konnte, hatte Skullion einen schlechten Einfluß im College ausgeübt. Er verkörperte alles, was Sir Godber verabscheute. Sein ganzes Leben lang war er grob, tyrannisch und aufdringlich gewesen, und der Rektor hatte sein unverschämtes Verhalten in der Nacht der Explosion nicht vergessen. Da stand er nun, den Hut in der Hand, und wollte seine Stellung wiederhaben. Am schlimmsten war, daß er dem Rektor Schuldgefühle bereitete.

»Wie ich vom Schatzmeister hörte, haben Sie Vermögen«, sagte er herzlos. Skullion nickte. »Können Sie davon leben?«

»Ja.«

»Dann verstehe ich wirklich nicht, warum Sie sich beschweren. Viele gehen mit sechzig in den Ruhestand. Haben Sie denn keine Familie?« Skullion schüttelte den Kopf. Wieder verspürte Sir Godber eine ganz unsinnige Entrüstung. Die Verachtung stand ihm ins Gesicht geschrieben, eine Verachtung, die genausosehr seiner eigenen Weichheit wie diesem erbärmlichen Menschen vor ihm galt. Skullion bemerkte die Verachtung, und seine kleinen Augen verfinsterten sich. Er hatte sich zu diesem Bittgang überwunden und seinen Stolz hinuntergeschluckt, doch als er den verärgerten Rektor sah, kam er wieder hoch. Dieser Stolz kehrte zurück aus der Vergangenheit, als Skullion noch ein freier Mann gewesen war, und überwand die Schranken seiner Ehrerbietung. Er war nicht gekommen, um sich auch nur insgeheim von Sir Godber und seinesgleichen beleidigen zu lassen. Ohne zu wissen, was er tat, trat er einen Schritt vor. Sir Godber wich instinktiv zurück. Er hatte Angst vor Skullion, und das sah man ihm an, genau wie seine Verachtung. Sein Leben lang hatte er vor Skullion Angst gehabt, vor den kleinen Skullions, die in heruntergekommenen Straßen wohnten, an denen er auf dem Schulweg vorbeigehen mußte, die ihn jagten, mit Steinen bewarfen und schmuddelige Kleider trugen.

»Nun sehen Sie mal«, sagte er und versuchte, seiner Stimme Autorität zu verleihen, doch Skullion hatte genug gesehen. Verbittert starrte er Sir Godber an, auch er im Griff der Vergangenheit mit ihren aggressiven Instinkten. Sein Gesicht war rot angelaufen, seine Hände, ohne daß er es wußte, zu Fäusten geballt.

»Du Scheißkerl!« schrie er und stürzte sich auf den Rektor. »Du verfluchter Scheißkerl!« Sir Godber taumelte nach hinten und stolperte über den Couchtisch. Er krachte gegen den Kaminsims, griff nach der Sessellehne und drohte im nächsten Moment rücklings in den Kamin zu fallen. Unter seinen Füßen rutschte die Brücke sacht weg, und Sir Godber sackte auf den Boden des Arbeitszimmers. Sein Kopf schlug gegen die Kante des eisernen Kaminsims. Wie vom Donner gerührt, stand Skullion über ihm. Blut sickerte auf das Parkett. Skullions Zorn verrauchte. Einen Augenblick lang starrte er auf den Rektor hinunter, dann wandte er sich um und lief. Er rannte durch den Flur, aus der Haustür und auf die Straße. Sie war leer. Skullion bog nach rechts ab und rannte über den Gehsteig. Kurz darauf war er in der Trinity Street. Passanten gingen an ihm vorbei, doch ein Collegepförtner in Eile war nichts Ungewöhnliches.

Im Rektorhaus lag Sir Godber reglos im flackernden Licht seines Kaminfeuers. Das seiner Kopfwunde entströmende Blut sammelte sich in einer Lache und trocknete. Eine Stunde verging, und Sir Godber blutete immer noch, wenn auch langsamer. Als er wieder zu Bewußtsein kam, war es acht Uhr abends. Das Zimmer sah verschwommen und weit entfernt aus, die Uhren tickten laut. Er versuchte aufzustehen, schaffte es aber nicht. Kniend stützte er sich am Kamin und hielt sich am Sessel fest. Langsam kroch er quer durchs Zimmer zum Telefon. Er mußte um Hilfe rufen. Er langte nach oben und zog das Telefon auf den Boden. Als er die ersten Zahlen des Notrufs schon gewählt hatte, zögerte er aus Furcht vor einem Skandal. Seine Frau? Er legte den Hörer wieder auf und tastete nach dem Notizblock mit der Nummer der Samariter. Er fand und wählte sie. Während er wartete, starrte er den Aufkleber an, den Lady Mary auf den Block gepappt hatte: »Sind Sie verzweifelt, denken Sie an Selbstmord? Dann rufen Sie die Samariter an.«

Das Freizeichen verstummte. »Hier sind die Samariter, kann ich Ihnen helfen?« Lady Marys Stimme klang so eindringlich mitfühlend wie eh und je.

»Ich bin verletzt«, brachte Sir Godber mühsam heraus.

»Was sind Sie? Sie müssen schon lauter reden.«

»Ich bin verletzt. Komm um Gottes willen…«

»Was war das?« fragte Lady Mary.

»O Gott, o Gott«, stöhnte Sir Godber schwach.

»Na schön, erzählen Sie mir alles«, forderte Lady Mary ihn interessiert auf. »Ich bin hier, um Ihnen zu helfen.«

»Ich habe mich am Gitter gestoßen«, erklärte Sir Godber.

»Die Götter haben Sie verstoßen?«

»Nicht Götter«, sagte Sir Godber verzweifelt. »Gitter.«

»Verbittert sind Sie?« erkundigte sich Lady Mary, offensichtlich überzeugt, sie habe mit einem desillusionierten Größenwahnsinnigen zu tun.

»Der Kamin. Ich blute. Komm her zu mir, um Gottes willen ...« Erschöpft, da seine Frau ihn nicht verstehen wollte, fiel Sir Godber auf den Fußboden zurück. Aus dem Telefon neben ihm tönte weiter das Quäken und Schnattern von Lady Marys Ermahnungen.

»Sind Sie dran?« fragte sie. »Sind Sie noch dran? Also, es besteht kein Grund zu verzweifeln.« Sir Godber stöhnte. »Legen Sie nicht auf. Bleiben Sie dran und hören Sie zu. Sie sagen also, die Götter hätten Sie verstoßen. Das ist nun wirklich keine sehr konstruktive Betrachtungsweise, stimmt's?« Sir Godbers stoßweises Atmen beruhigte sie. »Was bedeutet schließlich die Zuneigung der Götter? Wir sind alle nur Menschen und können nicht erwarten, ständig unseren eigenen Erwartungen zu genügen. Wir müssen einfach Fehler machen. Sogar die Besten von uns. Aber das heißt nicht, daß die Götter uns verlassen haben. So etwas dürfen Sie gar nicht denken. Sie sind doch nicht katholisch, oder?« Sir Godber stöhnte. »Das sage ich nur, weil Sie blutende Herzen erwähnten. Katholiken glauben an blutende Herzen, müssen Sie wissen.« Jetzt mischte Lady Mary auch noch Belehrungen unter ihre Ratschläge. Das sah der verfluchten Frau ähnlich, dachte Sir Godber hilflos. Er versuchte sich so weit aufzurichten, daß er den Hörer auflegen und Lady Marys erbarmungslose Philanthropie für immer abschalten konnte, doch er schaffte es nicht.

»Geh aus der Leitung«, stöhnte er. »Ich brauche Hilfe.«

»Natürlich brauchen Sie die, und dafür bin ich ja da«, sagte Lady Mary. »Um zu helfen.«

Sir Godber kroch vom Hörer weg, vertrieben von ihrer Begriffsstutzigkeit. Irgendwie mußte er Hilfe holen. Sein Blick fiel auf den neben der Tür stehenden Servierwagen mit Getränken. Whisky. Er kroch darauf zu und erwischte die Flasche. Er trank ein wenig und erreichte, die Flasche umklammernd, die Nebentür. Irgendwie öffnete er die Tür und schleppte sich in den Garten hinaus. Wenn er es nur bis zum Hof schaffte, vielleicht könnte er rufen, und jemand würde ihn hören. Im Gemeinschaftsraum brannte Licht. Wenn er es nur bis dahin schaffen könnte! Sir Godber richtete sich so gut es ging auf und fiel seitlich auf den Fußweg.

- 20 -

Sir Cathcart hatte Geburtstag, und wie üblich wurde auf Schloß Coft eine Party gegeben. Auf dem kiesbedeckten Vorhof drängten sich die eleganten Wagen im Mondlicht wie viele große Robben am Strand. Im Haus fand die Tieranalogie ihre Fortsetzung. Im Interesse mehrerer Gäste königlichen Geblüts und zügelloser Ausschweifungen trug man Masken und nicht viel mehr als das. Sir Cathcart hatte sich bezeichnenderweise als Pferd mit kurzem Maul getarnt, was sowohl der Konversation als auch seiner Vorliebe für Fellatio entgegenkam. Ihre Königliche Hoheit Prinzessin Penelope versuchte als Kapaun anonym zu bleiben, ohne irgendwen hinters Licht zu führen. Ein Richter vom Revisionsgericht ging als Ara. Es gab einen Bären, zwei Gnus und einen Panda mit Kondom. Die Loverley-Schwestern trugen gestreifte Dildos zur Schau und behaupteten, sie seien Zebras, während der übereifrige Labradorhund Lord Forsyth in der Bibliothek an eine Stehlampe urinierte und von Mrs. Hinkle, einer der Richterinnen im Crufts College, wiederbelebt werden mußte. Sogar die Detektive, die sich unter die Menge gemischt hatten, trugen Pumakostüme.

Nur der Dekan und der Obertutor kamen als Menschen, und sie waren nicht eingeladen.

»Cathcart ist der einzige Mensch, den ich kenne, der es könnte«, hatte der Dekan plötzlich beim Abendessen im leeren Speisesaal gesagt.

»Was könnte?« hatte sich der Obertutor erkundigt.

»Den Premier sprechen«, hatte der Dekan geantwortet. »Ihn dazu bringen, die Berufung des Rektors zu annullieren.«

Der Obertutor zerlegte geschickt eine Haxe und wischte sich die Finger ab. »Mit welcher Begründung?«

»Ganz generell schlechte Verwaltung«, sagte der Dekan.

»Schwer zu beweisen«, wandte der Obertutor ein.

Der Dekan nahm sich ein paar Nierchen aus der Soße, und Arthur schenkte Wein nach. »Lassen Sie uns noch einmal die Fakten durchgehen. Seit er im College eintraf, starben ein Student und eine Aufwartefrau, ein unter Denkmalschutz stehendes Gebäude wurde dem Erdboden gleichgemacht, von Veruntreuung war die Rede, es gab einen Skandal, in dem es um die Zulassung unqualifizierter Kandidaten ging, dann kam der Rausschmiß Skullions, und jetzt maßt sich der Rektor zu allem Überfluß auch noch diktatorische Vollmachten an.«

»Aber gewiß…«

»Geduld«, sagte der Dekan. »Wir beide mögen zwar wissen, daß der Rektor nicht für alles verantwortlich ist, doch die Öffentlichkeit denkt anders darüber. Haben Sie den *Telegraph* von heute gelesen?«

»Nein«, sagte der Obertutor, »aber ich kann mir denken, was Sie meinen. In der *Times* standen drei Spalten Leserbriefe, die alle Skullions Erklärungen in der Glotze bejubelten.«

»Genau«, sagte der Dekan. »Im *Telegraph* steht außerdem ein Leitartikel, in dem energische Maßnahmen gegen studentische Disziplinlosigkeit verlangt werden und eine Rückkehr zu den Werten, für die Skullion so beredt eintrat. Was auch immer man von Carringtons Sendung halten mag, sie hat jedenfalls einen öffentlichen Protest gegen Skullions Entlassung bewirkt. Na schön, Porterhouse wurde in den Schmutz gezogen, doch dafür macht man Sir Godber verantwortlich.«

»Als Rektor, meinen Sie?«

»Ganz genau«, fuhr der Dekan fort. »Er könnte zwar behaupten…«

»Als Rektor hat er die ganze Verantwortung zu tragen«, sagte der Obertutor.

»Dennoch kann ich mir nicht denken, daß der Premierminister

ihn so mir nichts dir nichts entläßt. Das würde ein schlechtes Licht auf seine eigene Urteilsfähigkeit werfen.«

»Die Regierung steht zur Zeit nicht gerade gut da«, sagte der Dekan. »Da fehlt nur ein kleiner Stups ...«

»Ein Stups? Von wem?«

Der Dekan schmunzelte und bedeutete Arthur, er möge sich verziehen. »Von mir«, sagte er, als der Kellner in die Dunkelheit des tiefer gelegenen Speisesaals verschwunden war.

»Von Ihnen?« sagte der Obertutor. »Wie das?«

»Haben Sie schon einmal etwas von Skullions Schützlingen gehört?« sagte der Dekan. Sein aufgedunsenes Gesicht glänzte im Kerzenlicht.

»Ach, diese alte Geschichte«, sagte der Obertutor. »Ist doch bestimmt ein alter Witz?«

Der Dekan schüttelte den Kopf. »Mir liegen die Namen, Daten und Summen vor«, sagte er. »Ich habe die Namen der Studenten, die damals die Arbeiten verfaßten. Ich habe sogar einige Arbeitsproben.« Er legte seine Fingerspitzen gegeneinander und nickte. Der Obertutor starrte ihn an.

»Nein«, murmelte er.

»Doch«, versicherte ihm der Dekan.

»Aber wie?«

Der Dekan zog sich ein wenig zurück. »Sagen wir einfach, daß ich sie habe«, erklärte er. »Es gab eine Zeit, in der ich diese Praxis ablehnte. Damals war ich noch jung und steckte voller alberner Ansichten, die sich inzwischen geändert haben. Zum Glück habe ich die Beweisstücke nicht vernichtet. Verstehen Sie jetzt, was ich mit einem Stups meine?«

Der Obertutor verschluckte sich vor Verblüffung am Wein. »Doch nicht der Premier?« murmelte er.

»Nein«, gab der Dekan zu, »aber der eine oder andere seiner Kollegen.« Der Obertutor überlegte, welche Minister in Porterhouse studiert hatten.

»Mir liegen über achtzig Namen vor«, sagte der Dekan, »über achtzig *bedeutende* Namen. Die müßten meines Erachtens reichen.«

Der Obertutor wischte sich die Stirn. Er bezweifelte keineswegs, daß die Informationen des Dekans ausreichten. Damit ließe sich die Regierung zu Fall bringen. »Könnte man sich drauf verlassen, daß Skullion die Vorwürfe bestätigt?« fragte er.

Der Dekan nickte. »Soweit wird es wohl kaum kommen«, sagte er, »und falls doch, bin ich bereit, als Sündenbock herzuhalten. Ich bin ein alter Mann. Mir ist das egal.«

Sie saßen schweigend da. Zwei alte Männer vereint im Licht der Kerzen unter den geschwärzten Dachbalken des Speisesaals. Arthur stand gehorsam neben der mit grünem Boi bespannten Tür und beobachtete sie liebevoll.

»Und Sir Cathcart?« fragte der Obertutor.

»Und Sir Cathcart«, stimmte der Dekan zu.

Sie erhoben sich, und der Dekan sprach mit bebender und in dem riesigen Speisesaal widerhallender Stimme das Dankgebet. Dann begaben sie sich in den Gemeinschaftsraum, während Arthur leise zum High Table schlurfte und das Geschirr abtrug.

Eine halbe Stunde später verließen sie im Auto des Obertutors den Collegeparkplatz. Bei ihrem Eintreffen erstrahlte Schloß Coft in edwardianischem Glanz.

»Es scheint mir ein ungeeigneter Moment zu sein«, sagte der Obertutor, skeptisch die Automassen musternd.

»Wir müssen das Eisen schmieden, solange es heiß ist«, erklärte der Dekan. Im Haus sprach sie ein Puma an.

»Sehen wir vielleicht aus wie ungebetene Gäste?« fragte der Dekan streng. Der Puma schüttelte den Kopf.

»Wir müssen dringend mit Sir Cathcart D'Eath sprechen«, sagte der Obertutor. »Seien Sie so gut und teilen Sie ihm mit, der Dekan und der Obertutor seien eingetroffen. Wir werden in der Bibliothek auf ihn warten.«

Der Puma nickte gehorsam, und sie schoben sich durch ein Gedränge diverser Viecher in die Bibliothek.

»Ich muß gestehen, daß ich so etwas äußerst geschmacklos finde«, gestand der Obertutor. »Mich überrascht, daß Cathcart solch ein Treiben auf Schloß Coft zuläßt. Man sollte meinen, er hätte mehr Geschmack.«

»Er hatte schon immer einen gewissen Ruf«, sagte der Obertutor. »Das war natürlich vor meiner Zeit, aber die eine oder andere anstößige Geschichte ist mir doch zu Ohren gekommen.«

»Jugendliche Übertreibung ist eine Sache«, sagte der Dekan, »aber ein Bock im Lammpelz ist etwas ganz anderes.«

»Man sagt, die Katze läßt das Mausen nicht«, erklärte der Obertutor. Er ließ sich in einem Klubsessel nieder, während der Dekan träge einen schmuck gebundenen Band Stendhal untersuchte. Er enthielt, wie der Dekan aufgrund des Titels vermutet hatte, eine Flasche Likör.

Draußen ging der Puma nach Sir Cathcart auf die Pirsch, was gar nicht so einfach war. Er versuchte es erfolglos im Billardzimmer, im Herrenzimmer, im Damenzimmer und im Eßzimmer. In der Küche fragte er den Koch, ob er ihn gesehen habe.

»Falls ich ihn gesehen habe, hätte ich ihn nicht erkannt«, sagte der Koch steif. »Ich weiß nur, daß er als Pferd geht.«

Der Detektiv ging in die Menagerie zurück und fragte mehrere Gäste in Pferdemasken, ob sie Sir Cathcart seien. Das war nicht der Fall. Er genehmigte sich ein Glas Champagner und versuchte es noch einmal. Endlich stöberte er Sir Cathcart in Gesellschaft eines bekannten Jockeys im Wintergarten auf. Angeekelt musterte der Detektiv die Szene. »Zwei Gentlemen warten in der Bibliothek auf Sie«, sagte er.

Sir Cathcart rappelte sich auf. »Was soll das heißen?« nuschelte er. »Was machen die da? Ich sagte, niemand dürfe die Bibliothek betreten. Er torkelte durch den Flur in die Bibliothek, wo der Dekan gerade eine Flasche Liebfrauenmilch in einer Erstausgabe von *Große Erwartungen* entdeckt hatte.

»Was zum Teufel ...?« begann Sir Cathcart, bevor er merkte, wer sie waren.

»Cathcart?« erkundigte sich der Dekan und starrte den General zweifelnd an.

»Wer?« sagte Sir Cathcart.

»Wir würden gern mit Sir Cathcart D'Eath sprechen«, sagte der Dekan.

»Ist nicht da. Ist nach London gefahren«, behauptete der General mit verstellter Stimme und hoffte, die Maske würde seine Identität verbergen. Der Dekan ließ sich nicht überzeugen. Ihm kamen die Fesselgelenke des Generals bekannt vor.

»Ich bin bereit, diese Erklärung zu akzeptieren«, sagte er grimmig. »Wir sind nicht zum Herumschnüffeln gekommen.« Er stellte den Band *Große Erwartungen* an seinen Platz zurück. »Wir wollten Sir Cathcart nur mitteilen, daß die Sache mit Skullions Schützlingen bald an die Öffentlichkeit dringen wird.«

»Verflucht«, schrie der General, »wie zum Teufel...?« Er verstummte und musterte erbittert den Dekan.

»Ganz recht«, sagte der Dekan. Er nahm hinter dem Schreibtisch Platz, und der General ließ sich in einen Sessel sinken. »Die Angelegenheit ist dringend, sonst wären wir nicht hier. Wir haben nicht den Wunsch, Ihre Gastfreundschaft länger als unbedingt nötig zu mißbrauchen – falls das überhaupt möglich ist. Nehmen wir also an, daß Sir Cathcart sich zur Zeit in London aufhält.«

Der General erklärte kopfnickend sein Einverständnis mit diesem taktvollen Vorschlag. »Was wollen Sie?« fragte er.

»Wir stecken in einer Krise«, sagte der Obertutor und erhob sich aus seinem Klubsessel. »Wir wollen nur, daß der Premierminister eines erfährt: Sir Godber muß als Rektor abgelöst werden.«

»Muß?« sagte der General. Das Wort hatte einen gebieterischen Klang, den er nicht gewohnt war.

»Muß«, bekräftigte der Dekan.

Hinter seiner Maske schaute Sir Cathcart skeptisch drein.

»Das ist zweifellos happig.«

»Zweifellos«, sagte der Dekan. »Die mögliche Alternative wäre der Sturz der Regierung. Ich warte nur darauf, meine Informationen an die Presse zu geben. Die Konsequenzen können Sie sich wohl ausmalen.«

Sir Cathcart konnte. »Aber warum, um Gottes willen?« fragte er.

»Ich verstehe das nicht. Wenn das bekannt wird, ist das College ruiniert.«

»Falls der Rektor bleibt, wird es kein College mehr geben, das man ruinieren könnte«, entgegnete der Dekan, »sondern höchstens noch ein Wohnheim. Mir liegen mehr als achtzig Namen vor, Cathcart.«

Sir Cathcart spähte erzürnt aus seiner Maske hervor. »Achtzig? Und Sie sind gewillt, deren Ruf zu gefährden?«

Der Mund des Dekans verzog sich zu einem höhnischen Grinsen. »Unter diesen Umständen finde ich Ihre Frage geradezu anstößig.«

»Ich bitte Sie«, sagte der General. »Wir alle haben unsere kleinen Laster. Ich sage immer: Jedem Tierchen sein Pläsierchen.«

Als sie gingen, machte sich ein Federviech an sie heran. »Die Gentlemen gehen soeben«, erklärte Sir Cathcart hastig.

»Vor mir?« gackerte der Kapaun. »Das verstößt gegen das Protokoll.«

Schweigend fuhren sie nach Porterhouse zurück. Die Erlebnisse im Schloß hatten sie ihrer letzten Illusionen beraubt.

»Das ganze Land geht vor die Hunde«, verkündete der Obertutor, als sie den Neuen Hof durchquerten. Wie zur Antwort ertönte ein leises Stöhnen aus dem Garten.

»Was um alles in der Welt war das?« fragte der Dekan. Sie drehten sich um und spähten in die Dunkelheit. Unter den Ulmen rappelte sich ein Schatten, noch dunkler als seine Umgebung, auf und brach wieder zusammen. Vorsichtig überquerten sie den Rasen und starrten auf die am Boden liegende Gestalt.

»Ein Betrunkener«, sagte der Obertutor. »Ich hole den Pförtner«, doch der Dekan hatte schon ein Streichholz angezündet. Im Licht des kleinen flackernden Flämmchens sahen sie in das aschfahle Gesicht Sir Godbers hinunter.

»Großer Gott«, sagte der Dekan, »es ist der Rektor.«

Langsam und mühselig trugen sie ihn über den Kiesweg zum Rektorhaus, wo sie ihn auf das Sofa legten.

»Ich rufe einen Rettungswagen«, sagte der Obertutor, hob das

Telefon vom Boden auf und wählte. Während sie warteten, schaute der Dekan unverwandt in das Gesicht des Rektors. Sir Godber lag offensichtlich im Sterben. Er rang nach Worten, brachte aber keine heraus.

»Er will uns etwas sagen«, sagte der Obertutor leise. Alle Bitterkeit war fort. Im Sterben hatte der Rektor die Loyalität des Obertutors zurückerlangt.

»Er muß betrunken sein«, sagte der Dekan, der den Whisky in Sir Godbers schwachem Atem roch.

Der Rektor schüttelte den Kopf. Jetzt erwartete ihn eine unbestimmte Zukunft, in der er nur noch als Erinnerung existieren würde. Sein Andenken durfte auf keinen Fall durch falsche Gerüchte besudelt werden.

»Nicht betrunken«, stammelte er mit einem herzerweichenden Blick auf den Dekan. »Skullion.«

Dekan und Obertutor sahen sich an. »Was ist mit Skullion?« fragte der Obertutor, doch der Rektor blieb ihm die Antwort schuldig.

Sie gingen erst, als der Rettungswagen eingetroffen war. Lady Mary war nicht erreichbar gewesen. Sie telefonierte mit einem Depressiven, der drohte, seinem Leben ein Ende zu machen. Auf dem Rückweg durch den Garten entdeckte der Dekan die Whiskyflasche.

»Davon braucht die Polizei wohl nichts zu wissen«, sagte er. »Er war zweifellos betrunken und ist in den Kamin gestürzt. Ein tragisches Ende.«

Der Obertutor hing seinen Gedanken nach.

»Wissen Sie eigentlich, was er getan hat?« fragte er.

»Nur zu gut«, sagte der Dekan. »Ich werde Sir Cathcart anrufen und ihm sagen, er soll das Ultimatum vergessen. Das brauchen wir nicht mehr. Wir werden einen neuen Rektor wählen müssen. Wir sollten darauf achten, daß ihm die Collegeinteressen am Herzen liegen. Wir dürfen keinen zweiten Fehler begehen.«

Der Obertutor schüttelte den Kopf. »Eine Wahl erübrigt sich,

Herr Dekan«, sagte er. »Der Rektor hat schon selbst seinen Nachfolger bestimmt.«

Die beiden alten Männer starrten sich im Dunkeln an und verdauten die außerordentliche Tragweite von Sir Godbers letztem Wort. Es war zwar undenkbar, und doch …

Sie zogen sich zur Beratung in den Gemeinschaftsraum zurück. Die uralten holzgetäfelten Wände, die mit Wappen und grotesken Tierfratzen verzierte Stuckdecke, die Porträts früherer Rektoren und die silbernen Leuchter – das alles drängte sie geradezu, in der Vergangenheit nach Lösungen für ihr aktuelles Dilemma zu suchen.

»Es gibt vergleichbare Fälle«, sagte der Obertutor. »Thomas Wilkins war Konditor.«

»Und ein bedeutender Theologe dazu«, gab der Dekan zu bedenken.

»Dr. Cox begann seine Laufbahn als Friseur«, betonte der Obertutor. »Er verdankte seine Wahl seinem Reichtum.«

»Ich habe Ihren Wink verstanden«, sagte der Dekan. »Bei der jetzigen Lage sollte man ihn nicht unberücksichtigt lassen.«

»Außerdem muß man noch die öffentliche Meinung bedenken«, fuhr der Obertutor fort. »Im gegenwärtigen Klima wäre es keine unpopuläre Berufung. Sie würde unsere Kritiker total entwaffnen.«

»Das stimmt«, sagte der Dekan. »Das würde sie allerdings. Aber der Collegerat …«

»Hat in dieser Angelegenheit kein Mitspracherecht«, erklärte der Obertutor. »Traditionell stellen die letzten Worte des Rektors eine unanfechtbare Entscheidung dar.«

»Wenn sie in Anwesenheit von zwei oder mehr ranghohen Fellows fielen«, ergänzte der Dekan. »Es liegt also ganz bei uns.«

»Es besteht kaum ein Zweifel daran, daß er leicht beeinflußbar ist«, fuhr der Obertutor nach einer langen Pause fort. Der Dekan nickte. »Ich bekenne, daß mir dieses Argument zwingend erscheint«, sagte er. Sie erhoben sich und löschten die Kerzen.

Skullion saß zitternd in seiner dunklen Küche. Es war zwar eine kalte Nacht, doch Skullion spürte die Kälte nicht. Für seinen Schüttelfrost gab es andere Gründe. Er hatte den Rektor bedroht und sehr wahrscheinlich umgebracht. Die Erinnerung an den in einer Blutlache liegenden Sir Godber verfolgte ihn. An Schlaf war nicht zu denken. Er saß am Küchentisch und zitterte vor Angst. Er hatte keine Ahnung, was jetzt zu tun war. Die Polizei würde ihn finden. Skullions eingefleischter Respekt vor der Obrigkeit ließ den Gedanken, daß sein Verbrechen unentdeckt bleiben könnte, gar nicht erst aufkommen. Diese Vorstellung war beinahe ebenso ungeheuerlich wie die, ein Mörder zu sein. Als der Dekan und der Obertutor um acht an seine Tür klopften, saß Skullion immer noch da. Sie hatten den Prälektor mitgebracht. Wie üblich war er eigentlich überflüssig.

Skullion hörte sich das Klopfen ein paar Minuten lang an, ehe sein Pförtnerinstinkt die Oberhand gewann. Er stand auf, ging in den schmuddeligen Hausflur hinunter und öffnete die Tür. Blinzelnd stand er im Sonnenschein, das Gesicht vor Anspannung blaurot angelaufen, aber so ernst, wie es der Anlaß verlangte.

»Wenn wir kurz mit Ihnen sprechen dürften, Mr. Skullion«, sagte der Dekan. Die Anrede bestätigte Skullions schlimmste Befürchtungen. Sie erinnerte an die höflichen Formalitäten des Henkers. Er drehte sich um und ging voran in das Wohnzimmer, wo die durch Spitzenvorhänge fallenden Sonnenstrahlen den Sofaschonern ein neues Muster verpaßten. Die drei Fellows nahmen ihre Hüte ab und saßen verlegen auf den viktorianischen Stühlen. Wie die meisten Möbel im Haus waren sie von den gelegentlichen Neumöblierungen in Porterhouse verschont geblieben.

»Es wäre wohl besser, wenn Sie sich hinsetzen würden«, sagte der Dekan, als Skullion vor ihm stehenblieb. »Was wir Ihnen zu sagen haben, könnte ein gewisser Schock für Sie sein.«

Gehorsam setzte Skullion sich hin. Sie konnten nichts sagen, was ihn schockieren würde, da war er sich ganz sicher. Er war auf das Schlimmste gefaßt.

»Wir sind heute morgen hierhergekommen, um Ihnen mitzuteilen, daß der Rektor verstorben ist«, sagte der Dekan. Skullions Gesicht blieb unbewegt und gerötet. In den Augen der drei Fellows war seine augenfällige Selbstbeherrschung ein gutes Zeichen für die Zukunft.

»Auf seinem Totenbett nannte Sir Godber Sie als seinen Nachfolger«, sagte der Dekan langsam. Skullion hörte zwar die Worte, doch seine Erwartungen beraubten sie ihres Sinns. Was im ersten Moment dem Dekan und dem Obertutor undenkbar erschienen war, war für Skullion unvorstellbar. Er starrte den Dekan verständnislos an.

»Er ernannte Sie zum neuen Rektor von Porterhouse«, fuhr der Dekan fort. »Wir sind hier, um Sie im Namen des Collegerates zu bitten, diese seine Ernennung anzunehmen.« Er machte eine Pause, damit der Pförtner über den Vorschlag nachdenken konnte. »Wir verstehen natürlich, daß dies für Sie ebenso überraschend kommen muß wie übrigens auch für uns, doch wir würden Ihre Antwort gern so schnell wie möglich erfahren.«

Während der auf diese Bekanntgabe folgenden Stille ging eine schreckliche Veränderung mit Skullion vor. Ein Zittern überlief seinen Körper, und sein ohnehin schon blaurotes Gesicht lief noch dunkler an. Er rang mit der Unlogik dieser ganzen Sache. Er hatte den Rektor ermordet, und sie boten ihm das Amt des Rektors an! Es gab einfach keine Gerechtigkeit auf Erden, nur aberwitzige Verdrehungen der Ordnung, auf die er sich verlassen hatte. Einen Augenblick lang schien es, als würde er verrückt.

»Wir warten auf Ihre Antwort«, sagte der Dekan. Skullions Körper geriet außer Kontrolle, als ihn der Anfall überkam. Sein Kopf nickte hektisch.

»Dann dürfen wir davon ausgehen, daß Sie annehmen?« fragte der Dekan. Skullions Kopf nickte pausenlos.

»Dann möchte ich gern der erste sein, der Ihnen gratuliert, Magnifizenz«, sagte der Dekan, ergriff Skullions Hand und schüttelte sie krampfhaft. Der Prälektor und der Obertutor folgten seinem Beispiel.

»Der arme Bursche war ganz überwältigt«, sagte der Dekan, als sie wieder in den Wagen stiegen. »Es hatte ihm offenbar die Sprache verschlagen.«

»Das überrascht mich nicht, Herr Dekan«, sagte der Prälektor. »Mir fällt es auch jetzt noch schwer, meine Gefühle in Worte zu fassen. Skullion als Rektor von Porterhouse. Daß es soweit kommen mußte.«

»Wenigstens werden beim Festmahl keine Reden mehr gehalten«, sagte der Obertutor.

»Das spricht wohl für seine Ernennung«, sagte der Prälektor.

Im Wohnzimmer seines alten Hauses lag der neue Rektor von Porterhouse unbeweglich in seinem Sessel und glotzte stumm das Linoleum an. Im Chaos der vergangenen Minuten war ein neuer Frieden über Skullion gekommen. Jetzt gab es keine Widersprüche mehr zwischen richtig und falsch, Rektor und Pförtner, nur noch ein sonderbares Unvermögen, seine linke Körperseite zu bewegen.

Skullion hatte einen Schlaganfall erlitten, den berüchtigten Porterhouse Blue.

- 21 -

»Eigentlich ein Glücksfall«, sagte der Dekan beim Essen nach der formellen Zeremonie im Ratssitzungsraum, bei der der neue Rektor den Vorsitz geführt hatte, ehe ihn Arthur in das Rektorhaus zurückgeschoben hatte.

»Ich muß gestehen, ich kann Ihnen nicht ganz folgen, Dekan«, sagte der Prälektor angewidert. »Falls Sie sich auf die Erkrankung des Rektors beziehen ...«

»Ich versuchte lediglich, Ihre Aufmerksamkeit auf die Vorteile der Lage zu lenken«, sagte der Dekan. »Schließlich führt der Rektor ein recht sorgenfreies Leben, und wir ...«

»Genießen die Verwaltung des Colleges?« schlug der Obertutor vor.

»So ist es.«

»So kann man es wohl auch sehen. Jedenfalls wurden Sir Godbers Reformen vereitelt. Meiner Meinung nach hat sich Lady Mary sehr schofel benommen.«

Der Dekan seufzte. »Ich habe die Erfahrung gemacht, daß Liberale zu Überreaktionen neigen. Eine progressive Einstellung scheint schon per se etwas Hysterisches zu haben«, sagte er. »Dennoch gibt es keinerlei Entschuldigung dafür, die Polizei der Unfähigkeit zu bezichtigen. Es gab nichts Absurderes als ihre Behauptung, Sir Godber sei ermordet worden. Es fehlte nicht viel, und sie hätte auch noch den Obertutor und meine Wenigkeit beschuldigt.«

»Er war betrunken, nehme ich an«, sagte der Prälektor.

»Nicht laut Befund des Leichenbeschauers«, sagte der Schatzmeister.

Der Dekan rümpfte die Nase. »Gegenüber der Meinung von Experten war ich schon immer skeptisch. Ich habe seinen Atem gerochen. Er war blau wie ein Veilchen.«

»Jedenfalls ist dies die einzige rationale Erklärung, weshalb seine Wahl auf Skullion fiel«, sagte der Prälektor. »Meines Wissens konnte er den Mann nicht ausstehen.«

»Da muß ich Ihnen leider beipflichten«, sagte der Schatzmeister. »Lady Mary ...«

»Hat uns der Lüge bezichtigt«, sagten Dekan und Obertutor wie aus einem Munde.

»Sie sagten ja eben, Herr Dekan, sie war hysterisch«, sagte der Prälektor. »Sie war nicht sie selbst.«

Der Dekan blickte finster auf dem Tisch herum. Lady Marys Anschuldigung gärte in ihm weiter. »Verdammtes Weib«, sagte er, »sie ist eine Schande für ihr Geschlecht.« Er ließ seine Wut an dem neuen Kellner aus. »Die Kartoffeln sind verbrannt.«

»A propos verbrannt«, sagte der Obertutor, »was ist eigentlich im Krematorium schiefgelaufen? Da hat es anscheinend eine schreckliche Verzögerung gegeben.«

»Es gab einen Stromausfall«, erklärte der Dekan, »wegen eines Streiks.«

»Aha, daran lag's also«, sagte der Obertutor. »Zweifellos ein Sympathiestreik.«

Sie beendeten das Essen und nahmen den Kaffee im Gemeinschaftsraum ein.

»Da wäre immer noch die Frage offen, wer Sir Godbers Porträt malt«, sagte der Obertutor. »Wir sollten uns wohl für einen geeigneten Künstler entscheiden.«

»Bacon, wer sonst«, befand der Dekan. »Mir fällt kein anderer ein, der eine größere Ähnlichkeit auf die Leinwand bannen könnte.«

Die Fellows von Porterhouse hatten ihre Munterkeit zurückgewonnen.

Im Rektorhaus folgte Skullions Leben seinem immer gleichen Schema. Er wurde von einem Zimmer ins andere geschoben, damit er die Sonne genießen konnte, so daß man die Tageszeit anhand seiner Position an einem Fenster bestimmen konnte; nachmittags schob Arthur ihn durch den Garten und quer über den Neuen Hof zum Haupttor. Gelegentlich konnte man spätnachts den Rollstuhl in der Nähe des hinteren Tores mit seinem dunklen, den Bowlerhut tragenden Insassen sehen, der wartend und voll unverdrossener Sinnlosigkeit die spitzenbewehrte Mauer beobachtete, über die keine Studenten mehr kletterten. Doch wenn Skullions Horizont auch auf die engen Collegegrenzen beschränkt sein mochte, so erstreckten sie sich zeitlich bis in den Himmel. Jede Ecke von Porterhouse hielt Erinnerungen für ihn bereit, die die Gebrechen der Gegenwart wettmachten. Offenbar hatte der Schlaganfall seine Gedächtnislücken geschlossen, so daß er in seiner Unbeweglichkeit endlich durch die Jahre reisen konnte, wie er früher seine Runden durch die Höfe und Flure von Porterhouse gemacht hatte. Wenn er so im Neuen Hof saß, rief er sich die Bewohner jedes einzelnen Zimmers ins Gedächtnis zurück, ihre Namen und Gesichter, sogar ihre Herkunftsländer, so daß der Hof eine neue Dimension annahm, etwas Hymnisches und Stummes zugleich. In seinem Kopf war jeder Aufgang ein Labyrinth, in dem sich nicht mehr unter den

Lebenden weilende Männer tummelten, die ihm einmal die Ehre ihrer Gleichgültigkeit erwiesen hatten. »Skullion«, hatten sie gerufen, und die Rufe hallten in seiner Erinnerung wider, diese Aufforderung, ihnen zu dienen, die er nie wieder hören würde. Statt dessen nannten sie ihn jetzt Rektor, und schweigend erduldete Skullion ihren Respekt.

Um ihn her ging das Leben im College seinen gewohnten Gang. Lord Wurfords Vermächtnis hatte den Wiederaufbau des Turmes ermöglicht, und Skullion hatte die Papiere widerspruchslos mit seinem Daumenabdruck unterzeichnet. Als Zugeständnis an die Wissenschaft gab es ein paar Doktoranden, vor allem in Jura und den weniger kontroversen Wissenschaften, doch von diesen Konzessionen abgesehen hatte sich wenig verändert. Die Studenten gingen länger aus, ließen sich die Haare länger wachsen und frönten ihrer Vorliebe für Ansichten, die so trivial waren wie die, mit denen sie früher die Verkäuferinnen verführt hatten. Doch im Prinzip waren sie die gleichen geblieben. Wie auch immer, Skullion war das Denken nicht geheuer. Er hatte seinerzeit zu viele Gelehrte gekannt, um zu glauben, daß sie die Dinge ändern könnten. Was zählte, war Kontinuität von Sitte und Charakter, das, was ein Mann war, nicht was er sagte, und wenn er sich umsah, war er beruhigt. Die Gesichter, die er erblickte, und die Stimmen, die er hörte – wenn auch mittlerweile hinter Haaren und den geborgten Akzenten der Armen verborgen –, trugen immer noch die erkennbaren Klassenmerkmale; und mochte auch an die Stelle der alten, gefühllosen Arroganz eine sanfte Freundlichkeit getreten sein, die ihm zuwider war, so galt auch heute noch »Wir hier oben« und »Die da unten«, sogar wenn sich Mitgefühl einschlich. Und wenn ein Student sich erbot, den Rektor durch die Gegend zu schieben, schreckte ihn das Glitzern in Skullions Augen ab, das eine Verachtung verriet, die Skullions Abhängigkeit Hohn sprach.

Gelegentlich überwand der Obertutor seinen Widerwillen gegen körperliche Gebrechen und besuchte den Rektor, um ihm zu erzählen, wie sich der Achter schlug oder welchen Sieg die Rugbymannschaft errungen hatte, und täglich watschelte der Dekan ins Rektorhaus, um über die Ereignisse des Tages Bericht zu erstatten. Dieser merkwürdige Rollentausch gefiel Skullion gar nicht, doch dem Dekan gewährte er offenbar eine gewisse Befriedigung. Es schien, als lindere diese gespielte Unterwürfigkeit sein schlechtes Gewissen.

»Das sind wir ihm schuldig«, teilte er dem Obertutor mit, der fragte, warum er sich diese Mühe machte.

»Aber was erzählen Sie ihm eigentlich?«

»Ich frage ihn nach seiner Gesundheit«, verriet der Dekan vergnügt.

»Aber er kann doch nicht antworten«, erklärte der Obertutor.

»Das finde ich eben so beruhigend«, sagte der Dekan. »Außerdem sind keine Neuigkeiten bekanntlich gute Neuigkeiten, stimmt's?«

Donnerstags speiste der Rektor im Speisesaal zu Abend; Arthur schob ihn zu den Fellows, damit er am Kopfende der Tafel sitzen und das uralte Ritual des Dankgebets und das Auftragen der Speisen mit kritischem Blick beobachten konnte. Während sich die Fellows mästeten, fütterte Arthur Skullion mit einigen erlesenen Häppchen. Das war seine schlimmste Erniedrigung. Das und die Tatsache, daß seine Schuhe nicht mehr so glänzten wie zu der Zeit, als er sie noch selbst bespuckt und gewienert hatte.

Dem Dekan, gefühllos wie eh und je, blieb es überlassen, nach solch einem Essen im Gemeinschaftsraum das Schlußwort zu sprechen. »Er mag zwar nicht mit einem silbernen Löffel im Mund geboren sein, aber er wird weiß Gott mit einem sterben.«

In seiner Ecke am Kamin konnte man den Rektor über diesen auf seine Kosten geäußerten Scherz respektvoll zucken sehen, aber schließlich hatte Skullion schon immer gewußt, wohin er gehörte.

Klex in der Landschaft

- 1 -

Sir Giles Lynchwood, Parlamentsabgeordneter für South Worfordshire, saß in seinem Arbeitszimmer und zündete sich eine Zigarre an. Vor seinem Fenster blühten Tulpen und Schlüsselblumen, eine Drossel stocherte im Rasen, und die Sonne schien vom wolkenlosen Himmel herunter. In der Ferne konnte er die Felsen der Cleene-Schlucht erkennen, die hoch über dem Fluß aufragten.

Doch Sir Giles hatte kein Auge für die Schönheiten der Landschaft. Seine Gedanken drehten sich um andere Dinge: um Geld, um Mrs. Forthby und um die Kluft zwischen den Dingen, wie sie waren, und den Dingen, wie sie hätten sein können. Nicht, daß sich seinem Blick aus dem Fenster eine Aussicht auf ungetrübte Schönheit geboten hätte. Er fiel auf Lady Maud, und was immer sie auch sein mochte, niemand, der noch ganz bei Trost war, würde ihr jemals das Attribut »schön« verliehen haben. Sie war groß und massiv und besaß eine Gestalt, die man einmal zutreffend als rodinhaft bezeichnet hatte – Sir Giles jedenfalls, der sie so leidenschaftlich betrachtete, wie es sechs Ehejahre gestatteten, fand sie kolossal unattraktiv. Dabei war Sir Giles eigentlich nicht besonders pingelig, wenn's um die äußere Erscheinung ging. Er hatte sein Vermögen damit gemacht, daß er die potentiellen Vorzüge wenig einnehmender Immobilien erkannte, und er konnte mit Fug und Recht von sich behaupten, mehr mittellose Mieter vor die Tür gesetzt zu haben als jeder andere anonyme Vermieter in London. Mauds Äußeres aber war noch das geringste seiner Eheprobleme. Es war eher ihre Gesinnung, ihre unverblümte Selbstsicherheit, die ihn zur Weißglut brachten. Und die Tatsache, daß er zum erstenmal in seinem Leben eine Frau am Hals hatte, die er nicht verlassen, und ein Haus, das er nicht verkaufen konnte.

Maud war eine geborene Handyman, und das Herrenhaus der Handymans war immer ihr Zuhause gewesen. Haus Handyman – ein riesiges, weitläufiges Gebäude mit zwanzig Schlafzimmern, einem Ballsaal samt federndem Fußboden, einem Rohrleitungssystem, das Industriearchäologen faszinierte, aber Sir Giles nachts am Einschlafen hinderte, sowie einer Zentralheizung, die zum Verbrauch von tonnenweise Koks konstruiert war und jetzt offenbar megaliterweise Öl schluckte – war im Jahr 1899 erbaut worden, um in Backsteinen, Mörtel und den abscheulicheren Möbeln jener Epoche die Tatsache zu demonstrieren, daß es die Familie Handyman zu was gebracht hatte. Sie hatte eine kurze gesellschaftliche Blüte erlebt: Eduard VII. hatte dem Haus zwei Besuche abgestattet und jedesmal Mrs. Handyman verführt, und zwar in der irrtümlichen Annahme, sie sei ein Zimmermädchen (ein Resultat ihrer Bescheidenheit, dank derer es ihr in der Gegenwart eines Mitglieds des Königshauses die Sprache verschlug). Als Wiedergutmachung für diesen königlichen Fauxpas und für geleistete Dienste wurde ihr Ehemann Bulstrode in den Adelsstand erhoben. Nach diesem kurzen Intermezzo gesellschaftlichen Glanzes waren die Handymans in ihre jetzige Vergessenheit versunken. Nachdem eine Woge von Ale – Handyman Pale, Handyman Triple XXX und Handyman West Country waren zu ihrer Zeit überaus beliebt – die Familie zu echter Berühmtheit hochgeschwemmt hatte, war sie der Neigung zum Brandy erlegen. Der erste Graf von Handyman, ein mißtrauischer Ehemann und ein aus verständlichen Gründen glühender Republikaner, starb gerade rechtzeitig, um posthumen Ruhm als erster Leichnam zu erlangen, für den Schatzkanzler Lloyd Georges exorbitante Erbschaftssteuern fällig wurden. Fast auf dem Fuße war ihm sein ältester Sohn Bartholomew gefolgt, dessen Reaktion auf die Zahlungsaufforderung des Finanzamts die gewesen war, sich mittels zweier Flaschen Trois Six de Montpellier aus dem Fundus seines Vaters zu Tode zu saufen.

Der Ausbruch des Ersten Weltkriegs hatte das Familienglück vollends vernichtet. Der Zweitälteste, Boothroyd, der zur Beruhigung seiner Nerven einen Schluck aus einer Flasche mit Batteriesäure genommen hatte, ehe er aus dem Schützengraben zum Sturmangriff überging, war mit derart irreparabel geschädigten Geschmacksknospen aus Frankreich zurückgekehrt, daß seinen Versuchen, Handyman Ale die Vorkriegsqualität und -beliebtheit wiederzugeben, genau das entgegengesetzte Resultat beschieden war. Zum erstenmal traf die Ehrenbezeichnung »Außerordentlicher Hoflieferant und Brauer seiner Majestät des Königs« haargenau das Charakteristische der in der Handyman-Brauerei erzeugten Biere. In den zwanziger und dreißiger Jahren ging der Umsatz sogar noch weiter zurück, bis einzig ein Dutzend brauereieigener Gaststätten in Worfordshire die Erzeugnisse des Hauses Handyman anboten; ein Gefühl der Loyalität zur Familie zwang deren Gäste zum Vertiefen von Boothroyds entsetzlichem Gesöff – und die Weigerung der zuständigen Bürokraten (zu denen auch Boothroyd gehörte), irgendwem sonst die Genehmigung zum Ausschank alkoholischer Getränke zu erteilen. Inzwischen war es mit den Handymans so weit gekommen, daß sie nur noch einen Flügel des Hauptgebäudes bewohnten, und den Ausbruch des Zweiten Weltkriegs hatten sie damit gefeiert, daß sie dem Kriegsministerium den Rest ihres Anwesens zur Verfügung stellten. Boothroyd starb im Dienst bei der Bürgerwehr, und an seine Stelle trat Mauds Vater Busby; das Herrenhaus diente zunächst als Unterkunft für General de Gaulles Stabschef und die gesamte Exilarmee des damaligen freien Frankreichs und später als Internierungslager für italienische Kriegsgefangene. Der vierte Graf hatte getan, was er konnte, um dem Handyman Ale seine ehemalige Beliebtheit wiederzugeben, indem er auf das Originalrezept zurückgriff, und der Familie ihr einstiges Vermögen wiederzubeschaffen, indem er mit all seinem Einfluß dafür sorgte, daß das Kriegsministerium eine unangemessen hohe Miete für ein Gebäude zahlte, das es gar nicht haben wollte.

Dieser Einfluß, der Handyman-Einfluß, hatte Sir Giles davon überzeugt, daß ihm Schlimmeres widerfahren könne, als Lady Maud zu ehelichen und durch sie einen Sitz im Parlament zu erlangen. Doch wenn er über die zurückliegenden Jahre nachdachte, neigte Sir Giles zu der Ansicht, daß er für den Herrensitz und die gesellschaftliche Anerkennung einen zu hohen Preis bezahlt habe. Damals hatte er von einer Verstandesheirat gesprochen, doch dieser Begriff hatte sich als absolut unzutreffend erwiesen. Nichts an Mauds Äußerem hatte auf eine übertriebene Mäkeligkeit in Sexfragen hingedeutet, und Sir Giles war überrascht, um nicht zu sagen schmerzhaft berührt gewesen, als sie während der Flitterwochen seinen Vorschlag allzu wörtlich genommen hatte, sie möge ihn ans Bett binden und schlagen. Sir Giles Schmerzensschreie waren einen halben Kilometer die Costa Brava entlang zu hören gewesen und hatten zu einer peinlichen Unterredung mit dem Hoteldirektor geführt. Den ganzen Weg nach Hause hatte Sir Giles stehen müssen und seitdem in einem separaten Schlafzimmer – und bei Mrs. Forthby Zuflucht gesucht, in deren Wohnung in St. John's Wood wenigstens Verlaß auf Mäßigung war. Daß keine Chance auf Scheidung bestand, machte die Angelegenheit nur noch schlimmer. Ihr Ehevertrag enthielt eine Anwartschaftsklausel, nach der Herrenhaus samt Grundbesitz – für die er Maud hunderttausend Pfund hatte zahlen müssen – wieder in ihr Eigentum übergingen, falls er stürbe, ohne Erben zu hinterlassen, oder sich einen Fehltritt zuschulden kommen ließe, der sie vor den Scheidungsrichter brächte. Sir Giles war zwar ein reicher Mann, doch ein Preis von hunderttausend Pfund war zu hoch für seine Freiheit.

Er seufzte und warf einen Blick aus dem Fenster. Lady Maud war verschwunden, dennoch war die Aussicht keineswegs angenehmer geworden. Den Platz von Lady Maud hatte Klex, der Gärtner, eingenommen, der quer über den Rasen in Richtung Küchengarten trottete. Sir Giles musterte die untersetzte Gestalt mit Abscheu. Für einen Gärtner, für einen italienischen Gärtner und ehemaligen Kriegsgefangenen hatte Klex etwas Selbstzufriedenes an sich, das Sir Giles gehörig auf die Nerven ging. Er mochte es, wenn seine Dienerschaft unterwürfig war, und von Unterwürfigkeit fand sich bei Klex keine Spur. Dieser Mistkerl schien zu glauben, das ganze Anwesen gehöre ihm. Sir Giles sah, wie er durch die Tür in der Mauer des Küchengartens verschwand, und dachte über Mittel und Wege nach, wie er sich Klex, Lady Maud und den Herrensitz der Handymans vom Halse schaffen konnte. Da kam ihm eine Idee.

Lady Maud auch. Während sie durch den Garten trampelte, hier einen Löwenzahn und dort eine Sternmiere entwurzelte, drehten sich ihre Gedanken einzig und allein ums Kinderkriegen.

»Jetzt oder nie«, murmelte sie, während sie eine Nacktschnekke zerquetschte. Zwischen ihren Beinen hindurch konnte sie Sir Giles in seinem Arbeitszimmer sehen und sich zum wiederholten Mal fragen, warum sie ausgerechnet einen Mann mit einem so geringen Pflichtbewußtsein geheiratet hatte; ihrer Meinung nach gab es keine höhere Tugend. Aus Pflichtgefühl gegenüber ihrer Familie hatte sie ihn geheiratet. Wäre es nach ihr gegangen, sie hätte einen jüngeren, attraktiveren Mann gewählt, doch das Angebot an jungen, attraktiven Männern mit Vermögen war in Worfordshire begrenzt und Maud war nicht ansehnlich genug, um sich in London einen aufzustöbern.

»In die Gesellschaft eingeführt werden?« hatte sie ihre Mutter angeschrien, als Lady Handyman vorschlug, man solle sie bei Hofe einführen. »In die Gesellschaft? Das hab' ich doch längst hinter mir.«

Und es stimmte. Lady Mauds kurzlebige Schönheit hatte sich verfrüht eingestellt. Mit fünfzehn sah sie entzückend aus. Mit einundzwanzig waren die Handymanschen Gesichtszüge, vor allem die gewaltige Nase, immer auffallender und sie immer unattraktiver geworden. Mit fünfunddreißig war sie eine Handyman vom Scheitel bis zur Sohle und nur noch für jemanden mit Sir Giles' verkommenem Geschmack und seinem Auge für versteckte Vorzüge akzeptabel. Ohne Illusionen hatte sie seinen Heiratsantrag angenommen, um dann zu spät herauszufinden, daß sein langes Junggesellendasein bei ihm Spuren in Gestalt einer Reihe von Angewohnheiten und Phantasievorstellungen hinterlassen hatte, die es ihm unmöglich machten, seinen Teil der Abmachung zu erfüllen. Wofür Sir Giles auch immer geeignet war – die Vaterschaft gehörte nicht dazu. Nach dem unglückseligen Erlebnis in ihren Flitterwochen hatte Maud versucht, eine Aussöhnung zu erreichen, doch ohne Erfolg. Sie hatte es mit Alkohol probiert, mit stark gewürzten Speisen, mit Austern und Champagner, mit hartgekochten Eiern, doch Sir Giles war eisern impotent geblieben. An diesem heiteren Frühlingstag, wo alles um sie herum aufkeimte und emporschoß und ihr die Freuden der Mutterschaft aus allen Winkeln des Anwesens entgegentönten, verspürte Lady Maud ein ausgesprochen lüsternes Verlangen. Sie wollte noch einen Versuch unternehmen, Sir Giles zur Räson zu bringen. Entschlossen richtete sie sich auf, marschierte über den Rasen ins Haus und ging durch den Flur.

»Giles«, sagte sie, als sie das Arbeitszimmer ohne anzuklopfen betrat, »es ist an der Zeit, daß wir uns mit dieser Sache auseinandersetzen.« Sir Giles schaute von seiner Times auf. »Welche Sache?« fragte er.

»Du weißt sehr gut, wovon ich rede. Brauchst gar nicht wie die Katze um den heißen Brei zu streichen.«

Sir Giles faltete die Zeitung zusammen. »Brei, Liebes?« meinte er skeptisch.

»Versuch's nicht abzulenken«, sagte Lady Maud.

»Ich lenke überhaupt nicht ab«, protestierte Sir Giles, »ich weiß ganz einfach nicht, wovon du sprichst.«

Lady Maud legte ihre Hände auf den Schreibtisch und beugte sich drohend vor. »Sex«, knurrte sie.

Sir Giles kuschelte sich in seinen Stuhl. »Ach ja, Sex«, murmelte er. »Was ist damit?«

»Ich werde auch nicht jünger.«

Sir Giles nickte verständnisvoll. Es war eine der wenigen Tatsachen, für die er dankbar war.

»In ein oder zwei Jahren ist es zu spät.«

Gott sei Dank, dachte Sir Giles, doch die Worte blieben ungesagt. Statt dessen entschied er sich für eine Ramon Allones aus seiner Zigarrenkiste. Das war ein ungeschickter Schritt. Lady Maud beugte sich vor und entriß sie seinen Fingern.

»Jetzt hör mir mal zu, Giles Lynchwood«, sagte sie, »ich hab' dich nicht geheiratet, um als kinderlose Witwe zu enden.«

»Witwe?« fragte Sir Giles verschreckt.

»Die Betonung liegt auf ›kinderlos‹. Ob du lebendig oder tot bist, läßt mich ziemlich kalt. Wichtig ist, daß ich einen Erben kriege. Als ich dich heiratete, geschah dies einzig unter der Voraussetzung, daß du der Vater meiner zukünftigen Kinder werden solltest. Wir sind jetzt seit sechs Jahren verheiratet. Es ist an der Zeit, daß du deine Pflicht tust.«

Sir Giles schlug seine Beine herausfordernd übereinander. »Das haben wir doch alles schon mal durchgekaut«, murmelte er.

»Das haben wir mitnichten alles durchgekaut. Genau darüber beschwere ich mich ja. Du hast dich hartnäckig geweigert, dich wie ein normaler Ehemann zu benehmen. Du hast...«

»Wir alle haben so unsere Problemchen, Liebes«, sagte Sir Giles.

»Durchaus«, räumte Lady Maud ein, »die haben wir. Nur daß meine Problemchen unglücklicherweise weit weniger Aufschub dulden als deine. Ich bin über vierzig und werde, wie ich bereits andeutete, in ein oder zwei Jahren das gebärfähige Alter überschritten haben. Seit fünfhundert Jahren lebt meine Familie nun schon in dieser Schlucht, und ich bin keinesfalls gewillt, mich mit der Gewißheit ins Grab zu legen, daß ich die letzte Handyman bin.«

»Mir ist nicht ganz klar, wie du das umgehen kannst, was auch immer geschieht«, sagte Sir Giles. »Schließlich würden sie – den unwahrscheinlichen Fall vorausgesetzt, daß du Kinder bekämst – den Namen Lynchwood tragen.«

»Ich hatte schon immer vor«, erklärte Lady Maud, »den Namen durch einseitige Absichtserklärung ändern zu lassen.«

»Tatsächlich? Tja, dann laß dich davon unterrichten, daß dazu keine Notwendigkeit besteht«, sagte Sir Giles. »Aus unserer Ehe werden keine Kinder hervorgehen, daran gibt's nichts zu rütteln.«

»Wenn das so ist«, sagte Lady Maud, »werde ich die nötigen Schritte für eine Scheidung einleiten. Du hörst dann von meinen Anwälten.«

Sie verließ das Zimmer und schmetterte die Tür hinter sich zu. Zurück blieb ein vor Genugtuung zitternder Sir Giles. Vorüber waren die Jahre der Qual. Er würde seine Scheidung bekommen und den Herrensitz behalten. Mit den Sorgen war es endlich vorbei. Er griff nach der nächsten Zigarre und zündete sie an. Von oben konnte er die schwerfälligen Bewegungen seiner Frau in ihrem Schlafzimmer hören. Zweifellos bereitete sie sich auf einen Besuch bei Ganglion, Turnbull und Shrine vor, den Familienanwälten in Worford. Sir Giles faltete die Times auseinander und las noch einmal den Brief über den Kuckuck.

- 2 -

Mr. Turnbull von Ganglion, Turnbull und Shrine war zwar verständnisvoll, aber keineswegs hilfreich. »Wenn Sie mit solch offensichtlich wenig stichhaltigen Scheidungsgründen, wie den von Ihnen gerade so anschaulich skizzierten, einen Prozeß anstrengen«, informierte er Lady Maud, »wird die Anwartschaftsklausel null und nichtig. Womöglich verlieren Sie am Ende sogar das gesamte Anwesen.«

»Wollen Sie mir vielleicht weismachen, ich kann mich nicht von meinem Mann scheiden lassen, ohne meinen Familiensitz zu verlieren?« wollte Lady Maud wissen.

Mr. Turnbull nickte. »Sir Giles muß Ihre Behauptungen nur abstreiten«, erläuterte er, »und ich kann mir, ehrlich gesagt, kaum denken, daß ein Mann in seiner Position diese Verfehlungen zugibt. Das Gericht würde zu seinen Gunsten entscheiden, so leid es mir tut. Bei einem derartigen Fall liegt die Schwierigkeit darin, daß man keinen überzeugenden Beweis vorlegen kann.«

»Ich würde doch denken, meine Jungfräulichkeit sei Beweis genug«, gab Lady Maud unverblümt zu verstehen.

Mr. Turnbull unterdrückte einen Schauder. Die Vorstellung, daß Lady Maud ihr Jungfernhäutchen als Beweisstück A vorlegen würde, sagte ihm ganz und gar nicht zu.

»Meiner Meinung nach sollten wir uns nach was ein bißchen Orthodoxerem umsehen. Schließlich könnte Sir Giles ja behaupten, Sie hätten ihm seine ehelichen Rechte verweigert. Dann stünde ganz einfach sein Wort gegen Ihres. Natürlich könnten Sie die Scheidung trotzdem erwirken, doch juristisch betrachtet würde das Anwesen in seinem Besitz bleiben.«

»Aber irgend etwas werde ich doch unternehmen können«, wandte Lady Maud ein. Wie er sie so ansah, hatte Mr. Turnbull da seine Zweifel, war jedoch taktvoll genug, sie nicht auszusprechen.

»Und Sie haben versucht, eine Aussöhnung herbeizuführen, sagen Sie?«

»Ich habe Giles klargemacht, er müsse seine Pflicht mir gegenüber erfüllen.«

»Das ist nicht ganz das, was ich meinte«, klärte Mr. Turnbull sie auf. »Schließlich ist die Ehe, wenn es gutgeht, eine schwierige Beziehung. Vielleicht würde ein wenig Zärtlichkeit Ihrerseits...«

»Zärtlichkeit?« sagte Lady Maud. »Zärtlichkeit? Anscheinend ist Ihnen entfallen, daß mein Mann ein perverser Mensch ist. Bilden Sie sich etwa ein, daß ein Mann, der Befriedigung empfindet, wenn man ihn ...«

»Nein«, sagte Mr. Turnbull eilig, »ich habe schon begriffen. Vielleicht ist Zärtlichkeit das falsche Wort. Was ich meinte, was... nun ja... ein wenig Verständnis.«

Lady Maud schaute ihn verächtlich an.

»Schließlich heißt es ja *tout comprende, c'est tout pardonner*«, fuhr Mr. Turnbull fort, wobei er unwillkürlich in die Sprache verfiel, die für ihn gleichbedeutend war mit Kultiviertheit in Herzensangelegenheiten.

»Wie meinen?« fragte Lady Maud.

»Ich sagte nur, alles verstehen, heißt alles verzeihen«, erläuterte Mr. Turnbull.

»Aus dem Mund eines Juristen finde ich diese Bemerkung erstaunlich«, sagte Lady Maud, »und ich bin sowieso weder an Verstehen noch an Verzeihen interessiert. Ich bin ganz einfach daran interessiert, ein Kind zur Welt zu bringen. Meine Familie lebt seit fünfhundert Jahren in der Schlucht, und ich beabsichtige keineswegs, die Verantwortung dafür auf mich zu laden, daß sie keine weiteren fünfhundert Jahre hier wohnen bleibt. Sie mögen mein Beharren auf der Familientradition romantisch finden. Ich kann nur sagen, ich betrachte es als meine Pflicht, einen Erben in die Welt zu setzen. Wenn mein Mann sich weigert, seiner Zeugungspflicht nachzukommen, werde ich eben einen Ersatz für ihn finden.«

»Meine liebe Lady Maud«, sagte Mr. Turnbull, dem plötzlich bewußt wurde, daß er möglicherweise Gefahr lief, zum ersten Objekt ihrer außerehelichen Aufmerksamkeiten zu werden, »ich bitte Sie inständig, keine übereilten Schritte zu unternehmen. Nach einem ehebrecherischen Akt Ihrerseits gelänge es Sir Giles ganz ohne Zweifel, eine Scheidung zu erwirken, bei der man die Anwartschaftsklausel für nichtig erklären würde. Vielleicht möchten Sie ja, daß ich einmal mit ihm rede. Manchmal hilft es, wenn man einen Dritten einschaltet, einen völlig Unparteiischen, Sie verstehen schon, um eine Aussöhnung zu erreichen.«

Lady Maud schüttelte den Kopf. Ihre Gedanken drehten sich um Ehebruch.

»Gehe ich recht in der Annahme«, meinte sie schließlich, »daß, wenn Giles Ehebruch begeht, das Anwesen mir zugesprochen wird?«

Bei dieser Vorstellung strahlte Mr. Turnbull. »In dem Fall gäbe es keinerlei Schwierigkeiten«, sagte er. »Dann hätten Sie ein unanfechtbares Anrecht auf das Anwesen. Das steht im Vertrag. Keinerlei Schwierigkeiten.«

»Gut«, sagte Lady Maud und erhob sich. Sie ging und überließ Mr. Turnbull der begründeten Vermutung, daß Sir Giles Lynchwood eine böse Überraschung bevorstünde, und – noch besser –, daß sich die Firma Ganglion, Turnbull und Shrine auf einen langwierigen Prozeß sowie nicht unerhebliche Anwaltshonorare freuen könne.

Draußen im Wagen wartete Klex.

»Klex«, sagte Lady Maud als sie sich auf den Rücksitz hievte, »was wissen Sie über das Abhören von Telefonen?«

Klex lächelte und ließ den Motor an. »Kein Problem, man braucht bloß etwas Draht und einen Kopfhörer.«

»Wenn das so ist, dann halten Sie am nächsten Elektroladen und kaufen das erforderliche Material.«

Als sie am Haus Handyman eintrafen, hatte Lady Maud sich ihre Pläne zurechtgelegt.

Sir Giles ebenfalls. Als seine erste Hochstimmung angesichts einer möglichen Scheidung abgeklungen war, kamen ihm beim Abwägen der ganzen Angelegenheit etliche unangenehme Möglichkeiten in den Sinn. Zunächst einmal schmeckte ihm der Gedanke überhaupt nicht, sich von irgendeinem Staranwalt wegen seines Liebeslebens ins Kreuzverhör nehmen zu lassen. Für die Zeitungen, besonders für das eine oder andere Sonntagsblatt, wäre Lady Mauds Schilderung ihrer Flitterwochen ein gefundenes Fressen. Schlimmer noch, er würde niemanden wegen Verleumdung verklagen können. Der Hoteldirektor konnte die Geschichte bestätigen, und obwohl Sir Giles wahrscheinlich den Scheidungsprozeß gewinnen und den Herrensitz würde behalten dürfen, seinen guten Ruf war er mit Sicherheit los. Nein, mit dieser Angelegenheit mußte man sich auf eine diskretere Art und

Weise befassen. Sir Giles griff nach einem Bleistift und begann, vor sich hin zu kritzeln.

Das Problem war schlicht folgendes: Die Scheidung – sollte sie je akut werden – mußte zu seinen Bedingungen erfolgen. Nicht das geringste Odium eines Skandals durfte daran haften. Es wäre vermessen, zu hoffen, daß Lady Maud einen Liebhaber fände, doch womöglich trieb sie ja die Verzweiflung zu irgendeiner Wahnsinnstat. Sir Giles hatte da zwar so seine Zweifel, zumal ihr Alter, ihre Erscheinung und ihr ganzes Wesen so etwas eher unwahrscheinlich machten. Und dann waren da noch der Herrensitz und die hunderttausend Pfund, die er dafür bezahlt hatte. Er zeichnete eine Katze und dachte sich gerade, daß es mehr Möglichkeiten gäbe, mit einem Gebäude Profit zu machen, als es zu verkaufen oder bis auf die Grundmauern niederzubrennen, da weckte die Form seiner Skizze – eine Acht mit Ohren und Schwanz – in ihm die Erinnerung an etwas, das er einmal aus der Luft gesehen hatte. Eine Überführung, eine Kleeblattkreuzung, eine Autobahn.

Kurz darauf entfaltete er ein Meßtischblatt und musterte es mit äußerstem Interesse. Warum hatte er nicht gleich daran gedacht? Die ideale Strecke führte durch die Schlucht des Cleene. Sie lag genau zwischen Sheffingham und Knighton. Und beim Autobahnbau wurden Grundstücksenteignungen verfügt und große Entschädigungssummen gezahlt. Die perfekte Lösung. Es bedurfte nur des einen oder anderen Worts ins richtige Ohr. Sir Giles nahm den Telefonhörer ab und wählte. Als Lady Maud schließlich aus Worford zurückkam, war er glänzender Laune. Hoskins von der Planungsbehörde Worfordshire war überaus entgegenkommend gewesen, aber Hoskins war ja schon immer entgegenkommend gewesen. Das zahlte sich für ihn aus, jedenfalls konnte er sich so ein weit größeres Haus leisten, als man es bei seinem Gehalt eigentlich hätte vermuten sollen. Sir Giles lächelte still in sich hinein. Einfluß war eine phantastische Einrichtung.

»Ich fahre heute nachmittag nach London«, informierte er

Lady Maud beim gemeinsamen Mittagessen. »Muß die eine oder andere geschäftliche Angelegenheit klären. Ich könnte mir denken, daß ich dafür ein paar Tage brauche.«

»Das würde mich nicht im geringsten wundern«, sagte Lady Maud.

»Solltest du mich wegen irgendwas brauchen, hinterlaß eine Nachricht bei meiner Sekretärin.«

Lady Maud nahm sich eine Portion Cottage Pie, mit Kartoffelpüree überbackenes Hackfleisch. Sie hatte gute Laune. Sie hegte nicht den geringsten Zweifel, daß Sir Giles mit irgendwem in London seiner Vorliebe für frigide Sexpraktiken nachging. Es mochte eine Weile dauern, den Namen seiner Geliebten in Erfahrung zu bringen, doch auf eine gewisse Wartezeit war sie vorbereitet.

»Außergewöhnliche Frau, Lady Maud«, meinte Mr. Turnbull, der mit Mr. Ganglion in der Bar zu den Vier Federn in Worford saß.

»Außergewöhnliche Familie«, stimmte Mr. Ganglion zu. »An ihre Großmutter, die alte Gräfin, erinnern Sie sich wohl nicht mehr, nehme ich an. Nein, wohl kaum. Ich weiß noch, wie ich ihr Testament aufsetzte, das war... also, wann kann das denn gewesen sein... muß im März 1936 gewesen sein. Augenblick, sie starb im Juni desselben Jahres, es muß also im März gewesen sein. Bestand drauf, daß ich die Aussage aufnahm, ihr Sohn, Busby, sei teilweise von königlichem Blut. Ich wies darauf hin, daß er in diesem Fall nicht erbberechtigt sei, doch sie blieb hartnäckig. ›Von königlichem Geblüt‹, wiederholte sie ständig. Schließlich brachte ich sie dazu, mehrere Testamentkopien zu unterschreiben, von denen allerdings nur in der obersten der königliche Bastard erwähnt wurde.«

»Guter Gott«, sagte Mr. Turnbull, »glauben Sie, an der Sache war irgendwas dran?«

Mr. Ganglion blickte ihn über den Rand seiner Brille an. »Unter uns gesagt, ich muß zugeben, daß es durchaus im Bereich des Möglichen lag. Die Daten paßten durchaus. Busby kam 1905 zur Welt, und der königliche Besuch fand im Jahr '04 statt. Eduard der Siebte war ziemlich berüchtigt für solche Geschichten.«

»Lady Mauds Aussehen wäre dadurch ja einigermaßen erklärt«, gab Mr. Turnbull zu. »Und ihre Arroganz, nicht zu vergessen.«

»Solche Dinge vergißt man am besten«, sagte Mr. Ganglion traurig. »Weswegen wollte sie Sie sprechen?«

»Sie möchten sich scheiden lassen. Davon konnte ich sie abbringen, wenigstens vorübergehend. Lynchwood hat anscheinend den Hang zur Flagellation.«

»Sehr sonderbar, woran manche Burschen Gefallen finden«, sagte Mr. Ganglion. »Allerdings hat er ja wohl auch keine Privatschule besucht. Überaus seltsam. Dabei sollte man meinen, wenn ihn eine hätte befriedigen können, dann wäre es Maud gewesen. Sie hat Unterarme wie ein Bauarbeiter.«

»Wenn mein Eindruck stimmt, hat sie es eher übertrieben«, erläuterte Mr. Turnbull.

»Famos. Famos.«

»Das Hauptproblem scheint der Nichtvollzug der Ehe zu sein. Sie will einen Erben, bevor es zu spät ist.«

»Die immer wiederkehrende fixe Idee solcher alten Familien. Wozu haben Sie ihr denn geraten? Künstliche Befruchtung?«

Mr. Turnbull leerte sein Glas. »Ganz bestimmt nicht«, murmelte er. »Sie scheint immer noch Jungfrau zu sein.«

Mr. Ganglion kicherte. »'ne Jungfrau um vierzig, ein Drachen, die trieb höchst erschreckende Sachen. Sie hielt sich ein Schwein, dessen furchtbares Schrei'n– oder hieß es ›furchtbare Pein‹? Ist mir entfallen.«

Sie machten sich ans Mittagessen.

Im Gewächshaus am Ende des Küchengartens beendete Klex sein Mittagessen. Die frühen Geranien und Chrysanthemen um ihn her mit ihren rosa und roten Blüten paßten zu seiner Gesichtsfarbe. Hier befand sich das Allerheiligste seiner Welt, wo er inmitten von Blumen rasten konnte, deren Schönheit ihm bewies, daß das Leben nicht ganz und gar sinnlos war. Durch die gläsernen Fenster konnte er den Küchengarten sehen, den Kopfsalat, die Erbsen und Bohnen, die Johannisbeerbüsche und die Stachelbeeren, auf die er besonders stolz war. Und zu allen Seiten hielten alte Backsteinmauern die Welt fern, für die er nichts als Mißtrauen übrig hatte. Klex leerte seine Thermosflasche und stand auf. Über seinem Kopf konne er die Telefondrähte erkennen, die vom Haus wegführten. Er ging hinaus, schnappte sich eine Leiter, und bald war er eifrig damit beschäftigt, seine Drähte an die Leitung über ihm anzuschließen. Als Sir Giles im Bentley davonfuhr, war er immer noch dabei. Klex beobachtete seine Abfahrt ohne Interesse. Er konnte Sir Giles partout nicht ausstehen, und einer der Vorteile seiner Arbeit im Küchengarten bestand darin, daß sie sich nur selten begegneten. Er beendete seine Arbeit, dann schloß er Kopfhörer und Klingel an. Danach ging er ins Haus. Lady Maud fand er in der Küche beim Geschirrspülen.

»Es ist soweit«, sagte er, »wir können es ausprobieren.«

Lady Maud trocknete sich die Hände ab.Was habe ich zu tun?«

»Wenn das Telefon klingelt, setzen Sie sich den Kopfhörer auf«, erklärte Klex.

»Sie gehen ins Arbeitszimmer, wählen eine Nummer, und ich höre zu«, sagte Lady Maud.

Klex ging ins Arbeitszimmer und setzte sich hinter den Schreibtisch. Erst nahm er den Hörer ab, dann überlegte er, wen er wohl anrufen sollte. Er kannte keinen, den er anrufen konnte. Schließlich fiel sein Blick auf einen Schreibblock vor ihm, und da war mit Bleistift eine Nummer notiert. Neben ihr befanden sich ein paar Kritzeleien und eine Katzenzeichnung. Klex wählte die Nummer. Sie war ziemlich lang, fing mit 01 an, und er mußte eine ganze Weile warten, bis sich jemand meldete.

»Hallo, hier spricht Felicia Forthby«, sagte eine Frauenstimme.

Klex überlegte, was er wohl antworten sollte. »Hier ist Klex«, meinte er schließlich.

»Klex?« fragte Mrs. Forthby. »Kenne ich Sie?«

»Nein«, sagte Klex.

»Kann ich irgend etwas für Sie tun?«

»Nein«, sagte Klex.

Es folgte ein betretenes Schweigen, dann ergriff Mrs. Forthby wieder das Wort. »Was wollen Sie?«

Klex überlegte, was er wohl gerade brauchte. »Ich will eine Tonne Schweinemist haben«, sagte er.

»Da sind Sie offenbar falsch verbunden.«

»Ja«, sagte Klex und legte den Hörer auf.

Im Gewächshaus war Lady Maud von diesem Experiment hellauf begeistert. »Bald werde ich herausfinden, wer ihn jetzt verdrischt«, dachte sie und setzte den Kopfhörer ab. Dann ging sie wieder ins Haus.

»Wir werden abwechselnd sämtliche Telefonate meines Mannes abhören«, verkündete sie Klex. »Ich will herausbekommen, wen er in London besucht. Sie müssen die Namen von allen Leuten aufschreiben, mit denen er telefoniert. Haben Sie verstanden?«

»Ja«, sagte Klex und ging zufrieden zurück in seinen Küchengarten. In der Küche beendete Lady Maud ihren Abwasch. Eigentlich hatte sie Klex fragen wollen, mit wem er gesprochen hatte. Sei's drum, das war nebensächlich.

- 3 -

Sir Giles kam um einiges früher aus London zurück, als er erwartet hatte. Dank ihrer Periode war Mrs. Forthby wirklich mies gelaunt, und Sir Giles hatte schon genug am Hals, da wollte er nicht auch noch die Nebenwirkungen ihrer menstruationsbedingten Nervosität über sich ergehen lassen. Außerdem war Mrs. Forthby in natura was ganz anderes als die Mrs. Forthby seiner Phantasie. Letztere wies eine Vielzahl perverser Neigungen auf, die sich haargenau mit seinen eigenen unglückseligen Neigungen deckten, zudem verfügte sie über eine Diskretion, die einer Trappistennonne zur Ehre gereicht hätte. In der Realität war sie enttäuschend anders. Anscheinend glaubte sie – und Sir Giles' Meinung nach konnte eine Frau keinen schwereren Fehler haben –, er liebe sie einzig und allein um ihrer selbst willen. Bei dieser Formulierung lief es ihm kalt den Rücken runter. Wenn er sie überhaupt liebte, und nur mit der Entfernung wuchs seine Liebe, so gewiß nicht um ihrer selbst willen. Nur deswegen, weil es ihr, soweit er feststellen konnte, an *jeglichem* Selbst fehlte, hatte er sich überhaupt zu ihr hingezogen gefühlt.

Äußerlich wies Mrs. Forthby alle Attribute begehrenswerter Weiblichkeit auf, beinahe zu viele für heikle Geschmäcker, und sie wurden sämtlich in Korsetts, Mieder, Strumpfhalter und Büstenhalter eingezwängt, die Sir Giles' Phantasie entfachten und ihn an die Anzeigen in Frauenzeitschriften erinnerten, mit denen sich seine sexuelle Unreife die ersten Sporen verdient hatte. Innerlich war Mrs. Forthby, wenn man nach ihrer unterbelichteten Gesprächsführung urteilte, eine einzige Leere; und diese Leere wollte Sir Giles füllen, da er sich unverdrossen Hoffnung machte, eine Geliebte mit ebenso verruchten Bedürfnissen zu finden, wie er sie hatte. Was das betraf, mußte er allerdings zugeben, daß Mrs. Forthby seinen Erwartungen überhaupt nicht entsprach. Verständnisvoll mochte sie zwar sein – auch wenn er manchmal bezweifelte, daß sie überhaupt Verstand hatte –, doch es fehlte ihr trotz allem am Verständnis für die komplizierten Verrenkungen und Würgegriffe, aus denen für Sir Giles das Vorspiel bestand. Außerdem hatte sie die bedauerliche Angewohnheit, ausgerechnet dann loszukichern, wenn er sich gerade am meisten konzentrieren mußte, und Erinnerungen aus ihrer Pfadfinderinnenausbildung von sich zu geben, während sie die Altweiberknoten fester zurrte, für die er eine solche Schwäche hatte. Am allerschlimmsten waren ihre Zerstreutheit und Geistesabwesenheit (gegen diesen Begriff hatte er nichts einzuwenden). Es konnte durchaus geschehen, daß sie ihn etliche Stunden lang geknebelt und ans Bett gefesselt seinem Schicksal überließ, während sie im Nebenzimmer Freunde mit Tee bewirtete. In solchen Momenten zwangsweiser Besinnung war sich Sir Giles der Diskrepanz zwischen seiner öffentlichen und seiner privaten Stellung am deutlichsten bewußt und hoffte inständig, daß beide nie von irgendeiner verfluchten Frau auf der Suche nach der Toilette zur Deckung gebracht würden. Nicht daß er einen Eingriff in seine Phantasiewelt verschmäht hätte, wenn er nur sichergehen konnte, daß ihn so etwas nicht zur Witzfigur von Westminster machte. Nach einer derartigen Episode hatte er damit gedroht, Mrs. Forthby umzubringen; gehindert hatte ihn nur sein Unvermögen, aufrecht zu stehen, sogar nachdem sie ihn losgebunden hatte.

»Wo zum Teufel hast du bloß gesteckt?« hatte er sie damals angebrüllt, als sie um ein Uhr morgens wiederkam.

»In der Oper«, antwortete Mrs. Forthby. »*Die Zauberflöte*. Eine göttliche Aufführung.«

»Das hättest du mir ruhig sagen können. Sechs Stunden lang hab' ich hier gelegen und Qualen ausgestanden.«

»Ich dachte, das gefiele dir«, sagte Mrs. Forthby. »Ich dachte, genau das wolltest du haben.«

»Ich haben?« kreischte Sir Giles. »Sechs Stunden lang? Keiner, der recht bei Trost ist, will sechs Stunden lang wie ein Stubenküken zusammengebunden rumliegen.«

»Nein, Liebling«, stimmte Mrs. Forthby artig zu. »Ich hab's bloß vergessen. Soll ich dir jetzt deinen Einlauf machen?«

»Kommt nicht in Frage«, schrie Sir Giles, bei dem die Gefangenschaft zu einer gewissen Selbstachtung geführt hatte. »Und fummle nicht an meinem Bein rum.«

»Aber da gehört es nicht hin, Lieber. Es sieht unnatürlich aus.«

Aus dem rechten Augenwinkel glotzte Sir Giles wie wild auf seine Zehen. »Ich weiß, daß es da nicht hingehört«, brüllte er, »und es wär auch nicht da, wenn du nicht so verdammt vergeßlich wärst.«

Inzwischen hatte Mrs. Forthby die Riemen und Schnallen weggeräumt und eine Kanne Tee gemacht. »Das nächste Mal mach' ich mir einen Knoten ins Taschentuch«, bemerkte sie taktloserweise und lehnte Sir Giles an einige Kissen, damit er seinen Tee trinken konnte.

»Es wird kein nächstes Mal geben«, hatte er gezischt und eine schlaflose Nacht lang verzweifelt versucht, eine weniger verdrehte Lage einzunehmen. Es war ein leeres Versprechen geblieben. Immer gab es ein nächstes Mal. Mrs. Forthbys nicht vorhandene Figur samt der Tatsache, daß sie seine abstoßenden Schrullen willig akzeptierte, machten ihre Gedächtnisschwächen wieder wett, und wann immer er in London war, kam Sir Giles wieder in ihre Wohnung, jedesmal im stillen inbrünstig betend, daß sie ihn nicht maskiert und gebunden vergäße und einen Monat lang Urlaub auf den Bahamas machte.

Auch wenn Sir Giles so seine Probleme mit Mrs. Forthby hatte, mit der Autobahn gab es kaum welche. Die Sache befand sich bereits im letzten Planungsstadium.

»Sie soll die Bezeichnung Mittelwalisische Autobahn erhalten, M 101«, erzählte man ihm, als er beim Ministerium für Umweltfragen diskrete Erkundigungen einzog. »Die Unterlagen wurden dem Minister zur Genehmigung vorgelegt. Soviel ich weiß, gab es gewisse Bedenken wegen Fragen des Naturschutzes. Um Gottes willen sagen Sie nicht, daß Sie das von mir haben.«

Sir Giles legte den Hörer auf und dachte über seine Taktik nach. Nach außen hin mußte er sich dem Projekt widersetzen, und sei es auch nur, damit er sein Mandat für den Wahlkreis South Worfordshire behielt; doch Widerstand und Widerstand war schließlich zweierlei. Er investierte beträchtliche Summen in Imperial-Cement-Aktien, die sehr wahrscheinlich von der steigenden Betonnachfrage profitieren würden. Er traf sich beim Mittagessen mit dem Vorstandsvorsitzenden von Imperial Motors, speiste mit dem leitenden Direktor des Verbandes der Autobahnbauer zu Abend, unterhielt sich bei ein paar Drinks mit dem Vorsitzenden der Gewerkschaft der Straßenbauarbeiter und wies seinen Fraktionsvorsitzenden darauf hin, daß es dringend geboten sei, etwas zu unternehmen, damit die Arbeitslosenrate in seinem Wahlkreis sank.

Kurz gesagt: Er war der Katalysator im Kräftespiel des Fortschritts. Und dabei wechselte kein bißchen Geld den Besitzer. Für so etwas war Sir Giles ein viel zu alter Hase. Er gab Informationen weiter. Welchen Firmen bald ein ordentlicher Profit ins Haus stand, welche Aktien man kaufen solle und welche abstoßen – mit solchen Mitteln übte er Einfluß aus. Und um sich gegen jeden zukünftigen Verdacht abzusichern, hielt er beim alljährlichen Essen des Naturschutzverbandes eine Rede, in der er zu unermüdlicher und erhöhter Wachsamkeit gegenüber den landschaftszerstörenden Machenschaften der Grundstücksspekulanten aufrief. Er traf rechtzeitig im Haus Handyman ein, um angesichts der Nachricht von dem geplanten Autobahnbau hell empört zu sein.

»Ich werde sofort eine Untersuchung veranlassen«, verkündete er Lady Maud, als die amtliche Bekanntmachung zugestellt wurde. Er griff zum Telefon.

Im Gewächshaus hatte Klex alle Hände voll zu tun, sich Sir Giles' Telefonate anzuhören. Kaum hatte er sich an den Zierapfelbäumen, die an der Mauer wuchsen, ein paar Blattläuse vorgeknöpft, da klingelte es auch schon. Klex flitzte rein und hörte General Burnett zu, wie er von seinem Bauernhof aus über Schufte in Whitehall wetterte, über Papierkrieg, Grüngürtel und Blaustrümpfe, was Klex alles nicht so richtig kapierte. Gerade wollte er sich wieder seinen Blattläusen widmen, als das Telefon erneut klingelte. Diesmal war Mr. Bullett-Finch am Apparat, der erfahren wollte, was Sir Giles denn nun vorhabe, um den Bau der Autobahn zu verhindern.

»Sie wird uns den halben Garten kosten«, sagte er. »Die letzten sechs Jahre haben wir gebraucht, ihn auf Vordermann zu bringen, und jetzt das. Das geht zu weit. Es sieht nicht so aus, als ob Ivys Nerven dem gewachsen wären.«

Sir Giles heuchelte mit salbungsvoller Stimme Verständnis. Er stelle gerade eine Protestinitiative auf die Beine, sagte er. Es werde auf jeden Fall zu einer öffentlichen Untersuchung kommen. Mr. Bullett-Finch könne versichert sein, daß nichts unversucht bleiben werde. Verdutzt kehrte Klex zu den Blattläusen zurück. Nach all den Jahren gelang es der englischen Sprache immer noch, ihn vor Rätsel zu stellen, und gelegentlich stellte er fest, daß er über irgendeine Redewendung stolperte. Auf Vordermann? Seines Wissens gab es in Mr. Bullett-Finchs Garten nichts, was auch nur im entferntesten wie ein Vordermann aussah. Aber andererseits mußte Klex zugeben, daß auch die Engländer für ihn rätselhaft blieben. Sie zahlten den Leuten mehr Geld, wenn sie arbeitslos waren, als wenn sie arbeiteten. Sie zahlten Maurern mehr als Lehrern. Sie sammelten Geld für Erdbebenopfer in Peru, während ihre eigenen Rentner mit ein paar Groschen auskommen mußten. Sie verweigerten Australiern die Einreiseerlaubnis, aber Russen luden sie ein, sich in England niederzulassen. Schließlich bereitete es ihnen offenbar ein besonders großes Vergnügen, sich von Iren abknallen zu lassen. Alles in allem versetzten sie ihn zwar dauernd in Erstaunen, aber auf eine beruhigende Art. Sie waren nur zufrieden, wenn ihnen irgend etwas Schreckliches widerfuhr, ob nun Überschwemmung, Feuersbrunst, Krieg oder sonst eine entsetzliche Katastrophe, und Klex, dessen Kindheit und Jugend eine einzige ununterbrochene Katastrophe gewesen waren, tröstete sich damit, daß er in einer Gesellschaft lebte, die Unglücksfälle wirklich zu schätzen wußte.

Wann, wo und von wem er geboren worden war, davon hatte er nicht die leiseste Ahnung. Präziser als bis zum Datum seiner Entdeckung im Damenklo des Dresdner Hauptbahnhofs konnte er sich seinem Geburtstag nicht nähern, und da die Klofrau jegliche Verantwortung für sein Auftauchen in diesem Etablissement von sich gewiesen hatte, obwohl die zuständigen Behörden ihr deswegen hart zugesetzt hatten, war ihm absolut schleierhaft, wer seine Mutter war – von seinem Vater ganz zu schweigen. Er konnte nicht einmal sicher sein, daß seine Eltern Deutsche waren. Nach allem was er und die Behörden wußten, konnten seine Eltern genausogut Juden sein, obwohl sogar der Direktor des Reichsrassenklassifizierungsamts damals die unlogische Liebenswürdigkeit besessen hatte, zuzugeben, Juden hätten in der Regel nicht die Angewohnheit, ihre Sprößlinge in Bahnhofstoiletten auszusetzen. Wie auch immer, diese Möglichkeit umgab Klexens Jugend im Dritten Reich mit einem zusätzlichen Element der Unsicherheit, und sein Aussehen hatte ihm auch nicht weitergeholfen. Zweifellos gab es dunkelhaarige, hakennasige Arier, doch Klex, der sich für diese Frage inzwischen zwanghaft interessierte, hatte nur wenige auftreiben können, die sich gern mit ihm über ihre Ahnentafel unterhielten. Jedenfalls war keiner bereit, ihn zu adoptieren, und selbst das Waisenhaus neigte dazu, ihn in den Hintergrund zu schieben, wenn Besucher kamen. Und was die Hitlerjugend anging... Klex zog es vor, seine Jugend zu vergessen, und selbst die Erinnerung an seine Ankunft in England löste bei ihm immer noch ein Gefühl der Beklommenheit aus.

Es war eine dunkle Nacht gewesen, und Klex, den man in einen italienischen Bomber gesteckt hatte, damit er der Besatzung das Rückgrat stärkte, hatte die Gelegenheit beim Schopf ergriffen und war emigriert. Außerdem hegte er den dringenden Verdacht, daß sein Staffelführer ihm nur deshalb den Befehl gegeben hatte, sich freiwillig den Italienern als Navigator zur Verfügung zu stellen, weil er hoffte, Klex würde nicht zurückkehren. Dies schien die einzige Erklärung für seine Wahl zu sein, und Klex, der vorher nur Erfahrungen als Heckenschütze gesammelt hatte, wobei sein einziger Beitrag zum Kriegsgeschehen der Abschuß zweier Messerschmitt 109 gewesen war, die eigentlich seine Bomberstaffel als Geleitschutz begleiten sollten, hatte die Erwartungen seines Staffelführers peinlich genau erfüllt. Sogar die italienischen Flieger, durch die Bank kleinmütige Leute, waren erstaunt gewesen, als

Klex beharrlich darauf bestand, daß Margate im Herzen von Worcestershire liege. Nach einer erregten Auseinandersetzung warfen sie ihre Bomben über Exmoor ab und wollten gerade über den Bristolkanal in Richtung Straße von Calais zurückfliegen, da ging ihnen über den nordwalisischen Bergen der Sprit aus. Nun war der Punkt erreicht, an dem die Italiener beschlossen, auszusteigen; sie probierten gerade, Klex – dessen Italienischkenntnisse nicht der Rede wert waren – den Ernst der Lage zu erklären, da wurde ihnen diese Mühe durch das Eingreifen eines Bergs erspart, der, Klexens Orientierungssinn zufolge dort gar nicht hätte sein dürfen. Klex war der einzige Überlebende des nun folgenden Infernos, und da er am nächsten Morgen von einer Suchmannschaft nackt im Wrack eines italienischen Bombers entdeckt wurde, nahm man natürlich an, er müsse Italiener sein. Daß er kein einziges Wort in seiner Muttersprache sagen konnte, irritierte niemanden, am allerwenigsten den Major und Chef des Kriegsgefangenenlagers, in das man Klex steckte, einfach weil der Major auch kein Italienisch konnte und Klex sein erster Gefangener war. Erst viel später, als etliche echte italienische Gefangene aus Nordafrika eintrafen, tauchten Zweifel an seiner Nationalität auf; doch inzwischen hatte Klex seine gute Absicht unter Beweis gestellt, indem er keinerlei Interesse am Kriegsgeschehen zeigte und eine echt italienische Abneigung gegen den Krieg an den Tag legte. Zudem erklärte seine Behauptung, er sei als Sohn eines Schäfers in Tirol zur Welt gekommen, seine fehlenden Italienischkenntnisse.

1942 wurde das Lager ins Haus Handyman verlegt, und Klex nahm das Anwesen als sein Zuhause an. Das Herrenhaus und die Familie Handyman sagten ihm zu. Beide verkörperten den Inbegriff des Englischen, und seiner Ansicht nach konnte es kein größeres Lob geben. Engländer zu sein, war die höchste Tugend, und Gefangener in England war immer noch besser, als sonst irgendwo frei zu sein. Wäre es nach ihm gegangen, hätte der Krieg ewig weitergehen können. Er wohnte in einem großen Haus, hatte einen Park, in dem er spazierengehen, einen Fluß, in dem er fischen, und einen Küchengarten, in dem er allerlei anpflanzen konnte – ganz zu schweigen von der idyllischen Landschaft, die ihn umgab, einer Landschaft voller Wälder, Berge und bezaubernder Frauen, deren Ehemänner fern der Heimat kämpften, um die Welt vor Menschen wie Klex zu retten. Selbst des Nachts, wenn die Lagertore geschlossen wurden, war es für ihn überhaupt kein Problem, über die Mauern zu klettern und zu gehen, wohin er wollte. Es gab keine Luftangriffe, keinen plötzlichen Alarm, und den ganzen Fragenkomplex, wie man sich den Lebensunterhalt verdient, erledigten andere für ihn. Sogar das Essen war gut, da er den Speisezettel durch Wildern und Gemüseanbau im Küchengarten ergänzte. Klex kam sein Aufenthaltsort wie das Paradies vor, und seine einzige Sorge war, daß Deutschland den Krieg gewinnen könnte. An diese Möglichkeit wagte er kaum zu denken. Ein Deutscher in Deutschland zu sein, war schon schlimm genug gewesen. Wie es wäre, ein Italiener, der ein Deutscher war, aber wie ein Jude aussah, in einem besetzten Großbritannien zu sein, überstieg seine Vorstellungskraft, und der Gedanke, den deutschen Besatzungsbehörden erklären zu müssen, wie es dazu kommen konnte, daß er da war, wo er war und wer er war, jagte ihm Angst ein. Daß sie sich anscheinend über solche unwichtigen Einzelheiten nicht die Köpfe zerbrachen, war einer der sympathischsten Züge der Engländer, aber seine eigenen Landsleute kannte er viel zu gut, um sich einzureden, sie würden sich mit seinen Ausflüchten zufriedengeben. Schicht auf Schicht würden sie seine ausweichenden Antworten so lange abpellen, bis nur noch ein Nichts, der eigentliche Klex, ganz nackt zum Vorschein käme, und was übrigblieb, würden sie wegen Fahnenflucht erschießen. Klex zweifelte kein bißchen an seinem Schicksal, und was die ganze Angelegenheit noch schlimmer machte: Soweit er sehen konnte, waren die Briten absolut nicht in der Lage, den Krieg zu gewinnen. Die Hälfte der Zeit schien ihnen gar nicht bewußt zu sein, daß gerade ein Krieg im Gange war, und wenn, dann führten sie ihn mit einer Unfähigkeit, die ihn verblüffte. Kurz nach seiner Ankunft auf dem Herrensitz hatte der Heeresbereich West im Cleenewald Manöver durchgeführt, und Klex hatte das nun folgende Chaos entsetzt beobachtet. Wenn das die Männer waren, von deren kämpferischen Qualitäten seine Gefangenschaft abhing, dann mußte er sein Heil woanders suchen. Er fand es in einem nahe gelegenen – bezeichnenderweise unbewachten – Munitionslager, und so legte sich Klex, fest entschlossen, sich selbst zu verteidigen, wenn es schon die Engländer nicht taten, nach und nach ein kleines Waffenlager zu, das er im Wald vergrub. Zweizollmörser, leichte Maschinengewehre, Gewehre, Munitionskisten: alles verschwand unbemerkt und wurde, sorgfältig eingefettet und wasserdicht verpackt, unter Adlerfarn in den Hügeln hinter dem Anwesen versteckt. 1945 wäre Klex in der Lage gewesen, in South Worfordshire einen Guerillakrieg zu führen. Aber dann war der Krieg zu Ende, und die Probleme stellten sich neu.

Die Aussicht, nach Italien zurückgeschickt zu werden, sagte ihm nicht besonders zu, er konnte sich nicht vorstellen, sich nach so vielen angenehmen Jahren in England auf einmal in Neapel niederzulassen. Andererseits hatte er keineswegs die Absicht, in das zurückzukehren, was von Dresden übriggeblieben war. Es lag in der russischen Zone, und Klex hatte nicht den Wunsch, die Annehmlichkeiten des Lebens in Worfordshire gegen die Unbilden einer Existenz in Sibirien einzutauschen. Außerdem hatte er so seine Zweifel, ob selbst ein besiegtes Vaterland einen Mann daheim willkommen heißen würde, der sich fünf Jahre lang als italienischer Kriegsgefangener ausgegeben hatte. Es erschien ihm viel klüger, wenn er blieb, wo er war, und dabei zahlten sich seine treuen Dienste für die Familie Handyman aus.

Lord Handyman war ein sehr begeisterungsfähiger Mensch gewesen. Schon lange bevor es allgemein modern geworden war, hatte er die Vorstellung vertreten, daß die Rohstoffquellen der Erde bald erschöpft sein würden, und versucht, die persönlichen

Konsequenzen zu umgehen, indem er alles sammelte. Besonders viel hatte er für Kompost übrig, und Klex hatte im Küchengarten gewaltige Gruben ausgehoben, in die der gesamte irgendwie organisch geartete Hausmüll wanderte.

»Nichts darf umkommen«, hatte der Graf verkündet, und daran hielt man sich. Unter seiner Regie war die Kanalisation des Anwesens umgeleitet worden, so daß sie sich in die Kompostgruben ergoß und Klex wie Graf verlebten frohe Stunden beim Betrachten der diversen Schichten aus Kohlstrünken, Kartoffelschalen und Exkrementen, aus denen die Tagesabfälle bestanden. Sobald eine Grube voll war, schachtete Klex die nächste aus, und das Ganze ging wieder von vorne los. Das Ergebnis war erstaunlich. Überall wucherten gewaltige Kohlköpfe, erschreckend große Kürbisse und mächtige Gurken. Allerdings gediehen im Sommer auch die Fliegen prächtig, bis die Lage schließlich unerträglich wurde und Lady Handyman – die seit Beginn des Recyclingverfahrens keinen Appetit mehr hatte – ein Machtwort sprach und darauf bestand, daß entweder die Fliegen das Grundstück verließen oder sie. Klex leitete die Abwässr wieder dorthin, wo sie hingehörten, während der Graf, offenbar durch die Fortpflanzungsrate der Fliegen inspiriert, seine Aufmerksamkeit den Kaninchen zuwandte. Klex hatte, nach dem Vorbild eines Apartmentkomplexes, ein paar Dutzend Ställe übereinander errichtet, in denen der Graf die größten Kaninchen unterbrachte, die er kriegen konnte, nämlich eine Rasse namens »Flämische Riesen«. Wie alle gräflichen Projekte wurden auch die Kaninchen nicht gerade ein durchschlagender Erfolg. Sie vertilgten gewaltige Mengen Grünzeug, und die Familie hatte eine regelrechte Abneigung gegen Kaninchenauflauf, Kaninchenbraten, Kanincheneintopf und lapin à l'orange entwickelt, während Klex bei dem Versuch, mit dem Riesenappetit der Tiere Schritt zu halten, fast in den Wahnsinn getrieben wurde. Als hätte er nicht schon genug Probleme gehabt, hatte die damals zehnjährige Maud ihren Vater mit Mr. McGregor (dem bösartigen Hasenfeind aus ihren

Kindergeschichten) gleichgesetzt und den Kaninchen Fluchthilfe geleistet. Gerade als in Europa der Frieden einkehrte, wurde die gesamte Schlucht von flämischen Riesen überrannt und eingenommen. Inzwischen war Lord Handymans Kaninchenbegeisterung geschwunden. Statt dessen wandte er sich Enten zu, und zwar insbesondere den sogenannten »Khaki Campbells«, einer Art, die den Vorteil hat, daß sie sich weitgehend als Selbstversorger durchschlägt und Eier in Hülle und Fülle legt.

»Bei Enten kann man nichts falsch machen«, war sein fröhlicher Kommentar, als die Familie von Kaninchendiät auf Enteneier umstieg. Wie üblich hatte er auch diesmal völlig danebengelegen. Daß es nur allzu leicht war, bei Enten etwas falsch zu machen, hatte die Familie erfahren, als der Graf einem tödlichen Ei erlag, das zu nahe an einer seiner ehemaligen Kompostgruben gelegt worden war. Als er so friedlich verschied, wie es eine Ptomainvergiftung nur zuließ, hatte er Maud und ihre Mutter allein zurückgelassen, die sich nun irgendwie durchschlagen mußten. Seinem Tod hatte es Klex hauptsächlich zu verdanken, daß man ihm erlaubte, auf dem Anwesen zu bleiben.

- 4 -

Im Laufe der nächsten Wochen war Lady Maud enorm aktiv. Sie ließ sich täglich von Mr. Turnbull juristisch beraten. In ganz South Worfordshire organisierte sie den Widerstand gegen die geplante Autobahn und saß ununterbrochen in Komitees. Besonders stark machte sich ihre stattliche Erscheinung im Komitee zur Erhaltung der Cleene-Schlucht bemerkbar. Zum Vorsitzenden wählte man General Burnett, wohnhaft im Bauernhaus, Guildstead Carbonell, doch als Schriftführerin war Lady Maud die treibende Kraft. Unterschriften wurden gesammelt, Protestveranstaltungen abgehalten, Anträge gestellt, unterstützt und verabschiedet, Gelder aufgetrieben und Plakate gedruckt.

»Der Preis der Gerechtigkeit ist, ewig im Licht der Öffentlichkeit zu stehen«, verkündete sie mit einer Originalität, die ihren Zuhörern ungeheuer imponierte, die sie aber in Wirklichkeit dem Buch *Bartletts Geflügelte Worte* verdankte. »Es reicht nicht, zu protestieren, wir müssen unseren Protest publik machen. Wenn die Schlucht gerettet werden soll, so gelingt das nicht durch Worte allein, wir müssen auch handeln.«

Neben ihr auf dem Podium nickte Sir Giles scheinbar zustimmend, dabei war er zutiefst beunruhigt. Nichts gegen die Öffentlichkeit, und Gerechtigkeit war ja schön und gut, wenn es um andere Leute ging, aber er legte keinen Wert darauf, daß sich das öffentliche Interesse zu intensiv auf seine Rolle in dieser Angelegenheit richtete. Er hatte erwartet, daß die Autobahn Lady Maud aufregen würde; aber daß sie sich in einen menschlichen Tornado verwandelte, hatte er nicht vorhergesehen. Er hatte ganz gewiß nicht damit gerechnet, daß durch den Aufruhr, den sie offenbar partout anzetteln wollte, sein Unterhaussitz ins Wanken geraten könnte.

»Wenn du nicht dafür sorgst, daß das Anwesen gerettet wird«, hatte Lady Maud ihm klargemacht, »sorge ich dafür, daß du nach der nächsten Wahl nicht mehr für South Worfordshire im Parlament hockst.« Sir Giles nahm diese Drohung ernst und beriet sich mit Hoskins von der Planungsbehörde in Worford.

»Ich dachte, Sie wollten, daß dieses Ding durch die Schlucht führt«, meinte Hoskins, als sie in der Bar vom Handyman-Wappen saßen.

Sir Giles nickte traurig. »Stimmt schon«, gab er zu, »aber Maud drehte völlig durch. Sie droht damit…, na lassen wir das.«

Hoskins beruhigte ihn. »Sie kommt drüber weg. Das tun sie immer. Man muß ihnen Zeit geben, sich an die Vorstellung zu gewöhnen.«

»Sie haben gut reden«, sagte Sir Giles, »aber ich muß schließlich mit dieser abscheulichen Frau leben. Die halbe Nacht tobt sie in dem verfluchten Haus herum, und ich muß mir mein Essen selbst kochen. Außerdem gefällt es mir gar nicht, wie sie dauernd in der Küche sitzt und die Schrotflinte ihres Vaters putzt.«

»Übrigens hat sie letzte Woche aufs Geratewohl einen Schuß auf einen der Landvermesser abgegeben«, sagte Hoskins.

»Können Sie ihr nicht ein Verfahren anhängen?« fragte Sir Giles eifrig. »Damit wäre die Gefahr für 'ne Weile vorbei. Man schleppt sie einfach zum hiesigen Kadi.«

»Sie ist *selbst* ehrenamtliche Richterin«, gab Hoskins zu bedenken, »und außerdem fehlen die Beweise. Sie würde dann einfach behaupten, sie hätte auf Kaninchen geschossen.«

»Und dann ist da noch was. Das ganze Haus ist voll mit riesigen Scheißschäferhunden. Die hat sie von irgend so einer verfluchten Wach- und Schließgesellschaft. Stellen Sie sich mal vor, ich kann nachts nicht mal zum Pinkeln über den Korridor gehen, ohne Gefahr zu laufen, daß ich gebissen werde.« Er bestellte noch zwei Whiskys und dachte über das Problem nach. »Es muß eine Untersuchungskommission eingesetzt werden«, sagte er schließlich. »Versprich ihnen eine Untersuchung, und sie werden sich ein bißchen beruhigen. Zweitens, bieten Sie der Kommission eine absolut unannehmbare Alternative an. So wie wir's bei dem Wohnblock in Shrewton gemacht haben.«

»Sie meinen, ich soll die Planungsgenehmigung für eine Kläranlage erteilen?«

»Das haben wir damals getan. Hat astrein geklappt«, stellte Sir Giles fest. »Wenn wir nur eine Ausweichstrecke präsentierten, die niemand, der noch halbwegs bei Trost ist, akzeptieren könnte…«

»Da gibt's ja immer noch Ottertown«, sagte Hoskins.

»Was ist mit Ottertown?«

»Das ist ein Umweg von fünfzehn Kilometern, außerdem müßte man durch ein im Rahmen des sozialen Wohnungsbaus errichtetes Viertel.«

Sir Giles lächelte. »Genau mitten durch?«

»Genau mitten durch.«

»Klingt vielversprechend«, stellte Sir Giles fest. »Ich werde wohl als erster die Strecke durch Ottertown befürworten. Sind Sie ganz sicher, daß sie unannehmbar ist?«

»Ganz sicher«, sagte Hoskins. »Ach ja, übrigens möchte ich mein Honorar im voraus.«

Sir Giles schaute sich kurz in der Bar um. »Ich rate zum Kauf von...«, fing er an.

»Diesmal bar auf die Hand«, unterbrach ihn Hoskins, »mit United Oil habe ich Verluste gemacht.«

Recht gutgelaunt traf Sir Giles im Haus Handyman ein. Sich von Geld zu trennen, gefiel ihm gar nicht, aber Hoskins war es wert, und die Idee mit Ottertown war genau die Art Taktik, die ihm zusagte. Sie würde Maud das ewige Licht der Öffentlichkeit vergessen lassen. Die Gemüter könnten sich beruhigen, und die Untersuchungskommission würde einen Beschluß zugunsten der Schlucht fällen. Inzwischen wäre es dann zu spät, um die öffentliche Meinung noch einmal zu mobilisieren. Untersuchungen waren ausgezeichnete Schlafmittel. Er absolvierte einen Spießrutenlauf durch die Wachhunde und verbrachte den Abend in seinem Arbeitszimmer mit dem Abfassen eines Briefes an den Umweltminister, in dem er die Einsetzung einer Untersuchungskommission forderte. Niemand konnte behaupten, dem Abgeordneten für den Bezirk South Worfordshire lägen die Interessen seiner Wähler nicht am Herzen.

Während Sir Giles Komplotte ausheckte und Lady Maud in Komitees hockte, hatte Klex im Küchengarten alle Hände voll zu tun, um seine widersprüchlichen Aufgaben unter einen Hut zu bringen. Wenn er sich dranmachte, im Salatbeet das Unkraut zu jäten, klingelte es unweigerlich im Gewächshaus. Stundenlang hörte sich Klex Gespräche zwischen Sir Giles und leitenden Ministerialbeamten an, Telefonate von Sir Giles mit Bürgern seines Wahlkreises, mit seinen Börsenmaklern oder Geschäftsfreunden, aber nie ein Gespräch zwischen Sir Giles und Mrs. Forthby. Sir

Giles war rechtzeitig gewarnt worden. Mrs. Forthbys Bemerkung, sie habe einen Anruf von einem Herrn namens Klex erhalten, der eine Tonne Schweinemist bestellt habe, hatte ihn stutzig gemacht. Es handelte sich offensichtlich um ein Versehen, allerdings war es Sir Giles unverständlich, wie Klex überhaupt in den Besitz dieser Nummer gekommen war. Im Rufnummernverzeichnis auf seinem Schreibtisch stand sie nicht, sondern nur in seinem privaten Terminkalender, und dieser Kalender steckte in seiner Tasche. Sir Giles lernte die Nummer auswendig und radierte sie dann im Kalender aus. Von Haus Handyman aus würde Mrs. Forthby nicht wieder angerufen werden.

Wenn Sir Giles nicht telefonierte, dann mit Sicherheit Lady Maud: Sie erteilte Befehle, trommelte Mitarbeiter zusammen oder schleuderte den Behörden ihre Mißachtung mit einer Selbstsicherheit entgegen, die Klex verblüffte und erfreute. Bei ihr wußte man, wo man dran war, und Klex, dem Gewißheit über alles ging, verließ, wenn er ihr zugehört hatte, das Gewächshaus mit dem Gefühl, mit der Welt stünde alles zum besten, und daran sei auch nicht zu rütteln. Haus Handyman, der Park, das Pförtnerhäuschen, ein großer Triumphbogen am Ende der Zufahrt, wo Klex wohnte, der Küchengarten – alle diese Dinge, denen er inmitten einer feindlichen Welt seine Anonymität anvertraut hatte, blieben weiter intakt und unberührt, wenn es nach Lady Maud ging. Sir Giles' Telefonate hinterließen einen anderen Eindruck. Sein Protest war gedämpft, zu höflich und nicht eindeutig genug, um Klex zufriedenzustellen, so daß dieser den Eindruck gewann, irgend etwas sei faul. Er konnte zwar nicht genau ausmachen, was, doch jedesmal, wenn er nach einem Telefonat von Sir Giles den Kopfhörer absetzte, hatte er ein ungutes Gefühl. Nach seinem Geschmack wurde zuviel über Geld gesprochen, besonders über eine großzügige Entschädigung für das Herrenhaus. Am häufigsten war von einer Viertelmillion Pfund die Rede. Klex schüttelte den Kopf, als er mit seiner Hacke die Salatreihen durchging. »Redet Geld, so schweigt die Welt«, hatte Sir Giles seinem Gesprächspartner verkündet, aber Klex sagte das gar nichts. In seinem Vokabular gab es wichtigere Wörter. Daß er Sir Giles stundenlang zuhören mußte, hatte andererseits bei seinem Akzent wahre Wunder bewirkt. Mit den Kopfhörern auf den Ohren hatte Klex dagesessen und Sir Giles' Aussprache geübt. Sir Giles sagte in seinem Arbeitszimmer »Selbstverständlich, mein Lieber, ich bin vollkommen Ihrer Meinung...« Im Gewächshaus wiederholte Klex die Worte. Nach einer Woche konnte er ihn so täuschend ähnlich imitieren, daß Lady Maud, als sie eines Tages in den Küchengarten ging, um fürs Mittagessen ein paar Radieschen und Frühlingszwiebeln zu holen, zu ihrem Erstaunen mitten aus den Geranien Sir Giles' Stimme vernahm. »Ich betrachte die ganze Angelegenheit als klaren Verstoß gegen die Naturschutzverordnung«, sagte er gerade. »Mein lieber General, ich werde verdammt noch mal mein möglichstes tun, damit die ganze Geschichte im hohen Haus zur Sprache kommt.« Lady Maud stand wie festgewurzelt da, starrte ins Gewächshaus und spielte gerade mit dem Gedanken, Klex hätte dort möglicherweise einen Lautsprecher installiert, da tauchte er auch schon auf und strahlte triumphierend.

»Gefällt sie Ihnen, meine Aussprache?« fragte er.

»Du lieber Himmel, waren Sie das? Sie haben mich ganz schön erschreckt«, sagte Lady Maud.

Klex grinste stolz. »Ich habe korrektes Englisch geübt«, sagte er.

»Aber Sie sprechen doch perfekt Englisch.«

»O nein. Nicht wie ein Einheimischer.«

»Also, ich wäre froh, wenn Sie nicht herumliefen und wie mein Mann redeten«, sagte Lady Maud. »Ist schon schlimm genug, wenn sich *einer* von der Sorte hier rumtreibt.«

Klex lächelte glücklich. Er war genau der gleichen Meinung.

»Dabei fällt mir ein«, fuhr sie fort. »Ich muß dafür sorgen, daß die Fernsehfritzen über die Untersuchung berichten. Wir brauchen größtmögliche Publicity.«

Klex griff sich seine Hacke und ging wieder zu den Salatköpfen, während Lady Maud mit ihren Radieschen in die Küche zurückkehrte. Er war mit sich ganz zufrieden. Er bekam nicht sehr oft die Gelegenheit zu zeigen, wie talentiert er im Nachahmen anderer Leute war. Schon damals, als er ins Waisenhaus gekommen war, hatte er begonnen, diese Fähigkeit zu entwickeln. Da er nicht wußte, wer er war, schlüpfte Klex in die Persönlichkeiten anderer. Das hatte er auch beim Wildern gut gebrauchen können. Mehr als ein Wildhüter hatte völlig verblüfft die Stimme seines Arbeitgebers aus der Dunkelheit sagen hören, er soll bloß damit aufhören, sich lächerlich zu machen, während sich Klex aus dem Staube machte. Als er nun wieder das Unkraut bearbeitete, versuchte er sich noch einmal an Sir Giles. »Ich verlange, daß diese ganze Angelegenheit untersucht wird«, sagte er. Klex lächelte in sich hinein. Es klang ganz echt. Und eine Untersuchung würde es auch geben. Das hatte Lady Maud gesagt.

- 5 -

Die Untersuchung fand im alten Gerichtsgebäude von Worford statt. Alle waren erschienen – das heißt alle, über deren Grund und Boden die geplante Straße durch die Cleene-Schlucht führen sollte. General Burnett, Mr. und Mrs. Bullett-Finch, Oberst und Mrs. Chapman, Miss Percival, Mrs. Thomas, die Dickinsons (alle sieben) und die Fullbrooks, die vom General einen Bauernhof gepachtet hatten. Außerdem waren ein paar einflußreiche Familien anwesend, die eigentlich von der Autobahn überhaupt nicht betroffen waren, aber Lady Maud unterstützen wollten. Sie saß mit Sir Giles und Mr. Turnbull vorn, und die Sitze hinter ihnen waren alle besetzt. Klex stand ganz hinten. Abgesehen von einem Rechtsanwalt, der den Stadtrat von Ottertown vertrat, blieben die Sitze auf der anderen Seite des Mittelgangs leer. Eins war ziemlich klar: Niemand nahm im Ernst an, daß Lord Leakham einen Beschluß zugunsten Ottertowns fällen würde. Die Sache stand von vornherein fest – oder hätte eigentlich feststehen müssen, wären da nicht Lady Mauds Eingreifen und die Intransingenz Lord Leakhams gewesen, dessen Wirkungsbereich während seiner früheren Karriere als Richter auf Strafsachen am obersten Gerichtshof beschränkt gewesen war. Auch der Verhandlungsort war unglücklich gewählt. Das alte Gerichtsgebäude ähnelte zu sehr den Gerichtssälen in Lord Leakhams Jugend, als daß der alte Mann auf Lady Mauds häufige Unterbrechungen der Beweisaufnahme überhaupt hätte milde reagieren können.

»Madam, Sie stellen die Geduld des Gerichts auf die Probe«, informierte er sie, als sie gerade zum zehntenmal aufstand, um gegen das von Mr. Hoskins für die Planungsbehörde vorgetragene Projekt mit den Worten zu protestieren, es handle sich um einen Eingriff in die Freiheit des Individuums und in das Recht auf Eigentum. In ihren Tweedsachen schnaubte Lady Maud vor Zorn.

»Seit 1472 hat meine Familie Land in der Cleene-Schlucht«, rief sie. »Es wurde uns von Eduard dem Vierten anvertraut, der die Familie Handyman zu Hütern der Schlucht ernannte...«

»Was auch immer Seine Majestät, Eduard der Vierte, 1472 getan haben mögen«, sagte Lord Leakham, »für die von Mr. Hoskins erbrachten Beweise ist es irrelevant. Würden Sie die Güte haben, sich zu setzen.«

Lady Maud setzte sich. »Weshalb unternehmt ihr beiden Männer nicht was?« fragte sie laut. Sir Giles und Mr. Turnbull rutschten unruhig auf ihren Stühlen hin und her.

»Sie können jetzt fortfahren, Mr. Hoskins«, sagte der Richter. Mr. Hoskins drehte sich zu einem großen Reliefmodell der Grafschaft um, das auf einem Tisch stand. »Wie Sie anhand dieses Modells erkennen können, handelt es sich bei South Worfordshire um eine besonders schöne Grafschaft«, setzte er an.

»Jeder Trottel mit Augen im Kopf kann das sehen«, bemerkte Lady Maud mit lauter Stimme. »Dazu braucht man kein bescheuertes Modell.«

»Fahren Sie fort, Mr. Hoskins, fahren Sie fort«, sagte Lord

Leakham mit einer Selbstbeherrschung, die vermuten ließ, daß er mit dem Gedanken spielte, Lady Maud einen Strick zu überreichen, damit sie sich daran aufhängen könne.

»Dessen eingedenk hat das Ministerium den Versuch unternommen, die Naturschönheiten der Gegend soweit wie irgend möglich zu erhalten...«

»So ein Stuß«, sagte Lady Maud.

»Hier haben wir«, setzte Mr. Hoskins erneut an, wobei er auf eine Hügelkette deutete, die im Norden und Süden der Schlucht verlief, »den Cleenewald, ein vor allem wegen seiner Tierwelt bekanntes Naturschutzgebiet...«

»Wie kommt es eigentlich«, erkundigte sich Lady Maud bei Mr. Turnbull, »daß die einzige Art, die anscheinend keinerlei Schutz genießt, der Mensch ist?«

Als die Untersuchung zur Mittagspause unterbrochen wurde, hatte Mr. Hoskins die Argumente des Ministeriums vorgetragen. Auf dem Weg nach draußen mußte Mr. Turnbull zugeben, daß er keineswegs optimistisch war.

»So wie ich es sehe, liegt der Haken bei den fünfundsiebzig Sozialbauten in Ottertown. Wenn die nicht wären, hätten wir, glaube ich, eine gute Chance, doch ich kann mir, ehrlich gesagt, nicht vorstellen, daß hier die Entscheidung getroffen wird, sie abzureißen. Dadurch entstünden gewaltige Kosten, und ohnehin muß man die zusätzlichen fünfzehn Kilometer in Betracht ziehen. Ganz ehrlich, große Hoffnungen mache ich mir nicht.«

Es war Markttag in Worford, und es wimmelte von Menschen. Vor dem Gerichtssaal hatte man zwei Fernsehkameras in Stellung gebracht.

»Ich habe nicht die Absicht, mich aus meinem Heim werfen zu lassen«, verkündete Lady Maud den Reportern von der BBC. »Seit fünfhundert Jahren lebt meine Familie nun schon in der Cleene-Schlucht, und...«

Mr. Turnbull wandte sich traurig ab. Es half alles nichts. Lady Maud konnte sagen, was sie wollte – ändern würde es überhaupt nichts. Man würde die Autobahn durch die Schlucht führen. Ohnehin hatte Lady Maud bei Lord Leakham einen schlechten Eindruck hinterlassen. Turnbull wartete, bis sie fertig war, dann bahnten sie sich einen Weg durch die Marktstände zum Handyman-Wappen.

»Ich fragte mich, wo Giles sich rumtreibt«, sagte sie, als sie das Hotel betraten.

»Ich glaube, er ist mit Lord Leakham rüber ins Vier Federn gegangen«, erzählte ihr Mr. Turnbull. »Er sagte so etwas wie, er wolle ihn milder stimmen.«

Lady Maud sah ihn wütend an. »So, hat er das? Na, da werd' ich mich mal drum kümmern«, kläffte sie, ließ Mr. Turnbull im Foyer stehen, marschierte in das Büro des Direktors und rief im Vier Federn an. Als sie zurückkam, funkelten ihre Augen vor frischer Bosheit.

Sie gingen in den Speiseraum und nahmen Platz.

Im Salon der Vier Federn bestellte Sir Giles zwei Whiskys, ehe er sich die Speisekarte bringen ließ.

Lord Leakham nippte skeptisch an seinem Whisky.

»Zu dieser Tageszeit sollte ich das wirklich unterlassen«, sagte er. »Magengeschwüre, verstehen Sie. Aber schließlich war es ein anstrengender Morgen. Wer war eigentlich diese gräßliche Frau in der ersten Reihe, die uns permanent unterbrochen hat?«

»Vorneweg nehme ich Garnelen, glaube ich«, sagte Sir Giles rasch.

»Hat mich an das Geschworenengericht in Newbury erinnert, damals, 1928«, fuhr Lord Leakham fort. »Hatte da jede Menge Schwierigkeiten mit einer Frau. Die stand andauernd von der Anklagebank auf und brüllte rum. Wie hieß sie doch gleich?« Er kratzte sich mit fleckiger Hand am Kopf.

»Lady Maud ist ziemlich geradeheraus«, pflichtete Sir Giles bei. »In diesem Teil der Welt hat sie einen gewissen Ruf.«

»Das glaube ich gern«, meinte der Richter.

»Sie ist eine Handyman, wissen Sie.«

»Ach wirklich?« meinte Lord Leakham gleichgültig. »Man sollte meinen, sie könnte es sich leisten, einen ›Handyman‹ – so ein Mädchen für alles – zu beschäftigen.«

»Die Familie Handyman war schon immer sehr einflußreich«, erläuterte Sir Giles. »Die Brauerei gehört ihr, und eine Reihe von Gaststätten. Dies hier ist übrigens auch ein Handyman-Lokal.«

»Elsie Watson«, sagte Lord Leakham unvermittelt. »So hieß sie.« Sir Giles machte einen verwirrten Eindruck.

»Hatte ihren Mann vergiftet. Warf von der Anklagebank aus andauernd mit Beschimpfungen um sich. Hat nichts an der Sache geändert. Aufgehängt wurde sie trotzdem.« Bei dem Gedanken lächelte er.

Wehmütig studierte Sir Giles die Speisekarte und dachte krampfhaft nach, was man wohl einem Menschen mit Magengeschwüren empfahl. Ochsenschwanzsuppe à la Handyman oder klare Brühe? Andererseits war er über den bisherigen Verlauf des Verfahrens sehr zufrieden. Dank Mauds Verhalten war die Angelegenheit erledigt. Schließlich bestellte er sich Rinderfiletmedaillons, und Lord Leakham bestellte Fisch.

»Fisch ist aus«, sagte der Oberkellner.

»Aus?« fragte Sir Giles gereizt.

»Nicht da, Sir«, erläuterte der Mann.

»Was um alles in der Welt ist Bal de Bœuf Handyman?« wollte der Richter wissen.

»Dicker Fleischklops.«

»Ich muß doch sehr bitten.«

»Frikadelle.«

»Und Brandade de Handyman?« fragte Lord Leakham.

»Kabeljaubällchen.«

»Kabeljau? Das klingt ganz gut. Ja, die nehme ich wohl.«

»Kabeljau ist aus«, sagte der Kellner.

Verzweifelt musterte Lord Leakham die Speisekarte. »Gibt's denn überhaupt irgendwas?«

»Ich kann den Poule au Pot Eduard der Vierte empfehlen«, sagte Sir Giles.

»Sehr passend«, kommentierte Lord Leakham grimmig. »Na schön, dann sollte ich das wohl besser nehmen.«

»Und eine Flasche Chambertin«, nuschelte Sir Giles undeutlich. Er war mit seinem Französisch nicht besonders zufrieden.

»Sehr seltsame Art, eine Gaststätte zu führen«, bemerkte Lord Leakham. Um seinen Ärger zu verbergen, bestellte Sir Giles noch zwei Whiskys.

In der Küche nahm der Koch die Bestellung entgegen. »Das Huhn können Sie vergessen«, sagte er. »Er bekommt Feuertopf Lancashire oder Fleischklopse à la Koch.«

»Es ist aber Lord Leakham, und er hat ausdrücklich Huhn bestellt«, protestierte der Kellner. »Läßt sich da nicht was machen?«

Der Küchenchef nahm eine Dose Cayennepfeffer vom Regal. »Ich werde schon was hinzaubern«, sagte er.

Inzwischen hatte der Weinkellner Schwierigkeiten, einen Chambertin aufzutreiben. Schließlich schnappte er sich die älteste Flasche, die er fand. »Wollen Sie auch wirklich, daß ich ihm die hier serviere?« fragte er den Geschäftsführer und hielt dabei eine Flasche in die Höhe, in der eine trübviolette Flüssigkeit schwappte, die aussah wie die einer Leiche entnommene Blutprobe.

»Die Lady hat's nun mal so angeordnet«, sagte der Geschäftsführer. »Tauschen Sie nur das Etikett aus.«

»Das Ganze kommt mir verflucht merkwürdig vor.«

Der Geschäftsführer seufzte. »Machen Sie mir keine Vorwürfe«, murmelte er. »Wenn sie den alten Knilch vergiften will, ist das ihre Sache. Ich werde bloß dafür bezahlt, ihre Anweisungen auszuführen. Was ist da überhaupt drin?«

Der Weinkellner staubte die Flasche ab. »Da steht, es ist ein abgelagerter Portwein«, meinte er unsicher.

»Abgelagert ist genau das richtige Wort«, sagte der Geschäftsführer und ging wieder in die Küche, wo der Koch gerade ein paar übriggebliebene Fleischklopse auf ein halbes Brathähnchen bröselte. »Lassen Sie um Gottes willen keinen anderen Menschen von diesem Zeug probieren«, wies er den Chefkoch an.

»Geschieht ihm recht, was steckt er auch seine Nase in unsere Angelegenheiten«, sagte der Koch und goß die Soße aus dem Feuertopf Lancashire über das Gericht. Der Geschäftsführer ging nach oben und gab dem Oberkellner ein Zeichen. Sir Giles und Lord Leakham tranken ihre Whiskys aus und betraten den Speisesaal.

Im Handyman-Wappen beendete Lady Maud ihr Mittagessen und bestellte Kaffee. »Man kann sich auch allzusehr auf Recht und Gesetz verlassen«, sagte sie. »Meine Familie hätte es nie soweit gebracht, wenn sie dauernd vor Gericht gezogen wäre.«

»Meine liebe Lady Maud«, meinte Mr. Turnbull, »ich flehe Sie an, machen Sie ja keine Dummheiten. Die Lage ist ohnehin schon schwierig genug, und Ihre Unterbrechungen heute morgen waren auch keine HIlfe, um ehrlich zu sein. Gut möglich, daß Lord Leakham jetzt gegen uns voreingenommen ist.«

Lady Maud schnaubte verächtlich. »Wenn er es jetzt noch nicht ist, dann wird er's bald sein«, sagte sie. »Sie glauben doch nicht im Ernst, daß ich vorhabe, seine Entscheidung anzunehmen? Der Mann ist ein Volltrottel.«

»Er ist außerdem ein hochangesehener pensionierter Richter«, wandte Mr. Turnbull skeptisch ein.

»Wie angesehen er ist, wird sich noch zeigen«, erwiderte Lady Maud. »Daß er entscheiden würde, die Autobahn durch die Schlucht bauen zu lassen, war doch von Anfang an sonnenklar. Die Strecke durch Ottertown ist keine Alternative. Das war ein reines Täuschungsmanöver. Ich für mein Teil lasse mir das jedenfalls nicht bieten.«

»Mir ist nicht ganz klar, was Sie dagegen unternehmen können.«

»Weil Sie, Henry Turnbull, nämlich Anwalt sind und großen Respekt vor dem Gesetz haben. Aber ich nicht. Und da sich das Gesetz hier zum Affen macht, werde ich dafür sorgen, daß sich jeder dieser Tatsache bewußt wird.«

»Ich wünschte, ich könnte einen Ausweg aus dieser Situation erkennen«, meinte Mr. Turnbull traurig.

Lady Maud stand auf. »Wenn man den Stier bei den Hörnern packt, braucht man ihm keinen Honig ums Maul zu schmieren.« Dann ließ sie Mr. Turnbull allein, damit er über die Bedeutung dieser Bemerkung nachdachte, und stolzierte aus dem Speiseraum.

Der in den Vier Federn sitzende Lord Leakham hätte sofort begriffen, und ihm wäre im Moment ein Löffelchen Honig sehr lieb gewesen. Den Krabbencocktail, den er zwar nicht bestellt hatte, der ihm aber vom Oberkellner aufgedrängt worden war, hatte man anscheinend in Tabascosoße mariniert; aber das war noch gar nichts, verglichen mit dem Poule au Pot Eduard der Vierte. Beim ersten Bissen verschlug es ihm die Sprache, und er kam zur festen Überzeugung, er habe Ätznatron oder irgendeine ähnlich schreckliche, beißende Substanz verschluckt.

»Das Huhn sieht lecker aus«, bemerkte Sir Giles, während der Richter verzweifelt nach Atem rang. »Es handelt sich um eine Spezialität der Maison, verstehen Sie.«

Lord Leakham verstand gar nichts. Mit Tränen in den Augen griff er nach seinem Glas Wein und nahm einen großen Schluck. Einen Moment lang gab er sich der Illusion hin, der Wein würde ihm helfen – eine trügerische Hoffnung. Trotz der Verätzung durch das Poule au Pot war sein Gaumen immer noch empfindlich genug, um ihm eins mitzuteilen: Was auch immer er gerade zu schlucken im Begriff war, um 64er Chambertin handelte es sich ganz sicher nicht. Zum einen schien es eine Art Kies zu enthalten, der ihn an gemahlenes Glas erinnerte, und zum andern war das Zeug – soweit er schmecken konnte – ekelhaft süß. Seinen

Brechreiz unterdrückend, hielt er das Glas gegen das Licht und glotzte in die trübe Untiefe.

»Irgend etwas nicht in Ordnung?« wollte Sir Giles wissen.

»Was soll das Ihrer Meinung nach sein?« fragte der Richter.

Sir Giles warf einen Blick auf das Etikett. »64er Chambertin«, murmelte er. »Schmeckt er nach Kork oder irgendwas?«

»Irgendwas ist es ganz sicher«, sagte Lord Leakham, dem es lieber gewesen wäre, man hätte diese Brühe niemals in Flaschen abgefüllt, geschweige denn verkorkt.

»Ich bestelle eine neue Flasche«, sagte Sir Giles und winkte dem Weinkellner.

»Nicht wegen mir, ich flehe Sie an.«

Doch es war zu spät. Als der Weinkellner forteilte, nahm Lord Leakham, durch die merkwürdigen Ablagerungen unter seiner oberen Gebißprothese abgelenkt, gedankenverloren noch einen Happen Poule au Pot zu sich.

»Ich selbst fand auch, daß er ein wenig dunkel aussah«, sagte Sir Giles, ohne die Verzweiflung in Lord Leakhams Augen zu beachten. »Ein Weinkenner bin ich nicht gerade, das muß ich allerdings zugeben.«

Immer noch um Atem ringend, schob Lord Leakham seinen Teller beiseite. Einen Augenblick noch widerstand er der Versuchung, die Flammen mit abgelagertem Portwein zu löschen, doch dann wischte die absolute Gewißheit, nie wieder sprechen zu können, falls er nichts unternahm, sämtliche geschmacklichen Erwägungen vom Tisch. Lord Leakham leerte sein Glas.

Im Schankraum des Handyman-Wappens verkündete Lady Maud, Getränke gingen auf Kosten des Hauses. Dann überquerte sie den Marktplatz und betrat die Gaststätte Ziege und Becher, wo sie ihre Anordnung wiederholte, ehe sie sich auf den Weg in die Rote Kuh machte. Hinter ihr füllten sich die Kneipen mit durstigen Bauern, und um zwei Uhr trank ganz Worford auf Lady Mauds Wohl und den Untergang der Autobahn. Vor dem alten Gerichtsgebäude machte sie für ein kurzes Schwätzchen bei den Fernsehleuten halt. Eine Menschenmenge hatte sich versammelt und bejubelte Lady Maud, als sie das Gebäude betrat.

»Ich muß schon sagen, die Öffentlichkeit haben wir offenbar auf unserer Seite«, meinte General Burnett auf dem Weg in den Sitzungssaal. »Heute morgen dachte ich allerdings, die Aussichten wären nicht so rosig.«

Lady Maud lächelte in sich hinein. »Ich glaube, Sie werden noch sehen, wie sie heute nachmittag so richtig aufblühen«, sagte sie und rauschte majestätisch in den Gerichtssaal, wo der Oberst nebst Mrs. Chapman mit den Bullett-Finches plauderten.

»In seiner Tätigkeit als Richter hat Leakham sehr gute Arbeit geleistet«, sagte Oberst Chapman gerade. »Ich glaube, wir können uns darauf verlassen, daß er unseren Standpunkt versteht.«

Als er das Mittagessen beendet hatte, war Lord Leakham keineswegs mehr fähig, irgendeinen Standpunkt außer seinem eigenen zu verstehen. Was Tabascokrabben und Poule au Pot begonnen hatten, war durch den 64er Chambertin und seinen Nachfolger (einen besseren Essig, auch wenn es Sir Giles vorzog, ihn für einen trockenen Weißburgunder zu halten) zum Abschluß gebracht worden. Und danach eine Pêche Maud, mit der Lord Leakham den Versuch unternommen hatte, seine geschwürbedingten Magenkrämpfe zu lindern. Die Dosenpfirsiche gingen ja noch an, aber die Eiskrem war mit einer Mischung aus Gewürznelken und Muskat durchsetzt worden, und was den Kaffee betraf...

Wie er nun die Stufen der Vier Federn hinunterhumpelte, in der vergeblichen Hoffnung, seinen Wagen zu erreichen – ein Verkehrspolizist hatte ihn entfernen lassen –, wie er so die Ferret Lane entlanghinkte und den Kirchhof überquerte, begleitet von seinem ekelhaften Gastgeber, da läuteten Lord Leakhams innere Organe das Totenglöcklein für das kleine bißchen Beherrschung, das er vor dem Essen noch an den Tag gelegt hatte. Als er schließlich am alten Gerichtsgebäude ankam, um dort von einer großen

Menschenmenge aus Bauern und deren Frauen ausgebuht zu werden, war er kaum noch ein pensionierter Richter, sondern eher ein aktivierter Brandsatz.

»Sorgen Sie dafür, daß sich diese verfluchten Lümmel entfernen«, herrschte er Sir Giles an. »Ich werde mich hier keinem Rowdytum aussetzen.«

Sir Giles rief das Polizeirevier an und bat, man möge einige Männer zum Gerichtsgebäude schicken. Als er neben Lady Maud Platz nahm, stand fest, daß sich die Dinge nicht so entwickelten, wie er es erwartet hatte. Lord Leakhams Teint war von furchtbaren Flecken verunstaltet, und als er mit dem Hammer auf den Richtertisch klopfte, zitterte seine Hand.

»Die Anhörung wird fortgesetzt«, sagte er mit heiserer Stimme. »Ruhe im Gerichtssaal.« Der Saal war überfüllt, und der Richter mußte ein zweites Mal hämmern, ehe es still wurde. »Der nächste Zeuge.«

Lady Maud erhob sich. »Ich will eine Stellungnahme abgeben«, sagte sie. Lord Leakham sah sie widerwillig an. Für entzündete Mägen war Lady Maud nicht der rechte Augenblick. Sie war riesig groß, und ihr Benehmen ließ an etwas Unverdauliches denken.

»Wir sind nicht hier, um uns Meinungsäußerungen anzuhören«, stellte der Richter fest, »sondern um eine Beweisaufnahme abzuhalten.«

Mr. Turnbull stand auf. »Euer Ehren«, sagte der respektvoll, »im Rahmen dieser Untersuchung handelt es sich bei der Meinung meiner Klientin um Beweismaterial.«

»Meinungsäußerungen sind keine Beweise«, sagte Lord Leakham. »Ihre Klientin, wer auch immer sie sein mag...«

»Lady Maud Lynchwood vom Herrenhaus Handyman, Euer Ehren«, teilte Mr. Turnbull ihm mit.

»...ist berechtigt, jede Meinung zu vertreten, nach der ihr der Sinn steht«, fuhr Lord Leakham fort, wobei er die Urheberin des Poul au Pot Eduard der Vierte mit unverhohlenem Abscheu anstarrte, »aber vor diesem Gericht darf sie eine solche nicht äußern und erwarten, daß das als Beweis anerkannt wird. Die Beweisverfahrensordnung müßten Sie doch kennen, mein Herr.«

Trotzig rückte Mr. Turnbull seine Brille zurecht. »Die Regeln für das Beweisverfahren gelten, bei allem schuldigen Respekt vor der Auffassung Euer Ehren, nicht unter den gegebenen Umständen. Meine Klientin steht nicht unter Eid und…«

»Ruhe im Gerichtssaal«, knurrte der Richter, an einen betrunkenen Farmer aus Guildstead Carbonell gewandt, der sich mit seinem Nachbarn über Schweinepest unterhielt. Mit einem kläglichen Blick zu Lady Maud nahm Mr. Turnbull Platz.

»Nächster Zeuge«, sagte Lord Leakham.

Lady Maud gab nicht klein bei. »Ich erhebe Protest«, verkündete sie in einem derart gebieterischen Ton, daß es im Saal mucksmäuschenstill wurde. »Diese Untersuchung ist eine Farce…«

»Ruhe im Gerichtssaal«, schrie der Richter.

»Ich lasse mir nicht den Mund verbieten«, schrie Lady Maud zurück. »Das hier ist kein Gerichtssaal…«

»Und ob das einer ist«, knurrte der Richter.

Lady Maud zögerte. Natürlich war der Gerichtssaal ein Gerichtssaal. Daran war nicht zu rütteln.

»Was ich sagen wollte…«, fing sie an.

»Ruhe im Gerichtssaal«, brüllte Lord Leakham, dessen Magengeschwüre zielsicher auf die nächste Krise zusteuerten.

Lady Maud sprach die geheimsten Gedanken des Richters aus. »Sie sind nicht in der Lage, diese Untersuchung durchzuführen«, rief sie, unterstützt von etlichen Stimmen aus dem Publikum. »Sie sind ein seniler alter Trottel. Ich habe ein Recht, angehört zu werden.«

Auf dem Richterstuhl hatte Lord Leakhams fleckiger Kopf die Farbe reifer Pflaumen angenommen, und seine Hand griff zum Hammer. »Ich verurteilte Sie wegen Mißachtung des Gerichts«, schrie er und hämmerte auf seinen Tisch. Lady Maud schlurfte drohend auf ihn zu. »Wachtmeister, nehmen Sie diese Frau fest.«

»Euer Ehren«, sagte Mr. Turnbull, »ich bitte Sie inständig...« Doch es war zu spät. Als Lady Maud ihren Vormarsch fortsetzte, wurde sie von zwei Polizisten an den Armen gepackt, die offenbar aufgrund der Annahme eingriffen, ein ehemaliger Richter am obersten Gerichtshof müsse seine Gesetze besser kennen als sie. Es war ein schrecklicher Fehler. Sogar Sir Giles fiel das auf. Neben ihm schrie Mr. Turnbull, dies sei ein gesetzwidriger Akt, und hinter ihm war die Hölle los, da ein Teil des Publikums aufsprang und nach vorn drängte. Als seine Frau, immer noch Beschimpfungen ausstoßend, aus dem Gerichtssaal geschleift wurde, als Lord Leakham immer noch vergeblich und lauthals die Räumung des Saals verlangte, als es zu Schlägereien kam und Fenster zu Bruch gingen, da hing Sir Giles schlaff auf seinem Sitz und dachte über das Scheitern seiner Pläne nach.

Unten richteten die Fernsehleute, durch die Schreie und die aus den Saalfenstern auf ihre Köpfe regnenden Glasscherben alarmiert, ihre Kameras auf die Tür des Gerichtssaals, wo zwischen zwei Polizisten eine gerupfte und auf einmal überraschend friedliche Lady Maud auftauchte. Irgendwo zwischen Saal und Kameras war ihr Kostüm ziemlich obszön verrutscht, ein Schuh war abhanden gekommen, ihr Rock wies höchst anstößige Risse auf, und anscheinend hatte sie sogar zwei Vorderzähne verloren. Noch während sie tapfer zu lächeln versuchte, brach sie auf dem Gehsteig zusammen, dann zerrte man sie vor den laufenden Kameras quer über den Marktplatz zur Polizeiwache. »Hilfe«, schrie sie, während die Menge eine Gasse bildete. »Helft mir bitte.« Und Hilfe war unterwegs. Eine kleine, dunkle Gestalt kam aus dem Gerichtsgebäude gerast und stürzte sich auf den größeren der beiden Polizisten. Durch Klex' Vorbild inspiriert, warfen sich etliche Markthändler in das Getümmel. Von der Menschenmenge vor den Kameras geschützt, machte Lady Maud ihre Autorität wieder geltend. »Klex«, sprach sie streng, »laß die Ohren des Wachtmeisters los.«Klex ließ sich zu Boden fallen, und die Händler wichen gehorsam zurück. »Wachtmeister, walten Sie Ihres Amtes«, sagte Lady Maud und ging voran in Richtung Polizeirevier.

Die Menge hinter ihr wandte nun ihre Aufmerksamkeit dem Rolls-Royce Lord Leakhams zu. Äpfel und Tomaten prasselten gegen das alte Gerichtsgebäude. Unter zustimmendem Gebrüll der Zuschauer versuchte Klex im Alleingang, den Wagen umzukippen, und wurde sofort von einigen Dutzend Bauern unterstützt. Als Lord Leakham, von einem Polizeiaufgebot begleitet, das Gerichtsgebäude verließ, fand er seinen Rolls auf der Seite liegend vor. Etliche Schlagstockeinsätze waren nötig, um eine Gasse durch die Menge zu bahnen, und die ganze Zeit über zeichneten die Kameras die öffentliche Reaktion auf die geplante Autobahn durch die Cleene-Schlucht getreulich auf. In der Ferret Lane gingen Schaufenster zu Bruch. Vor dem Ziege und Becher angekommen, wurde Lord Leakham durch einen Eimer kaltes Wasser bis auf die Haut durchnäßt. Im Kirchhof brachte man ihm mittels eines abgebrochenen Grabsteins eine Gehirnerschütterung bei, und als er endlich das Vier Federn erreichte, mußte man die Feuerwehr rufen, damit sie durch Einsatz ihrer Spritzen eine das Hotel belagernde Menschenmenge zerstreute. Inzwischen brannte der Rolls-Royce lichterloh, und Gruppen betrunkener Jugendlicher zogen durch die Straßen, um ihre Loyalität zur Familie Handyman zu demonstrieren, indem sie Straßenlaternen zerschlugen.

In ihrer Zelle auf dem Polizeirevier holte Lady Maud ihr Gebiß aus der Tasche und lächelte über die lautstarke Festivität. Falls der Preis für Gerechtigkeit das ewige Licht der Öffentlichkeit war, stand ihr ganz sicher eine faire Verhandlung bevor. Sie hatte das erreicht, was sie sich vorgenommen hatte.

- 6 -

In London begrüßte das Kabinett, das zusammengetreten war, um mit einer erneuten Verschlechterung in der Zahlungsbilanz fertig zu werden, die Nachrichten über die Unruhen in Worford weit weniger begeistert. Die Schlagzeilen der Abendzeitungen meldeten die Verhaftung der Frau eines Unterhausabgeordneten, doch es blieb den Fernsehnachrichten überlassen, Millionen von Haushalten die Vorstellung zu suggerieren, Lady Maud sei das Opfer brutaler und verabscheuungswürdiger Polizeiübergriffe geworden.

»O mein Gott«, kommentierte der Premierminister, als er sie auf dem Fernsehschirm zu Gesicht bekam, »wie können die sich so was überhaupt erlauben, verdammt noch eins?«

»Sieht mir ganz so aus, als hätte sie ein paar Zähne verloren«, meinte der Minister für auswärtige Angelegenheiten. »Hängt da nicht eine Brustwarze raus?«

Lady Maud lächelte tapfer und brach auf dem Gehsteig zusammen.

»Ich werde umgehend eine ärztliche Untersuchung veranlassen«, sagte der Innenminister.

»Wer zum Teufel hat Leakham überhaupt mit diesem Amt betraut?« knurrte der Premierminister.

»Er schien damals für diese Aufgabe genau der richtige unvoreingenommene Mann zu sein«, murmelte der Umweltminister. »Soweit ich mich erinnern kann, ging man davon aus, eine Untersuchung würde die Öffentlichkeit in der Gegend zufriedenstellen.«

»Zufriedenstellen...?« setzte der Premierminister an, nur um gleich darauf durch einen Anruf des Lordkanzlers unterbrochen zu werden, der sich beklagte, die Rechtsstaatlichkeit bräche zusammen, und auch als man ihm erklärte, Lord Leakham sei ein pensionierter Richter, murmelte er geheimnisvoll, Recht und Gesetz seien unteilbar.

Der Premierminister legte den Hörer auf und wandte sich an den Umweltminister. »Das ist Ihr Bier. Sie haben uns diese Suppe eingebrockt. Sie werden sie auch wieder auslöffeln. Man sollte doch meinen, wir hätten die absolute Mehrheit.«

»Ich werde sehen, was ich tun kann«, sagte der Premierminister mit grimmiger Miene. Auf dem Bildschirm brannte Lord Leakhams Rolls-Royce lichterloh.

Der Umweltminister eilte aus dem Zimmer und wählte die Privatnummer seines Staatssekretärs. »Ich will, daß ein Vermittler nach Worford geschickt wird, der diesen Schlamassel in Ordnung bringt«, sagte er.

»Ein Vermittler?« Mr. Rees, der grippekrank und mit fast 40 Grad Fieber im Bett lag, war nicht in der geeigneten Verfassung, um ministerielle Forderungen nach Vermittlern bewältigen zu können.

»Jemand mit einem Gespür für Public Relations.«

»Public Relations?« fragte Mr. Rees und kramte in seinem Gedächtnis nach einem Untergebenen, der irgendwas von Public Relations verstand. »Kann ich Sie das bis Mittwoch wissen lassen?«

»Nein«, sagte der Minister, »ich muß dem Premierminister melden können, wir hätten die Situation im Griff. Ich will, daß allerspätestens morgen früh jemand unterwegs ist. Wir brauchen da oben einen, der die Verhandlungen in die Hand nimmt. Ich verlasse mich darauf, daß Sie einen Menschen aussuchen, der wirklich Initiative zeigt. Keine Ihrer alten dilettantischen Durchschnittsexistenzen. Einen, der aus dem Rahmen fällt.«

Mit einem Seufzer legte Mr. Rees den Hörer auf. »Einen, der aus dem Rahmen fällt, also wirklich«, grummelte er. »Vermittler.« Er fühlte sich gekränkt. Er mochte es nicht, wenn man ihn zu Hause anrief, er mochte es nicht, wenn man ihm befahl, schnelle Entscheidungen zu treffen, er mochte den Minister nicht; und am allerwenigsten mochte er die Unterstellung, seine Abteilung bestünde aus alten dilettantischen Durchschnittsexistenzen.

Er nahm noch einen Löffel Hustensaft und dachte über einen geeigneten Kandidaten nach, den er nach Worford schicken könnte. Harrison hatte Urlaub. Beard war mit dem Tankerterminal in Scunthorpe beschäftigt. Dann war da noch Dundridge. Dundridge war völlig ungeeignet. Aber der Minister hatte unmißverständlich jemanden verlangt, der aus dem Rahmen fiel, und Dundridge fiel unbedingt aus dem Rahmen. Daran gab es nichts zu rütteln. Mr. Rees legte sich wieder ins Bett, den Kopf von der Grippe benebelt, und rief sich einige Projekte Dundridges ins Gedächtnis. Da hatte es ein System von Einbahnstraßen für das Zentrum Londons gegeben, das dermaßen inflexibel war, daß man unmöglich von Hyde Park Corner zum Piccadilly hätte fahren können, es sei denn über die Tower-Bridge und die Fleet Street. Außerdem hatte es da noch sein Pilotprojekt zur Einführung von Ampeln auf Halbleiterbasis in Clapham gegeben; die Anlagen hatten den Verkehr nicht einmal halb, sondern überhaupt nicht geleitet, so daß dieser Vorort fast eine Woche lang vom übrigen London abgeschnitten gewesen war. Rein praktisch betrachtet war Dundridge eine absolute Katastrophe. Andererseits hatte er wirklich ein Gespür für Public Relations. Seine Ideen klangen gut, und Jahr für Jahr war Dundridge befördert worden, nach oben gespült von einer unausweichlichen Welle der Inkompetenz und der Notwendigkeit, die Öffentlichkeit so lange vor den praktischen Konsequenzen seines neuesten Plans zu bewahren, bis er auf jener exklusiven Regierungsebene angelangt war, wo seine Projekte – dank der Trägheit seiner Untergebenen – nie und nimmer zur Ausführung gelangten.

Fast im Delirium und vollgepumpt mit Hustenmedizin entschied sch Mr. Rees für Dundridge. Er ging nach unten und diktierte seine Anweisungen telefonisch in das Tonbandgerät auf dem Schreibtisch seiner Sekretärin im Ministerium. Dann goß er sich einen großen Whisky ein, stellte sich Dundridge in Worford vor und trank darauf. »Vermittler«, sagte er und legte sich wieder ins Bett.

Dundridge fuhr mit der U-Bahn zur Arbeit. Seiner Meinung nach war es die vernünftigste Art der Fortbewegung, durch die er obendrein dem rauhen Wirrwarr der Realität aus dem Weg ging. Wenn er im Zugabteil saß, konnte er sich auf wirklich wichtige Dinge konzentrieren und so etwas wie Ordnung in der Welt oben erkennen, indem er den Streckenplan der Northern Line an der gegenüberliegenden Wand studierte. Über ihm herrschte nämlich das Chaos. Straßen, Häuser, Läden, Wohnblöcke, Brücken, Autos, Menschen – eine Unzahl miteinander unvereinbarer, perverser Phänomene, die sich einer einfachen Klassifizierung entzogen. Wenn er die Streckengrafik ansah, konnte er dieses Durcheinander vergessen. Nach der Station Chalk Farm kam Belsize Park, der wiederum folgte, im Rahmen einer absolut logischen Reihenfolge, Camden Town, so daß er genau wußte, wo er war und wohin die Reise ging. Außerdem hatte auf dem Plan jede Station genau den gleichen Abstand zu ihren Nachbarstationen; nun wußte er zwar, daß dies in Wirklichkeit nicht zutraf, doch diese schematische Anordnung deutete an, daß es so sein sollte. Ginge es nach Dundridge, so wären alle Stationen gleich weit voneinander entfernt. Er hatte sein ganzes Leben mit der Jagd nach Ordnung zugebracht, nach einer abstrakten Ordnung, die an die Stelle verwirrender Erfahrungen hätte treten sollen. Was ihn betraf, so verlieh Vielfalt dem Leben nicht die Würze, sondern einen sehr bitteren Geschmack. In Dundridges Privatphilosophie ließ sich alles in ein normiertes System einpassen. Auf der einen Seite gab es den Zufall, eine durch den Kampf bis aufs Messer bluttriefende Natur, und alles war reine Willkür; auf der anderen standen Wissenschaft, Logik und Numerierung.

Dundridge hatte ein besonderes Faible für die Numerierung, und seine Wohnung in Hendon entsprach diesem Ideal. Alles, was er besaß, wurde numeriert und auf einer Tabelle über seinem Bett eingetragen. Seine Socken beispielsweise hatten die Kennziffer 01-7, wobei sich die 01 auf Dundridge selbst und die 7 auf die Socken bezog, und befanden sich in der obersten linken Schublade (1) seiner Kommode 23, die an der Wand 4 seines Schlafzimmers 3 lehnte. Wenn er auf die Tabelle sah und nach 01-7-1-23-4-3 suchte, konnte er die Socken beinahe sofort ausfindig machen. Die Dinge außerhalb seiner Wohnung waren nicht so leicht erfaßbar, und seine Versuche, ein ähnliches System in seinem Büro im Ministerium einzuführen, waren auf erheblichen – Stärke 10 auf der Dundridge-Skala – Widerstand gestoßen und hatten mit dazu beigetragen, daß er so oft von einer Abteilung in die andere versetzt wurde.

Daher überraschte es ihn nicht im mindesten, daß Mr. Joynson ihn um 9 Uhr 15 in seinem Büro sprechen wollte. Um 9 Uhr 25 traf Dundridge ein.

»Ich wurde in der U-Bahn aufgehalten«, erklärte er verbittert. »Es ist wirklich sehr ärgerlich. Um 9 Uhr 10 hätte ich hier sein müssen, doch die Bahn war nicht pünktlich. Das ist sie nie.«

»Ist mir auch schon aufgefallen«, sagte Mr. Joynson.

»Es liegt an den ganz unterschiedlich langen Haltezeiten«, meinte Dundridge. »Manchmal hält sie eine Minute lang, dann wieder anderthalb Minuten. Also wissen Sie, ich finde wirklich, wir sollten uns über ein unterirdisches Transportmittel Gedanken machen, das den gleichmäßigen Verkehrsfluß garantiert.«

»Ich glaube kaum, daß es das geringste an der Sache ändern würde«, sagte Mr. Joynson müde. »Weshalb fahren Sie nicht einfach einen Zug früher?«

»Dann käme ich doch zu früh hier an.«

»Das wäre mal was anderes. Wie auch immer, ich habe Sie nicht zu mir gebeten, um über die Mängel des U-Bahn-Systems zu sprechen.« Er machte eine Pause und las Mr. Rees' Anweisungen durch. Abgesehen davon, daß ausgerechnet Dundridge ausgewählt worden war, um mit einer Situation fertigzuwerden, bei der Intelligenz, Flexibilität und Überzeugungskraft gefragt waren, überraschte ihn die ungewöhnlich wirre Syntax des Schreibens. Wie auch immer, es sprach eine Menge dafür, Dundridge eine Zeitlang aus London zu entfernen, und ihn, Joynson, konnte man für diese Berufung auch nicht persönlich verantwortlich machen.

»Ich habe hier«, sagte er schließlich, »Einzelheiten über Ihren neuen Aufgabenbereich. Mr. Rees möchte, daß Sie...«

»Mein neuer Aufgabenbereich?« fragte Dundridge. »Ich bin doch in der Abteilung Freizeitgestaltung.«

»Durchaus zu Recht«, sagte Mr. Joynson. »Aber jetzt kommen Sie zum Autobahnbau, Bereich Mittelengland. Und ich kann mir gut vorstellen, daß sich Ihnen im nächsten Monat eine Nische bei Parks und Gärten auftut.«

»Ich muß schon sagen, dieses ganze Herumgeschiebe finde ich doch recht störend. Ich begreife nicht, wie man von mir erwarten kann, daß ich irgendwas Konstruktives auf die Beine stelle, wenn ich permanent von einer Abteilung in die andere versetzt werde.«

»Ganz genauso ist es«, stimmte Mr. Joynson zu. »Allerdings gibt es in diesem Fall nichts Konstruktives für Sie auf die Beine zu stellen. Man verlangt lediglich von Ihnen, daß Sie einen mäßigenden Einfluß ausüben.«

»Einen mäßigenden Einfluß?« Dundridge horchte auf.

Mr. Joynson nickte. »Einen mäßigenden Einfluß«, wiederholte er und las wieder in seinen Anweisungen nach. »Sie sind zum ministeriellen Vermittler in Worford ernannt worden.«

»Was?« sagte Dundridge, inzwischen gründlich beunruhigt. »Aber in Worford hat's doch gerade Unruhen gegeben.«

Mr. Joynson lächelte. Langsam machte ihm die Sache Spaß. »Na, wenn schon«, meinte er. »Also, Sie sollen dafür sorgen, daß es in Worford zu keinen weiteren Unruhen kommt. Soviel ich hörte, handelt es sich um eine bezaubernde Kleinstadt.«

»Gestern in den Abendnachrichten sah sie nicht gerade bezaubernd aus«, sagte Dundridge.

»Nun ja, wir wollen doch wohl nicht nach dem äußeren Anschein gehen, nicht wahr? Hier ist Ihr Ernennungsschreiben. Wie Sie sehen können, sind Sie dadurch voll und ganz befugt, Verhandlungen durchzuführen...«

»Aber ich dachte, Lord Leakham leitet die Untersuchung«, sagte Dundridge.

»Tja, das tut er. Aber soviel ich weiß, ist er im Augenblick gerade ein wenig indisponiert, und was seine Rolle betrifft, scheint er sich falsche Vorstellungen zu machen.«

»Sie meinen, er liegt im Krankenhaus, nicht wahr?« sagte Dundridge.

Mr. Joynson ignorierte die Frage. Er drehte sich zu einer hinter ihm hängenden Wandkarte um. »Sie müssen sich um eine im Grunde genommen ganz simple Angelegenheit kümmern«, sagte er. »Wie Sie hier sehen, existieren für die M 101 zwei denkbare Streckenführungen. Die eine Strecke führt dort durch die Cleene-Schlucht, die andere durch Ottertown. Aus verschiedenen Gründen kommt die Ottertownstrecke nicht in Frage. Sie werden dafür sorgen, daß Leakham eine Entscheidung zugunsten der Strecke durch die Cleene-Schlucht trifft.«

»Aber die Entscheidung ist doch sicherlich seine Sache«, sagte Dundridge.

Mr. Joynson seufzte. »Mein lieber Dundridge, wenn Sie so lange im öffentlichen Dienst waren wie ich, dann wissen Sie, daß Untersuchungsausschüsse, königliche Kommissionen und Schiedsstellen nur veranlaßt und eingerichtet werden, um Empfehlungen zu unterbreiten, die mit bereits von Experten getroffenen Entscheidungen übereinstimmen. Sie haben dafür zu sorgen, daß Lord Leakham die richtige Entscheidung fällt.«

»Was passiert, wenn er es nicht tut?«

»Das weiß Gott allein. Ich nehme an, im gegenwärtigen Meinungsklima müßten wir das verfluchte Ding einfach durch Ottertown bauen, und dann würden wir uns dumm und dämlich zahlen. Sie haben dafür zu sorgen, daß es nicht soweit kommt. Sie sind zu Verhandlungen mit den beteiligten Parteien autorisiert, und ich gehe davon aus, daß sich Leakham kooperativ zeigt.«

»Ich verstehe nicht, wie ich verhandeln kann, wenn ich keinerlei Verhandlungsmasse habe«, gab Dundridge in klagendem

Tonfall zu bedenken. »Und überhaupt, Vermittler, was soll das eigentlich heißen?«

»Das, was Sie daraus machen«, sagte Mr. Joynson.

Dundridge nahm die Akte über die M 101 mit in sein Büro.

»Ich bin Vermittler im ministeriellen Auftrag für die Abteilung Mittelengland«, verkündete er seiner Sekretärin würdevoll, dann rief er die Fahrzentrale an und bestellte einen Wagen. Anschließend las er noch einmal sein Ernennungsschreiben durch. Es stand außer Frage, daß seine Fähigkeiten in den oberen Etagen anerkannt wurden Dundridge besaß Macht, und er war fest entschlossen, sie auch zu nutzen.

Im Haus Handyman beglückwünschte sich Lady Maud dazu, wie raffiniert sie die Verhandlung gestört hatte. Nachdem sie auf ausdrücklichen Befehl des Polizeichefs aus dem Polizeigewahrsam entlassen worden war, zu dem man sie ihrer Meinung nach völlig zu Unrecht verdonnert hatte, kehrte sie nach Hause zurück, wo sie von Sympathiebekundungen überschüttet wurde. General Burnett kam vorbei und gratulierte. Mrs. Bullett-Finch rief an, um sich zu erkundigen, ob sie nach ihrem Martyrium in der Haft irgend etwas brauche; diese Formulierung fand Lady Maud fast so abstoßend wie Oberst Chapmans Kommentar, sie habe jede Menge Mumm. Sogar Mrs. Thomas schrieb und dankte ihr – wie sie es bescheiden formulierte – im Namen der einfachen Leute. Diese Huldigungen nahm Lady Maud eher schroff entgegen. Sie waren ihrem Gefühl nach völlig unnötig. Schließlich hatte sie nur ihre Pflicht getan. Oder, wie sie es gegenüber einem Journalisten des Observer ausdrückte: »Nur lokale Autoritäten können lokale Interessen wahrnehmen« – eine Formulierung, die in ihrer Zweideutigkeit ausreichte, den Reporter zufriedenzustellen, und gleichzeitig Lady Mauds Auffassung von ihrer Rolle in South Worfordshire präzise umriß.

»Haben Sie denn vor, die Polizei wegen ungesetzlicher Festnahme zu verklagen?« wollte der Reporter wissen.

»Auf keinen Fall. Ich hege den größten Respekt vor der Polizei. Sie leistet phantastische Arbeit. Ich mache einzig und allein Lord Leakham verantwortlich. Ich lasse mich wegen der Schritte, die ich gegen ihn einzuleiten gedenke, von meinen Anwälten beraten.«

Im städtischen Krankenhaus von Worford war Lord Leakham die Nachricht offenbar völlig gleichgültig, daß Lady Maud sich mit dem Gedanken trage, gerichtlich gegen ihn vorzugehen. Ihn quälten dringendere Probleme, zunächst einmal der Zustand seines Verdauungsapparats, die sechs Stiche in seiner Kopfhaut nicht zu vergessen, und außerdem litt er an einer Gehirnerschütterung. In lichten Momenten sehnte er den Tod herbei, im Delirium gab er Obszönitäten von sich.

War Lord Leakham zu sehr mit seinen eigenen Problemen beschäftigt, um sich über die Verhandlungsunterbrechung auch nur einen Gedanken zu machen, so konnte Sir Giles an kaum etwas anderes denken.

»Die ganze Situation ist höchst prekär«, erzählte er Hoskins, als sie am nächsten Morgen in dessen Büro miteinander beratschlagten. »Dieses verdammte Weib hat in ein Wespennest gestochen, und das nicht zu knapp. Sie hat die ganze Geschichte zu einer Angelegenheit von nationalem Interesse gemacht. Vor lauter Anrufen von Umweltschützern aus dem ganzen Land kann ich mich nicht mehr retten, und alle geben uns Rückendeckung. Es ist verdammt ärgerlich. Warum können die sich nicht um ihre eigenen gottverdammten Angelegenheiten kümmern?«

Mißmutig zündete sich Hoskins seine Pfeife an. »Das ist noch nicht alles«, sagte er, »sie schicken irgend so ein hohes Tier vom Ministerium her, und der Bursche soll die Verhandlungen in die Hand nehmen.«

»Genau was wir brauchen, irgend so einen verdammten Bürohengst, der seine Nase in unsere Angelegenheiten steckt.«

»Genau«, sagte Hoskins, »von jetzt an also keine Anrufe mehr an mich hier. Ich kann es mir nicht leisten, daß man mich mit Ihnen in Verbindung bringt.«

»Glauben Sie, er wird sich für die Strecke über Ottertown entscheiden?«

Hoskins zuckte die Achseln. »Keine Ahnung. Ich weiß nur eins: Verdammt will ich sein, wenn ich in seiner Haut steckte und die Schlucht empfehlen würde.«

»Lassen Sie mich wissen, was der Schnösel vorschlägt«, sagte Sir Giles und ging zu seinem Wagen.

- 7 -

Als Dundridge so die M 1 hinauffuhr, hatte er absolut keine Ahnung von der Vielschichtigkeit der Situation in South Worfordshire. Zum erstenmal in seinem Leben hatte man ihn wirklich mit Macht ausgestattet, und er hatte vor, sie auch zu benutzen. Vorbei war die jahrelange Frustration. Wenn er nach London zurückkehrte, würde er sich einen Namen als rasch entschlossener Mann der Tat geschaffen haben.

Gegen Mittag machte er in Warwick halt, und während er aß, studierte er die Autobahnakte. Dort fand er eine Karte der Gegend, eine Planungsskizze der beiden Strecken sowie eine Liste aller Personen, durch deren Grundstücke die Autobahn führen sollte, samt der vorgesehenen Entschädigungssummen. Letzterer schenkte Dundridge seine Aufmerksamkeit. Ein einziger Blick verdeutlichte ihm die Dringlichkeit seiner Ernennung und die Schwere seiner Aufgabe. Die Liste las sich wie eine Aufzählung der Oberschicht dieser Grafschaft. Sir Giles Lynchwood, General Burnett, Oberst Chapman, Mr. Bullett-Finch. Miss Percival. Unangenehm berührt starrte Dundridge auf die Namen, ungläubig auf die Beträge, die man ihnen bot. Eine Viertelmillion Pfund für Sir Giles. Einhundertfünfzigtausend an General Burnett. Einhundertzwanzigtausend an Oberst Chapman. Sogar Miss Percival, augenscheinlich Lehrerin von Beruf, bot man fünfundfünfzigtausend an. Dundridge verglich diese Summen mit seinem eigenen Einkommen und spürte, wie ihn unversehens der Neid packte. Auf dieser Welt gab es keine Gerechtigkeit, und Dundridge (dessen privater Sozialismus sich in der Maxime »Jedem nach seinen Fähigkeiten, von jedem nach seinen Bedürfnissen« widerspiegelte, wobei das »seinen« sich jeweils auf Dundridge persönlich bezog) bemerkte, wie seine Gedanken in Richtung Geld schweiften. Seine Mutter hatte ihm die Redensart »Heirate nicht reich, geh direkt dorthin, wo das Geld ist« eingeimpft, und da dies leichter gesagt als getan war, blieb Dundridges Sexualleben weitgehend auf seine Vorstellungskraft beschränkt. Dort, vor der lästigen Vielschichtigkeit des wirklichen Lebens geschützt, hatte er seinen diversen Leidenschaften gefrönt. In seiner Phantasie war Dundridge nicht nur reich, Dundridge war auch mächtig, und Dundridge befand sich im Besitz einer ganzen Kollektion tadelloser Frauen – oder einer Frau, um genau zu sein, einem Mischgeschöpf, bestehend aus einzelnen Stücken real existierender Frauen, die einmal anziehend auf ihn gewirkt hatten, doch ohne deren nachteilige Begleiterscheinungen. Jetzt ging er zum erstenmal dorthin, wo das Geld war. Es war eine bestrickende Aussicht. Er beendete sein Mittagessen und fuhr weiter.

Während er so dahinfuhr, wurde ihm zunehmend bewußt, daß sich die Landschaft verändert hatte. Er hatte die Autobahn verlassen und befand sich nun auf einer kleineren Straße, die sich durch die Gegend schlängelte. Die Hecken wucherten höher und üppiger. Hügel stiegen empor und fielen ab in leere Täler, die Wälder sahen wilder, weniger kultiviert aus. Selbst den Häusern war der heimelige Einheitslook der Vororte im Norden Londons abhanden gekommen. Entweder waren es große, isolierte, von Parkanlagen umgebene Gebäude, oder von dunklen verrosteten Eisenschuppen und Scheunen umgebene Bauernhäuser aus Stein. Dann und wann kam er durch Dörfer, seltsame Ansammlungen von Landhäusern, Läden und Gebäuden, die unförmig über die Straße ragten oder sich hinter Hecken versteckten und mit exzentrischen Verzierungen überladen waren, die er als störend empfand. Und schließlich gab es auch noch Kirchen. Kirchen konnte Dundridge am allerwenigsten leiden. Sie erinnerten ihn an Tod und Begräbnis, Schuld und Sühne und an das Jenseits. Archaische Erinnerungen an eine abergläubische Vergangenheit. Und da Dundridge entweder für die Gegenwart oder doch zumindest für die unmittelbare Zukunft lebte, fand er diese Mahnmale des Todes kein bißchen reizvoll. Sie ließen schreckliche Zweifel am rationalen Wesen der Existenz aufkommen. Nicht, daß Dundridge an die Vernunft glaubte. Sein volles Vertrauen galt Wissenschaft und Numerierung.

Wie er nun so gen Norden fuhr, mußte er sich eingestehen, daß er in eine von seinem Ideal weit entfernte Welt vordrang. Sogar der Himmel hatte sich mitsamt der Landschaft verändert: Die Schatten großer Wolken glitten ziellos über Felder und Hügel. Als er endlich South Worfordshire erreichte, war er ausgesprochen beunruhigt. Wenn die Stadt Worford auch nur im entferntesten der sie umgebenden Landschaft glich, mußte es sich um einen Ort des Grauens handeln, in dem es von gewalttätigen, irrationalen, von den eigenartigsten Antrieben gesteuerten Kreaturen nur so wimmelte. Genauso war es. Beim Passieren der Cleene-Brücke schien er aus dem zwanzigsten Jahrhundert in eine frühere Epoche zu geraten. Unterhalb des Stadttors drängten sich die Häuser wie Kraut und Rüben durcheinander, und nur die blankgeschrubbten Stufen wogen ihren verwahrlosten Mangel an Gleichförmigkeit einigermaßen wieder auf. Vor ihm erhob sich das Stadttor, ein großer, stuckverzierter Turm mit dunkler, enger Toreinfahrt. Nervös fuhr er hindurch und landete in einer von Häusern aus dem achtzehnten Jahrhundert gesäumten Straße. Hier fühlte er sich vorübergehend heimischer, doch seine Erleichterung verflog, als er die Innenstadt erreichte. Dunkle, enge Gassen, mittelalterliche Fachwerkhäuser ragten in den Bürgersteig hinein, kopfsteingepflasterte Straßen und Ladenfronten, deren Aufmachung aus einem vergangenen Zeitalter stammte. Vor einer Eisenwarenhandlung baumelten Töpfe und Pfannen, Spaten und Sicheln. Dufflecoats, Kordhosen und Hosenträger lagen vor einem Herrenausstattungsgeschäft. Auf der Marmorplatte eines Fischhändlers glitzerte eine Makrele, während Zügel, Zaumzeug und Lederriemen einen Sattlerladen schmückten. Kurz gesagt, Worford war ein völlig normaler Marktflecken, doch für Dundridge, der die wohltuende Anonymität von Supermärkten gewohnt war, hatte der Ort etwas Beunruhigendes, Archaisches. Er fuhr auf den Marktplatz und fragte den Parkwächter, wo das regionale Planungsamt sei. Der Mann wußte es nicht, oder falls doch, war Dundridge trotzdem nicht klüger als zuvor. In South Worfordshire trafen die walisischen und englischen Dialekte aufeinander, sie trafen sich und wurden zu einem unverständlichen Mischmasch. Dundridge parkte und betrat eine Telefonzelle. Laut Telefonbuch befand sich die Planungsbehörde in Knacker's Yard.

»Wo liegt Knacker's Yard?« fragte er den Parkwächter.

»Giblet Walk runter.«

»Höchst informativ«, sagte Dundridge und schüttelte sich. »Und wo ist Giblet Walk?«

»Tja, also, warten Sie, entweder gehen Sie unten am Ziege und Becher vorbei, oder Sie nehmen 'ne Abkürzung durch die Trümmergasse«, sagte der Alte und spuckte in den Rinnstein.

Dundridge dachte über diese nicht sehr verlockende Alternative nach. »Wo finde ich die Trümmergasse?« fragte er schließlich.

»Hinter Ihnen«, sagte der Parkwächter.

Dundridge drehte sich um und blickte in den Schatten einer schmalen Gasse. Sie war mit Kopfsteinen gepflastert, führte den Hügel hinunter und verschwand in der Ferne. Mit einem unguten Gefühl betrat er die Gasse. Etliche Häuser waren mit Brettern vernagelt, eins oder zwei schon in sich zusammengefallen, und ihm strömte ein seltsamer Geruch entgegen, der ihn an Wege und

Unterführungen denken ließ, die unter Bahngeleisen hindurch verliefen. Mit angehaltenem Atem eilte Dundrige weiter und kam schließlich zum Knacker's Yard, wo vor einem großen Backsteingebäude auf einem Schild die Worte »Regionale Planungsbehörde« standen. Er öffnete ein eisernes Tor und ging auf einem Fußweg bis zum Eingang.

»Planungsbehörde ist im zweiten Stock«, meinte eine Zahnarzthelferin, die, eine Metallschüssel in den Händen, worin ein falsches Gebiß rosig ruhte, aus einem Zimmer auftauchte. »Wenn dort geöffnet ist, haben Sie allerdings wirklich Glück. Suchen Sie jemand Bestimmten?«

»Mr. Hoskins«, antwortete Dundridge.

»Versuchen Sie's im Club«, sagte die Frau. »Zu dieser Tageszeit ist er in der Regel dort. Der ist im ersten Stock.«

»Danke sehr«, sagte Dundridge und stieg die Treppe hoch. Auf dem ersten Absatz befand sich eine Tür mit der Aufschrift Gladstone Club, Worford und Umgebung. Dundridge musterte sie unschlüssig und ging weiter. Wie von der Frau angekündigt, war die regionale Planungsbehörde geschlossen. Er marschierte wieder hinunter und blieb unsicher auf dem Treppenabsatz stehen. Dann rief er sich in Erinnerung, daß er schließlich Generalbevollmächtigter und Vermittler im ministeriellen Auftrag war, öffnete die Tür und schaute hinein.

»Suchen Sie wen?« fragte ein großer rotgesichtiger Mann, der neben einem Billardtisch stand.

»Ich suche Mr. Hoskins, den leitenden Planungsbeamten«, sagte Dundridge. Der Mann mit dem roten Kopf setzte sein Queue ab und trat einen Schritt vor.

»Da sind Sie hier richtig«, sagte er. »Bob, hier ist 'n Kerl, der dich sprechen will.«

Ein anderer rotgesichtiger Mann, der in einer Ecke an der Theke saß, drehte sich um und glotzte Dundridge an. »Was kann ich für Sie tun?« erkundigte er sich.

»Ich komme vom Umweltministerium«, sagte Dundridge.

»Du lieber Himmel«, sagte Mr. Hoskins und stieg von seinem Barhocker. »Sie sind aber früh dran, was? Hab' nicht vor morgen mit Ihnen gerechnet.«

»Der Minister legt großen Wert darauf, daß ich mich so rasch wie irgend möglich an die Arbeit mache.«

»Wie recht er hat«, meinte Mr. Hoskins nun freundlicher, als er sah, daß Dundridge keine sechzig war, keine Brille mit Goldrand trug und mitnichten von einer Aura von Autorität umgeben war. »Was darf ich Ihnen anbieten?«

Dundridge zögerte. Er war es nicht gewohnt, am hellichten Nachmittag zu trinken. »Ein kleines Bitter«, sagte er schließlich.

»Zwei Halbe hierher«, verkündete Hoskins dem Zapfer. Sie gingen mit ihren Gläsern zu einem kleinen Ecktisch und nahmen Platz. Die Männer am Billardtisch nahmen ihr Spiel wieder auf.

»Unangenehme Geschichte«, befand Mr. Hoskins. »Ich beneide Sie nicht. Keine besonders gute Stimmung hier.«

»Das habe ich bemerkt«, sagte Dundridge und nippte an seinem Bier. Wie er vorausgeahnt hatte, schmeckte es sowohl stark als auch unangenehm organisch. Von der Wand gegenüber blickte ein Porträt Mr. Gladstones unbarmherzig auf diesen Verstoß gegen die Schankverordnung herab. Durch dessen Vorbild angespornt, machte Dundridge den Versuch, seine Mission zu erläutern. »Der Minister legt besonderen Wert darauf, daß die Verhandlungen mit Fingerspitzengefühl abgewickelt werden. Meine Aufgabe ist es, dafür zu sorgen, daß das Resultat dieser Verhandlungen von allen beteiligten Parteien getragen wird.«

»Ach ja?« sagte Mr. Hoskins. »Tja, dazu kann ich nur bemerken: Da haben Sie ja ein schönes Stück Arbeit vor sich.«

»Meiner Meinung nach wäre die beste Methode, eine Ersatzstrecke anzubieten«, fuhr Dundridge fort.

»Das haben wir bereits getan. Durch Ottertown.«

»Kommt nicht in Frage«, befand Dundridge.

»Da bin ich absolut Ihrer Meinung«, sagte Mr. Hoskins. »Also bleibt die Cleene-Schlucht.«

»Oder die Hügel im Süden?« schlug Dundridge hoffnungsvoll vor. Mr. Hoskins schüttelte den Kopf. »Der Cleenewald ist ein Erholungsgebiet, steht unter Naturschutz. Können Sie gleich wieder vergessen.«

»Tja, da bleiben uns ja nicht viele Alternativen, oder?«

»Da bleibt uns überhaupt keine«, sagte Mr. Hoskins.

Dundridge trank noch etwas Bier. Der Optimismus, mit dem er den Tag begonnen hatte, war ihm abhanden gekommen. Über Verhandlungen zu reden war ja gut und schön, aber da gab es gar keine Verhandlungen, die er hätte führen können. Vor ihm lag die wenig beneidenswerte Aufgabe, eine durch und durch unpopuläre Entscheidung einer Gruppe äußerst einflußreicher, feindlich gesinnter Grundbesitzer aufzuzwingen, und von dieser Aussicht war er nicht gerade begeistert. »Es besteht wohl kaum eine Chance, daß Sir Giles Lynchwood und General Burnett ihren Widerstand aufgeben, nehme ich an«, meinte er ohne große Hoffnung.

»Die Chance ist gleich null«, erfuhr er von Hoskins, »und selbst wenn sie es täten, würde das nicht den geringsten Unterschied machen. Wegen Lady Maud müssen Sie sich Sorgen machen. Und die wird weder wanken noch weichen.«

»Ich muß schon sagen, wie Sie das schildern, klingt es überaus schwierig«, gab Dundridge zu und trank sein Bier aus. Als er den Gladstone Club verließ, hatte er eine genaue Vorstellung von der Lage. Das Haupthindernis bestand aus Haus Handyman und Lady Maud. Auf diesem Gebiet wollte er am Morgen gründlichere Untersuchungen anstellen. Durch Trümmergasse und Giblet Walk ging er wieder zum Marktplatz hinauf und nahm sich ein Zimmer im Handyman-Wappen.

Im Herrenhaus verbrachte Sir Giles den Tag zurückgezogen in seinem Arbeitszimmer. Diese Abkapselung ließ sich nur teilweise dadurch erklären, daß sich im Haus und auf dem Grundstück ein halbes Dutzend Wachhunde herumtrieben, die ihn offenbar für einen Eindringling in seinem eigenen Heim hielten. Eine zutreffendere Erklärung lieferte die Tatsache, daß sich Lady Maud sehr nachdrücklich über sein Essen mit Lord Leakham ausgelassen hatte. Wenn der Richter dieses Mittagessen bereute, und laut ärztlichem Bulletin aus dem Krankenhaus hatte er allen Grund dazu, so war er nicht der einzige.

»Ich habe doch nur versucht, zu helfen«, hatte Sir Giles erklärt. »Ich dachte mir, wenn ich ihm ein gutes Essen verabreiche, wäre er vielleicht eher geneigt, unseren Standpunkt in diesem Fall zu bedenken.«

»Unseren Standpunkt in diesem Fall?« schnaubte Lady Maud. »Wenn man sich's genau überlegt, war der Fall für uns schon längst gegessen. Daß er die Strecke durch die Schlucht empfehlen würde, war doch sonnenklar.«

»Es gibt noch die Alternative durch Ottertown«, gab Sir Giles zu bedenken.

»Alternative – alles Quatsch«, sagte Lady Maud. »Falls du eine Finte nicht mal erkennst, wenn man sie dir unter die Nase reibt, dann bist du ein größerer Trottel, als ich gedacht hatte.«

Sir Giles hatte den Rückzug in sein Arbeitszimmer angetreten und seine Frau für ihren Scharfblick verflucht. Als der Name Ottertown fiel, lag so ein bösartiges Glitzern in ihren Augen, und beim Frühstück hatte sich ihm nach dem einen oder anderen Seitenhieb ihrerseits über Grundstücksspekulanten die Frage aufgedrängt, ob sie womöglich irgendwie von Hoskins' neuem Haus Wind bekommen habe. Jetzt kam aus Whitehall auch noch dieser verfluchte Beamte, um seine Nase in die Angelegenheit zu stekken! Schließlich – und das beunruhigte ihn am allermeisten – waren da noch diese Stimmen gewesen. Oder besser gesagt, eine Stimme: seine eigene. Als er vor dem Mittagessen seinen Wagen parkte, hatte er ganz deutlich gehört, wie er irgend jemandem versicherte, er könne sich darauf verlassen, daß er dafür sorgen werde, daß nichts unternommen würde, was in irgendeiner Weise eine Gefahr für... Sir Giles hatte sich erstaunt im Hof umgeschaut und wilde Vermutungen angestellt. Einen Augenblick lang hatte er den Verdacht, er führe Selbstgespräche, doch die Zigarre in seinem Mund hatte diese Erklärung widerlegt. Außerdem war die Stimme ganz deutlich zu hören gewesen. Es handelte sich also um ein höchst beunruhigendes Erlebnis, für das es keinerlei rationale Erklärung gab. Zwei stramme Whiskys hatten ihn davon überzeugen müssen, daß er sich das Ganze bloß eingebildet hatte. Um sich nach diesem Ereignis auf andere Gedanken zu bringen, saß er jetzt an seinem Schreibtisch und konzentrierte sich auf die Autobahn.

»Finte, also wirklich«, murmelte er vor sich hin. »Ich frage mich, was sie gesagt hätte, wenn Leakhams Entscheidung für Ottertown ausgefallen wäre.« Der Gedanke war müßig, das kam schließlich gar nicht in Frage. Man würde nie und nimmer eine Autobahn durch Ottertown bauen. Sonst bekäme der alte Francis Puckerington seinen nächsten Herzinfarkt. Der alte Francis Puckerington... Sir Giles machte eine gedankliche Vollbremsung, überwältigt von seiner brillanten Intuition. Francis Puckerington, Abgeordneter für den Wahlkreis Ottertown, lag im Sterben. Was hatten die Ärzte doch gleich gesagt? Er hätte Glück, wenn er bis zur nächsten Unterhauswahl am Leben bliebe. Es zirkulierten Gerüchte, er würde sein Mandat zurückgeben. Und sein Vorsprung bei der letzten Wahl war minimal gewesen, irgendwas um fünfzig Stimmen herum. Wenn sich Leakham für die Strecke durch Ottertown entschieden hätte, wäre das der Todesstoß für den alten Francis gewesen. Und damit wäre eine Nachwahl notwendig geworden. Sir Giles' durchtriebenes Hirn ging die Konsequenzen durch. Eine Nachwahl, bei der das Thema Autobahnbau und Zerstörung von fünfundsiebzig Sozialbauten im Mittelpunkt stünde, und das mit einem Vorsprung von fünfzig Stimmen bei der letzten Wahl. Gar nicht auszudenken? Sein Fraktionsvorsitzender würde schier ausrasten. Leakhams Beschluß würde man aufheben und die Autobahn zu guter Letzt doch durch die Cleene-Schlucht führen. Aber am allerbesten war, daß nicht der leiseste Verdacht auf Sir Giles fiele. Es war ein genialer Trick. Dadurch behielt er eine weiße Weste. Gerade wollte er zum Telefon greifen und Hoskins anrufen, als ihm der Gedanke kam, er solle vielleicht abwarten, was der Mensch vom Ministerium zu sagen hatte. Er durfte jetzt nichts übereilen. Morgen früh wollte er Hoskins aufsuchen. Von frischem Widerstandsgeist durchdrungen, verließ er sein Arbeitszimmer, suchte sich aus dem Ständer im Flur einen großen Spazierstock aus und ging im Garten spazieren.

Es war ein herrlicher Nachmittag. Aus einem wolkenlosen Himmel strahlte die Sonne. Vögel sangen. Die blühenden Kirschbäume am Küchengarten blühten vor sich hin, und Sir Giles persönlich erblühte vor blasierter Selbstzufriedenheit. Er blieb einen Moment stehen, um die Goldfische im Zierteich zu bewundern, und dachte nebenbei darüber nach, wie er die Entschädigungssumme möglicherweise auf dreihunderttausend hochtreiben könne, als er sich zum zweitenmal an diesem Tag selbst reden hörte. »Verdammt will ich sein, wenn ich zulasse, daß diese Landschaft von einer Autobahn entweiht wird. Ich werde die Angelegenheit so bald wie möglich im Unterhaus zur Sprache bringen.« Von panischem Schrecken erfaßt, blickte er um sich, doch im Garten war niemand zu sehen. Er drehte sich um und musterte das Haus, aber sämtliche Fenster waren geschlossen. Zu seiner Rechten befand sich die Küchengartenmauer. Sir Giles eilte quer über den Rasen zur Mauertür und spähte in den Garten. Klex machte sich an einem Gurkenbeet zu schaffen.

»Sagten Sie irgend etwas?« fragte Sir Giles.

»Ich?« sagte Klex. »Ich hab' nichts gesagt. Sie vielleicht?«

Sir Giles eilte zum Haus zurück. Der Nachmittag war nicht mehr herrlich. Es handelte sich um einen ziemlich schrecklichen Nachmittag. Er marschierte in sein Arbeitszimmer und schloß die Tür.

- 8 -

Im Handyman-Wappen verbrachte Dundridge eine durch und durch miese Nacht. Sein Zimmer hatte einen schrägen Fußboden, eine vergilbte Decke, eine ockerfarbene Kommode und einen Schrank, dessen Tür sich zehn Minuten, nachdem er sie geschlossen hatte, selbsttätig öffnete. Sie tat dies unter furchtbarem Quietschen und knarrte dann leise vor sich hin, bis er aufstand und sie wieder zumachte. Die halbe Nacht verbrachte er damit, sich irgendeine Methode auszudenken, wie er sie auf Dauer schließen könnte, und die andere Hälfte lauschte er den Geräuschen aus dem Zimmer nebenan. Sie klangen äußerst beunruhigend und ließen auf eine Unvereinbarkeit von Größe und Temperament schließen, die seiner Phantasie übel mitspielte. Um zwei Uhr nachts schlief er endlich ein, bis ihn um drei eine plötzliche Eruption im Abflußrohr seines Waschbeckens weckte, das offenbar unhygienischerweise mit dem Waschbecken nebenan in Verbindung stand. Um halb vier rüttelte ein frühmorgendlicher Wind am Straßenschild vor seinem Fenster. Um vier fragte der Mann nebenan, ob jemand es noch mal wolle. »Um Gottes willen«, murmelte Dundridge und vergrub seinen Kopf unter einem Kissen, um diese Beweise sexueller Exzesse von sich fernzuhalten. Als Reaktion auf die seismischen Erschütterungen im Nachbarzimmer ging um zehn nach vier die Schranktür wieder auf und knarrte leise. Dundridge ließ sie knarren und widmete sich zur Entspannung seiner imaginären Mischfrau. Mit ihrer Unterstützung schaffte er es, einzuschlafen, bis er um sieben von einem abstoßend häßlichen Mädchen mit einem Teetablett geweckt wurde. »Kann ich Ihnen sonst noch irgendwie behilflich sein?« fragte sie affektiert.

»Auf keinen Fall«, sagte Dundridge und fragte sich, was er wohl an sich habe, das nur die häßlichsten Frauen dazu brachte, ihm ihre Dienste anzubieten. Er stand auf und ging ins Bad, wo er sich mit einem Gasdurchlauferhitzer abmühte, der offensichtlich fest entschlossen war, ihn entweder zu ersticken oder in die Luft zu jagen. Am Ende wusch er sich mit kaltem Wasser.

Als er schließlich sein Frühstück beendet hatte, war er außerordentlich schlechter Laune. Er hatte sich nicht nur keine einheitliche Strategie zurechtlegen können, sondern auch keine Ahnung, was er als nächstes unternehmen sollte. Hoskins hatte ihm geraten, er solle sich mit Sir Giles Lynchwood unterhalten; Dundridge beschloß, dies aufzuschieben. Als erstes würde er Lord Leakham im Krankenhaus einen Besuch abstatten.

Nachdem er durch schmale Sträßchen und hinter dem Worforder Museum eine Treppe hochgegangen war, fand er das Krankenhaus, ein graues, tristes Gebäude aus Stein, das aussah, als sei es früher mal das Armenhaus gewesen. Es lag direkt gegenüber von der Abteikirche, und in dem kleinen Garten vor der Klinik saßen eine Reihe altersschwacher Patienten in Bademänteln herum. Dundridge unterdrückte seinen Abscheu, ging in das Haus und fragte nach Lord Leakham.

»Besuchszeit ist zwischen zwei und drei«, sagte die Schwester am Empfang.

»Ich bin hier im Regierungsauftrag«, sagte Dundridge im Bewußtsein, langsam müsse jemand begreifen, daß er nicht mit sich spaßen lasse.

»Da muß ich erst die Oberschwester fragen«, meinte die Schwester. Dundridge ging nach draußen und wartete im Sonnenschein. Krankenhäuser konnte er nicht leiden. Sie waren, fand er, nicht seine Stärke, vor allem nicht Krankenhäuser mit Blick auf Friedhöfe, Krankenhäuser, die nach Desinfektionsmitteln stanken und die Chuzpe besaßen, sich »Landkliniken« zu nennen, obwohl sie mitten in Städten lagen. Er dachte gerade über die entsetzliche Aussicht nach, wegen eines ernsten Leidens in so einem tristen Loch behandelt zu werden, als die Oberschwester auftauchte. Sie war grauhaarig, trist und grimmig. »Wie ich höre, wollen Sie Lord Leakham besuchen«, sagte sie.

»Im Regierungsauftrag«, sagte Dundridge wichtigtuerisch.

»Sie haben fünf Minuten Zeit«, sagte die Oberschwester und ging den Gang voraus zu einem Einzelzimmer. »Er leidet immer noch an der Gehirnerschütterung und steht unter Schock.« Sie öffnete die Tür, und Dundridge trat ein. »Aber nichts, was ihn aufregt«, befahl die Oberschwester. »Wir wollen doch nicht, daß er einen Rückfall bekommt, oder?«

Auf seinem Bett lag mit aschfahlem Gesicht und bandagiertem Kopf Lord Leakham und betrachtete sie gehässig. »Abgesehen von einer Lebensmittelvergiftung fehlt mir überhaupt nichts«, sagte er. Dundridge nahm neben dem Bett Platz.

»Mein Name ist Dundridge«, sagte er. »Der Umweltminister bat mich, hier in der Gegend vorbeizuschauen, damit ich herausfinde, ob ich irgend etwas unternehmen kann, um... ähem... nun ja, eine Art Übereinkommen wegen der Autobahn auszuhandeln.«

Über seinen Brillenrand hinweg betrachtete ihn Lord Leakham strafend. »Ach ja? Nun, dann möchte ich Ihnen als erstes erzählen, was ich bezüglich der Autobahn vorhabe, und dann können Sie ihn darüber informieren.« Er setzte sich, an seine Kissen gelehnt, im Bett auf und beugte sich zu Dundridge vor. »Ich wurde berufen, die Untersuchung über den Autobahnbau durchzuführen, und habe nicht die Absicht, diese Verantwortung abzutreten.«

»Oh, gewiß«, sagte Dundridge.

»Des weiteren«, fuhr der Richter fort, »habe ich keinesfalls die Absicht, mich durch Rowdytum und Aufruhr davon abhalten zu lassen, meine Pflicht so zu tun, wie ich es für richtig halte.«

»Unbedingt«, sagte Dundridge.

»Sobald diese verflixten Ärzte in ihre Dickschädel hineinbekommen, daß mir außer einem Magengeschwür nichts fehlt, werde ich die Untersuchung wiederaufnehmen und meine Entscheidung bekanntgeben.«

Dundridge nickte. »Und so soll es auch sein«, sagte er. »Wie wird Ihre Entscheidung denn ausfallen? Oder ist diese Frage verfrüht?«

»Das ist sie auf gar keinen Fall«, brüllte Lord Leakham. »Ich beabsichtige zu empfehlen, daß die Autobahn durch die Cleene-Schlucht geführt wird, schnurgerade durchsticht, verstehen Sie? Ich beabsichtige, dafür zu sorgen, daß das Haus von diesem verdammten Weib dem Erdboden gleichgemacht, Stein für Stein abgetragen wird. Ich beabsichtige...« Von seinem Ausbruch erschöpft, sank er wieder aufs Bett.

»Ich verstehe«, sagte Dundridge und fragte sich, welchen Sinn wohl ein Vermittlungsversuch mit dem Ziel haben könnte, einen Kompromiß zwischen einer unaufhaltsamen Kraft und einem unbeweglichen Objekt zu erreichen.

»O nein, das tun Sie nicht«, widersprach Lord Leakham. »Diese Frau hat vorsätzlich ihren Mann angestiftet, mich zu vergiften. Sie hat die Verhandlung unterbrochen. Sie hat mich in meinem eigenen Gerichtssaal beleidigt. Sie hat einen Aufruhr angezettelt. Sie hat die Gerichtsbarkeit zum Gespött der Leute gemacht, und diesen Tag wird sie noch verwünschen. Nie und nimmer wird das Gesetz dem Gespött preisgegeben werden, Sir.«

»Oh, gewiß«, sagte Dundridge.

»Von mir aus können Sie losziehen und verhandeln, soviel Sie wollen, aber vergessen Sie eins nicht: Ich fälle die Entscheidung, daß diese Straße durch die Schlucht führt, und ich trage mich keinen Augenblick lang mit dem Gedanken, auf dieses Vergnügen zu verzichten.«

Dundridge trat auf den Flur und beriet sich mit der Oberschwester.

»Anscheinend glaubt er, daß jemand versucht hat, ihn zu vergiften«, sagte er in geschickter Umgehung etwaiger übler Nachreden.

Die Oberschwester lächelte liebenswürdig. »Das ist die Gehirnerschütterung«, erklärte sie. »In ein bis zwei Tagen hat er sich davon erholt.«

Dundridge ging an den altersschwachen Patienten vorbei auf den Kirchhof, spazierte deprimiert die Stufen hinunter und betrat die Market Street. Er hielt es für eher unwahrscheinlich, daß sich Lord Leakham von seiner Überzeugung erholen werde, Lady Maud habe versucht, ihn zu vergiften, und er hegte den deutlichen Verdacht, daß der Richter auf eine gewisse verquere Weise den Zwischenfall bei der Verhandlung genossen hatte und sich darauf freute, seine Vendetta fortzusetzen, sobald er wieder auf den Beinen war. Er dachte gerade über seine nächsten Schritte nach, als er sein Spiegelbild in einem Ladenfenster entdeckte. Es war nicht das eines Mannes, der Autorität ausstrahlt. Etwas Niedergeschlagenes hatte es an sich, etwas Trübsinniges, das zu seiner Rolle als Vermittler im ministeriellen Auftrag so gar nicht passen wollte. Es war an der Zeit, den Stier bei den Hörnern zu packen. Er nahm Haltung an, marschierte über die Straße ins Postamt und rief das Haus Handyman an. Es meldete sich Lady Maud, der er erklärte, er würde gern mit Sir Giles einen Termin verabreden.

»Sir Giles ist zur Zeit leider nicht im Hause«, sagte sie in einem Tonfall, der auf eine Sekretärin schließen ließ. »Er kommt in Kürze wieder. Wäre Ihnen elf Uhr angenehm?«

Dundridge sagte zu. Er verließ das Postamt, schlängelte sich zwischen den Marktständen zum Parkplatz durch und holte seinen Wagen ab.

Im Haus Handyman gratulierte sich Lady Maud zu ihrem Auftritt. Einem privaten Plausch mit dem Mann vom Ministerium sah sie recht erwartungsvoll entgegen. Dundridge sei sein Name, hatte er gesagt. Vom Ministerium. Sir Giles hatte erwähnt, daß jemand aus London auf Erkundungsmission unterwegs sei. Und da Sir Giles erklärt hatte, er werde erst am späten Nachmittag nach Hause kommen, schien dies die ideale Gelegenheit, Mr. Dundridge jene Informationen zu liefern, die ihr in den Kram paßten. Sie ging nach oben, um sich umzuziehen und sich eine Taktik zurechtzulegen. Lord Leakham hatte sie mittels Frontalangriff einen Strich durch die Rechnung gemacht, aber Dundridge hatte am Telefon gar nicht so selbstsicher geklungen, wie sie erwartete. Unter Umständen war es besser, es mit Überredung zu probieren, vielleicht sogar mit ein wenig Charme. Das brächte etwas Verwirrung in die Chose. Lady Maud entschied sich für ein Baumwollkleid und tupfte sich einen Hauch Lavendelwasser hinter die Ohrläppchen. Sie wollte es bei Mr. Dundridge mit dem Schmeichelverfahren versuchen, mit der Ich-hilfloses-kleines-Mädchen-Methode. Falls das schiefging, konnte sie immer noch zu härteren Maßnahmen greifen.

Im Gewächshaus nahm Klex die Kopfhörer ab und ging wieder zu seinen Saubohnen. Ein Beamter war also unterwegs, um Sir Giles zu sprechen? Ein Beamter. Klex wußte genau, was er von Beamten zu halten hatte. Sie waren für seine elende Jugend verantwortlich, und er hatte keine Zeit für sie. Und doch hatte Lady Maud den hier eingeladen, also wußte sie vermutlich, was sie tat. Es war jammerschade. Wie gern hätte Klex den Befehl erhalten, diesem Dundridge den Empfang zu bereiten, den er verdiente, aber als er gerade überlegte, was für einen Empfang er veranstaltet hätte, betrat Lady Maud den Garten. Klex richtete sich auf und glotzte sie an. Sie trug ein Baumwollkleid und sah – jedenfalls in seinen Augen – wunderschön aus. Kein anderer hätte diese Ansicht geteilt, doch Klex' Schönheitsideal wurde nicht durch irgendwelche Moden beeinflußt. Große Brüste, mächtige Oberschenkel und Hüften waren die Attribute einer guten oder wenigstens akzeptablen Mutter, und da Klex nach seiner Geburt keine gute, akzeptable oder überhaupt *irgendeine* Mutter gehabt hatte, legte er besonderen Wert auf diese äußeren Anzeichen potentieller Mutterschaft. Wie er nun so zwischen den Saubohnen stand, übermannte ihn plötzlich ein sinnliches Begehren. Lady Maud in einem Baumwollkleid mit Blümchenmuster verkörperte die Verbindung von Botanik und Biologie. Klex glotzte.

»Klex«, sagte Lady Maud, die sich ihrer Wirkung auf den Gärtner nicht bewußt war, »ein Mann vom Umweltministerium kommt zum Mittagessen. Ich möchte ein paar Blumen im Haus haben. Ich will einen guten Eindruck auf ihn machen.«

Während Klex ins Gewächshaus ging und nach etwas Geeignetem suchte, beugte sich Lady Maud weit vor, um einen Salatkopf für das Mittagessen auszuwählen. Gerade in dem Moment warf Klex einen Blick aus der Gewächshaustür. Es war der Wendepunkt in seinem Leben. Die stumme Ergebenheit gegenüber der Handyman-Familie, für einen so langen Zeitraum die passive Triebfeder seiner ganzen Existenz, war verschwunden und hatte einer aktiv drängenden Empfindung Platz gemacht.

Klex war verliebt.

- 9 -

Dundridge verließ Worford durch das Stadttor, überquerte den Fluß und schlug die Straße nach Ottertown ein. Zu seiner Linken schlängelte sich der Cleene durch Wiesen, und zu seiner Rechten stiegen die Cleene-Berge bis zu einem bewaldeten Kamm steil empor. Nach fünf Kilometern bog er an einem Hinweisschild mit der Aufschrift »Guildstead Carbonell« in eine Seitenstraße ein und befand sich damit offenbar in feindlichem Gebiet. Jeder Schuppen trug in weißer Farbe den Slogan »Rettet die Schlucht«, und ähnliche Auffassungen hatte man auch auf den Straßenasphalt gemalt. An einer Buchenallee fanden sich auf den Bäumen Buchstaben, die zusammen den Spruch »Nein zur Autobahn« ergaben, so daß Dundridge auf seiner Fahrt den festen Eindruck gewann, die Einheimischen seien gegen die Planungen. Doch Dundridge wäre auch ohne die Slogans beunruhigt gewesen. Der Cleenewald war wilde Natur. Es fehlte die Ordnung, die Dundridge in Middlesex so beruhigend fand. Die Hecken waren verwildert, die wenigen Bauernhäuser, an denen er vorbeikam, wirkten wie Relikte aus dem Mittelalter, und im Wald standen dicht an dicht große, klotzig-knorrige Bäume, unter denen Farngestrüpp wucherte. Als die Straße in ein offenes Tal voller Hecken und kleiner Felder führte, wurde ihm leichter ums Herz. Die Atempause war jedoch nur von kurzer Dauer. Auf dem nächsten Hügel kam er zu einer Kreuzung, an der nichts Informativeres als ein morscher Galgen stand.

Dundridge hielt den Wagen an und konsultierte seine Karte. Wenn seine Berechnungen stimmten, ging es links nach Guildstead Carbonell, während die Schlucht und Haus Handyman geradeaus lagen. Dundridge war das gar nicht recht. Vor ihm war der Wald dichter als vorher und die Straße mit weniger Schotter beschichtet; den Mittelstreifen bildete ein durchgängiger Gras- und Moosbewuchs. Nach anderthalb Kilometern begann er sich zu fragen, ob die Karte ihn in die Irre geführt hatte, als sich die Bäume plötzlich lichteten und er in die Schlucht hinabblickte.

Er hielt an und stieg aus. Unter ihm, zwischen brombeer-, efeu- und schlingpflanzenbewachsenen Felsen, floß der Cleene. Vor ihm lag Haus Handyman – ein Konglomerat aus Quadern und Backsteinen, Balken, Fliesen und Türmchen, ein Monument all dessen, was in der englischen Architektur am eklektischsten und unattraktivsten war. Für Dundridge, den überzeugten Funktionalisten, war es ein Alptraum. Ruskin und Morris, Gilbert Scott, Vanbrugh, Inigo Jones und Wren, um nur einige zu nennen, hatten Pate gestanden für ein Gebäude, das die Nützlichkeit eines Wasserturms mit der Gemütlichkeit eines Bahnhofwartesaals verband. Ein nur wenige Morgen großer Park und eine Mauer umgaben das Haus, und jenseits der Mauer lag eine dichtbewaldete Hügelkette. Der ganzen Szenerie entströmte das Gefühl von Vereinsamung. Irgendwo im Westen gab es vermutlich Städte und Häuser, Läden und Autobusse, aber Dundridge hatte den Eindruck, er stünde am Rande der Zivilisation, falls er sie nicht sogar schon hinter sich gelassen hatte. Mit dem beklommenen Gefühl, sich dem Unbekannten auszuliefern, stieg er wieder ins Auto und fuhr weiter, den Hügel hinunter und in die Schlucht. Bald darauf kam er zu einer kleinen eisernen Hängebrücke, die klapperte, als er drüber fuhr. Auf der anderen Seite wurde durch die Bäume hindurch etwas Großes, Seltsames und Bedrohliches sichtbar. Es war das Pförtnerhaus. Dundridge hielt und gaffte das Gebäude mit offenem Mund durch die Windschutzscheibe an.

Das 1904 zur Feier des Besuchs von Eduard dem Siebten erbaute Pförtnerhaus war, aus Ehrfurcht vor des Königs Frankophilie, dem Arc de Triomphe nachempfunden worden. Es gab allerdings Unterschiede: Das Pförtnerhaus war etwas kleiner, und sein Fries stellte keine Schlachtszenen dar; aber davon abgesehen war die Ähnlichkeit frappierend, und die Existenz dieses Baus im Herzen von Worfordshire bewies in Dundridges Augen ein für allemal, daß der Erbauer von Haus Handyman ein architektonischer Kleptomane gewesen war. Vor allem zeugte dieser Pförtnerbogen von einer hochmütigen Arroganz, die, so kurz nach Lord Leakhams Gefühlsausbruch, ein taktvolles Vorgehen noch viel notwendiger machte. Während er noch das Gebäude betrachtete, fiel Dundridge seine Aufgabe wieder ein. Er mußte unbedingt eine Art Kompromiß finden, um nicht in eine äußerst unangenehme Situation zu geraten. Wenn die Strecke über Ottertown nicht in Frage kam, was man ihm von höchster Stelle mitgeteilt hatte, und wenn die Schlucht… Was die Schlucht betraf, so gab es kein Wenn und Aber, davon war Dundridge inzwischen überzeugt; also war eine dritte Strecke dringend erforderlich. Nur gab es keine dritte Strecke. Dundridge stieg in seinen Wagen und fuhr nachdenklich durch den großen Bogen. In diesem Augenblick tauchte vor seinem inneren Auge die dritte Streckenführung auf. Ein Tunnel. Ein Tunnel durch die Cleene-Berge. Für einen Tunnel sprachen seine Einfachheit, seine Direktheit und – was am allerwichtigsten war –, daß er diese scheußliche Landschaft unberührt ließ, die so viele zornige und einflußreiche Bürger aus unerfindlichen Gründen schützten. Damit gäbe es keine Streitereien über Eigentumsrechte mehr, keine Entschädigungszahlungen, keinen Ärger. Dundridge hatte die ideale Lösung gefunden.

In der Eingangshalle schlich die in ein Prachtgewand gekleidete Lady Maud zwischen den Farngewächsen herum. Das Oberlicht aus Buntglas hoch über ihrem Kopf warf einen rötlichen Schimmer auf die Marmortreppe und verlieh den gesunden Gesichtern ihrer Vorfahren, die grimmig von den Wänden blickten, den Anschein, als stünden die Herrschaften kurz vor einem Schlaganfall. Lady Maud ordnete noch einmal ihr Haar – sie war bereit. Ihr Plan stand fest. Sie würde es bei Mr. Dundridge auf die liebenswürdige Tour versuchen, jedenfalls für den Anfang, und erst einmal abwarten, wie er darauf ansprach. Als sein Wagen draußen auf dem Kies knirschte, rückte sie ihren Schlüpfer zurecht und warf einer Vase mit Löwenmäulchen ein Probelächeln zu. Dann trat sie zur Haustür und öffnete.

»Trottel? Trottel? Sagten Sie Trottel?« fragte Sir Giles. Er saß in seinem bequemerweise in der Nähe von Hoskins' Planungsamt gelegenen Wahlkreisbüro, und das Wort klang in seinen Ohren beruhigend.

»Ein Volltrottel«, sagte Hoskins.

»Sind Sie sicher?«

»Absolut sicher. Ein Trottel erster Güte, Handelsklasse A.«

»Das klingt zu schön, um wahr zu sein«, meinte Sir Giles skeptisch. »Man kann nicht immer nach dem Äußeren gehen.«Ich kenne ein paar sehr gerissene Kunden, die wie Idioten aussehen.«

»Ich gehe nicht nach dem Äußeren«, sagte Hoskins. »Er sieht nicht aus wie ein Idiot. Er ist einer. Könnte ein Ende von der Autobahn nicht vom anderen unterscheiden.«

Sir Giles dachte über diesen Satz nach. »Ich weiß nicht genau, ob ich das könnte, wenn ich's mir recht überlege.«

»Sie wissen, was ich meine«, sagte Hoskins. »Er ist genausowenig Autobahnexperte wie ich.«

Sir Giles legte die Stirn in Falten. »Wenn er so ein Blödmann ist, wieso hat ihn der Minister dann hergeschickt? Er hat ihn mit sämtlichen Verhandlungsvollmachten ausgestattet.«

»Einem geschenkten Gaul guckt man nicht ins Maul.«

»Da ist allerdings was dran«, meinte Sir Giles. »Sie glauben also, es besteht kein Grund zur Sorge?«

Hoskins lächelte. »Nicht im geringsten. Er wird ein bißchen rumschnüffeln und dann genau das tun, was wir wollen. Ich sage Ihnen, dieser Bursche schießt den Vogel ab. Der könnte kein Wässerchen trüben.«

Sir Giles dachte über diese Kombination blumiger Redewendungen nach und entschied, daß sie ihm zusagte. »Wie ich hörte, hat Lord Leakham immer noch Schaum vor dem Mund.«

»Er kann's kaum erwarten, die Überprüfung wiederaufzunehmen. Will die Autobahn durch die Schlucht führen, sagt er, und wenn's das letzte ist, was er tut.«

»Das wird es wohl auch sein, wenn es nach Maud geht«, sagte Sir Giles. »Sie ist äußerst schlechter Laune.«

»Wenn die Entscheidung erst einmal gefallen ist, kann sie nicht mehr viel unternehmen«, sagte Hoskins.

»Da wäre ich nicht so sicher.« Sir Giles stand auf, schaute aus dem Fenster und dachte über seinen Ausweichplan nach. »Sie glauben doch nicht, daß dieser Dundridge von der Schluchtroute abraten wird?« fragte er schließlich.

»Und wenn schon, Lord Leakham würde nicht auf ihn hören. Er hat sich in den Kopf gesetzt, daß Sie versucht haben, ihn zu vergiften«, sagte Hoskins, ging in sein Büro und überließ es Sir Giles, gedankliche Variationen über das Thema ›Erstens kommt es anders, zweitens als man denkt‹ anzustellen. Hoskins hatte gut reden und über Trottel vom Ministerium jubilieren. Er hatte schließlich nichts zu verlieren – wie Sir Giles. Seinen Sitz im Parlament beispielsweise. Na, wenn alle Stricke rissen und Maud ihre Drohung wahr machte, konnte er sich immer noch ein neues Mandat zulegen. Es lohnte sich, dieses Risiko einzugehen. Mit dem beruhigenden Gedanken, daß Lord Leakham wild entschlossen sei, die Autobahn durch die Schlucht zu erzwingen, ging Sir Giles essen.

Im Haus Handyman hatte Lady Mauds liebenswürdige Tour Wunder gewirkt. Dundridge war aufgeblüht wie eine empfindliche Pflanze, die dringend Wasser brauche. Er war in der Erwartung gekommen, Sir Giles anzutreffen; doch nachdem der erste Schock darüber abgeklungen war, daß er sich in einem großen Haus allein mit einer großen Frau befand, amüsierte Dundridge sich prächtig. Zum erstenmal seit seiner Ankunft in Worfordshire nahm man ihn ernst. Lady Maud behandelte ihn als einflußreiche Persönlichkeit.

»Es ist wirklich gut zu wissen, daß Sie gekommen sind, um Lord Leakham abzulösen«, meinte Lady Maud, als sie ihn durch einen Flur in den Salon führte.

Dundridge erwiderte, er sei eigentlich nicht als Ablösung gekommen. »Ich bin hier lediglich in beratender Funktion«, sagte er bescheiden. Lady Maud lächelte wissend. »O ja, und was das bedeutet, ist uns schließlich allen klar, nicht wahr?« raunte sie, Dundridge in eine Komplizenschaft einbeziehend, die ihm recht gut gefiel.

Auf dem Sofa lehnte er sich daher entspannt zurück. »Dem Minister liegt sehr am Herzen, daß die geplante Autobahn soweit wie möglich mit den Bedürfnissen der hiesigen Anwohner harmoniert.«

Maud unterdrückte standhaft lächelnd ein Zähnefletschen. Bei der Vorstellung, daß sie eine hiesige Anwohnerin war, kam ihr die Galle hoch; aber sie hatte sich entschlossen, diesen jämmerlichen Beamten bei Laune zu halten und das würde sie auch tun. »Und die Landschaft darf man auch nicht vergessen«, sagte sie. »Schließlich ist der Cleenewald einer der wenigen noch existierenden Urwälder in England. Es wäre doch eine Schande, ihn durch eine Autobahn zu verhunzen, meinen Sie nicht auch?«

Dundridge war ganz und gar nicht dieser Meinung, was er aber wohlweislich für sich behielt, und außerdem konnte er genausogut sofort seine Untertunnelungstheorie ausprobieren. »Ich glaube, ich habe eine Lösung für dieses Problem gefunden«, sagte er.

»Natürlich ist es lediglich eine Idee, nicht wahr, und völlig inoffiziell, aber es müßte möglich sein, durch die Cleene-Berge einen Tunnel zu bauen.« Er hielt inne. Lady Maud gaffte ihn unverwandt an. »Wie ich schon sagte, es handelt sich natürlich nur um eine Idee…«

Lady Maud war aufgestanden, und Dundridge dachte einen entsetzlichen Augenblick lang, sie wolle ihn angreifen. Doch sie neigte sich vor und ergriff seine Hand. »O wie wunderbar«, sagte sie. »Einfach genial. Sie lieber, lieber Mensch«, und dann setzte sie sich neben ihn aufs Sofa und blickte ihm entzückt ins Gesicht. Dundridge errötete und schaute auf seine Schuhe hinunter. Daß verheiratete Frauen seine Hand ergriffen, ihm entzückt ins Gesicht blickten und ihn ›lieber, lieber Mensch‹ nannten, war er nicht gewohnt. »Nicht der Rede wert, nur eine Idee.«

»Eine glänzende Idee«, sagte Lady Maud und hüllte ihn in eine Lavendelwolke. Aus einem Augenwinkel sah Dundridge, wie unter einem Ringelblumenstrauß ihr Busen erbebte. Er drückte sich ins Sofa.

»Natürlich müßte man eine Planungsstudie erstellen…«, setzte er an, doch Lady Maud tat seine Bemerkung mit einer Handbewegung ab.

»Natürlich müßte man, aber das würde doch eine Weile dauern, nicht wahr?«

»Monate«, sagte Dundridge.

»Monate!«

»Mindestens sechs Monate.«

»Sechs Monate!« Lady Maud ließ seine Hand mit einem Seufzer los und dachte über einen sechs Monate langen Aufschub nach. In einem halben Jahr konnte eine Menge passieren, und das würde es auch, wenn es nach ihr ginge. Entweder Giles setzte seinen Einfluß für den Tunnel ein, oder sie wußte, woran sie war. Sie würde landesweit die Umweltschützer zur Unterstützung zusammentrommeln. In sechs Monaten konnte sie wahre Wunder vollbringen. Und das alles verdankte sie diesem unscheinbaren kleinen Mann mit seinen Plastikschuhen. Als sie ihn sich jetzt noch einmal ansah, wurde ihr klar, daß sie ihn falsch eingeschätzt hatte. Seine Verletzlichkeit hatte direkt etwas Ansprechendes. »Sie bleiben zum Essen«, sagte sie.

»Nun... ähem... ich sollte wirklich...«

»Natürlich bleiben Sie«, sagte Lady Maud. »Ich bestehe darauf. Und wenn Giles heute nachmittag zurückkommt, können Sie ihm alles über den Tunnel erzählen.« Lady Maud erhob sich, überließ es Dundridge, sich zu wundern, wie es kam, daß sich Sir Giles' ursprünglich für elf Uhr angekündigte Heimkehr bis zum Nachmittag verzögerte, und rauschte aus dem Zimmer. Durch die Begeisterung, die sein Vortrag hervorgerufen hatte, saß Dundridge da wie vom Donner gerührt. Wenn Sir Giles' Reaktion so positiv ausfiele wie die seiner Frau, hätte er einige einflußreiche Freunde gewonnen – die obendrein auch noch reich waren. Er fuhr mit seinen Fingern anerkennend über einen Rosenholztisch. So lebt also die andere Hälfte, dachte er, oder, genauer gesagt, die anderen zwei Prozent. Leute, die zu kennen sich lohnte.

Als Sir Giles um vier Uhr nachmittags nach Hause kam, fand er Lady Maud auffallend gut gelaunt vor.

»Ein merkwürdiger junger Mann hat mich besucht«, teilte sie ihm mit, als er wissen wollte, was denn los sei.

»Ach ja?«

»Er heißt Dundridge. Er kommt vom Ministerium für –«

»Dundridge? Sagtest du Dundridge?«

»Ja. Ein sehr interessanter Mann...«

»Interessant? Ich hörte, er sei ein Trot... ist ja egal. Was hatte er denn zu erzählen?«

»Oh, dies und das«, sagte Lady Maud, erfreut, daß ihr Mann so aufgeregt war.

»Was soll das heißen, ›dies und das‹?«

»Wir sprachen darüber, wie absurd es ist, eine Autobahn durch die Schlucht zu bauen«, sagte Lady Maud.

»Ich nehme an, er favorisiert die Strecke durch Ottertown.«

Lady Maud schüttelte den Kopf. »Eigentlich nicht.«

»Das tut er nicht?« sagte Sir Giles, inzwischen gründlich aufgeschreckt. »Wofür ist er, verdammt noch mal, dann?«

Lady Maud genoß seine Besorgnis. »Er dachte an eine dritte Strecke«, sagte sie, »mit der man sowohl Otterntown als auch die Schlucht meidet.«

Sir Giles erbleichte. »Eine dritte Strecke? Aber es gibt doch gar keine dritte Strecke. Es kann keine geben. Er hat doch wohl nicht vor, durch den Wald zu bauen, oder? Das ist ein Landschaftsschutzgebiet.«

»Nicht durch den Wald. Drunter durch«, verkündete Lady Maud triumphierend.

»Drunter durch?«

»Ein Tunnel. Ein Tunnel unter den Cleene-Bergen durch. Ist das nicht eine wundervolle Idee?«

Sir Giles ließ sich auf eine Sitzgelegenheit fallen. Er sah elend aus.

»Ich sagte: ›Ist das nicht eine wundervolle Idee?‹« wiederholte Lady Maud.

Sir Giles gab sich einen Ruck. »Äh... was... o ja... ausgezeichnet«, murmelte er. »Ganz ausgezeichnet.«

»Du klingst nicht sehr begeistert«, meinte Lady Maud.

»Ich kann mir nur nicht vorstellen, daß so etwas finanziell machbar ist«, sagte Sir Giles. »Es wäre mit enormen Kosten verbunden. Ich kann mir nicht denken, daß sich das Ministerium mit dieser Idee ohne weiteres anfreundet.«

»Aber ich«, sagte Lady Maud, »wenn man ein wenig nachhilft.« Sie trat auf die Terrasse hinaus und warf einen zärtlichen Blick auf den Park. Mit Dundridges Hilfe hatte sie ein Problem gelöst. Das Haus war gerettet. Was blieb, war die Frage nach einem Erben, und gerade war ihr der Gedanke gekommen, daß Dundridge da ebenfalls von unschätzbarem Wert sein könnte. Beim Essen hatte er recht begeistert und ausdrucksvoll über seine

Arbeit geplaudert. Ein- oder zweimal hatte er von Sperrmarkierungen gesprochen. Das Wort hatte sie an etwas erinnert. Als sie sich nun über die Brüstung lehnte und in die Tiefen der Kiefernschonung starrte, fiel es ihr sofort wieder ein. »Spermarkierung«, murmelte sie, »Spermarkierung.« Der Begriff war ihr neu und klang merkwürdig theoretisch für einen so intimen Akt, aber Lady Maud war nicht zu Kritteleien aufgelegt.

Ganz anders Sir Giles. Er watschelte ins Arbeitszimmer und rief Hoskins an. »Was soll das heißen, dieser Scheißkerl Dundridge ist ein Trottel?« fauchte er. »Wissen Sie, was er sich jetzt ausgedacht hat? Einen Tunnel. Kein Witz. Einen verfluchten Tunnel durch die Cleene-Berge.«

»Einen Tunnel?« sagte Hoskins. »Das kommt überhaupt nicht in Frage. Sie können unter dem Wald keinen Tunnel bohren.«

»Wieso nicht? Sie bohren einen unter dem verflixten Ärmelkanal durch. Heutzutage können sie Tunnel bauen, wo immer sie verdammt noch mal wollen.«

»Das weiß ich, es verbietet sich aber aus Kostengründen«, sagte Hoskins.

»Verbietet sich aus Kostengründen – am Arsch. Wenn dieser Heini rumläuft und was von Tunnel blökt, unterstützt ihn doch jeder Umweltfreak im Land. Man muß ihn aufhalten.«

»Ich werde mein Bestes tun«, meinte Hoskins zweifelnd.

»Sie werden noch mehr tun«, fuhr ihn Sir Giles an. »Sie machen ihm Ottertown schmackhaft.«

»Aber was ist mit den fünfundsiebzig Sozialbauten –«

»Stecken Sie sich Ihre fünfundsiebzig Sozialbauten sonstwohin. Bringen Sie ihn bloß von diesem Tunnel ab.« Sir Giles legte den Hörer auf und sah böse aus dem Fenster. Wenn er nicht zu drastischen Mitteln griff, würde er Haus Handyman ewig am Hals haben; und Lady Maud obendrein. Er stand auf und gab dem Papierkorb einen Tritt, daß er in die Ecke flog.

- 10 -

Ohne die Landschaft eines Blickes zu würdigen, fuhr Dundridge nach Worford zurück. Seine Begegnung mit Lady Maud hatte ihn schwer beeindruckt und sein Selbstwertgefühl mächtig gesteigert. Das Essen war wirklich angenehm verlaufen, und mit zwei großen Gins intus hatte Dundridge in Lady Maud ein überaus verständnisvolles Publikum gefunden. Als er seine Theorie vom unterbrechungsfreien, gleichmäßigen Verkehrsfluß darlegte, hatte sie mit offenkundiger Inbrunst gelauscht, was unter seinen Zuhörern in der Regel nicht vorkam, und ihre Begeisterung hatte auf Dundridge überaus erfrischend gewirkt. Außerdem strahlte sie Vertrauen aus, ein gesteigertes Selbstvertrauen, das ansteckend wirkte und eine starke Faszination auf ihn ausübte. Trotz ihrer mangelnden Symmetrie und Schönheit, trotz der augenscheinlichen Diskrepanz zwischen ihrem Körperbau und dem der Idealfrau seiner Phantasie mußte er zugeben, daß er sie anziehend fand. Nach dem Mittagessen hatte sie ihm Haus und Garten gezeigt, und Dundridge war ihr mit unerklärlicherweise vor Aufregung weichen Knien von einem Zimmer ins andere gefolgt. Einmal war er im Steingarten gestolpert; da hatte Lady Maud ihn am Arm ergriffen, und er hate sich vor Freude ganz schlapp gefühlt. Als er sich dann in der Badezimmertür an ihr vorbeigedrückt hatte, war ihm ihre Passivität angenehm aufgefallen. Bei seiner Abfahrt umfing ihn ein kindliches Glücksgefühl. Man wußte ihn zu schätzen. Das ließ die Sache in neuem Licht erscheinen. Bei seiner Ankunft im Handyman-Wappen erwartete ihn Hoskins im Salon.

»Ich dachte, ich schaue mal vorbei und frage, wie Sie vorankommen.«

»Bestens. Bestens. Einfach bestens«, sagte Dundridge.

»Haben Sie sich mit Leakham gut verstanden?«

Dundridges angenehm warmes Gefühl kühlte merklich ab. »Ich kann nicht behaupten, daß mir seine Einstellung gefällt«, sagte er. »Anscheinend ist er entschlossen, die Strecke durch die Schlucht zu genehmigen. Offenbar hat er einen ganz und gar irrationalen Haß auf Lady Maud. Ich finde seine Haltung wirklich unerklärlich. Lady Maud scheint mir eine ganz bezaubernde Frau zu sein.«

Hoskins starrte ihn ungläubig an. »Tatsächlich?«

»Reizend«, sagte Dundridge, und das warme Gefühl machte sich wieder zart bemerkbar.

»Reizend?«

»Bezaubernd«, meinte Dundridge verträumt.

»Allmächtiger«, sagte Hoskins, der seiner Verblüffung nicht länger Herr wurde. Die Vorstellung, daß irgend jemand Lady Maud bezaubernd und reizend fand, ging über seinen Horizont. Er musterte Dundridge mit neuem Interesse. »Sie ist ein wenig massig, meinen Sie nicht auch?« gab er zu bedenken.

»Wohlproportioniert«, sagte Dundridge liebenswürdig, »einfach wohlproportioniert.«

Hoskins gruselte es, und er wechselte das Thema. »Nun zu diesem Tunnel«, begann er.

Dundridge sah ihn erstaunt an. »Woher wissen Sie denn davon?«

»In dieser Gegend sprechen sich Neuigkeiten eben schnell herum.«

»Zweifellos«, sagte Dundridge, »heute morgen habe ich zum erstenmal davon gesprochen.«

»Sie wollen doch wohl nicht allen Ernstes vorschlagen, daß man einen Tunnel durch die Cleene-Berge baut, oder?«

»Wieso eigentlich nicht?« sagte Dundridge. »Das scheint mir ein vernünftiger Kompromiß zu sein.«

»Ein verdammt teurer«, meinte Hoskins, »ein Tunnel würde Millionen verschlingen, und der Bau dauert Jahre.«

»Jedenfalls würden wir so verhindern, daß es zu neuen Unruhen kommt. Meine Aufgabe hier lautet, möglichst eine Lösung zu finden, mit der alle Beteiligten zufrieden sind. Ich habe den Eindruck, ein Tunnel wäre eine sehr vernünftige Alternative. Wie auch immer, der Plan ist noch nicht ausgereift.«

»Ja aber...«, setzte Hoskins an, doch Dundridge war aufgestanden, machte eine lässige Bemerkung über den nötigen Weitblick und begab sich auf sein Zimmer. Nachdenklich ging Hoskins zum regionalen Planungsamt zurück. Er hatte Dundridge falsch eingeschätzt. Eigentlich war der Mann doch kein Trottel. Andererseits fand er Lady Maud bezaubernd und reizend. »Scheißperverser«, murmelte Hoskins, als er den Hörer abnahm. Sir Giles würde das gar nicht gefallen.

Das gleiche galt für Klex. Er hatte im Küchengarten einen relativ telefonarmen Tag verbracht. Morgens hatte Dundridge angerufen, aber die meiste Zeit über war er in Ruhe gelassen worden. Um halb fünf am Nachmittag hatte er mitgehört, wie Sir Giles Hoskins anrief und ihm von dem Tunnel berichtete. Eine Stunde später goß er gerade die Tomaten, als Hoskins zurückrief, um zu berichten, Dundridge meine es ernst mit dem Tunnel.

»Das kann nicht sein«, fauchte Sir Giles. »Die Idee ist hanebüchen, eine unglaubliche Verschwendung von Steuergeldern.«

Klex fand die Idee mit dem Tunnel ausgezeichnet.

»Versuchen Sie doch, ihm das klarzumachen«, schlug Hoskins vor.

»Was ist mit Leakham?« fragte Sir Giles. »Der wird doch dafür kein grünes Licht geben, oder?«

»Darauf würde ich mich nicht verlassen. Hängt davon ab, was dieser Dundridge in London zu melden hat. Möglicherweise wird das Ministerium Leakham unter Druck setzen.«

Eine Gesprächspause entstand, in der Sir Giles nachdachte. Im Gewächshaus rang Klex mit den Verzwicktheiten der englischen Sprache. Weshalb sollte Lord Leakham für den Tunnel grünes Licht geben? Was sollte Dundridge in London melden? Und warum hatte Sir Giles überhaupt etwas gegen einen Tunnel? Es war alles sehr merkwürdig.

»Dann hab' ich noch eine Neuigkeit für Sie«, sagte Hoskins schließlich. »Er ist spitz auf Ihre Alte.«

Sir Giles gab einen erstickten Laut von sich. »Was ist er?« schrie er.

»Maud hat es ihm angetan«, berichtete Hoskins. »Er sagt, er findet sie bezaubernd und reizend.«

»Bezaubernd und reizend?« fragte Sir Giles. »Maud?«

»Und wohlproportioniert.«

»Herr im Himmel. Kein Wunder, daß sie aussieht wie die Katze, die den Kanarienvogel verspeist hat.«

»Ich dachte bloß, das sollten Sie wissen«, sagte Hoskins. »Vielleicht gibt uns das eine Art Druckmittel in die Hand.«

»Abartig?«

»Schon möglich«, sagte Hoskins.

»Wir treffen uns um neun im Club«, sagte Sir Giles kurz entschlossen. »Das muß man überdenken.« Er legte auf.

Im Gewächshaus starrte Klex mit aschfahlem Gesicht in die Geranien. Sir Giles war zwar überrascht gewesen, aber Klexens Reaktion fiel noch weit heftiger aus. Die plötzliche Entdeckung, in Lady Maud verliebt zu sein, hatte sein Leben verschönert. Der Gedanke, daß Dundridge seine Gefühle teilte, versetzte ihn in Wut. Sir Giles zählte nicht. Zweifellos verachtete Lady Maud ihren Mann, und Klex hatte aus dem, was sie sagte, herausgehört, daß es da eine andere Frau in London gab. Er verließ das Gewächshaus, räumte auf und ging heim.

Sein Heim war das Pförtnerhaus. Dem Architekten des Bogens war es gelungen, das Monumentale mit dem Nützlichen zu verbinden, so daß hier früher einmal mehrere Gutsarbeiterfamilien unter ziemlich beengten und unhygienischen Verhältnissen gewohnt hatten. Klex hatte das Gebäude für sich allein und fand es annehmbar. Der Bogen wies zwar einige Unbequemlichkeiten auf – die Fenster waren extrem klein und zwischen den Außendekorationen versteckt, es gab nur eine einzige Tür, so daß man die Treppe nach oben klettern und dann »umsteigen« mußte, wollte man von einer Seite des Bogens auf die andere wechseln –, aber Klex hatte es sich in dem großen Zimmer oben im Bogen sehr gemütlich gemacht. Durch ein rundes Fenster auf einer Seite konnte er das Gutshaus im Auge behalten und durch ein anderes Besucher überprüfen, die die Brücke überquerten. Einen kleinen Raum hatte er in ein Badezimmer und einen anderen in eine Küche verwandelt; in einigen anderen Zimmern lagerte er Äpfel, die im ganzen Gebäude einen angenehmen Duft verbreiteten. Und schließlich war da noch seine Bibliothek, angefüllt mit Büchern, die er an den Marktständen in Worford oder in dem Antiquariat in der Ferret Lane erstanden hatte. In Klex' Bibliothek standen keine Romane und keine Unterhaltungsliteratur, sondern ausschließlich Bücher über englische Geschichte. Sie war, wenn man so will, die Frucht der geballten Neugier eines Forschers, der alles über das Land erfahren will, das ihn aufgenommen hat. Wenn sich das Geheimnis, was es bedeutet, ein Engländer zu sein, überhaupt ergründen ließ, so mußte man Klex' Meinung nach in der Vergangenheit danach suchen. An langen Winterabenden saß er, vom Zauber Englands gefesselt, vor seinem Ofen. Bestimmte Personen spielten in seiner Phantasie eine besonders große Rolle – Heinrich VIII., Drake, Cromwell, Eduard I. –, und er neigte dazu, wenn nicht sich selbst, so doch andere mit den Helden und Bösewichtern der Geschichte zu identifizieren. Trotz ihrer Ehe verkörperte Lady Maud für ihn die jungfräuliche Königin, Elisabeth I., während Sir Giles die weniger angenehmen Eigenschaften Sir Robert Walpoles in sich zu vereinen schien.

Doch das war im Winter. Im Sommer war er auf Achse. Zweimal die Woche radelte er nach Guildstead Carbonell in den Royal George und saß im Schankraum, bis es Zeit wurde, ins Bett zu gehen; das fragliche Bett gehörte der Eigentümerin dieser Kneipe, einer Mrs. Wynn, die von ihrem Ehemann infolge Feindeinwirkung am Tag X netterweise als Witwe zurückgelassen worden war. Mrs. Wynn war Klexens letzte Kundin aus Kriegstagen, und daß die Affäre noch Bestand hatte, beruhte mehr auf Gewohnheit als auf gegenseitiger Zuneigung. In Mrs. Wynns Augen war Klex nützlich – er trocknete Gläser ab und schleppte Flaschen –, und in Klex' Augen war Mrs. Wynn angenehm, anspruchslos, und sie versorgte ihn mit Bier. Er hatte eine Schwäche für die Sorte Handyman Brown.

Aber als er sich nun den Hals wusch – es war Freitag abend, und Mrs. Wynn erwartete ihn – war er sich darüber im klaren, daß er nicht mehr dasselbe für sie empfand. Nicht daß er je sehr viel empfunden hatte, aber auch dieses bißchen war durch die plötzliche Gefühlsaufwallung für Maud beiseite gefegt worden. Er hegte keinerlei Hoffnungen, in der Richtung etwas unternehmen zu können, dazu war er zu vernünftig. Es kam ihm nur einfach nicht mehr richtig vor, Mrs. Wynn weiterhin Besuche abzustatten. Auf jeden Fall war das alles sehr merkwürdig. Er hatte zwar schon immer eine Schwäche für Lady Maud gehabt, aber diesmal war es anders; ihm kam der Gedanke, daß er womöglich krank werde oder so was Ähnliches. Klex streckte die Zunge heraus und musterte sie im Badezimmerspiegel, aber sie machte einen ganz normalen Eindruck. Vielleicht war das Wetter schuld. Er hatte mal jemanden etwas über den Frühling und junge Männer sagen hören, deren Säfte stiegen, aber Klex war kein junger Mann. Er war fünfzig. Fünfzig und verliebt. Verrückt.

Er ging nach unten, holte sein Fahrrad und radelte über die Brücke in Richtung Guildstead Carbonell. Gerade war er an der Kreuzung angekommen, da hörte er von hinten ein Auto heranbrausen. Er stieg ab und ließ es vorbei. Es war Sir Giles in seinem Bentley. »Fährt in den Golf Club, um sich mit Hoskins zu treffen«, dachte er und sah dem Wagen mißtrauisch nach. »Der führt was im Schilde.« Er stieg wieder auf und fuhr schweren Herzens im Leerlauf den Hügel hinunter und auf den Royal George und Mrs. Wynn zu. Vielleicht sollte er Maud berichten, was er gehört hatte. Doch diese Idee sagte ihm nicht sonderlich zu, und er wollte ihr ohnehin nicht erzählen, daß Dundridge sich zu ihr hingezogen fühlte. »Jeder ist seines eigenen Glückes Schmied«, sagte er sich, erfreut über seine Sprachkenntnisse.

Im Golf Club von Worford erörterten Sir Giles und Hoskins ihre Taktik.

»Er muß einen schwachen Punkt haben«, sagte Sir Giles. »Jeder Mensch hat seinen Preis.«

»Maud?« meinte Hoskins.

»Seien Sie nicht kindisch«, sagte Sir Giles. »Wo es um diese Anwartschaftsklausel im Vertrag geht, wird sie nicht mit einem schäbigen Beamten rumturteln. Außerdem glaub ich's nicht.«

»Ich habe deutlich gehört, wie er sagte, er fände sie bezaubernd. Und wohlproportioniert.«

»Meinetwegen, ihm gefallen also dicke Frauen. Was gefällt ihm sonst noch?«

Hoskins zuckte die Achseln. »Schwer zu sagen. Das herauszukriegen, braucht seine Zeit.«

»Zeit haben wir keine. Sobald er das von diesem verfluchten Tunnel rumerzählt, ist der Teufel los. Nein, wir müssen rasch handeln.«

Hoskins beäugte ihn mißtrauisch. »Was soll dieses ganze ›Wir‹-Gefasel?« fragte er. »Es ist Ihr Problem, nicht meines.« Sir Giles knabberte nachdenklich an einem Fingernagel. »Wieviel?«

»Fünftausend.«

»Für was?«

»Was immer Sie beschließen.«

»Sagen wir fünf Prozent der Entschädigungssumme. Wenn sie ausgezahlt wird.«

Hoskins stellte eine kurze Berechnung an und verlangte zwölfeinhalbtausend. »Bar auf die Kralle«, sagte er.

»Sie sind ein harter Brocken, Hoskins, ein harter Brocken«, sagte Sir Giles traurig.

»Egal, was verlangen Sie nun von mir? Soll ich ihn aushorchen?«

Sir Giles schüttelte den Kopf. Seine Augen funkelten. »Abartig«, sagte er. »Abartig. Weshalb haben Sie das gesagt?«

»Keine Ahnung. Nur laut gedacht«, sagte Hoskins.

»Jungs, meinen Sie das?«

»Schwer zu sagen«, meinte Hoskins. »Solche Sachen herauszufinden, dauert seine Zeit.«

»Schnaps, Drogen, Jungs, Weiber, Geld. Es muß irgendwas geben, was er unbedingt haben will.«

»Wir *könnten* ihm natürlich was anhängen«, sagte Hoskins. »Ist alles schon mal dagewesen.«

Sir Giles nickte. »Das ungebetene Geschenk. Der anonyme Spender. Das hat es allerdings schon gegeben. Es ist nur zu riskant. Was ist, wenn er zur Polizei rennt?«

»Wer wagt, gewinnt«, sagte Hoskins. »Jedenfalls bekäme er keinen Hinweis, von wem es stammt. Ich könnte wetten, daß er den Köder schluckt.«

»Und wenn nicht, geht er uns durch die Lappen. Nein, es muß etwas Narrensicheres sein.«

Sie schwiegen und dachten über eine angemessen kompromittierende Zukunft für Dundridge nach.

»Halten Sie ihn für ehrgeizig?« fragte Sir Giles nach einer Weile.

Hoskins nickte. »Sehr.«

»Kennen Sie irgendwelche Schwulen?«

»In Worford? Sie machen wohl Witze«, sagte Hoskins.

»Egal wo.«

Hoskins schüttelte den Kopf. »Wenn Sie denken, was ich denke...«

»Das tue ich.«

»Fotos?«

»Fotos«, stimmte Sir Giles zu. »Hübsche kompromittierende Fotos.«

Hoskins ließ sich die Angelegenheit durch den Kopf gehen. »Da haben wir Bessie Williams«, sagte er. »War mal Modell, Sie wissen schon. Hat einen Fotografen in Bridgeminster geheiratet. Sie würde's machen, wenn die Bezahlung stimmt.« Er dachte zurück und lächelte. »Ich kann mal mit ihr reden.«

»Tun Sie das«, sagte Sir Giles. »Ich zahle bis zu fünfhundert für eine anständige Fotoserie.«

»Überlassen Sie das mir«, riet ihm Hoskins. »Und nun zum Bargeld.«

Als Sir Giles den Golf Club verließ, war die Sache soweit geregelt. Whiskybenebelt fuhr er nach Hause. »Erst der Stock und dann die Mohrrübe«, murmelte er. Morgen würde er nach London fahren und Mrs. Forthby einen Besuch abstatten. Es war ohnehin ratsam, aus der Gegend zu verschwinden, wenn die Sache ins Rollen kam.

- 11 -

Den folgenden Vormittag verbrachten Dundridge und Hoskins im regionalen Planungsamt mit dem Studium von Landkarten und Gesprächen über den Tunnel. Dundridge war ziemlich erstaunt, daß Hoskins eine Sinnesänderung durchgemacht hatte und das Projekt jetzt auf einmal guthieß. »Es ist eine geniale Idee. Schade, daß wir nicht früher daran gedacht haben. Hätte uns endlose Scherereien erspart«, sagte Hoskins; Dundridge hingegen fühlte sich geschmeichelt, war aber nicht mehr so überzeugt. Inzwischen hatte er so seine Zweifel, ob ein Tunnel wirklich durchsetzbar war. Das Ministerium würde von den Kosten nicht gerade begeistert sein, die Verzögerung wäre enorm, und dann mußte immer noch Lord Leakham überredet werden. »Glauben Sie nicht, daß wir eine Ausweichstrecke finden könnten?« fragte er, doch Hoskins schüttelte den Kopf.

»Es läuft auf die Cleene-Schlucht, auf Ottertown oder auf Ihren Tunnel heraus.« Beim Kartenstudium mußte Dundridge zugeben, daß es keine andere Strecke gab. Abgesehen von der Schlucht erstreckten die Cleene-Berge sich ohne Unterbrechung von Worford bis Ottertown.

»Die Leute machen ja ein lächerliches Theater um dies Stückchen Wald«, beschwerte sich Dundridge. »Sind doch bloß Bäume. Was ist denn so besonders an Bäumen?«

Sie aßen in einem Restaurant in der River Street zu Mittag. Auf ein Paar in den Dreißigern, das am Nebentisch saß, schien Dundridge eine gewisse Faszination auszuüben, und wenn er aufschaute, bemerkte er mehr als einmal, daß ihn die Frau mit einem leisen Lächeln musterte. Sie war recht attraktiv und hatte mandelförmige Augen.

Nachmittags nahm Hoskins ihn mit auf eine Fahrt entlang der zur Diskussion stehenden Strecke durch Ottertown. Sie besichtigten die Sozialbauten und fuhren auf dem Rückweg über Guildstead Carbonell; dabei hielt Hoskins immer mal wieder an und bestand darauf, daß sie irgendwelche Hügel erklommen, um einen besseren Blick auf die eventuelle Strecke zu bekommen. Als sie schließlich wieder in Worford eintrafen, war Dundridge fix und fertig. Außerdem war er ziemlich betrunken. Sie waren unterwegs in etliche Kneipen eingekehrt, und da Hoskins darauf bestand, Halbe seien was für Männer, und nur Knaben tränken kleine Biere – wobei seine Stimme bei Knaben einen ziemlich unangenehmen Tonfall annahm –, hatte Dundridge weit mehr Handyman Triple XXX zu sich genommen, als er gewohnt war.

»Wir haben heute abend eine kleine Fete im Golf Club«, sagte Hoskins, als sie durchs Stadttor fuhren. »Wenn Sie mal reinschauen möchten...«

»Ich glaube, ich gehe heute früh zu Bett«, sagte Dundridge.

»Schade«, meinte Hoskins. »Sie könnten eine Reihe einflußreicher Leute aus der Gegend kennenlernen. Ist gar nicht ratsam, wenn die Einheimischen den Eindruck kriegen, man sei hochnäsig.«

»Also schön«, sagte Dundridge widerwillig. »Ich werde ein Bad nehmen, etwas essen und dann weitersehen.«

»Bis später dann, alter Junge«, sagte Hoskins, als Dundridge aus dem Auto stieg und in sein Zimmer im Handyman-Wappen ging. Ein Bad und eine warme Mahlzeit – danach ginge es ihm vielleicht wieder gut. Als er aus der Wanne stieg, wo er kurzzeitig in das lauwarme Badewasser getaucht war – der Durchlauferhitzer weigerte sich immer noch, ordentlich zu funktionieren –, fühlte er sich besser. Er aß zu Abend und entschied, daß Hoskins wahrscheinlich recht habe. Es könnte durchaus nützlich sein, einige der einflußreicheren Einheimischen kennenzulernen. Dundridge stieg in seinen Wagen und fuhr zum Golf Club.

»Freut mich sehr, daß Sie es möglich gemacht haben«, sagte Hoskins, als Dundridge sich durch das Gedränge bis zu ihm vorgearbeitet hatte. »Wie heißt Ihre Droge?«

Dundridge gab einen Gin Tonic in Auftrag. Für heute hatte er genug Bier getrunken. Um ihn herum riefen sich große Männer etwas über Doglegs auf dem Dritten und Wasserhindernisse auf dem Fünften zu. Dundridge kam sich deplaziert vor. Hoskins brachte ihm seinen Drink und stellte ihn einem Mr. Snell vor. »Ist mir ein Vergnügen, Chef«, war hinter einem großen Schnurrbart hervor herzlich von Mr. Snell zu hören. »Welches Handicap haben Sie?« Dundridge war zunächst versucht, ihm zu sagen, er solle sich um seine eigenen Angelegenheiten kümmern, unterdrückte diese Reaktion jedoch und antwortete, soweit er wisse, habe er keins. »Ein Anfänger, wie? Na, macht nichts. Lassen Sie sich Zeit. Wir haben alle mal klein angefangen.« Er ging fort, und Dundridge wanderte in die entgegengesetzte Richtung. Wie er so durch den Raum und auf die geäderten Gesichter der Männer und die hennagefärbten Haare der Frauen sah, verwünschte er sich, daß er gekommen war. Wenn Hoskins sich das hier unter einflußreichen Einheimischen vorstellte, konnte er sie für sich behalten. Kurz darauf trat er auf die Terrasse und schaute ärgerlich das Achtzehnte hinunter. Er würde austrinken und dann nach Haus gehen, als eine Stimme neben ihm sagte: »Falls Sie zur Bar gehen, könnten Sie mir noch einen mitbringen.« Die Stimme klang leise und verführerisch. Dundridge drehte sich um und blickte in ein mandelförmiges Augenpaar. Auf einmal wollte er doch nicht mehr nach Hause fahren. Dundridge ging zur Bar und holte noch zwei Drinks.

»Solche Veranstaltungen sind immer schrecklich öde«, sagte das Mädchen. »Sind Sie ein guter Golfer?«

Dundridge antwortete, er sei überhaupt kein Golfer.

»Ich auch nicht. Was für ein langweiliges Spiel.« Sie setzte sich und schlug ihre Beine übereinander. Es waren ausgesprochen hübsche Beine. »Außerdem mag ich keine sportlichen Typen. Ich ziehe Intellektuelle vor.« Sie lächelte Dundridge an. »Ich heiße Sally Boles. Und Sie?«

»Dundridge«, sagte Dundridge und setzte sich so, daß er mehr von ihren Beinen sehen konnte. Zehn Minuten später holte er noch zwei Drinks. Zwanzig Minuten später die nächsten beiden. Endlich amüsierte er sich.

Miss Boles, so erfuhr er, sei zu Besuch bei ihrem Onkel. Sie kam ebenfalls aus London, wo sie für eine Schönheitsberatungsfirma tätig war. Dundridge sagte, das glaube er gern. Sie fand es auf dem Land so langweilig. Das sah Dundridge genauso. Er erging sich in Schwärmereien über die Freuden, in London zu leben, und die ganze Zeit über strahlten ihn Miss Boles' mandelförmige Augen in der hereinbrechenden Abenddämmerung verführerisch an. Als Dundridge vorschlug, noch einen Drink zu nehmen, bestand Miss Boles darauf, ihn zu holen.

»Ich bin dran«, sagte sie, »und außerdem muß ich mal kurz verschwinden.« Dundridge blieb wie benommen vor Glück auf der Terrasse sitzen. Als sie mit den Drinks zurückkam, machte sie einen nachdenklichen Eindruck.

»Mein Onkel ist ohne mich gegangen«, sagte sie. »Er hat wohl angenommen, ich sei schon nach Hause gefahren. Würde es Ihnen etwas ausmachen, mich ein Stück mitzunehmen?«

»Natürlich nicht. Mit Vergnügen«, sagte Dundridge und nippte an seinem Drink. Er schmeckte ungewöhnlich bitter.

»Tut mir wirklich leid, da ist Campari drin«, sagte Miss Boles zur Erklärung. Das sei schon in Ordnung, meinte Dundridge. Er trank aus, und sie schlenderten zum Parkplatz. »Ein wirklich netter Abend«, sagte Miss Boles, als sie in Dundridges Wagen stieg. »Sie müssen mich in London besuchen.«

»Das mache ich gern«, gestand Dundridge. »Ich würde Sie gern viel öfter sehen.«

»Also abgemacht«, sagte Miss Boles.

»Ist das Ihr Ernst?«

»Nenn mich doch Sally«, sagte Miss Boles und lehnte sich an ihn.

»O Sally...«, setzte Dundridge an und fühlte sich plötzlich ausgesprochen müde, »...ich würde Sie wirklich gern viel öfter sehen.«

»Das wirst du, mein Schatz, das wirst du«, sagte Miss Boles und nahm die Autoschlüssel aus seinen reglosen Fingern. Dundridge hatte das Bewußtsein verloren.

In London lag Sir Giles auf dem Rücken im Bett, während Mrs. Forthby die Riemen fester zog. Damit es echter wirkte, zappelte er gelegentlich kurz und gab ein heiseres Wimmern von sich, aber Mrs. Forthby war, wenigstens nach außen, unnachgiebig. Das Drehbuch in Sir Giles' Phantasie legte Wert auf brutale Unnachgiebigkeit, und Mrs. Forthby gab sich alle Mühe. Besonders gut konnte sie es nicht; sie war eine Seele von einem Menschen, und eigentlich war es gar nicht ihre Art, Leute zu fesseln und auszupeitschen, ja, sie lehnte die Prügelstrafe sogar prinzipiell ab. Daß sie auf Sir Giles' Wünsche überhaupt einging, lag in erster Linie an ihrer Progressivität. »Wenn es dem armen Mann Spaß macht, habe ich nicht das Recht, nein zu sagen«, lautete ihre Devise. Wenn Sir Giles mitten in seinem Ritual steckte, mußte sie allerdings regelmäßig nein sagen. Und obwohl Mrs. Forthby nicht von Natur aus brutal war, konnte man es sich bei gedämpftem Licht wenigstens gut vorstellen, und man mußte ihr lassen, daß sie recht kräftig war und ihr Kostüm – es gab mehrere – sehr überzeugend zur Schau trug. Heute abend war sie die Katzenfrau, Miss Dracula, die mit ihrem hilflosen Opfer experimentierende grausame Geliebte.

»Nein, nein«, wimmerte Sir Giles.

»Doch, doch«, entgegnete Mrs. Forthby.

»Nein, nein.«

»Doch, doch.«

Mit Gewalt öffneten Mrs. Forthbys Finger Sir Giles den Mund und stopften einen Knebel hinein. »Nein...« Es war zu spät. Mrs. Forthby pumpte den Knebel auf und lächelte tückisch auf ihn herab. Ihre schweren Brüste schwebten bedrohlich über ihm. Ihre behandschuhten Hände...

Mrs. Forthby ging in die Küche und machte eine Kanne Tee. Während sie wartete, daß das Wasser im Kessel kochte, knabberte sie gedankenverloren an einem verdauungsfördernden Keks. Manchmal hatte sie die oberflächliche Bindung zu Sir Giles satt und sehnte sich nach einer festeren Beziehung. Sie mußte mal mit ihm darüber reden. Sie wärmte die Teekannte vor, tat zwei Teebeutel hinein, noch einen dritten für die Kanne, und goß das kochende Wasser hinein. Schließlich wurde sie allmählich alt und fand Gefallen an der Vorstellung, Lady Lynchwood zu sein. Sie schaute sich in der Küche um. Wo hatte sie bloß den Deckel der Teekanne hingelegt?

Auf dem Bett kämpfte Sir Giles mit seinen Fesseln und blieb dann still liegen. Angenehm erschöpft legte er sich auf den Rükken und wartete auf seine grausame Geliebte. Er mußte lange warten. Zwischen einzelnen Erregungsschüben mußte er wieder an Dundridge denken. Hoffentlich hatte Hoskins nicht alles versaut. Das war nämlich das Ärgerliche bei Untergebenen, man konnte ihnen nicht trauen. Sir Giles zog es vor, sich persönlich um alles zu kümmern, aber es stand zu viel auf dem Spiel für ihn, da konnte er sich an der Ausführung dieser Operation nicht eigenhändig beteiligen. Erst der Stock und dann die Möhre. Er fragte sich, was die Möhre wohl kosten würde. Zwei-, drei-, viertausend Pfund? Teuer. Dann kamen noch Hoskins' fünftausend hinzu. Aber die Sache war es wert. Ein Profit von 150 000 Pfund, das war es wert. Gleiches galt für die Aussicht auf Mauds Wut, wenn ihr klar würde, daß man die Autobahn durch die Schlucht baute. Geschah dem Miststück recht. Aber wo blieb Mrs. Forthby? Warum kam sie nicht wieder?

Mrs. Forthby trank ihre Tasse Tee aus und goß nach. Ihr wurde ziemlich heiß in dem engen Kostüm. Vielleicht sollte sie ein Bad nehmen. Sie stand auf, ging ins Bad und drehte den Wasserhahn auf, ehe ihr einfiel, daß sie noch etwas erledigen mußte. »Altes Dummchen, so was von vergeßlich«, murmelte sie und hob den dünnen Rohrstock auf. Die grausame Geliebte, Miss Dracula, begab sich ins Schlafzimmer und schloß die Tür.

Klex saß in seiner Bücherei im Pförtnerhaus und las Sir Arthur Bryant. Doch seine Gedanken waren nicht beim Zeitalter der Anmut. Sie glitten immer wieder zu Maud, Mrs. Wynn, Dundridge und Sir Giles zurück. Außerdem konnte er den Prinzregenten nicht besonders leiden. Ein schlimmer Finger, wenn man Klex fragte. Andererseits hatte Klex auch gar nicht die Zeit für irgend so einen Georg. All seine Sympathien galten den Jakobiten, der verlorenen Sache und Bonnie Prince Charlie. In seiner von romantischer Verehrung durchdrungenen Verfassung sehnte er sich danach, vor Lady Maud hinzuknien und ihr seine Liebe zu gestehen. Die Vorstellung war absurd. Sie würde zornig auf ihn sein; schlimmer noch, vielleicht lachte sie ihn aus. Beim Gedanken an ihr verächtliches Lachen legte er das Buch beiseite und ging nach unten. Es war ein herrlicher Abend. Die Sonne war hinter den Hügeln im Westen versunken, doch der Himmel leuchtete noch. Klex war nach einem Bier. Dafür wollte er aber nicht nach Guildstead Carbonell fahren. Mrs. Wynn würde erwarten, daß er die Nacht über bliebe, und er war nicht in der Stimmung, noch eine Nacht mit ihr zu verbringen. Den Abend zuvor hatte er mit seinem Gewissen gehadert und sich zu dem Geständnis durchzuringen versucht, daß zwischen ihnen alles aus sei. Am Ende hatte sein Realismus obsiegt. Lady Maud war nicht für jemanden wie Klex bestimmt. Ihm blieb nur übrig, von ihr zu träumen. Dies hatte er getan, als er mit Mrs. Wynn schlief, und die war über seine frisch entflammte Leidenschaft nicht schlecht erstaunt gewesen. »Wie in alten Zeiten«, hatte sie versonnen gemeint, als Klex sich ankleidete, um zum Pförtnerhaus zurückzuradeln. Nein, ihm war auf keinen Fall danach zumute, noch eine Nacht im Royal George zu verbringen. Spazierengehen wollte er. Drüben in der Fichtenschonung trieben sich ein paar Karnickel rum. Klex schnappte sich sein Gewehr und marschierte durch den Park. Neben ihm plätscherte der Fluß sanft vor sich hin, und in der Luft lag ein sommerlicher Duft. Aus einem Busch rief eine Amsel. Klex beachtete die Umgebung überhaupt nicht. Er träumte von veränderten Umständen, von Lady Maud, die in Gefahr schwebte, von einer Heldentat, die er vollbrachte, ihr seine wahren Gefühle enthüllte und sie beide in Liebe und Glück vereinte. Als er an der Schonung ankam, war es zu dunkel, um irgendwelche Karnickel zu erkennen. Aber Klex war an Kaninchen nicht mehr interessiert. In Lady Mauds Schlafzimmer war das Licht angegangen. Er schlich über den Rasen und blickte so lange nach oben, bis das Licht wieder ausging. Dann ging er nach Hause und zu Bett.

- 12 -

Dundridge wachte auf einem Parkplatz an der Straße nach London auf. Er hatte heftige Kopfschmerzen, war völlig durchgefroren, und der Schaltknüppel bohrte sich in seine Rippen. Er setzte sich auf, kramte seine Beine unter dem Lenkrad hervor und überlegte, wo er sich befinde, wie er dahin gekommen sei und was zum Teufel passiert war. Er konnte sich ganz genau an die Party im Golf Club erinnern und wußte noch, daß er sich mit Miss Boles auf der

Terrasse unterhalten hatte. Er wußte sogar noch, daß er mit ihr zu seinem Auto gegangen war. Danach – nichts.

Er stieg aus dem Wagen und versuchte, die Zirkulation in seinen Beinen wieder in Gang zu bringen, wobei ihm auffiel, daß sein Hosenstall offenstand. Als er ihn eilig zugeknöpft hatte und automatisch und um seine Verlegenheit zu verbergen nach oben griff, wo er seinen Krawattenknoten festziehen wollte, stellte er fest, daß er gar keine Krawatte trug. Er tastete nach seinem offenen Hemdkragen und dem Unterhemd. Das hatte er verkehrt herum an. Er zog das Unterhemd ein wenig raus, warf einen Blick auf das Etikett. Dort stand »100% Makobaumwolle«. Keine Frage, er hatte es verkehrt herum an. Wenn er es recht bedachte, fühlte sich auch seine Unterhose komisch an. Er trat einen Schritt vor und stolperte über einen Schnürsenkel. Seine Schuhe waren nicht zugeschnürt. Ernsthaft beunruhigt taumelte Dundridge gegen das Auto. Er befand sich in einer gottverlassenen Gegend, um... Er schaute auf seine Uhr. Um sechs Uhr morgens, mit nicht zugeschnürten Schuhen, er trug Unterhemd und Unterhose verkehrtrum, sein Hosenstall stand offen, und er wußte lediglich noch, daß er und ein Mädchen mit mandelförmigen Augen und entzückenden Beinen ins Auto gestiegen waren.

Plötzlich sah Dundridge ein furchtbares Bild von den Ereignissen der letzten Nacht vor seinem inneren Auge: Vielleicht hatte er das Mädchen vergewaltigt. Ein plötzlicher Anfall von Geisteskrankheit. Das würde auch die Kopfschmerzen erklären. Die jahrelange Zügellosigkeit mit seiner idealen Mischfrau war auf den Erfinder zurückgefallen. Er war durchgedreht und hatte Miss Boles vergewaltigt, sie womöglich umgebracht. Er blickte auf seine Hände. Blut klebte nicht an ihnen. Vielleicht hatte er sie ja erwürgt, diese Möglichkeit bestand. Es gab jede Menge entsetzlicher Möglichkeiten. Unter Schmerzen beugte Dundridge sich vor, band sich die Schuhe zu, stieg – nach einem Blick in den Straßengraben, um sich zu vergewissern, daß dort keine Leiche lag – in sein Auto und fragte sich, was zu tun sei. Es war natürlich sinnlos, auf dem Parkplatz herumzusitzen. Dundridge ließ den Motor an und fuhr bis zu einem Verkehrsschild, auf dem stand, daß er in Richtung London fuhr. Er wendete, fuhr nach Worford zurück, parkte auf dem Hof des Handyman-Wappens und ging leise in sein Zimmer. Als ihm das Mädchen den Tee brachte, lag er im Bett.

»Wieviel Uhr ist es?« fragte er schläfrig. Das Mädchen sah ihn hämisch lächelnd an.

»Das müßten Sie doch selbst am besten wissen«, sagte sie, »sind doch eben erst gekommen. Ich hab' Sie die Treppe hochschleichen sehen. Wohl ordentlich einen draufgemacht, hä?«

Sie setzte das Tablett ab und ging hinaus, und Dundridge schimpfte sich selbst einen Trottel. Er trank etwas Tee und fühlte sich noch elender. Es hatte keinen Zweck, irgendwas zu unternehmen, bevor er sich besser fühlte. Er drehte sich auf die Seite und schlief ein. Als er aufwachte, war es Mittag. Er wusch und rasierte sich, wobei er sein Gesicht im Spiegel musterte, um irgendwelche Anzeichen der von ihm vermuteten sexuellen Raserei zu entdecken. Ein stinknormales Gesicht glotzte ihn an, doch Dundridge war keineswegs beruhigt. Mörder hatten in der Regel stinknormale Gesichter. Vielleicht war er ja einfach ohnmächtig geworden oder litt an Gedächtnisschwund. Das würde jedoch nicht erklären, weshalb er sein Unterhemd verkehrt herum anhatte, von seiner Unterhose ganz zu schweigen. Er hatte sich irgendwann im Lauf der Nacht ausgezogen; schlimmer noch, er hatte sich dermaßen hastig wieder angekleidet, daß er alles durcheinandergebracht hatte. Das ließ auf eine Panik oder wenigstens auf ungewöhnliche Dringlichkeit schließen. Er ging nach unten und aß zu Mittag. Anschließend wollte er sich ein Telefonbuch besorgen und unter Boles nachsehen. Natürlich mußte ihr Onkel nicht unbedingt Boles heißen, aber es war den Versuch wert. Falls es nicht funktionierte, würde er es bei Hoskins oder im Golf Club versuchen. Wenn er es sich recht überlegte, war diese Idee gar nicht einmal so gut. Es brauchte schließlich nicht jeder zu wissen, daß er Miss Boles nach Hause gefahren hatte – oder auch nicht.

Er brauchte dann doch nicht im Telefonbuch nachzuschlagen. Als er an der Rezeption vorbeikam, drückte ihm der Portier einen großen Umschlag in die Hand. Er war an Mr. Dundridge adressiert, mit dem Vermerk »Privat und vertraulich«. Dundridge nahm ihn ungeöffnet mit auf sein Zimmer und war höchst dankbar, daß er ihn nicht in der Halle geöffnet hatte. Jetzt wußte Dundridge, wo er die Nacht verbracht hatte.

Er ließ die Fotos aufs Bett fallen und plumpste in einen Sessel. Einen Augenblick später stand er wieder auf und schloß die Tür ab. Dann drehte er sich um und starrte die Bilder an. Es waren ziemlich widerliche Hochglanzfotos im Format 20 mal 25. Sie waren mit Blitzlicht aufgenommen, gestochen scharf und zeigten deutlich und unverkennbar den nackten Dundridge, der sich ganz offensichtlich ohne jedes Schamgefühl einer Reihe von widernatürlichen Akten mit Miss Boles hingab, die seine wildeste Vorstellungskraft überstiegen. Jedenfalls nahm er an, daß es sich um Miss Boles handelte. Dadurch, daß sie anscheinend… nein, nicht anscheinend, daß sie eine Maske trug, eine Art Kapuze, war eine Identifikation unmöglich. Er blätterte die Bilder durch und stieß auf einen Mann mit Kapuze. Hastig steckte Dundridge sie in den Umschlag zurück und setzte sich schwitzend auf die Bettkante. Man hatte ihn reingelegt. Das Wort schien ihm allerdings absolut fehl am Platz zu sein. Nichts auf Gottes weitem Erdboden würde ihn dazu bringen, diese Bilder in sein Fotoalbum zu legen. Jemand versuchte, ihn zu erpressen.

Versuchte? Es war ihnen verdammt gut gelungen; aber Dundridge hatte kein Geld, er konnte nicht zahlen. Dundridge öffnete den Umschlag noch einmal und gaffte die Beweise seiner Lasterhaftigkeit an. Miss Boles? Miss Boles? Das war garantiert nicht ihr richtiger Name. Sally Bowles? Das war garantiert nicht ihr richtiger Name. Sally Bowles. Den Namen hatte er irgendwo schon einmal gehört. Natürlich, Sally Bowles in *Ich bin eine Kamera*. Dundridge wußte Bescheid: Man hatte es ihm ordentlich besorgt. Wenn er nach den Fotos ging, sogar in allen möglichen Varianten.

Während er noch überlegte, was nun zu tun sei, klingelte das Telefon. Dundridge schnappte sich den Hörer. »Ja«, sagte er.

»Mr. Dundridge?« fragte eine Frauenstimme.

»Am Apparat«, sagte Dundridge unsicher.

»Hoffentlich gefallen Ihnen die Abzüge.«

»Abzüge, du Miststück?« fauchte Dundridge.

»Nenn mich ruhig Sally«, sagte die Stimme. »Bei mir kannst du dir diese Förmlichkeiten doch jetzt sparen.«

»Was willst du?«

»Tausend Pfund... fürs erste.«

»Tausend Pfund? Ich hab' keine tausend Pfund.«

»Dann beschaffst du sie dir am besten, nicht wahr, Schatzi?«

»Ich werd' dir verraten, was ich mache«, brüllte Dundridge, »ich gehe zur Polizei.«

»Wenn du das tust«, sagte eine Männerstimme barsch, »wirst du zu Hackfleisch verarbeitet. Du hast's hier nicht mit kleinen Fischen zu tun, Freundchen. Wir gehören zur ersten Liga, damit das klar ist.«

Dundridge war das mehr als klar. Nun war die Frauenstimme wieder in der Leitung. »Wenn du zur Polizei gehst, dann vergiß nicht, daß wir da den einen oder anderen Kunden hatten. Wir kriegen es zu Ohren. Du kümmerst dich jetzt mal schön um deine tausend Pfund.«

»Ich kann nicht –«

»Sie brauchen nicht anzurufen, wir rufen Sie an«, sagte Miss Boles und legte den Hörer auf. Dundridge legte seinen Hörer langsamer auf. Dann beugte er sich vor und stützte seinen Kopf in beide Hände.

Sir Giles kam in Hochstimmung aus London zurück. Mrs. Forthby hatte sich selbst übertroffen, und ihn kribbelte es immer noch vor Lust. Am allerbesten aber war Hoskins' rätselhafte telefonische Nachricht gewesen. »Der Fisch hängt an der Angel«, hatte er gesagt. Jetzt mußte man nur noch für ein Netz sorgen, in dem Mr.

Dundridge zappeln konnte. Sir Giles parkte, ging in sein Wahlkreisbüro hinauf und ließ Hoskins kommen. »Da sind sie. Schönere Abzüge hätte man sich wirklich nicht wünschen können«, sagte Hoskins, als er die Fotos auf den Schreibtisch legte.

Sir Giles musterte sie wohlwollend. »Sehr nett«, sagte er endlich. »Wirklich sehr nett. Und was hat unser kleiner Rammler dazu zu sagen?«

»Sie verlangen tausend Pfund von ihm. Er sagt, er hat sie nicht.«

»Die bekommt er, keine Angst«, sagte Sir Giles. »Er kriegt seine tausend Pfund, und wir kriegen ihn. In Zukunft wird nicht mehr über Tunnels geredet. Von jetzt an heißt die Devise Ottertown.«

»Ottertown?« sagte Hoskins total verblüfft. »Aber ich dachte, Sie wollten, daß die Autobahn durch die Schlucht führt. Ich dachte –«

»Das Ärgerliche an Ihnen ist, Hoskins«, sagte Sir Giles, steckte die Fotos wieder in den Umschlag und den Umschlag in seinen Aktenkoffer, »daß Sie nur bis zu Ihrer Nasenspitze sehen können, weiter nicht. Sie glauben doch nicht ernsthaft, daß ich mein herrliches Haus und meine wunderschöne Frau verlieren will, oder? Sie glauben doch nicht etwa, daß mir die Interessen meiner Wähler wie General Burnett und Mr. Bullett-Arschloch-Finch nicht am Herzen liegen, oder? Natürlich tun sie das. Ich bin der ehrliche Sir Giles, der Rächer der Enterbten«; sprach's, ging aus dem Haus und ließ einen durch diese seltsame Richtungsänderung völlig verwirrten Hoskins zurück.

Nichts war so angenehm, wie Leute von der richtigen Spur abzubringen. Zwei Fliegen mit einer Klappe schlagen, dachte er, als er in den Bentley stieg. Die Entscheidung für die Strecke durch Ottertown würde Puckerington bestimmt erledigen. Auf dessen Hinscheiden freute Sir Giles sich ausgesprochen. Dieser snobistische Scheißkerl Puckerington war nicht gerade ein Freund von ihm. Tja, da war Fliege Nummer eins. Dann kam die Nachwahl in

Ottertown, sie würden die Streckenänderung durch die Schlucht beschließen müssen, und Haus Handyman müßte dran glauben – Fliege Nummer zwei. Dann konnte er sogar noch mehr Entschädigung verlangen, und niemand, am allerwenigsten Maud, konnte behaupten, er habe sich nicht alle erdenkliche Mühe gegeben. Es gab nur einen Haken: Leakham, dieser alte Blödmann, würde vielleicht immer noch auf der Strecke durch die Schlucht bestehen. Doch das war weiter kein Problem; ein etwas schwererer Brocken war da schon Maud. Möglicherweise verlöre er sogar sein Unterhausmandat, aber er wäre um 150 000 Pfund reicher, und Mrs. Forthby stand auf der Warteliste. Wie zerronnen, so gewonnen, Sir Giles konnte einfach nicht verlieren. Am wichtigsten war, dafür zu sorgen, daß das Tunnelprojekt abgeblasen wurde. Sir Giles parkte vor dem Handyman-Wappen, ging ins Hotel und ließ Dundridge ausrichten, Sir Giles Lynchwood würde sich sehr freuen, wenn er ihm im Salon Gesellschaft leiste.

Dundridge ging in gedrückter Stimmung nach unten. Der örtliche Abgeordnete war der letzte Mensch, dem er begegnen wollte. Den konnte er wohl kaum bei Erpressung um Rat fragen. Sir Giles begrüßte ihn mit einer Herzlichkeit, die Dundridge bei seiner jetzigen Lage gar nicht mehr für angebracht hielt. »Mein Lieber, ich freue mich sehr, Sie zu sehen«, sagte er und schüttelte Dundridge energisch die schlaffe Hand. »Hatte vor, mit Ihnen zu plaudern. Mußte leider nach London fahren. Kümmert man sich hier ordentlich um Sie? Ist eins unserer Häuser, müssen Sie wissen. Haben Sie Klagen, lassen Sie's mich wissen, und ich kümmere mich drum. Wir nehmen den Tee im Privatsalon ein.« Er ging voran und führte ihn ein paar Stufen hoch in einen kleinen Salon mit einem Fernsehgerät in einer Ecke. Sir Giles ließ sich in einen Sessel fallen und nahm sich eine Zigarre. »Rauchen Sie?«

Dundridge schüttelte den Kopf.

»Sehr klug von Ihnen. Es heißt allerdings, Zigarren schaden nichts, und schließlich hat man ein Recht auf das eine oder andere kleine Laster, was?« sagte Sir Giles und schnitt das Zigarrenende mit einem silbernen Messer ab. Dundridge zuckte zusammen. Die Zigarre erinnerte ihn an etwas, das bei seinen Aktivitäten mit Miss Boles eine viel zu herausragende Rolle gespielt hatte, und was die Laster betraf...

»Also, was diese Autobahngeschichte angeht«, sagte Sir Giles, »da können wir meiner Meinung nach unsere Karten genausogut auf den Tisch legen. Ich bin kein Mann, der wie die Katze um den heißen Brei schleicht, das können Sie mir glauben. Ich nenne das Kind beim Namen. Was ich heute kann besorgen, das verschieb' ich nicht auf morgen. Wenn ich's täte, wäre ich nicht soweit gekommen.« Er machte eine kurze Pause, um Dundridge Zeit zu geben, seine blumige Sprache und seine plump-vertrauliche Unredlichkeit zu genießen. »Und ich sage Ihnen ganz offen, daß mir diese Idee von Ihnen, eine Autobahn durch mein verflixtes Land zu bauen, nicht im geringsten zusagt.«

»Meine Idee war das wohl kaum«, sagte Dundridge.

»Nicht direkt Ihre«, räumte Sir Giles ein, »aber ihr Burschen im Ministerium seid doch wild entschlossen, das verfluchte Ding – rumms – durch die Schlucht zu knallen. Erzählen Sie mir bloß nicht, das sei nicht wahr.«

»Nun ja, genaugenommen...«

»Sehen Sie. Was habe ich Ihnen gesagt? Ich hab's Ihnen doch gesagt. Mir kann man keinen Sand in die Augen streuen.«

»Genaugenommen, bin ich gegen die Streckenführung durch die Schlucht«, sagte Dundridge, als er die Chance bekam. Sir Giles sah ihn skeptisch an.

»Ach ja?« sagte er. »Verdammt froh, das zu hören. Ich nehme an, Sie ziehen Ottertown vor. Das kann ich Ihnen nicht mal verdenken. Bei weitem die beste Stecke.«

»Nein«, erwiderte Dundridge, »nicht durch Ottertown. Ein Tunnel durch die Cleene-Berge...«

Sir Giles heuchelte Erstaunen. »Augenblick mal«, sagte er, »der Cleenewald ist ein Landschaftsschutzgebiet. Dort können Sie nicht so ohne weiteres herummurksen.« Sein Akzent, so flexibel wie eine Wetterfahne, hatte sich in Richtung Huddersfield gedreht. »Ums Herummurksen geht es dabei gar nicht...«, begann Dundridge, aber Sir Giles beugte sich über den Tisch vor und setzte eine sehr böse Miene auf.

»Das können Sie laut sagen«, meinte er und piekte mit seinem Zeigefinger in Dundridges Hemdbrust. »Jetzt hören Sie mir mal gut zu, junger Mann. Das mit den Tunnels und dergleichen können Sie vergessen. Mir gefällt es absolut nicht, wenn man mich warten läßt, während Burschen wie Sie jede Menge Zeit mit sinnlosem Gewäsch über Tunnels vergeuden. Bei meiner Alten geht das in Ordnung, die ist eine leichtgläubige Frau, aber bei mir zieht so was nicht. Ich will eine klare Antwort – ja oder nein. Ja zu Ottertown und nein zur Schlucht.« Er lehnte sich zurück und paffte seine Zigarre.

»Wenn das so ist«, sagte Dundridge hölzern, »sollten Sie mit Lord Leakham reden. Er fällt die endgültige Entscheidung.«

»Leakham? Leakham? Fällt die endgültige Entscheidung?« sagte Sir Giles. »Versuchen Sie bloß nicht, mich auf die Schippe zu nehmen, Bürschchen. Der Minister hat Sie doch nicht hierhergeschickt, damit dieser dröge Stockfisch Entscheidungen fällt. Er hat Sie hergeschickt, damit Sie ihm klarmachen, was er zu verkünden hat. Mich können Sie nicht verschaukeln, ich erkenne einen Experten, wenn ich einen sehe. Er wird tun, was Sie ihm sagen.«

Dundridge fühlte sich besser. Auf solche Anerkennung hatte er gewartet. »Nun, einen gewissen Einfluß kann ich geltend machen, nehme ich an«, räumte er ein.

Sir Giles strahlte. »Was habe ich Ihnen gesagt? Führungskräfte wachsen nicht auf Bäumen, und ich besitze einen Riecher für Talente. Schauen Sie doch nach Ihrem Plausch mit Lord Leakham mal auf einen Sprung bei mir vorbei. Ich werde dafür sorgen, daß Sie nicht zu kurz kommen.«

Dundridge starrte ihn verblüfft an. »Sie wollen doch nicht sagen –«

»Den wohltätigen Zweck bestimmen Sie selbst«, sagte Sir Giles mit einem überdeutlichen Augenzwinkern. »Allerdings sage ich immer: ›Jeder ist sich selbst der nächste.‹ Klar? Ich bin kein Geizkragen, ich bezahle, was ich bekomme.« Er zog an seiner Zigarre und beobachtete Dundridge durch die Rauchwolke. Es war die Stunde der Wahrheit. Dundridge schluckte nervös.

»Das ist sehr freundlich von Ihnen...«, fing er an.

»Kein Wort mehr«, sagte Sir Giles. »Kein Wort mehr. Ich bin jederzeit für Sie zu sprechen, entweder in meinem Wahlkreisbüro oder draußen im Herrenhaus. Am besten erwischen Sie mich morgens im Büro.«

»Aber was soll ich Lord Leakham denn sagen?« wollte Dundridge wissen. »Er ist wild entschlossen, die Strecke durch die Schlucht zu befürworten.«

»Sagen Sie ihm, meine bessere Hälfte beabsichtige, ihn wegen der widerrechtlichen Festnahme an den Bettelstab zu bringen, falls er sich nicht für Ottertown entscheidet.«

»Ich kann mir nicht vorstellen, daß Lord Leakham dafür sehr viel Verständnis aufbringt«, meinte Dundridge nervös. Ihm war nicht besonders wohl bei dem Gedanken, den alten Richter zu bedrohen.

»Sagen Sie ihm, ich verklage ihn um seinen letzten roten Heller. Und vergessen Sie nicht, ich habe Zeugen. Einflußreiche Zeugen, die vor Gericht aufstehen werden und beschwören, daß er bei der Anhörung betrunken war, sich ungebührlich benommen hat und auch noch ausfallend wurde. Sagen Sie ihm, wenn wir mit ihm fertig sind, wird er weder einen Ruf noch einen Penny haben. Dafür sorge ich persönlich.«

»Ich bezweifle, daß ihm das gefallen wird«, sagte Dundridge, der selbst alles andere als begeistert war.

»Das kann ich mir denken«, sagte Sir Giles. »Ich bin kein Mann, dem man sich widersetzt.«

Das leuchtete Dundridge ein. Als Sir Giles schließlich ging, hatte Dundridge in dieser Hinsicht keinerlei Zweifel mehr. Er ging auf sein Zimmer und sah sich noch einmal die Fotos an. Angespornt durch ihre Obszönität, nahm er ein Aspirin und machte sich langsam auf den Weg zur Landklinik. Er würde dafür sorgen, daß Lord Leakham es sich mit der Schlucht anders überlegte. Sir Giles hatte gesagt, er bezahle, was er bekomme, und Dundridge wollte sicherstellen, daß er etwas bekam, wofür Sir Giles zahlen mußte. Er hatte keine Wahl. Entweder das, oder er war ruiniert.

Auf der Rückfahrt zum Haus Handyman hielt Sir Giles an, schloß seinen Aktenkoffer auf und nahm die Fotos heraus. Sie waren wirklich sehr interessant. Mrs. Williams war eine phantasievolle Frau, soviel stand fest. Und attraktiv dazu; höchst attraktiv. Vielleicht würde er dieser Tage mal bei ihr vorbeischauen. Er steckte die Fotos weg und fuhr nach Hause.

- 13 -

Im Krankenhaus hatte Dundridge gewisse Schwierigkeiten, Lord Leakham zu finden. In seinem Zimmer war er nicht. »Es ist sehr ungezogen von ihm, einfach so herumzulaufen«, sagte die Oberschwester. »Wahrscheinlich finden sie ihn in der Abteikirche. Er hat sich angewöhnt, dort hinüberzugehen, wenn er es eigentlich nicht tun sollte. Sieht sich gern die Grabsteine an, sagt er. So was nenn' ich morbide.«

»Sie glauben doch nicht, daß sein Verstand angegriffen ist, oder?« fragte Dundridge hoffnungsvoll.

»Nicht so, daß es auffällt. Meiner Erfahrung nach haben alle Lords 'ne Macke«, verriet ihm die Oberschwester.

Schließlich fand Dundridge ihn im Garten, wo er einem Tierarzt im Ruhestand, der zu seinem Glück taub war, die Vorzüge einer neunschwänzigen Katze erläuterte.

»Was wollen Sie denn schon wieder?« fragte Lord Leakham gereizt, als Dundridge ihn unterbrach.

»Nur kurz mit Ihnen sprechen«, sagte Dundridge.

»Ja und, worum geht's?« fragte Lord Leakham.

»Es geht um die Autobahn«, erklärte Dundridge.

»Was ist damit? Ich setze die Untersuchung am Montag fort. Hat es nicht so lange Zeit?«

»Leider nein«, sagte Dundridge. »Die Sache ist die, daß wir als Ergebnis einer gründlichen wissenschaftlichen Untersuchung der sozioökologischen und ergänzenden geognostischen Faktoren vor Ort...«

»Großer Gott«, sagte Lord Leakham, »wollten Sie nicht *kurz* mit mir sprechen...«

»Nach reiflicher Überlegung sind wir zu dem Schluß gekommen«, fuhr Dundridge, mannhaft um eine zum Anlaß passende Ausdrucksweise ringend, fort, »daß, ausgehend von –«

»Wo soll's lang gehen? Ottertown oder die Cleene-Schlucht? Spucken Sie's schon aus, Mann!«

»Ottertown«, gestand Dundridge.

»Nur über meine Leiche«, sagte Lord Leakham.

»Ich hoffe nicht«, sagte Dundridge, seine wahren Gefühle verbergend. »Da gibt's allerdings noch etwas, worüber Sie meiner Meinung nach Bescheid wissen sollten. Wahrscheinlich ist Ihnen klar, daß die Regierung äußerst großen Wert darauf legt, neue negative Schlagzeilen über die Autobahn zu vermeiden...«

»Sie können nicht erwarten, daß fünfundsiebzig nagelneue gemeindeeigene Sozialabbauten abgerissen werden, ohne daß es zu negativen Schlagzeilen kommt«, gab Lord Leakham zu bedenken.

»Und der Schadensersatzprozeß«, fuhr Dundridge fort, »den Lady Lynchwood gegen Sie anzustrengen beabsichtigt, wird zwangsläufig –«

»Gegen *mich*?« schrie der Richter. »Sie beabsichtigt –«

»Wegen widerrechtlicher Festnahme«, sagte Dundridge.

»Das ist Sache der Polizei. Wenn sie irgendwelche Beschwerden hat, soll sie gefälligst die Verantwortlichen verklagen. Wie auch immer, kein normaler Richter würde zu ihren Gunsten entscheiden.«

»Soviel ich weiß, will sie einige recht prominente Bürger als Zeugen benennen«, sagte Dundridge. »Deren Aussage lauten wird, Sie seien betrunken gewesen.«

Lord Leakham lief puterrot an.

»Und gegen Anwesende ausfallend geworden«, ergänzte Dundridge und biß die Zähne zusammen. »Ungebührliches Benehmen nicht zu vergessen. Sie seien sogar nicht einmal mehr fähig gewesen…«

»WAS?« brüllte der Richter derart ungestüm, daß sich etliche ältere Patienten eilig in Sicherheit brachten und diverse Tauben vom Krankenhausdach flatterten.

»Kurz gesagt«, fuhr Dundridge fort, als das Echo auf der anderen Seite des Kirchhofs verhallt war, »sie ist entschlossen, Ihren Ruf zu schädigen. Natürlich muß der Minister das alles mit in Betracht ziehen, das sehen Sie doch auch so?«

Es war jedoch fraglich, ob Lord Leakham irgend etwas sah. Er hatte sich auf eine Bank fallen lassen und starrte mit aschfahlem Gesicht auf seine Pantoffeln.

»Natürlich«, sagte Dundridge, seinen Vorteil nutzend, »ist auch der Eindruck recht weit verbreitet, daß Sie ihr gegenüber voreingenommen sind, was die Schlucht betrifft.«

»Voreingenommen?« schniefte Lord Leakham. »Die Strecke durch die Schlucht bietet sich an.«

»Nämlich wegen des Zivilprozesses, den sie einleiten will. Wenn Sie sich allerdings für Ottertown entschieden…« Dundridge ließ die Folgerung offen.

»Sie glauben, dann würde sie ihren Entschluß noch einmal überdenken?«

»Da bin ich ziemlich sicher«, sagte Dundridge. »Genauer gesagt, ich bin davon überzeugt.«

Als er zum Handyman-Wappen zurückging, war Dundridge ganz zufrieden mit seiner Leistung. Seine Verzweiflung hatte ihm eine völlig ungewohnte Redegewandtheit verliehen. Am Morgen würde er mit Sir Giles über die tausend Pfund sprechen. Er aß früh zu Abend, ging auf sein Zimmer, verriegelte die Tür und sah sich die Fotos noch einmal an. Dann knipste er das Licht aus und dachte über Verschiedenes nach, was er mit Miss Boles nicht angestellt hatte, ein Versäumnis, das er im nachhinein bereute. Dieses Miststück zu erdrosseln, beispielsweise.

Im Haus Handyman speisten Sir Giles und Lady Maud allein. Ihre Tischgespräche sprühten nur selten vor Geist und beschränkten sich in der Regel auf einen erbittert geführten Meinungsaustausch, doch diesmal waren sie alle beide gut gelaunt. Dundridge hieß der Grund für ihre Hochstimmung.

»Welch ein vernünftiger junger Mann«, sagte Lady Maud und nahm sich etwas Spargel. »Der Tunnel ist die richtige Lösung, da bin ich sicher.«

Sir Giles hatte so seine Zweifel. »Ich tippe auf Ottertown«, meinte er. Lady Maud sagte, sie hoffe nicht. »Ich finde, es ist ein Jammer, diese armen Menschen aus ihren Häusern zu werfen. Sie wären bestimmt genauso erbost darüber wie ich im Fall von Haus Handyman.«

»Man baut ihnen neue Häuser«, sagte Sir Giles. »Sie werden schließlich nicht auf die Straße gesetzt. Außerdem verdienen Leute, die in gemeindeeigenen Sozialsiedlungen wohnen, so ein Schicksal. Die liegen dem Steuerzahler doch nur auf der Tasche.«

Lady Maud wandte ein, manche Menschen könnten nichts dazu, daß sie arm seien. Es liege nun mal in ihrer Natur, wie bei Klex. »Der gute Klex«, sagte sie. »Weißt du, er hat heute morgen etwas ganz Seltsames gemacht; er überreichte mir ein Geschenk, eine kleine Figur, die er aus Holz geschnitzt hat.«

Aber Sir Giles hörte nicht zu. Er dachte immer noch über Leute nach, die in gemeindeeigenen Sozialbauten wohnten. »Anscheinend begreift der Mann auf der Straße nicht, daß die Welt nicht verpflichtet ist, für seinen Lebensunterhalt zu sorgen.«

»Ich fand das wirklich lieb von ihm«, sagte Lady Maud.

Sir Giles nahm sich eine Portion Käseauflauf. »Die Leute begreifen einfach nicht, daß wir nun mal Tiere sind«, sagte er. »Die Welt ist ein verdammter Dschungel. Dieses Hundeleben ist ein Kampf aller gegen alle, daran gibt's nichts zu rütteln.«

»Hunde?« sagte Lady Maud, die das Wort aus ihren Tagträumen gerissen hatte. »Dabei fällt mir etwas ein. Da muß ich jetzt wohl alle Schäferhunde zurückgeben; gerade wo ich anfing, sie ins Herz zu schließen. Bist du ganz sicher, daß Mr. Dundridge eine Empfehlung zugunsten von Ottertown aussprechen wird?«

»Hundertprozentig«, sagte Sir Giles, »darauf gehe ich jede Wette ein.«

»Also wirklich«, meinte Lady Maud nachdenklich, »ich verstehe nicht, wie du da so sicher sein kannst. Hast du mit ihm gesprochen?«

Sir Giles zögerte. »Ich weiß es aus bester Quelle.«

»Hoskins«, sagte Lady Maud, »dieser schreckliche Mensch. Dem würde ich nicht weiter trauen, als ich ein Klavier schmeißen kann. Der würde doch alles behaupten.«

»Er behauptet auch, dieser Bursche, Dundridge, habe sich in dich verguckt«, sagte Sir Giles. »Anscheinend hast du enormen Eindruck auf ihn gemacht.«

Lady Maud dachte über diese Bemerkung nach und fand sie faszinierend. »Da ist bestimmt nichts dran. Hoskins hat sich das bloß ausgedacht.«

»Vielleicht erklärt das, weshalb er die Strecke durch Ottertown befürwortet«, sagte Sir Giles. »Du hast ihn einfach überrollt mit deinem Charme.«

»Sehr witzig«, sagte Lady Maud.

Doch später, beim Abwaschen, ertappte sie sich dabei, daß sie, wenn schon nicht liebevoll, so doch mit neuem Interesse an Dundridge dachte. Dieser kleine Mann hatte so etwas Ansprechendes, eine Verletzlichkeit, die sie Sir Giles' ekelhafter Überheblichkeit vorzog... und sie hatte es Dundridge angetan. Es war nützlich, solche Sachen zu wissen. Den würde sie sich warmhalten. Sie lächelte vor sich hin. Wenn Sir Giles seine kleine Affären in London haben konnte, gab es keinen Grund, weshalb sie seine Abwesenheit nicht zu ihren Zwecken nutzen sollte. Aber in erster Linie hatte Dundridge etwas Anonymes an sich, das ihr gefiel. »Der tut's auch«, dachte sie und trocknete sich die Hände ab.

Am nächsten Morgen besuchte Dundridge Sir Giles in dessen Wahlkreis. »Ich habe mit Lord Leakham gesprochen und glaube, daß er mitspielt«, sagte er.

»Ausgezeichnet, mein Lieber, ausgezeichnet. Freut mich sehr, das zu hören. Ich wußte, Sie würden es schaffen. Da fällt mir ein schwerer Stein vom Herzen, das können Sie mir glauben. Also, kann ich irgend etwas für Sie tun?« Sir Giles lehnte sich breit in seinem Sessel zurück. »Eine Hand wäscht ja schließlich die andere.« Dundridge nahm seinen ganzen Mut zusammen, um die Forderung zu stellen. »Wenn ich ehrlich sein soll, ja«, sagte er und zögerte, ehe er fortfuhr.

»Ich mache Ihnen einen Vorschlag«, kam Sir Giles ihm zu Hilfe. »Ich weiß zwar nicht, ob Sie gern wetten, ich jedenfalls schon. Ich setze tausend Pfund gegen einen Penny, daß der alte Leakham entscheidet, die Autobahn soll durch Ottertown führen. Was sagen Sie dazu? Fairer geht's doch wirklich nicht, was?«

»Tausend Pfund gegen einen Penny?« sagte Dundridge, der seinen Ohren nicht traute.

»Richtig. Tausend Pfund gegen einen Penny. Machen Sie mit oder lassen Sie's bleiben.«

»Ich mache mit«, sagte Dundridge.

»So ist's recht. Habe ich nicht anders erwartet«, sagte Sir Giles. »Und nur um zu zeigen, daß ich Ihnen vertraue, bekommen Sie meinen Einsatz sofort.« Er griff in eine Schreibtischschublade und holte einen Umschlag heraus. »Sie können es bei Gelegenheit nachzählen.« Er legte den Umschlag auf seinen Schreibtisch.

»Eine Quittung brauche ich nicht. Geben Sie es nur nicht aus, bevor Leakham seine Entscheidung bekanntgibt.«

»Natürlich nicht«, sagte Dundridge. Er steckte den Umschlag in die Tasche.

»Hat mich sehr gefreut«, sagte Sir Giles. Dundridge verließ das Büro und ging die Treppe hinunter. Zum erstenmal in seinem Leben hatte er sich bestechen lassen. Hinter ihm stellte Sir Giles das Tonbandgerät ab. Eine Quittung war nie verkehrt. Wenn die Untersuchung beendet war, würde er das Band verbrennen, doch bis dahin galt: Vorsicht ist die Mutter der Porzellankiste.

- 14 -

Das Echo auf Lord Leakhams Bekanntgabe, daß er die Strecke durch Ottertown empfehle, war gemischt. In Worford kam es zu Freudenfesten, und die Kneipen der Handyman-Kette schenkten Freibier aus. In Ottertown wurde der Parlamentsabgeordnete Francis Puckerington von Anrufen und Protestschreiben überschwemmt und erlitt daraufhin einen Rückfall. In London beglückwünschte der Premierminister aus Erleichterung, daß es zu keinen neuen Unruhen in Worford gekommen war, den Umweltminister für die geschickt Behandlung der Angelegenheit durch dessen Ressort, und der Minister beglückwünschte Mr. Rees für seine glückliche Hand bei der Auswahl des Vermittlers. Kein Mensch im Ministerium teilte seine Begeisterung.

»Diesmal hat uns dieser verfluchte Idiot Dundridge aber reingeritten«, sagte Mr. Joynson. »Ich wußte doch, daß es ein Fehler war, ihn hinzuschicken. Die Strecke über Ottertown kostet uns zehn Millionen extra.«

»Wer A sagt, muß auch bezahlen«, meinte Rees. »Wenigstens sind wir ihn jetzt los.«

»Wir ihn los? Morgen ist er wieder hier und prahlt mit seinem Erfolg als Vermittler.«

»Genau das wird er nicht tun«, teilte ihm Rees mit. »Er hat uns in diesen Schlamassel reingeritten, er kann uns auch wieder rausholen. Der Minister hat seiner Ernennung zum Autobahnkontrolleur für Mittelengland zugestimmt.«

»Autobahnkontrolleur für Mittelengland? Wußte nicht, daß es so einen Posten gibt.«

»Den gab's auch noch nicht. Man hat ihn extra für ihn geschaffen Fragen Sie mich nicht, warum. Ich weiß nur, daß Dundridge bei ein paar einflußreichen Leuten in South Worfordshire gut angeschrieben ist. Da existieren gewisse Verbindungen«, sagte Mr. Rees.

In Worford reagierte Dundridge auf die Nachricht von seiner Ernennung konsterniert. Er hatte ein unruhiges Wochenende auf seinem Zimmer im Handyman-Wappen verbracht. Der Grund für seine Abkapselung war zum einen die Angst, Anrufe von Miss Boles zu verpassen, und zum anderen hatte er nicht vor, das Geld, das er von Sir Giles erhalten hatte, in seinem Koffer liegen zu lassen oder es mit sich herumzutragen. Die Telefonate waren jedoch ausgeblieben. Zu seinen Sorgen kam noch das Wissen hinzu, daß er sich hatte bestechen lassen. Er versuchte, sich einzureden, er sei lediglich eine Wette eingegangen, aber es half nichts.

»Dafür könnte ich drei Jahre kriegen«, sagte er sich und überlegte ernsthaft, das Geld zurückzugeben. Was ihn davon abhielt, waren die Fotos. Er hatte keine Ahnung, wie viele Jahre ihm die Handlungen einbringen konnten, auf die die Fotos schließen ließen.

Als die Untersuchung am Montag wiederaufgenommen wurde, waren Dundridges Nerven zum Zerreißen gespannt. Er hatte sich unauffällig im hinteren Teil des Gerichtssaales niedergelassen und der Beweisaufnahme kaum zugehört. Die Anwesenheit zahlreicher Polizisten, die man aufgeboten hatte, um jeden weiteren Ausbruch von Gewalt zu verhindern, trug nicht zu seiner Beruhigung bei. Dundridge hatte ihre Funktion fehlinterpretiert und schließlich sogar den Saal verlassen, ehe Lord Leakham seine Entscheidung verkündete. Er stand unten im Foyer, als lauter Jubel das Ende der Untersuchung anzeigte.

Als erste beglückwünschten ihn Sir Giles und Lady Maud. Sie kamen aus dem Gerichtssaal die Treppe hinunter, gefolgt von General Burnett und dem Ehepar Bullett-Finch.

»Prächtige Neuigkeiten«, sagte Sir Giles. Lady Maud bemächtigte sich Dundridges Arm.

»Ich finde, wir sind Ihnen zu großem Dank verpflichtet«, sagte sie und blickte ihm vielsagend in die Augen.

»Nicht der Rede wert«, murmelte Dundridge bescheiden.

»Schnickschnack«, sagte Lady Maud. »Sie haben mich sehr glücklich gemacht. Sie müssen uns besuchen kommen, bevor Sie abreisen.«

Sir Giles hatte kräftig geblinzelt – inzwischen haßte Dundridge dieses Blinzeln – und etwas von einer Wette geflüstert, die eben eine Wette sei, und Hoskins hatte darauf bestanden, daß sie zur Feïer des Tages einen trinken gingen. Dundridge sah nicht den geringsten Grund zum Feiern.

»Sie haben einflußreiche Fürsprecher«, erläuterte Hoskins. »Einflußreiche Fürsprecher?« sagte Dundridge. »Was, um alles in der Welt, soll das heißen?«

»Ein Vögelchen hat mir ins Ohr gezwitschert, daß jemand ein gutes Wort für Sie eingelegt hat. Abwarten und Tee trinken!«

Dundridge hatte gewartet und gehofft (obwohl das Wort hier fehl am Platz war), daß Miss Boles anrief, doch statt einer Forderung von tausend Pfund war ein Ernennungsschreiben eingetroffen. »Autobahnkontrolleur für Mittelengland, dessen Verantwortungsbereich die Koordination... Großer Gott!« murmelte er. In mehreren verzweifelten Telefonaten mit dem Ministerium drohte er mit seiner Kündigung, falls man ihn nicht nach London zurückhole, doch der Enthusiasmus, mit dem Mr. Rees seinen Entschluß begrüßte, bewog ihn, die Drohung zurückzunehmen.

Sogar Hoskins, von dem man hätte annehmen können, daß er

über die Ernennung Dundridges zu seinem Vorgesetzten verstimmt reagieren würde, schien erleichtert zu sein. »Was habe ich Ihnen gesagt, alter Junge«, tönte er, als Dundridge ihm die Neuigkeit mitteilte. »Einflußreiche Fürsprecher. Einflußreiche Fürsprecher.«

»Ich habe aber doch keine Ahnung vom Autobahnbau. Ich bin Verwaltungsbeamter und kein Ingenieur.«

»Sie müssen nur darauf achten, daß die Bauunternehmen den Zeitplan einhalten«, erklärte Hoskins. »Das ist ganz einfach. Alles andere überlassen Sie mir. Ihre Funktion liegt im wesentlichen auf dem Gebiet der Öffentlichkeitsarbeit.«

»Aber ich bin doch für die Koordination der Bauarbeiten verantwortlich. Das steht hier drin«, protestierte Dundridge und wedelte mit seinem Ernennungsschreiben, »›insbesondere für Probleme, die mit Fragen des Umweltschutzes und der Humanökologie zusammenhängen‹. Das bedeutet doch wohl, daß ich mich um diese Sozialmieter in Ottertown kümmern soll.«

»So was in der Art«, sagte Hoskins. »Ich würde mir da nicht zu sehr den Kopf zerbrechen. Meine Devise lautet, man soll die Dinge auf sich zukommen lassen.«

»Tja, daran werde ich mich dann wohl gewöhnen müssen.«

»Ich besorge Ihnen hier ein Büro. Sie sollten sich am besten eine Bleibe suchen.«

Nachdem er sich zwei Tage lang Wohnungen in Worford angesehen hatte, mietete Dundridge ein Apartment mit Blick auf Schloß Worford. Es sagte ihm zwar nicht besonders zu, aber es war immerhin vergleichsweise modern und auf jeden Fall besser als einige der anderen verwahrlosten Räumlichkeiten, die er besichtigt hatte; außerdem hatte es Telefon und war teilmöbliert. Besonders großen Wert legte Dundridge auf das Telefon. Er wollte vermeiden, daß Miss Boles den falschen Eindruck gewänne, daß er nicht bereit sei, für die Fotos und Negative tausend Pfund zu zahlen. Aber als die Zeit verging und sie immer noch keine Forderungen stellte, legte sich seine Nervosität allmählich. Vielleicht hatte man ihm ja auch bloß eine Art schmutzigen Streich gespielt. Er fragte sogar Hoskins, ob er irgend etwas über das Mädchen auf der Party wisse; aber Hoskins erwiderte, er könne sich an den Abend nicht mehr besonders gut erinnern und habe ohnehin kaum die Hälfte der Anwesenden gekannt.

»Ich weiß von dem ganzen Abend nichts mehr, alter Knabe«, sagte er. »Hab' mich allerdings prima amüsiert, daran erinnere ich mich. Wieso? Wollen Sie sich mit ihr in Verbindung setzen?«

»Hätte nur gern gewußt, wer sie ist«, sagte Dundridge und ging wieder in sein Büro, um Pläne für die Eröffnungszeremonie zu schmieden, mit der man den Beginn der Bauarbeiten an der Autobahn feiern wollte. Es sollte eine Riesenaffäre werden, das hatte er beschlossen.

Das hatte auch Lady Maud beschlossen, obwohl sie dabei an eine ganz andere Affäre dachte. Sie wartete, bis Sir Giles ankündigte, er müsse für vierzehn Tage nach London, dann lud sie Dundridge zum Abendessen ein. Sie schickte ihm eine förmliche Einladung.

Dundridge lieh sich einen Smoking und rechnete damit, einer unter mehreren Gästen zu sein. Er war hypernervös und hatte sich schon vorher mit zwei starken Gins gestärkt. Wie sich herausstellte, hätte er sich die Sorgen sparen können. Als er eintraf, fand er eine Lady Maud vor, die zwar nicht unbedingt aufgedonnert war, aber doch so schreiend gekleidet, daß jeder, der in ihre Nähe kam, mit Trommelfellschäden rechnen mußte.

»Ich freue mich so, daß Sie kommen konnten«, sagte sie und hängte sich, kaum daß er das Haus betreten hatte, bei ihm ein. »Leider mußte mein Mann geschäftlich nach London. Hoffentlich stört es Sie nicht, daß Sie mit mir vorlieb nehmen müssen.«

»Keineswegs«, sagte Dundridge, der wieder spürte, wie ihm die Knie weich wurden, was an Lady Mauds Gegenwart zu liegen schien. Sie gingen in den Salon, wo Lady Maud Drinks mixte. »Ich habe mit dem Gedanken gespielt, General Burnett und die Bullett-Finches einzuladen, aber der General neigt dazu, die Unterhaltung an sich zu reißen, und Ivy Bullett-Finch ist eine ziemlich fade Zeitgenossin.«

Dundridge nippte an seinem Drink und fragte sich, was sie um alles in der Welt reingekippt hatte, denn der harmlose Eindruck täuschte gewaltig. Lady Mauds Kleid hingegen lag eine derartige Irreführung fern. Das zur Betonung weiblicher Kurven entworfene seidene Etwas war zweifellos für eine etwas gazellenartigere Person kreiert worden. Wo es hätte herabfallen sollen, wölbte es sich und wenn es hätte knistern sollen, hörte man ein Pfeifgeräusch. Doch vor allem war es in seiner überwältigenden Enge dermaßen atemberaubend, daß Dundridge sich dabei ertappte, wie er vor Begierde fast japste. Außerdem klang Lady Mauds Stimme seltsam verändert. Sie war so merkwürdig kehlig.

»Wie gefällt Ihnen Ihre neue Wohnung?« fragte sie und setzte sich neben ihn, wobei die bereits straff gespannte Seide quietschte.

»Wohnung?« fragte Dundridge, dem es im Moment sichtlich schwerfiel, den Übergang von der nahen Leibesfülle zu profanen Dingen wie seiner Unterkunft zu vollziehen. »Ach, Wohnung, ja. Ganz prima.«

»Ich würde Sie gern irgendwann einmal besuchen«, sagte Lady Maud. »Natürlich nur, wenn Sie nicht das Gefühl haben, ich könnte Sie womöglich kompromittieren.« Sie seufzte, und ihr mächtiger Busen hob sich wie eine heranrollende Sturzwelle.

»Kompromittieren?« sagte Dundridge, der sich beim besten Willen nicht vorstellen konnte, daß er sich durch das Alleinsein mit ihr in seinem Apartment noch mehr kompromittieren könnte, als er es durch diese widerlichen Fotos ohnehin schon getan hatte. »Sie sind herzlich eingeladen.«

Lady Maud kicherte kokett. »Das aufregende Leben in London wird Ihnen wohl sehr fehlen«, murmelte sie. »Wir müssen alles in unserer Macht Stehende unternehmen, damit Sie sich nicht langweilen.«

Nichts schien Dundridge ferner zu liegen. Er saß stocksteif auf dem Sofa und gab sich Mühe, seine Augen von ihrem unvorstellbar faszinierenden Körper abzuwenden.

»Ich hole Ihnen noch einen Drink«, hauchte sie, und er konnte sich wieder einmal des Gefühls nicht erwehren, daß er die Kontrolle über sich verlor. Zum Teil lag es an dem Drink, zum Teil auch am Duft ihres Parfüms, doch am allermeisten faszinierte ihn ihr grenzenloses Selbstbewußtsein. Trotz ihrer Leibesfülle, trotz ihres anmaßenden Verhaltens, trotz allem an ihr, was seiner Vorstellung von einer schönen Frau widersprach, wirkte Lady Maud ungemein selbstsicher. Auf Dundridge, der dies nicht war – oder höchstens teilweise; denn seine Vollkommenheit hing von Leistung und Geld ab und lag noch in der Zukunft –, übte ihre Anwesenheit eine berauschende Wirkung aus. Wenn die Vergangenheit einem Menschen solche Sicherheit verleihen konnte, sprach mehr für sie, als Dundridge bisher vermutet hatte. Dundridge schlürft seinen Drink und lächelte Lady Maud an. Sie lächelte zurück.

Als es Zeit wurde, zum Abendessen zu schreiten, war Dundridge geradezu ungehörig vergnügt. Er hielt ihr die Tür auf und hängte sich bei ihr ein, er zog ihren Stuhl zurück und schob ihn vielsagend an ihre Oberschenkel, er öffnete den Champagner mit einer Nonchalance, die vermuten ließ, daß er nur selten andere Getränke zu sich nähme, und lachte vergnügt, als der Korken in den gläsernen Kronleuchter schoß und ihn zum Klirren brachte. Und beim Essen – Austern gefolgt von kalter Ente – war es Dundridge schon vollkommen egal, was die Welt von ihm halten mochte. Lady Mauds verständnisvolles Lächeln, halb Gähnen und halb unergründliche Tiefe, bedeutete ihm, er solle ganz er selbst sein. Dundridge ließ sich nicht lange bitten. Zum erstenmal in seinem Leben wurde er seinen eigenen Erwartungen gerecht, er wurde ihnen gerecht und übertraf sie bei weitem. Ein zweiter Champagnerkorken schoß in die höheren Regionen des Zimmers, die Ente verschwand, um von Erdbeeren mit Schlagsahne gefolgt zu werden, und Dundridge verlor selbst die letzten kümmerlichen Reste von Hemmungen und sogar das Gefühl, an der Tatsache, daß er mit einer verheirateten Frau, deren Ehemann geschäftlich verreist war, allein zu Abend speiste, könnte irgend etwas ungewöhnlich sein. Angesichts seiner überschäumenden Fröhlichkeit und Lady Mauds Zustimmung war für derartige Erwägungen kein Platz. Unter dem Tisch bekräftigte ihr Knie die versteckten Andeutungen ihres Lächelns, auf dem Tisch lag ihre Hand schwer auf der seinen und zeichnete die Umrisse seiner Finger nach, und als sie nach dem Kaffee seinen Arm ergriff und ein Tänzchen vorschlug, hörte Dundridge sich sagen, es sei ihm ein Vergnügen. Arm in Arm gingen sie durch den Korridor zum Ballsaal mit dem federnden Parkettboden. Erst dort, als die Lüster den großen Saal hell erleuchteten und eine Schallplatte sich auf dem Plattenspieler drehte, wurde Dundridge klar, auf was er sich eingelassen hatte. Er hatte in seinem ganzen Leben noch nie das Tanzbein geschwungen.

Klex kam den Hügel von Wilfred's Castle hinunter. Eine Woche lang hatte er den Royal George in Guildstead Cabonell und Mrs. Wynn gemieden. Er hatte sich an eine andere Kneipe gewöhnt, die am Weg von der Kirche zur Straße nach Ottertown lag. Sie hatte zwar nicht die Qualität des Royal George, sondern bestand lediglich aus einem Raum mit Bänken an den Wänden und einem Faß Handyman-Bier in einer Ecke, doch ihre bedrückende Atmosphäre paßte zu Klexens Stimmung. Nachdem er schweigend acht Halbe konsumiert hatte, war die nötige Bettschwere erreicht. Er schwankte den Hügel hoch an der Kirche vorbei und starrte verblüfft auf das Herrenhaus: Im Ballsaal waren die großen Lampen eingeschaltet. Klex konnte sich nicht erinnern, wann er sie das letzte Mal in Aktion gesehen hatte; jedenfalls nicht nach Lady Mauds Hochzeit. Sie warfen gelbe Rechtecke auf den Rasen, und der an den Ballsaal grenzende Wintergarten mit seinen Farnen und Palmen leuchtete grün. Er stolperte den Weg hinunter und über die Brücke in die Schonung. Hier war es zwar stockfinster, aber Klex fand sich instinktiv zurecht. Am Tor verließ er die Schonung und ging über den Rasen zur Terrasse. Musik, altmodische Musik, drang zu ihm heraus. Er ging um die Ecke und spähte durch das Fenster.

Im Saal tanzte Lady Maud; oder sie lernte tanzen; oder sie brachte jemandem das Tanzen bei. Klex fiel es schwer, sich zu entscheiden. Unter den großen Kronleuchtern vollführte sie derart behutsame und ungraziöse Bewegungen, daß es ihm den Atem verschlug. Auf und nieder, rundherum, mit mächtigen Schwüngen und doppelten Drehungen fegte sie durch den Raum, was das Parkett unter ihr in sichtbare Schwingungen versetzte, und in ihren Armen hielt sie einen kleinen dünnen Mann mit einem Ausdruck gespannter Konzentration im Gesicht. Klex erkannte ihn wieder. Es war der Mann vom Ministerium, der vor einer Woche zum Mittagessen geblieben war. Er hatte ihn schon damals nicht ausstehen können, doch jetzt war er ihm noch eindeutiger zuwider. Und Sir Giles war verreist. Als Klex vom Blumenbeet herunter- und vom Fenster wegstolperte, fühlte er sich ganz elend vor Abscheu. Er war nahe daran, ins Haus zu gehen und ihnen die Meinung zu sagen. Das würde allerdings nichts bringen. Unsicheren Schrittes ging er zur Vorderseite des Hauses. Dort stand ein Auto. Er sah es sich genauer an. Der Wagen des Mannes. Geschah dem Scheißkerl recht, wenn er nach Hause laufen mußte. Klex kniete sich neben einen Vorderreifen und schraubte das Ventil ab. Dann ging er zum Kofferraum und ließ die Luft aus dem Reservereifen. Das würde dieses Schwein lehren, mit anderer Leute Frauen herumzuturteln. Klex torkelte die Einfahrt hinunter zum Pförtnerhaus und kletterte ins Bett. Durch das kreisrunde Fenster sah er das Licht aus dem Herrenhaus. Als er einschlief, leuchtete es immer noch, und durch die Nachtluft schwebten zarte Posaunenklänge.

- 15 -

Was die Drinks, das Dinner und Lady Mauds unverdrossene Koketterie bei Dundridge bewirkt hatten, war durchs Tanzen wieder verflogen. Das galt in erster Linie für ihre Darbietung eines langsamen Walzers, bei dem Dundridge sich innerlich auf einen Bandscheibenvorfall einstellte, während ihr Tango ihn an den Rand eines Leistenbruches brachte. Alle seine Versuche, sie zum Tanzen etwas weniger komplizierter Dinge zu bewegen, wurden von ihr ignoriert.

»Sie halten sich prächtig«, betonte sie und trat ihm auf die Zehen. »Ihnen fehlt lediglich ein wenig Übung.«

»Wie wär's mit etwas Modernem?« fragte Dundridge.

»Moderne Tänze sind so unromantisch«, sagte Maud und legte eine neue Schallplatte für einen Quickstep auf. »Dabei geht jede Intimität verloren.«

Aber Dundridge war nicht an Intimität interessiert. »Ich werde wohl mal ein Päuschen einlegen«, sagte er und humpelte zu einem Stuhl. Doch Lady Maud wollte nichts davon wissen. Sie wirbelte ihn aufs Parkett und setzte zu einer ganzen Serie von halben Drehungen an, wobei sie ihn mit einer Entschlossenheit, die keinen Widerspruch duldete, an ihren Busen preßte. Als die Platte zu Ende war, sprach Dundridge ein höfliches Machtwort.

»Ich sollte mich jetzt wirklich auf die Socken machen«, sagte er.

»Was? Jetzt schon? Nur noch ein klitzekleines Gläsilein Schampus«, sagte Lady Maud, womit sie etwas voreilig in die Kindersprache verfiel.

»Meinetwegen«, sagte Dundridge und zog die Skylla Alkohol der Charybdis Tanzfläche vor. Sie begaben sich mit ihren Gläsern in den Wintergarten, wo sie eine Weile zwischen den Farnen herumstanden.

»Was für eine herrliche Nacht. Kommen Sie, wir gehen auf die

Terrasse«, sagte Lady Maud und packte ihn am Arm. Sie stützten sich auf die steinerne Brüstung und schauten in die Dunkelheit der Schonung hinaus.

»Jetzt fehlt uns nur noch romantisches Mondlicht«, murmelte Lady Maud und wandte sich ihm zu. Dundridge schaute zum nächtlichen Himmel auf. Er hätte schon längst im Bett sein müssen, und außerdem konnte nicht einmal der Champagner die Tatsache verschleiern, daß er sich in einer problematischen Situation befand – wie so oft in letzter Zeit –, und von der Aussicht, daß Sir Giles unerwartet nach Hause zurückkehrte und ihn morgens um eins beim Champagnertrinken mit seiner Frau auf der Terrasse ertappte, war er nicht sehr angetan.

»Sieht nach Regen aus«, meinte er, um das romantische Mondlicht vom Tapet zu bringen.

»Dummerchen«, flötete Lady Maud. »Es ist eine wunderschöne sternenklare Nacht.«

»Ja. Tja, ich sollte mich jetzt wohl wirklich auf den Heimweg machen«, beharrte Dundridge. »Es war ein phantastischer Abend.«

»Nun ja, wenn es denn sein muß...« Sie gingen wieder ins Haus zurück. »Noch ein letztes Gläschen...?« fragte Lady Maud, aber Dundridge humpelte kopfschüttelnd den Korridor hinunter.

»Sie müssen mich mal wieder besuchen«, sagte Lady Maud, als er in seinen Wagen stieg. »Je eher, desto besser. Seit Urzeiten hab' ich mich nicht mehr so amüsiert.«

Sie winkte zum Abschied, und Dundridge fuhr die Einfahrt hinunter. Er kam nicht sehr weit. Mit der Lenkung schien etwas nicht zu stimmen, denn das Auto driftete mächtig nach links ab, und er hörte ein pochendes Geräusch. Dundridge hielt, stieg aus und ging nach vorn.

»Mist«, sagte Dundridge, als er den Platten fühlte. Er holte den Wagenheber aus dem Kofferraum. Nachdem er den Wagen hochgebockt und das linke Vorderrad abgeschraubt hatte, brannte im Herrenhaus kein Licht mehr. Aus dem Kofferraum holte er das

Reserverad und schraubte es fest. Dann kurbelte er den Wagenheber runter und verstaute ihn. Anschließend stieg er wieder ins Auto, ließ den Motor an und fuhr los. Er hörte ein pochendes Geräusch, und der Wagen zog nach links. Dundridge fluchte und hielt.

»Ich muß den Platten wieder aufgezogen haben«, murmelte er und kramte den Wagenheber raus.

Im Haus knipste Lady Maud traurig das Licht im Ballsaal aus. Sie hatte den Abend genossen und bedauerte nur, daß er so zahm geendet hatte. Zu Anfang hatte sie gedacht, Dundridge sei für ihre wenigen Reize durchaus empfänglich.

»Männer«, sagte sie verächtlich beim Auskleiden und betrachtete sich nüchtern im Spiegel. Sie war die erste, die zugab, daß sie nach modernen Schönheitsidealen nicht allzu attraktiv war, doch andererseits hatte sie auf moderne Ideale gleich welcher Art nie viel gegeben. Die Welt, für die sie lebte, schätzte kräftige Dinge – große Frauen, schwere Möbel, gesunden Appetit und starke Gefühle. Für die Gegenwart mit ihrem Geschwätz über Sex, ihren weibischen Männern, knabenhaften Frauen und ihren Abmagerungskuren hatte sie nichts übrig. Sie sehnte sich danach, von einem starken Mann, der wußte, wie wichtig Kinder, Küche und Kirche waren, erobert zu werden. In Dundridge würde sie ihn nicht finden.

»Dummes kleines Eselchen weiß nicht, was ihm entgeht«, sagte sie und stieg ins Bett.

Draußen wußte das dumme kleine Eselchen nur zu gut, was ihm entging: die Heimfahrt. Er hatte das Rad noch einmal gewechselt, den Wagenheber heruntergekurbelt und festgestellt, daß sein Reserverad von Anfang an platt gewesen war. Er stieg wieder ins Auto und versuchte, sich etwas einfallen zu lassen. In der Nähe bewegte sich etwas schwer durchs Gras, und ein Nachtvogel rief. Dundridge machte die Wagentür zu. Er konnte nicht die ganze

Nacht da sitzen bleiben. Er stieg aus dem Wagen, quälte sich die Auffahrt hoch bis zum Haus und klingelte.

Oben stieg Lady Maud aus ihrem Bett und knipste das Licht an. Das dumme kleine Eselchen war also doch zurückgekommen. Damit hatte sie nicht gerechnet. Sie schnappte sich einen Lippenstift, beschmierte hastig ihre Lippen, puderte ihr Gesicht und tupfte hinter jedes Ohr eine Portion Chanel. Schließlich zog sie ihren Pyjama aus, schlüpfte in ein durchsichtiges Negligé, ging nach unten und öffnete die Haustür.

»Verzeihen Sie mein Eindringen, aber ich habe leider eine Reifenpanne«, sagte Dundridge nervös. Lady Maud lächelte wissend.

»Eine Reifenpanne?«

»Ja, genaugenommen zwei.«

»Zwei Pannen?«

»Ja. Zwei«, bestätigte Dundridge, dem durchaus bewußt war, wie unwahrscheinlich die Behauptung klang, man habe gleichzeitig zwei platte Reifen.

»Dann kommen Sie mal lieber rein«, forderte Lady Maud ihn eifrig auf. Dundridge zögerte.

»Dürfte ich vielleicht eine Werkstatt anrufen...?«

Aber davon wollte Lady Maud nichts wissen. »Das dürfen Sie natürlich nicht«, sagte sie. »Es ist viel zu spät, da kommt keiner mehr bis hier raus.« Sie nahm ihn beim Arm, zog ihn ins Haus und schloß die Tür. »Tut mir schrecklich leid, daß ich Ihnen so zur Last falle«, sagte Dundridge, aber Lady Maud brachte ihn zum Schweigen.

»Was sind Sie bloß für ein dummer Junge«, gurrte sie. »Kommen Sie erst mal nach oben, und dann werden wir sehen, ob wir ein Bettchen für Sie finden.«

»Das ist aber...«, begann Dundridge, doch es hatte keinen Zweck. Sie drehte sich um und ging die Marmortreppe voraus, ein parfümgeschwellter Spinnaker. Dundridge folgte ihr kläglich.

»Sie bekommen dieses Zimmer«, sagte sie, als sie im ersten Stock angelangt waren und sie das Licht anmachte. »Sie gehen jetzt runter ins Bad und waschen sich, und ich bereite das Bett vor.«

»Ins Bad?« sagte Dundridge und starrte sie verdutzt an. Im trüben Licht der Eingangshalle hatte er Lady Maud nur als körperlosen Umriß wahrgenommen, doch nun erkannte er das ganze Ausmaß ihrer üppig wuchernden Reize; auch ihr Gesicht war wirklich außergewöhnlich. Lady Maud lächelte, ein blutrot klaffender Schlund mit Zähnen. Und erst das Parfüm!

»Den Gang entlang, dann links.«

Dundridge stolperte den Gang entlang und probierte mehrere Türen, bis er das Bad fand. Er trat ein und verschloß die Tür. Als er wieder herauskam, war es dunkel im Gang. Er hangelte sich vor bis zum ersten Stock und versuchte krampfhaft, sich zu erinnern, welches Zimmr sie ihm gegeben hatte. Endlich fand er eins, dessen Tür offenstand. Drinnen war es dunkel. Dundridge tastete nach dem Lichtschalter, der jedoch nicht an der erwarteten Stelle war.

»Ist da jemand?« flüsterte er, bekam aber keine Antwort. »Das muß das Zimmer sein«, murmelte er und schloß die Tür. Er schob sich durch das Zimmer bis zum Bettende vor. Vom Fenser kam ein schwacher Lichtschein. Beim Auskleiden fiel Dundridge auf, daß der Duft von Lady Mauds Parfüm immer noch schwer in der Luft hing. Er trat zum Fenster, öffnete es und bewegte sich dann vorsichtig, um sich nicht die Zehen anzustoßen, zum Bett zurück und stieg hinein. Dabei wurde ihm allmählich klar, daß irgend etwas absolut schieflief. Aus der Bettwäsche drang ein überwältigender Duftstoß Chanel Nr. 5. Gleiches galt für Lady Maud. Ihre Arme umfingen ihn, und mit einem heiseren »Oh, du schlimmer Junge« preßte ihr Mund sich auf den seinen. Im nächsten Augenblick war Dundridge total umschlungen. Um ihn schienen sich Dinge zu wickeln, riesige furchtbare Dinge, Beine, Arme, Brüste, Lippen, Nasen und Schenkel, die ihn hochhoben, sich um ihn schlangen und dann wieder in der Ekstase wildgewordenen Fleisches niederdrückten. Er zappelte verzweifelt, während Lady Mauds irrige Reaktionen darauf wie Wellen über ihn hereinbrachen. Nur sein Verstand blieb unbehindert, sein Verstand und seine Hemmungen. Während er sich in ihren Armen wand, überschlugen sich in seinem Kopf diverse Schlußfolgerungen, eine greulicher als die andere. Er hatte sich im Zimmer geirrt, sie hatte sich in ihn verliebt, er teilte das Bett mit einer Nymphomanin, sie lieferte ihrem Mann den Scheidungsgrund, sie verführte ihn. Am letzten Punkt gab es nichts zu deuteln. Sie verführte ihn, daran ließen ihre Hände keinen Zweifel, ganz besonders ihre linke. Der an die rein abstrakten Reize seiner idealen Mischfrau gewöhnte Dundridge kam mit der Unerfahrenheit einer wirklichen Frau – und Lady Maud war sowohl wirklich als auch unerfahren – nur schwer zurecht. »Hier liegt ein schreck –«, piepste er, als Lady Maud gerade nach Luft schnappte, doch gleich darauf preßte sie ihren Mund auf den seinen und brachte seinen Protest zum Verstummen und ihn an den Rand des Erstickungstods. Von wahrhaft herkulischer Empörung getrieben, schleuderte Dundridge sich und Lady Maud, die immer noch wie eine Klette an ihm hing, aus dem Bett. Während er sich hochrappelte, fiel der Nachttisch krachend zu Boden. Im nächsten Moment rannte Dundridge aus dem Zimmer und den Gang entlang. Hinter ihm taumelte Lady Maud ans Bett und zog an der Lampenschnur. Von der Vehemenz seiner Zurückweisung und vom Nachttisch, der sie am Kopf getroffen hatte, benommen, schleppte sie sich auf den Gang und schaltete das Licht an; von Dundridge keine Spur.

»Warum denn so schüchtern?« rief sie, bekam aber keine Antwort. Sie ging ins nächste Zimmer und machte Licht – kein Dundridge. Auch das Nebenzimmer war leer. Sie ging durch alle Räume, knipste Lampen an und rief seinen Namen, doch Dundridge war verschwunden. Sogar das Bad war nicht verschlossen und leer, und als sie gerade überlegte, wo sie als nächstes suchen sollte, erregte ein vom Etagenabsatz kommendes Geräusch ihre Aufmerksamkeit. Sie ging zurück, machte Licht in der Eingangshalle und ertappte ihn, wie er gerade auf Zehenspitzen die Treppe hinunterschlich. Einen Moment lang stand er da, ein versteinerter Satyr, der sie mitleidheischend ansah, dann raste er die Treppe hinunter und quer über den Marmorfußboden, seine dünnen Beinchen und bleichen Füße huschten über die Karos. Lady Maud beugte sich über das Treppengeländer und lachte. Als sie die Treppe hinunterging, lachte sie immer noch, sie lachte und hielt sich am Treppengeländer fest, um nicht hinzufallen. Ihr Lachen schepperte durch die Leere der Eingangshalle und wanderte durch die Korridore.

Im Dunkel nahe der Küche hörte Dundridge es mit Schaudern. Er hatte keine Ahnung, wo er sich befand, und das Gelächter hatte etwas Irres, das ihm angst machte. Als er gerade überlegte, was zu tun sei, sah er vor dem Hintergrund der Eingangshallenbeleuchtung am Ende des Ganges ihren massigen Umriß. Sie hatte mit dem Lachen aufgehört und starrte angestrengt in die Düsternis.

»Alles in Ordnung, Sie können jetzt rauskommen«, rief sie, aber so dumm war Dundridge nicht. Ihm war nun klar, weshalb sein Wagen zwei Platten hatte, und weshalb er in Sir Giles' Abwesenheit ins Herrenhaus eingeladen worden war. Bei Lady Maud handelte es sich um eine wahnsinnige Nymphomanin. Er war allein in einem riesigen Haus irgendwo am Arsch der Erde, unbekleidet, mit einem fahruntüchtigen Auto sowie einer äußerst kräftigen und nackten Verrückten. Nichts auf Gottes weitem Erdboden würde ihn bewegen, sein Versteck zu verlassen. Als Lady Maud sich den Gang entlangschleppte, ergriff Dundridge die Flucht; er stieß gegen einen Tisch, taumelte gegen ein eisernes Treppengeländer und raste die Dienstbotentreppe hoch. Hinter ihm ging die Beleuchtung an. Am Etagenabsatz angekommen, warf er einen Blick zurück und in Lady Mauds Gesicht, das zu ihm hochstarrte. Der eine flüchtige Blick genügte, um seine Ängste zu bestätigen. Der verschmierte Lippenstift, die Rougeflecken und das wirre Haar – reif für die Klapsmühle. Dundridge hastete in einen anderen Gang, und hinter ihm erscholl der endgültige Beweis ihres Wahnsinns.

»Halali«, schrie Lady Maud. »Entwischt isser.« Dundridge machte sich aus dem Staub, so schnell ihn seine Füße trugen.

Im Pförtnerhaus wachte Klex auf und schaute aus dem runden Fenster. Vor der Silhouette der Berge konnte er vage den dunklen Umriß des Herrenhauses ausmachen, und als er sich gerade umdrehen und weiterschlafen wollte, ging in einem Zimmer im oberen Stockwerk das Licht an, gleich darauf in einem anderen und dann in einem dritten. Klex setzte sich im Bett auf und beobachtete, wie in einem Raum nach dem anderen das Licht anging. Auf seiner Uhr sah er, daß es zehn nach zwei war. Er schaute wieder zum Haus, wo inzwischen das Oberlicht aus Buntglas über der Eingangshalle leuchtete. Als er aufstand, das Fenster öffnete und hinausschaute, hörte er leise, wie sich jemand vor Lachen ausschüttete – oder weinte. Lady Maud. Klex schlüpfte in seine Hose, zog die Hausschuhe an, schnappte sich seine Flinte vom Kaliber zwölf und rannte die Treppe hinunter. Oben im Herrenhaus war etwas überhaupt nicht in Ordnung. Er raste die Auffahrt hoch, wobei er beinahe gegen Dundridges Auto geprallt wäre. Der Scheißkerl trieb sich immer noch im Haus rum. Wahrscheinlich jagte er sie von einem Zimmer ins andere, was die Lichter und das wilde Gelächter erklärte. Das wollte er gleich mal unterbinden. Er umklammerte sein Gewehr fester, durchquerte den Vorgarten und betrat die Küche. Das Licht brannte. Klex ging zum Korridor hinüber und horchte. Jetzt war alles still. Sie mußten oben sein. Er war halb oben, als Lady Maud aus einem Gang kam und atemlos auf dem Etagenabsatz erschien. Sie rannte bis zur Treppe und schaute, nackt wie der Herrgott sie geschaffen hatte, auf Klex runter. Der starrte sie mit offenem Mund an. Dort oben stand die Frau, die er liebte. Bekleidet war sie wunderbar, nackt die Vollkommenheit in Person. Ihre großen Brüste, ihr Bauch, ihre herrlichen Schenkel – sie war die perfekte Verkörperung von allem, was er sich je erträumt hatte, und, was alles noch viel besser machte, sie befand sich offensichtlich in einer Notlage. Auf ihren geschminkten Wangen zeichneten sich Tränenspuren ab. Der Zeitpunkt war gekommen, da er für sie den Helden spielen durfte.

»Klex«, sagte Lady Maud, »was in aller Welt machen Sie hier? Und was haben Sie mit diesem Gewehr vor?«

»Hier stehe ich zu Euren Diensten«, sagte Klex galant, auf sein historisches Vokabular zurückgreifend.

»Zu meinen Diensten?« sagte Lady Maud ungeachtet der Tatsache, daß sie für ein dienstliches Gespräch mit ihrem Gärtner nicht gerade angemessen bekleidet war. »Was meinen Sie mit meinen Diensten? Sie sind hier, um sich um den Garten zu kümmern, nicht, um mitten in der Nacht in Ihren Hausschuhen und mit einer Flinte bewaffnet durchs Haus zu spazieren.«

Auf der Treppe beugte sich Klex dem Ungewitter. »Ich bin gekommen, um Ihre Ehre zu verteidigen«, murmelte er.

»Meine Ehre? Sie wollten meine Ehre verteidigen? Mit einer Flinte? Sind Sie verrückt geworden?«

Das fragte sich Klex langsam auch. Er hatte damit gerechnet, sie vergewaltigt und ermordet vorzufinden oder doch wenigstens um Gnade flehend, und statt dessen stand sie nackt am Ende der Treppe und machte ihn zur Sau. Das fand er nicht richtig. Inzwischen hatte auch Lady Maud den Eindruck gewonnen, daß sie sich nicht ganz richtig verhielt. Sie machte kehrt, ging in ihr Schlafzimmer und zog sich einen Morgenmantel über.

»Na schön«, sagte sie mit frischer Autorität, »was war das für ein Quatsch mit meiner Ehre?«

»Ich dachte, ich hätte gehört, wie Sie um Hilfe riefen«, murmelte Klex.

»Um Hilfe rufen, daß ich nicht lache«, schnaubte sie verächtlich. »Sie haben nichts Derartiges gehört. Getrunken haben Sie. Ich habe schon einmal mit Ihnen über das Trinken gesprochen, und ich will nicht noch mal darauf zurückkommen. Und was noch wichtiger ist, wenn ich irgendwelche Hilfe bei der Verteidigung meiner sogenannten Ehre brauche – was, Gott ist mein Zeuge, ganz und gar nicht der Fall ist –, werde ich Sie nicht bitten, mit einer Flinte vom Kaliber zwölf hierherzukommen. Jetzt aber marsch ins Pförtnerhaus und ins Bett. Ich will von diesem Unsinn kein Wort mehr hören, haben Sie verstanden?«

Klex nickte und schlich die Treppe hinunter.

»Und wenn Sie gehen, können Sie unten das Licht ausmachen.«

»Jawohl, Ma'am«, sagte Klex, ging den Korridor entlang zur Küche und hatte das Gefühl, daß ihm erneut schreckliches Unrecht zugefügt worden war. Er machte das Küchenlicht aus und ging in den Ballsaal, wo er die Kronleuchter ausschaltete. Anschließend begab er sich durch den Wintergarten auf die Terrasse und wollte gerade die Tür schließen, als er eine zwischen den Farnen kauernde Gestalt entdeckte. Es war der Mann vom Ministerium, und er war nackt, wie Lady Maud. Klex schmiß die Tür ins Schloß und ging die Terrassenstufen hinab, in Gedanken Rachepläne schmiedend. Er war in bester Absicht ins Haus gekommen, hatte seine geliebte Herrin vor diesem sexuell vertierten, scheußlichen Männlein schützen wollen, und zum Dank war er getadelt, beschimpft und als besoffen hingestellt worden. Es war alles schrecklich unfair. Mitten im Park blieb er stehen, richtete die Schrotflinte in die Luft und feuerte beide Läufe ab. Das war seine Antwort an die ganze verfluchte Welt. Das war das einzige, was die verfluchte Welt verstand: Gewalt. Er stapfte quer über die Wiese zum Pförtnerhaus und ging auf sein Zimmer.

Für Dundridge, der immer noch im Wintergarten kauerte, stellten die Schüsse den endgültigen Beweis dar, daß Lady Maud ihm gegenüber Mordabsichten hegte. Man hatte ihn ins Herrenhaus gelockt und seine Reifen durchlöchert, er war nur knapp einem Vergewaltigungsversuch entgangen, von einer lachenden, verrückten Frau nackt durchs Haus gescheucht worden, und jetzt wurde er von einem Mann mit einem Gewehr gejagt. Außerdem lief er Gefahr, zu erfrieren. Er blieb noch zwanzig Minuten lang im Wintergarten, ängstlich nach Geräuschen horchend, die darauf schließen ließen, ob er verfolgt würde, doch im Haus war es still. Er kroch aus seinem Versteck, ging durch die Tür zur Terrasse und schielte nach draußen. Von dem Mann mit dem Gewehr war nichts mehr zu sehen. Er mußte es wagen. Im Osten sah er einen hellen Schimmer am Himmel, die Morgenröte kündete sich an, und er mußte verschwinden, solange es noch dunkel war. Er lief über die Terrasse und hastete die Stufen hinunter zu seinem Wagen.

Zwei Minuten später saß er am Steuer und der Motor lief. Er fuhr so schnell es sein defekter Reifen zuließ, kauerte sich zusammen und wartete auf das Knallen der Schrotflinte. Aber nichts passierte, und so fuhr er unter dem Pförtnerhaus hindurch in die Dunkelheit des Waldes. Er schaltete die Scheinwerfer an, fuhr über die Hängebrücke und rumpelte mit plattem Reifen und einer ständig nach links ziehenden Lenkung den Hügel hoch. Um ihn her rückte der Cleenewald immer näher, im Scheinwerferlicht zeichneten sich monströse Umrisse und unheimliche Schatten ab, aber Dundridge hatte jede Angst vor dieser Wildnis verloren. Alles war besser als die schauerlichen Menschen, die er hinter sich gelassen hatte, und selbst als drei Kilometer weiter der Reifen endgültig von der Felge sprang und er den Wagen hochbocken und den anderen defekten Reifen aufziehen mußte, tat er dies ohne Zögern. Danach fuhr er langsamer und erreichte Worford bei Tagesanbruch. Er parkte auf dem gelb markierten Parkstreifen vor seinem Apartment, vergewisserte sich, daß keiner in der Nähe war, und huschte über den Asphalt und in die Gasse bis zu der Außentreppe, die zu seinem Apartment führte; doch selbst hier stand ihm eine herbe Enttäuschung bevor. Sein Wohnungsschlüssel befand sich in seiner Smokingjacke.

Nackt, fröstelnd und aschfahl stand Dundridge auf dem Treppenabsatz vor seiner Wohnungstür. Seiner Würde, aller Ambitionen, Autorität und Vernunft beraubt, wirkte er beinahe menschlich. Einen Augenblick lang zögerte Dundridge, ehe er sich mit voller Kraft gegen die Tür schmiß. Beim zweiten Versuch gab das

Schloß nach. Er ging hinein und knallte die Tür hinter sich zu. Er hatte einen Entschluß gefaßt. Komme, was da wolle, er würde Himmel und Hölle in Bewegung setzen und eine geänderte Streckenführung für die neue Autobahn erreichen. Sie konnten ihn auf Teufel komm raus bestechen und erpressen, die Rache war sein. Wenn er mit diesem fetten, bekloppten Miststück fertig war, würde ihr das Lachen vergangen sein.

- 16 -

Seine Chance kam schneller als erwartet und aus einer völlig unerwarteten Richtung. Francis Puckerington, von den in seinem Büro eintreffenden Mieterprotesten aus den fünfundsiebzig vom Abriß bedrohten Sozialbauten überschüttet, vom Stadtrat Ottertowns bedrängt, durch die Weigerung des Umweltministers, eine erneute Untersuchung zu veranlassen, in Wut versetzt und von seinen Ärzten gewarnt, er müsse die meisten seiner Aktivitäten einschränken, sonst werde sein Herz sie ein für allemal beenden, legte sein Unterhausmandat nieder. Als erster gratulierte ihm Sir Giles zu diesem weisen Entschluß, sich aus dem öffentlichen Leben zurückzuziehen. »Wünschte, ich könnte das gleiche tun«, sagte er, »aber Sie wissen ja, wie die Dinge liegen.«

Das wußte Mr. Puckerington zwar nicht, doch er konnte sich denken, daß hinter Sir Giles' wohlwollender Anteilnahme finanzielle Interessen lauerten. Lady Maud teilte seinen Verdacht. Seit der Untersuchung verhielt sich Giles irgendwie merkwürdig, ihn umgab etwas Erwartungsvolles, eine Art unterdrückte Erregung, die sie beunruhigte. Ihr war mehrmals aufgefallen, daß er sie lächelnd ansah, und wenn Sir Giles lächelte, bedeutete das normalerweise, daß bald etwas Unangenehmes geschehen würde. Was es war, konnte sie sich nicht vorstellen, und da Politik sie nicht interessierte, entgingen ihr die wahrscheinlichen Konsequenzen von Mr. Puckeringtons Mandatsniederlegung. Begreiflicherweise war Hoskins besser informiert. Ihm war sofort klar, warum Sir Giles mit der Ottertown-Strecke so ohne weiteres einverstanden war. »Genial«, sagte er zu ihm, als er ihn im Golf Club traf. Sir Giles tat verdutzt.

»Keine Ahnung, wovon Sie reden. Ich wußte ja nicht, wie krank der arme Kerl war. Ein schwerer Verlust für die Partei.«

»Sie wollen mich wohl auf den Arm nehmen«, sagte Hoskins.

»Ich würde lieber Ihre Bessie Williams auf den Arm nehmen«, sagte Sir Giles und entspannte sich ein wenig. »Ich hoffe, es geht ihr gut?«

»Ausgezeichnet. Soviel ich weiß, machen sie und ihr Mann Urlaub auf Mallorca.«

»Sehr vernünftig von ihnen«, befand Sir Giles. »Inzwischen wird sich unser junger Freund Dundridge wohl ein bißchen wundern. Kann nichts schaden, wenn man ihn etwas zappeln läßt.«

»Wahrscheinlich hat er das Geld schon verpraßt, das Sie ihm gegeben haben?«

»Ich ihm gegeben habe?« meinte Sir Giles, der es vorzog, seine rechte Hand nicht wissen zu lassen, was die linke tat.

»Schon gut«, sagte Hoskins. »Eins verrate ich Ihnen aber noch. Er hat jedes Interesse an Ihrer Frau verloren.«

Sir Giles seufzte. »Wirklich schade«, sagte er. »Zeitweise hegte ich die stille Hoffnung, daß er... Wär' ja auch ein Wunder gewesen. Dennoch, was für ein angenehmer Gedanke.«

»Wie auch immer, jetzt hat er eine Stinkwut auf sie. Haßt sie wie die Pest.«

»Ich frage mich, wieso«, sagte Giles nachdenklich. »Nun ja, irgendwann geht's uns allen so. Trotzdem, zu einem besseren Zeitpunkt hätte es nicht passieren können.«

»Das dachte ich mir auch«, sagte Hoskins. »Er hat schon drei Eingaben mit der Bitte, die Autobahn nun doch durch die Schlucht zu führen, ans Ministerium geschickt.«

»Ziemlich wetterwendisches Kerlchen, stimmt's? Sie haben doch wohl versucht, ihm das auszureden?«

»Immer und immer wieder.«

»Aber nicht zu nachdrücklich, wie?«

Hoskins lächelte. »Ich gebe mir Mühe, die Angelegenheit unvoreingenommen zu betrachten.«

»Sehr klug von Ihnen«, sagte Sir Giles. »Bringt nichts, wenn Sie sich da engagieren. Tja, die Sache scheint in Gang zu kommen.«

Das tat sie allerdings. In London ließ die Auswirkung von Francis Puckeringtons Rücktritt nicht lange auf sich warten.

»Fünfundsiebzig gemeindeeigene Sozialbauten sollen in einem Wahlkreis abgerissen werden, wo eine Nachwahl vor der Tür steht?« sagte der Premierminister. »Und mit welcher Mehrheit wurde er beim letztenmal doch gleich gewählt?«

»Fünfundvierzig Stimmen«, sagte der Fraktionschef. »Ein wackliger Wahlkreis.«

»Wacklig – dummes Zeug. Den können wir abschreiben.«

»Sieht ganz danach aus«, stimmte der Fraktionschef zu. »Wenn man allerdings eine andere Streckenführung für die Autobahn veranlassen könnte...«

Der Premierminister griff zum Telefon.

Zehn Minuten später ließ Mr. Rees Mr. Joynson kommen.

»Geschafft«, sagte er freudestrahlend.

»Was geschafft?«

»Die Kacke hat aufgehört zu dampfen. Der Ottertown-Plan ist endgültig begraben worden. Die M 101 wird durch die Cleene-Schlucht gebaut.«

»Na, das ist ja wirklich eine gute Neuigkeit«, sagte Mr. Joynson. »Wie haben Sie das bloß geschafft?«

»Alles nur eine Frage von Geduld und sanfter Überredungskunst. Minister kommen und gehen, doch schließlich und endlich sehen sie normalerweise ihre Fehler ein.«

»Das bedeutet wohl, daß Sie Dundridge zurückholen«, sagte Mr. Joynson, der zu Schwarzmalerei neigte.

»Kommt nicht in die Tüte«, widersprach Mr. Rees. »Dundridge macht seine Sache prima. Ich blicke seiner dauernden Abwesenheit mit Freuden entgegen.«

Dundridge nahm die Neuigkeit mit gemischten Gefühlen auf. Einerseits war das eine einmalige Gelegenheit, diesem Miststück Lady Maud einen Denkzettel zu verpassen. Andererseits machte er sich Sorgen, weil er von Sir Giles Bestechungsgeld angenommen hatte. Er freute sich schon auf Lady Mauds Jammer, wenn sie erführe, daß Haus Handyman nun doch abgerissen würde, aber bei dem Gedanken an die Reaktion ihres Mannes war ihm gar nicht wohl. Seine Sorgen waren unbegründet. Sir Giles, der nicht im Weg stehen wollte, wenn das Ungewitter losbrach, hatte sich vorsichtshalber bereits vor Bekanntgabe der Entscheidung geschäftlich nach London verzogen. Jedenfalls sprach ihm Hoskins Mut zu.

»Wegen Giles brauchen Sie sich keine grauen Haare wachsen zu lassen«, versicherte er Dundridge. »Lady Maud wird Ihnen an den Kragen wollen.« Dundridge wußte genau, was das bedeutete. »Wenn sie anruft, bin ich nicht im Haus«, schärfte er dem Mädchen in der Telefonzentrale ein. »Vergessen Sie das nicht. Für Lady Maud bin ich nie da.«

Während Hoskins sich um die Einzelheiten der neuen Streckenplanung kümmerte und dafür sorgte, daß Ankündigungen von Zwangsenteignungen angeschlagen wurden, verbrachte Dundridge einen Großteil seiner Zeit im Außendienst, was bedeutete, daß er in seinem Apartment saß und nicht ans Telefon ging. Um sich mit irgendwas zu beschäftigen und um seinen Titel »Autobahnkontrolleur für Mittelengland« wenigstens eine gewisse Glaubwürdigkeit zu verleihen, machte er sich an die Planung von Strategien, wie man der Bürgerinitiative gegen die Bauarbeiten, die Lady Maud seiner Meinung nach ganz sicher ins Leben rufen würde, den Wind aus den Segeln nehmen könnte.

»Das Überraschungsmoment ist von ausschlaggebender Bedeutung«, erklärte er Hoskins.

»Das hat sie auf ihrer Seite«, gab Hoskins zu bedenken. Er hatte im Lauf der Zeit die Zwangsräumung zu vieler widerspenstiger Wohnungsinhaber veranlaßt, um sich von Lady Maud einschüchtern zu lassen; außerdem rechnete er damit, daß Sir Giles ihre Anstrengungen unterminierte. »Sie macht uns keine Schwierigkeiten, das werden Sie schon sehen. Wenn es soweit ist, zieht sie aus. Das tun sie alle. Das Gestz will es so.« Dundridge war nicht überzeugt. Aus persönlicher Erfahrung wußte er, wie wenig Lady Maud sich um Gesetze scherte.

»Es kommt auf rasches Handeln an«, erklärte er.

»Rasch handeln?« sagte Hoskins. »Beim Autobahnbau kann man nicht rasch handeln. Es ist nun mal ein langwieriger Prozeß.«

Dundridge fegte seine Einwände beiseite. »Wir müssen die Schlüsselstellungen angreifen, die Befehlspositionen einnehmen; wir dürfen die Initiative nicht aus der Hand geben«, schloß er wichtigtuerisch.

Hoskins sah ihn zweifelnd an. Seine militärische Ausdrucksweise war er nicht gewohnt. »Schauen Sie, alter Junge, ich kenne Ihre Gefühle und so weiter, aber...«

»Das tun Sie nicht«, widersprach Dundridge heftig.

»Aber eigentlich wollte ich sagen, daß es gar nicht nötig ist, irgendwas Kompliziertes anzuleiern. Lassen Sie den Dingen nur ihren natürlichen Lauf, und die Leute werden sich daran gewöhnen. Es ist verblüffend, wie anpassungsfähig die Menschen sind.«

»Genau das macht mir Sorgen«, sagte Dundridge. »Also, im wesentlichen beruht mein Plan auf willkürlichen Ausfällen.«

»Willkürliche Ausfälle?« sagte Hoskins. »Womit denn, um alles in der Welt?«

»Planierraupen«, antwortete Dundridge und breitete eine Karte des Bezirks aus.

»Planierraupen? Sie können doch nicht Planierraupen durch die Gegend gurken und willkürliche Ausfälle durchführen lassen«, sagte der inzwischen gründlich beunruhigte Hoskins. »Gegen was zum Teufel sollen sie denn willkürlich ausfallend werden?«

»Gegen strategisch wichtige Gebiete«, sagte Dundridge, »Fernmeldeeinrichtungen. Brückenköpfe.«

»Brückenköpfe? Aber –«

»Meiner Meinung nach«, fuhr Dundridge ungerührt fort, »müssen wir hier mit dem größten Widerstand rechnen.« Er deutete auf die Cleene-Schlucht. »Strategisch gesehen ist dies das entscheidende Gebiet. Wenn wir es einnehmen, haben wir gesiegt.«

»Es einnehmen? Sie können nicht einfach hinfahren und die Cleene-Schlucht einnehmen!« schrie Hoskins. »Der Autobahnbau muß in genau geplanten Phasen vor sich gehen. Bauunternehmer arbeiten nach einem Zeitplan, und an den haben wir uns zu halten.«

»Genau da liegt Ihr Denkfehler«, sagte Dundridge. »Unsere Taktik muß so aussehen, daß wir den Zeitplan gerade dann ändern, wenn der Feind am wenigsten damit rechnet.«

»Aber das ist unmöglich«, beteuerte Hoskins. »Sie können nicht einfach rumlaufen und den Leuten die Häuser zertrümmern, ohne sie rechtzeitig vorzuwarnen.«

»Wer hat denn was von Häuser zertrümmern gesagt?« sagte Dundridge empört. »Ich jedenfalls nicht. Mir schwebt etwas ganz anderes vor. Also, wir werden wie folgt vorgehen...«

Die nächste halbe Stunde lang skizzierte er seine Strategieplanung, und Hoskins hörte zu. Als er geendet hatte, war Hoskins gegen seinen Willen beeindruckt. Auf seine merkwüdige Art war der Mann durchaus begabt.

»Trotzdem, ich hoffe nur, daß es nicht dazu kommen muß«, meinte er schließlich.

»Sie werden schon sehen«, sagte Dundridge, »dieses Ekel wird nicht die Hände in den Schoß legen und uns ohne Gegenwehr eine Autobahn durch ihr widerliches Haus bauen lassen. Sie wird kämpfen bis zum bitteren Ende.«

Hoskins ging nachdenklich in sein Büro. Militärjargon hin oder her, an Dundridges Plan war nichts Illegales. In gewisser Hinsicht war er äußerst raffiniert.

Unter dem Vorsitz General Burnetts traf sich das Komitee zur Erhaltung der Cleene-Schlucht im Haus Handyman. Als erste ergriff Lady Maud das Wort.

»Ich beabsichtige, dieses Projekt bis zum bitteren Ende zu bekämpfen«, sagte sie, wie um Dundridges Prophezeiung zu erfüllen. »Ich habe keineswegs die Absicht, mich, nur weil eine Horde dämlicher Bürokraten in London es sich in ihre Holzköpfe gesetzt hat, die Empfehlungen einer ordnungsgemäß durchgeführten Untersuchung zu mißachten, aus meinem Heim jagen zu lassen. So etwas ist ungeheuerlich.«

»Es ist so ungerecht«, sagte Mrs. Bullett-Finch, »besonders nach allem, was Lord Leakham über den Schutz der hiesigen Pflanzen- und Tierwelt gesagt hat. Ich begreife wirklich nicht, warum sie so plötzlich ihre Meinung geändert haben.«

»Meiner Ansicht nach«, sagte General Burnett, »läßt sich das direkt auf Puckeringtons Rücktritt zurückführen. Ich weiß aus erster Quelle, daß die Regierung befürchtete, der neue Kandidat werde die Nachwahl mit Pauken und Trompeten verlieren, falls die Strecke wie geplant durch Ottertown geführt würde.«

»Warum ist Puckerington zurückgetreten?« wollte Miss Percival wissen.

»Gesundheitliche Gründe«, sagte Oberst Chapman. »Er hat ein schwaches Herz.«

Lady Maud sagte nichts. Was sie gerade gehört hatte, erklärte vieles und ließ noch mehr vermuten. Jetzt war ihr klar, weshalb Sir Giles sie so geheimnisvoll angelächelt und so etwas Erwartungsvolles an sich gehabt hatte. Plötzlich kam ihr alles sinnvoll und logisch vor. Sie wußte nun, warum die Möglichkeit eines Tunnels ihn so beunruhigt hatte, warum er auf Ottertown bestanden hatte und über Lord Leakhams Entscheidung so zufrieden gewesen war. Vor allem erkannte sie zum erstenmal das ganze Ausmaß seines Verrats. Oberst Chapman faßte ihre Gedanken in Zahlen.

»Allerdings spricht wohl eins für diese neue Entwicklung. Ich habe gerüchteweise gehört, daß man uns eine höhere Entschädigung zahlen will«, sagte er. »Es war von zwanzig Prozent die Rede. Damit beläuft sich Ihre Summe, Lady Maud, auf irgend etwas um dreihunderttausend Pfund herum.«

Lady Maud saß stocksteif auf ihrem Stuhl. Dreihunderttausend Pfund. Ihr Anteil war das nicht. Das Herrenhaus gehörte Sir Giles; es gehörte ihm, und er hatte es auf die ihm juristisch einzig mögliche Art meistbietend verkauft. Angesichts eines solchen Abgrunds von Verrat fehlten ihr die Worte. Müde schüttelte sie den Kopf und starrte nach draußen, wo Klex den Rasen mähte, während um sie herum die Diskussion weiterlief.

Die Versammlung wurde beendet, ohne daß man eine Entscheidung über den nächsten Schritt gefaßt hätte.

»Die arme alte Maud hat diese furchtbare Geschichte anscheinend ziemlich mitgenommen«, sagte General Burnett zu Mrs. Bullett-Finch auf dem Weg zu ihren Autos. »Sie ist ja vollkommen niedergeschlagen. Schlimme Sache.«

»Sie kann einem wirklich schrecklich leid tun«, pflichtete Mrs. Bullett-Finch bei.

Lady Maud sah zu, wie sie abfuhren, und ging dann ins Haus zurück, um nachzudenken. Mit Komitees war jetzt nichts mehr zu retten. Sie würden reden und Resolutionen verabschieden, und wenn die Zeit zum Handeln gekommen wäre, würden sie trotzdem bloß weiterreden. Mit seinem Gerede über Geld hatte Oberst Chapman sich verplappert. Sie würden einem Vergleich zustimmen.

Lady Maud ging ins Arbeitszimmer und schaute sich um. Hier, in seinem Refugium, hatte Giles die ganze Sache ausgebrütet, an diesem Schreibtisch, wo schon ihr Vater und Großvater gesessen hatten, und hier würde auch sie sitzen und nachdenken, bis sie einen Weg gefunden hätte, wie sie die Autobahn aufhalten und ihn vernichten konnte. Für sie gehörte beides untrennbar zusammen. Giles hatte sich die Autobahn ausgedacht, er sollte daran zugrunde gehen. Sie empfand keinerlei Gewissensbisse. Sie war von einem Mann, den sie immer verachtet hatte, reingelegt und betrogen worden. Um das Anwesen und die Familie zu bewahren, hatte sie sich an ihn verkauft, und das Wissen über ihre eigene Schuld gab ihrer Entschlossenheit nur noch mehr Auftrieb. Wenn nötig, würde sie sich jetzt dem Teufel verkaufen, um Giles aufzuhalten. Lady Maud setzte sich hinter den Schreibtisch und starrte zur Inspiration auf die filigranen Muster am silbernen Tintenfaß ihres Großvaters. Es hatte die Form eines Löwenkopfes. Nach einer Stunde fiel ihr die gesuchte Lösung ein. Sie griff zum Telefon und wollte gerade den Hörer abnehmen, als es klingelte. Es war Sir Giles, der aus London anrief.

»Ich wollte dir nur Bescheid geben, daß ich dieses Wochenende nicht nach Hause komme«, sagte er. »Meine Abwesenheit kommt zwar jetzt, wo diese Autobahngeschichte im Gange ist, verdammt ungelegen, ich weiß, aber ich kann wirklich nicht weg.« »Wie ist denn der letzte Stand?«

»Wir hatten gerade eine Komiteesitzung, um die nächsten Schritte zu besprechen. Wir denken an landesweite Protestveranstaltungen.«

»Genau das, was wir brauchen«, sagte Sir Giles. »Ich gebe mir hier alle erdenkliche Mühe, den Minister dazu zu bringen, daß er die Sache noch mal überdenkt. Mach du nur so weiter wie bisher.« Er legte auf. Lady Maud lächelte grimmig. Sie würde allerdings so weitermachen wie bisher. Und er sollte sich ruhig alle erdenkliche Mühe geben. Sie nahm den Hörer ab und wählte. In den nächsten beiden Stunden sprach sie mit ihrer Bank, dem Chefwärter des Zoos von Whipsnade, dem Wildhüter des Woburn-Großwildparks, den Geschäftsführern von fünf kleinen Privatzoos und einer Spezialfirma für die Errichtung von Zäunen in Birmingham. Anschließend ging sie nach draußen und suchte Klex.

Seit der Nacht, als Dundridge sie besucht hatte, machte sie sich Sorgen wegen Klex' Verhalten. Sich so zu benehmen sah ihm gar nicht ähnlich, und die Gewehrschüsse hatten sie erschreckt. Inzwischen bereute sie auch, was sie über sein Trinken gesagt hatte. Geholfen hatte es auf jeden Fall nichts. Wenn überhaupt, so war er nun noch häufiger im Royal George anzutreffen, und spätnachts hörte sie ihn einmal in der Schonung singen. »Typisch italienisch«, dachte sie, wobei sie »Wir fahren gegen Engeland« für die *Traviata* hielt. »Wahrscheinlich sehnt er sich nach Neapel.« Doch Klex war lediglich betrunken, und wenn er sich überhaupt nach etwas sehnte, dann nach ihrer sittlichen Reinheit, die durch Dundridges Besuch zerstört worden war.

Sie fand ihn, wie erwartet, im Küchengarten. »Klex«, sagte sie, »ich möchte Sie um einen Gefallen bitten.«

»Was?« knurrte Klex mürrisch.

»Kennen Sie den Wandsafe im Arbeitszimmer?

Klex nickte.

»Ich will, daß Sie ihn für mich öffnen.«

Klex schüttelte den Kopf und jätete weiter im Zwiebelbeet herum. »Ohne die Kombination geht nichts«, sagte er.

»Hätte ich die Kombination, müßte ich Sie nicht bitten, ihn zu öffnen«, sagte Lady Maud bissig.

Klex zuckte die Achseln. »Wenn ich die Kombination nicht weiß«, sagte er, »wie kann ich ihn dann öffnen?«

»Indem Sie ihn aufsprengen«, sagte Lady Maud. Klex richtete sich auf und sah sie an.

„Aufsprengen?«

»Mit Sprengstoff. Nehmen Sie einen... wie heißen diese Dinger mit Flammen doch gleich... Schneisen...«

»Schneidbrenner«, sagte Klex. »Funktioniert nicht.«

»Wie Sie es machen, ist mir egal. Von mir aus dürfen Sie ihn aus der Wand reißen und vom Dach schmeißen, aber ich will den Safe offen haben. Ich muß wissen, was drin ist.«

Klex schob seinen Hut in den Nacken und kratzte sich am Kopf. Da sprach eine neue Lady Maud. »Warum fragen Sie ihn nicht nach der Kombination?«

»Ihn?« sagte Lady Maud verächtlich. »Weil ich nicht will, daß er es erfährt, darum.«

»Wenn wir ihn aufsprengen, wird er's erfahren«, gab Klex zu bedenken. Lady Maud überlegte kurz. »Dann können wir immer noch sagen, es seien Einbrecher gewesen«, meinte sie schließlich.

Klex dachte über Sinn und Folgen dieser Bemerkung nach und beschloß, daß sie ihm gefielen. »Ja, das könnten wir. Sehen wir uns das Ding mal an.«

Sie gingen ins Haus, stellten sich in das Arbeitszimmer und musterten den Safe, der hinter einigen Büchern in die Wand eingelassen worden war.

»Schwierig«, sagte Klex. Er ging ins benachbarte Eßzimmer und sah sich die Wand von der anderen Seite an. »Dabei wird allerhand beschädigt«, sagte er, als er zurückkam.

»Beschädigen Sie ruhig, was Sie beschädigen müssen Wenn wir nichts unternehmen, wird das Haus abgerissen. Was macht es schon aus, wenn wir es jetzt ein wenig demolieren? Das läßt sich alles reparieren.«

»Aha«, sagte Klex, der langsam begriff. »Dann nehme ich einen Vorschlaghammer.« Er ging in den Werkstattschuppen im Garten und kam mit einem Vorschlaghammer, einem Stemmeisen und einer Brechstange wieder.

»Sind Sie ganz sicher?« fragte er. Lady Maud nickte. Klex schwang den Vorschlaghammer gegen die Eßzimmerwand. Eine halbe Stunde später war der Safe aus der Wand gelöst. Sie trugen ihn gemeinsam ins Freie und legten ihn in der Auffahrt ab. Er war ziemlich klein. Klex drehte spielerisch am Knopf herum und dachte nach, was als nächstes zu tun sei.

»Wir brauchen einen hochbrisanten Sprengstoff«, sagte er. »Dynamit würde genügen.«

»Wir haben aber kein Dynamit«, gab Lady Maud zu bedenken, »und man kann nicht einfach in einen Laden gehen und welches kaufen. Könnten Sie kein Loch reinbohren und den Inhalt mit einem Draht rausangeln?«

»Zu dick, und der Stahl ist zu hart«, sagte Klex. »Das ist wie die Panzerung an einem Panzer.« Er hielt inne. Wie ein Panzer. In dem Waffenlager, das er während des Krieges angelegt hatte, befand sich irgendwo ein Raketenwerfer. Er lag in einer länglichen Holzkiste mit der Aufschrift APIG, Anti-Panzer-Infanterie-Geschoß. Wo hatte er die doch gleich vergraben?

- 17 -

Als die Dämmerung über die Cleene-Schlucht hereinbrach, trat Klex mit einem Spaten in der Hand aus dem Pförtnerhaus. Er hatte zu Abend gegessen – Würstchen mit Kartoffelbrei – und war angenehm satt. Vor allem war er glücklich. Als er an der Parkmauer entlang nach Westen ging und genau die Stelle fand, wo er als Kriegsgefangener hinübergeklettert war, befiel ihn eine jungenhafte Aufregung. Das Stück Eisenzaun, das er an die Mauer gelehnt und als Kletterhilfe benutzt hatte, war immer noch da und rostete in einer mit Brennesseln bewachsenen Ecke vor sich hin. Klex zog es heraus, lehnte es an die Mauer und kletterte hoch. Zwar war der Stacheldraht verschwunden, doch als er rittlings auf der Mauer saß und dann auf die andere Seite sprang, verspürte er das gleiche Freiheitsgefühl wie Nacht für Nacht vor über dreißig Jahren. Nicht daß ihm das Lagerleben mißfallen hatte; er hatte sich freier gefühlt als je zuvor. Sich nachts davonzuschleichen und allein durch die Wälder zu streifen, bedeutete, dem Waisenhaus in Dresden und all den kleinlichen Beschränkungen seiner Kindheit zu entfliehen. Dadurch hatte er der Obrigkeit ein Schnippchen geschlagen und zu sich selbst gefunden.

Als er sich nun durch das Farngestrüpp kämpfte und zwischen den Bäumen bergauf kletterte, war es genauso. Wieder tat er das Verbotene, und er genoß es. Nach einem knappen Kilometer immer den Hügel hinauf kam er an eine Lichtung. Hier mußte man sich links halten. Klex hielt sich links, folgte seinem alten

Instinkt so sicher, als befände er sich auf einem Pfad, und kam im Licht der untergehenden Sonne hinter einem Steinhügel heraus, der früher einmal ein kleines Landhaus gewesen war. Dort ging er wieder den Hügel hinauf bis zu dem Baum, den er gesucht hatte. Es war eine große alte Eiche. Klex ging um den Stamm herum und fand die Kerbe, die er in die Rinde geritzt hatte. Dort ging er, seine Schritte zählend, vom Baum weg. Dann zog er sich die Jacke aus und fing an zu graben. Eine Stunde brauchte er, um auf das Waffenlager zu stoßen, aber sein Gedächtnis hatte ihn nicht im Stich gelassen. Er zog eine Kiste heraus, deren Deckel er mit einem Hammer aufbrach. Drinnen lag ein in Öltuch gewickelter, eingefetteter Granatwerfer. Er zerrte noch eine Kiste ans Licht – Granaten. Schließlich fand er, wonach er suchte: die lange Kiste und die Kartons mit den panzerbrechenden Raketen. Er setzte sich auf die Kiste und überlegte, was zu tun sei. Eigentlich konnte er ja bloß die Raketen verwenden. Er brauchte lediglich eine Schnur an die Stabilisierungsflosse zu binden und das Ding von oben auf den Safe fallen zu lassen. Das würde seinen Zweck genausogut erfüllen, wie wenn er eine Rakete auf den Safe abfeuerte.

Da er andererseits schon mal hier war, konnte er das APIG ruhig mit nach Hause nehmen und reinigen. Es gab bestimmt ein interessantes Souvenir ab. Den Granatwerfer und die Kartons mit den Granaten legte Klex wieder in das Loch und schüttete es zu. Dann machte er sich mit der langen Kiste auf den Heimweg. Sie war sehr schwer, und er mußte öfter anhalten und ausruhen. Als er beim Pförtnerhaus ankam, war es dunkel. Er wuchtete die Kiste in sein Zimmer und ging noch einmal weg, um die Raketen zu holen, die er nicht in sein Zimmer trug, sondern draußen im Gras liegen ließ. Er hatte keine Lust, neben dreißig Jahre alten Raketen zu schlafen.

Am Morgen stand er früh auf und machte sich in der Schlucht zu schaffen. Er brachte den Safe mit einer Schubkarre hinunter und stellte ihn hochkant am Fuß eines Felsens auf. Dann band er eine lange Schnur um den Drehknopf des Kombinationsschlosses und stieg mit dem Ende auf den Felsen, wo er es an einem überhängenden Ast befestigte, so daß die Schnur nun etwa fünfzehn Meter tief direkt bis zum Safe führte. Schließlich griff er sich zwei der mit Stabilisierungsflossen versehenen Projektile und band ein kurzes Stück Schnur an die Flosse des einen. An dem anderen Schnurende befestigte er einen Ring, band die lange Schnur los, steckte sie durch den Ring und knotete sie anschließend wieder an den Ast. Dann legte er sich auf den Felsen und entfernte die Schutzkappe vom Sprengzünder an der Raketennase. Klex warf einen Blick über den Felsrand. Direkt unter ihm stand der Safe. Er streckte die Hand mit der APIG-Bombe aus, ließ los und sah zu, wie sie an der Schnur hinunterstürzte. Im nächsten Augenblick blitzte und krachte es. Als Klex die Augen schloß und den Kopf zurückzog, sauste auch schon etwas an ihm vorbei hoch in die Luft. Er sah nach oben. Die Raketenflosse erreichte ihren Scheitelpunkt, beschrieb eine Kurve und landete hinter ihm auf der Straße. Er erhob sich und ging zum Safe hinunter. Die Bombe hatte das Kombinationsschloß zwar verfehlt, aber dennoch ganze Arbeit geleistet und ein bleistiftgroßes Loch in die Vorderseite des Safes gesprengt. Die Tür war offen.

Lady Maud frühstückte gerade, als sie die Detonation vernahm. Einen Moment lang dachte sie, Klex sei auf Kaninchenjagd; doch der Explosion folgten eine Erschütterung und ein Echo, die auf etwas Heftigeres als einen Gewehrschuß hindeuteten. Sie ging nach draußen und sah, daß Klex auf der anderen Seite des Flusses den Felsenweg herunterkam. Natürlich – der Safe. Er hatte geschworen, er würde ihn aufsprengen, und jetzt war es passiert. Sie rannte quer über den Rasen, durch die Schonung und über die Fußgängerbrücke.

Sie kam bei Klex an, als der sich gerade über den Safe beugte.

»Haben Sie es geschafft?« fragte sie.

»Ja, er ist offen«, sagte Klex, »aber viel ist nicht drin.«

Das sah Lady Maud auch. Der Safe war innen viel kleiner, als sie erwartet hatte, und schien lauter verbrannte, angekohlte und zerrissene Papierfetzen zu enthalten. Sie nahm einen heraus, der sich als Teil eines ehemaligen Fotos entpuppte. Sie hielt das Fragment in die Höhe und sah es sich genauer an: offenbar die Beine eines nackten Mannes. Sie griff wieder in den Safe und nahm noch ein Teil heraus, diesmal einen Arm, einen nackten Arm, und etwas, das wie eine Frauenbrust aussah. Sie schaute noch einmal in den Safe, der aber außer den Fotofetzen nichts enthielt.

»Ich hole mal eben einen Umschlag«, sagte Lady Maud. »Nichts anfassen, bis ich wieder da bin.« Nachdenklich ging sie zurück zum Herrenhaus, während Klex die unbenutzte APIG-Bombe vom Felsen herunterholte. Nun wußte er wenigstens, daß sie funktionierten. »Wer weiß, wozu die noch mal gut sind«, sagte er sich und trug sie zum Pförtnerhaus zurück.

Eine Stunde später lag der Safe am Fuß des Felsens unter ein paar Sträuchern vergraben, und Klex hatte sich wieder in den Küchengarten verzogen. Im Arbeitszimmer saß Lady Maud am Schreibtisch, betrachtete die Überreste der Fotos und versuchte herauszufinden, welche Körperteile zueinanderpaßten – eine schwierige und nicht sehr erbauliche Aufgabe. Um sie ordentlich zusammenzusetzen, waren die Fotos zu verkohlt und zerrissen; außerdem hatte die Wucht der Explosion zur Enthauptung der an diesen – wie selbst das vorliegende magere Beweismaterial zu belegen schien – widernatürlichen Akten Beteiligten geführt. Mager war übrigens das richtige Wort, wenigstens was den Mann betraf. Damit schied Sir Giles aus; wirklich schade. Den einen oder anderen fotografischen Beleg für seine obszönen Angewohnheiten hätte sie gut gebrauchen können. Sie griff nach einem weiteren Fetzen und wollte gerade die passende Stelle im Puzzle suchen, als ihr einfiel, wo sie diese mageren Beine und diese blassen Füße schon mal gesehen hatte. Aber natürlich: über den Marmorfußboden der Eingangshalle huschend. Sie warf noch einen Blick auf das Beinteil und den Arm. Gar kein Zweifel möglich. Dundridge. Dundridge, wie er sich... Es war ungeheuerlich. Als sie gerade überlegte, was diese unglaubliche Vorstellung bedeutete, klingelte es an der Haustür. Sie ging nach vorn und öffnete die Tür. Es war der Geschäftsführer der Firma, die Hochsicherheitszäune errichtete.

»Ah, gut«, sagte Lady Maud. »Lassen Sie uns gleich zum Geschäftlichen kommen. Ich werde Ihnen genau zeigen, was mir vorschwebt.« Sie gingen ins Billardzimmer, und Lady Maud breitete eine Landkarte des Grundstücks aus. »Ich eröffne einen Großwildpark«, erklärte sie. »Ich möchte, daß der gesamte Park eingezäunt wird. Die Umzäunung muß für alle Tiere, die es gibt, absolut sicher und undurchdringlich sein.«

»Aber ich habe gehört...«, meinte der Geschäftsmann.

»Was Sie gehört haben, interessiert mich nicht«, sagte Lady Maud. »Hören Sie jetzt mal gut zu: Ich eröffne in drei Wochen einen Großwildpark.«

»In drei Wochen? Nicht zu machen.«

Lady Maud faltete die Karte zusammen. »Wenn das so ist, bekommt jemand anderer den Auftrag«, sagte sie. »Ein leistungsfähiges Unternehmen, das in der Lage ist, einen geeigneten Zaun...«

»Sie werden keine Firma finden, die das in drei Wochen macht«, sagte der Geschäftsführer. »Es sei denn, Sie zahlen ein Vermögen.«

»Ich bin bereit, ein Vermögen zu zahlen«, sagte Lady Maud.

Der Experte sah sie an und rieb sich das Kinn. »Drei Wochen?« fragte er.

»Drei Wochen«, bestätigte Lady Maud.

Er zückte ein Notizbuch und rechnete. »Betrachten Sie das lediglich als grobe Schätzung«, sagte er schließlich, »aber ich würde sagen, etwa fünfundzwanzigtausend Pfund.«

»Sagen wir dreißig, dann haben wir's hinter uns«, schlug Lady Maud vor. »Dreißigtausend Pfund, wenn der Zaun in drei Wochen steht, von heute an gerechnet, einen Bonus von tausend pro Tag für jeden Tag unter drei Wochen, sowie eine Vertragsstrafe von zweitausend Pfund für jeden Tag über drei Wochen.«

Der Geschäftsführer glotzte sie mit offenem Mund an. »Sie müssen ja wissen, was Sie da machen«, murmelte er.

»Ich weiß ganz genau, was ich mache, verbindlichen Dank«, entgegnete Lady Maud. »Hinzu kommt, daß Sie Tag und Nacht arbeiten werden. Nachts schaffen Sie Ihre Materialien her. Ich will nicht, daß tagsüber Laster ankommen, und Sie bringen Ihre Männer hier unter. Die Räumlichkeiten stelle ich zur Verfügung, Sie sorgen für Betten und Verpflegung. Die ganze Operation muß streng geheim abgewickelt werden.«

»Sie gestatten«, sagte der Geschäftsführer und setzte sich auf einen Stuhl. Lady Maud nahm ihm gegenüber Platz.

»Also?«

»Ich weiß nicht recht«, sagte der Zaunexperte. »Machbar *ist* es zwar...«

»Und es wird gemacht«, versicherte ihm Lady Maud, »entweder von Ihnen oder von jemand anderem.«

»Ihnen ist doch klar, daß die Kosten auf siebenunddreißigtausend Pfund steigen, falls wir den Auftrag in vierzehn Tagen schaffen.«

»Es wäre mir ein Vergnügen. Und wenn sie in einer Woche fertig wären, würde ich liebend gern zweiundvierzigtausend Pfund auf den Tisch blättern«, sagte sie. »Sind wir uns einig?« Der Geschäftsführer nickte. »Gut, dann stelle ich Ihnen sofort einen Scheck über zehntausend und zwei auf später datierte Schecks über den gleichen Betrag aus. Als Zeichen meiner Vertrauenswürdigkeit wird das wohl ausreichen, denke ich.« Sie ging ins Arbeitszimmer und schrieb die Schecks aus. »Ich erwarte, daß noch heute nacht Baumaterialien angeliefert und die Arbeiten unverzüglich aufgenommen werden. Sie können den Vertrag morgen zur Unterschrift vorbeibringen.«

Erschüttert verließ der Geschäftsführer das Haus und stieg in seinen Wagen. »Reif für die Klapse, überreif«, murmelte er, als er die Auffahrt hinunterfuhr.

Lady Maud ging zurück ins Arbeitszimmer und setzte sich. Es

kostete mehr, als sie geahnt hatte, war aber jeden Penny wert. Und dann waren da noch die Kosten für die Tiere. Löwen gab es nicht im Sonderangebot, und ein Nashorn schon gar nicht. Außerdem waren da noch diese rätselhaften Fotos. Was hatten obszöne Aufnahmen von Mr. Dundridge in Giles' Safe zu suchen? Sie stand auf, ging in den Garten und flanierte den Weg neben der Mauer zum Küchengarten auf und ab. Und plötzlich ging ihr ein Licht auf. Nun wurde alles klar, vor allem der Grund für Dundridges Sinnesänderung, was den Tunnel betraf. Der miese kleine Mann war erpreßt worden. Tja, da konnten zwei Spieler mitreizen. Sie ging durch das Tor in den Küchengarten.

»Hat mein Mann je eine Frau in London angerufen?« fragte sie Klex.

»Seine Sekretärin«, sagte Klex. Lady Maud schüttelte den Kopf. Sir Giles' Sekretärin gehörte nicht zu der Sorte Frauen, die sich mit dem Vorschlag anfreundeten, ihren Arbeitgeber an ein Bettgestell zu fesseln und durchzuprügeln; außerdem war sie glücklich verheiratet.

»Sonst keine?«

»Nein.«

»Hat er bei seinen Telefonaten je eine Frau erwähnt?«

Klex strapazierte sein Gedächtnis. »Nein, ich glaube nicht.«

»Wenn das so ist, Klex«, sagte sie, »fahren Sie und ich morgen nach London.«

Klex starrte sie erstaunt an. »Nach London?« Er war noch nie in London gewesen.

»Nach London. Wir werden ein paar Tage unterwegs sein.«

»Was soll ich denn anziehen?« wollte Klex wissen.

»Einen Anzug natürlich.«

»Ich hab' keinen«, sagte Klex.

»Na, dann fahren wir am besten nach Worford und kaufen Ihnen einen«, sagte Lady Maud. »Und wenn wir schon mal dabei sind, können wir auch noch eine Kamera kaufen. In zehn Minuten geht's los.«

Sie ging wieder ins Haus, steckte die Fotos in einen Umschlag und versteckte ihn im Bücherregal hinter ein paar Wälzern. Vielleicht war es keine schlechte Idee, Dundridge einen Besuch abzustatten, wenn sie schon mal in Worford war.

- 18 -

Doch Dundridge war in Worford unauffindbar. »Er ist weg«, sagte das Mädchen im regionalen Planungsamt.

»Wohin?« fragte Lady Maud.

»Er besichtigt die Baustelle«, sagte das Mädchen.

»Wenn er zurückkommt, sagen Sie ihm doch freundlicherweise, ich hätte einige Stellen, die er ebenfalls besichtigen sollte.«

Das Mädchen sah sie an. »Ich weiß absolut nicht, was Sie meinen«, sagte sie boshaft. Lady Maud unterdrückte ihr Bedürfnis, dem Flittchen ganz genau darzulegen, was sie meinte.

»Sagen Sie Mr. Dundridge, ich besitze eine Reihe von Fotos, an denen er meiner Meinung nach ganz besonders interessiert sein wird. Schreiben Sie das besser auf, ehe Sie's vergessen. Sagen Sie ihm das. Er weiß, wo er mich findet.«

Sie ging zurück zum Herrenausstatter, wo Klex gerade einen lachsrosa Tweedanzug anprobierte. »Wenn Sie glauben, daß ich mich mit Ihnen in diesem abstoßenden Artikel der Herrenoberbekleidung in London sehen lasse, sind Sie schief gewickelt«, schnaubte sie verächtlich. Sie musterte eine Reihe weniger auffälliger Anzüge und entschied sich schließlich für einen mit Nadelstreifen. »Der tut's auch.« Als sie das Geschäft verließen, war Klex neu eingekleidet, komplett mit Hemden, Strümpfen, Unterwäsche und Krawatten. Sie machten in einem Schuhgeschäft halt und erstanden ein Paar schwarze Schuhe.

»Jetzt fehlt uns nur noch eine Kamera«, stellte Lady Maud fest, als sie Klex' neue Kleider hinten im Landrover verstauten. Sie gingen in ein Fotogeschäft.

»Ich möchte eine Kamera mit einem ausgezeichneten Objektiv«, informierte sie den Verkäufer, »die von einem Vollidioten bedient werden kann.«

»Sie brauchen eine automatische Kamera«, sagte der Mann.

»Nein, braucht sie nicht«, widersprach Klex, der sich ärgerte, daß man ihn vor Fremden einen Vollidioten nannte. »Sie meint eine Leica.«

»Eine Leica?« sagte der Verkäufer. »Aber das ist keine Kamera für einen Anfänger. Das ist eine...«

»Klex«, sagte Lady Maud und nahm ihn mit hinaus auf den Bürgersteig, »wollen Sie damit andeuten, daß Sie vom Fotografieren etwas verstehen?«

»In der Luftwa... vor dem Krieg bin ich als Fotograf ausgebildet worden. Ich war...«

Lady Maud strahlte ihn an. »Mein Klex«, sagte sie, »Sie sind ein Geschenk des Himmels, ein absolutes Geschenk des Himmels. Kaufen Sie was Sie brauchen, um gut scharfe Fotos zu machen.«

»Wovon?« fragte Klex. Lady Maud zögerte. Tja, früher oder später mußte er es sowieso erfahren. Sie wagte es. »Von ihm im Bett mit einer anderen Frau.«

»Ihm?«

»Ja.«

Jetzt war Klex an der Reihe, sie anzustrahlen. »Wir brauchen Blitzlicht und ein Weitwinkelobjektiv.« Sie gingen wieder in den Laden, den sie mit einer gebrauchten Leica, einem Vergrößerungsgerät, einer Entwicklungswanne, einem elektronischen Blitzlichtgerät und allem übrigen Zubehör verließen. Als sie zum Haus Handyman zurückfuhren, schwebte Klex im siebten Himmel.

Dundridge dagegen fand sich in dessen Gegenteil wieder. Kaum war Lady Maud verschwunden, hatte ihn das Mädchen in der Telefonzentrale angerufen.

»Lady Maud war hier«, teilte sie ihm mit. »Sie hat Ihnen eine Nachricht hinterlassen.«

»Ach ja«, sagte Dundridge. »Sie haben ihr doch hoffentlich nicht gesagt, wo ich bin.«

»Nein, hab' ich nicht«, sagte das Mädchen. »Sie ist eine gräßliche alte Schachtel, nicht wahr? Die würde ich meinem schlimmsten Feind nicht an den Hals wünschen.«

»Das können Sie ruhig laut sagen«, pflichtete ihr Dundridge bei. »Was für eine Nachricht?«

»Sie sagte: ›Sagen Sie Mr. Dundridge, ich besitze eine Reihe von Fotos, an denen er meiner Meinung nach ganz besonders interessiert sein wird.‹ Ich mußte es aufschreiben. Hallo, sind Sie noch dran? Mr. Dundridge. Hallo. Hallo, Mr. Dundridge, sind Sie noch dran?« Aber sie bekam keine Antwort und legte den Hörer auf.

Dundridge saß wie gelähmt in seinem Apartment. Er umklammerte zwar immer noch den Telefonhörer, nahm aber nichts mehr wahr. Alle seine Gedanken konzentrierten sich auf eine schreckliche Tatsache: Lady Maud besaß die abscheulichen Fotos. Sie konnte ihn vernichten, und er konnte nichts dagegen tun. Sie würde damit rausrücken, sobald die Autobahn gebaut wurde, und er konnte jetzt nichts mehr machen. Das verfluchte Miststück hatte die ganze Geschichte in die Wege geleitet – zuerst die Fotos, dann die Bestechung und schließlich den Mordversuch an ihm. Die Frau war wahnsinnig, da gab es keinen Zweifel mehr. Dundridge legte den Hörer auf und dachte verzweifelt über einen Ausweg nach. Er konnte nicht mal zur Polizei gehen. Erstens würde man ihm dort überhaupt nicht glauben. Lady Maud war Friedensrichterin, eine Respektsperson in der Gegend, und was hatte ihm diese Miss Boles erzählt? »Wir kriegen es zu Ohren, wenn du zur Polizei gehst. Wir hatten da den einen oder anderen Kunden.« Außerdem hatte er keinerlei Beweise, daß sie an der Sache beteiligt war. Es gab nur die Aussage des Mädchens im Planungsamt, und Lady Maud würde behaupten, sie habe lediglich von Fotos des

Herrenhauses oder etwas Ähnlichem gesprochen. Er brauchte Beweise, doch in erster Linie brauchte er juristischen Rat, einen guten Anwalt.

Er griff sich das Telefonbuch und schlug in den Gelben Seiten unter Rechtsanwälten nach. »Ganglion, Turnbull und Shrine.« Dundridge wählte und ließ sich mit Mr. Ganglion verbinden. Mr. Ganglion erwartete ihn am nächsten Tag um zehn Uhr. Den Abend und den größten Teil der Nacht verbrachte Dundridge damit, von Zweifeln und Spannung gepeinigt in seinem Zimmer auf und ab zu gehen. Mehrmals griff er zum Telefon, um Lady Maud anzurufen, legte aber immer wieder auf. Er hatte ihr nichts zu sagen, was ihr auch nur im mindesten Eindruck machen würde, und er fürchtee sich vor dem, was sie ihm zu sagen hatte. Der Morgen graute, als er in einen unruhigen Schlaf fiel, und um sieben wachte er fix und fertig auf.

Auf dem Handyman-Anwesen schliefen Lady Maud und Klex ebenfalls unruhig: Klex, weil ihn die durch den Torbogen rumpelnden Lastwagen wachhielten, und Lady Maud, weil sie die ganze Operation überwachte und Anweisungen gab, wo sie die Baumaterialien gern gelagert hätte.

»Ihre Leute können in den Unterkünften der Dienstboten schlafen«, erklärte sie dem Geschäftsführer. »Ich verreise für eine Woche. Hier ist der Schlüssel für die Hintertür.«

Als sie in den frühen Morgenstunden endlich zu Bett ging, ähnelte das Anwesen der Handymans einer Großbaustelle. Im Park standen und lagen Betonmischmaschinen, Pfähle, Lkw, Zaundraht, Zementsäcke und Kieshaufen herum, und im Licht von Lampen, die mit Hilfe eines transportablen Generators betrieben wurden, hatten die Bauarbeiten bereits begonnen.

Sie lag im Bett, hörte den Stimmen und dem Rattern der Maschinen zu und war sehr zufrieden. Wenn Geld keine Rolle spielte, ließ sich sogar in England etwas rasch erledigen. »Geld spielt keine Rolle«, dachte sie und lächelte im stillen über diesen merkwürdigen Ausdruck. Nicht mehr lange, und sie würde sich um Geld kümmern müssen. Darüber wollte sie am Morgen nachdenken.

Um sieben war sie schon auf und hatte gefrühstückt. Erfreut bemerkte sie bei einem Blick durchs Küchenfenster, daß schon mehrere Betonpfeiler errichtet worden waren, und daß eine wie ein riesiger Korkenzieher aussehende Maschine Löcher für weitere Pfeiler bohrte. Sie ging ins Arbeitszimmer und sah eine Stunde lang Sir Giles' Aktenschränke durch. Besondere Aufmerksamkeit widmete sie einer Akte mit der Aufschrift Investitionen; sie notierte sich Einzelheiten über seinen Aktenbesitz und aus der Korrespondenz mit seinem Börsenmakler. Dann ging sie sorgfältig seine Privatbriefe durch, fand aber keinerlei Hinweise auf eine Geliebte, die zum Einsatz von Peitschen und Handschellen neigte.

Um neun unterschrieb sie den Vertrag, ging zum Packen in ihr Zimmer und fuhr um zehn mit Klex, der inzwischen seinen Nadelstreifenanzug und einen blauen Schlips mit Punkten trug, im Landrover nach Hereford zum Zug nach London. Zurück blieb ein Arbeitszimmer, in dem der Telefonhörer neben dem Apparat lag. Sir Giles würde nicht im Haus Handyman anrufen können.

Dundridge traf pünktlich in der Praxis von Ganglion, Turnbull und Shrine ein, wo er zehn Minuten warten mußte. Er saß in einem Vorzimmer, umklammerte seine Aktentasche und sah sich unglücklich die an den Wänden hängenden Drucke mit Szenen aus der Welt des Sports an. Sie ließen keineswegs auf die weltkluge, moderne Einstellung zum Leben schließen, die für das Verständnis seines speziellen Falles seiner Meinung nach unerläßlich war. Gleiches galt für Mr. Ganglion, der schließlich geruhte, ihn zu empfangen. Er war ein älterer Mann mit goldener Brille, über die hinweg er Dundridge kritisch musterte. Dundridge setzte sich vor den Schreibtisch und überlegte, wie er am besten anfinge.

»Weswegen möchten Sie mich denn konsultieren, Mr. Dundridge?« erkundigte sich Mr. Ganglion. »Wenn es irgend etwas mit der Autobahn zu tun hat, können wir uns nicht darum kümmern, das sollten Sie wohl von vornherein wissen.«

Dundridge schüttelte den Kopf. »Es hat überhaupt nichts mit der Autobahn zu tun, wenigstens nicht direkt«, sagte er. »Die Sache ist die, daß ich erpreßt werde.«

Mr. Ganglion trommelte mit den Fingerspitzen der einen Hand gegen die der anderen. »Erpreßt? So so. Ein ungewöhnliches Verbrechen in dieser Weltgegend. Mir ist nicht erinnerlich, wann wir zum letztenmal einen Erpressungsfall hatten. Es ist ja auch nicht von Bedeutung, möchte ich meinen. Ja, Erpressung. Sie interessieren mich, Mr. Dundridge. Fahren Sie doch fort.«

Dundridge schluckte nervös. Er war nicht hier, damit sich Mr. Ganglion für ihn interessierte, oder wenigstens nicht so, wie dessen Lächeln vermuten ließ. »Es war so«, sagte er. »Ich ging zu einer Party im Golf Club und lernte dort ein Mädchen kennen...«

»Ein Mädchen, wie?« sagte Mr. Ganglion und rückte seinen Stuhl näher an den Schreibtisch. »Ein attraktives Mädchen, versteht sich.«

»Ja«, sagte Dundridge.

»Und Sie haben sie vermutlich nach Hause begleitet«, sagte Mr. Ganglion, in dessen Augen inzwischen ungeheucheltes Interesse glomm.

»Nein«, sagte Dundridge. »Wenigstens glaube ich das nicht.«

»Sie glauben es nicht?« fragte Mr. Ganglion. »Aber Sie müssen doch wissen, was Sie getan haben?«

»Das ist es ja gerade«, sagte Dundridge, »ich weiß eben nicht, was ich getan habe.« Er schwieg. Natürlich wußte er, was er getan hatte. Was seine Handlungen betraf, sprachen die Fotos Bände. »Nun ja, genaugenommen... weiß ich schon, was ich tat...«

»Ja«, meinte Mr. Ganglion aufmunternd.

»Das Problem ist, daß ich nicht weiß, wo ich es getan habe.«

»Vielleicht in einem Kornfeld?«

Dundridge schüttelte den Kopf. »Nicht in einem Kornfeld.«

»Auf dem Rücksitz eines Autos?«

»Nein«, sagte Dundridge. »Der Haken dabei ist, daß ich bewußtlos war.«

»Was Sie nicht sagen! Sehr ungewöhnlich. Bewußtlos?«

»Sehen Sie, ehe wir gingen, trank ich einen Campari. Er schmeckte bitter, aber das tut Campari eben, nicht wahr?«

»Ich habe keine Ahnung, wie Campari schmeckt«, sagte Mr. Ganglion, »aber ich glaube es Ihnen.«

»Sehr bitter«, sagte Dundridge, »und dann stiegen wir in den Wagen, und an mehr kann ich mich nicht erinnern.«

»Wirklich sehr schade«, sagte Mr. Ganglion, offensichtlich enttäuscht, daß ihm dadurch die intimeren Einzelheiten dieser Begegnung entgingen.

»Danach weiß ich erst wieder, daß ich in meinem Wagen auf einem Rastplatz saß.«

»Auf einem Rastplatz. Sicher der ideale Ort zur Erholung. Und was passierte dann?«

Dundridge rutschte nervös auf seinem Stuhl herum. Nun waren sie an dem Punkt angelangt, vor dem er sich gefürchtet hatte. »Ich erhielt einige Fotos.«

Mr. Ganglions erlahmtes Interesse lebte sofort wieder auf. »Ach ja? Großartig. Fotos, was Sie nicht sagen.«

»Und eine Forderung von tausend Pfund.«

»Eintausend Pfund? Haben Sie die gezahlt?«

»Nein«, sagte Dundridge. »Nein, hab' ich nicht.«

»Wollen Sie damit sagen, sie waren den Preis nicht wert?«

Dundridge biß sich auf die Lippen. »Ich weiß wirklich nicht, was sie wert sind«, murmelte er verbittert.

»Dann haben Sie sie also noch«, stellte Mr. Ganglion fest. »Gut, sehr gut. Ich werde Ihnen gleich verraten, was ich davon halte.«

»Ich würde sie lieber...«, fing Dundridge an, aber Mr. Ganglion bestand darauf.

»Das Beweismaterial«, sagte er, »wir wollen uns mal die Beweise für die Erpressung anschauen. Äußerst wichtig.«

»Es sind scheußliche Bilder«, sagte Dundridge.

»Das will ich wohl meinen«, sagte Mr. Ganglion. »Für tausend Pfund müssen sie wirklich abstoßend sein.«

»Das sind sie«, sagte Dundridge. Durch Mr. Ganglions tolerante Einstellung ermutigt, öffnete er seine Aktentasche und entnahm ihr den Umschlag. »Sie dürfen nicht vergessen, daß ich zu dem Zeitpunkt bewußtlos war.«

Mr. Ganglion nickte verständnisvoll. »Natürlich, mein Lieber, natürlich.« Er griff nach dem Umschlag und öffnete ihn. »Ach du lieber Gott«, murmelte er, als er das erste sah. Dundridge wand sich auf seinem Stuhl, starrte zur Zimmerdecke und hörte zu, wie Mr. Ganglion, der die Fotos durchblätterte, vor lauter Ekel und Erstaunen ekstatisch vor sich hin grunzte.

»Nun?« fragte er, als Mr. Ganglion sich erschöpft in seinem Stuhl zurücklehnte. Der Anwalt stierte ihn ungläubig an.

»Tausend Pfund? Mehr haben sie wirklich nicht verlangt?« fragte er. Dundridge nickte. »Tja, dazu kann ich nur sagen, daß Sie verdammt billig davongekommen sind.«

»Aber ich habe gar nicht gezahlt«, erinnerte ihn Dundridge. Mr. Ganglion stierte ihn an.

»Nicht gezahlt? Wollen Sie mir vielleicht erzählen, Sie haben sich vor läppischen tausend Pfund gedrückt, nachdem Sie...« Da ihm die Worte fehlten, brach er ab, seinen Finger zitternd über einem besonders anstößigen Foto erhoben.

»Es ging nicht«, sagte Dundridge und hatte das Gefühl, ihm werde übel mitgespielt.

»Ging nicht?«

»Sie haben sich nicht wieder gemeldet. Ich bekam einen Anruf und warte seither auf den nächsten.«

»Verstehe«, sagte Mr. Ganglion und warf noch einen Blick auf das Foto. »Und Sie haben keine Ahnung, wer diese bemerkenswerte Frau ist?«

»Nicht die geringste. Ich bin ihr nur einmal begegnet.«

»Nach allem, was man so sieht, war einmal wohl genug«, sagte Mr. Ganglion. »Und keine Anrufe mehr, keine Briefe?«

»Bis gestern abend«, antwortete Dundridge. »Da erhielt ich eine Nachricht von der Telefonistin des regionalen Planungsamts.«

»Die Telefonistin des regionalen Planungsamts«, wiederholte Mr. Ganglion und griff erwartungsvoll nach einem Bleistift. »Und die heißt?«

»Sie hat nichts damit zu tun«, sagte Dundridge, »sie rief nur an, um mir eine Nachricht auszurichten. Und zwar, Lady Maud Lynchwood sei vorbeigekommen, um mir mitzuteilen, sie habe einige Fotos, die für mich besonders interessant seien...« Er hielt inne. Mr. Ganglion hatte sich halb von seinem Sitz erhoben und starrte ihn wütend an.

»Lady Maud?« brüllte er. »Sie kommen hierher mit den abscheulichsten Fotos, die mir je zu Augen gekommen sind, und dann haben Sie die Unverfrorenheit und erzählen mir, Lady Maud habe damit irgend etwas zu schaffen! Mein Gott, Sir, ich hätte nicht übel Lust, Sie mit der Reitpeitsche zu züchtigen. Lady Maud Lynchwood ist eine unserer angesehensten Klienten, eine liebe, entzückende Dame, eine überaus tugendhafte Frau, sie gehört zu einer der besten Familien...« Sprachlos sank er auf seinen Stuhl zurück.

»Aber –«, fing Dundridge an.

»Ersparen Sie mir Ihr Wenn und Aber«, sagte Mr. Ganglion zitternd vor Wut. »Verlassen Sie sofort mein Büro. Wenn ich noch ein Wort von Ihnen höre, Sir, werde ich sofort eine Verleumdungsklage gegen Sie in die Wege leiten. Haben Sie mich verstanden? Noch ein einziges Wort hier oder sonstwo. Wenn mir auch nur noch das geringste Gerede von Ihnen zu Ohren kommt, zögere ich nicht länger, haben Sie mich verstanden?«

Als Dundridge die Treppe hinunter und auf die Straße flitzte, die Aktentasche an sich gepreßt, hörte er ihn immer noch wettern. Erst zu Hause in seinem Apartment fiel ihm auf, daß er seine Fotos auf Mr. Ganglions Schreibtisch liegengelassen hatte. Seinetwegen konnten sie da bleiben. Er würde jedenfalls nicht zurückfahren und sich die scheußlichen Dinger holen.

In der Kanzlei beruhigte sich Mr. Ganglion wieder. Vor ihm auf dem Schreibtisch lagen Dundridge und die maskierte Frau und vollführten in zweidimensionaler Erstarrung ihre Verrenkungen. Mr. Ganglion rückte seine Zweistärkenbrille zurecht und musterte sie interessiert. Dann legte er die Fotos in den Umschlag und den Umschlag in seinen Tresor. Bei ihm war der gute Name der Handymans in guten Händen. Andererseits, wenn er es recht bedachte – zutrauen würde er es ihr schon. Bemerkenswerte Frau, diese Maud, außerordentlich bemerkenswert.

Als sie in London ankamen, hatte Lady Maud Klex sein neues Betätigungsfeld erklärt.

»Sie werden sich ein Taxi nehmen, vor seiner Wohnung warten, bis er rauskommt, und ihm dann folgen, egal, wohin er fährt. Das gilt besonders für abends, ich will wissen, wo er seine Nächte verbringt. Wenn er in ein Apartmenthaus geht, folgen Sie ihm und notieren sich, in welchem Stock der Fahrstuhl hält. Haben Sie verstanden?« Klex bejahte.

»Unter keinen Umständen darf er Sie sehen.« Sie musterte ihn prüfend. In seinem dunklen Anzug war Klex ohnehin praktisch nicht wiederzuerkennen. Trotzdem, man konnte nicht vorsichtig genug sein. Sie würde ihm im Kaufhaus Harrods noch einen Bowler kaufen. »Wenn Sie ihn in Begleitung einer Frau sehen, folgen Sie ihnen überallhin, und wenn sie sich trennen, folgen Sie der Frau. Wir müssen herausfinden, wer sie ist und wo sie wohnt.«

»Und dann brechen wir ein und fotografieren die beiden?« fragte Klex erwartungsvoll. »Auf gar keinen Fall«, erwiderte Lady Maud. »Haben wir erst herausgefunden, wo die Frau wohnt, planen wir unser weiteres Vorgehen.«

Sie nahmen ein Taxi zu einem Hotel in Kensington, machten

unterwegs halt, um für Klex einen Bowler zu kaufen, und am Nachmittag um fünf saß Klex in einem Taxi vor Sir Giles' Wohnung in Victoria.

»Sie werden ja wissen, was Sie tun«, sagte der Taxifahrer nach einer Stunde Wartezeit bei laufendem Taxameter. »Das kostet Sie 'ne Stange Geld.« Klex hatte hundert Pfund in der Tasche und sagte, er wisse, was er tue. Ihm machte es Spaß, den vorbeifahrenden Verkehr zu beobachten und sich die Fußgänger anzuschauen. Er war in London, der Hauptstadt Großbritanniens, im Herzen des ehemals größten Imperiums der Welt, dem Thronsitz all der großen Könige und Königinnen, über die er soviel gelesen hatte; ein Gedanke, bei dem Klex' romantische Ader höher schlug. Was die Sache noch besser machte, er spürte ihn auf – Klex hatte sich noch nie dazu herabgelassen, ihn anders zu nennen –, ihn und seine Geliebte. Nun war er Lady Maud doch noch zu Diensten.

Um neunzehn Uhr verließ Sir Giles das Gebäude und fuhr zum Abendessen in seinen Club. An seinem Hinterrad klebte unerbittlich Klexens Taxi. Um acht trat er aus dem Club und fuhr nach St. John's Wood. Klex' Taxi immer noch hinterher. Er parkte in der Elm Road und ging zu einem Haus; Klex, der ihn aus seinem Taxi beobachtete, bemerkte, daß er den zweiten Klingelknopf drückte. Kaum hatte Sir Giles das Haus betreten, stieg Klex aus, überquerte die Straße und notierte sich den Namen auf dem Klingelschild. Dort stand Mrs. Forthby. Klex ging zurück zu seinem Taxi.

»Mrs. Forthby, Mrs. Forthby«, sagte Lady Maud, als Klex zur Berichterstattung antrat. »Elm Road.« Sie suchte Mrs. Forthby im Telefonbuch heraus. »Das haben Sie wirklich clever angestellt, Klex. Sehr clever, wirklich. Und Sie sagen, er kam nicht wieder raus?«

»Nein. Der Taxifahrer wollte allerdings nicht länger warten. Er sagte, es sei für ihn Zeit zum Abendbrot.«

»Unwichtig. Sie haben sehr gute Arbeit geleistet. Jetzt müssen wir nur noch herausfinden, was für eine Frau sie ist. Ich würde Mrs. Forthby gern ein wenig näher kennenlernen. Ich frage mich, wie ich das wohl anstelle.«

»Ich könnte ihr folgen«, schlug Klex vor.

»Dabei kommt bestimmt nichts heraus«, sagte Lady Maud. »Und wie würden Sie überhaupt erfahren, wem Sie folgen müssen?«

»Sie ist die einzige Frau, die in dem Haus wohnt«, sagte Klex. »Im obersten Stock wohnt ein Mr. Sykes und ein Mr. Billington im Erdgeschoß.«

»Ausgezeichnet«, sagte Lady Maud. »Sie sind ein aufmerksamer Beobachter. Aber wie könnte ich sie bloß kennenlernen? Man müßte irgendwie ein Treffen arrangieren.«

»Ich könnte«, sagte Klex und verfiel in Sir Giles' Stimme, »sie anrufen und so tun, als sei ich er, und ihr vorschlagen, mich irgendwo zu treffen...«

Lady Maud starrte ihn verblüfft an. »Natürlich. O Klex, was würde ich nur ohne Sie anfangen?« Klex errötete. »Aber nein, so funktioniert es auch nicht«, fuhr Lady Maud fort. »Sie würde es ihm sagen. Ich muß mir was anderes einfallen lassen.«

Klex ging in sein Zimmer und legte sich schlafen. Er war zwar müde und sehr hungrig, aber verglichen mit dem Bewußtsein, daß Lady Maud zufrieden mit ihm war, fielen diese kleinen Unbequemlichkeiten überhaupt nicht ins Gewicht. Glücklich und zufrieden schlief er ein.

Das galt auch für Lady Maud, allerdings hatte ihr Glück eher praktische Gründe und beruhte auf der Lösung eines Problems, das ihr Sorgen bereitet hatte: Geld. Der Zaun für den Großwildpark würde mindestens dreißigtausend Pfund kosten, und die Tiere, die sie bestellt hatte, kamen auch auf zwanzigtausend. Fünfzigtausend Pfund für die Rettung des Handymanschen Anwesens waren ein Haufen Geld, und dabei war noch nicht mal raus, ob es funktionieren würde. Wenn es jemand bezahlen sollte, dann Giles, der schließlich für die ganze niederträchtige Angelegenheit verantwortlich zeichnete. Und ihr war eingefallen, wie sie ihm die Kosten aufbürden konnte. Sie würde ihn noch in den Ruin treiben.

Am nächsten Morgen saßen sie und Klex am Ende der Elm Road in einem Taxi. Um neun sahen sie, wie Sir Giles aus dem Haus kam. Lady Maud bezahlte den Fahrer und begab sich, mit Klex im Schlepptau, zur Nummer sechs.

»Nicht vergessen, was Sie zu sagen haben«, schärfte ihm Lady Maud noch einmal ein, als sie auf die Klingel drückte. Es summte.

»Wer ist da?« fragte Mrs. Forthby.

»Ich bin's. Ich habe meine Autoschlüssel vergessen«, sagte Klex mit Giles' Stimme.

»Und ich dachte immer, ich wäre die Vergeßlichere von uns beiden«, sagte Mrs. Forthby.

Die Haustür ging auf. Klex und Lady Maud stiegen die Treppe hoch. Mrs. Forthby öffnete ihre Wohnungstür. Sie hatte einen Morgenrock an und ein gelbes Staubtuch in der Hand.

»Guten Morgen«, sagte Lady Maud und ging an ihr vorbei in die Wohnung.

»Aber ich dachte...«, begann Mrs. Forthby.

»Gestatten Sie, daß ich mich vorstelle«, sagte Lady Maud. »Ich bin Lady Maud Lynchwood, und Sie müssen Mrs. Forthby sein.« Sie ergriff Mrs. Forthbys Hand. »Ich habe mich so darauf gefreut, Sie kennenzulernen. Giles hat mir viel von Ihnen erzählt.«

»Oje«, sagte Mrs. Forthby, »wie furchtbar peinlich.« Hinter ihr schloß Klex die Tür. Lady Maud verschaffte sich ein Bild von der Einrichtung und, da sie schon mal dabei war, von Mrs. Forthby, ehe sie in einem Sessel Platz nahm.

»Ein richtiges kleines Liebesnest«, meinte sie schließlich. Mrs. Forthby stand wie angewachsen vor ihr und knetete das Staubtuch.

»Was für eine schreckliche Situation«, sagte sie, »einfach schrecklich.«

»Papperlapapp. Stimmt doch gar nicht. Und hören Sie auf, das Staubtuch zu malträtieren. Sie machen mich nervös.«

»Verzeihung«, sagte Mrs. Forthby. »Ich habe nur das Gefühl... nun ja... daß ich mich bei Ihnen entschuldigen müßte.«

»Entschuldigen? Wofür denn?« wollte Lady Maud wissen.

»Also... Sie wissen doch...« Mrs. Forthby schüttelte ratlos den Kopf.

»Wenn Sie auch nur für einen Moment annehmen, ich hätte irgendwas gegen Sie, dann irren Sie sich gewaltig. Für mich sind Sie geradezu ein Geschenk des Himmels.«

»Ein Geschenk des Himmels?« murmelte Mrs. Forthby und setzte sich auf ihr Sofa.

»Aber ja«, sagte Lady Maud. »Für mich war mein Mann schon immer ein äußerst widerwärtiger Mensch mit den denkbar abscheulichsten Angewohnheiten. Dafür, daß Sie anscheinend bereit sind – und zwar vermutlich dank Ihrer Herzensgüte –, seine obszönen Bedürfnisse zu befriedigen, stehe ich tief in Ihrer Schuld.«

»Tatsächlich?« sagte Mrs. Forthby, in deren Welt durch diese außergewöhnliche Frau, die es sich in ihrem Sessel bequem gemacht hatte und in ihrer eigenen Wohnung wie zu einem Dienstmädchen mit ihr sprach, das Unterste zuoberst gekehrt wurde.

»Sehr sogar«, fuhr Lady Maud fort. »Und wo findet dieser Unsinn statt? Im Schlafzimmer, nehme ich an.« Mrs. Forthby nickte. »Klex, werfen Sie einen Blick ins Schlafzimmer.«

»Jawohl, Ma'am«, sagte Klex und ging erst durch eine und dann durch die nächste Tür. Mrs. Forthby saß da und starrte wie hypnotisiert Lady Maud an.

»Also, dann wollen wir beide mal ein wenig plaudern«, fuhr Lady Maud fort. »Sie sind anscheinend eine vernünftige Frau mit einem Kopf auf den Schultern. Wir werden ganz sicher zu einem für beide Seiten vorteilhaften Arrangement kommen.«

»Arrangement?«

»Ganz recht«, sagte Lady Maud, »Arrangement. Sagen Sie,

waren Sie schon einmal Nebenbeklagte in einem Scheidungsprozeß?«

»Nein, noch nie«, antwortete Mrs. Forthby.

»Nun, meine Liebe«, informierte sie Lady Maud, »falls Sie sich nicht minutiös und buchstabengetreu so verhalten, wie ich es Ihnen sage, werden Sie sich leider im schmutzigsten Scheidungsprozeß, den dieses Land seit Menschengedenken erlebt hat, als Beteiligte wiederfinden.«

»Ach, du liebe Güte«, wimmerte Mrs. Forthby, »das ist ja fürchterlich. Was würde nur Cedric von mir denken?«

»Cedric?«

»Mein erster Ehemann. Besser gesagt, mein seliger Gatte. Der Arme wäre stinkwütend. Er würde nie wieder ein Wort mit mir wechseln. Er war sehr eigen, müssen Sie wissen. Ärzte müssen so sein.«

»Na, wir wollen doch Cedric nicht weh tun, stimmt's?« sagte Lady Maud. »Wenn Sie machen, was ich sage, besteht dazu auch überhaupt keine Veranlassung. Zuallererst verraten Sie mir, was Sie Giles zuliebe tun müssen.«

»Also...«, fing Mrs. Forthby an, wurde jedoch von Klex unterbrochen, der mit dem Kostüm von Miss Dracula, der grausamen Geliebten, aus dem Schlafzimmer auftauchte.

»Ich habe das gefunden«, verkündete er.

»Oje, wie entsetzlich peinlich«, sagte Mrs. Forthby.

»Nicht halb so peinlich, meine Liebe, wie vor Gericht, wenn wir es als Beweisstück vorlegen. Also los, Einzelheiten.«

Mrs. Forthby erhob sich. »Ich habe alles schriftlich«, sagte sie. »Er schreibt mir alles auf. Sehen Sie, ich bin schrecklich vergeßlich und werfe manchmal etwas durcheinander. Ich hole Ihnen den Spielplan.« Sie marschierte ins Schlafzimmer und kam mit einem Notizbuch in der Hand zurück. »Hier steht alles drin.«

Lady Maud nahm das Buch und las eine Seite. »Und wer waren Sie gestern nacht?« fragte sie schließlich. »Miss Katheter, die prügelnde Krankenpflegerin, oder Schwester Florinda, die nymphomanische Nonne?«

Mrs. Forthby errötete. »Doris, die schulpflichtige Sexbombe«, kicherte sie.

Lady Maud warf ihr einen skeptischen Blick zu. »Mein Mann muß eine wahrhaft erstaunliche Phantasie besitzen«, sagte sie, »aber sein literarischer Stil kommt mir ziemlich beschränkt vor. Was werden Sie heute abend sein?«

»Oh, heute abend kommt er gar nicht. Er muß zu einer geschäftlichen Besprechung nach Plymouth. Übermorgen kommt er wieder her. Dann ist das peitschende Kindermädchen an der Reihe.«

Lady Maud legte das Buch zur Seite. »Also, unser Arrangement sieht wie folgt aus«, sagte sie. »Als Gegenleistung für Ihre Mitarbeit werde ich in eine Scheidung wegen charakterlicher Unvereinbarkeit einwilligen. Ihr Name wird nicht einmal erwähnt werden, und Sir Giles braucht nichts von der Hilfe zu erfahren, die Sie mir gewähren. Ich verlange lediglich, daß Sie Donnerstag abend kurz das Haus verlassen, damit ich ein wenig mit ihm plaudern kann.«

Mrs. Forthby zögerte. »Er wird schrecklich böse werden«, wandte sie ein.

»Auf mich«, versicherte ihr Lady Maud. »Ich kann mir nicht vorstellen, daß er sich über Sie ärgert, wenn ich ihm erst mal den Marsch geblasen habe. Dann gehen ihm andere Dinge im Kopf rum.«

»Sie werden ihm doch nichts antun, nicht wahr?« sagte Mrs. Forthby. »Ich möchte nicht, daß er verletzt wird oder so. Daß er kein besonders netter Mensch ist, weiß ich, aber ich kann ihn eigentlich ganz gut leiden.«

»Ich rühre ihn nicht an«, sagte Lady Maud. »Sie haben mein Ehrenwort, daß ich ihm kein einziges Härchen krümmen werde. Und Ihre Gefühle gereichen Ihnen zur Ehre, das möchte ich betonen.«

Mrs. Forthby fing an zu weinen. »Sie sind sehr nett«, sagte sie.

Lady Maud stand auf. »Ganz und gar nicht«, erklärte sie wahrheitsgemäß. »Und wenn Sie jetzt so freundlich sind und mir den Wohnungsschlüssel geben, schicke ich Mr. Klex los, damit er einen Zweitschlüssel anfertigen läßt.«

Als sie aufbrachen, fühlte Mrs. Forthby sich besser. »Es hat mich wirklich gefreut, Sie kennenzulernen und reinen Tisch zu machen«, bekannte sie. »Dadurch ist mir ein schwerer Stein vom Herzen gefallen. Diese Verstellung ist mir so zuwider.«

»Ganz recht«, sagte Lady Maud. »Leider leben die Männer offenbar in einer Phantasiewelt, und wir als das schwache Geschlecht müssen ihnen nachgeben.«

»Das sage ich mir auch immer«, erklärte Mrs. Forthby. »Felicia, sage ich mir, du findest es vielleicht merkwürdig, aber wenn es ihn glücklich macht, kannst du es dir nicht erlauben, wählerisch zu sein.«

»Sie sprechen mir aus der Seele«, sagte Lady Maud und ging mit Klex nach unten. Sie nahmen ein Taxi und fuhren quer durch London zu Sir Giles' Wohnung in Victoria. Unterwegs weihte Lady Maud Klex in seine neue Aufgabe ein.

- 19 -

In Worford machte Dundridge sich Mut. Wenn er es recht bedachte, war der Besuch bei Mr. Ganglion eine gute Idee gewesen. Die Reaktion des alten Herrn war zwar heftig, aber immerhin ehrlich ausgefallen und ließ den Schluß zu, daß der Anwalt viel zu anständig sei, um an dem Erpressungsversuch einer seiner Klientinnen beteiligt zu sein, ganz gleich, wie einflußreich sie auch sein mochte. Mr. Ganglion blieben nun zwei Möglichkeiten: Entweder ließ er Lady Maud wissen, daß Dundridge bei ihm gewesen war und sie der Erpressung bezichtigt hatte, oder – was wahrscheinlicher war – er hielt den Mund, da es gegen sein Berufsethos verstieß, die Angelegenheiten eines Klienten mit einem anderen zu besprechen. In beiden Fällen befand sich Dundridge in einer relativ starken Position. Sprach Ganglion mit Lady Maud, würde sie nicht wagen, ihre Drohung zu wiederholen. Falls er schwieg... Dundridge zog die wahrscheinlichste Konsequenz in Betracht: Sie würde sich wieder bei ihm melden. Er verließ das Haus und kaufte sich einen Kassettenrecorder. Für seinen nächsten Besuch bei Mr. Ganglion wollte er Beweismaterial, handfestes Beweismaterial aufnehmen, daß Lady Maud mit der Sache zu tun hatte. Genauso würde er vorgehen.

Nachdem er sich dazu durchgerungen hatte, ging es ihm besser. Er hatte dieser Kanaille einen Strich durch die Rechnung gemacht. Die Operation Fernverkehr konnte beginnen. Er ging ins regionale Planungsamt und ließ Hoskins kommen.

»Wir fangen an«, informierte er ihn.

»Natürlich tun wir das«, sagte Hoskins. »In Bunnington ist die Arbeit schon im Gange.«

»Vergessen Sie das«, sagte Dundridge, »ich will, daß eine Spezialeinheit sofort anfängt, in der Schlucht zu arbeiten.«

Hoskins schlug in seinen Planungsunterlagen nach. »Da kommen wir nicht vor Oktober hin.«

»Ich weiß, ich weiß, trotzdem will ich, daß mit der Arbeit dort sofort begonnen wird. Nur mit einer symbolischen Einsatztruppe, Sie verstehen schon.«

»Auf dem Handymanschen Anwesen? Eine symbolische Einsatztruppe?«

»Nicht auf dem Anwesen. In der eigentlichen Schlucht«, sagte Dundridge.

»Aber wir haben den Lynchwoods noch nicht einmal einen Zwangsenteignungsbescheid zugestellt«, wandte Hoskins ein.

»Wenn dem so ist, wird es langsam Zeit. Ich will, daß an Miss Percival, General Burnett und die Lynchwoods umgehend Bescheide abgeschickt werden. Wir müssen sie so schnell wie möglich unter Druck setzen. Haben Sie das verstanden?«

»Verstanden habe ich es zwar«, sagte Hoskins, dem Dundridges autoritäres Verhalten langsam auf die Nerven ging, »aber ehrlich gesagt, verstehe ich nicht, was diese plötzliche Eile soll.«

»Das glaube ich gern«, sagte Dundridge, »aber da ich es anordne, wird es eben gemacht. Für den Eingang zur Schlucht brauchen wir ohnehin keinen Zwangsenteignungsbescheid; das Gelände ist Staatsbesitz. Bringen Sie morgen die Männer dorthin.«

»Und was zum Teufel sollen die Ihrer Meinung nach tun? Das verfluchte Herrenhaus im Schutz der Dunkelheit stürmen?«

»Hoskins«, erwiderte Dundridge, »ich bin Ihren Sarkasmus langsam leid. Sie vergessen anscheinend, daß ich der Autobahnkontrolleur für Mittelengland bin und mein Wort gilt.«

»Meinetwegen«, sagte Hoskins. »Vergessen Sie nur nicht, daß Sie die Suppe auslöffeln müssen, falls irgendwas schiefläuft. Was soll die Spezialeinheit unternehmen?«

Dundridge warf einen Blick auf die Baupläne. »Hier steht, die Felsen müssen weggeräumt und die Schlucht muß verbreitert werden. Damit können sie anfangen.«

»Das bedeutet Sprengungen mit Dynamit«, präzisierte Hoskins.

»Ausgezeichnet«, sagte Dundridge, »das dürfte der alten Schachtel als Warnung dienen, daß wir es ernst meinen.«

»Dafür reicht es garantiert«, meinte Hoskins. »Die wird wie ein geölter Blitz bei uns auf der Matte stehen.«

»Und ich werde sie mit dem größten Vergnügen empfangen«, sagte Dundridge. Der verwirrte Hoskins ging in sein Büro zurück. Je öfter er den Autobahnkontrolleur für Mittelengland erlebte, desto sonderbarer kam er ihm vor.

»Ich hätte nie gedacht, daß er sich gegenüber Lady Maud so auf die Hinterbeine stellen würde«, murmelte er. »Tja, besser er als ich.«

In seinem Büro lächelte Dundridge still vor sich hin. Dynamit. Genau das richtige, um Lady Maud in die von ihm ausgelegte

Falle zu locken. Er nahm den Recorder aus seiner Aktentasche und probierte ihn aus. Das Ding funktionierte einwandfrei.

In Sir Giles' Wohnung in Victoria saßen Lady Maud und Klex an dem Schreibtisch. Vor ihr lagen die Einzelheiten über Sir Giles' Aktienbesitz. Vor Klex befanden sich das Telefon und das Skript für seine Rolle.

»Fertig?« fragte Lady Maud.

»Fertig«, antwortete Klex und wählte.

»Schaeffer, Blodger und Vaizey«, meldete sich die Telefonistin im Büro der Börsenmaklerfirma.

»Mr. Blodger bitte«, sagte Klex.

»Sir Giles Lynchwood für Sie, Mr. Blodger«, hörte Klex das Mädchen sagen.

»Ah, Lynchwood«, sagte Blodger, »guten Morgen.«

»Guten Morgen, Blodger«, sagte Klex. »Also, ich möchte, daß Sie folgende Werte so gut wie möglich verkaufen: viertausend President Rand, tausendfünfhundert ICM, zehntausend Rio Pinto, meine gesamten Zink und Kupfer...«

Am anderen Ende der Leitung erklang ein ersticktes Geräusch. Offenbar hatte Mr. Blodger gewisse Schwierigkeiten, mit Sir Giles' Anweisungen einig zu werden. »Lieber Himmel, Lynchwood«, nuschelte er, »fühlen Sie sich auch wohl?«

»Ob ich mich wohl fühle? Was zum Teufel soll das heißen? Natürlich fühle ich mich wohl«, knurrte Klex.

»Es geht bloß darum, daß... nun ja... die Börsenkurse sind zur Zeit im Keller. Sollte man nicht besser warten...«

»Hören Sie, Blodger«, unterbrach ihn Klex. »Ich weiß, was ich tue, und wenn ich sage verkaufen, dann wird verkauft. Und wenn Sie auf meinen Rat hören, dann steigen Sie ebenfalls aus.«

»Glauben Sie wirklich...«, begann Mr. Blodger.

»Glauben?« sagte Klex. »Ich weiß es. Also, sehen Sie zu, was Sie kriegen können, und rufen Sie mich zurück. Ich bin die nächsten zwanzig Minuten hier in der Wohnung.«

»Tja, wenn Sie's so wollen«, sagte Mr. Blodger.

Klex legte auf.

»Brillant, Klex, ausgesprochen brillant. Sogar ich dachte einen Moment lang, ich hörte Giles sprechen«, sagte Lady Maud. »Na, daran dürften die erst mal eine Weile zu knacken haben. Oder sie glauben, die Börse wackelt. Wenn er zurückruft, geben sie ihm die zweite Liste durch.«

In den Büroräumen von Schaeffer, Blodger und Baizey war man konsterniert. Blodger zog Schaeffer zu Rate, und gemeinsam ließen sie Vaizey kommen.

»Entweder ist er durchgedreht, oder er weiß etwas«, rief Blodger. »Allein bei President Rand verliert er achtzigtausend.«

»Was ist mit Rio Pinto?« schrie Schaeffer. »Da ist er bei fünfundzwanzig eingestiegen und verkauft bei zehn.«

»Normalerweise hat er recht«, stellte Vaizey fest. »Seit wir sein Konto führen, hat er sich nicht einmal vergriffen.«

»Vergriffen! So wie er sich jetzt vergreift, brauchte er eigentlich zehn Hände, wenn Sie mich fragen.«

»Es sei denn, er weiß etwas«, sagte Vaizey.

Sie sahen sich an. »Er muß etwas wissen«, sagte Schaeffer.

»Wollen Sie ihn sprechen?« fragte Blodger.

Schaeffer schüttelte den Kopf. »Das würde ich nervlich nicht durchstehen«, murmelte er.

Blodger nahm den Hörer ab. »Verbinden Sie mich mit Sir Giles Lynchwood«, befahl er dem Mädchen in der Telefonzentrale. »Nein, wenn ich's recht bedenke, lassen Sie es bleiben. Ich nehme die Außenverbindung.« Er wählte Sir Giles' Nummer.

Zehn Minuten später kam er bleich wie der Tod in Schaeffers Büro gewankt.

»Er macht Ausverkauf«, sagte er und plumpste in einen Sessel.

»Ausverkauf?«

»Stößt alles ab. Die ganze verfluchte Ladung, und zwar heute. Er weiß wirklich was.«

»So«, sagte Lady Maud, »das wäre erledigt. Wir sollten besser noch ein bis zwei Stunden hierbleiben, falls sie noch mal anrufen. Jammerschade, daß wir nicht das gleiche mit einigen seiner Grundstücke machen können. Na ja, man soll es auch nicht übertreiben.«

Um zwei Uhr nachmittags rief Blodger noch einmal an und meldete, Sir Giles' Instruktionen seien ausgeführt worden.

»Gut«, sagte Klex. »Überweisen Sie das Geld morgen. Ich fahre heute abend nach Paris. Noch etwas, ich will, daß das Geld auf mein neues Konto bei der Westlands Bank in Worford überwiesen wird.«

Am folgenden Nachmittag kehrte Sir Giles gutgelaunt mit dem Auto aus Plymouth zurück. Die Konferenz war erfolgreich verlaufen, und er freute sich auf den Abend mit dem peitschenden Kindermädchen. Er fuhr in seine Wohnung, nahm ein Bad, speiste in einem Restaurant zu Abend, und als er in der Elm Road ankam, war Mrs. Forthby bereits für ihre Rolle eingekleidet.

»Nun denn, du Lümmel«, sagte sie und legte genau die Spur drohendes Wohlwollen in ihre Stimme, die er so schätzte, »raus aus den Klamotten.«

»Nein, nein«, sagte Sir Giles.

»Doch, doch«, sagte die peitschende Kinderschwester.

»Nein, nein.«

»Doch, doch.«

Sir Giles erlag der Verlockung ihrer Schürze. Sie roch nach Kindheit. Der Atem des peitschenden Kindermädchens hingegen deutete auf etwas Reiferes hin, aber von ihrem beharrlichen Wunsch, er solle sich gefälligst benehmen, während sie seine Windel befestige, war Giles zu berauscht, um davon Notiz zu nehmen. Erst als er endgültig zusammengeschnürt war und sie ihm das Babyhäubchen zurechtrückte, fing seine Nase einen Dufthauch ein. Es war Brandy.

»Du hast getrunken«, ließ er sie wissen.

»Doch, doch«, gab Mrs. Forthby zu und stopfte ihm einen Schnuller in den Mund. Sir Giles starrte ungläubig zu ihr hoch. Mrs. Forthby trank nie; die Frau war Abstinenzlerin. Das war einer der Züge, den er an ihr mochte. Sie war preiswert im Unterhalt. Sie mochte zwar vergeßlich sein, aber sie war... Mein Gott, wenn sie schon nüchtern vergeßlich war, was sollte dann im betrunkenen Zustand aus ihr werden? Sir Giles wand sich auf dem Bett und bemerkte, daß er weit fester geknebelt war, als er erwartet hatte. Das peitschende Kindermädchen hatte sich selbst übertroffen. Er konnte sich kaum bewegen.

»Ich geh' mal kurz runter, 'n paar Fischstäbchen holen«, sagte sie. »Dauert bloß eine Minute.«

Während sie ihre Haube abnahm und einen Mantel über das Kostüm zog, glotzte Sir Giles sie wütend an. Was in Gottes Namen wollte das vermaledeite Weib um diese Nachtzeit mit Fischstäbchen? Eine Minute? Sir Giles kannte ihre Minuten. Wahrscheinlich würde er gefesselt, in Babyklamotten und mit einem Schnuller im Mund bis zum Morgengrauen liegenbleiben, während sie sich auf irgendeinem beschissenen Konzert vergnügte. Sir Giles nagte hektisch am Knebel, doch das verflixte Ding war viel zu fest gezurrt.

»Und sei ein braver Junge, solange ich weg bin«, befahl das peitschende Kindermädchen. »Mach nichts, was ich nicht auch machen würde. Tschü-hüs.«

Sie ging und machte die Tür hinter sich zu. Sir Giles fügte sich in sein Schicksal. Es war sinnlos, jetzt schon nervös zu werden. Solange es ging, konnte er genausogut seine Hilflosigkeit genießen. Er würde wahrscheinlich später noch genug Gelegenheit haben, sich echte Sorgen zu machen. Mit dem zwangsläufig stillen Gebet, daß sie keine Karten für den Ring der Nibelungen bekommen hatte, fand er sich damit ab, den unartigen Knaben zu mimen, und ging gerade so richtig in seiner Rolle auf, als es an der Wohnungstür klingelte. Sir Giles' Starre nahm noch extremere Formen an. Sekunden später war er wie gelähmt vor Schreck.

»Ist jemand da?« rief eine Stimme. Sir Giles kannte diese Stimme, die Stimme der Hölle in Person. Es war Lady Maud.

»Tja, der Schlüssel steckt«, hörte er sie sagen, »da können wir genausogut reingehen und warten.«

Sir Giles lag mit rasendem Herzklopfen auf dem Bett. Die Vorstellung, in dieser gräßlichen Lage von Lady Maud entdeckt zu werden, war schlimm genug, aber die Tatsache, daß sie in Begleitung gekommen war, jagte ihm eine Heidenangst ein. Er hörte, wie sie im Nachbarzimmer umhergingen. Hoffentlich blieben sie dort. Was zum Teufel hatte Lady Maud hier überhaupt zu suchen? Wie um alles in der Welt hatte sie das mit Mrs. Forthby herausgefunden? Genau in diesem Augenblick öffnete sich die Tür, und im Rahmen stand Lady Maud.

»Da steckst du also«, sagte sie vergnügt. »Ich habe mir fast gedacht, daß wir dich hier finden. Wie ungemein praktisch.«

Unter seinem rüschenbesetzten Häubchen linste Sir Giles gehässig zu ihr hoch; sein Gesicht hatte die Farbe des Lakens, auf dem er lag, und seine Beine zuckten krampfhaft in der Luft herum. Praktisch! Praktisch! Das verfluchte Weib war total übergeschnappt. Gleich darauf wurde seine Vermutung zur Gewißheit.

»Sie können reinkommen, Klex«, sagte sie, »Giles hat sicher nichts dagegen.« Klex betrat das Zimmer. Er trug eine Kamera mit Blitzlicht.

»Und jetzt laß uns ein wenig plaudern«, sagte Lady Maud.

»Was ist mit den Fotos?« fragte Klex. »Sollten wir die nicht zuerst aufnehmen?«

»Meinen Sie, er sähe es lieber, wenn erst fotografiert wird?« fragte sie. Klex nickte energisch. Sir Giles hingegen schüttelte den Kopf. Die nächsten fünf Minuten wanderte Klex im Zimmer herum und nahm aus jedem nur vorstellbaren Winkel Fotos auf. Dann legte er einen neuen Film ein und machte ein paar Großaufnahmen. »Das reicht fürs erste«, verkündete er schließlich. »Wir haben wohl genug.«

»Das will ich meinen«, sagte Lady Maud und zog einen Stuhl

neben das Bett. »Dann wollen wir mal unseren kleinen Plausch über deine Zukunft halten, mein Lieber.« Sie beugte sich vor und nahm ihm den Schnuller raus.

»Faß mich nicht an«, kreischte Sir Giles.

»Ich habe überhaupt nicht vor, dich anzufassen«, sagte Lady Maud mit sichtlichem Widerwillen. »Daß ich es nicht muß, ist eine der wenigen Entschädigungen für unsere durch und durch unbefriedigende Ehe. Ich bin lediglich hier, um die Bedingungen festzulegen.«

»Bedingungen? Welche Bedingungen?« krächzte Sir Giles. Lady Maud kramte in ihrer Handtasche.

»Die Bedingungen für unsere Scheidung«, sagte sie und zog ein Schriftstück aus der Tasche. »Du brauchst bloß hier zu unterschreiben.«

Sir Giles musterte das Blatt verständnislos. »Ich brauche meine Lesebrille«, murmelte er.

Lady Maud setzte sie ihm auf die Nase. Sir Giles las das Dokument. »Du erwartest, daß ich das unterschreibe?« brüllte er. »Glaubst du etwa wirklich, ich werde dieses –«

Lady Maud stopfte ihm den Schnuller wieder in den Mund. »Du unsägliche Kreatur«, zischte sie, »du unterzeichnest dieses Schriftstück, und wenn es die letzte Tat deines Lebens ist. Und das hier auch.« Sie wedelte mit einem anderen Blatt Papier vor seiner Nase herum. »Und das.« Noch eins. »Und das.«

Auf dem Bett kämpfte Sir Giles verzweifelt mit seinen Fesseln. Nichts auf Gottes weitem Erdboden würde ihn dazu bewegen, ein Dokument zu unterschreiben, in dem er offen zugab, seine rechtmäßige Ehefrau gewohnheitsmäßig betrogen und ihr die ehelichen Rechte verweigert, bei zahllosen Gelegenheiten Ehebruch begangen sowie sie sechs Jahre lang psychisch wie physisch gequält zu haben. Lady Maud las seine Gedanken.

»Als Gegenleistung für deine Unterschrift werde ich keine Abzüge der Fotos, die wir gerade aufgenommen haben, an den Premierminister, deinen Fraktionsvorsitzenden, an die Parteimitglieder deines Wahlkreises oder die Presse schicken. Du unterschreibst dieses Dokument, Giles, und du wirst dafür sorgen, daß die Autobahn innerhalb eines Monats gestoppt wird. Innerhalb von einem Monat, hast du mich verstanden? So lauten meine Bedingungen. Was sagst du dazu?« Sie entfernte den Knebel.

»Du widerliches Scheusal.«

»Ganz recht«, sagte Lady Maud, »du unterschreibst also?«

»Den Teufel werd' ich tun«, schrie Sir Giles und wurde umgehend zum Schweigen gebracht.

»Ich weiß zwar nicht, ob du deinen Shakespeare kennst«, sagte sie, »aber in *Eduard der Zweite*…«

Seinen Marlowe kannte Sir Giles zwar auch nicht, aber über Eduard den Zweiten wußte er Bescheid.

»Klex«, sagte Lady Maud, »schauen Sie mal eben in der Küche nach, ob Sie einen –«

Doch Sir Giles nickte schon. Zur Zeit würde er alles unterschreiben.

Während Klex seine rechte Hand losband, kramte Lady Maud einen Füllfederhalter aus ihrer Handtasche. »Hier«, befahl sie und deutete auf eine gepunktete Linie. Sir Giles unterschrieb. »Hier« und »Hier«. Sir Giles unterschrieb und unterschrieb. Als er fertig war, beglaubigte Klex die Unterschriften. Dann wurde er wieder festgebunden.

»Gut«, sagte Lady Maud, »ich werde das Scheidungsverfahren umgehend einleiten, und du stoppst die Autobahn oder trägst die Konsequenzen. Und unterstehe dich, deinen Fuß je wieder auf meinen Grund und Boden zu setzen. Deine Sachen werden dir geschickt.« Sie nahm den Schnuller raus. »Hast du noch was zu sagen?«

»Garantierst du mir, daß ich die Fotos und Negative bekomme, wenn ich es schaffe, den Autobahnbau zu stoppen?«

»Selbstverständlich«, sagte Lady Maud, »wir Handymans mögen unsere Fehler haben, aber Wortbrüchigkeit gehört nicht dazu.« Sie stopfte ihm den Schnuller wieder in den Mund und schnürte ihn hinter seinem Kopf fest. Dann nahm sie ihm die Brille ab, rückte sein Häubchen zurecht und ging aus dem Zimmer.

Im Treppenhaus begegnete ihnen die aufgeregte Mrs. Forthby. »Sie haben ihm doch hoffentlich nichts getan?« fragte sie.

»Natürlich nicht«, versicherte ihr Lady Maud, »wir haben ihn bloß veranlaßt, ein Schriftstück zu unterzeichnen, mit dem er in eine Scheidung einwilligt.«

»Oje, hoffentlich ist er nicht zu ungehalten. Manchmal bekommt er ganz furchtbare Wutanfälle.«

»Na hören Sie mal, Sie peitschendes Kindermädchen, Sie müssen eben zeigen, was in Ihnen steckt«, sagte Lady Maud. »Seien Sie streng.«

»Ja, sie haben recht«, sagte Mrs. Forthby. »Aber es fällt mir so schwer. Unfreundlich zu sein, ist meinem Wesen völlig fremd.«

»Bevor ich's vergesse, hier ist ein kleines Honorar für Ihre Hilfe.«Lady Maud zog einen Scheck aus ihre Handtasche, aber Mrs. Forthby schüttelte den Kopf.

»Vielleicht bin ich keine sehr kluge Frau und nicht ohne Fehler, aber ich habe meine Prinzipien«, sagte sie. »Außerdem würde ich wahrscheinlich vergessen, ihn einzulösen.« Ein wenig nachdenklich ging sie die Treppe hoch.

»Diese Frau«, stellte Lady Maud fest, als sie zum Bahnhof Paddington fuhren, um den Zug nach Worford zu nehmen, »ist viel zu gut für Giles. Sie hat etwas Besseres verdient.« Unterwegs hielten sie an, um an die Herren Schaeffer, Blodger und Vaizey die Aktienabtretung in den Briefkasten zu werfen.

- 20 -

Als sie am Haus Handyman ankamen, war es zwar zwei Uhr morgens, doch der Park war hell erleuchtet. Unter den Scheinwerfern waren Männer fleißig damit beschäftigt, die Zaunpfähle aufzustellen, und eine Seite des Parks war bereits eingezäunt. Lady Maud fuhr umher, um sich einen Überblick zu verschaffen, und gratulierte Mr. Firkin, dem Bauleiter, zu den Fortschritten.

»Sie werden wohl leider die Prämie zahlen müssen«, meinte der. »Wenn wir so weitermachen, sind wir in zehn Tagen fertig.«

»Tun Sie es in einer Woche«, sagte Lady Maud. »Geld spielt keine Rolle.« Sie ging ins Haus und legte sich sehr zufrieden schlafen. Das Geld war jetzt kein Problem mehr. Morgen früh würde sie jeden Penny von ihrem gemeinsamen Konto bei der Westland Bank in Worford abheben und auf ihr eigenes Privatkonto bei der Northern Bank einzahlen. Sir Giles würde zwar Zeter und Mordio schreien, aber unternehmen konnte er nichts. Schließlich hatte er die Zertifikate zur Aktienabtretung unterschrieben – wenn schon nicht aus freiem Willen, so doch wenigstens unter Umständen, die es ihm unmöglich machten, etwas anderes zu behaupten. Außerdem hatte sie mit den Fotos von Dundridge noch ein As im Ärmel. Sie würde das Dusselchen besuchen und ihn zwingen zuzugeben, daß Giles ihn erpreßt hatte. Hatte sie die Beweise dafür, war die Autobahn endgültig gestorben. Dann brauchte sie nicht mal ihre eigenen fiesen Fotos zu benutzen. Giles säße im Gefängnis, sein Unterhaussitz wäre vakant, es gäbe eine Nachwahl, und die ganze unerquickliche Angelegenheit wäre erledigt.

Was auch immer jetzt geschah, ihr konnte nichts passieren, und dem Anwesen auch nicht. »Auf groben Klotz ein grober Keil«, dachte sie im stillen und überlegte, welche seltsame Aneinanderreihung von Umständen dazu geführt hatte, daß aus ihr, einer schlichten, einfachen häuslichen Frau, einer Friedensrichterin und einem geachteten Mitglied der Gemeinde, eine Erpresserin geworden war, die sich mit obszönen Fotos befaßte und mit Folterdrohungen Unterschriften erzwang. Offensichtlich floß das Blut ihrer Ahnen, die die Schlucht – mit allen Mitteln – gegen sämtliche Eindringlinge verteidigt hatten, immer noch in ihren Adern.

»Wo gehobelt wird, fallen nun mal Späne«, murmelte sie und schlief ein.

In Mrs. Forthbys Wohnung lag einer der in Frage kommenden Späne mit seinem Rüschenhäubchen da und dachte nicht nur verzweifelt über einen Ausweg aus seinen beiden Zwangslagen nach, sondern schwor im stillen, das verfluchte peitschende Kindermädchen umzubringen, sobald er frei wäre. Seine Chancen, daß er noch vor Tagesanbruch dazu käme, standen allerdings überhaupt nicht gut. Das grausame Kindermädchen lag laut schnarchend auf dem Sofa im Wohnzimmer. Ein Blick auf sein haßerfülltes Gesicht hatte sie gründlich davon überzeugt, daß sich die Ungezogenheit ihres bösen Buben während ihrer Abwesenheit keineswegs gelegt hatte. Offenbar war die Politik fortgesetzter Zucht genau das richtige. Das peitschende Kindermädchen begab sich in die Küche und nahm sich die Flasche Würzbrandy vor. »Es kann nichts schaden, wenn ich mir ein bißchen Mut antrinke«, dachte sie und goß sich ein großes Glas ein. Als sie es ausgetrunken hatte, war ihr völlig entfallen, warum sie es sich genehmigt hatte. »Ein bißchen Spaß hat noch keinem geschadet«, murmelte sie und brach auf dem Sofa zusammen.

Ein bißchen von dem, was Sir Giles sonst Spaß machte, schadete ihm doch, und nicht zu knapp. Außerdem konnte man nach acht Stunden nicht mehr von »ein bißchen« sprechen. Während die Uhr auf dem Kaminsims die Stunden schlug, wanderten Sir Giles' Gedanken von einfachem Mord zu immer gräßlicheren Varianten langsamer Folterung, und zwischendurch überlegte er, was er verdammt noch mal wegen Maud unternehmen könnte. Anscheinend blieb ihm nicht viel übrig, außer seinen Sitz im Parlament aufzugeben, aus all seinen Clubs auszutreten, sein Vermögen zu Geld zu machen und schleunigst nach Brasilien zu fliegen, wo es kein Auslieferungsabkommen mit England gab. Dabei war nicht einmal gesagt, daß er irgendwelche Vermögenswerte besaß, die er zu Geld machen konnte. Gegen vier Uhr morgens schwante ihm, daß einige der von ihm unterzeichneten Schriftstücke eine verblüffende Ähnlichkeit mit Zertifikaten zur Aktienabtretung gehabt hatten. Zum fraglichen Zeitpunkt war er nicht in der Verfassung gewesen, sie sich sorgfältig anzusehen. Nicht daß sich seine Verfassung inzwischen gebessert hatte, aber wenigstens sah er sich nicht mehr mit der Drohung konfrontiert, eines so qualvollen Todes wie weiland Eduard der Zweite zu sterben. Von seinem Martyrium erschöpft, verfiel er schließlich in einen komaähnlichen Zustand, aus dem er ab und an erwachte, um sich ein neues und immer gräßlicheres Los für die vergeßliche alte Schnapsdrossel im Nebenzimmer auszumalen.

Mrs. Forthby wachte verkatert auf. Taumelnd stand sie vom Sofa auf und ließ sich ein Bad ein; doch erst, als sie sich abtrocknete, fiel ihr Sir Giles wieder ein.

»Oje, wird der wütend sein«, dachte sie, ging in die Küche und machte eine Kanne Tee. Das Tablett trug sie ins Schlafzimmer und stellte es auf das Nachttischchen. »Hopp, hopp aus den Federn, Morgenstund hat Gold im Mund«, verkündete sie vergnügt und band die Riemen los. Sir Giles spuckte den Schnuller aus. Auf diesen Augenblick hatte er zwölf Stunden lang gewartet, doch aus den Federn hopsen war für ihn nicht drin. Er rutschte seitlich vom Bett und kroch wie eine an chronischer Arthritis leidende Krabbe auf Mrs. Forthby zu.

»Nein, nein, du ungezogener Junge«, sagte die über seine Verfärbung entsetzte Mrs. Forthby. Sie floh aus dem Zimmer und schloß sich im Bad ein. Dabei war ihre Eile überflüssig. Sir Giles hatte sich in der Schlafzimmertür verkeilt, und eins seiner Beine war unentwirrbar in das Kabel einer Stehlampe verknotet.

In seinem Büro im regionalen Planungsamt kamen dem Autobahnkontrolleur für Mittelengland Bedenken wegen seines Plans, Lady Maud der Erpressung zu überführen. Das verflixte Weib hatte in der Telefonzentrale angerufen und die Nachricht hinterlassen, sie komme nach Worford und wolle ein vertrauliches Gespräch mit ihm führen. Ihren Wunsch nach Vertraulichkeit verstand Dundridge zwar sehr gut, teilte ihn aber nicht. Er hatte Lady Maud im Übermaß privat und vertraulich genossen und hegte nicht die Absicht, dieses Erlebnis zu vertiefen. Andererseits würde sie ihm im Beisein anderer wohl kaum mit Erpressung drohen. Unruhig marschierte Dundridge in seinem Büro auf und ab und dachte über einen Ausweg aus diesem Dilemma nach. Am Ende beschloß er, Hoskins als Leibwächter einzusetzen. Er bestellte ihn zu sich.

»Durch die Sprengungen haben wir die alte Kuh kopfscheu gemacht«, sagte er.

»Was haben wir gemacht?« wollte Hoskins wissen.

»Sie kommt heute vormittag zu einem Gespräch mit mir her. Ich will, daß Sie anwesend sind.«

Hoskins hatte da seine Bedenken. »Ich weiß nicht recht«, murmelte er. »Übrigens haben wir mit den Sprengungen noch gar nicht angefangen.«

»Aber die Spezialeinheit ist doch schon ausgerückt, oder?«

»Ja, obwohl mir wohler wäre, wenn Sie nicht von Spezialeinheit redete. Dieser ständige Militärjargon geht mir auf die Nerven.«

»Vergessen Sie's«, sagte Dundridge. »Tatsache ist: sie wird hier aufkreuzen. Ich möchte, daß Sie sich irgendwo verstecken und mithören, was sie zu erzählen hat, und wenn sie unangenehm wird, haben Sie Ihren Auftritt.«

»Unangenehm *wird?*« meinte Hoskins. »Das Miststück *ist* doch schon unangenehm. Das braucht sie wirklich nicht erst zu werden.«

»Damit meine ich, wenn sie gewalttätig wird«, erläuterte Dundridge. »Nun mal los, wir müssen Ihnen ein Versteck suchen.« Er sah hoffnungsvoll auf einen Aktenschrank, doch Hoskins blieb unnachgiebig.

»Warum darf ich nicht einfach in einer Ecke sitzen?« fragte er.

»Weil sie mich privat sprechen will.«

»Na, dann sprechen Sie doch um Himmels willen privat mit ihr«, sagte Hoskins. »Sie wird schon nicht auf Sie losgehen.«

»Das glauben Sie«, sagte Dundridge. »Aber ich brauche Sie trotzdem als Zeugen. Ich habe Grund zu der Annahme, daß sie versuchen wird, mich zu erpressen.«

»Sie zu erpressen?« wiederholte Hoskins und wurde blaß. Dieses »Grund zu der Annahme« gefiel ihm gar nicht. Das roch nach einem Polizisten, der als Zeuge vor Gericht aussagt.

»Mit Fotos«, ergänzte Dundridge.

»Mit Fotos?« betete der inzwischen gründlich beunruhigte Hoskins nach.

»Obszönen Fotos«, präzisierte Dundridge mit viel größerem Selbstvertrauen, als angemessen war, wie Hoskins zufällig wußte.

»Was werden Sie unternehmen?« fragte er.

»Ich werd' ihr sagen, sie soll sich gefälligst zum Teufel scheren«, sagte Dundridge.

Hoskins schaute ihn ungläubig an. Kaum zu glauben, daß er diesen außergewöhnlichen Menschen einmal als Trottel bezeichnet hatte. Der Mann war ja hart wie Stahl.

»Ich verrate Ihnen, was ich machen werde«, sagte er schließlich. »Ich bleibe vor der Tür stehen und höre zu, was sie sagt. Genügt das?«

Dundridge fand, das sei besser als gar nichts, und Hoskins flitzte in sein Büro, um Mrs. Williams anzurufen.

»Sally«, sagte er, »hier spricht Sie-wissen-schon-Wer.«

»Nö, weiß ich nicht«, widersprach Mrs. Williams, die eine schwere Nacht hinter sich hatte.

»Ich bin's, Hosi Hosi Krakins«, fauchte Hoskins auf der krampfhaften Suche nach einem Pseudonym, mit dem er einen eventuellen Lauscher in der Telefonzentrale täuschen konnte.

»Hosi Hosi Krakins?«

»Hoskins, Gott im Himmel«, flüsterte Hoskins.

»Ach, Hoskins, warum haben Sie das nicht gleich gesagt?«

Hoskins beherrschte sich. »Hören Sie genau zu«, sagte er, »das

Spiel ist aus. Es ist aus A wie Arschloch. U wie Ungeheuer. S wie Siegfried.«

»Was soll das heißen?« unterbrach Mrs. Williams.

»Die Bullen«, sagte Hoskins. »Es heißt, daß die Sache komplett geplatzt ist. Alles verbrennen, verstehen Sie mich. Negative, Abzüge, den ganzen Schrott. Sie haben noch nie was von mir gehört und ich nicht von Ihnen. Merken Sie sich das. Sie wissen von gar nichts. Und Sie waren noch nie in der Nähe des Golf Clubs.«

Als er den Hörer auflegte, hatte Mrs. Williams begriffen; Hoskins ebenfalls. Falls Mrs. Williams geschnappt wurde, konnte er sicher sein, neben ihr auf der Anklagebank zu sitzen. Darüber hatte sie ihn nicht im Zweifel gelassen.

Er ging wieder in Dundridges Büro und öffnete Lady Maud die Tür, als sie eintraf. Dann nahm er davor seine Lauscherposition ein.

Innen stählte Dundridge sich innerlich für die bevorstehende Qual. Da Hoskins vor der Tür stand, konnte er wenigstens jederzeit um Hilfe rufen; ohnehin schien Lady Maud ihm weit wohlwollender gesonnen zu sein, als er erwartet hatte.

»Mr. Dundridge«, sagte sie und nahm vor seinem Schreibtisch Platz, »ich würde gern klarstellen, daß ich heute morgen absolut nicht in feindseliger Stimmung hierhergekommen bin. Wir hatten zwar in der Vergangenheit unsere kleinen Zusammenstöße, ich weiß, doch was mich betrifft, ist alles vergeben und vergessen.«

Dundridge warf ihr einen haßerfüllen Blick zu und schwieg. Was ihn betraf, war es eher unwahrscheinlich, daß etwas vergessen wurde, und er war eindeutig alles andere als bereit, ihr zu vergeben.

»Nein, ich bin gekommen, um Sie um Ihre Mitarbeit zu bitten«, fuhr sie fort, »und ich möchte Ihnen versichern, daß unter uns bleiben wird, was ich Ihnen zu sagen habe.«

Dundridge schaute kurz zur Tür und sagte, er sei froh, das zu hören.

»Ja, das habe ich mir beinahe gedacht«, sagte Lady Maud. »Sehen Sie, ich habe Grund zu der Annahme, daß man versucht hat, Sie zu erpressen.«

Dundridge starrte sie an. Sie wußte verdammt gut, daß er erpreßt worden war.

»Wie kommen Sie darauf?«

»Durch diese Fotos«, antwortete Lady Maud, zog einen Umschlag aus ihrer Handtasche und verteilte die zerrissenen und angekohlten Überreste der Fotos auf seinem Schreibtisch. Dundridge besah sie sich sorgfältig. Wieso waren sie zerrissen und verkohlt? Er schob sie hin und her und suchte nach seinem Gesicht. Es fehlte. Wenn sie annahm, ihn mit diesem Häuflein erpressen zu können, hatte sie sich aber schwer geirrt.

»Was ist damit?« fragte er.

»Sie wissen nichts darüber?«

»Absolut nicht«, sagte Dundridge, inzwischen durch und durch selbstsicher. Er wußte, was geschehen war. Diese Bilder hatte er auf Mr. Ganglions Schreibtisch liegenlassen. Ganglion hatte sie zerrissen, ins Feuer geworfen und dann seine Meinung geändert. Er hatte sie herausgeholt, Lady Maud besucht und ihr erklärt, er, Dundridge, habe sie der Erpressung beschuldigt. Und nun versuchte sie, sich aus der Sache herauszuwinden. Ihre nächste Bemerkung bestätigte seine Theorie.

»Dann hat mein Mann also nie versucht, Sie mit Hilfe dieser Fotos bei irgendeiner Ihrer Entscheidungen zu beeinflussen«, sagte sie.

»Ihr Mann? Ihr Mann?« sagte Dundridge entrüstet. »Wollen Sie damit andeuten, Ihr Mann habe versucht, mich mit diesen… obszönen Fotos zu erpressen?«

»Ja«, sagte Lady Maud, »genau das will ich andeuten.«

»Dazu kann ich nur bemerken, daß Sie sich irren. Sir Giles hat mich immer höchst zuvorkommend und höflich behandelt, was ich«, ein Blick zur Türe, ehe er mutig fortfuhr, »von Ihnen nicht unbedingt behaupten kann.«

Lady Maud sah ihn verblüfft an. »Mehr haben Sie dazu nicht zu sagen?«

»Nein«, sagte Dundridge, »nur noch eins. Warum bringen Sie diese Fotos nicht zur Polizei?«

Lady Maud zögerte. Damit hatte sie wirklich nicht gerechnet. »Ich halte das nicht für sehr vernünftig, Sie etwa?«

»Doch«, sagte Dundridge, »das tue ich allerdings. Nun, ich bin ein vielbeschäftigter Mann, und Sie vergeuden meine Zeit, Sie wissen ja, wo die Tür ist.«

Lady Maud erhob sich wutschnaubend von ihrem Stuhl. »Wie können Sie es wagen, so mit mir zu reden?« rief sie.

Dundridge sprang von seinem Stuhl auf und öffnete die Tür. »Hoskins«, sagte er, »bringen Sie Lady Maud hinaus.«

»Ich finde den Weg selber«, sagte Lady Maud und stürmte an ihnen vorbei in den Korridor. Dundridge ging in sein Büro zurück und ließ sich in einen Sessel fallen. Er hatte sie gezwungen, Farbe zu bekennen. Er hatte ihr die Tür gewiesen. Keiner konnte behaupten, der Autobahnkontrolleur für Mittelengland sei nicht Herr in seinem eigenen Haus. Er war über seinen Auftritt selbst erstaunt.

Hoskins nicht minder. Einen Moment lang starrte er Dundridge an und schwankte dann in sein Büro zurück, mitgenommen von dem, was er gerade gehört hatte. Sie hatte Dundridge mit diesen entsetzlichen Fotos konfrontiert, und der hatte den Nerv, ihr zu sagen, sie solle doch damit zur Polizei gehen. Herrgott, ein Mensch, der so was fertigbrachte, war zu allem fähig. Jetzt stand wirklich Ärger ins Haus. Andererseits hatte sie gesagt, sie halte das nicht für vernünftig. Hoskins war voll und ganz ihrer Meinung. »Sie nimmt offensichtlich Sir Giles in Schutz«, dachte er und fragte sich, wie sie die Fotos überhaupt in die Finger bekommen hatte. Einen Moment lang trug er sich mit dem Gedanken, Sir Giles anzurufen, entschied sich aber doch dagegen. Das beste war, sich nicht zu rühren, den Mund zu halten und zu hoffen, daß die Wogen sich glätteten.

Er hatte gerade diesen beruhigenden Entschluß gefaßt, als es klingelte. Wieder war es Dundridge. Hoskins ging den Korridor zurück und traf den Kontrolleur in Hochstimmung an.

»Tja, damit ist dieser kleine Plan erledigt«, sagte er. »Sie haben gehört, wie sie mir mit schmutzigen Fotos gedroht hat. Sie dachte, sie könne mich dazu bringen, meinen Einfluß zur Veränderung der Autobahn-Streckenführung in die Waagschale zu werfen. Ich hab' ihr die Meinung gesagt.«

»Das kann man wohl sagen«, stimmte Hoskins respektvoll zu.

»Schön«, sagte Dundridge und wandte sich einer Wandkarte zu, »wir müssen das Eisen schmieden, solange es heiß ist. Die Operation Fernverkehr wird sofort weitergeführt. Sind die Zwangsenteignungsbescheide zugestellt worden?«

»Ja«, sagte Hoskins.

»Und die Spezialeinheit hat mit ihrem Zerstörungswerk begonnen?«

»Zerstörungswerk?«

»Sprengarbeiten.«

»Noch nicht. Sie ist gerade erst angerückt.«

»Sie soll sofort anfangen«, sagte Dundridge. »Wir müssen in der Offensive bleiben und den Feind weiter unter Druck setzen. Hier habe ich vor, ein mobiles Hauptquartier einzurichten.« Er deutete auf einen Punkt auf der Landkarte, drei Kilometer östlich von Guildstead Carbonell.

»Ein mobiles Hauptquartier?« fragte Hoskins.

»Sorgen Sie dafür, daß ein Wohnwagen dorthin gebracht wird. Ich beabsichtige, die Operation persönlich zu überwachen. Wir beide werden unsere Büros nach draußen verlegen.«

»Das wird aber furchtbar unbequem«, gab Hoskins zu bedenken.

»Scheiß drauf«, sagte Dundridge, »ich habe vor, diese Kanaille unter allen Umständen noch vor Weihnachten aus Haus Handyman zu verjagen. Sie befindet sich jetzt in der Defensive, und ich werde bei Gott dafür sorgen, daß sie dort bleibt.«

»Also gut«, meinte Hoskins mißmutig. Er würde sich hüten, jetzt mit Dundridge zu streiten.

Nachdenklich fuhr Lady Maud nach Hause. Sie hätte schwören können, die dürren Beinchen auf den Fotos seien dieselben gewesen, die sie über den Marmorfußboden hatte huschen sehen; aber anscheinend hatte sie sich getäuscht. Dundridges selbstgerechte Entrüstung war absolut überzeugend gewesen. Sie hatte damit gerechnet, daß dieses miese Männlein erröten, stottern und nach Ausflüchten suchen würde, aber statt dessen hatte er ihr Paroli geboten und sie aus seinem Büro gewiesen. Er hatte sogar vorgeschlagen, sie solle die Fotos zur Polizei bringen, und da ihr sein Kleinmut in anderen, weniger bedrohlichen Situationen bekannt war, konnte man unmöglich vermuten, daß er bluffte. Nein, sie hatte sich geirrt. Wirklich ein Jammer. Zu gern hätte sie Sir Giles vor Gericht gesehen, aber letztlich war es egal; schließlich stand ihr noch genug Material zur Verfügung. Um die Einstellung der Autobahnbauarbeiten zu erreichen, würde Sir Giles jetzt Himmel und Erde in Bewegung setzen, und falls er versagte, würde sie ihn zwingen, seinen Parlamentssitz aufzugeben. In diesem Fall gäbe es wieder eine Nachwahl, und was in Ottertown funktioniert hatte, würde auch in der Schlucht klappen. Die Regierung würde die Autobahnpläne fallenlassen. Und sollte das schiefgehen, gab es schließlich immer noch den Großwildpark. Ein halbes Dutzend Häuser abzureißen und die in ihnen wohnenden Familien zwangszuräumen, war eine Sache, aber zehn Löwen, vier Giraffen, ein Nashorn und ein Dutzend Strauße ihres Lebensraums zu berauben, war etwas ganz anderes. Tierquälerei würde die britische Öffentlichkeit niemals dulden. Als sie zu Hause ankam, war Klex in der Küche gerade eifrig damit beschäftigt, seine Filme zu wässern.

»Ich habe den Kesselraum zur Dunkelkammer gemacht«, erklärte er und hielt ihr einen Film vor die Nase. Lady Maud musterte ihn mit Laienblick.

»Sind sie gut geworden?« fragte sie.

»Prima«, sagte Klex. »Wirklich hübsch.«

»Daß Giles Ihre Meinung teilen würde, bezweifle ich«, sagte Lady Maud und begab sich in den Garten, um Salat fürs Mittagessen zu pflücken. Klex spülte im Ausguß seine Filme fertig und trug sie dann in den Kesselraum, wo er sie zum Trocknen aufhängte. Als er zurückkam, stand das Essen auf dem Küchentisch.

»Sie essen hier mit mir«, ordnete Lady Maud an. »Ich bin sehr zufrieden mit Ihnen, Klex, außerdem ist es angenehm, einen Mann in der Nähe zu haben.«

Klex zögerte. Diese Bemerkung erschien ihm unlogisch. Offenkundig waren jede Menge Männer in der Nähe, trampelten die Dienstbotentreppe zu ihren Schlafzimmern rauf und runter und arbeiteten Tag und Nacht an dem Zaun. Aber wenn Lady Maud es wünschte, daß er ihr beim Essen Gesellschaft leistete, hatte er nichts dagegen. Es ging voran. Sie würde sich von ihrem Mann scheiden lassen. Er war verliebt, allerdings ohne sich Hoffnungen zu machen, in dieser Richtung je etwas zu erreichen; daher war er schon zufrieden, bloß mit ihr an einem Tisch zu essen. Und dann gab es da noch den Zaun. Klex war von dem Zaun begeistert. Er rief bei ihm Erinnerungen an den Krieg und seine Kriegsgefangenschaft wach. Er würde die Welt aussperren, und er und Maud würden jeder für sich, aber glücklich bis ans Ende ihrer Tage leben.

Sie waren gerade mit dem Essen fertig und beim Abwaschen, als es in einiger Entfernung dumpf donnerte und die Fenster klapperten.

»Ich wüßte gern, was das war«, sagte Lady Maud.

»Klingt nach Sprengungen.«

»Sprengungen?«

»In einem Steinbruch.«

»Aber hier in der Gegend gibt's gar keine Steinbrüche«, sagte Lady Maud. Sie gingen nach draußen auf den Rasen, wo sie zwei oder drei Kilometer weiter östlich eine Wolke sehen konnten, die langsam gen Himmel stieg.

Die Operation Fernverkehr hatte begonnen.

- 21 -

Und die Operation Fernverkehr ging weiter. Tag für Tag wurde die Stille der Schlucht vom Rumpeln der Bulldozer und dem dumpfen Grollen der Explosionen durchbrochen, als die Klippen gesprengt und die Felsen weggeräumt wurden. Tag für Tag beschwerten sich die Bauunternehmer bei Hoskins, eine Autobahn werde gebaut, indem man vorne anfange und dann bis zum Ende weitermache oder sich doch wenigstens an irgendeinen vorher festgelegten Plan halte, aber es sei doch keine Art, überall herumzuwursteln, mal hier ein Feld aufzuwühlen und mal dort einen Wald abzuholzen, irgendwo mit dem Bau einer Brücke zu beginnen, um dann die Bauarbeiten einzustellen und mit der Errichtung einer Überführung anzufangen. Und Tag für Tag trug Hoskins ihre Beschwerden und ein paar seiner eigenen Dundridge vor und stieß damit auf Granit.

»Bei der Operation Fernverkehr kommt es vor allem darauf an, daß unser Vorgehen zufällig und nicht berechenbar ist«, erklärte ihm Dundridge. »Der Feind weiß nie, wo wir als nächstes auftauchen werden.«

»Ich übrigens auch nicht, wenn wir schon mal dabei sind«, beschwerte sich Hoskins. »Ich hatte heute morgen Probleme, unseren Standort zu finden. Bevor ich gestern abend nach Hause fuhr, hätten Sie mich ruhig warnen können, daß Sie die Zentrale verlegen wollten.«

Dundridge schaute sich im mobilen Hauptquartier um. »Wirklich seltsam«, sagte er, »ich dachte, Sie hätten es verlegt.«

»Ich? Weshalb sollte ich so was tun?«

»Keine Ahnung. Um näher an der Front zu sein, nehme ich an.«

»Näher an der Front?« sagte Hoskins. »Wenn ich eins will, dann wieder in meinem verfluchten Büro sitzen und nicht in einem beschissenen Wohnwagen durch die Gegend zotteln.«

»Na ja, egal, wer ihn verschoben hat, es war eine gute Idee«, sagte Dundridge. »Hier sind wir näher am Einsatzort.«

Hoskins schaute gerade aus dem Fenster, als ein riesiger Kipper vorbeifuhr.

»Näher?« brüllte er, um den Lärm zu übertönen. »Wir sind verdammt noch mal mitten drin, wenn Sie mich fragen.« Wie zur Bestätigung seiner Worte ertönte ein ohrenbetäubendes Krachen, und in zweihundert Meter Entfernung stürzte ein Teil der Felswand ein. Während der Staub sich setzte, betrachtete Dundridge zufrieden den Schauplatz des Geschehens. Das war die Natur, wie der Mensch – und besonders Dundridge – sie sich wünschte. Die bezwungene Natur, die gebändigte Natur, die disziplinierte Natur. So sah der Fortschritt aus; ein langsamer Fortschritt zwar, aber unerbittlich. Hinter ihnen Einschnitte und Straßendämme, Beton und Stahl, vor ihnen die Schlucht und Haus Handyman.

»Übrigens«, sagte Hoskins, als er sein eigenes Wort wieder verstehen konnte, »es gibt eine Beschwerde von General Burnett. Er behauptet, einer unserer Lastwagen habe seine Gartenmauer beschädigt.«

»Na und?« sagte Dundridge. »In zwei Monaten wird er keinen Garten und keine Mauer mehr haben. Weshalb beschwert er sich also?«

»Und Mr. Bullett-Finch rief an und meinte –«

Aber Dundridge war nicht interessiert. »Nehmen Sie alle Beschwerden zu den Akten«, sagte er wegwerfend, »ich habe keine Zeit für Einzelheiten.«

In London war Sir Giles ganz und gar nicht seiner Meinung. Er war besessen von Einzelheiten, speziell von denen, die mit dem Verkauf seiner Aktien und der Frage zusammenhingen, was Lady Maud mit diesen verdammten Fotos vorhatte.

»An diesen Aktien habe ich eine halbe Million verloren«, brüllte er Blodger an, »eine halbe Scheißmillion.«

Aus Blodgers Stimme sprach Mitleid. »Ich sagte seinerzeit, ich dächte, Sie seien ein wenig voreilig.«

»Sie dächten? Sie dachten überhaupt nicht«, schrie Sir Giles. »Hätten Sie gedacht, wäre Ihnen aufgegangen, daß nicht ich telefoniert habe.«

»Aber es klang wie Ihre Stimme. Und Sie sagten, ich solle Sie in Ihrer Wohnung zurückrufen.«

»Ich habe nichts dergleichen getan. Sie glauben doch nicht ernsthaft, ich würde viertausend President Rand verkaufen, wo der Markt gerade im Keller angelangt ist. Ich bin doch kein total bescheuerter Idiot, oder?«

Blodger schaute ihn prüfend an. Mit diesem Gedanken hatte er auch schon gespielt. Schließlich beendete Schaeffer die heftige Auseinandersetzung.

»Statt bei uns ausfallend zu werden«, sagte er, »und irgendwelche Beteuerungen abzugeben, würde ich vorschlagen, daß Sie sich besser an einen Anwalt wenden.«

»Und was soll ich bei dem Scheißanwalt?«

»Eine eidesstattliche Versicherung abgeben, in der steht, daß die Unterschriften auf den Aktienabtretungszertifikaten gefälscht sind«, sagte Schaeffer gelassen.

Sir Giles nahm seinen Hut. »Glauben Sie bloß nicht, damit sei diese Scheißangelegenheit erledigt«, knurrte er. »Sie hören noch von mir.«

Schaeffer öffnete ihm die Tür. »Ich kann nur hoffen, daß uns das verdammt noch mal erspart bleibt«, sagte er.

Wenn seine Makler schon kein Mitleid zeigten, so tat dies Mrs. Forthby um so mehr.

»Alles ist meine Schuld«, wimmerte sie und schielte ihn durch die zwei blauen Augen an, die er ihr als Dank für ihre Bemühungen verpaßt hatte. »Wenn ich nicht das Haus verlassen hätte, um Fischstäbchen zu holen, wäre das nicht passiert.«

»Du und deine beschissenen Fisch –«, setzte er an, riß sich aber zusammen. Er mußte einen kühlen Kopf behalten, und Mrs. Forthbys Selbstbezichtigungen halfen nicht weiter. »Vergiß es.

Ich muß mir etwas einfallen lassen. Wenn's nach mir geht, kommt meine verdammte Frau damit nicht durch.«

»Also, wenn sie bloß die Scheidung will...«

»Die Scheidung? Die Scheidung? Wenn du wirklich glaubst, daß sie nicht mehr will...« Er brach wieder ab. Mrs. Forthby durfte nichts von den Fotos erfahren. Keiner durfte etwas davon wissen. Sobald diese Sache bekannt wurde, war er erledigt, und ihm blieben nur noch drei Wochen, um etwas zu unternehmen. Er fuhr in seine Wohnung zurück und überlegte, wie er erreichen könnte, daß die Autobahn nicht weitergebaut würde. In London konnte er nicht viel unternehmen. Seine Bitte, die Angelegenheit mit dem Umweltminister besprechen zu dürfen, war abgelehnt worden, seine Forderung nach einer erneuten Untersuchung hatte man zurückgewiesen. Und seine private Quelle im Ministerium hatte keinen Zweifel daran gelassen, daß es zu spät sei, um noch etwas zu unternehmen.

»Die Bauarbeiten haben bereits begonnen. Von Unfällen abgesehen, kann nichts mehr diese Geschichte aufhalten.«

Sir Giles legte den Hörer auf und dachte an Unfälle, an schlimme Unfälle, an Maud, wie sie die Treppe runterfiel und sich den Hals brach oder einen tödlichen Autounfall hatte. Irgendwie kam es ihm nicht sehr wahrscheinlich vor. Schließlich dachte er an Dundridge. Maud hatte zwar etwas gegen ihn, Giles, in der Hand, aber er hatte was gegen den Autobahnkontrolleur für Mittelengland in der Hand. Er rief Hoskins im regionalen Planungsbüro an. »Er ist draußen im OHAB«, erfuhr er von dem Mädchen in der Telefonzentrale.

»Ohab?« sagte Sir Giles und versuchte verzweifelt, sich zu erinnern, ob es in South Worfordshire ein Dorf dieses Namens gab.

»Oberstes Hauptquartier für den Autobahnbau«, sagte das Mädchen. »Er ist stellvertretender Frontkommandeur.«

»Was?« sagte Sir Giles. »Was zum Teufel geht bei euch eigentlich vor?«

»Das dürfen Sie mich nicht fragen«, sagte das Mädchen,

»ich bin bloß einfache Fronttelegrafistin. Soll ich Sie durchstellen?«

»Ja«, sagte Sir Giles. »Für mich klingt das beknackt.«

»Das ist es auch«, meinte das Mädchen. »Es ist ein Wunder, daß ich nicht morsen muß.«

Als Sir Giles Hoskins schließlich erreichte, klang der wirklich merkwürdig. Er meldete sich mit »Stellvertretender Front –«, wurde aber von Sir Giles unterbrochen.

»Verschonen Sie mich mit diesem Quatsch, Hoskins«, rief er. »Was zum Teufel spielen Sie da Ihrer Meinung nach eigentlich? Eine Art Kriegsspiel?«

»Ja«, bestätigte Hoskins und schaute nervös aus dem Fenster. Es gab ein ohrenbetäubendes Getöse, als eine Dynamitladung in die Luft ging.

»Teufel noch eins, was war das denn?« brüllte Sir Giles.

»Das war haarscharf daneben«, sagte Hoskins, während Felsbröckchen auf das Wohnwagendach prasselten.

»Sparen Sie sich Ihre dummen Witze«, sagte Sir Giles, »ich habe Sie nicht angerufen, um Unsinn zu reden. Die Planungen haben sich geändert. Die Autobahn muß gestoppt werden. Ich habe entschieden...«

»Gestoppt?« unterbrach ihn Hoskins. »Eine Ratte hat größere Chancen, schwimmend nach Australien zu kommen, als Sie, dieses Ding zu stoppen. Wir stoßen in einem Tempo von hundert Metern pro Tag in die Schlucht vor.«

»In die Schlucht?«

»Sie haben's doch gehört«, sagte Hoskins.

»Lieber Himmel«, sagte Sir Giles. »Was für eine Scheiße läuft hier eigentlich ab? Hat Dundridge den Verstand verloren, oder was?«

»Man könnte es so formulieren«, meinte Hoskins zögernd. Der Autobahnkontrolleur für Mittelengland hatte gerade staubbedeckt den Wohnwagen betreten und nahm seinen Helm ab.

»Na, dann halten Sie ihn auf«, schrie Sir Giles.

»Das ist leider unmöglich, Sir«, sagte Hoskins und veränderte den Tonfall, um anzudeuten, daß er nicht mehr allein sei. »Ich werde mir Ihre Beschwerde notieren und sie an die zuständigen Behörden weiterleiten.«

»Sie werden noch viel mehr tun «, grölte Sir Giles. »Sie werden die bewußten Fotos verwenden. Sie werden –«

»Soviel ich weiß, kümmert sich die Polizei um diese Angelegenheit, Sir«, sagte Hoskins. »Was uns betrifft, kann ich Ihnen nur empfehlen, einen Verbrennungsofen zu benutzen.«

»Einen *Verbrennungsofen*? Was zum Teufel soll ich denn mit einem Verbrennungsofen anfangen?«

»Nach meinen Erfahrungen verbrennt man diese Sorte Müll am besten. Die Antwort kann nur negativ lauten.«

»Die Negative?«

»Ganz recht, Sir«, sagte Hoskins. »Meine Erfahrungen besagen, daß man Gesundheitsrisiken entgeht, wen man leichtentzündliches Material verbrennt. Wenn Sie mich jetzt bitte entschuldigen würden, ich bin nicht allein im Raum.« Hoskins legte auf, und Sir Giles lehnte sich zurück, um seine Nachricht zu entschlüsseln.

»Verbrennungsöfen. Polizei. Negative. Gesundheitsrisiken.« Diese Wörter hatte Hoskins betont, und Sir Giles dämmerte, daß alle Hoffnungen, Dundridge beeinflussen zu können, wie Funken im Feuer zerstoben waren. Am meisten beunruhigte ihn die Erwähnung der Polizei. »Lieber Gott, diese kleine Ratte Dundridge war bei den Bullen«, murmelte er, und plötzlich fiel ihm ein, daß sein Safe im Haus Handyman Beweismaterial enthielt, das nicht verbrannt worden war. Maud hockte auf einem Safe voller Fotos, die ihn ins Gefängnis bringen konnten. »Leichtentzündliches Material. Die Kanaille kann mich fünf Jahre hinter Gitter bringen«, dachte er. »*Die* würde ich gern verbrennen.« Sie verbrennen? Sir Giles starrte vor sich hin. Plötzlich sah er eine Möglichkeit, wie er seine sämtlichen Probleme loswerden konnte.

Er nahm einen Bleistift und listete die Vorteile auf. Erstens würde er die Beweise für seinen Erpressungsversuch an Dundridge vernichten. Zweitens würde er die Fotos aus der Welt schaffen, die Klex von ihm in Mrs. Forthbys Wohnung aufgenommen hatte. Handelte er drittens, bevor Maud sich von ihm scheiden ließ, wäre er immer noch Eigentümer der Asche von Haus Handyman und würde die Versicherung und wahrscheinlich auch die Entschädigung für den Autobahnbau einstreichen. Viertens, falls Maud starb... Viertens war eine besonders reizvolle Vorstellung und genau die Sorte Unfall, die er sich erhofft hatte.

Er trug das Notizblatt zum Kamin hinüber und zündete ein Streichholz an. Das aufflammende Papier betrachtete Sir Giles mit immenser Befriedigung. Was die Säuberung der Vergangenheit betraf, ging nichts über ein gutes Feuer. Jetzt brauchte er nur noch ein perfektes Alibi.

Mit der gleichen Befriedigung betrachtete im Haus Handyman Lady Maud ihr Werk. Den Zaun hatte man in zehn Tagen errichtet, die Löwen, Giraffen und das Nashorn waren ausgesetzt und die Strauße auf dem alten Tennisplatz untergebracht. Es war wirklich sehr angenehm, durch das Haus zu schlendern und zu beobachten, wie die Löwen durch den Park trotteten oder unter den Bäumen herumlagen.

»Es verleiht einem ein gewisses Gefühl von Sicherheit«, verkündete sie Klex, der sich nur noch im Küchengarten aufhalten durfte und klagte, das Nashorn mache den ganzen Rasen kaputt.

»Schon möglich, daß es einem ein Gefühl von Sicherheit verleiht«, sagte Klex, »aber der Briefträger sieht das anders. Er traut sich nur noch bis zum Pförtnerhaus, genau wie der Milchmann.«

»So ein Quatsch«, meinte Lady Maud. »Bei Löwen muß man einfach nur unerschrocken auftreten und ihnen fest in die Augen sehen.«

»Das mag wohl sein«, sagte Klex, »aber das Nashorn braucht 'ne Brille.«

»Bei Nashörnern kommt es drauf an«, erklärte Lady Maud,

»daß man sich in rechtem Winkel zu ihrem Anmarschweg aufhält.«

»Beim Lieferwagen des Metzgers hat es nicht funktioniert. Sie können sich nicht vorstellen, was es an seinem hinteren Kotflügel angerichtet hat.«

»Das kann ich mir ganz genau vorstellen. Einen Schaden von sechzig Pfund; aber es hat den Wagen nicht angegriffen.«

»Nein«, bestätigte Klex, »es hat sich bloß dagegen gelehnt und seinen Hintern dran gerieben.«

»Na ja, wenigstens betragen sich die Giraffen anständig«, sagte Lady Maud.

»Was von ihnen noch übrig ist«, präzisierte Klex.

»Was soll das heißen, ›Was von ihnen noch übrig ist‹?«

»Tja, es sind nur noch zwei übrig.«

»Zwei? Aber es waren doch vier. Wo sind die anderen zwei geblieben?«

»Das fragen Sie besser die Löwen«, empfahl ihr Klex. »Ich könnte mir denken, daß sie Giraffen gern zum Abendbrot verspeisen.«

»Wenn das so ist, sollten wir am besten noch mal einen Zentner Fleisch beim Metzger bestellen. Wir können nicht zulassen, daß sie sich gegenseitig auffressen.«

Gebieterisch schritt sie über den Rasen und hielt kurz an, um das Nashorn mit einem Stock zu pieken. »Ich dulde nicht, daß du dich im Steingarten rumtreibst«, teilte sie dem Tier mit. Vor dem Küchengarten döste ein Löwe in der Sonne. »Zieh Leine, du faules Untier.« Der Löwe stand auf und schlich sich fort.

Klex schaute voll Bewunderung zu, ehe er die Tür zum Küchengarten schloß. »Was für eine Frau«, murmelte er und kümmerte sich wieder um die Tomaten. Fünf Minuten später wurde er von einem dumpfen Grollen aus der Schlucht unterbrochen. Er blickte auf. Sie kamen näher. Es war an der Zeit, in dieser Angelegenheit etwas zu unternehmen. Bisher hatte er sich darauf beschränkt, nachts Dundridges mobiles Hauptquartier durch die

Gegend zu fahren und die Positionen der Pflöcke zu verändern, mit denen die Streckenführung markiert wurde, so daß die Autobahn mehrere Grade von der geplanten Route abgewichen wäre, hätte man sich bei den Bauarbeiten nach den Wünschen der beteiligten Firmen gerichtet. Da Dundridge bei den Arbeiten leider auf Willkürlichkeit bestand, waren Klex' Anstrengungen zum Scheitern verurteilt gewesen. Er hatte lediglich bewirkt, daß sämtliche Bäume in Oberst Chapmans Obstplantage, die etwa vierhundert Meter von der geplanten Autobahnstrecke entfernt lag, gefällt wurden. Der Oberst hatte den Behörden die Hölle heiß gemacht, dann war ihm eine zusätzliche Schadensersatzzahlung versprochen worden. Noch ein paar derartige Rechenfehler, und es gäbe einen öffentlichen Entrüstungsschrei. Klex dachte gründlich über dieses Problem nach.

Zum erstenmal seit Wochen besuchte Klex in dieser Nacht den Royal George in Guildstead Carbonell.

Mrs. Wynn begrüßte ihn enthusiastisch. »Bin ich froh, daß du gekommen bist«, sagte sie. »Ich dachte schon, du hättest mich endgültig aufgegeben.«

Klex sagte, er sei beschäftigt gewesen. »Beschäftigt?« sagte Mrs. Wynn. »Das mußt gerade du sagen. Ich bin hier mit den Leuten von der Autobahn dauernd auf Trab. Mittags kommen sie her, und abends sind sie wieder da. So was hat's hier bestimmt noch nie gegeben, das kannst du mir glauben.«

Klex schaute sich in der Bar um und sah, was sie meinte. Die Kneipe war voller Bauarbeiter. Er nahm sich einen halben Handyman Brown und setzte sich an einen Tisch in der Ecke. Eine Stunde später unterhielt er sich angeregt mit dem Bulldozerfahrer.

»Muß 'ne interessante Arbeit sein, Häuser abzureißen «, sagte Klex.

»Wird gut bezahlt«, sagte der Fahrer.

»Um ein großes Gebäude wie Haus Handyman abzubrechen, muß man bestimmt ein echter Fachmann sein.«

»Keine Ahnung. Ich sag' immer, je größer sie sind, desto lauter kracht's, wenn sie umfallen«, sagte der Fahrer, der sich durch Klex' Interesse geschmeichelt fühlte.

»Ich hole uns noch 'n Halben«, sagte Klex.

Drei Halbe später erklärte der Fahrer einem faszinierten Klex die Feinheiten von Abrißarbeiten.

»Es kommt drauf an, daß man den Eckstein trifft«, sagte er. »Den suchst du dir, schwingst die Birne zurück, läßt sie los und schon – fertig ist die Laube! – fällt das ganze Haus um wie ein Stapel Spielkarten. Ich verrate Ihnen was: Ich hab' das schon öfter gemacht, als Sie warme Mahlzeiten hatten.«

Klex sagte, das wolle er gern glauben. Als die Polizeistunde kam, wußte er eine ganze Menge über Abbrucharbeiten, und der Fahrer sagte, er würde ihn gern mal wiedersehen. Klex half Mrs. Wynn beim Gläserwaschen und kam dann seinen nichtehelichen Pflichten nach, ohne allerdings mit dem Herzen dabeizusein. Mrs. Wynn bemerkte das.

»Heute nacht bist du nicht der alte«, sagte sie, als sie fertig waren. Klex grunzte. »Das soll nicht heißen, daß ich selber umwerfend bin. Meine Beine bringen mich um. Ich muß unbedingt mal 'n Tag ausspannen.«

»Warum nimmst du dir nicht einen Tag frei?« fragte Klex.

»Wie soll ich das machen? Wer kümmert sich dann um die Gäste?«

»Das mach' ich dann schon«, sagte Klex.

Um fünf radelte Klex bereits die Hauptstraße von Guildstead Carbonell hinunter zum Haus Handyman. Um sieben hatte er die Löwen gefüttert, und als Lady Maud zum Frühstück runterkam, wartete er schon auf sie.

»Ich nehme mir den Tag frei«, verkündete er.

»Was tun Sie?« erkundigte sich Lady Maud. Klex nahm sich nie freie Tage.

»Mir den Tag freinehmen. Und ich brauche den Landrover.«

»Wofür?« fragte Lady Maud, die es nicht gewohnt war, von ihrem Gärtner zu hören, daß er ihren Landrover brauche.

»Überlassen Sie das nur mir«, sagte Klex. »Verraten wird nichts.«

»Verraten wird nichts? Aber sonst geht's Ihnen gut?«

»Und dann brauche ich noch ein Schreiben für Mr. Wilkes in der Brauerei, daß er mir Spezialbräu Sonderabfüllung aushändigen soll.«

Lady Maud nahm am Küchentisch Platz und sah ihn skeptisch an. »Die Sache gefällt mir nicht, Klex. Sie führen etwas im Schilde.«

»Und *die* Sache gefällt mir auch nicht«, sagte Klex, als aus der Schlucht ein dumpfes Grollen ertönte. Lady Maud nickte. Diese Sache gefiel auch ihr nicht.

»Hat es irgendwas damit zu tun?« fragte sie. Klex nickte. »Wenn das so ist, kriegen Sie, was Sie wollen, aber ich möchte nicht, daß Sie wegen mir in Schwierigkeiten geraten, damit das klar ist.«

Sie ging ins Arbeitszimmer und schrieb Mr. Wilkes, dem Direktor der Handyman-Brauerei in Worford, er solle Klex geben, was er verlange.

Um zehn Uhr war Klex im Büro des Direktors.

»Spezialsonderabfüllung?« sagte Mr. Wilkes. »Aber Spezialsonder ist nur für besondere Anlässe, Krönungsfeiern und dergleichen.«

»Hier geht's um einen besonderen Anlaß«, erwiderte Klex.

Mr. Wilkes las den Brief noch einmal durch. »Wenn Lady Maud darauf besteht, muß ich es wohl tun, obwohl der Verkauf von Spezialsonder gesetzlich strengstens verboten ist. Es hat zwanzig Prozent Stammwürze.«

»Und zehn Flaschen Wodka«, sagte Klex. Sie begaben sich in den Keller und beluden den Landrover.

»Vergessen Sie, daß ich hier war«, empfahl Klex, als sie fertig waren.

»Ich werd' mir Mühe geben«, sagte der Direktor, »das Ganze ist verflucht ungesetzlich.«

Klex fuhr zum Royal George und brachte Mrs. Wynn zu ihrem Bus. Dann kehrte er in die Kneipe zurück und machte sich an die Arbeit. Gegen Mittag hatte er ein Faß Handyman Bitter in die Kanalisation gekippt und es mit Spezialsonderabfüllung und fünf Flaschen Wodka gefüllt. Er probierte die Mixtur an ein paar Gästen aus und war von der Wirkung begeistert. Nachmittags machte er ein Nickerchen und spazierte anschließend durchs Dorf und weiter bis zum Haus der Bullett-Finches. Es war ein großes, im Pseudo-Tudorstil erbautes Haus, ein wenig abseits von der Straße und mit einem sehr schönen Garten. Vor dem Tor verkündete ein Schild, Finch Grove stehe zum Verkauf. Die Bullett-Finches hatten keine Lust, hundert Meter neben einer Autobahn zu wohnen. Klex konnte es ihnen nicht verdenken. Dann ging er durchs Dorf zurück und sah sich Miss Percivals Häuschen an. Es sollte abgerissen werden, und Miss Percival war schon ausgezogen. In der Nähe stand ein großer Kran, an dessen Arm eine stählerne Kugel baumelte. Klex kletterte ins Führerhäuschen und spielte mit den Armaturen. Dann ging er wieder in die Kneipe, setzte sich hinter die Bar und wartete auf die Öffnungszeit.

- 22 -

Sir Giles machte sich in Mrs. Forthbys Wohnung zu schaffen. An der Uhr auf dem Kaminsims stellte er das Datum um. Er blätterte die Seiten der Radio-Times auf den folgenden Tag um und versteckte die Tageszeitung. Mehrmals behauptete er steif und fest, es sei Mittwoch.

»Daran sieht man mal wieder, was ich für ein Wirrkopf bin«, sagte Mrs. Forthby, die gerade in der Küche das Abendessen zubereitete. »Ich hätte schwören können, heute wäre Dienstag.«

»Morgen ist Donnerstag«, sagte Sir Giles.

»Wenn du meinst, Liebling«, sagte Mrs. Forthby. »Ich weiß jedenfalls nicht, welcher Wochentag heute ist. Mein Gedächtnis ist einfach niederschmetternd.«

Sir Giles nickte beifällig. Auf Mrs. Forthbys schlechtem Gedächtnis beruhte sein Alibi, darauf und auf Schlaftabletten. »Der blöden alten Kuh wird ein Tag ihres Lebens nicht groß fehlen«, dachte er sich, als er mit einem Zahnbürstenstiel sechs Tabletten in einem Glas zerkleinerte und anschließend einen großen Schluck Whisky hineinkippte. Wie er von seinem Arzt wußte, lag die tödliche Dosis bei zwölf Stück. »Mit sechs wären Sie wahrscheinlich vierundzwanzig Stunden außer Gefecht«, hatte der Doktor ihm erzählt, und mehr als vierundzwanzig Stunden brauchte Sir Giles nicht. Er ging zum Abendessen in die Küche.

»Wie wär's mit einem Schlummertrunk?« fragte er, als sie fertig waren.

»Du weißt doch, daß ich nicht trinke«, sagte Mrs. Forthby.

»Neulich hast du aber. Eine halbe Flasche Würzbrandy hast du abends leer gemacht.«

»Das war was anderes. Da war ich nicht ganz auf der Höhe.«

Sir Giles lag der Spruch auf der Zunge, wenn sie diesen Drink intus hätte, würde sie noch viel tiefer sinken, aber er hielt sich zurück. »Prost«, sagte er und leerte sein Glas. »Prost«, meinte Mrs. Forthby skeptisch und nippte an ihrem Whisky.

Sir Giles goß sich noch einmal nach. »Wohl bekomm's.«

Mrs. Forthby nippte wieder. »Weißt du, ich hätte schwören können, daß heute Dienstag ist.«

Sir Giles hätte schwören können – punktum. »Heute ist Mittwoch.«

»Aber ich hab' doch Mittwoch einen Friseurtermin. Wenn heute Mittwoch ist, muß ich ihn verpaßt haben.«

»Genau«, sagte Sir Giles wahrheitsgemäß. Was auch immer geschehen würde, Mrs. Forthby hatte ihren Friseurtermin verpaßt. Er hob sein Glas. »Wohlsein.«

»Wohlsein«, wiederholte Mrs. Forthby und nippte noch einmal. »Wenn heute Mittwoch ist, muß morgen Donnerstag sein, was bedeutet, daß ich am Nachmittag meinen Töpferkurs habe.«

Sir Giles schenkte sich rasch noch einen Whisky ein. Wegen derartiger unwichtiger Kleinigkeiten scheiterten die besten Pläne. »Ich habe mir gerade überlegt, daß wir am Wochenende nach Brighton fahren könnten«, extemporierte er. »Ich dachte, das würde dir gefallen.«

»Mit mir?« fragte Mrs. Forthby mit glänzenden Augen.

»Nur wir beide ganz allein «, sagte Sir Giles.

»Oh, du bist so aufmerksam.«

»A votre santé«, sagte Sir Giles.

Mrs. Forthby trank ihren Drink aus und stand auf. »Heute nacht ist Schwester Katheter dran, stimmt's?« sagte sie und schwankte auf ihn zu.

»Vergiß es«, sagte Sir Giles, »ich bin nicht in Stimmung.« Das war Mrs. Forthby auch nicht. Er trug sie ins Schlafzimmer und brachte sie zu Bett. Als er fünf Minuten später die Wohnung verließ, schlief sie tief und fest. Wenn sie aufwachte, würde er zurück sein und neben ihr im Bett liegen. Er stieg ins Auto und machte sich auf die Fahrt gen Norden.

Im Royal George in Guildstead Carbonell verlief Klexens Experiment in Sachen künstlich herbeigeführter Narkose zwar langsamer, brachte aber lustigere Resultate. Um neun Uhr abends war die Kneipe voller singender Kipperfahrer, zwei Schlägereien waren ausgebrochen und wieder beigelegt worden, ehe sie so richtig in Gang kamen, ein Pfeilwerfen mußte abgebrochen werden, als ein Unbeteiligter mit seinem Ohr an den Kalender vom letzten Jahr genagelt wurde, und Klex und Mrs. Wynns Schäferhund hatten zwei Männer wegen unzüchtiger Handlungen aus dem Männerklo verwiesen. Um zehn hatte sich Klex' Versprechen, die Spezialsonderabfüllung werde für einen besonderen Anlaß gebraucht, wortwörtlich erfüllt. Zwei weitere Schlägereien – diesmal zwischen Einheimischen und Autobahnbauarbeitern – waren nicht beigelegt worden, sondern hatten sich in den vornehmeren Schankraum der Kneipe ausgedehnt, wo ein Pfahlrammenführer versuchte, seine Tätigkeit an der Verlobten des Vorsitzenden der Jungen Konservativen zu demonstrieren, das Pfeilwerfen war mit einem Porträt Winston Churchills als Wurfbrett fortgesetzt worden, und ein halbes Dutzend Bulldozerfahrer vollführten auf dem Billardtisch ein Holzschuh-Schautanzen. Zwischendurch war Mr. Edwards, der behauptete, er habe mehr Häuser abgerissen, als Klex warme Mahlzeiten gegessen habe, von diesem in eine prima aggressive Stimmung hochgeschaukelt worden.

»Jedes beschissene Haus, daß Sie mir zeigen, kann ich mit einem verdammten Schlag umhauen«, rief Mr. Edwards.

Klex zog eine Augenbraue hoch. »Wer's glaubt, wird selig.«

»Wenn ich's Ihnen doch sage«, behauptete Mr. Edwards. »Ein Schlag an die richtige Stelle, und die Sache ist geritzt.«

»Das glaube ich erst, wenn ich's gesehen habe«, sagte Klex und goß ihm noch eine Halbe Spezialsonder ein.

»Ich zeig's Ihnen. Ich werd's Ihnen verdammt noch mal zeigen«, sagte Mr. Edwards und nahm noch einen kräftigen Schluck.

Als die Polizeistunde nahte, hatte das Spezialbräu wenn auch keine heilsame, so doch wenigstens eine beruhigende Wirkung auf die ganze Veranstaltung ausgeübt. Als die Bauarbeiter zu ihren Autos taumelten und die Jungen Konservativen wegfuhren, um sich ihre Wunden zu lecken, machte Klex den Laden dicht und half Mr. Edwards auf die Beine.

»Ich sag's Ihnen doch, ich kann es«, murmelte der.

»Nie im Leben«, widersprach Klex.

Gemeinsam stolperten sie die Straße entlang auf Miss Percivals Häuschen zu; Klex umklammerte eine Flasche Wodka und Mr. Edwards' Arm.

»Ich zeig's Ihnen«, sagte Mr. Edwards, als sie quer über ein Feld auf das Haus zugingen. »Scheiße verdammte, ich zeig's Ihnen.«

Er kletterte in den Kran und ließ den Motor an. Klex stand hinter ihm und schaute zu.

»Olé, wir fahr'n in 'n Puff nach Barcelona«, sang Mr. Edwards, als der Kran mit einem Ruck durch die Hecke und den Garten fuhr. Hinter ihm wackelte und schwang die eiserne Abrißbirne. Mr. Edwards hielt den Kran an und stellte die Steuerung ein. Der Kranarm schwang herum, und die Kugel schwang mit. Sie verfehlte das Haus.

»Haben Sie nicht gesagt, Sie könnten es auf einen Schlag schaffen?« fragte Klex.

»Das«, sagte Mr. Edwards, »war bloß ein Probeschwung.« Er senkte den Kranarm, und eine Sonnenuhr zerbröselte. Mr. Edwards fuhr ihn wieder in die Höhe.

»Tausend nackte Weiber auf dem Männerpissoir«, grölte er. Der Kran schwang herum, und Klex sprang aus dem Weg, als die Abrißbirne an ihm vorbeihoppelte. Im nächsten Moment prallte sie in die Seitenwand des Häuschens. Backsteine, Dachziegeln und Glassplitter stürzten krachend zu Boden, und eine große Staubwolke hüllte kurzzeitig Miss Percivals ehemals hübsches Heim ein. Als sich der Staub schließlich verzog, waren die Überbleibsel nicht mehr besonders hübsch; andererseits war das Gebäude nicht völlig zerstört. Ein Schornstein stand noch, und das Dach hing zwar in einem kuriosen Winkel herunter, war aber eindeutig als Dach erkennbar. Klex musterte kritisch das Resultat der Aktion.

»Besonders umwerfend finde ich das wirklich nicht«, meinte er herablassend. »Aber schließlich gibt es ja immer ein erstes Mal, nehme ich an.«

»Was soll'n das heißen, ein erstes Mal?« sagte Mr. Edwards. »Ich hab's schließlich abgerissen, oder?«

»Nein«, sagte Klex, »nicht auf einen Schlag.«

Mr. Edwards tröstete sich mit Wodka. »Ischa bloß 'n Scheißlandhaus. Was soll man von 'm Landhaus schon erwarten. Hat überhaupt keine Masse. Brauche Masse, brauch' Gewicht. Zeig mir 'n Haus, 'n anständiges Haus, 'n großes, massives Haus, und ich...« Er sackte über seinen Armaturen zusammen. Klex kletterte in die Kabine und schüttelte ihn.

»Aufwachen«, rief er. Mr. Edwards wachte auf.

»Zeig mir 'n anständiges Haus...«

»In Ordnung, mach' ich«, sagte Klex. »Zeigen Sie mir, wie man dieses Ding fährt, und ich zeige Ihnen ein anständiges Haus.«

Mr. Edwards gab sich große Mühe. »Du ziehst an diesem Hebel hier und drückst auf das Pedal da.« Fünf Minuten später wurde Guildstead Carbonell, dessen Ruhe bereits durch den Ausbruch von Gewalt im Royal George gestört worden war, zum zweitenmal erschüttert, als Klex mit Mr. Edwards' Hilfe versuchte, die High Street mit mehr als der gesetzlich vorgeschriebenen Geschwindigkeit zu befahren. Als der Kranwagen mit über sechzig Stundenkilometern die erste von mehreren Kurven nahm, hatte Klex Schwierigkeiten, ihn auf der Straße zu halten. Dabei halfen ihm weder Mr. Edwards' Trägheit noch die hinter ihm schwingende Abrißbirne, die dazu neigte, die Reize der Zentrifugalkraft zu demonstrieren. An der ersten Ecke streifte sie das Spiegelglasfenster eines neueröffneten Minimarkts, federte vom Dach eines geparkten Wagens hoch, drang in das Wohnzimmer von Mr. Tates Haus ein und kam in Mr. und Mrs. Williams' Salon wieder zum Vorschein, enthauptete das Kriegerdenkmal und nahm auch noch einen Telegrafenmasten einschließlich fünfzig Meter Draht ins Schlepptau. An der zweiten Kurve machte der Kran eine Abkürzung durch den Hof von Mr. Dugdales Werkstatt und Tankstelle, wo er sauber die Pfeiler durchtrennte, die früher das Dach gestützt hatten, und außerdem vier Tanksäulen und ein Schild mitnahm, das für kostenlose Trinkgläser warb. Nach der Durchquerung der restlichen High Street hatte die Eisenkugel auf sieben weiteren Autos und den Fassaden von zwölf herausragenden Beispielen der Architektur des achtzehnten Jahrhunderts ihren Abdruck hinterlassen, während der Telegrafenmast, um ja nicht in Vergessenheit zu geraten, jedes dritte Fenster durchbohrt hatte, ehe er sich vom

Kran losriß und im Gemeindesaal der methodistischen Urkirche zur Ruhe kam, nicht ohne ein großes Schild mitzunehmen, das die Ankunft des HERRN verkündete. Als sie das Dorf verließen, leistete die Abrißbirne ihren letzten Beitrag zu Frieden und Ruhe des Ortes, indem sie einen Transformator touchierte, der daraufhin unter Absonderung einer ganzen Galaxis blauer Funken explodierte und den gesamten Bezirk in Finsternis hüllte. Bei dieser Gelegenheit erwachte Mr. Edwards.

»Wo sind wir?«, murmelte er.

»Fast da«, antwortete Klex, dem es nun gelang, die Geschwindigkeit des Kranwagens zu drosseln. Mr. Edwards genehmigte sich noch einen ordentlichen Schluck Wodka.

»Müde bin ich, möcht' zur Ruh«, sang er, »zeige mir den Weg ins Bettchen.«

»Noch nicht«, sagte Klex und steuerte den Kran die Auffahrt zum Haus der Bullett-Finches hoch.

Zu den angenehmeren Angewohnheiten von Mrs. Bullett-Finch gehörte nach Meinung ihres Mannes, daß sie früh zu Bett ging. »Morgenstund hat Gold im Mund«, pflegte sie jeden Abend um neun Uhr zu verkünden und sich anschließend nach oben zu begeben, so daß Mr. Bullett-Finch sich friedlich und in aller Ruhe und Bequemlichkeit über Rasen informieren konnte. Rasen interessierten ihn nämlich rasend. Sie übten eine Anziehungskraft auf ihn aus, die Ivy Bullett-Finch schon seit langem fehlte. Je älter er war, desto schöner wurde ein Rasen, was man von Ehefrauen nicht behaupten konnte, und was Mr. Bullett-Finch über Rasenschmiele, Schwingelgras und Sandsegge nicht wußte, war auch nicht wissenswert. Und der Rasen um Finch Grove herum gehörte, wie er fand, zu den besten im ganzen Land. Oben am Haus fing er an und erstreckte sich makellos bis zum Bach unten im Garten. Kein Löwenzahn verunzierte seine Oberfläche, kein Wegerich und kein einziges Gänseblümchen. Sechs Jahre lang hatte Mr. Bullett-Finch seinen Rasen gepflegt, mit Sand bestreut, gemäht, gejätet, gedüngt und punktuell mit Unkrautvertilgungsmitteln traktiert, ja, er war sogar soweit gegangen, Besucherinnen mit Stöckelschuhen das Betreten seines Rasens zu untersagen. Und wenn Ivy in den Obstgarten gehen wollte, mußte sie ihre Hausschuhe anziehen. Womöglich hatte sein Beharren darauf, daß der vordere Garten absolut sakrosankt sei, ihre Neigung zu Nervosität und Schuldgefühlen noch verstärkt. Was der Garten für ihren Mann war, war das Haus für Ivy: eine Quelle zwanghafter Sorge, wo alles seinen Platz hatte, zweimal täglich abgestaubt und dreimal wöchentlich poliert wurde, so daß sie weniger aus Trägheit als aus reiner Erschöpfung früh zu Bett ging, wo sie dann wach lag und sich fragte, ob sie alles ausgemacht hatte.

In eben dieser Nacht hatte sich Mr. Bullett-Finch gerade in ein Kapitel über Herbizide auf hormoneller Basis vertieft, als das Licht ausging. Er stand auf und stolperte zum Sicherungskasten, wo er feststellen mußte, daß die Sicherungen in Ordnung waren.

»Muß ein Stromausfall sein«, dachte er sich und ging im Dunkeln zu Bett. Gerade hatte er sich entkleidet und war dabei, seinen Schlafanzug anzuziehen, als er bemerkte, daß offenbar etwas ausgesprochen Riesiges und von einem mächtigen Dieselmotor Angetriebenes seine Auffahrt hochfuhr. Er eilte zum Fenster und schaute direkt in zwei starke Scheinwerfer. Kurzzeitig geblendet, tastete er nach seinem Bademantel und den Hausschuhen, fand sie, zog sie an und spähte wieder aus dem Fenster. Etwas, das wie ein riesiger Kran aussah, hatte auf dem kiesbestreuten Vorhof angehalten und fuhr nun rückwärts auf seinen Rasen. Mit einem Wutschrei befahl ihm Mr. Bullett-Finch anzuhalten, doch es war zu spät. Kurz darauf ertönte ein schwirrendes Geräusch, und der Kran holte aus. Mr. Bullett-Finch zog den Kopf ein und rannte zur Treppe. Als er die Hälfte der Stufen hinuntergehetzt war, löste sich seine ganze Sorge um seinen wertvollen Rasen in Nichts auf; an ihre Stelle trat die feste Überzeugung, Finch Grove befinde sich im Zentrum eines gigantischen Erdbebens. Als das Haus um ihn herum zerfiel – womit Mr. Edwards' Behauptung, er sei ein Abrißexperte, aufs schönste bestätigt wurde –, klammerte sich Mr. Bullett-Finch an das Treppengeländer und lugte durch einen Sandsturm aus Putz und pulverisierten Backsteinen, während das Mobiliar, auf das seine Gattin zu Recht so stolz gewesen war, aus den Räumen im oberen Stockwerk an ihm vorbeisauste. Zwischen den Möbeln tauchte Mrs. Bullett-Finch persönlich auf, schreiend und hysterisch ihre Unschuld beteuernd, die bis dato immer außer Zweifel gestanden hatte, und er überlegte gerade, weshalb sie für eine offensichtliche Naturkatastrophe die Verantwortung übernehmen wolle, als ihm die Entscheidung abgenommen wurde, da das Dach auf ihn stürzte und die Treppe unter ihm zusammenbrach. Mr. Bullett-Finch fiel in den Keller, wo er – umgeben von seinem kleinen Rotweinvorrat – bewußtlos liegenblieb. Mrs. Bullett-Finch, die sich immer noch an ihre Matratze und die Überzeugung klammerte, sie habe das Gas angelassen, war derweil in den Kräutergarten katapultiert worden, wo sie inmitten des Thymians konvulsivisch schluchzend liegenblieb.

Aus der Kabine des Krans betrachtete Mr. Edwards stolz sein Werk. »Hab' dir doch gesagt, ich kann's«, sagte er und entriß Klex die Wodkaflasche, mit der dieser seine Nerven beruhigt hatte. Klex ließ ihn die Flasche leeren. Dann zog er ihn aus der Kabine und kletterte wieder zurück, um alle Fingerabdrücke von den Armaturen zu wischen. Schließlich schulterte er Mr. Edwards und ging die Auffahrt hinunter.

»Als er im Royal George eintraf, war Mrs. Wynn wieder aus Worford zurück und wusch bei Kerzenlicht Gläser ab.

»Sieh dir bloß diese Schweinerei an«, beschwerte sie sich. »Kaum lasse ich dich mal einen Tag allein den Laden schmeißen, finde ich das hier vor. Man könnte meinen, hier hätte eine Orgie stattgefunden. Und dann wüßte ich gern, was eigentlich im Dorf passiert ist? Sieht aus, als wäre es bombardiert worden.«

Klex half beim Abwaschen und ging dann wieder zu dem Landrover hinaus. Mr. Edwards schlief immer noch tief und fest auf dem Rücksitz. Klex fuhr langsam aus dem Hof in Richtung Ottertown. Das war zwar ein Umweg, aber er wollte nicht auf der High Street gesehen werden. Er hielt an dem Wohnwagenpark, wo die Autobahnbauer untergebracht waren, und legte Mr. Edwards aufs Gras. Dann fuhr er zur Schlucht und dem Handymananwesen zurück. Um zwei Uhr morgens lag er in seinem Bett im Pförtnerhaus. Alles in allem war es ein erfolgreicher Tag gewesen.

In Dundridges Apartment klingelte das Telefon. Schläfrig tastete er danach und knipste das Licht an. Es war Hoskins. »Was wollen Sie denn, verdammt noch mal? Ist Ihnen klar, wie spät es ist?«

»Ja«, sagt Hoskins, »allerdings ist mir das klar. Ich wollte Ihnen nur mitteilen, daß Sie diesmal zu weit gegangen sind.«

»Zu weit gegangen?« sagte Dundridge. »Ich bin nirgendwohin gegangen.«

»Verschonen Sie mich bloß damit«, sagte Hoskins. »Sie mit Ihren wahllosen Ausfällen, Ihren Spezialeinheiten und Sturmtrupps. Na, diesmal haben Sie uns ganz schön reingeritten. In diesem verfluchten Haus wohnten noch Menschen, verstehen Sie, außerdem war's überhaupt nicht für den Abriß vorgesehen, und was Sie mit Guildstead Carbonell angestellt haben... Ihnen ist doch hoffentlich klar, daß die Autobahn in fast zwei Kilometer Entfernung an dem Dorf vorbeiführen sollte. Die Ortschaft steht unter Denkmalschutz, Guildstead Carbonell, das ist ein historisch wertvoller Ort ist... war. Jetzt ist es eine verdammte Ruinenlandschaft, ein Notstandsgebiet.«

»Ein Notstandsgebiet?« sagte Dundridge. »Was meinen Sie mit Notstandsgebiet?«

»Sie wissen ganz genau, was ich damit meine«, schrie Hoskins hysterisch. »Ich hatte ja schon immer den Verdacht, daß Sie verrückt sind, aber jetzt weiß ich's.« Er knallte den Hörer auf die Gabel und ließ einen verwirrten Dundridge zurück, der sich auf die Bettkante setzte und überlegt, was zu tun sei. Zweifellos war mit der Operation Fernverkehr irgend etwas schiefgelaufen. Gerade wollte er Hoskins zurückrufen, als das Telefon wieder klingelte. Diesmal war die Polizei dran.

»Spreche ich mit Mr. Dundridge?«

»Ja, am Apparat.«

»Hier spricht der Polizeipräsident. Ich würde mich gern einmal mit Ihnen unterhalten. Es geht um die Ereignisse in Guildstead Carbonell...«

Dundridge zog sich an.

Sir Giles parkte seinen Wagen vor der Kirche von Wilfrid's Castle. Diese Ecke wurde wenig besucht, und um zwei Uhr morgens würde sich wahrscheinlich sowieso niemand draußen herumtreiben. Ein Bentley hatte unter anderem den großen Vorzug, daß er kein lautes Auto war. Die letzten zehn Kilometer war Sir Giles ohne Licht gefahren, hatte sich im Leerlauf an Bauernhäusern vorbeigedrückt und nur Nebenstraßen benutzt. Er hatte keine anderen Fahrzeuge bemerkt und war seines Wissens von niemandem bemerkt worden. So weit, so gut. Er stieg aus dem Wagen und ging den Fußweg hinunter zur Brücke. Dort unter den Bäumen war es dunkel, und er hatte Schwierigkeiten, sich zurechtzufinden. Nach Überqueren der Brücke kam er an ein Tor aus Maschendraht. Er knipste kurz seine Taschenlampe an, öffnete das Tor und betrat die Schonung. Das Tor überraschte Sir Giles. Er war schon lange nicht mehr auf der anderen Seite der Brücke gewesen, genaugenommen seit seinem Hochzeitstag nicht, war sich aber ganz sicher, daß es früher kein Tor gegeben hatte. Doch jetzt war nicht die Zeit, sich über solchen Kleinkram den Kopf zu zerbrechen. Er mußte sich beeilen. Das war leichter gesagt als getan. Schon bei Tageslicht war es in der Schonung dunkel genug. Nachts war es stockfinster. Sir Giles beleuchtete den Boden mit einer Taschenlampe und ging vorsichtig weiter, dankbar, daß ein Teppich aus Fichtennadeln seine Schritte dämpfte. Er hatte den Wald zur Hälfte durchquert, als er bemerkte, daß er nicht allein war. In der Nähe atmete etwas.

Er machte die Taschenlampe aus und horchte. Über ihm ächzten die Fichten in einem leichten Wind, und für einen Augenblick hoffte Sir Giles, er habe sich geirrt. Sekunden später wußte er, daß diese Hoffnung trog. Aus dem Wald drang ein gewaltiges Pfeifen und Schnaufen. »Muß eine Kuh mit Asthma sein«, dachte er, obwohl er sich nicht vorstellen konnte, wie eine asthmatische Kuh in die Schonung gelangt war. Kurz darauf wurde er, was die Kuh betraf, eines Besseren belehrt. Was auch immer es war, es erhob sich mit einem furchtbaren Schnauben, brach dabei etliche Äste ab, den Geräuschen nach zu urteilen, große Äste, und trollte sich mit einer solchen Zielstrebigkeit, daß es offenbar zahlreiche Bäume mitnahm. Sir Giles stand zitternd da, teils aus Furcht, teils weil der Boden unter seinen Füßen ebenfalls zitterte, und als das Geschöpf schließlich am Waldesrand mit ebensowenig Rücksicht auf fremdes Eigentum wie auf sein eigenes Wohlergehen durch den Eisenzaun brach, war er sich nicht im klaren, ob er weitergehen sollte. Am Ende zwang er sich, seinen Weg fortzusetzen, wenn auch vorsichtiger als zuvor. Was immer es gewesen war, schließlich *war* es ja weggelaufen.

Sir Giles erreichte das Tor und starrte zum Haus hinüber. Es war unbeleuchtet. Rasch überquerte er den Rasen und ging zur Haustür. Dort zog er die Schuhe aus, öffnete die Tür und trat ein. Stille. Er ging durch den Korridor, betrat sein Arbeitszimmer und schloß die Tür. Dann knipste er seine Taschenlampe an und richtete sie auf den Safe – oder besser gesagt auf das Loch in der Wand, wo früher der Safe gewesen war. Sir Giles glotzte es entgeistert an. Kein Wunder, daß Hoskins so nachdrücklich von Verbrennungsöfen, leichtentzündlichem Material und Gesundheitsrisiken gesprochen hatte. Nicht Dundridge hatte damit gedroht, zur Polizei zu gehen, sondern Maud. Aber hatte sie ihre Drohung schon wahrgemacht? Das ließ sich unmöglich sagen. Er schaltete die Taschenlampe aus, stand im Dunkeln und überlegte. Er konnte natürlich dafür sorgen, daß sie auch in Zukunft nicht zur Polizei ging, wenn sie nicht schon dagewesen war. Alle seine Zweifel, und sehr viele waren es nicht, ob es ratsam sei, sich des Hauses Handyman und Mauds zu entledigen, verflüchtigten sich. Er würde das alte Biest endgültig fertigmachen. Er öffnete die Arbeitszimmertür und horchte einen Moment lang, bevor er durch den Gang zur Küche schlich. Wenn Feuer ganz von selbst ausbrachen, dann normalerweise in Küchen, außerdem befanden sich dort die Tanks für den Ölherd. Unterwegs machte er in der Garderobe unter der Treppe halt und zog seine Gummistiefel an.

Das Klirren des Eisenzauns weckte Lady Maud. Sie setzte sich im Bett auf und überlegte, was das wohl bedeutete. Eisenzäune klirrten nicht von allein, und Nashörner tobten nicht ohne Grund in den frühen Morgenstunden durch Steingärten. Sie knipste die Nachttischlampe an, um nach der Uhrzeit zu sehen, aber dank des Stromausfalls in Guildstead Carbonell gab es kein Licht. Merkwürdig. Sie stieg aus dem Bett und ging ans Fenster, wo sie gerade rechtzeitig eintraf, um einen Schatten zu erkennen, der über den Rasen huschte und beim Haus wieder verschwand. Der Schatten verhielt sich eindeutig verdächtig, und er kam aus der Schonung. Einen Augenblick lang vermutete sie, es handele sich um Klex; es gab aber keinerlei Grund, weswegen Klex um… sie schaute auf ihre Armbanduhr… um halb drei morgens auf verdächtige Art und Weise durch den Park laufen sollte. Außerdem konnte sie das jederzeit überprüfen. Sie nahm den Hörer ab und wählte das Pförtnerhaus an.

»Klex«, flüsterte sie, »sind Sie da?«

»Ja«, antwortete Klex.

»Sind die Tore verschlossen?«

»Ja«, sagte Klex, »wieso?«

»Ich wollte mich nur vergewissern.« Sie legte den Hörer sachte auf und kleidete sich an. Dann ging sie leise nach unten und drückte auf die Haustürklinke. Die Tür war unverschlossen. Lady Maud sah sich um. Vor der Haustür standen ein Paar Schuhe. Sie hob sie auf und schnüffelte. Giles. Unverkennbar Giles. Sie stellte die Schuhe wieder hin, schloß die Haustür hinter sich und ging in die Werkstatt. Das kleine Schwein war also zurückgekommen. Den Grund konnte sie sich vorstellen. Tja, er mochte zwar zurückgekommen sein, aber wieder abzuhauen, würde ihm nicht so leichtfallen. Kurz darauf rannte sie, erstaunlich flink für eine so massige Frau und eine so finstere Nacht, über den Rasen auf die Schonung zu. Selbst dort, in der stockdunklen Finsternis, reduzierte sie ihr Tempo nicht. Die lebenslange Vertrautheit mit dem Waldpfad verlieh ihr ein untrügliches Gespür für den richtigen Moment, wann sie sich durch die Bäume winden oder schlängeln mußte. Fünf Minuten später stand sie am Tor zum Steg. Sie langte in ihre Tasche, holte ein großes Schloß heraus, hängte es in den Riegel und ließ es einschnappen. Nachdem sie ausprobiert hatte, ob es auch sicher befestigt war, drehte sie sich um und ging zum Herrenhaus zurück.

Dort in der Küche ließ Sir Giles sich Zeit. Bei erfolgreicher Brandstiftung war Einfachheit das Wesentliche, und der beste Mord hatte wie ein natürlicher Tod auszusehen. Der Ölherd war ein selbstzündendes Modell. Er schaltete sich nachts in gewissen Abständen ein. Sir Giles leuchtete mit der Taschenlampe den Zeitschalter an; er stand auf vier Uhr. Es war noch reichlich Zeit. Aus seiner Tasche nahm er einen verstellbaren Schraubenschlüssel und schraubte die Mutter ab, mit der die Zuleitung von Öltanks am Herd befestigt war. Als das Öl sich über den Fußboden ergoß, setzte sich Sir Giles auf einen Stuhl und lauschte. Es verteilte sich gleichmäßig und floß bereits unter den Tisch. Nicht mehr lange, und es gelangte durch den Gang in die Eingangshalle. Viertausend Liter Heizöl paßten in diese Tanks, und Sir Giles wußte, daß sie kürzlich gefüllt worden waren. Er würde warten, bis sie leer waren, und dann das Zuleitungsrohr wieder anbringen, ohne es allerdings festzuschrauben. Für die Polizei und die Ermittler von der Versicherung würde es so aussehen, als hätte es einfach nur ein Leck gegeben. Ja, viertausend Liter waren genau das richtige. Haus Handyman würde sich in Sekundenschnelle in ein brennendes Inferno verwandeln. Für die Anfahrt aus Worford brauchte die Feuerwehr mindestens eine halbe Stunde, und bis dahin war das Gebäude nur noch ein Haufen Asche. Das gleiche galt für Maud. Sir Giles kannte sie zu gut, um zu vermuten, sie würde, selbst wenn sie genug Zeit hätte, aus ihrem Schlafzimmerfenster springen. Womöglich wachte sie nicht einmal auf, ehe die Flammen den ersten Stock erreichten; und selbst wenn, würde ihr erster Gedanke sein, nach unten zu rennen und zu versuchen, ihren kostbaren Familienbesitz zu retten. Klex würde es im Pförtnerhaus überlassen bleiben, Feueralarm zu schlagen. Das mit Klex war jammerschade. Sir Giles hätte ihn gern mit eingeäschert.

Lady Maud stand im Garten und schaute zum Haus hinüber. Giles war gekommen, um die Negative der Bilder zu suchen, die sie von ihm geschossen hatten. Tja, nicht sehr wahrscheinlich, daß er sie fand. Klex hatte sie in Sechserstreifen zerschnitten und mit ins Pförtnerhaus genommen. Oder vielleicht wollte er auch die Fotos aus seinem Safe holen. Da erwartete ihn ebenfalls eine Enttäuschung. Wie auch immer, ihm stand eine unangenehme Überraschung bevor. Sie ging zur Haustür und hob seine Schuhe auf. Es war vielleicht gar keine schlechte Idee, sie zu entfernen, wo sie schon mal dabei war. Sie brachte sie in die Garage, steckte sie in einen leeren Eimer und kam gerade wieder ins Freie, als ihr plötzlich aufging, daß Giles mit seinem Besuch eine noch viel finstere Absicht verfolgen mochte. Sechs Jahre Zusammenleben mit diesem Widerling hatten sie gelehrt, daß er ebenso skrupellos wie verschlagen war. Es konnte sich auszahlen, wenn sie vorsichtig war.

»Ich passe besser auf, wo ich hintrete«, dachte sie und begab sich zur Küchentür. Als sie die gerade aufschließen wollte, trat sie in etwas Glitschiges. Sie hielt sich fest und griff nach unten. Öl. Es sickerte unter der Küchentür durch und über die Stufen in den Garten. Gleich darauf wußte sie, welche Absicht er mit seinem

Besuch verfolgte. Er wollte das Herrenhaus in Brand stecken. Bei Gott, das würde ihm nicht gelingen. Mit einem Wutschrei stürzte Lady Maud sich auf die Tür, öffnete sie und stürmte in die Küche. Einen Moment lang hielt sie sich auf den Beinen, aber dann landete sie auf ihrem Hinterteil und rutschte über den Boden. Dasselbe tat Sir Giles, wenn auch in eine andere Richtung. Als Lady Mauds massiger Körper unter ihm durchglitt und seinen Stuhl mitriß, wurde Sir Giles durch die Luft katapultiert, landete auf dem Gesicht und rutschte unaufhaltsam durch den Korridor und quer über den Marmorfußboden der Eingangshalle. Während er zappelnd versuchte, in dem Ölmeer auf die Füße zu kommen, konnte er hören, wie Maud durch die Küche prallte. Den Geräuschen nach zu urteilen, hatte sich ihr das gesamte Inventar an Töpfen, Pfannen und sonstigen Küchenutensilien angeschlossen. Sir Giles glitt zur Haustür, wo es ihm gelang, sich auf die Fußmatte zu stellen. Er packte den Türknopf und versuchte, ihn herumzudrehen. Das Scheißding bewegte sich nicht. Er fischte in seiner Hosentasche nach einem Taschentuch, wischte seine Hände und den Türknopf ab und war gleich darauf draußen, wo er nach seinen Schuhen griff. Die verfluchten Treter waren weg.

Zum Suchen blieb keine Zeit. Hinter ihm hatte Maud die kombinierten Kräfte von Schmiere und Schwerkraft endlich bewältigt und stürmte den Gang hinunter, nicht ohne unterwegs zu versprechen, sie würde ihn mit bloßen Händen erwürgen. Sir Giles wartete nicht länger. In seinen Gummistiefeln stapfte er die Auffahrt hinunter und über den Rasen auf die Schonung zu. Hinter ihm rutschte Lady Maud in die Toilette im Erdgeschoß, von wo sie mit einem Gewehr wieder auftauchte. Sie ging zur Haustür und öffnete sie. Auf dem Rasen konnte sie Sir Giles erkennen. Lady Maud legte das Gewehr an und schoß. Er war zwar außer Reichweite, aber wenigstens wußte sie nun zu ihrer Zufriedenheit, daß er so schnell nicht wieder in die Nähe des Hauses kommen würde. Sie brachte das Schießeisen an seinen Platz zurück und begann mit den Aufräumungsarbeiten.

- 23 -

Im Pförtnerhaus hörte Klex den Schuß und sprang aus dem Bett. Lady Mauds Anruf hatte ihn beunruhigt. Warum wollte sie nur von ihm wissen, ob die Tore verschlossen seien? Und warum hatte sie geflüstert? Da war etwas im Busch. Und nach diesem Gewehrschuß war Klex ganz sicher. Er zog sich an, schnappte sich seine Flinte und ging nach unten zum Landrover, den er genau im Torbogen abgestellt hatte. Bevor er einstieg, überprüfte er das Schloß am Tor. Es war fest zu. Dann fuhr er zum Herrenhaus hinauf, parkte vor der Haustür und betrat das Haus.

»Ich bin's! Klex!« rief er in die Dunkelheit. »Ist mit Ihnen alles in Ordnung?«

Aus der Küche hörte man jemanden durch die Gegend rutschen und einen gedämpften Fluch ausstoßen.

»Stehenbleiben«, schrie Lady Maud. »Überall ist Öl.«

»Öl?« sagte Klex. Wenn er es recht bedachte, stank es im Haus tatsächlich nach Öl.

»Er hat versucht, das Haus in Brand zu stecken.«

Klex starrte ins Dunkel und schwor, ihn umzubringen, wenn er die Gelegenheit hätte. »Dieses Schwein«, murmelte er. Lady Maud rutschte mit einem Gummischrubber den Gang entlang.

»Hören Sie jetzt gut zu, Klex«, sagte sie. »Ich möchte, daß Sie mir einen Gefallen tun.«

»Was Sie wollen«, sagte Klex zuvorkommend.

»Er kam durch die Schonung. Das Tor dort hab' ich zugesperrt, damit er nicht rauskommt, aber sein Wagen muß noch oben in Wilfrid's Castle stehen. Ich möchte, daß Sie dahin fahren, und die Schei… dieses Ding, das sich dreht, entfernen.«

»Den Rotorarm«, schlug Klex vor.

»Genau«, sagte Lady Maud. »Und wenn Sie schon dabei sind, können Sie auch gleich zusätzliche Schlösser an den beiden Toren anbringen. Wir müssen unbedingt verhindern, daß unschuldige Menschen in den Park gelangen. Haben Sie verstanden?«

Klex lächelte im Dunkeln. Er verstand.

»Ich werde auch im Landrover den Rotorarm ausbauen«, sagte er.

»Eine weise Vorsichtsmaßnahme«, pflichtete Lady Maud ihm bei. »Und wenn Sie fertig sind, kommen Sie wieder hierher. Ich glaube nicht, daß er heute nacht noch mal zurückkehrt, aber es kann nicht schaden, wenn man sich vorsieht.«

Klex wandte sich zur Tür.

»Da wäre nur noch eins«, sagte Lady Maud. »Ich glaube, wir sollten die Löwen morgen früh nicht füttern. Sie müssen eben ein bis zwei Tage für sich selber sorgen.«

»Das hatte ich auch nicht vor«, sagte Klex und ging.

Lady Maud seufzte glücklich. Was für ein schönes Gefühl, einen echten Mann ums Haus herum zu wissen.

In der Finch Grove hegte Bullett-Finch genau entgegengesetzte Gefühle. Was von dem Haus noch übrig war, befand sich anscheinend um den Mann herum, außerdem konnte man Mr. Bullett-Finchs Überbleibsel allenfalls in einem rein stofflichen Sinn »echt« nennen. Er war gestorben, wie er gelebt hatte: in Sorge um das Wohlergehen seines Rasens. Dundridge traf mit dem Polizeichef rechtzeitig ein, um ihm die letzte Ehre zu erweisen. Als Feuerwehrleute die Überreste ihres Gatten aus dem Keller trugen, reagierte Mrs. Bullett-Finch, von den Schuldgefühlen wegen des Ofens befreit, ihren Zorn am Autobahnkontrolleur für Mittelengland ab.

»Sie Mörder«, kreischte sie, »Sie haben ihn umgebracht. Sie haben ihn mit Ihrer furchtbaren Kugel umgebracht.« Eine Polizistin führte sie beiseite. Dundridge warf Abrißbirne und Kranwagen einen haßerfüllten Blick zu.

»Unsinn«, sagte er, »ich hatte nichts damit zu tun.«

»Ihr Stellvertreter, Mr. Hoskins, hat uns zu verstehen gegeben, daß Sie Anweisung erteilten, Spezialeinheiten von Abrißexperten sollten willkürliche Ausfälle vornehmen«, sagte der Polizeipräsident. »Es hat allerdings den Anschein, daß sie Ihre Insruktionen buchstabengetreu ausführten.«

»Meine Instruktionen?« sagte Dundridge. »Ich habe nie die Instruktion erteilt, dieses Haus abzureißen. Warum sollte ich?«

»Wir hatten eigentlich gehofft, Sie würden uns darüber aufklären«, sagte der Polizeichef.

»Es ist doch nicht mal für den Abriß vorgesehen.«

»Ganz recht. Ebensowenig wie die High Street, wenn ich mich nicht irre. Aber da in beiden Fällen Ihre Maschine verwendet wurde –«

»Die Maschine gehört nicht mir«, schrie Dundridge, »sondern den Bauunternehmern. Wenn einer verdammt noch mal verantwortlich –«

»Ich wäre Ihnen dankbar, wenn Sie nicht ausfallend würden«, sagte der Polizeichef. »Die Lage ist so schon unangenehm genug. Im Ort ist man äußerst erbittert. Meiner Ansicht nach wäre es das beste, wenn Sie uns aufs Revier begleiten.«

»Aufs Revier? Meinen Sie das Polizeirevier?« fragte Dundridge.

»Nur zu Ihrem eigenen Schutz«, betonte der Polizeipräsident. »Wir wollen doch nicht, daß heute nacht noch mehr Unfälle passieren, oder?«

»Das ist ungeheuerlich«, sagte Dundridge.

»Wie wahr«, sagte der Polizeichef. »Wenn Sie jetzt bitte mitkommen wollen.«

Als das Polizeiauto sich langsam durch den auf der High Street verstreuten Schutt schlängelte, sah Dundridge mit eigenen Augen, daß Hoskins die Wahrheit gesagt hatte, als er Guildstead Carbonell ein Notstandsgebiet nannte. Der Transformator schwelte in der grauen Morgendämmerung immer noch vor sich hin, die methodistische Urkirche war nun eher eine Unkirche, und die furchtbar entstellten Wracks von einem Dutzend Autos duckten sich neben dem scherbenübersäten Bürgersteig. Was die Abrißbirne mit Unterstützung des Telegrafenmastes versäumt hatte, um den Ruf Guildstead Carbonells als pittoreskes, altertümliches Musterstädtchen zu erledigen, hatte der Brand von Mr. Dugdales Garage geschafft. Nachdem sie von irgendeiner unidentifizierbaren sozial gesinnten Person, die mit einer Paraffinlampe nach draußen gegangen war, um Vorbeifahrende vor den Trümmern zu warnen, angesteckt worden war, hatte die Explosion der Benzintanks die wenigen nach Klexens Durchfahrt noch intakten Fensterscheiben zerschmettert und die Reetdächer etlicher entzückender Landhäuser in Brand gesetzt. Das Feuer hatte auf mehrere Altenwohnheime übergegriffen. Das Chaos war mit dem gleichzeitigen Eintreffen von Löschfahrzeugen aus Worford und Ottertown komplett gewesen. Die in völliger Dunkelheit mit Hochdruckschläuchen arbeitenden Feuerwehrleute hatten eine Anzahl leichtbekleideter Rentner, die aus den Altenheimen entkommen waren, die Straße hinuntergewirbelt, ehe sie ihre Aufmerksamkeit der öffentlichen Bücherei zuwandten, die sie mit Schaum gefüllt hatten. Für Dundridge, der kläglich aus dem Polizeiwagenfenster schaute, war es unerträglich, daß man ihn für diese Katastrophe verantwortlich machte. Jetzt wünschte er, er hätte South Worfordshire nie zu Gesicht bekommen .

»Ich muß wohl wahnsinnig gewesen sein, hierher zu kommen«, dachte er.

Der gleiche Gedanke war auch Sir Giles gekommen, obwohl es ihm in seinem Fall keineswegs um einen metaphorischen Wahnsinn ging. Als der Morgen über dem Park graute, kämpfte Sir Giles mit dem Schloß am Tor zur Fußgängerbrücke und versuchte, sich vorzustellen, wie es dahin gekommen war. Bei seiner Ankunft hatte es nicht dort gehangen. Wäre es anders gewesen, hätte er das Grundstück nicht betreten können. Nun war die Existenz des Vorhängeschlosses zwar schlimm genug, die des Zauns aber noch schlimmer, und den hatte es ganz sicher noch nicht gegeben, als er das letzte Mal auf dem Anwesen geweilt hatte. Es handelte sich um einen extrem hohen Zaun mit metallenen Winkelträgern an der Spitze und vier über die Parkseite hängenden Reihen schweren Stacheldrahts; offensichtlich war er eher dafür konstruiert worden, Leute davon abzuhalten, das Gelände zu verlassen, als Unbefugte am Betreten zu hindern.

Als er mit seinen Überlegungen soweit gekommen war, gab Sir Giles den Kampf mit dem Schloß auf und versuchte, nach einem anderen Fluchtweg zu suchen. Er folgte dem Zaun am Rand der Schonung und wollte gerade über das Eisengitter klettern, als das unwirkliche Gefühl, das ihn mit dem Auftauchen eines großen Vorhängeschlosses an einer Stelle, wo vorher keins gewesen war, beschlichen hatte, eine eindeutige Wendung zum Schlimmeren nahm. Vor dem grauen Morgenhimmel zeichnete sich ein Kopf ab, ein kleiner Kopf mit einer langen Nase und Knubbeln oben drauf. Unter dem Kopf befand sich ein Hals, ein langer Hals, ein wirklich sehr langer Hals. Sir Giles schloß die Augen und hoffte inständig, nicht mehr zu sehen, was er zu sehen geglaubt hatte, wenn er sie wieder öffnete. Er öffnete sie, aber die Giraffe war immer noch da. »O mein Gott«, murmelte er und wollte sich gerade davonmachen, als seine Augen etwas noch Schrecklicheres erblickten. Im hohen Gras fünfzig Meter hinter der Giraffe sah er noch einen Kopf, ein großes Gewicht mit Mähne und Schnurrhaaren.

Sir Giles verwarf jede Überlegung, in der Richtung weiter nach einem Ausgang zu suchen. Er drehte sich um und stolperte zurück in die Schonung. Entweder war er verrückt geworden oder er befand sich mitten in einem verdammten Zoo. Giraffen? Löwen? Und über was war er eigentlich im Dunkeln beinahe gestolpert? Über einen Elefanten? Er ging wieder zum Tor und warf einen hoffnungsvollen Blick auf das Schloß. Doch statt einem hingen da jetzt zwei Schlösser, und das zweite war sogar noch größer als das erste. Als er gerade überlegte, was das bedeuten könnte, hörte er ein Geräusch von dem Fußpfad auf der anderen Seite des Flusses. Sir Giles blickte auf. Dort stand Klex mit einem Gewehr und lächelte zu ihm herunter. Es war ein furchtbares Lächeln, ein Lächeln stiller Zufriedenheit. Sir Giles drehte sich um und floh in die Schonung. Er erkannte den Tod, wenn er ihn sah.

Als Klex schließlich ins Herrenhaus zurückkehrte, war Lady Maud in der Küche und machte Frühstück.

»Warum haben Sie so lange gebraucht?« fragte sie.

»Ich habe den Bentley weggefahren«, teilte ihr Klex mit. »Ich habe ihn hier in die Garage gestellt. Ich dachte, das würde natürlicher wirken.«

Lady Maud nickte. »Wahrscheinlich haben Sie recht«, sagte sie. »Die Leute könnten womöglich Fragen stellen, wenn sie ihn oben bei der Kirche stehen sehen. Falls er rauskommt, könnte er außerdem den Pannendienst anrufen.«

»Er wird nicht rauskommen«, sagte Klex. »Ich hab' ihn gesehen. Er ist in der Schonung.«

»Tja, das ist sein Pech. Er kam her, um das Haus in Brand zu stecken, und für alles, was nun geschieht, trägt er allein die Verantwortung.« Sie reichte Klex einen Teller mit Frühstücksflokken. »Leider kann ich Ihnen zum Frühstück nichts kochen. Der Strom ist abgestellt worden. Ich habe die Elektrizitätsgesellschaft in Worford angerufen, aber dort sagte man mir, es habe einen Stromausfall gegeben.«

Klex aß seine Flocken schweigend. Es war wohl nicht sehr sinnvoll, ihr etwas über seine Beteiligung an dem Stromausfall zu erzählen; außerdem machte sie selbst einen ziemlich redseligen Eindruck.

»Das Problem mit Giles war«, sagte sie und verwendete die Vergangenheitsform auf eine Art, die Klex sehr zusagte, »daß er sich gern als Selfmademan verstand. Mir kam dieser Ausdruck immer höchst überheblich vor, und in seinem Fall war er ganz besonders unangebracht. Er hatte, nehme ich an, in gewisser Hinsicht das Recht, sich einen Mann zu nennen, obwohl ich nach meiner Erfahrung nicht behaupten würde, Virilität sei seine starke Seite gewesen; aber was den Aspekt ›selbstgemacht‹ betrifft, das traf nun wirklich nicht auf ihn zu. Er machte sein Geld – und das meinte er natürlich mit ›selbst‹ –, indem er mit Grundstücken spekulierte, indem er Leute aus ihren Wohnungen warf und sich Baugenehmigungen zur Errichtung von Bürogebäuden beschaffte. Wenigstens machte meine Familie ihr Geld mit dem Verkauf von Bier, von sehr gutem noch dazu. Und das über Generationen hinweg. Es mag zwar nichts Großartiges an sich haben, aber wenigstens waren es ehrliche Männer.« Als Klex in den Küchengarten gehen wollte, redete sie immer noch und wusch das Geschirr ab.

»Wollen Sie, daß ich seinetwegen noch irgendwas unternehme?« fragte er im Gehen.

Lady Maud schüttelte den Kopf. »Ich denke, wir können in aller Ruhe abwarten, daß die Natur ihren Lauf nimmt«, teilte sie ihm mit. »Er hat zeitlebens viel vom Gesetz des Dschungels gehalten.«

Auf dem Polizeirevier in Worford hatte Dundridge Probleme mit den ländlichen Gesetzesvertretern. Hoskins war keine große Hilfe gewesen.

»Von ihm wissen wir«, sagte der mit dem Fall befaßte Kommissar, »daß Sie präzise Befehle erteilt haben, Bulldozer sollten auf verschiedenen Grundstücken willkürliche Ausfälle durchführen. Jetzt behaupten Sie, Sie hätten es nicht getan.«

»Das war lediglich im übertragenen Sinne gemeint«, erklärte Dundridge. »Ganz gewiß habe ich keine Anweisungen gegeben, aus denen irgend jemand außer einem Vollidioten hätte schließen können, ich wollte, daß das Haus des verblichenen Mr. Bullett-Finch abgerissen würde.«

»Nichtsdestotrotz wurde es abgerissen.«

»Von irgendeinem Geisteskranken. Sie bilden sich doch nicht ernsthaft ein, ich sei dorthin gefahren und hätte das Haus eigenhändig zerdeppert?«

»Bleiben Sie bitte ruhig, Sir«, sagte der Kommissar, »ich versuche lediglich, die Kette der Ereignisse zu rekonstruieren, die zu diesem Mord führten.«

»Mord?« murmelte Dundridge.

»Sie wollen doch nicht behaupten, daß es sich um einen Unfall handelt, oder? Eine unbekannte Person oder Personen bemächtigen sich eines Kranwagens und benutzen ihn, um ein Haus zu zermalmen, in dem zwei unschuldige Menschen schlafen. Das kann man alles mögliche nennen, aber nicht Unfall. Nein Sir, wir behandeln diese Angelegenheit als Mordfall.«

Dundridge überlegte kurz. »Wenn das so ist, muß ein Motiv existieren. Haben Sie darüber schon mal nachgedacht?«

»Freut mich, daß Sie das Motiv anschneiden, Sir«, sagte der Kommissar. »Soviel ich weiß, war Mr. Bullett-Finch aktives Mitglied im Rettet-die-Schlucht-Komitee. Würden Sie sagen, Ihre Beziehungen zu ihm waren außergewöhnlich feindseliger Natur?«

»Beziehungen?« schrie Dundridge. »Ich hatte keinerlei Beziehung zu ihm. Mir ist der Mann nie im Leben begegnet.«

»Aber Sie haben doch mehrfach mit ihm telefoniert.«

»Das kann schon sein«, gab Dundridge zu. »Ich glaube, mich erinnern zu können, daß er einmal anrief, um sich wegen irgendeiner Sache zu beschweren.«

»Könnte es sich um das Telefonat gehandelt haben, mit dem Sie ihm sagen, Zitat, ›Wenn Sie nicht aufhören, mich zu belästigen, werde ich dafür sorgen, daß Sie verdammt viel mehr verlieren als einen Viertelmorgen von Ihrem Scheißland‹, Zitatende?«

»Wer hat Ihnen das erzählt?« knurrte Dundridge.

»Die Identität unseres Informanten tut nichts zur Sache, Sir. Die Frage lautet, haben Sie das gesagt oder nicht.«

»Schon möglich«, gab Dundridge zu und schwor insgeheim, Hoskins demnächst die Hölle heiß zu machen.

»Und würden Sie mir nicht beipflichten, daß der verstorbene Mr. Bullett-Finch tatsächlich mehr verloren hat als einen Viertelmorgen seines verdammten Gartens?«

Das mußte Dundridge zugeben.

Während der Vormittag verrann, gewann der Autobahnkontrolleur für Mittelengland den deutlichen Eindruck, daß eine Falle über ihm zuschnappte.

Für Sir Giles hatte sich das zur absoluten Gewißheit verdichtet. Seine Versuche, über den Drahtzaun zu klettern, waren kläglich gescheitert. Zu diesem Zweck erwiesen sich ölige Gummistiefel als keineswegs ideal, und Sir Giles' körperliche Aktivitäten waren viel zu passiver Natur gewesen, um ihn auch nur annähernd darauf vorzubereiten, Maschendraht hinaufzukraxeln oder mit überhängendem Stacheldraht fertig zu werden. Was er brauchte, war eine Leiter, doch sein einziger Versuch, die Schonung zu verlassen, war durch den Anblick eines im Steingarten herumstöbernden Nashorns und eines Löwen, der sich vor der Küchentür sonnte, zunichte gemacht worden. Sir Giles blieb in der Schonung und wartete auf eine günstige Gelegenheit. Er wartete sehr lange.

Um drei am Nachmittag war er ausgesprochen hungrig. Das gleiche galt für die Löwen. Von den unteren Ästen eines Baumes, die Aussicht auf den Park gewährten, beobachtete Sir Giles, wie sich vier Löwinnen an eine Giraffe heranpirschten; eine folgte ihr gegen den Wind, die anderen drei hatten sich in Windrichtung im Gras versteckt. Die Giraffe floh und schlug gleich darauf im Todeskampf um sich. Aus seinem Horst beobachtete Sir Giles entsetzt, wie die Löwinnen ihr den Rest gaben und die Löwenmännchen sich wenig später zu ihnen gesellten. Sir Giles unterdrückte Ekel und Furcht und kletterte vom Ast. Das war seine Chance. Ohne das Nashorn zu beachten, das ihm den Rücken zukehrte, rannte er, so schnell es seine Gummistiefel erlaubten, über den Rasen zum Haus. Er erreichte die Terrasse und eilte am Wintergarten vorbei, wo Lady Maud gerade einen Rizinusbaum goß. Während er vorbeilief, schaute sie auf, und einen Moment lang wollte er einer Eingebung folgend anhalten und sie anflehen, ihn einzulassen, doch ihr Gesichtsausdruck verriet ihm, daß dies reine Zeitverschwendung wäre. Ihre Miene zeigte eine Gleichgültigkeit gegenüber seinem Schicksal, beinahe ein Nicht-zur-Kenntnis-Nehmen seine Existenz, die auf ihre Art noch erschreckender war als Klex' schreckliches Lächeln. Was Maud betraf, gab es ihn einfach nicht. Sie hatte ihn geheiratet, um das Anwesen zu retten und die Familie zu erhalten. Und nun war sie bereit, ihn aus denselben Gründen dem Tod zu überlassen. Daran zweifelte Sir Giles nicht. Er rannte auf den Hof und öffnete die Garagentür. Dort stand der Bentley. Endlich konnte er entkommen. Er schob die Türen zurück und stieg in den Wagen. Der Zündschlüssel steckte noch. Er drehte ihn um, und der Anlasser surrte. Er probierte es wieder, aber das Auto wollte nicht anspringen.

Im Küchengarten lauschte Klex dem Motorgeräusch. Er verschwendete seine Zeit. Das konnte er bis zum Jüngsten Tag versuchen, ohne daß die Maschine ansprang. Klex empfand kein Mitgefühl. »Lassen wir der Natur ihren Lauf«, hatte Lady Maud gesagt, und Klex war der gleichen Meinung. Sir Giles war ihm völlig schnuppe. Er hatte den gleichen Stellenwert wie die Schädlinge im Garten, die Nacktschnecken oder die Blattläuse. Nein, das stimmte nicht. Er war schlimmer. Er war ein Verräter an dem England, das Klex verehrte, dem alten England, dem aufrechten England, dem England, das sich aus Verwegenheit und Zufällen ein Weltreich gezimmert hatte, dem England, das diesen Garten geschaffen und die großen Eichen und Ulmen nicht zu seiner sofortigen Befriedigung gepflanzt hatte, sondern für die Zukunft. Was hatte Sir Giles für die Zukunft getan? Gar nichts. Er hatte die Vergangenheit geschändet und die Zukunft verraten. Er hatte den Tod verdient. Klex nahm sein Gewehr und ging zur Garage.

Im Wintergarten überlegte Lady Maud sich die Sache noch einmal. Sir Giles' Gesichtsausdruck, als er draußen kurz gezögert hatte, rief in ihr ein leichtes Mitgefühl hervor. Der Mann hatte

Angst, schreckliche Angst, und Lady Maud hatte nichts übrig für Grausamkeiten. Sich abstrakt über das Gesetz des Dschungels auszulassen, war eine Sache, aktiv daran mitzuwirken, eine andere.

»Inzwischen hat er seine Lektion gekriegt«, dachte sie, »ich sollte ihn am besten laufenlassen.« Sie wollte gerade nach draußen gehen und ihn suchen, als das Telefon klingelte. Es war General Burnett.

»Es geht um die Geschichte mit dem armen alten Bertie«, sagte der General. »Das Komitee würde gern vorbeikommen und mit Ihnen plaudern.«

»Bertie?« fragte Lady Maud. »Bertie Bullett-Finch?«

»Sie wissen doch, daß er tot ist«, sagte der General.

»Tot?« sagte Lady Maud. »Ich hatte keine Ahnung. Wann ist es passiert?«

»Gestern nacht. Das Haus wurde von diesem Autobahnschwein abgerissen. Bertie war drin, als es geschah.«

Lady Maud mußte sich setzen, von der Neuigkeit wie betäubt. »Das ist ja absolut entsetzlich. Weiß man, wer es getan hat?«

»Sie haben diesen Kerl, Dundridge, zur Vernehmung mitgenommen«, sagte der General. Lady Maud wußte nicht, was sie sagen sollte. »Hat auch noch halb Guildstead verwüstet. Der Oberst und ich dachten, wir sollten vorbeikommen und mit Ihnen darüber reden. Dadurch kriegt die Sache mit der Autobahn ein ganz anderes Gesicht, finden Sie nicht auch?«

»Natürlich«, sagte Lady Maud. »Kommen Sie sofort rüber.« Sie legte den Hörer auf und versuchte, sich vorzustellen, was geschehen war. Dundridge wurde vernommen, Mr. Bullett-Finch war tot. Finch Grove zerstört. Guildstead Carbonell... All diese verblüffenden Neuigkeiten ließen sie Sir Giles völlig vergessen.

»Ich muß die arme Ivy anrufen«, murmelte sie und wählte die Nummer von Finch Grove. Niemand meldete sich, was nicht weiter verwunderlich war.

In der Garage gab sich Sir Giles alle erdenkliche Mühe, Klex zu überreden, er solle die Flinte nicht mehr auf seine Brust richten.

»Fünftausend Pfund«, sagte er. »Fünftausend Pfund. Dafür brauchen Sie bloß die Tore aufzuschließen.«

»Verschwinden Sie«, sagte Klex.

»Was glauben Sie denn, was ich will? Hier bleiben?«

»Raus aus der Garage«, sagte Klex.

»Zehntausend. Zwanzigtausend. Soviel Sie wollen...«

»Ich zähle bis zehn«, sagte Klex. »Eins.«

»Fünfzigtausend Pfund.«

»Zwei«, sagte Klex.

»Hunderttausend. Mehr können Sie wirklich nicht verlangen.«

»Drei«, sagte Klex.

»Ich erhöhe auf –«

»Vier«, sagte Klex.

Sir Giles drehte sich um und lief weg. Klexens Gesichtsausdruck war unmißverständlich. Sir Giles stolperte ums Haus herum und über den Rasen zur Schonung. Er krabbelte über die Eisengeländer und kletterte wieder auf seinen Baum. Die Löwen hatten die Giraffe aufgefressen, leckten sich jetzt die Pranken und putzten ihre Schnurrhaare. Sir Giles wischte sich mit einem Taschentuch den Schweiß aus dem Gesicht und versuchte nachzudenken, was als nächstes zu tun sei.

Diese Mühe wurde Dundridge durch die Entdeckung einer leeren Wodkaflasche in der Krankabine sowie durch Augenzeugen erspart, die angaben, einer der beiden Männer, die man im Kranwagen die High Street hatte entlangfahren sehen, habe unflätige Lieder gegrölt und sei zweifellos schwer betrunken gewesen.

»Es liegt offenbar ein Versehen vor«, teilte ihm der Kommissar entschuldigend mit. »Sie dürfen gehen.«

»Aber Sie haben mir doch erzählt, daß Sie diese Angelegenheit als Mordfall behandeln«, rief Dundridge empört. »Jetzt machen

Sie eine Kehrtwendung und behaupten, es sei lediglich Trunkenheit am Steuer gewesen.«

»Wie ich die Sache sehe, beruht Mord auf vorsätzlichem Handeln«, erläuterte der Kommissar. »Also, zwei Burschen ziehen los und trinken einen über den Durst. Sie sind ein bißchen ausgelassen, klauen einen Kran und reißen ein paar Häuser ab, na, da muß man doch andere Maßstäbe anlegen, stimmt's? Von Vorsatz kann hier nicht die Rede sein. Ein wenig amüsiert haben sie sich, das ist alles. Was nicht heißen soll, daß ich es billige, verstehen Sie mich nicht falsch. Ich habe genausoviel gegen Vandalismus und Betrunkenheit wie jeder andere auch, aber man muß schließlich mildernde Umstände in Betracht ziehen.«

Dundridge war nicht überzeugt, als er das Polizeirevier verließ, und was Hoskins' Verhalten anging, konnte er keinerlei mildernde Umstände entdecken.

»Sie haben der Polizei eingeredet, ich hätte Befehl gegeben, das Haus der Bullett-Finches abzureißen«, schrie er ihn im mobilen Hauptquartier an. »Sie haben denen zu verstehen gegeben, ich hätte mich aufgemacht, um Mr. Bullett-Finch zu ermorden.«

»Ich habe denen nur erzählt, Sie hätten sich am Telefon mit ihm angelegt. Wenn man mich gefragt hätte, hätte ich das gleiche über Sie und Lady Maud gesagt«, wandte Hoskins ein.

»Zufällig ist aber Lady Maud nicht umgebracht worden«, brüllte Dundridge. »Dasselbe gilt für General Burnett und den Oberst, und mit beiden habe ich mich auch gestritten. Falls einer von denen vom Bus überfahren wird oder an Lebensmittelvergiftung stirbt, werden Sie der Polizei erzählen, ich sei verantwortlich, nehme ich an.«

Hoskins sagte, seiner Meinung nach sei das nicht fair.

»Fair«, schrie Dundridge, »fair? Nun hören Sie sich mal gut an, was ich mir alles habe gefallen lassen müssen, seit ich hier bin. Ich bin bedroht worden. Man hat mir Drogen in die Drinks gekippt. Ich bin… Nun, lassen wir das. Ich bin beschossen worden. Man hat mich beleidigt und beschimpft. Man hat mir die Autoreifen zerstochen. Ich bin eines Mordes beschuldigt worden, und da haben Sie die Frechheit, sich hinzustellen und mir was von Fairneß zu erzählen! Mein Gott, bis jetzt hab' ich anständig gekämpft, aber damit ist es nun vorbei. Von jetzt an ist alles erlaubt, und als erstes erlaube ich mir, Sie rauszuschmeißen. Verschwinden Sie und kommen Sie nie wieder.«

»Da gibt's noch eine Neuigkeit, die Sie unbedingt wissen sollten«, sagte Hoskins und zog sich in Richtung Tür zurück. »Sie haben ein neues Problem am Hals. Lady Maud Lynchwood eröffnet am Sonntag auf dem Handymanschen Grundstück einen Großwildpark.«

Dundridge setzte sich langsam und glotzte ihn an.

»Sie macht was?«

Hoskins schob sich wieder ins Büro. »Eröffnet einen Großwildpark. Sie hat das gesamte Anwesen einzäunen lassen und sich Löwen, Nashörner und...«

»Aber das darf sie nicht. Sie hat einen Zwangsenteignungsbescheid zugestellt bekommen«, stellte Dundridge fest, von dieser neusten Widerstandsaktion völlig baff.

»Sie hat's trotzdem getan«, sagte Hoskins. »An der Straße nach Ottertown stehen Hinweisschilder, und im Anzeigenblättchen von Worford stand gestern abend eine Anzeige. Ich habe ein Exemplar da.« Er ging in sein Büro und hatte, als er zurückkam, eine ganzseitige Anzeige in der Hand, in der von einem Tag der offenen Tür im Großwildpark Haus Handyman die Rede war. »Was wollen Sie dagegen unternehmen?«

Dundridge griff zum Telefon. »Ich werde die Rechtsabteilung einschalten und den Leuten dort sagen, sie sollen eine einstweilige Verfügung beantragen«, sagte er. »Inzwischen sorgen Sie dafür, daß die Arbeiten in der Schlucht unverzüglich wiederaufgenommen werden.«

»Sollten wir nicht eine ein- oder zweitägige Pause einlegen und warten, bis sich der Wirbel um das Haus der Bullett-Finches und Guildstead Carbonell ein wenig gelegt hat?« fragte Hoskins.

»Auf keinen Fall«, antwortete Dundridge. »Wenn die Polizei es vorzieht, die ganze Angelegenheit als Bagatelle zu betrachten, sehe ich keinen Grund, warum wir uns dem nicht anschließen sollten. Die Arbeit geht weiter wie bisher. Höchstens noch schneller.«

- 24 -

Im Wohnzimmer von Haus Handyman traf sich der Rest des Rettet-die-Schlucht-Komitees, betrauerte das Ableben von Mr. Bullett-Finch und überlegte, wie man sich sein Opfer zunutze machen könnte.

»Diese Geschichte ist ein Verbrechen gegen die Menschlichkeit«, sagte Oberst Chapman. »Einen friedfertigeren Menschen als den armen alten Bertie konnte man sich gar nicht vorstellen. Nie kam ein böses Wort über seine Lippen.«

Lady Maud konnte sich an mehrere böse Worte aus Mr. Bullett-Finchs Mund erinnern, als sie seinen Rasen betreten hatte, doch sie behielt ihre Gedanken für sich. Ganz gleich, welche Fehler er als Lebender aufwies, der tote Mr. Bullett-Finch war heiliggesprochen. General Burnett faßte ihre Gedanken in Worte.

»Schreckliche Art, sich zu verabschieden«, sagte er, »wenn man von einer elend großen Eisenkugel einfach so zerschmettert wird. Fast wie von einer riesigen Kanonenkugel.«

»Wahrscheinlich hat er nichts gespürt«, meinte Oberst Chapman. »Es war spätnachts, und er lag im Bett...«

»Das stimmt übrigens nicht. Man fand ihn im Bademantel. Hat es wohl kommen hören.«

»Mitten in dem Leben sind wir...«, fing Miss Percival an, wurde jedoch von Lady Maud unterbrochen.

»Es hat keinen Zweck, in der Vergangenheit zu verweilen«, sagte sie. »Wir müssen unsere Überlegungen auf die Zukunft richten. Ich habe Ivy eingeladen, hier zu wohnen.«

»Ich bezweifle, daß sie dieses Angebot annimmt«, sagte Oberst Chapman und schaute unruhig aus dem Fenster. »Ihr Nervenkostüm war nie das allerbeste und ist durch diesen Schock auch nicht gerade solider geworden, und dann diese Löwen...«

»Dummes Zeug«, widersprach Lady Maud energisch. »Völlig harmlose Tierchen, vorausgesetzt, man kann mit ihnen umgehen. Man muß ihnen nur zeigen, daß man keine Angst vor ihnen hat. Sobald sie Angst wittern, werden sie gefährlich.«

»Für mich wäre das ganz sicher nicht das richtige«, gestand Miss Percival. General Burnett nickte.

»Ich kann mich an ein Erlebnis im Pandschab erinnern...«, setzte er an.

»Wir sollten uns, glaube ich, auf die vorliegende Angelegenheit beschränken«, sagte Lady Maud. »so sehr ich bedaure, was dem armen Mr. Bullett-Finch und ganz Guildstead Carbonell widerfahren ist, ein Gutes hat es doch: Gegenüber dem Umweltministerium und dieser gräßlichen Autobahn sind wir dadurch in einer viel stärkeren Position. Sie, General, erwähnten doch wohl, die Polizei verhöre diesen Dundridge.«

General Burnett schüttelte den Kopf. »Der Polizeipräsident hat mich auf dem laufenden gehalten«, sagte er. »In dieser Richtung wird leider nicht mehr ermittelt. Offenbar gab es gestern abend im Royal George so was wie eine wilde Fete. Anscheinend geht man von der Theorie aus, daß einige der Malocher ein paar Biere zuviel getrunken haben und...«

»Bier?« sagte Lady Maud mit einem seltsamen Gesichtsausdruck. »Habe ich richtig verstanden, Sie sagten ›Bier‹?«

»Meine liebe Lady«, sagte der General begütigend, »ich sprach lediglich von Bier, weil das diese Kerls meines Wissens trinken. Ich wollte damit keineswegs unterstellen...«

»Ich glaube sogar, daß es Wodka war«, meinte Oberst Chapman taktvoll. »Ich bin da ganz sicher. Man hat eine Flasche gefunden.« Doch es war schon zu spät. Lady Maud machte einen recht aufgewühlten Eindruck.

In der Schonung versuchte Sir Giles verzweifelt, eine Entscheidung zu fällen. Von seinem Baum aus hatte er das Eintreffen von General Burnett, Oberst Chapman und Miss Percival beobachtet. Sie waren alle in einem Auto gekommen – Miss Percival hatte ihren Wagen vor dem Haupttor stehenlassen und war beim General eingestiegen –, und mit ihrer Anwesenheit schien sich für Sir Giles eine Fluchtmöglichkeit zu eröffnen, falls er bis zum Haus kam. Maud würde ihn kaum vor den Augen ihrer Nachbarn kaltblütig niederschießen. Vielleicht würde es zu einer unangenehmen Szene kommen. Vielleicht würde sie ihn der Brandstiftung, der Erpressung und Bestechung bezichtigen. Vielleicht würde sie ihn der Lächerlichkeit preisgeben, aber er war bereit, diese Risiken einzugehen, um den Park lebend zu verlassen. Andererseits hatte er seine Zweifel, ob er in der Verfassung sei, einen Spießrutenlauf durch die Löwen anzutreten, die von ihrem letzten Mahl fortgeschlendert waren und auf dem Rasen vor der Terrasse herumlagen. Hinzu kam, daß er inzwischen extrem hungrig war, im Gegenatz zu den Löwen. Die hatten sich gerade an Giraffe satt gefressen.

Wenigstens hoffte Sir Giles das. Dieses Risiko mußte er eben eingehen. Blieb er im Baum, würde er Hunger leiden und früher oder später ohnehin runterkommen müssen. Besser früher, dachte er, als später. Sir Giles kletterte vom Baum und stieg über das Geländer. Wenn er selbstbewußt auftrat, vielleicht… Sir Giles war alles andere als selbstbewußt zumute. Er zögerte, ehe er vorsichtig weiterstapfte. Wenn er nur die Terrasse erreichen könnte! Als er den Rasen überquerte, wurde ihm klar, daß er die Entfernung zwischen sich und den schützenden Bäumen vergrößerte, während die zwischen ihm und den Löwen abnahm. Er hatte den Punkt erreicht, von dem aus es kein Zurück mehr gab.

Im Wohnzimmer beschwerte sich General Burnett über Sir Giles' Abwesenheit. »Ich habe versucht, ihn in seiner Londoner Wohnung und in seinem Büro anzurufen, aber anscheinend wußte keiner, wo er steckt«, sagte er. »Ich bin überzeugt, daß wir den Minister dazu bewegen könnten, die Autobahnbauarbeiten einzustellen, wenn wir Sir Giles erreichten. Ich bin wirklich der letzte, der sich beschwert, aber in einer Zeit wie dieser braucht ein Wahlkreis seinen Abgeordneten.«

»Leider neigt mein Mann dazu, sich in seinen parlamentarischen Pflichten von seinen Geschäftsinteressen stören zu lassen«, stimmte ihm Lady Maud zu.

»Natürlich, natürlich«, sagte Oberst Chapman. »Er muß eben jede Menge Eisen im Feuer haben. Hätte es nicht so weit gebracht, wenn das anders wäre.«

»Ich glaube...«, sagte Miss Percival nervös und starrte aus dem Fenster. »Ich meine damit lediglich, es ist an der Zeit, daß er sich bemerkbar macht«, sagte der General.

»Ich finde, Sie sollten wirklich...«, fing Miss Percival an.

»In einer Zeit wie dieser sollte er seine Stimme erheben... Gott im Himmel! Was zum Teufel war das denn?«

Aus dem Garten kam ein gräßlicher Schrei.

»Das war, glaube ich, Sir Giles, der seine Stimme erhob«, sagte Miss Percival und fiel in Ohnmacht. Der General und Oberst Chapman drehten sich um und sahen entsetzt aus dem Fenster. Einen Moment lang konnte man Sir Giles sehen, dann verschwand er unter einem Löwen. Lady Maud schnappte sich einen Schürhaken und öffnete die Terrassentür. »Wollt ihr wohl aufhören?« schrie sie und stürmte über die Terrasse. »Kusch, kusch.«

Doch es war zu spät. Der General und Oberst Chapman eilten ihr nach und zerrten sie ins Haus zurück, die immer noch den Schürhaken schwang und »kusch« rief.

»Verdammt schneidiges kleines Frauchen«, sagte der General auf der Heimfahrt. Oberst Chapman schwieg. Er versuchte, den Anblick dieser Gummistiefel aus seinem Gedächtnis zu verbannen, und außerdem fand er selbst unter diesen bedrückenden Umständen Lady Mauds Kurzbeschreibung durch den General ein wenig unpassend. Von dem Schlag, den sie ihm versetzt hatte, als er meinte, sie solle sich wegen dieses Ereignisses keine Vorwürfe machen, war sein linkes Ohr immer noch halb taub.

»Damit ist der Großwildpark übrigens gestorben«, fuhr der General fort. »Wirklich schade.«

»Durch ihn ist ja auch Sir Giles gestorben«, ergänzte Oberst Chapman, der fand, daß Geneal Burnett die ganze Angelegenheit zu gelassen aufnahm.

»Was durchaus für den Park spricht«, sagte der General. »Der Bursche war noch nie nach meinem Geschmack.«

Auf dem Rücksitz wurde Miss Percival zum sechstenmal ohnmächtig.

Im Haus Handyman erklärte der Polizeipräsident Lady Maud so taktvoll wie möglich, daß es eine Untersuchung dieses unnatürlichen Todesfalls geben werde.

»Eine Untersuchung? Aber was passiert ist, liegt doch völlig klar auf der Hand. General Burnett und Oberst Chapman waren hier.«

»Eine reine Formalität, seien Sie versichert«, sagte der Polizeichef. »Und jetzt muß ich mich auf den Weg machen.«

Mit den Gummistiefeln in der Hand ging er zu seinem Wagen und fuhr weg. Im Park leckten die Löwen sich die Pranken und putzten ihre Schnurrhaare. Lady Maud schaute ihnen vom Fenster aus zu. Sie mußten natürlich verschwinden. Sir Giles war vielleicht kein angenehmer Mensch gewesen, aber Lady Mauds Anstandsgefühl ließ nicht zu, Tiere zu halten, bei denen man sich nicht darauf verlassen konnte, daß sie keine Leute verspeisten. Und dann war da noch Klex, Klex und die Ereignisse gestern abend in Guildstead Carbonell. Wofür er Spezialsonderabfüllung gebraucht hatte, lag klar auf der Hand, und sie war schuld daran. Und dann hatte sie auch noch Ivy Bullett-Finch eingeladen, bei ihr zu wohnen. Jetzt hatte sie wenigstens eine gute Entschuldigung, Ivy wieder auszuladen. Sie ging in die Küche und wollte gerade nach draußen, als ihr einfiel, daß die Löwen Menschenfleisch gekostet hatten und vor ihrer Furchtlosigkeit möglicherweise nicht mehr so leicht das Feld räumen würden. Sie bewaffnete sich also besser mit irgendwas. Nach kurzem Zögern ging Lady Maud dann trotzdem hinaus. Ein gewisses Risiko einzugehen, war sie ihrem Gewissen schuldig. Sie begab sich über den Fußweg in den Küchengarten.

»Klex«, sagte sie, »ich möchte mit Ihnen reden. Ist Ihnen klar, was Sie angerichtet haben?«

Klex zuckte die Achseln. »Das hat er sich selbst zuzuschreiben«, sagte er.

»Ihn meine ich gar nicht«, sagte Lady Maud. »Ich spreche von Mr. Bullett-Finch.«

»Was ist mit ihm?«

»Er ist tot. Er wurde letzte Nacht getötet, als man sein Haus abriß.«

Klex nahm seinen Hut ab und kratzte sich am Kopf. »Wirklich schade«, meinte er nachdenklich.

»Schade? Mehr haben Sie dazu nicht zu sagen?« fragte Lady Maud streng.

»Ich wüßte nicht, was ich sonst sagen sollte. Ich wußte genausowenig, daß er in dem Haus war, wie Sie wußten, daß ihn die Löwen fressen würden.« Er las eine Raupe von einem Kohlkopf und zerquetschte sie gedankenverloren.

»Ich muß schon sagen, hätte ich gewußt, was Sie vorhatten, hätte ich Ihnen nie den Tag frei gegeben«, sagte Lady Maud und ging zurück ins Haus.

Klex jätete weiter. Frauen sind seltsame Wesen, dachte er. Man tat, was sie wollten, und zum Dank lasen sie einem die Leviten. Die Leviten lesen. Wenn er es recht bedachte, war das auch ein seltsamer Ausdruck. Doch die ganze Welt steckte voller Rätsel.

In London erwachte Mrs. Forthby mit dem unbestimmten Gefühl, daß irgend etwas fehlte. Sie rollte sich im Bett auf die andere Seite, knipste die Lampe an und schaute auf den Wecker. Der zeigte elf Uhr achtundvierzig, und da es dunkel war, mußte es kurz vor Mitternacht sein. Andererseits war ihr nicht nach Mitternacht zumute. Sie fühlte sich, als hätte sie viel länger als vier Stunden geschlafen, und wo steckte überhaupt Giles? Sie stand auf und suchte in der Küche und im Bad, aber er war nicht in der Wohnung. Auch gut, dann war er wohl weggegangen. Sie ging zurück in die Küche und machte sich einen Tee. Außerdem war sie sehr hungrig; merkwürdig, schließlich hatte sie ein großes Abendessen vertilgt. Sie toastete etwas Weißbrot und kochte sich ein Ei. Und die ganze Zeit über wurde sie dieses dumpfe Gefühl nicht los, daß irgend etwas nicht stimmte. Um acht Uhr abends war sie zu Bett gegangen, und jetzt, um Mitternacht, war sie hellwach und am Verhungern. Um sich die Zeit zu vertreiben, griff sie nach einem Buch, doch ihr war nicht nach Lesen. Sie stellte das Radio an und bekam den Nachrichtenüberblick mit: »...Lynchwood, Unterhausabgeordneter für South Worfordshire, der auf seinem Anwesen in der Nähe von Worford von einem Löwen getötet wurde. In Arizona zerstörte ein wildgewordener Wirbelsturm...« Mrs. Forthby machte das Radio aus und goß sich noch eine Tasse Tee nach, ehe ihr aufging, was der Sprecher gerade gesagt hatte. »Oje«, sagte sie, »heute nachmittag? Aber...« Sie ging ins Wohnzimmer und warf einen Blick auf die Datumsanzeige der Uhr. Dort stand Freitag, der 20. Dabei war gestern Mittwoch gewesen. Das hatte Giles gesagt. Sie hatte gesagt, es sei Dienstag, und er hatte gesagt, es sei Mittwoch. Und jetzt war es auf einmal Freitagmorgen, und Giles war von einem Löwen getötet worden. Was hatte ein Löwe auf dem Handymanschen Anwesen zu suchen? Und was hatte Sir Giles eigentlich dort zu suchen? Sie wollten doch am Wochenende gemeinsam nach Brighton fahren. Das war alles viel zu verwirrend und entsetzlich. Es konnte nicht wahr sein. Mrs. Forthby rief die nette Dame an, die einem die Uhrzeit sagt. »Beim nächsten Ton ist es null Uhr, zehn Minuten und zwanzig Sekunden.«

»Aber welches Datum? Welcher Tag ist heute?« fragte Mrs. Forthby.

»Beim nächsten Ton ist es null Uhr, zehn Minuten und dreißig Sekunden.«

»Du liebe Güte, Sie sind wirklich keine große Hilfe«, sagte Mrs. Forthby und fing an zu weinen. Ein besonders liebenswürdiger Mensch war Giles nicht gewesen, aber sie hatte ihn gemocht, und sie war an allem schuld.

»Wäre ich nicht so vergeßlich und hätte dran gedacht, aufzuwachen, dann wäre er jetzt noch am Leben«, murmelte sie.

Am nächsten Morgen begrüßte Dundridge in seinem mobilen Hauptquartier die Neuigkeit mit Schadenfreude.

»Geschieht der blöden Vettel recht, was baut sie auch so einen Scheiß Großwildpark«, meinte er zu Hoskins.

»Wie können Sie nur so etwas sagen«, widersprach Hoskins. »Dadurch ist lediglich wieder ein Sitz im Unterhaus freigeworden. Es gibt wieder eine Nachwahl, und Sie wissen ja, was beim letzten Mal passierte.«

»Um so mehr spricht dafür, daß wir so schnell wie möglich weiterarbeiten.«

»Was? Wo Maud Lynchwood trauert? Die arme Frau hat gerade unter tragischen Umständen ihren Ehemann verloren, und Sie –«

»Verschonen Sie mich mit diesem Quark«, sagte Dundridge. »Ich würde meinen, daß sie wahrscheinlich hocherfreut ist. Würde mich nicht wundern, wenn sie die ganze Geschichte bloß inszeniert hat, um uns aufzuhalten.«

»Das ist eine schlimme Verleumdung, jawoll«, sagte Hoskins. »Sie mag zwar ein ziemlich übler Besen sein, aber...«

»Hören Sie zu«, sagte Dundridge, »ihr Mann war ihr scheißegal, das weiß ich.«

»Das wissen Sie?«

»Ja, das weiß ich allerdings. Ich verrate Ihnen mal was. Diese alte Kuh hat eines Nachts versucht, mich zu verführen, und als ich nicht mitmachen wollte, hat sie mit 'ner Flinte vom Kaliber zwölf nach mir geschossen. Also verschonen Sie mich mit diesem Stuß, von wegen trauernde Witwe. Wir bauen weiter, und zwar schnell.«

»Also, ich kann nur sagen, daß Sie damit der öffentlichen Meinung ins Gesicht spucken«, sagte Hoskins, der sich Dundridges Geschichte von der versuchten Verführung einigermaßen fassungslos angehört hatte. »Erst stirbt Bullett-Finch und jetzt Sir Giles. Es wird eine öffentliche Welle der Empörung geben. Ich würde meinen, gerade jetzt sollte man sich bedeckt halten.«

»Gerade jetzt werden wir den Brückenkopf direkt im Park errichten«, sagte Dundridge. »Ich werde zwei Bulldozer und ein Basislager an ihrem Torbogen aufbauen. Soll sie doch meckern, wenn sie unbedingt will.«

Aber Lady Maud meckerte nicht. Sir Giles' Tod hatte sie schwerer getroffen, als sie erwartet hatte, und für das, was Mr. Bullett-Finch zugestoßen war, fühlte sie sich persönlich verantwortlich. Sie ging ihren Pflichten automatisch, aber irgendwie geistesabwesend nach, verstrickt in die moralische Zwangslage, in der sie sich nun befand. Ihr stand die Zerstörung von allem, was ihr lieb und wert war, bevor – das Herrenhaus, die Schlucht, die wilde Landschaft, der Garten, die Welt, für die ihre Vorfahren gekämpft und die sie geschaffen hatten. All dies sollte verschwinden und durch eine Autobahn ersetzt werden, die in fünfzig Jahren, nach dem Verbrauch der fossilen Brennstoffe, nur noch ein unnützer, veralteter Schandfleck wäre. Ausgeheckt hatte das Ganze Giles, der auf ein armseliges Geldsümmchen aus gewesen war, eine gemeine und grausame Geste, um ihr weh zu tun. Nun ja, Giles hatte seine wohlverdiente Strafe bekommen, doch sein Vermächtnis, die Autobahn, blieb, und die Methoden, derer sie sich hatte bedienen müssen, hatten sie korrumpiert. Sie hatte Öl ins Feuer gegossen, und andere waren verbrannt, nämlich Bertie Bullett-Finch und – im wahrsten Sinne des Wortes – der arme

Mensch, der die Paraffinlampe vor Mr. Dugdales Garage plaziert hatte.

Derart selbstanklägerisch gestimmt nahm sie an der gerichtsmedizinischen Anhörung teil, bei der auf Unfalltod von Sir Giles Lynchwood erkannt wurde; man lobte seine Witwe wegen ihrer Tapferkeit, wies aber gleichzeitig auf die unvorhergesehenen Gefahren hin, die das Halten von wilden Tieren auf Privatgrundstücken mit sich brächte. In derselben Stimmung überwachte sie den Abtransport der Löwen, der letzten Giraffe und der Strauße, ehe sie in der Abtei von Worford am Trauergottesdienst teilnahm. Die ganze Zeit über ging sie Klex aus dem Weg, der sich im Küchengarten herumdrückte und grollte. Erst als sie aus der Abtei zurückkehrte und gegenüber vom Pförtnerhaus die neben der eisernen Hängebrücke abgestellten Bulldozer sah, empfand sie Gewissensbisse wegen der Vorhaltungen, die sie ihm gemacht hatte. Sie fand den schmollenden Klex zwischen den schwarzen Johannisbeeren.

»Klex, es tut mir leid«, sagte sie. »Ich muß mich wohl bei Ihnen entschuldigen. Wir alle machen dann und wann Fehler, und ich bin gekommen, um Ihnen zu sagen, wie sehr ich Ihnen für all die Opfer danke, die Sie mir gebracht haben.«

Klex errötete unter seinem sonnengebräunten Teint. »Nicht der Rede wert«, nuschelte er.

»Das stimmt einfach nicht«, widersprach Lady Maud huldvoll, »ich weiß wirklich nicht, wie ich ohne Sie zu Rande gekommen wäre.«

»Sie brauchen mir nicht zu danken«, sagte Klex.

»Sie sollten einfach wissen, wie dankbar ich Ihnen bin«, sagte Lady Maud. »Als ich kam, sind mir übrigens die Bulldozer in der Nähe des Pförtnerhauses aufgefallen...«

»Sie möchten wohl, daß sie aufgehalten werden?«

»Tja, wo Sie es gerade erwähnen...«, fing Lady Maud an.

»Überlassen Sie das mir«, sagte Klex, »ich werde sie aufhalten.«

Lady Maud zögerte. Der Zeitpunkt war gekommen, einen Entschluß zu fassen. Sie wählte ihre Worte vorsichtig.

»Ich würde nur ungern vermuten müssen, daß Sie irgend etwas Gewalttätiges unternehmen.«

»Gewalttätig? Ich?« fragte Klex, dessen gekränkter Tonfall angesichts dieser Anspielung beinahe glaubwürdig klang.

»Ja, Sie«, sagte Lady Maud. »Also, ich habe nichts dagegen, nötigenfalls Geld auszugeben. Sie können haben, soviel Sie wollen, aber ich dulde nicht, daß irgendwer verletzt wird. Von solchen Geschichten hatten wir schon mehr als genug.«

»Ihre Vorfahren haben gekämpft, um...«

»Was die Taten meiner Ahnen betrifft, bin ich wohl etwas sachkundiger als Sie«, sagte Lady Maud. »Auf Belehrungen kann ich verzichten. Das war etwas ganz anderes. Erstens vertraten sie die Krone und hielten sich an den gesetzlichen Rahmen, und zweitens ging es bloß gegen die Waliser, und die waren Barbaren. Außerdem bin ich Friedensrichterin und darf nichts Illegales dulden. Was Sie auch unternehmen, es muß rechtmäßig sein.«

»Aber...«, begann Klex.

Lady Maud unterbrach ihn. »Ich will nichts mehr hören. Was Sie unternehmen, ist Ihre Sache. Ich will nichts davon wissen.«

Sie stolzierte davon, und Klex blieb zurück, um über ihre Worte nachzudenken.

»Keine Gewalt«, murmelte er. Dadurch wurde die Sache etwas schwierig, aber ihm würde schon etwas einfallen. Frauen, auch die herausragenden Exemplare, waren unlogische Wesen. Er verließ den Garten und ging zum Pförtnerhaus hinunter. Auf der anderen Seite der Hängebrücke standen zwei Bulldozer unter den Bäumen und symbolisierten die Präsenz von Dundridges Spezialeinheit. Es wäre so leicht, sie mit einem APIG außer Gefecht zu setzen oder auch nur Zucker in ihre Tanks zu schütten, aber wenn Maud darauf bestand, daß er sich an den gesetzlichen Rahmen hielte... sich an den gesetzlichen Rahmen halten? Noch so eine merkwürdige Formulierung. Als sei das Gesetz eine Burg mit Fenster- und Türrahmen. Klex schaute hoch zu dem großen Torbogen, der über ihm aufragte.

Ihm war gerade eine Idee gekommen.

- 25 -

Entgegen seiner Absicht, rasch zu handeln, hatte der Autobahnkontrolleur für Mittelengland Schwierigkeiten, überhaupt zu handeln. Während die verschiedenen für die Erhaltung von Guildstead Carbonell sowie für Recht und Ordnung verantwortlichen Institutionen auf der einen Seite sich mit denen für den Autobahnbau und die Zerstörung des Dorfes Verantwortlichen auf der anderen in den Haaren lagen, kam die Arbeit an der Autobahn praktisch zum Erliegen. Die Lage wurde durch eine Arbeitsniederlegung von Kipperfahrern noch verschlimmert, die behaupteten, durch das Lokalverbot im Royal George für die durch holzschuhtanzende Bulldozerfahrer am Billardtisch angerichteten Schäden ungerechtfertigt bestraft worden zu sein. Dazu kam ein Dienst nach Vorschrift der Abrißexperten, die erklärten, die Verhaftung Mr. Edwards' stelle einen Verstoß gegen ihre Grundrechte als Gewerkschaftler dar. Um den Streit zu beenden, zahlte Dundridge aus seinem Etatposten für Sonderausgaben den Billardtisch und setzte sich bei der Polizei für die Freilassung Mr. Edwards' auf Kaution ein, bis das psychiatrische Gutachten vorläge. Mitten im schönsten Durcheinander wurde er nach London beordert, um seine Aussagen zu erläutern, die er in einem vor den Ruinen des Bullett-Finchschen Hauses geführten Fernsehinterview gemacht hatte.

»Ist Ihnen wirklich nichts Besseres eingefallen als ›Vornehm geht die Welt zugrunde?‹« wollte Mr. Rees wissen. »Und was in Gottes Namen meinten Sie mit ›Zwischen Lipp' und Kelchesrand schwebt der dunklen Mächte Hand‹?«

»Damit wollte ich lediglich sagen, daß Unfälle eben manchmal passieren«, erklärte Dundridge. »Ich wurde geradezu bombardiert mit –«

»Bombardiert? Was glauben Sie denn, was bei uns seitdem los war? Wie viele Briefe haben wir bekommen?«

Mr. Joynson sah in seiner Liste nach. »Bis jetzt dreitausendvierhundertundzweiundachtzig, ohne die Postkarten.«

»Und was ist mit ›Wir alle müssen Opfer bringen‹? Welchen Eindruck macht das Ihrer Meinung nach auf drei Millionen Zuschauer?« schrie Mr. Rees. »Ein Mann, der friedlich in einer ruhigen, ländlichen Ecke Englands lebt und sich um seine eigenen Angelegenheiten kümmert, wird mitten in der Nacht von irgendeinem beschissenen Irren mit einer zwei Tonnen schweren Abrißbirne erschlagen, und Sie sprechen von Opfer bringen!«

»Übrigens hat er sich keineswegs um seine eigenen Angelegenheiten gekümmert«, protestierte Dundridge, »er rief laufend an, um –«

»Und das rechtfertigt wohl Ihrer Meinung nach... Ich geb's auf.«

»Ich glaube, wir müssen das vom Standpunkt des potentiellen Eigenheimkäufers aus betrachten«, sagte Mr. Joynson taktvoll. »Für einen normalen Lohnempfänger ist es heutzutage schon schwer genug, eine Hypothek zu bekommen. Wir wollen den Leuten doch nicht den Eindruck vermitteln, sie liefen Gefahr, daß ihre Häuser ohne die geringste Vorwarnung abgerissen werden.«

»Und das Haus war nicht einmal für den Abriß vorgesehen«, gab Mr. Rees zu bedenken.

»Ganz recht«, sagte Mr. Joynson. »Ich will darauf hinaus, daß sich Dundridge hier etwas feinfühligerer Methoden befleißigen muß. Er sollte versuchen, die Leute zu überreden.«

Doch da platzte Dundridge der Kragen. »Überreden?« knurrte er. »Anscheinend begreifen Sie nicht, womit ich konfrontiert werde. Anscheinend glauben Sie, ich müsse bloß einen Zwangsenteignungsbescheid zustellen, und schon ziehen die Leute aus, und alles ist paletti. So einfach ist das nicht, das können Sie mir glauben. Ich bin angeblich verantwortlich für die Konstruktion einer Autobahn durch Haus und Park einer Frau, die unter Überredung versteht, mit einer Flinte vom Kaliber zwölf nach mir zu schießen.«

»Und offensichtlich daneben«, seufzte Mr. Rees.

»Warum haben Sie nicht die Polizei verständigt?« fragte Mr. Joynson, um Sachlichkeit bemüht.

»Die Polizei? Sie *ist* die Polizei«, sagte Dundridge. »Die Polizisten fressen ihr aus der Hand.«

»Wie die Löwen, nehme ich an«, sagte Mr. Rees.

»Und warum hat sie Ihrer Meinung nach diesen Großwildpark angelegt?« fragte Dundridge.

»Jetzt wollen Sie uns bestimmt einreden, damit sie auf diese Weise ihren Mann loswerden konnte«, meinte Mr. Rees.

»Um die Autobahn aufzuhalten. Sie wollte die Öffentlichkeit mobilisieren, um Sympathie werben und ganz allgemein soviel Verwirrung wie nur möglich stiften.«

»Das hätte sie meines Erachtens in aller Ruhe Ihnen überlassen können«, sagte Mr. Rees.

Dundridge warf ihm einen haßerfüllten Blick zu. Das Vertrauen seiner Vorgesetzten besaß er offensichtlich nicht.

»Wenn Sie diese Meinung vertreten, kann ich nur von meiner Stellung als Autobahnkontrolleur für Mittelengland zurücktreten«, sagte er. Mr. Rees sah Mr. Joynson an. Dieses Ultimatum hatten sie befürchtet. Mr. Joynson schüttelte den Kopf.

»Mein lieber Dundridge, dazu besteht überhaupt kein Grund«, sagte Mr. Rees gequält leutselig. »Wir bitten Sie nur, jede weitere negative Publicity tunlichst zu vermeiden.«

»In dem Fall verlasse ich mich auf Ihre volle Rückendeckung«, sagte Dundridge. »Man kann unmöglich von mir verlangen, daß ich derart massive Widerstände überwinde, wenn das Ministerium nicht bereit ist, mich rückhaltlos zu unterstützen.«

»Wir werden Ihnen jede nur mögliche Unterstützung gewähren«, versprach Mr. Rees.

Dundridge verließ das Büro besänftigt und mit dem Gefühl, seine Autorität sei sogar noch gestärkt worden.

»Gib dem Kerl die lange Leine, und ich möchte wetten, daß er sich selbst den Strick dreht«, sagte Mr. Rees, als Dundridge fort war. »Und ehrlich gesagt, ich wünsche Lady Maud alles erdenkliche Glück.«

»Muß furchtbar sein, auf diese Weise einen Ehemann zu verlieren«, sagte Mr. Joynson. »Kein Wunder, daß die arme Frau außer Fassung geraten ist.«

Aber Lady Maud geriet weniger durch den Verlust ihres Gatten außer Fassung als durch die Rechnungen, die ihr aus diversen Geschäften in Worford auf den Tisch flatterten.

»Einhundertfünfzig Büchsen Frankfurter Würstchen? Tausend Kerzen? Sechzig Tonnen Zement? Zweihundert Meter Stacheldraht? Fünfzehn Meter Armiereisenstäbe?« murmelte sie bei Durchsicht der Rechnungen. »Was um alles in der Welt heckt Klex da schon wieder aus?« Doch sie zahlte die Rechnungen, ohne zu fragen, und kümmerte sich nicht weiter drum. Was auch immer Klex vorhatte, sie wollte so wenig wie möglich darüber erfahren. »Unwissenheit ist Stärke«, dachte sie, womit sie ein mangelndes Rechtsverständnis an den Tag legte, das ihr als Laienrichterin nicht sehr zur Ehre gereichte.

Klex war beschäftigt. Die durch Dundridges Schwierigkeiten verursachte Ruhepause hatte er mit der Vorbereitung seiner Verteidigung genutzt. Lady Maud hatte ausdrücklich betont, er dürfe keine Gewalt anwenden, und was ihn betraf, würde das auch gar nicht nötig sein. Das Pförtnerhaus war praktisch uneinnehmbar, außer durch einen konzertierten Panzer- und Artillerieangriff. Sämtliche Räume auf beiden Seiten des Torbogens hatte er mit alten Eisenteilen und Zement vollgestopft und die Treppe mit Beton abgedichtet. Das Dach hatte er mit in Beton gebetteten angespitzten Eisenstäben bedeckt und mit Stacheldraht garniert.

Um die eigene Wasserzufuhr zu sichern, hatte er einen Plastikschlauch zum Fluß verlegt, bevor der Zement in die unteren Zimmer gegossen wurde, und um sicherzugehen, daß er eine längere Belagerung überstünde, hatte er für zwei Jahre Lebensmittel gehortet. Für den Fall, daß man die Stromzufuhr sperrte, gab es tausend Kerzen und mehrere Dutzend Gasflaschen, und schließlich hatte er noch eine alte Armeegasmaske aus seinem Lager im Wald ausgegraben, um jedem Versuch zu trotzen, ihn mittels Tränengas auszuräuchern. Nur für den Fall, daß die Maske nicht vor den modernsten Gasen schützte, hatte er aus seiner Bibliothek einen hermetisch verschlossenen Rückzugsraum gemacht. Alles in allem hatte er den sehr großen dekorativen Torbogen, der das Pförtnerhaus vorher gewesen war, in eine Festung verwandelt. Der einzige Eingang bestand aus einer Dachluke unter dem Stacheldraht und den Eisenspitzen, und damit er gehen konnte, wann er wollte, hatte Klex sich eine Strickleiter gebaut, die er vom Dach herunterlassen konnte. Schließlich – und nur für den Fall, daß etwas schiefgehen sollte – hatte er ein Gewehr, ein leichtes Maschinengewehr, einen Zwei-Zoll-Granatwerfer, mehrere Schachteln Munition und Handgranaten zusammengetragen, um Eindringlinge zurückzuschlagen. »Ich werde selbstverständlich nur über ihre Köpfe schießen«, sagte er sich. Aber das würde gar nicht nötig sein. Klex kannte die Briten zu gut, als daß er annahm, sie würden Menschenleben gefährden. Und doch gab es keine Möglichkeit, die Autobahn durch den Park und Haus Handyman zu bauen, ohne Menschenleben, und ganz besonders Klex' Leben, zu gefährden. Die Festung Klex – vormals Pförtnerhaus – stand mitten auf der Strecke der Autobahn. Zu beiden Seiten stiegen die Felsen steil empor. Ehe irgend etwas unternommen werden konnte, mußte das Pförtnerhaus abgerissen werden, und da Klex in ihm drinsteckte, bedeutete der Abriß des Torbogens gleichzeitig, ihn abzureißen. Sie konnten nicht einmal Dynamit verwenden, um die Felsen auf beiden Seiten zu sprengen, ohne daß sie sein Leben ernstlich in Gefahr brachten und mit dem Einsturz des

Torbogens rechnen mußten. Um zu guter Letzt sicherzustellen, daß niemand auch nur durch den Torbogen fahren konnte, stellte er in der Durchfahrt eine Anzahl Betonklötze auf. Die zwangen Lady Maud schließlich, die Frage zu stellen, was zum Teufel er da eigentlich mache.

»Wie soll ich Ihrer Meinung nach einkaufen, wenn ich nicht rein- und rausfahren kann?« wollte sie wissen.

Klex zeigte auf den Bentley und den Landrover, die auf der anderen Seite der Hängebrücke zwischen den beiden Bulldozern parkten.

»Du lieber Gott«, sagte Lady Maud, »wollen Sie damit andeuten, Sie hätten sie ohne meine Erlaubnis weggefahren?«

»Sie sagten, Sie wollten überhaupt nicht wissen, was ich tue, also hab' ich Ihnen nichts gesagt«, teilte Klex ihr mit. Lady Maud konnte sich der Logik dieser Antwort nicht entziehen.

»Das wird aber äußerst lästig werden«, sagte sie. Sie schaute zum Pförtnerhaus auf. Von den Eisenspitzen und dem Stacheldraht auf dem Dach abgesehen, sah es aus wie immer. »Hoffentlich wissen Sie auch, was Sie tun«, sagte sie und ging durch die Betonsperren und über die Brücke zu ihrem Auto. Sie fuhr nach Worford, um wegen Sir Giles' Testament mit Mr. Ganglion zu sprechen. Soweit sie feststellen konnte, war sie nun eine sehr vermögende Witwe, und Lady Maud beabsichtigte, dieses Vermögen nutzbringend zu verwenden.

»Ein Vermögen, meine liebe Lady«, sagte Mr. Ganglion, »ein beträchtliches Vermögen, selbst nach heutigen Maßstäben. Wenn Sie es richtig anlegen, dürften Sie recht königlich davon leben können.« Er betrachtete sie anerkennend. Wenn er es recht bedachte, stand ihr durchaus zu, ein königliches Leben zu führen. Schließlich war da die Sache mit Eduard dem Siebten. »Und da ich selbst Witwer bin...« Er betrachtete sie noch anerkennender. Vielleicht war sie nicht nach jedermanns Geschmack, aber andererseits machte er auch nicht viel her und wurde nicht gerade jünger. Und Grundstücke im Wert von zehn Millionen Pfund stellten einen Anreiz dar. Das gleiche galt für Mr. Dundridges Foto.

»Ich habe vor, so schnell wie möglich wieder zu heiraten«, sagte Lady Maud. »Auch wenn Sir Giles mir genug Geld hinterlassen hat, seinen ehelichen Pflichten ist er nie nachgekommen.«

»Verstehe. Verstehe«, sagte Mr. Ganglion, dem Dundridges Erpressungsvorwurf im Kopf herumging. Vielleicht lohnte es sich, wenn er selbst rasch einen kleinen Erpressungsversuch unternahm. Er wandte sich zu seinem Tresor um und drehte am Kombinationsschloß.

»Außerdem ist es wirklich nicht gut für Sie, ganz allein in diesem großen Haus zu wohnen«, fuhr er fort. »Sie brauchen Gesellschaft, jemanden, der sich um Sie kümmert.«

»Dafür habe ich schon gesorgt«, sagte Lady Maud. »Ich habe Mrs. Forthby eingeladen, sich bei mir häuslich niederzulassen.«

»Mrs. Forthby? Mrs. Forthby? Kenne ich sie?«

»Nein«, sagte Lady Maud, »das nehme ich nicht an. Sie war Giles'... äh... Erzieherin in London.«

»Tatsächlich?« sagte Mr. Ganglion und schaute sie über den Rand seiner Brille hinweg an. »Wo Sie es erwähnen, fällt mir ein, daß ich gerüchteweise hörte...«

»Vergessen Sie es«, sagte Lady Maud, »das ist doch inzwischen Schnee von gestern. Nach allem, was ich vom Testament gesehen habe, hat er der armen Frau nichts hinterlassen, und darum geht es. Ich habe vor, diesem Versäumnis abzuhelfen.«

»Sehr großzügig von Ihnen. Edelmütig«, sagte Mr. Ganglion und nahm einen Umschlag aus dem Tresor. »Und wo wir schon mal beim Thema menschliche Schwächen sind, möchte ich doch vorschlagen, daß Sie einen Blick auf diese Fotografien werfen und mir verraten, ob Sie die schon einmal gesehen haben.« Er öffnete den Umschlag und breitete die Fotos vor ihr aus. Lady Maud betrachtete sie mit konzentrierter Aufmerksamkeit. Ohne Zweifel hatte sie die schon mal gesehen.

»Wo haben Sie die her?« rief sie.

»Äh«, sagte Mr. Ganglion, »das darf ich leider nicht verraten.«

»Ich bestehe aber drauf«, fauchte Lady Maud.

»Nun«, sagte Mr. Ganglion und steckte die Fotos wieder in den Umschlag, »eine gewisse Person, sagen wir mal, ein potentieller Klient, bat mich um Rat...«

»Dundridge. Ich wußte es, Dundridge«, sagte Lady Maud.

»Da kann ich auch nur raten«, meine liebe Lady Maud«, behauptete Mr. Ganglion. »Also, besagter Klient unterstellte, daß Sie diese... ähem... diese recht freizügigen Fotos benutzten, um ... äh... ihn zu erpressen.«

»Gott im Himmel«, rief Lady Maud, »das dreckige kleine Aas!«

»Selbstverständlich gab ich mir große Mühe, ihn zu überzeugen, daß etwas Derartiges außer Frage stehe. Doch er ließ sich nicht überzeugen...« Aber Lady Maud hatte genug gehört. Sie stand auf und schnappte sich den Umschlag. »Falls Sie wollen, daß wir wegen Verleumdung gerichtlich gegen ihn vorgehen...«, sagte Mr. Ganglion.

»Er hat mich der Erpressung beschuldigt? Ich werde bei Gott dafür sorgen, daß er den Tag bereut, an dem er geboren wurde«, knurrte Lady Maud und stapfte mitsamt den Fotos aus dem Zimmer.

Dundridge befand sich in seinem mobilen Hauptquartier, wo er gerade Pläne für seine nächste Aktion gegen Haus Handyman ausarbeitete, als Lady Maud vorfuhr. Nun, wo er sicher sein konnte, daß ihn das Ministerium rückhaltlos unterstützte, betrachtete er die Zukunft mit neuem Selbstvertrauen. Er hatte mit dem Polizeipräsidenten gesprochen und volle Unterstützung durch die Polizei verlangt, falls Lady Maud sich weigern sollte, der Aufforderung zum Auszug aus Haus Handyman nachzukommen, und der Polizeichef hatte sich widerstrebend dazu bereit erklärt. Gerade erteilte er Hoskins die Anweisung, in den Park vorzurücken, als Lady Maud in den Wohnwagen stürmte.

»Du dreckiges kleines Schwein«, schrie sie und schmiß die Fotos auf seinen Schreibtisch. »Schau sie dir ruhig genau an.« Das tat Dundridge; Hoskins ebenfalls.

»Na?« fuhr Lady Maud fort, »und was hast du nun zu sagen?«

Dundridge stierte zu ihr hoch und suchte krampfhaft nach Worten, die seinen Gefühlen entsprachen. Es gab keine.

»Wenn du glaubst, daß du ungestraft davonkommst, dann täuschst du dich«, brüllte Lady Maud.

Dundridge umklammerte das Telefon. Das dreckige Miststück war wieder aufgetaucht, um ihn mit diesen entsetzlichen Fotos zu quälen, und diesmal bestand kein Zweifel, wer bei diesen obszönen Verrenkungen die Hauptrolle spielte, und diesmal war auch noch Hoskins anwesend. Hoskins' entsetzter Gesichtsausdruck gab den Ausschlag. Ein Skandal war unvermeidlich. Dundridge wählte die Nummer der Polizei.

»Glaub bloß nicht, du kannst dich rauswinden, indem du einen Anwalt anrufst«, brüllte Lady Maud.

»Das tu ich nicht«, sagte Dundridge, der endlich seine Stimme wiederfand, »ich rufe die Polizei an.«

»Die Polizei?« sagte Lady Maud.

»Die Polizei?« flüsterte Hoskins.

»Ich werde Sie wegen versuchter Erpressung vor Gericht bringen«, sagte Dundridge.

Lady Maud stürzte sich quer über den Schreibtisch auf ihn. »Du versautes kleines Arschloch«, schrie sie. Dundridge taumelte von seinem Stuhl und lief zur Tür. Lady Maud machte eine Kehrtwendung und rannte hinter ihm her. Hinter ihnen legte Hoskins den Hörer auf und griff sich die Fotos. Er ging auf die Toilette und schloß die Tür hinter sich. Als er wieder herauskam, kauerte Dundridge hinter einem Bulldozer. Sechs Bulldozerfahrer hielten Lady Maud zurück, und die Fotos waren zu Asche verbrannt und ins Klo gespült worden. Hoskins setzte sich und wischte sich mit einem nassen Taschentuch die Stirn. Das war knapp gewesen.

»Glaub ja nicht, daß du damit durchkommst«, rief Lady Maud, als man sie zu ihrem Wagen brachte. »Ich werde dich wegen Verleumdung verklagen. Den letzten Penny werde ich dir abknöpfen.« Sie fuhr ab, und Dundridge wankte in den Wohnwagen zurück.

»Sie haben sie gehört«, sagte er zu Hoskins und sackte auf seinen Stuhl. »Sie haben gehört, wie sie mich erpressen wollte.« Er sah sich um und suchte die Fotos.

»Ich hab' sie verbrannt«, sagte Hoskins. »Ich dachte mir, es wäre Ihnen sicher nicht recht, wenn die hier rumlägen.«

Dundridge sah ihn dankbar an. Er wollte keineswegs, daß sie herumlagen. Andererseits waren damit die Beweise für dieses versuchte Verbrechen vernichtet. Jetzt die Polizei anzurufen, war sinnlos.

»Na, wenn sie mich verklagt, waren Sie wenigstens Zeuge«, meinte er schließlich.

»Auf jeden Fall«, sagte Hoskins. »Aber das wird sie nie wagen.«

»Diesem Miststück traue ich alles zu«, sagte Dundridge, der nun, da sowohl Lady Maud als auch die Fotos aus dem Weg geräumt waren, wieder Zuversicht faßte. »Aber eins sag' ich Ihnen. Wir rücken jetzt sofort zum Haus Handyman vor. Ich werde sie lehren, mir zu drohen.«

»Ohne die Fotos haben Sie leider keine Beweise«, sagte Mr. Ganglion, als Lady Maud wieder in sein Büro kam.

»Aber er hat Ihnen doch erzählt, daß ich ihn erpresse. Das haben Sie mir selbst gesagt«, wandte Lady Maud ein.

Mr. Ganglion schüttelte bekümmert den Kopf. »Was er mir erzählte, liebe Lady Maud, geschah im Rahmen einer vertraulichen Unterredung. Schließlich konsultierte er mich als Anwalt, und da ich Sie sowieso vertrete, würde meine Aussage vor Gericht nie und nimmer zugelassen. Wenn wir allerdings Hoskins dazu brächten, auszusagen, er habe gehört, wie Dundridge Sie der Erpressung beschuldigte...« Er rief im regionalen Planungsamt an und wurde zu Hoskins im mobilen Hauptquartier durchgestellt.

»Keineswegs. Davon ist mir nie etwas zu Ohren gekommen«,

sagte Hoskins. »Fotos? Keine Ahnung, wovon Sie überhaupt reden.« Vor Gericht als Zeuge über diese verfluchten Fotos vernommen zu werden, war so ungefähr das letzte, was er wollte.

»Eigenartig«, meinte Mr. Ganglion. »Höchst eigenartig, aber so sieht's nun mal aus. Hoskins wird nicht aussagen.«

»Das beweist doch nur, daß man heutzutage keinem trauen kann«, sagte Lady Maud.

Schlecht gelaunt fuhr sie nach Hause, und ihre Laune besserte sich nicht dadurch, daß sie den Bentley vor dem Pförtnerhaus abstellen und die Auffahrt bis zum Haus laufen mußte.

- 26 -

Als sie an diesem Nachmittag nach Hause zurückkehrte, hatte sie zwar schlechte Laune, die am nächsten Morgen allerdings zehnmal so schlecht war. Sie wachte auf und hörte, wie Lastwagen die Straße durch die Schlucht befuhren, und vom Pförtnerhaus drangen Männerstimmen herüber. Lady Maud griff zum Telefon und rief Klex an.

»Was zum Teufel geht da unten vor?« fragte sie.

»Es geht los«, sagte Klex.

»Geht los? Was geht los?«

»Sie wollen mit den Bauarbeiten anfangen.«

Lady Maud zog sich an und eilte die Auffahrt hinunter; unten standen Dundridge, Hoskins, der Polizeichef und ein Trupp Polizisten und schauten sich die Betonklötze unter dem Torbogen an.

»Was soll das alles bedeuten?« wollte sie wissen.

»Wir wollen hier mit der Arbeit anfangen«, sagte Dundridge und wich dem Polizeipräsidenten nicht von der Seite. »Sie befinden sich im Besitz eines Zwangsenteignungsbescheids, der Ihnen am 25. Juni zugestellt wurde, und...«

»Sie befinden sich auf Privatbesitz«, sagte Lady Maud. »Würden Sie die Güte besitzen, zu gehen.«

»Meine liebe Lady Maud«, sagte der Polizeichef, »diese Herren haben leider das Recht auf ihrer Seite...«

»Sie sind aber auf meiner Seite des Flusses«, sagte Lady Maud, »und Sie sollen runter von meinem Grundstück.«

Der Polizeichef schüttelte betrübt den Kopf. »Es tut mir leid, daß ich das sagen muß...«

»Dann seien Sie doch still«, empfahl Lady Maud.

»...aber sie sind absolut berechtigt, ihrem Auftrag entsprechend vorzugehen und mit dem Bau der Autobahn durch den Park zu beginnen. Ich bin hier, um dafür zu sorgen, daß sie in keiner Weise behindert werden. Wenn Sie jetzt so freundlich wären, Ihrem Gärtner zu befehlen, er möge dieses... Gebäude... verlassen.«

»Befehlen Sie's ihm doch selbst.«

»Wir haben versucht, ihm einen Räumungsbescheid zuzustellen, aber er weigert sich, runterzukommen. Offenbar hat er die Tür verbarrikadiert. Wir wollen wirklich keine Gewalt anwenden, aber wenn er nicht herauskommt, müssen wir uns leider gewaltsam Zugang verschaffen.«

»Nun, ich halte Sie nicht auf«, sagte Lady Maud. »Wenn Sie es tun müssen, dann tun Sie es doch.«

Sie wich aus, als die Polizisten auf die andere Seite des Pförtnerhauses gingen und gegen die Tür hämmerten. Lady Maud setzte sich auf einen Betonklotz und schaute zu.

Die Polizisten schlugen zehn Minuten lang gegen die Tür, bis sie endlich in die Brüche ging; doch dahinter sahen sie sich einer Betonmauer gegenüber. Dundridge ließ einen Vorschlaghammer holen, aber es war sonnenklar, daß man mehr als einen Vorschlaghammer brauchte, um sich Zutritt zu verschaffen.

»Das Arschloch hat sich einbetoniert«, sagte Dundridge.

»Das sehe ich selber«, sagte der Polizeichef. »Was wollen Sie jetzt unternehmen?«

Dundridge dachte über dieses Problem nach und besprach sich mit Hoskins. Gemeinsam gingen sie zur Brücke und schauten zum

Torbogen hinauf. Unter diesen Umständen hatte er eine neue und recht einschüchternde Größe angenommen.

»Man kommt nicht drum herum«, sagte Hoskins und deutete auf die Felsen. »Wir müßten Tausende Tonnen Fels entfernen.«

»Können wir keine Umgehung freisprengen?«

Hoskins blickte zu den Felsen hoch und schüttelte den Kopf. »Schon möglich, aber wahrscheinlich würden wir dabei diesen dämlichen Scheißer im Torbogen umbringen.«

»Na und?« sagte Dundridge. »Kommt er nicht runter, ist er selber schuld, wenn er was abkriegt.« Er sagte das nicht besonders überzeugend. Es war ganz klar, daß Klexens Tod für das Umweltministerium unter die Rubrik »Höchst nachteilige Publicity« fallen würde.

»Die genehmigte Strecke führt ohnehin durch die Schlucht, nicht um sie herum«, gab Hoskins zu bedenken.

»Und was ist mit den Sprengungen, die wir vorn am Anfang der Schlucht durchgeführt haben?«

»Wir waren befugt, wegen des Flusses die Schlucht dort zu verbreitern, und außerdem gehört dieser Abschnitt nicht zu der als Landschaftsschutzgebiet ausgewiesenen Gegend.«

»Scheiße«, sagte Dundridge. »Ich wußte, daß sich dieses alte Miststück irgendwas von der Sorte einfallen lassen würde.«

Sie gingen zum Torbogen zurück, wo sich der Polizeichef mit Lady Maud stritt.

»Wollen Sie ernsthaft behaupten, ich habe meinem Gärtner befohlen, er solle sich im Pförtnerhaus einbetonieren?«

»Ja«, sagte der Polizeichef.

»Wenn das so ist, Percival Henry«, sagte Lady Maud, »sind Sie ein größerer Blödmann, als ich gedacht habe.«

Der Polizeipräsident zuckte zusammen. »Hören Sie, Maud«, sagte er, »Sie wissen genausogut wie ich, daß er das ohne Ihre Erlaubnis nie getan hätte.«

»Blödsinn«, sagte Lady Maud, »ich hab' ihm gesagt, er könne mit dem Pförtnerhaus machen, was er wolle. Er wohnt jetzt seit dreißig Jahren dort. Es ist sein Zuhause. Wenn er beschließt, dieses Gemäuer mit Zement zu füllen, ist das seine Sache. Ich weigere mich, für seine Taten irgendeine Verantwortung zu übernehmen.«

»In dem Fall bleibt mir keine andere Wahl, als Sie festzunehmen«, sagte der Polizeichef.

»Mit welcher Begründung ?«

»Wegen Behinderung.«

»Quatsch mit Soße«, sagte Lady Maud. Sie stieg von dem Klotz, ging zur Rückseite des Torbogens und schaute zu dem Fenster hoch.

»Klex«, rief sie. An dem runden Fenster tauchte Klex' Kopf auf.

»Ja.«

»Klex, Sie kommen sofort runter und lassen die Männer ihre Arbeit weitermachen.«

»Tu ich nicht«, sagte Klex.

»Klex«, rief Lady Maud, »ich befehle Ihnen, runterzukommen.«

»Nö«, sagte Klex und machte das Fenster zu.

Lady Maud wandte sich an den Polizeipräsidenten. »Da sehen Sie's. Ich habe ihm gesagt, er soll runterkommen, und er weigert sich. Also, wollen Sie mich immer noch wegen Behinderung festnehmen lassen?«

Der Polizeichef schüttelte den Kopf. Er wußte, wann er verloren hatte. Lady Maud schritt die Auffahrt hinauf, zurück ins Haus. Er wandte sich an Dundridge. »Na, was schlagen Sie nun vor?«

»Irgend etwas müssen wir doch unternehmen können«, sagte Dundridge.

»Falls Ihnen etwas Schlaues einfällt, lassen Sie's mich wissen«, sagte der Polizeichef.

»Was geschieht, wenn wir einfach anfangen und den Torbogen mit ihm drin abreißen?«

»Die Frage lautet«, sagte der Polizeichef, »was würde mit dem Mann geschehen, wenn Sie das täten?«

»Das ist sein Problem«, meinte Dundridge. »Wir sind juristisch berechtigt, diesen Torbogen zu entfernen, und wenn er sich in dem Gebäude aufhält, während wir das tun, sind wir doch nicht für das verantwortlich, was mit ihm passiert.«

»Versuchen Sie das mal dem Richter zu erzählen, wenn man Sie wegen Totschlags anklagt. Man sollte meinen, die Ereignisse in Guildstead Carbonell wären Ihnen eine Lehre gewesen.« Der Polizeipräsident stieg in seinen Wagen und fuhr davon.

Dundridge ging über die Brücke zurück und sprach mit dem Vorarbeiter seines Abrißtrupps.

»Gibt es eine Möglichkeit, diesen Torbogen zu entfernen, ohne daß der Mann drinnen zu Schaden kommt?« fragte er.

Der Vorarbeiter sah ihn skeptisch an. »Nicht, wenn er damit nicht einverstanden ist.«

Wie um seine Worte zu unterstreichen, erschien Klex auf dem Dach. Er hatte ein Gewehr in der Hand.

»Da sehen Sie, was ich meine«, sagte der Vorarbeiter.

Klex schaute erwartungsvoll über ihre Köpfe hinweg, hob die Waffe und schoß. Eine Ringeltaube stürzte aus der Luft herab. Dundridge verstand ganz genau, was er meinte.

»In unserem Vertrag steht kein Wort davon, daß wir unnötige Risiken eingehen müssen«, sagte der Vorarbeiter, »und ein Typ, der sich in einem Torbogen einzementiert und fliegende Tauben abschießt, stellt mehr als ein unnötiges Risiko dar. Es ist ein verdammter Irrer und außerdem ein Meisterschütze.«

Dundridge mußte sehnsüchtig an Mr. Edwards denken. Er drehte sich zu Hoskins um.

»Ich finde«, sagte Hoskins, »wir sollten uns mit dem Ministerium in London in Verbindung setzen. Diese Sache wächst uns über den Kopf.«

Im Herrenhaus hörte Lady Maud den Schuß und griff nach einem Fernglas. Durch das Glas konnte sie auf dem Dach Klex mit einem Gewehr erkennen. Sie rief das Pförtnerhaus an.

»Die schießen doch nicht etwa auf Sie, oder?« fragte sie hoffnungsvoll.

»Nein«, sagte Klex, »ich habe bloß eine Taube erlegt. Die reden immer noch.«

»Nicht vergessen, was ich über Gewaltanwendung gesagt habe«, schärfte ihm Lady Maud ein. »Wir müssen dafür sorgen, daß die Sympathie der Öffentlichkeit auf unserer Seite bleibt. Ich werde Verbindung zur BBC, zum Privatsender ITV und zu sämtlichen überregionalen Zeitungen aufnehmen. Ich glaube, aus dieser Geschichte können wir eine echte Haupt- und Staatsaktion machen.«

Klex legte den Hörer auf. Haupt- und Staatsaktion. Die englische Sprache war *höchst* ausdrucksvoll. Haupt- und Staatsaktion.

Dundridge telefonierte aus seinem mobilen Hauptquartier mit London.

»Wollen Sie mir allen Ernstes einreden, Lady Lynchwoods Gärtner habe sich in einem Ziertorbogen einzementiert?« fragte Mr. Rees skeptisch. »Klingt nicht sehr wahrscheinlich.«

»Zufällig ist der fragliche Torbogen fünfundzwanzig Meter hoch«, erläuterte Dundridge. »Im Inneren befinden sich Zimmer. Die im Erdgeschoß hat er mit Beton aufgefüllt. Auf dem Dach hat er Stacheldraht befestigt, und wenn wir das Ding nicht in die Luft jagen, kriegen wir ihn nicht raus.«

»Ich würde es bei der örtlichen Feuerwehr versuchen«, schlug Mr. Rees vor. »Schließlich holt die auch Katzen von Bäumen herunter.«

»Bei der Feuerwehr habe ich's schon versucht«, sagte Dundridge.

»Na und, was sagt man dort?«

»Man sagt, ihre Aufgabe sei das Löschen von Bränden, nicht das Erstürmen von Festungen.«

Mr. Rees dachte über das Problem nach. »Ich denke mir, irgendwann muß er mal rauskommen«, meinte er schließlich.

»Warum ?«

»Na, beispielsweise um zu essen.«

»Essen?« rief Dundridge. »Essen? Zum Essen braucht er nicht rauszukommen. Ich habe hier eine Liste der Dinge, die er in einem hiesigen Supermarkt bestellt hat. Vierhundert Dosen Baked Beans, siebenhundert Büchsen Corned beef, hundertfünfzig Dosen Frankfurter Würstchen. Soll ich weiterlesen?«

»Nein«, sagte Mr. Rees rasch, »der Bursche muß eine Konstitution wie ein Ochse haben. Man sollte meinen, er hätte sich für etwas appetitlichere Speisen entschieden.«

»Mehr haben Sie dazu nicht zu sagen?« wollte Dundridge wissen.

»Tja, es klingt so, als hätte er vor, sich längere Zeit dort aufzuhalten, das muß ich zugeben«, räumte Mr. Rees ein.

»Und was unternehmen wir nun? Den Autobahnbau um ein paar Jahre verschieben, während er sich durch dieses kleine Warenlager mampft?«

Mr. Rees dachte über Alternativen nach. »Können Sie ihn nicht zum Runterkommen überreden?« fragte er. »So geht man doch normalerweise mit Leuten um, die mit Selbstmord drohen.«

»Aber er droht nicht mit Selbstmord«, wandte Dundridge ein.

»Es läuft auf das gleiche hinaus«, sagte Mr. Rees. »Eine Diät aus Corned beef, Baked Beans und Würstchen in den von Ihnen erwähnten Mengen würde mich todsicher umbringen. Ich verstehe aber, was Sie sagen wollen. Ein Mensch, der auch nur mit dem Gedanken spielt, sich von diesem Ekelzeug zu ernähren, ist offensichtlich zu allem entschlossen. Haben Sie irgendwelche Vorschläge zu dem Thema?«

»Ich habe allerdings welche«, antwortete Dundridge.

»Hoffentlich nicht wieder so eine Aktion mit Abrißbirne und Kranwagen«, meinte Mr. Rees mit ängstlichem Unterton. »So kurz nach dem letzten dürfen wir uns einen derartigen kleinen Zwischenfall nicht wieder leisten.«

»Mir schwebt vor, die Armee einzusetzen«, sagte Dundridge.

»Die Armee? Mein lieber Freund, dies ist ein freies Land. Wir können unmöglich die Armee bitten, einen völlig unschuldigen Engländer mit Panzern und Artillerie aus seinem Heim zu räuchern.«

»Genaugenommen ist er zufällig kein Engländer«, sagte Dundridge, »und mir schwebte nicht vor, ihn mit Panzern und Artillerie auszuräuchern.«

»Das will ich meinen. Die Öffentlichkeit würde sich das nie und nimmer gefallen lassen«, sagte Mr. Rees. »Aber was ist er denn, wenn er kein Engländer ist?«

»Italiener.«

»Italiener? Sind Sie ganz sicher? Klingt gar nicht nach Italienern, sich auf so was einzulassen«, sagte Mr. Rees.

»Er wurde eingebürgert«, sagte Dundridge.

»Das erklärt alles«, sagte Mr. Rees. »In dem Fall sehe ich keinen Grund, die Armee nicht einzusetzen. Die ist es gewohnt, mit Ausländern fertig zu werden. An was dachten Sie dabei genau?«

Dundridge erläuterte seinen Plan.

»Mal sehen, was sich machen läßt«, sagte Mr. Rees. »Ich werde mit dem Minister reden und Sie dann wieder anrufen.«

In Whitehall liefen die Drähte heiß. Mr. Rees sprach mit dem Umweltminister, und der wandte sich ans Verteidigungsministerium. Um fünf Uhr hatte sich das Oberkommando der Armee einverstanden erklärt, einen im Bergsteigen ausgebildeten Kommandotrupp abzustellen, der allerdings ausdrücklich nur zur Unterstützung der Polizei eingesetzt werden und keine Schußwaffen benutzen durfte. Die Operation lief, wie der Umweltminister erklärte, darauf hinaus, das Pförtnerhaus zu besetzen und Klex festzuhalten, bis die Polizei ihn auf juristisch lupenreine Art und Weise zur Räumung des Gebäudes zwänge. »Das Phantastische daran ist, daß die Medien von der Geschichte noch nicht Wind bekommen haben. Wenn wir ihn rausschaffen, ehe die Medienleute da herumschnüffeln, können wie die ganze Geschichte vertuschen. Das Wichtigste an der Sache ist Schnelligkeit.«

Darauf wies Dundridge den Kommandotrupp ausdrücklich hin, als der in der Nacht zur Lagebesprechung in seinem mobilen Hauptquartier eintraf. »Hier habe ich einige Aufnahmen des Ziels, die ich heute nachmittag anfertigte«, sagte er und reichte die Fotos herum. »Wie Sie sehen, ist ausreichend Halt vorhanden, und es existieren zwei Einstiegsmöglichkeiten: die beiden runden Fenster auf beiden Seiten und die Dachluke. Ich schätze, die beste Angriffsmethode wäre ein Ablenkungsmanöver an der Rückseite, verbunden mit einem Frontalangriff –«

»Ich glaube, die taktischen Einzelheiten der Übung dürfen Sie getrost uns überlassen«, sagte der kommandierende Major, dem es gar nicht schmeckte, daß ein Zivi ihm irgendwelche Vorschriften machte.

»Ich wollte nur behilflich sein«, sagte Dundridge.

»Also dann«, sagte der Major. »Wir sammeln uns um vierundzwanzig Uhr und rücken zu Fuß vor...« Dundridge ließ sie allein und ging ins andere Büro.

»Na, endlich kommt die Sache ins Rollen«, informierte er Hoskins. »Diese alte Kuh wird nicht wissen, wie ihr geschieht.«

Hoskins nickte zweifelnd. Er war selbst bei der Armee gewesen, und ihm fehlte Dundridges Glaube an die Effizienz der Militärmaschinerie.

Klex verbrachte den Abend mit der Lektüre von Sir Arthur Bryant, doch mit seinen Gedanken war er nicht in der Vergangenheit. Er dachte an die nahe Zukunft. Entweder handelten sie schnell, oder sie versuchten, ihn psychologisch mürbe zu machen, indem sie eine Reihe wohlmeinender Leute vorbeischickten, die mit ihm reden sollten. Die Sorte Besucher, mit der er rechnen konnte, hatte Klex bereits im Fernsehen gesehen. Sozialarbeiter, Psychologen, Priester und Polizisten, allesamt durchdrungen vom unerschütterlichen Glauben an die Möglichkeit eines Kompromisses. Sie würden Argumente anführen, ihm gut zureden und sich alle Mühe geben, ihm die Verwerflichkeit seines Handelns deutlich zu machen, und sie würden scheitern, kläglich scheitern, weil ihre Annahmen samt und sonders falsch waren. Sie würden annehmen, er sei Italiener, was jedoch nicht zutraf. Sie würden glauben, daß er aufgrund von Anordnungen oder einfach nur loyal handelte, wo er doch verliebt war. Sie würden glauben, ein Kompromiß sei möglich – bei einer Autobahn? Im stillen lächelte Klex über die Absurdität dieser Vorstellung. Die Autobahn ging entweder durch Park und Haus Handyman oder gar nicht. Nichts, was sie ihm erzählten, konnte an dieser Tatsache rütteln. Doch vor allem würden die Leute, die mit ihm reden wollten, Stadtbewohner sein, für die Reden ein Zahlungsmittel und Wörter Münzen waren. Das Wort eines Engländers ist Gold wert, dachte Klex, aber schließlich hatte er für Edelmetalle, Aktien oder Obligationen nie viel Zeit gehabt. »Wortkrämer« hatte der alte Lord Handyman mit Verachtung in der Stimme solche Leute genannt, und Klex war seiner Meinung. Tja, sie konnten reden, bis sie schwarz wurden, aber ihn würden sie nicht loswerden. Alles, was ihm etwas bedeutete, was er liebte und was er war, lag dort im Park, im Garten und im Herrenhaus. Haus Handyman. Und Klex war der »Handyman«, das Faktotum. Er würde lieber sterben als auf sein Recht verzichten, gebraucht zu werden. Er zog sich aus, legte sich ins Bett und lauschte dem Rauschen des Flusses und dem Wind in den Bäumen. Durch sein Fenster konnte er sehen, daß in Lady Mauds Schlafzimmer noch Licht brannte. Klex sah hinüber, bis es ausging; dann schlief er ein.

Durch ein Geräusch von draußen wurde er um ein Uhr wach. Es war nur ein ganz leises Geräusch, aber es erweckte einen Instinkt in ihm, ein Frühwarnsystem, das ihm mitteilte, daß draußen Menschen waren. Er stand auf, trat ans Fenster und spähte nach unten in die Dunkelheit. Am Fuß der Säule zu seiner Linken war jemand. Klex ging zum anderen Fenster hinüber. Im Park war auch jemand. Um reinzukommen, mußten sie über den Zaun geklettert sein. Klex lauschte und hörte bald darauf, wie sich unten jemand bewegte. Sie kletterten an der Seite des Pförtnerhauses hoch. Kletterten? Im Dunkeln? Interessant.

Er ging zu einem Schrank, nahm die Leica und das Blitzlichtgerät raus, ging zum Fenster zurück und lehnte sich hinaus. Im nächsten Moment war die ganze Seite des Pförtnerhauses in leuchtendes Weiß getaucht. Man hörte einen Schrei und einen Aufprall. Klex begab sich zum anderen Fenster und machte noch ein Foto. Wer auch immer sich an dieser Seite des Torbogens festhielt, er schloß die Augen und klammerte sich weiter fest. Klex legte die Kamera weg. Etwas Wirksameres war gefragt. Was würde das Klettern erschweren? Irgendwas Schmieriges. Er ging in seine Küche, kam mit einem Fünfliterkanister Pflanzenöl wieder und stieg die in einer Ecke des Zimmers stehende Leiter hoch, die zur Dachluke führte. Oben angekommen, kroch er bis zum Rand und goß das Öl die Wand hinunter. Von unten ertönte ein Fluch, ein Rutschgeräusch und noch ein Aufprall, gefolgt von einem Schrei. Klex goß das restliche Öl aus dem Kanister an die gegenüberliegende Mauer, kletterte die Leiter in sein Zimmer hinunter und leuchtete mit einer Taschenlampe aus dem Fenster. An dieser Seite des Torbogens war jetzt keiner mehr. Am Fuß des Bogens stand ein Grüppchen Männer in Armeeuniformen und starrte wütend zu ihm hoch. Ihre Gesichter waren geschwärzt, und einer von ihnen lag am Boden.

»Kann ich irgendwas für Sie tun?« fragte Klex.

»Warte nur, bis wir dich zu fassen kriegen, du Schwein«, schrie der Major. »Du hast ihm das Bein gebrochen.«

»Ich war's nicht«, sagte Klex, »ich habe ihn nicht mal berührt. Das hat er sich selbst gebrochen. Ich hab' ihn nicht darum gebeten, mitten in der Nacht meine Außenmauer hochzuklettern.«

Ein von der anderen Seite des Pförtnerhauses kommendes Geräusch unterbrach ihn. Da kamen sie also auch hoch. Er holte noch zwei Kanister reines Pflanzenöl und wiederholte den Vorgang. Als er fertig war, wiesen alle Seiten des Pförtnerhauses ölige Streifen auf, und zwei weitere Kraxler waren abgestürzt.

Unten wurde murmelnd eine Besprechung abgehalten.

»Wir nehmen die Greifhaken«, sagte der Major.

Klex spähte aus dem Fenster und leuchtete mit der Taschenlampe auf den Trupp. Es gab eine Explosion, und ein dreizackiger Haken schoß an ihm vorbei aufs Dach und blieb im Stacheldraht stecken. Ihm folgte ein zweiter Haken. Klex rannte in die Küche und schnappte sich ein Messer. Sekunden später war er auf dem Dach und hatte eine Leine durchgeschnitten. Er kroch unter den Draht und schnitt auch die andere durch. Es erfolgte der nächste Aufprall samt Schrei. Klex spähte nach unten.

»Kommt noch einer hoch?« fragte er. Doch die Armee hatte bereits den Rückzug angetreten. Als sie ihre Verwundeten über die Hängebrücke die Straße hinauftrugen, beobachtete Klex sie nachdenklich. Ihm tat leid, daß sie schon gingen. Eine regelrechte Schlacht hätte für phantastische Publicity gesorgt. Eine regelrechte Schlacht? Klex trat an den Schrank, in dem er seine Waffen aufbewahrte. Er mußte sich beeilen. Dann stieg er aufs Dach und ließ die Strickleiter runter. Zehn Minuten später stand er mit dem leichten Maschinengewehr an der Hängebrücke.

Als der Kommandotrupp die Straße hinauf zu seinem Truppentransporter marschierte, hörten die Männer erstaunt, wie hinter ihnen eine automatische Waffe losging. Das Feuer dauerte jeweils mehrere Sekunden und wurde ständig wiederholt. Sie blieben stehen und horchten. Es wurde still. Kurz darauf tat es einen viel laueren Rums, gefolgt von einem zweiten. Klex hatte die Panzerabwehrwaffe APIG abgefeuert, und sie funktionierte noch.

Im Herrenhaus saß Lady Maud auf einmal senkrecht im Bett und suchte hektisch nach dem Lichtschalter. Gelegentlich mal einen nächtlichen Schuß war sie ja gewohnt, aber das hier war etwas ganz anderes. Ein richtiges Bombardement. Sie griff zum Telefon und rief im Pförtnerhaus an. Es meldete sich niemand.

»O mein Gott«, stöhnte sie, »die haben ihn umgebracht.« Sie stand auf und zog sich eilig an. Die Schießerei hatte inzwischen aufgehört. Sie rief noch einmal im Pförtnerhaus an, doch ohne Erfolg. Sie legte auf und wählte die Nummer des Polizeipräsidenten.

»Sie haben ihn ermordet«, schrie sie, »sie haben das Pförtnerhaus angegriffen und ihn getötet.«

»Wen getötet?« fragte der Polizeichef.

»Klex«, brüllte Lady Maud.

»Nein!« sagte der Polizeichef.

»Wenn ich's Ihnen doch sage. Sie haben Maschinengewehre und irgendwas noch viel Größeres eingesetzt.«

»Ach du mein lieber Vater«, sagte der Polizeichef. »Wissen Sie das genau? Liegt da nicht vielleicht ein Irrtum vor?«

»Percival Henry«, schrie Lady Maud, »Sie wissen doch, wenn ich etwas sage, dann meine ich es ernst, schließlich kennen Sie mich gut genug. Vergessen Sie nicht, was mit Bertie Bullett-Finch passiert ist.«

Das hatte der Polizeipräsident wahrhaftig nicht vergessen. Mitternächtliche Morde waren in South Worfordshire langsam gang und gäbe; außerdem hatte Lady Mauds Stimme einen echt hysterischen Unterton. Und was auch immer man ihr nachsagen mochte, Lady Maud war keine Frau, die ohne Grund hysterisch wurde.

»Ich sorge dafür, daß jeder verfügbare Streifenwagen so schnell wie möglich dort hinfährt«, versprach er.

»Und ein Krankenwagen auch«, schrie Lady Maud.

Minuten später rasten sämtliche Polizeiautos von South Worfordshire zur Schlucht. Zwölf Angehörige des 21. Marineinfanteriekorps, darunter zwei mit Beinbrüchen, wurden zur Vernehmung festgenommen, als sie gerade in ihrem Truppentransporter davonfahren wollten. Auf dem Weg zum Polizeirevier von Worford protestierten sie lautstark, sie hätten auf Befehl des Militärbereichskommandanten gehandelt, und die Polizei sei rechtlich nicht befugt, sie festzuhalten.

»Darum kümmern wir uns am Morgen«, sagte der Kommissar, als man sie in ihre Zellen scheuchte.

Klex stieg auf seiner Strickleiter ins Pförtnerhaus zurück und zog sie hinter sich hoch. Er war von seinem Experiment begeistert. Alle Waffen hatten hervorragend funktioniert, und obwohl man in der Dunkelheit unmöglich sagen konnte, wie schwer das Pförtnerhaus beschädigt worden war, hatte das splitternde Mauerwerk doch darauf schließen lassen, daß es übergenug Indizien für einen unangebracht stürmischen und mit unzulässiger Gewalt einhergehenden Angriff der Armee gab. Erst als er wieder in seinem Zimmer stand, konnte er sehen, wie effektiv die Anti-Panzer-Infanteriegeschosse gewesen waren. Sie hatten zwei ordentliche Löcher in den Fries gesprengt, und der Raum war von Steinsplittern übersät. Durch die Detonation waren beide Fenster herausgeflogen, und in der Zimmerdecke klafften Löcher. Er überlegte gerade, was nun zu tun wäre, als er Schritte die Auffahrt heruntereilen hörte. Klex schaltete die Taschenlampe aus und trat ans Fenster. Es war Lady Maud.

»Kommen Sie nicht näher«, rief er, um sein gerade überstandenes Martyrium authentischer erscheinen zu lassen und ihr mitzuteilen, daß er unverletzt sei. »Legen Sie sich auf den Boden. Vielleicht fangen sie wieder mit dem Beschuß an.«

Lady Maud blieb abrupt stehen. »Gott sei Dank, Klex, Sie sind unversehrt«, rief sie. »Ich dachte, man hätte Sie getötet.«

»Ich? Getötet?« sagte Klex. »Es gehört schon mehr dazu, um mich zu töten.«

»Wer war es? Haben Sie sie deutlich sehen können?«

»Es war die Armee«, teilte Klex ihr mit. »Ich habe Fotos und kann's beweisen.«

- 27 -

Am nächsten Morgen war Klex berühmt. Um noch in den ersten Morgenzeitungen zu erscheinen, traf die Meldung von dem Angriff zu spät ein, aber die späteren Ausgaben hatten alle seinen

Namen in den Schlagzeilen. Die BBC sendete das Neueste von dem ungeheuerlichen Übergriff, dessen juristischen Aspekte in der *Heute*-Sendung erörtert wurden. Um dreizehn Uhr nahm der Fall eine neue Wendung, als bekannt wurde, daß zwölf Marineinfanteristen der Polizei bei ihrer Ermittlungsarbeit geholfen hatten. Im Lauf des Nachmittags stellte man im Unterhaus Fragen, und der Innenminister versprach rückhaltlose Aufklärung. Den ganzen Tag über fielen Journalisten und Kameramänner in die Schlucht ein, um Klex und Lady Maud zu interviewen und den Schaden zu filmen. Er war deutlich sichtbar und beträchtlich. Der ganze Torbogen war von Einschüssen übersät, die vermuten ließen, daß die Armee völlig planlos das Feuer eröffnet hatte. Mehreren Figuren in dem Fries fehlte der Kopf, und die APIGs hatten klaffende Löcher in die Mauer gerissen. Selbst abgehärtete Korrespondenten, die mit der gegen Stadtguerillas in Belfast angewandten Taktik vertraut waren, zeigten sich vom Ausmaß der Zerstörung überrascht.

»Etwas Derartiges habe ich noch nie gesehen«, informierte ein BBC-Reporter sein Publikum von der obersten Sprosse einer Leiter, ehe er Klex am Fenster interviewte. »Man könnte meinen, es handele sich um Vietnam oder den Libanon, wir befinden uns jedoch in England, und zwar in einem ruhigen, ländlichen Eckchen. Ich kann nur sagen, ich bin erschüttert, daß dies geschehen konnte. Mr. Klex, könnten Sie uns zunächst verraten, was Sie über diesen Angriff wissen?«

Klex schaute aus dem Fenster und in die Kamera.

»Es muß gegen ein Uhr morgens gewesen sein. Ich schlief gerade und hörte draußen ein Geräusch. Ich stand auf, ging zum Fenster und sah hinaus. Anscheinend kletterten Männer die Fassade hoch. Tja, das war mir nicht recht, also hab' ich Öl die Mauer runtergegossen.«

»Sie haben Öl hinuntergegossen, um sie aufzuhalten?«

»Ja«, sagte Klex, »Olivenöl. Sie rutschten runter, und dann setzte das Feuer ein.«

»Das Feuer?«

»Es klang wie Maschinengewehrfeuer«, sagte Klex, »darum lief ich in die Küche und legte mich auf den Fußboden. Eine oder zwei Minuten später gab es dann eine Explosion, und Sachen flogen durch den Raum, und ein paar Sekunden danach gab es noch eine Explosion. Danach war nichts mehr.«

»Verstehe«, sagte der Reporter. »Haben Sie übrigens im Verlauf dieses Angriffs irgendwann einmal zurückgeschossen? Soviel ich weiß, besitzen Sie ein Gewehr.«

Klex schüttelte den Kopf. »Es ging alles so schnell«, sagte er. »Ich war ganz schön verstört.«

»Begreiflicherweise. Das muß ein entsetzliches Erlebnis für Sie gewesen sein. Noch eine letzte Frage: Das Öl, das Sie an der Mauer runtergegossen haben, war das heiß?«

»Heiß?« fragte Klex. »Wie hätte es denn heiß sein können? Ich hab's aus dem Kanister geschüttet. Hatte nicht die Zeit, es heiß zu machen.«

»Vielen herzlichen Dank für die Auskunft«, sagte der Interviewer und kletterte die Leiter wieder hinunter. »Die letzte Bemerkung schneiden wir raus, glaube ich«, sagte er dem Tontechniker. »Das klang ja, als hätte er sie gern mit heißem Öl übergossen.«

»Nach allem, was er durchgemacht hat, kann ich ihm das wirklich nicht verdenken«, meinte der Tontechniker. »Diese Schweine haben kochendes Öl verdient.«

Der Polizeipräsident war der gleichen Meinung.

»Was soll das heißen, zur Unterstützung der Polizei im Einsatz?« schrie er den Oberst vom Kommandostützpunkt an, der vorbeigekommen war, um zu erklären, der Verteidigungsminister habe ihn angewiesen, zur Unterstützung der Polizei einen Trupp Bergsteiger loszuschicken. »In meilenweitem Umkreis von diesem Gebäude befand sich keiner meiner Männer. Und Sie schicken Ihre mit Raketen und Maschinengewehren bewaffneten Killer dorthin, damit sie den Laden in die Luft...«

»Meine Männer waren unbewaffnet«, sagte der Oberst.

Der Polizeipräsident sah ihn ungläubig an. »Ihre Männer waren unbewaffnet? Nachdem ich gesehen habe, wie sie dieses Gebäude zugerichtet haben, stehen Sie ganz ruhig da und sagen mir ins Gesicht, Ihre Männer seien unbewaffnet gewesen. Fehlt bloß noch, daß Sie mir weismachen wollen, Ihre Männer hätten mit dem Vorfall nichts zu tun gehabt.«

»Genau das sagen meine Leute«, bestätigte der Oberst. »Sie schwören Stein und Bein, daß sie auf dem Rückweg zu ihrem Transporter waren, als die Schießerei einsetzte.«

»Das erstaunt mich verdammt noch mal überhaupt nicht«, sagte der Polizeichef. »Wenn ich gerade irgendein Privathaus mitten in der Nacht beschossen hätte, würde ich auch behaupten, ich sei nicht mal in der Nähe gewesen. Was nicht bedeutet, daß auch nur ein Mensch, der seine sieben Sinne beisammen hat, ihnen glaubt.«

»Bei ihrer Festnahme trugen sie keine Waffen bei sich.«

»Haben die verfluchten Dinger wahrscheinlich weggeschmissen«, sagte der Polizeipräsident. »Was weiß ich, vielleicht waren sowieso noch andere dran beteiligt, die verschwinden konnten, ehe meine Leute auftauchten.«

»Ich versichere Ihnen –«, begann der Oberst.

»Mit Ihren Versicherungen können Sie sonst was tun!« schrie der Polizeichef. »Ich will Ihre Versicherungen nicht. Ich habe Beweise für den Angriff, und ich habe zwölf Männer, die im Gebrauch der für diesen Angriff benötigten Waffen ausgebildet sind und zugeben, daß sie letzte Nacht versucht haben, sich den Zugang ins Pförtnerhaus zu erzwingen. Was brauche ich denn noch? Sie werden morgen früh einem Richter vorgeführt.«

Der Oberst mußte zugeben, daß die Indizien…

»Indizien am Ärmel«, fauchte der Polizeichef, »sie sind hundertprozentig schuldig, und das wissen Sie auch.«

»Trotzdem bin ich der Ansicht, Sie sollten sich einmal um diesen Verwaltungsbeamten kümmern, der den Männern die Anweisungen gegeben hat«, meinte der Oberst bekümmert, als er ging. »Ich glaube, er heißt Dundridge.«

»Dafür habe ich bereits gesorgt«, teilte ihm der Polizeipräsident mit. »Zur Zeit steckt er in London, aber ich habe zwei Beamte hingeschickt, die ihn zur Vernehmung mitbringen sollen.«

Doch Dundridge war schon fünf Stunden lang von Mr. Rees, Mr. Joynson und schließlich vom Minister persönlich vernommen worden.

»Ich habe ihnen lediglich gesagt, sie sollten in den Torbogen klettern und Klex so lange festhalten, bis die Polizei kommen und ihn juristisch korrekt zur Räumung des Gebäudes zwingen werde«, erklärte er immer und immer wieder. »Mir war nicht bekannt, daß sie Schußwaffen und so was benutzen würden.«

Weder Mr. Rees noch der Minister waren beeindruckt.

»Werfen wir doch einfach mal einen Blick in Ihre Akte«, sagte der Minister, so ruhig er konnte. »Sie wurden zum Autobahnkontrolleur für Mittelengland mit dem ausdrücklichen Auftrag eingesetzt, dafür zu sorgen, daß der Bau der M 101 mit einem Minimum an Ärger und Wirbel vonstatten ginge, so daß die Einheimischen davon ausgehen könnten, es werde für ihre Interessen gesorgt und die Umwelt geschützt. Also, können Sie ehrlich behaupten, die Richtlinien für Ihre Ernennung seien in einem einzigen Punkt erfüllt worden?«

»Nun...«, sagte Dundridge.

»Nein, können Sie nicht«, knurrte der Minister. »Seit Sie in Worford sind, hat sich eine ganze Serie entsetzlicher Katastrophen ereignet. Ein Rotarier wurde in seinem eigenen Haus von einem geisteskranken Abrißexperten zu Brei geschlagen, der behauptet, er sei dazu aufgewiegelt...«

»Ich hatte keine Ahnung, daß Mr. Bullett-Finch Rotarier war«, sagte Dundridge, der verzweifelt versuchte, die Fluten der anwachsenden ministeriellen Wut umzuleiten.

»Sie hatten keine Ahnung...« Der Minister zählte bis zehn und nahm einen Schluck Wasser zu sich. »Weiter im Text: Ein ganzes Dorf wurde zerstört...«

»Kein ganzes Dorf«, korrigierte ihn Dundridge. »Es war lediglich die High Street.«

Der Minister glotzte ihn mit einem irren Gesichtsausdruck an. »Mr. Dundridge«, sagte er endlich, »auch wenn Sie vielleicht feine Unterschiede machen zwischen Rotariern und Menschen sowie zwischen ganzen Dörfern, die nur aus High Streets bestehen, und den High Streets selbst – ich bin dazu nicht bereit. Ein ganzes Dorf ist zerstört worden, ein Fußgänger verbrannte bei lebendigem Leibe, und zwanzig Personen wurden verletzt, einige davon schwer. Und dieses Dorf, hört, hört, lag fast zwei Kilometer von der Strecke der geplanten Autobahn entfernt. Ein Unterhausabgeordneter wurde von Löwen verschlungen...«

»Das hat absolut gar nichts mit mir zu tun«, protestierte Dundridge. »Ich habe ihm nicht vorgeschlagen, seinen verfluchten Garten mit Löwen vollzustopfen.«

»Ich weiß nicht recht«, sagte der Minister. Dennoch werde ich mein Urteil in diesem Punkt erst fällen, wenn sämtliche Fakten feststehen. Und schließlich wurde die Armee auf Ihr Betreiben angewiesen, einen italienischen Gärtner aus seinem... Nein, seien Sie still... seinem Haus zu vertreiben, indem sie ihn mit Maschinengewehren und Antipanzerwaffen beschoß.«

»Aber ich habe Ihnen doch gar nicht –«

»Halten Sie die Klappe«, brüllte der Minister. »Sie sind entlassen, Sie sind gefeuert...«

»Sie sind festgenommen«, sagte der vor Mr. Rees' Büro wartende Kriminalbeamte, als Dundridge schließlich aus dem Zimmer wankte. Zwischen zwei Polizeibeamten nahm Dundridge den Fahrstuhl nach unten.

Mit einem Seufzer setzte sich Mr. Rees an seinen Schreibtisch. »Ich habe es Ihnen doch gesagt, daß sich dieser dämliche Hund selbst den Strick dreht«, sagte er voll ruhiger Zufriedenheit.

»Was ist mit der Autobahn?« wollte Mr. Hoskins wissen.
»Was soll damit sein?«
»Glauben Sie, wir können weiterbauen?«
»Das weiß Gott allein«, sagte Mr. Rees, »aber ehrlich gesagt, zweifle ich dran. Anscheinend vergessen Sie, daß in South Worfordshire die nächste Neuwahl ansteht.«

Dieser entscheidende Punkt war Lady Maud keineswegs entgangen. Während die Journalisten und Kameramänner immer noch das Pförtnerhaus umschwärmten, es aus allen möglichen Blickwinkeln ins Bild rückten und Klex von Leitern aus interviewten, die sie eigens zu diesem Zweck gemietet hatten, dachte sie darüber nach, wer Sir Giles' Nachfolger werden sollte. Um den nächsten Schritt zu beraten, hielt das Komitee »Rettet die Schlucht« in General Burnetts Haus eine Sitzung ab.
»Wackerer Bursche, dieser Klex«, sagte der General, »für einen Makkaroni. Erstaunlich, wie er solch einem Beschuß standgehalten hat. In der Wüste sind sie immer gerannt wie die Karnickel.«
»Meiner Ansicht nach sind wir ihm alle für sein Pflichtbewußtsein und sein aufopferungsvolles Verhalten sehr zu Dank verpflichtet«, räumte Oberst Chapman ein. »Offen gesagt, glaube ich, daß dieses letzte Ereignis der Autobahn den Garaus gemacht hat. Die können sie jetzt nie und nimmer weiterbauen. Soviel ich weiß, wurde der Vorschlag gemacht, daß Umweltschützer aus dem ganzen Land vor dem Pförtnerhaus zu einem Sit-in zusammenkommen, um zu verhindern, daß sich etwas derart Abscheuliches wiederholt.«
»Ich muß schon sagen, von Mr. Klex' Beherrschung der englischen Sprache neulich im Fernsehen war ich höchst beeindruckt«, sagte Miss Percival. »Er hat das Interview ganz wunderbar bewältigt. Besonders gut hat mir gefallen, was er über die englischen Traditionen zu sagen wußte.«
»Daß das Heim eines Engländers seine Burg ist, diese Geschichte. War absolut seiner Meinung«, sagte der General.

»Ich dachte eher an das, was er über England als Hort der Freiheit gesagt hat, und daß die Engländer sich zu ihren traditionellen Werten bekennen müßten.«

Lady Maud warf ihnen allen verächtliche Blicke zu. »Ich muß schon sagen, ich halte es für eine schwache Leistung, wenn wir darauf angewiesen sind, daß Italiener unsere Interessen für uns wahrnehmen«, sagte sie.

Der General rutschte auf seinem Stuhl hin und her. »Soweit würde ich nun doch nicht gehen«, murmelte er.

»Aber ich«, sagte Lady Maud. »Ohne ihn hätten wir alle unsere Häuser verloren.«

»Miss Percival hat ihres schon verloren«, sagte Oberst Chapman.

»Dafür können Sie wohl kaum Klex verantwortlich machen.«

Miss Percival kramte ein Taschentuch hervor und wischte sich die Augen. »Es war so ein schönes Landhaus«, seufzte sie.

»Ich möchte folgendes sagen«, fuhr Lady Maud fort. »Unserem Dank an Klex und unserer Unterstützung für ihn können wir meiner Meinung nach am besten Ausdruck verleihen, wenn wir ihn in der bevorstehenden Nachwahl als Kandidaten für South Worfordshire vorschlagen.«

Das Komitee glotzte sie verblüfft an.

»Ein Italiener als Vertreter South Worfordshires?« sagte der General. »Ich denke kaum…«

»Das ist mir auch schon aufgefallen«, sagte Lady Maud. »Aber Klex ist kein Italiener. Er ist nationalisierter Engländer.«

»Sie meinen doch sicher naturalisierter«, sagte Oberst Chapman. »Nationalisiert bedeutet staatlich kontrolliert. Ich würde meinen, auf ihn trifft das genaue Gegenteil zu.«

»Ich nehme alles zurück«, sagte Lady Maud großmütig. »Dann sind wir also alle der Meinung, daß Klex die Partei bei der Nachwahl vertreten sollte?«

Sie schaute sich am Tisch um. Miss Percival stimmte als erste zu. »Ich unterstütze den Antrag«, nuschelte sie.

»Vorschlag«, verbesserte Lady Maud, »den Vorschlag. Der Antrag kommt später. Wer ist dafür?«

Der General und Oberst Chapman hoben schicksalsergeben die Hand, und da in South Worfordshire das Komitee »Rettet die Schlucht« die Partei war, stand Klexens Kandidatur nichts mehr im Wege.

Lady Maud gab der vor dem Pförtnerhaus wartenden Presse die Entscheidung bekannt. Als die Medienleute sich in ihre Autos verzogen, kletterte sie die Leiter zum Fenster im Pförtnerhaus hoch.

»Klex«, rief sie durch die zerschlagenen Scheiben, »ich muß Ihnen etwas mitteilen.«

Klex öffnete das Fenster und lehnte sich heraus. »Ja«, sagte er.

»Ich möchte, daß Sie sich auf einen Schock gefaßt machen«, teilte sie ihm mit. Klex sah sie unsicher an. Er war schon seit geraumer Zeit auf einen Schock gefaßt. Die britische Armee benutzte längst keine 303er Munition mehr, und die APIGs waren schon vor Jahren ausrangiert worden. Diesen Aspekt hatte er neulich ganz übersehen.

»Ich habe beschlossen, daß du Sir Giles' Nachfolger werden sollst«, sagte Lady Maud und sah ihm in die Augen.

Klex starrte sie offenen Mundes an. »Sir Giles' Nachfolger? Gott im Himmel«, murmelte er.

»Das bezweifle ich sehr«, sagte Lady Maud.

»Sie meinen...«

»Ja«, sagte Lady Maud, »von nun an bist du der Herr von Haus Handyman. Du kannst jetzt rauskommen.«

»Aber...«, begann Klex.

»Wenn du mir das Maschinengewehr reichst und was immer du sonst noch benutzt hast, nehme ich die Sachen mit runter, und wir vergraben sie in der Schonung.«

Als sie mit dem APIG und dem leichten MG die Auffahrt hochgingen, war Klex verwirrt. »Woher wußten Sie es?« fragte er.

»Woher ich es wußte? Als ich die Schüsse hörte, rief ich natürlich bei dir an«, antwortete Lady Maud lächelnd. »Schließlich bin ich ja nicht so dumm, wie ich aussehe.«

»Mein Liebling«, sagte Klex und nahm soviel von ihr in die Arme, wie er nur konnte.

Vor dem Friedensgericht in Worford wurde Dundridge angeklagt, an einer Verschwörung mit dem Ziel der öffentlichen Ruhestörung beteiligt gewesen zu sein, außerdem des Mordversuchs, der vorsätzlichen Sachbeschädigung sowie der Behinderung der Polizei bei ihrer Dienstausübung.

Vor allem der letzte Anklagepunkt versetzte ihn in Wut.

»Behinderung?« schleuderte er dem Gericht entgegen. »Behinderung? Wer ist hier behindert worden?«

»Untersuchungshaft wird um eine Woche verlängert«, verkündete Oberst Chapman. Dundridge schimpfte immer noch wie ein Rohrspatz, als man ihn in die grüne Minna schleppte. In seiner Zelle suchte ihn Mr. Ganglion auf, den das Gericht zu seinem Pflichtverteidiger bestellt hatte.

»Ich würde mich in sämtlichen Anklagepunkten für schuldig bekennen«, empfahl der ihm.

»Schuldig? Ich hab' gar nichts verbrochen. Das ist doch bloß ein Haufen Lügen!« rief Dundridge.

»Ich kann mir vorstellen, wie Ihnen zumute ist«, sagte Mr. Ganglion, »aber soviel ich weiß, erwägt die Polizei, die Anklage zu erweitern.«

»Anklage zu erweitern? Aber man wirft mir doch schon alle Vergehen vor, die es überhaupt gibt.«

»Man könnte sich nur noch mit dieser kleinen Erpressungsgeschichte befassen. Es wäre Ihnen ganz sicher nicht recht, wenn die Fotos dem Gericht übergeben würden. Dafür könnten Sie lebenslänglich bekommen, müssen Sie wissen.«

Dundridge glotzte ihn verzweifelt an. »Für Erpressung?« fragte er. »Aber ich bin doch derjenige, der erpreßt wurde.«

»Für das, was Sie auf den Fotos getan haben.«

Dundridge dachte über diese Aussicht nach und schüttelte den Kopf. Lebenslänglich für etwas, das man ihm angetan hatte. Er war erpreßt, behindert und beschossen worden, und nun klagte man ihn wegen dieser Delikte an. Wenn eine Verschwörung existierte, so war sie gegen ihn gerichtet.

»Ich weiß nicht, was ich sagen soll«, murmelte er.

»Belassen Sie es einfach bei ›Schuldig‹«, empfahl Mr. Ganglion. »Das spart viel Zeit, und das Gericht wird es zu schätzen wissen.«

»Zeit?« sagte Dundridge. »Wieviel werde ich kriegen, was glauben Sie?«

»Wirklich schwer zu sagen. Sieben oder acht Jahre, würde ich meinen, aber wahrscheinlich sind Sie in fünfen wieder draußen.«

Er sammelte seine Unterlagen ein und verließ die Zelle. Auf dem Weg in sein Anwaltszimmer lächelte er still vor sich hin. Es war immer erfreulich, das Nützliche mit dem Angenehmen zu verbinden. Auf ihn warteten Lady Maud und Klex, um mit ihm den Ehevertrag zu besprechen.

»Mein Verlobter hat beschlossen, seinen Namen zu ändern«, verkündete Lady Maud. »Von jetzt an möchte er Handyman heißen. Ich will, daß Sie die nötigen Schritte veranlassen.«

»Verstehe«, sagte Mr. Ganglion. »Nun, da dürfte es keine Probleme geben. Und welcher Vorname würde ihm zusagen?«

»Ich finde, wir bleiben einfach bei Klex. Ich habe mich dran gewöhnt, und viele Männernamen in der Familie fingen früher mit K an.«

»Stimmt«, sagte Mr. Ganglion und dachte im stillen, daß dies heute noch auf einige Frauen zuträfe – Kanaille, Kuh und Kröte. »Und wann findet das glückliche Ereignis statt?«

»Wir warten damit bis nach der Wahl. Ich möchte vermeiden, daß man glaubt, ich wolle das Ergebnis beeinflussen.«

Mr. Ganglion aß mit Mr. Turnbull zu Mittag.

»Erstaunliche Frau, Maud Lynchwood«, sagte er auf dem Weg

ins Handyman-Wappen. »Ihr würde ich alles zutrauen. Heiratet ihren verdammten Gärtner und will ihn auch noch ins Parlament hieven.«

Sie betraten die Bar.

»Was möchten Sie trinken?« fragte Mr. Turnbull.

»Mir ist nach einem großen Whisky«, sagte Mr. Ganglion. »Ich weiß, daß er unerschwinglich teuer ist, aber ich brauche einfach einen.«

»Haben Sie schon gehört, Sir?« sagte der Barkeeper. »Ein Gläschen Whisky ist fünf Pence und ein großes Bier zwei Pence billiger geworden. Auf Anweisung Lady Mauds. Anscheinend kann sie sich's jetzt leisten, großzügig zu sein.«

»Du lieber Gott«, sagte Mr. Turnbull, »Sie glauben doch nicht, daß das irgendwas mit dieser Wahl zu tun hat, oder?«

Aber Mr. Ganglion hörte nicht hin. Er dachte daran, wie wenig sich seit seiner Jugendzeit verändert hatte. Was hatte sein Vater gesagt? Irgendwas über Mr. Gladstone, der auf einer Woge Starkbier aus seinem Amt gespült worden sei. Und das war Anno '74 gewesen.

- 28 -

Es wurde eine weiße Hochzeit. Lady Maud hatte sich mit ihrer üblichen Unverblümtheit gegen den Pfarrer durchgesetzt.

»Ich kann es verdammt noch mal beweisen, wenn Sie drauf bestehen«, hatte sie ihm gesagt, als er den einen oder anderen kleineren Einwand vorbrachte, doch der Pfarrer hatte gekniffen und klein beigegeben. Die Kirche von Wilfrid's Castle war zum Bersten gefüllt. Die halbe Grafschaft war anwesend, als Lady Maud mit Mrs. Forthby als Brautjungfer durch die Schonung schritt. Klex, inzwischen der Parlamentsabgeordnete Klex Handyman, wartete in Frack und Zylinder in der Kirche. Als der Organist »Rule Britannia« anstimmte, für das Klex sich entschieden hatte, ging Lady Maud Lynchwood an der Seite General Burnetts durch das Mittelschiff und tauchte eine halbe Stunde später als Lady Maud Handyman wieder auf. Das Paar posierte für Fotos und ging dann voran, den Pfad hinunter und über die Fußgängerbrücke zum Herrenhaus. Das Anwesen sah prächtig aus. Von den Türmchen wehten Fahnen, auf dem Rasen stand ein gestreiftes Festzelt, und der Wintergarten war ein einziges Farbenmeer. Alles, was man für Sir Giles' Vermögen kaufen konnte, war vorhanden: Champagner, Kaviar, geräucherter Lachs, Aal in Aspik für die, die so etwas mochten, Gurkensandwiches und Biskuitkuchen. Mrs. Forthby hatte an alles gedacht. Nur die Torte fehlte. »Ich wußte doch, daß ich irgendwas vergessen hatte«, schluchzte sie, doch selbst die fand sich schließlich in der Speisekammer. Es war eine perfekte Nachbildung des Pförtnerhauses.

»Es ist wirklich eine Schande, das zu ruinieren«, sagte Klex, als er und Maud mit Busby Handymans altem Schwert in den Händen vor der Torte standen.

»Das hättest du dir früher überlegen müssen«, flüsterte ihm Maud ins Ohr. Sie schnitten die Torte an, und man machte die obligatorischen Fotos. Selbst Klexens Rede, in ihrer Unverständlichkeit echt englisch, kam gut an. Er dankte allen für ihr Kommen, Mrs. Forthby dafür, daß sie für das leibliche Wohl gesorgt hatte, und brachte alle zum Lachen und Lady Maud zum Erröten, indem er bemerkte, nicht jeder Mann habe entweder die Gelegenheit oder das Glück, seine Gebieterin heiraten zu können. »Außergewöhnlicher Bursche«, meinte General Burnett zu Mrs. Forthby, die ihm recht gut gefiel, »ein vielseitig begabter Mensch. Es geht das Gerücht, daß man ihn zum Fraktionseinpeitscher machen wird.«

Mrs. Forthby schüttelte den Kopf. »Hoffentlich nicht«, sagte sie. »Es ist so entwürdigend.«

Mr. Ganglion und Mr. Turnbull verzogen sich mit einer Flasche Champagner in den Garten.

»Es heißt, ein Mann wächst mit seinen Aufgaben«, philosophierte Mr. Turnbull. »Ich muß sagen, er hat sich besser entwickelt, als ich erwartete. Von wegen, man kann keinen Diamanten aus einem Kieselstein schleifen.«

»Mein lieber Freund, das sehen Sie ganz falsch«, widersprach Mr. Ganglion. »Nur ein richtiger Kieselstein erkennt einen Diamanten, wenn er einen hat.«

»Was um alles in der Welt soll das denn bedeuten?«

Mr. Ganglion setzte sich auf eine schmiedeeiserne Bank. »Ich dachte gerade über Sir Giles nach. Es ist schon erstaunlich, wie günstig er seinen Tod gelegt hat – zeitlich gesehen. Haben Sie sich das je überlegt? Ich schon. Weshalb ist er Ihrer Meinung nach im August in Gummistiefeln herumgelaufen? Es hatte seit Wochen nicht geregnet. Trockenster Sommer seit Jahren, und er stirbt mit Gummistiefeln an den Füßen.«

»Sie wollen doch nicht etwa andeuten...«

Mr. Ganglion kicherte. »Ich deute überhaupt nichts an. Ich denke nur laut nach. Diese alten Familien. Sie haben nicht überlebt, indem sie sich auf den Zufall verließen. Die verstehen ihr Geschäft.«

»Sie sind eben ein Zyniker«, sagte Mr. Turnbull.

»Unsinn, ich bin Realist. Sie überleben, mein Gott, und wie sie überleben, und dem Himmel sei Dank, daß es so ist. Wo wären wir denn ohne sie?« Sein Kopf pendelte hin und her. Mr. Ganglion schlief ein.

In dieser Nacht lagen sich die Handymans im Bett selig vor Glück in den Armen. Klex hatte endlich zu sich selbst gefunden, er besaß eine neue Vergangenheit und eine perfekte Gegenwart. Es gab keinen Wartesaal in einem Dresdner Bahnhof, kein Waisenhaus, keine Jugend, keine Unsicherheiten oder Zweifel. Vor allem gab es keine Autobahn. Er war ein Engländer, dessen Familie seit fünfhundert Jahren in der Schlucht wohnte, und wenn es nach ihm ginge, würden sie auch die nächsten fünfhundert Jahre noch dort wohnen. Dies hatte er im Unterhaus in seiner Jungfernrede zum Thema Mitgliedschaft in der Europäischen Wirtschaftsgemeinschaft verkündet.

»Wozu brauchen wir Europa?« hatte er gefragt. »Ach ja, Sie werden sagen: ›Europa braucht uns.‹ Und das tut es allerdings. Als Vorbild, als Leitstern, als Zufluchtsstätte. Ich spreche hier aus Erfahrung...«

Es war eine bemerkenswerte Rede, die zu sehr an Churchill, den jüngeren Pitt und Burke erinnerte, um für die führenden Fraktionsmitglieder besonders erfreulich zu sein.

»Wir müssen ihn ruhigstellen«, sagte der Premierminister, und man hatte Klex den Posten des Fraktionsvorsitzenden angeboten.

»Das nimmst du doch nicht an, oder?« hatte Lady Maud ängstlich wissen wollen.

»Auf keinen Fall«, sagte Klex. »Der Strom der menschlichen Geschäfte wechselt...«

»O Liebling«, sagte Maud, »wie wunderbar du bist.«

»Nimmt man die Flut wahr, führt sie zu Familien.«

Lady Maud seufzte glücklich. Es war wundervoll, mit einem Mann verheiratet zu sein, der die richtigen Prioritäten setzte.

Im Gefängnis von Ottertown trat Dundridge seine Strafe an.

»Wenn Sie sich ordentlich führen, werden Sie in eine offene Anstalt verlegt«, teilte ihm der Gefängnisdirektor mit. »Mit Straferlaß für gute Führung müßten Sie in neun Monaten draußen sein.«

»Ich will nicht in eine offene Anstalt«, sagte Dundridge. »Mir gefällt es hier.«

Und es stimmte. Das Leben im Gefängnis hatte etwas Logisches an sich, das ihm zusagte. Alles war an seinem Platz, und es gab keine unvorhergesehenen Ereignisse, die ihn beunruhigten. Jeder Tag lief ganz genauso ab wie der davor, und jede Zelle war mit der Nachbarzelle identisch. Das Allerbeste war, daß Dundridge eine Nummer hatte. Das hatte er schon immer gewollt. Er war 58295 und völlig zufrieden damit. Bei seiner Arbeit in der Gefängnisbücherei fühlte er sich sicher. Im Häftlingsleben spielte die Natur keine Rolle. Bäume, Wälder und alle sonstigen anstößigen Anomalien in der Landschaft befanden sich außerhalb der Anstaltsmauern. Für sie hatte Dundridge keine Zeit. Er war viel zu beschäftigt mit der Katalogisierung der Gefängnisbücherei. Dazu hatte er ein weit ausgeklügelteres Verfahren als das Deweysche Dezimalsystem entwickelt.

Es hieß das Dundridgesche Digitalsystem.

Maria-Regina und
Michael Altmeyer

Weihnachtliche Friesenbäume

frechverlag

Von den Autoren sind im frechverlag viele weitere Bücher erschienen. Hier eine Auswahl:

TOPP 2375

TOPP 2228

TOPP 2513

TOPP 2246

TOPP 2414

TOPP 2340

TOPP 2100

Wir danken dem Kreativ-Service, Lemgo sowie der Firma Rayher für die freundliche Unterstützung.

Fotos: frechverlag GmbH + Co. Druck KG, 70499 Stuttgart;
Fotostudio Ullrich & Co., Renningen

Dieses Buch enthält:
1 Vorlagenbogen

Auflage: 5. 4. 3. 2. 1. | Letzte Zahlen
Jahr: 2003 2002 2001 2000 1999 | maßgebend

frechverlag GmbH + Co. Druck KG, 70499 Stuttgart

ISBN 3-7724-2524-0 · Best.-Nr. 2524

Druck: frechverlag GmbH + Co. Druck KG, 70499 Stuttgart